學術筆記叢刊

管城碩記

〔清〕徐文靖 著

范祥雍 點校

中華書局

圖書在版編目(CIP)數據

管城碩記/(清)徐文靖著;范祥雍點校. – 北京:中華
書局,1998(2006 重印)
(學術筆記叢刊)
ISBN 7 – 101 – 01191 – 8

Ⅰ.管… Ⅱ.①徐…②范… Ⅲ.筆記小説 – 中國 –
清代 Ⅳ.I242.1

中國版本圖書館 CIP 數據核字(2006)第 032231 號

責任編輯:李元凱

學術筆記叢刊

管 城 碩 記

〔清〕徐文靖 著

范祥雍 點校

*

中 華 書 局 出 版 發 行
(北京市豐臺區太平橋西里 38 號　100073)

http://www.zhbc.com.cn

E – mail:zhbc@zhbc.com.cn

北京瑞古冠中印刷廠印刷

*

850×1168 毫米 1/32 · 18½印張 · 2 插頁 · 396 千字
1998 年 2 月第 1 版　2006 年 6 月北京第 2 次印刷
印數:3001 – 6000 册　定價:39.00 元

ISBN 7 – 101 – 01191 – 8/B · 226

出版説明

徐文靖，字位山，安徽當塗人。生於清康熙六年（公元一六六七年），活了九十餘歲，卒年不詳。

徐氏仕途緣淺，先是困於諸生，五十七歲才舉鄉試，古稀之年，得甘司馬等保舉博學鴻詞科，偏又廷試不諧，於是只好「天假窮愁得著書」（湖居三十咏，見志寧堂稿），聊以自慰。後來他的著作被侍讀學士張鵬翀看中，於乾隆九年上呈皇帝。十七年，安徽巡撫再度推薦其經學，乾隆皇帝看他年高體健又如此好學，着實世間少有，方賜了個翰林檢討。

徐文靖的著述，除了管城碩記外，還有山河兩戒考十四卷、志寧堂稿（又叫詩賦全集）四卷，禹貢會箋十二卷、竹書紀年統箋十二卷、皇極經世考三卷、天文考異一卷。管城碩記，是徐氏整理的歷年讀書筆記，是他的代表作。此書考訂經典，駁難傳統注疏，旁及子史雜說，材料豐富，立論有據，堪稱一家之言。

本書有乾隆九年刻本，徐位山先生著作六種本，四庫全書本，光緒二年刻本。今以光緒本作底本，參校了其他三種。書中引文，有所校改，則出校記說明（據乾隆本改底本刻誤者不出校）。避諱字、顯誤字逕改。他人敘跋，原在卷首，今移書後，並附范氏抄清史稿本傳、四庫全書總目提要等。

本書點校者范祥雍先生年高體弱，目力不濟，只做了初步點校，餘下的工作編輯部不得不越俎代

庖，錯誤之處，盼讀者指正。

中華書局編輯部
一九八八、七、五

目録

目録

1

目録

三

自序

余株守一經，不能盡蓄天下之書，羅古今之富，凡耳目所經涉者，不過數千卷書耳。而姿稟愚鈍，又不能博聞強記，積貯逾時，縱窮年繙閱，掩卷輒忘。迴憶平生，枵腹如故。不得已而托之管城子，假以記室。凡經傳、子史、騷賦、雜集，遇有疑信相參，先後互異者，則速爲濡毫摛翰，類聚部分，寸積銖累，袤爲一集，凡三十卷。

其於易也，遠稽乎子夏，旁攬乎康成、輔嗣以及程傳。其於書也，兼採乎古文、今文，暨日記、裨傳，以糾正蔡氏之訛。其於詩也，仍宗毛序，悉有證據，所與朱傳契合者，惟數十篇。春秋以左氏爲主，公、穀附之。胡康侯以夏時冠周月，開卷差謬，餘亦可知。三禮以周禮爲經、儀禮爲緯，而禮記則二禮之傳注。楚辭爲詩之變體，故次於經。而逸注淺陋，如「該秉朴牛」之類，貽誤千載，莫究其非。史學、字學、詩賦、雜集，其有抄錄箋注沿襲承譌者，一皆參伍折衷，悉記其有可信無可疑。

夫天地之大，載籍之繁，譌誤頻仍，不可殫述，余亦頗擇其善者識其大者而已。周公釋詁曰：「碩，大也。」小雅曰：「蛇蛇碩言，出自口矣。」朱子謂：「善言之出於口，宜矣。」是善且大兼賅者，無過於碩。郭弘農叙述方言，品爲碩記，意亦有見於此乎！顧方言者，一方之言也。拘於一方而不能相通，如宋、齊之間之所謂碩，而他或以爲根、爲介、爲夏、爲京者，此類是也。

以姿禀愚鈍之人，目不覩古今之富，而妄欲擇其善者，識其大者，是亦方隅之見而已矣。爰遂名之

曰「碩記」，而又不敢没管城之勞，因并弁之於首云。

時乾隆九年，歲在甲子，孟春上元日，當塗徐文靖位山自識

凡例

一、碩記凡三十卷，卷數十則，意主於考訂譌誤。每一則以前人之言爲客，復加按字以相爲駁難。或所援引者甚多，則又加按字、據字，不厭其複，總以考證明確者爲主。

一、易爲五經之源，冠於卷首。如以『文言爲文王之言』，本之梁武帝。蓋穆姜筮往東宮在襄公九年之前，『是時孔子猶未生，而已有『元體之長，亨嘉之會，至貞固足以幹事』等語是也。又如『小人勿用』，乃大君命戒之辭，『飲食宴樂』，乃敬饗不速之客，於理爲優。

一、書以孔傳爲主。蔡仲默書傳譌舛頗多，如『泗濱浮磬』，舊皆云『浮生土中』。據春秋左氏隱八年『盟于浮來』，浮蓋山名，産此磬石。又『武成一書，舊以篇中有『武成』二字，遂以名篇。據竹書武王十二年辛卯，率諸侯伐殷。夏四月王歸于豐，饗于太廟，作大武樂。〈樂記夫子語賓牟賈，曰：『夫武者[一]，象成者也。』是『武成』謂大武之樂告成于廟也，故以名篇。

一、詩以小序爲準，而朱子詆之太甚，過矣。余鄕陶忠憲公安讀毛詩詩云：『古韻自諧何用叶，序文有受未全非。考亨理趣明如日，獨此時時與願違。』數語櫽括殆盡。

〔一〕『武者』德記樂記作『樂者』。

一、春秋三傳惟左氏身事夫子，造膝親授。劉子政別錄：左丘明授曾申，申授吳起，起授其子期，期授楚人鐸椒，椒作抄撮八卷，授虞卿，虞作抄撮九卷，授荀卿，荀授張蒼。其源流遠有端緒者也。若公羊高、穀梁赤雖受經於子夏，傳聞之不如親見，審矣。

一、三禮以周禮爲大綱，儀禮爲節目。周禮，周公攝政時所作，官制與尚書周官不同，當是未成之書，猶未較若畫一也。儀禮如後世所謂「儀注」，其初蓋三千餘條，後多亡失。禮記雜出於漢儒，不過二禮之義疏，近世專用以取士，考禮者猶或惜之。

一、楚辭，古詩之變體也，故次於經後，有王逸注、洪興祖補注、朱子集注。如樓牛地名，見山海經，注以爲大牛，卷葹爲惡草，見郡國志，注以爲卷施。承雲，帝顓頊樂，見竹書紀年，注以爲無考。如此類者，指不勝屈。

一、史類論斷不一，諸儒所置座右者，無過涑水之通鑑，紫陽之綱目。其他如歷朝專史，鮮有披讀再四者。今遇有可疑，必繙閱原傳、原志，不敢附和前人。

一、字學譌誤相仍，不可勝記。如尚書「鳥獸氄毛」，見周禮司裘注下，氄音毛。今字書皆音冗。春秋「戰于升陘」，見僖公二十二年經注。今字書謂傳有「井陘」，無「升陘」。幾侯張駱，武安侯劉受，見前漢書。今字書云「並無是人」。如此類者，何以爲初學指南？亦有可備採擇者。如以天牢爲守將，本之易緯河圖。

一、天文淩雜，非疇人子弟無由仰闚玄象，然巫咸、甘、石而外，勢四星爲權勢星而非閣官，本之後漢李固傳。天理司喉舌，本之後漢李固傳。之春秋合誠圖。皆各

有證據，非敢好爲異説也。

一、巨集如楊氏之丹鉛，方氏之通雅，最稱淹博。然或以牀戕戈旁爲謬，青雲指仕爲非，以皐陶家爲公琴，霍子侯爲小侯，俱屬疑誤可商。

一、雜述如山海經、汲冢書、白虎通、玉海、弇州四部及筆蕺之類，多或八九則，少或一二則，不能會粹成卷者，爰以雜述系之。

易一

1　周易本義曰：「周，代名也。易，書名也。其卦本伏羲所畫，有交易、變易之義，故謂之易。其辭則文王、周公所繫，故繫之周。」

按〔一〕周禮太卜「掌三易」，賈公彥曰：「連山、歸藏皆不言地號，以義名易。則周非地號。以周易以乾為首，乾為天，天能周匝於四時，故名易為周。」孔仲達易正義曰：「文王作易，正在羑里，周德未興，猶是殷世也，故題周，別於殷。」據此，則「周易」二字，疑文王所自取也。朱子乃以「其辭為文王、周公所繫，故繫之周」，豈「周易」二字為後人之所加乎？

2　乾：元亨利貞。

本義曰：元亨利貞。元，大也。

按：文言：「元，善之長也。」晉語：「司空季子曰：筮告我曰利建侯。屯，厚也，主震雷，長也，故曰元。」韋昭曰：「震為長男，為雷，雷為諸侯，故曰元。元，善之長也。」謚法始建國都曰元，不曰大也。又先古「長」字象元之形，故謂之長也。朱子釋乾元曰：「元，大也。」易見曰：「如必元之謂大，

〔一〕「乾」字上，《周禮·太卜》賈疏有「純」字。

然則大哉乾元，宜爲大哉乾大也。凡六籍之稱元者，皆取諸長，不謂大也。元后作民父母，言長民

也。元首明哉，不謂大首也。殷王元子，不謂大子也。元年春王正月，不謂大年也。元日祈穀於

上帝，不謂大日也。大之與元相去千里，故周公之占爻也，別之爲元吉、大吉。」然以元爲大，不始

朱子。王弼注易大有「元亨」曰：「不大通，何由得大有乎？大有則必元亨矣。」又程傳亦曰：「元有

大善之義。」有元亨者四卦，大有、蠱、升、鼎也。文王世子「一有元良」，鄭注：「元，大也。」元訓大，

不易易。子夏易傳曰：「元，始也。」周子通書「大哉乾元」，朱子注曰：「元，始也。」是元之訓長，訓

始，訓大，義可通也。

3 夕惕若厲，无咎。

本義曰：言能憂懼如是，則雖處危地而无咎矣。

按：王弼注：「至於夕惕猶若厲也。」淮南人間訓：「夕惕若厲，以陰息也。」漢書王莽傳：「易曰終日

乾乾，夕惕若厲，公之謂矣。」張衡思玄賦：「夕惕若厲以省愆兮，懼余身之未[一]敕也。」晉傅咸叩頭

蟲賦：「无咎生於惕厲。」後周保定三年韶：「惟斯不安，夕惕若厲。」宋隆興元年九月，馬騏講乾「夕

惕若厲」，上曰：「當讀爲惕厲。」「厲」只是震動儆恪之意，非即以厲爲危

三重剛不中，居下之上，乃爲危地。文言「雖危无咎」者，言夕惕若厲雖處危地而无咎，非即以厲爲危

危也。孝經云：「在上不驕，高而不危。」三之謂矣。本義以爲終日乾乾而夕猶惕若，則是以厲爲危

矣。以厲爲危，可謂雖厲无咎乎？

〔一〕「未」字，原作「來」，據文選思玄賦改。

4 乾文言、坤文言。

本義曰：此申象傳、象傳之意，以盡乾坤二卦之蘊。

按：王洙王氏談錄曰：「公言祕閣有鄭氏注易一卷，《文言自為篇》。」馬貴與經籍考曰：「凡以彖、象、文言雜入卦中者，自費氏始。」孔氏易正義曰：「《文言》者，是夫子第七翼也。夫子贊明易道，申說義理，以釋二卦之經文，故稱文言。」梁武帝曰：「文言是文王所制。穆姜筮往於東宮，已有是言。」襄公九年傳：「穆姜薨於東宮。始往而筮之，遇艮之八。史曰：是謂艮之隨。姜曰：是於周易曰：隨，元亨利貞，无咎。元，體之長也；亨，嘉之會也；利，義之和也；貞，事之幹也。體仁足以長人，嘉德足以合禮，利物足以和義，貞固足以幹事。」是時孔子未生而先有是言，則文言是文王所制者，理或然也。

「初九，潛龍勿用，何謂也」以下，則文言傳也，故加「子曰」以別之。

5 乾元用九，乃見天則。

按：徐在漢曰：「乾元用九，即所謂大明終始，時乘御天者也，故曰乃見天則。」

本義曰：剛而能柔，天之法也。

6 坤初，象曰：履霜堅冰，陰始凝也。

按：魏志太史許芝引此句，「履霜」上有「初六」字，下無「堅冰」字，舉正只存「履霜」二字，趙胥山曰：「七十二候，九月霜降，十一月冰堅，而坤則十月之卦，何以言霜言冰？蓋坤初一變為復，復之初即剝之上。人但知剝極為復，而不知九月之剝，十一月之復，其間尚有十月之坤焉。坤純陰疑于无陽，而不知復之一陽從十月半漸生于坤中，至冬至而一陽始成。剝之一陽自霜降漸消，至十月半而一陽始盡。」

本義曰：按魏志作初六履霜，今當從之。

7

蒙初，利用刑人，用說桎梏，以往吝。

本義曰：當痛懲而暫舍之，以觀其後。

按：《爾雅》「杻謂之桎，械謂之梏」，此豈發蒙之具哉？程傳以發蒙爲發下民之蒙。又以桎梏爲拘束，蓋謂此也。其實利用刑人者，不過如虞書「扑作教刑」，伊訓制「官刑儆于有位」其訓于蒙士已耳。蓋教刑卽夏楚以收其威，而蒙士卽童蒙始學之士，不必其皆下民也，此發蒙所利用也。用說桎梏者，說如輿說輻之說，謂棄去也。象傳：「蒙以養正。」孟子：「中也養不中，才也養不才。」胥此道也。其取象于桎梏者，蒙之下卦坎體也。荀九家「坎爲桎梏」，故蒙初取象以之，豈痛懲而暫舍之謂哉？

8

《需象》：君子以飲食宴樂。

本義曰：事之當需者，亦不容更有所爲，但飲食宴樂俟其自至而已。

按：《需》以乾剛遇坎險，而不遽進以陷於險，故曰需。需豈但飲食宴樂無所作爲而遂不陷於險乎？教誨之，象云「雲上于天」，乃萬方待雨之期，萬方待澤之象也。於是建中守正，而臣民效力，故能涉川有功而險可出也。觀上六陰居險極，下應九三，三與下二陽需極並進，爲不速客三人來之象。則所謂飲食宴樂卽是敬之終吉，卽是酒食貞吉也。若乃險在前而自爲飲食宴樂以待之，吾恐其需者，事之賊也。宴安酖毒，險可出乎？

9

上象：不速之客來，敬之終吉。雖不當位，未大失也。

本義曰：以陰居上，是爲當位。言不當位，未詳。

按：象雖不當位，未大失，蓋言上能下應九三，三與下二陽需極而進爲不速之客。不速者，難進易退，不肯躁進也。上乃能敬之如此，則雖不當位，猶必不至於大失。況上六以陰居上，而爲當位者乎！

10 訟：有孚窒，惕中吉。

本義曰：九二中實，上无應與，又爲加憂。且於卦變自遯而來，爲剛來居二而當下卦之中。有有孚而見窒，能懼而得中之象。

按：朱子卦變圖云：「凡一陰一陽之卦，皆自復、姤而來。二陰二陽之卦，皆自臨、遯而來。」又曰：「伊川不取卦變之説，自柔來而文剛，剛自外來而爲主于內，諸處牽強。説了王嗣輔卦變，又變得不自然。」以余按之，易原无所爲卦變。卦變者，揲蓍求卦之法，由本卦變而之他卦也。故曰「爻者言乎變者也」，又曰「十有八變而成卦」，又曰「化而裁之存乎變」。變者，變動而不居，聖人觀變而立卦，如乾一爻變則立爲姤，坤一爻變則立爲復也。有本卦變而之他卦者，閔元年，「畢萬筮仕，遇屯之比」，初九變也。昭二十九年，蔡墨論乾云：「其同人曰見龍在田」，九二變也。莊二十二年，「周史筮陳敬仲遇觀之否」，六四變也。僖二十五年，「晉侯[一]將納王，遇大有之暌」，九三變也。僖十五年，「晉獻公筮嫁伯姬于秦，遇歸妹之暌」上六變也。昭十二年，「南蒯之筮遇坤之比」，六五變也。故曰辭也者，各指其所之之卦也。賁三陽三陰，不以上卦之柔來入于乾中，則無以文剛。

[一]「晉侯」，左傳作「秦伯」。

管城碩記卷之一

不以下卦之二剛分其一以文卦上，則無以文柔。所謂分陰分陽，迭用柔剛，間雜而成文者也。无妄以外卦乾之一剛來居，內卦之坤初爲主于內。內卦一陽來復，復則不妄，故无妄。本義以賁卦自損而來，又自既濟而來，无妄自訟而變，則是先有彼卦而後方有此卦也。其實犧皇重卦，只因一己成之卦，以八卦次第加之，非有所謂自某卦變成者也。朱子作爲卦變圖，胡雙湖謂：「象傳中所釋卦變，訟、泰、否、隨、蠱、噬嗑、賁、无妄、大畜、咸、恒、晉、睽、蹇、解、升、鼎、漸、渙凡十九卦。其所釋自訟，晉與卦變圖同外，餘皆不合。如隨自困，噬嗑、未濟來，據圖則自否、泰來之類是也。」然則卦變之說，安可據爲畫一也？

又按：周易略例曰：「爻苟合順，何必坤乃爲牛？義苟應健，何必乾乃爲馬？」而或者定馬于乾。案文賁卦有馬无乾，則謂說滋漫，難可紀矣。互體不足，遂及卦變。變又不足，推致五行，縱復或值，而義無所取。」是輔嗣亦未嘗有取卦變之說。又吳鍾會傳「會嘗論易無互體」。

11 訟：天與水違行。

按：孔氏疏曰：「天道西轉，水流東注是天與水相違而行，象人彼此兩相乖戾，故致訟也。」後魏書〔一〕陳奇傳曰：「秘書監游雅與奇論典誥及詩、書，雅贊扶馬鄭。至於易訟卦天與水違行，雅曰：

本義曰：天上水下，其行相違。

奇曰：易理綿廣，包含宇宙。若如公言，自葱嶺以西，水皆西流，推此而言，易之所及自葱嶺以東耳。雅曰：易理綿廣，包含宇宙。若如公言，自葱嶺以西，水皆西流，豈東向望天哉？」北史奇傳亦載其事，以末二句爲雅言，是則北史之誤也。大概以

〔一〕「後魏書」即魏書。本書內多次出現後魏書、北魏書，均指魏書。後不出校。

天西轉、水東〔一〕注,與孔氏正義略同。朱子乃易東西爲上下,天上水下,理所固然,何有見其逆行哉?

12 師:五,田有禽,利執言,无咎。

本義曰:敵加于己,不得已而應之,故爲田有禽之象。而其占利
以搏執而无咎也。 言,語辭也。

按:王弼注曰:「物先犯己,故可以執言而无咎也。」程傳曰:「執言,奉辭也」謂奉辭以誅之也。」但
此當爲田獵教戰而言也。周禮大司馬之職:「仲春教振旅,遂以蒐田。仲夏教茇舍,遂以苗田。仲
秋教治兵,遂以獮田。仲冬教大閱,遂以狩田。」田則有春夏獻禽,秋冬致禽之事,故曰有禽。田則
有表貉、誓民、讀書契、載事號、戒衆庶,皆頼有言以宣之,故曰利執言,利執此以教民也。此所謂
教而後戰者也。不教而戰,是謂棄之。故曰「長子帥師〔二〕弟子輿尸」也。《比卦,師之反。師五言
百姓之田,比五言王者之田。一則田有禽,一則失前禽,非皆取象于田哉?

13 師:六,開國承家,小人勿用。

朱子語類曰:舊時説只作論功行賞之時,不可及小人。今思量看
理,却〔三〕去不得他。既一例有功,如何不及他得?看來開國承家是公共得底,未分別君子小人。在
小人,則是勿用他謀〔四〕議耳。此義方思量得,未改入本義,姑記取。

按:小人勿用,承上「大君有命」而言。勿者,禁止之詞。勿用者,即大君之命也。二剛而中,王錫

〔一〕「東」字,原作「束」,據文義改。 〔二〕「帥師」,原作「師帥」,據《周易》師卦乙正。 〔三〕「却」字,《朱子語類》卷七
十無。

〔四〕「謀」字,原作「讟」,據《朱子語類》改。

命，以著共寵，上順之極。君有命，以重其防。蓋大君正功之日，功大者開之以國，功小者承之以家，分茅胙士，大啟爾宇。而又欲世世子孫安其人民，守其社稷，進君子而退小人，長保富貴於無窮也。長國家而小人是用，則必致敗于而國，凶于而家。故大君於正功之日，申之以命令，俾凡有國有家者戒以小人勿用也。勿用句，即大君命之之詞。若謂開國承家不妨與小人共之，但勿用與他謀議經畫，則此有國有家者已經與小人公共，又何從使綱紀政治不與謀議經畫乎？故知小人勿用者，大君命之之辭。漢武命廣陵王曰「勿邇宵人」，亦是意也。

14　比：吉，原筮元永貞，无咎。

本義曰：必再筮以自審，有元善長永正固之德，然後可以當衆之歸而无咎。

按：孔氏疏曰：「原，謂原窮，比者根本。筮，謂筮決，求比之情。」程傳曰：「必推原占，決其可比者而比之。」惟朱子以原筮爲再筮。爾雅釋言「原，再也。」文王世子「未有原。」後漢張衡再轉復爲太史令，曰：「襄滯日官，今又原之。」是原爲再之意也。胡雲峰曰：「蒙之筮，問之人者也，不一則不專。比之筮，問其在我者也，不再則不審。」

15　不寧方來。

本義曰：其未比有所不安者，亦將皆來歸之。

按：鄭氏大射儀注：「天子祝侯曰：惟若寧侯，無或若女不寧侯，不屬于王所，故抗而射女。」蓋我能再筮，自審果有元永貞之德，則不寧之矣方來，正歸重於自審意，未可以方來爲將來也。「後夫凶」，本義以遲而後至爲訓。竊意後當訓不，如「松栢後凋」之後，如家語「禹朝羣臣于塗山」，防風氏

後至，戮之」之後，非俱遲至而已。《史記·封禪書》葛弘設射殺貍首。貍首者，諸侯之不來者。　徐廣

曰「貍一名不來」，因取以況諸侯之不來」，即所云「後夫凶」也。

16　履：三，武人爲于大君。

〈本義曰〉又爲剛武之人得志而肆暴之象，如秦政、項籍之類[1]。

按：「履虎尾，咥人凶」，此蓋暴虎馮河之武人，雖至死而不悔者。以此人而有爲於大君，其志徒切於剛猛，必不能臨事而懼，好謀而成，此所以若蹈虎尾而有咥人之凶也。三雖居下之上，於位爲不當，顧乃比之以秦政、項籍，非其倫矣。若四之愬愬終吉，是乃臨事而懼者。知四之志行，則三之志剛而不足與有行可知矣。

17　泰：初，拔茅征吉，志在外也。

否：初，拔茅貞吉，志在君也。

〈本義釋否曰〉小人而變爲君子，則能以愛君爲念。

按：泰初志在外者，君子之志在天下，不在一身，故曰在外。否初志在君者，小人之志，本欲得君以用事，故曰在君。爻象胥戒以能貞則吉，蓋小人進不以正，志亦非真愛君者，豈遂能變爲君子？

〈本義曰〉帝乙歸妹之時，亦嘗占得此爻。

18　泰：五，帝乙歸妹，以祉元吉。

按：易緯、易之帝乙，爲湯書之帝乙六世王。又京房易傳載湯歸妹之辭，是皆以帝乙爲湯。書多士：「自成湯至于帝乙，罔不明德恤祀。」程傳亦疑之，以爲未知孰是。據左傳「哀公九年，晉趙鞅卜救鄭，陽虎以周易筮之，遇泰之需，曰：微子敢，帝乙之元子也。宋、鄭，甥舅也。祉，禄也。若帝

[一]「之類」，周易本義作「豈能久也」。

乙之元子歸妹，而有吉祿，我安得吉焉？乃止。」是帝乙謂紂父無疑。世泥于易緯之說，非矣。

19 有二，公用亨于天子。

本義曰：亨，春秋傳作享，謂朝獻也。古者亨通之亨，亨獻之享，皆作亨字。

按：隨六「王用亨于西山」，王弼曰：「通于西山。」升四「王用亨于岐山」，弼曰：「順物之情以通庶志。」有二「公用亨于天子」，弼曰：「公用斯位乃得通乎天子之道。」是皆以亨爲元亨之亨。惟益二「王用亨于帝吉，則以爲享帝之美」，不訓作通。以享從子，亨從了，字異故也。據僖二十五年傳：「狐〔一〕偃言于晉侯曰：『求諸侯，莫如勤王。』公曰：『筮之。』筮之，遇大有之睽，曰：『吉，遇公用享于天子之卦。』戰克而王饗，吉孰大焉！」又京房易傳曰：「亨，獻也。」說文亨享二字本一字，則本義作用享者是也。

20 豫：四，勿疑，朋盍簪。

按：辨體曰：「君子進而衆賢聚，故復朋來无咎。衆賢盛而君子安。故解朋至斯孚。君子志行而小人之心服。故豫勿疑，朋盍簪。」簪，聚也。四以剛居柔而易疑，故曰勿。」王弼曰：「勿疑，則朋合疾也。盍，合也。簪，疾也。」易原曰簪，京房本作撍，蜀才云「速也」。虞翻本作戠，云「叢合也」。陸希聲本作捷。本義訓聚訓速者，以此。

〔一〕「狐」字，原作「孤」，據左傳僖二十五年改。

21 隨

〔一〕隨時之義大矣哉。

本義曰：王肅本時字在之字下，今當從之。

按：王弼注：「隨之所施，惟在於時也。時異而不隨，否之道也。故隨時之義大矣哉。」魯褒錢神論曰：「易不云乎，隨時之義大矣哉。」干寶晉武帝革命論曰：「各得其運而得天下，隨時之義大矣哉。」皆作隨時。

22 蠱：元亨，利涉大川。

本義曰：蠱壞之極，亂當復治，故其占為元亨，而利涉大川。

按：陸庸成曰：「隨備元亨利貞四德，而貞為要，故曰大亨貞，爻亦首貞吉焉。蠱只云元亨利，而不言貞。且爻又云不可貞，而貞字不更見，何也？隨無故也，無故而動悦，則必言貞以防之。蠱則飭也，當飭而巽止，則聖人最欲激之使幹，不復言貞以阻之。」

23 臨：剛浸而長。

本義曰：二陽浸長以逼於陰，故為臨。

按：陰符經云：「天地之道浸，故陰陽勝。」朱子曰：「浸，漸也。天地之道漸漸消長，故剛柔勝，」此便是吉凶貞勝之理。陰符經此等處特然好。」王伯厚曰：「愚嘗讀易之臨曰剛浸而長，遯曰浸而長也。浸者，漸也。聖人之戒深矣。」

24 筮嗑：四爻，得金矢。

按：王弼注：「金，剛也。矢，直也。」程傳亦云：「金取剛，矢取直。九四陽德剛直，為得剛直之道。」

本義曰：周禮獄訟〔二〕入鈞金束矢而後聽之。

〔一〕「隨」卦，據文例補。

〔二〕「獄訟」，原作「訟獄」，據周易本義乙正。

非入鈎金束矢之謂也。或謂「訟獄入金矢，蓋劉歆達新室之惡，假訟獄以爲聚財，而陰託周禮爲名，實開後世鬻獄行賄之端。朱子不宜引之以注易」，是又不然。大司寇「以兩造禁民訟，入束矢於朝，然後聽之。以兩劑禁民獄，入鈞金三日，乃致於朝，然後聽之」注云：「百矢爲一束，三十斤爲鈞。」束矢鈞金，固非貧民所能辦，必入而後聽其辭，則民之不能達者多矣。不知聖人之意以入矢入金，禁民訟獄，使之自惜其金矢而萌悔心，猶可止也。故入金三日乃致於朝，實禁之也。且亦如官刑軍刑之類。則入鈞矢，非窮民也。若窮民之獄，秋官司寇既以肺石達窮民，路鼓於大寢之門外以待達窮者。與遽然則入金矢，所以禁富民之健訟也。剛直則聽。夏官太僕又建直，則不聽也。 管子曰「索訟者三禁而不可上下坐成以束〔一〕矢」，亦是意也，豈真假之以聚財，而因疑周禮非周公之書，并疑朱子之誤借以注易哉？

25 賁象：君子以明庶政，无敢折獄。

　　〔本義曰：明庶政，事之小者。折獄，事之大者。〕

按：洹詞曰：「獄貴詳審，而忌明察。苟恃其明察而深文緣飾，沒其情實，是之謂致。敢則民有不得其死者矣。其无敢折者，非不折也，虛明之心存於中，慈愛之政行於外，於无敢而見庶政之能明，止於明也。若以庶政小而折獄大，庶政或可明而折獄則无敢，獄將誰折哉？總之，明庶政則洞如觀火也。无敢折獄，判案如山也，皆賁象也。」

26 復：反復其道，七日來復。

　　〔本義曰：自五月姤卦一陰始生，至此七爻而一陽來復，乃天運之自然。〕

〔一〕「束」字，原作「京」，據管子改。

故其占又爲反復其道，至于七日，當得來復。

按：孔氏疏曰：「褚氏、莊氏並云：五月一陰生，至十一月一陽生，凡七月，而云七日，不云月者，欲見陽長須速，故變月言日。」

又按：安石詩說曰：「彼曰七月、九月，此曰一之日、二之日，何也？陽生矣則言日，陰生矣則言月，與易臨至于八月有凶，復七日來復同意。蓋坤爲純陰，十月之卦也。陰數窮于六，而七則又爲乾之始復，一陽卽乾之初，故云七日來復也。復與剝相對，剝卦倒而成復，反復其道，卽一陰一陽之謂道也。」

27 復其見天地之心乎？

本義曰：邵子之詩亦曰：冬至子之半，天心无改移。一陽初動處，萬物未生時。

按：周易大全「或問天心無改移，謂何？朱子曰：年年歲歲是如此，月月日日是如此。」章本清圖書編曰：「以一日言，起於子，則時爲子時。出卯入酉，則時爲卯酉。歷十二辰而爲日。一日如是，日日如之，而每日起於子中者無改移焉。以一月言，晦朔之間，日與月交會於壬子，則爲朔。周三十日而爲月，一月如是，月月如之，而每月交於子中者無改移焉。以一歲言，冬至日與天會於子，故十一月建子，周十二月而爲歲。一歲如是，歲歲如之，而每歲會於子中者，無改移焉。可見歷數以十一月爲主，算歷數當以子中爲主，而其有改移者，天之宿度與星辰之欠舍不齊耳。日起子中，子昜嘗有過不及哉？堯時日短星昴，冬至日在虛，固虛爲子中矣。夏商在女，周在牛，漢至宋在斗，元在

箕，今歷冬至箕三四度矣。何亦以子中爲定位乎？曰：天度密移，惟其一日過一度也。積一歲過三百六十五度，積而至於六七十年，則實移一度矣。其實左旋而過之者，日之起子終亥者，無改移也。試以今歷太陽行度言之，列宿三十餘度爲一宿，十一月冬至躔析木，寅宮也。自至日積之三十日，則過三十度，而移一宮矣。故十二月日躔星紀，非丑宮乎？然其所以躔五宮者由天之過度，星紀適當乎子，非日過丑宮與月交也。自十一月起子，積至來歲十月建亥，則過三百六十五度，移十二宮而一周矣。故二月日躔大火，非卯宮乎？然其所以躔卯宮者，由天之過度，大火適當乎子，非日過卯宮與月交也。知一歲太陽之躔度，則十百千歲可知矣。堯時日躔虛宿，由虛宿恰當子宮本位也。從此天度密移數千百年，歷虞、夏、商、夏，冬至日躔經女越牛，去虛宿遠矣。由天之過度，牛女各適值子宮，故日與天會，由當日正值牛女之宿也。而其會於子者，何異堯之時哉？若謂日躔於箕乃日之實過於箕，則今歷冬至當在建寅之月矣，易爲仍在建子之月？可見密移者天之度，而日位子中又從此密移數百千年，歷漢、唐、宋、元，冬至日躔經斗越箕，去虛宿愈遠矣。由天之過度各適值子宮，故日與天會，當時皆值箕與斗之宿也。不可得而易也。[邵子詩云：冬至子之半，天心無改移。易爲僞仍在建子之月也？[朱子所以深歎其至也。]

28 　〈〈大畜象：天在山中。〉〉

按：人之淺見鮮聞，譬之如坐井觀天，以管闚天，又烏知天之廣且大也？試一登泰山日觀之峰，則[本義曰：天在山中，不必實有是事，但以其象言之耳。]

週天三百五十六度以及於五緯二曜多在目前。[史公之所謂「旁羅日月星辰」，[李賀之所謂「二十八

宿羅心胸」者，皆在於此。豈不天在山中乎？《本義》謂「天在山中不必實有是事」，亦泥於在字爲過實耳。《測言》曰：「天在山中，即芥子納須彌之意。」則又視在字爲過虛矣。

29 六五，貕豕之牙。

按：《孔氏疏》曰：「褚氏云，貕，除也；除其牙也。」然貕之爲除，古無明訓。據《爾雅》貕貕，《郭注》云：「俗呼小貕豬爲豮子。」則是貕豕爲小貕，猶童牛耳。今五以柔居中，當尊位，是以制二之剛健，若小豕之牙也。

《程傳》曰：貕去其勢，則牙雖存而剛躁自止。

又按：《周禮·肆師職》「大祭祀，展犧牲，繫于牢，頒于職人」，注：「職讀爲機，機可以繫牲者。」附注：「職音弋，樴同。」是樴杙音義同也，即《方言》所謂牙也。

又按：《爾雅》曰：「牙者，畜貕豕之杙也。」《方言》：「海岱之間繫貕豕杙謂之牙。」此可以發千古之蒙矣。

30 咸：上象曰：咸其輔頰舌，滕口說也。《本義》曰：滕、騰通用。

按：《孔疏》曰：「舊說字作滕，滕競與也。所競者口，無復心實。」《鄭玄》又作騰，「騰，送也。」據《爾雅》云：「滕、徵，虛也。」注云：「滕、徵未詳。」亦不知引易爲證。《說卦傳》「兌爲口」舌，云以虛口說動人，而不能至誠感物，故曰滕口說也。非滕、騰通用之謂。

31 晉：二，受茲介福，于其王母。

按：二，君之於臣有父道焉，母道焉，故家人有嚴君，父母之謂也。晉五之於二，不惟錫予之厚，又見親禮，是以母道之慈愛待其臣者，故云王母。《本義》曰：王母，指六五，蓋亨先妣之吉占。《胡雲峰》曰：「《小過》六二遇其妣，即此言王母也。」然不

言母而言王母者，晉下坤體，坤爲母。六五居尊，故言王母以別之。」程傳以王母爲祖母，則非矣。

32 上九，晉其角，維用伐邑。

按：孔氏疏曰：「晉其角者，西南隅也。」蓋以晉上卦爲離，離爲日，晉上九曰昃之象，故曰角也。日已在角而猶進，進過乎中，豈可成其大事哉？維用伐邑而已。離爲甲冑，爲戈兵，故云伐邑。離本卦「王用出征」，亦猶是也。程傳曰：「角爲剛而居上之物。伐邑，謂內自治也。」夫以角爲剛而居上，則得矣。於晉所謂明出地上者，則未當也。王弼曰：「處晉之極，過明之中，明將夷焉，而猶進。」今當從之。

33 解：「二，田獲三狐，得黃矢。

本義曰：此爻取象之義未詳。或曰：卦凡四陰，除六五君位，餘三陰即三狐之象也。

按：蒙引謂：「卦凡四陰，除六五君位，易中無此例。於師以五陰從九二。泰六四言三陰翩然下復。臨初九、九二之徧臨四陰，俱未嘗除五君位。今田獲三狐，乃獨除五，不然也。況田獵之矢豈有黃者。」愚竊謂解下爲坎，坎爲隱伏狐之類，近之。荀九家又有爲狐，坎三爻即三狐也。九二居中爲中直，故云田獲三狐得黃矢。總之，去邪媚而得中直，一言以蔽之矣。

34 損：二簋可用享。

本義曰：言當損時則至薄无害。

按：趙彥陵曰：「享，徐進齋主燕享，說以下奉上之謂享，謂獻也。古者享禮，陳簋八簋爲盛，四爲中，『二爲簡』。」洪覺山曰：「二簋惟損時可用。聖人恐人泥以爲常，故象特以應有時發之。本義言當

損時。時者天之運，而與時偕行者，聖人之權也。」

35　益：五，有孚惠心，勿問元吉。

〈本義曰：上有信以惠於下，則下亦有信以惠於上，不問而元吉可知。〉

按：鄭玄如曰：「損之六五，受下之益者也。益之九五，益下者也。損五受益而獲元吉，益五但知民之當益而已，勿問元吉矣。此惠心之出於有孚者也。」

36　夬：五，莧陸夬夬。

〈本義曰：莧陸，今馬齒莧，感陰氣之多者。〉

按：孟喜易注曰：「莧，山羊也。」正譌曰：「莧，胡官切，音桓，上從艹，是羊頭，非草頭。下從見，如兔字，非見字。蓋山羊細角而大形者。」子夏易傳曰：「莧陸，木根草莖，剛下柔上也。」馬融、王肅曰：「莧陸，一名商陸。」是一是二迄無定論。程傳曰「莧陸，今馬齒莧」，〈本義宗之。〉董遇曰：「莧，人莧也。陸，商陸也。」丘行可曰：「瓜生五月，故於姤言瓜。莧生三月，故於夬言莧。」

37　姤：〈象曰：姤，遇也。柔遇剛也。〉

〈本義曰：姤，遇也，以其本非所望而卒然值之，如不期而遇者故為遇。〉

按：五陰在下，一陽在上，則為剝。剝盡則為純坤，十月之卦也。來者，冀其復反之謂也。五陽在下，一陰在上，則為夬。夬盡則為純乾，四月之卦也。至五月而一陰生，聖人於陰之生，慮其壯，則曰姤遇。遇者，偶然相值之謂也。聖人扶

陽抑陰之義，于此可見。

38 升：南征吉。

本義曰：南征，前進也。

按：趙眘山曰：「巽東南，坤西南，從巽而升，必歷離南而後至于坤，故曰南征吉。」王弼曰：「以柔之南，則麗乎大明。」孔疏曰：「南是明陽之方，故曰南征吉也。」

39 困：二，困于酒食，朱紱方來。

本義曰：困于酒食，厭飫苦惱之意。酒食，人之所欲，然醉飽過宜，則是反爲所困矣。

按：儀禮士昏禮疏賈公彥曰：「易困卦九二云：困于酒食，朱紱方來。」鄭注云：「據初，辰在未，未爲土，此二爲大人有地之象。未上值天廚酒食象。困于酒食者，采地薄不足己用也。」今解「困于酒食」者，皆當從之。張窶東曰：「朱紱，赤紱，皆行飾，所謂天子純朱、大夫赤者也。」二朱紱方來，得君寵也。五困于赤紱，失臣翼也。」今解「朱紱方來」者，皆當從之。

40 井：二，井谷射鮒，甕敝漏。

陸氏釋文曰：「鮒，魚名。」

按：王弼注曰：「井之爲道，以下給上者也。二無應於上，反下與初，故曰井谷射鮒。鮒謂初也。」孔疏曰：「子夏傳云：井中蝦蟆，呼爲鮒魚也。」據廣雅鮒一名鰜，今之鯽也。文選：「雖復臨河而釣鯉，無異射鮒於井谷。」皆以鮒爲小魚也。然莊子謂見涸轍中有鮒魚，亦即是蝦蟆耳。莊子秋水篇：「蛙跳梁乎井幹之上，入休乎缺甃之崖〔一〕。」後漢馬援謂子陽爲井底蛙。蛙與蝦蟆常在於井

〔一〕「崖」字，原作「中」，據莊子秋水篇改。

中、間在於涸轍，知必非鲫魚也。

41 革：己日乃孚〔一〕。

本義曰：變革之初，人未之信，故必己日而後信。

按：王弼注曰：「夫民可與習常，難與適變；可與樂成，難與慮始。故革之爲道，即日不孚，己日乃孚也。」本義宗之。「己讀爲損初『己事遄往』之己。」徐在漢曰：「卦象五行，震東方木，蠱中爻雜震爲甲日。兌西方金，巽中爻雜兌爲庚日。坎離，天地之中，戊己，十干之中。己陰爲己日。離中一陰爲己日。」趙胥山曰：「五行於五德惟上配信。己日乃孚，即革而信之也。」此讀爲戊己之己。

42 初九，鞏用黄牛之革。

本義曰：黄，中色。牛，順物。革所以固物。其占爲當堅確固守而不可以有爲。

按：革之下卦爲離，離爲火。荀九家有爲牝牛，故初取象於牛也。陸庸城曰：「革之始不可輕動，故取牛之中順。革之終可與樂成，故取虎豹之變。蓋革之上卦爲兌，兌爲澤，爲西方白虎之象。故五上取象於虎豹也。」

43 鼎：四，其形渥，凶。

按：王弼注：「渥，沾濡之貌也。既覆公餗，體爲渥沾，知小謀〔二〕大，不堪其任。受其至辱，災及其身。故曰其刑渥，凶也。」周禮司烜氏「邦若屋誅，則爲明竁焉」，鄭司農曰：「屋誅謂夷三族。屋讀如其刑劇之劇。」此則鄭氏之誤也。蓋屋誅謂不殺於市，而誅於甸師氏屋舍中者，非夷族也。

本義引晁氏曰：形渥，諸本作刑剭，謂重刑也。今從之。

竹書

〔一〕「孚」字，原作「革」，據易經革卦及周易本義改。

〔二〕「謀」字，原誤「課」，據王弼注改。

「平王二十五年，秦初用族刑」。至戰國時商鞅造參夷之法。參夷，夷三族也。成周盛時，豈有剭誅夷族之刑哉？漢書哀帝叙傳曰「底剭鼎臣」，師古曰：「剭者，厚刑，謂重誅也。」唐元載以罪誅，史臣贊曰：「易稱鼎折足，其刑剭，諒哉。」是皆沿舊本之誤者也。程傳謂「所用匪人，至於覆敗，乃不勝其任，可羞愧之甚也。其刑渥，謂赧汗也。」此與弼注意同，解形渥者當從之。

44

震二，億喪貝，躋于九陵，勿逐，七日得。

本義曰：億字未詳。又曰：此爻占具象中，但九陵七日之象，則未詳耳。

按：初九以剛居下，能以恐懼致福，即是有德之人。二以柔乘之，假若傲尊陵貴，則將自喪其資助，而爲喪貝之象。億讀如億則屢中之億，謂意料其必然也。乃二乘初之上。初震而與之俱震，一則震來虩虩，則雖所處之地極高，如躋于九陵，而向之億其爲喪貝者，勿逐而自得，一則震來厲，原未嘗有所失也。至於得而無過七日者，復下卦爲震，「七日來復」，而震二亦取象於「七日得」也。唐書曆〔一〕志：僧一行卦議〔二〕曰：「夫陽精道消，靜而無跡，不過極其正數，至七而通矣。」此所謂七日，以二之震屬」，如是其有得於初之資助者不遠而復，如七日之來復也。乾三之重剛以厲而无咎，震二之乘剛以厲而有得。厲者，君子之所爲恐懼脩省者也。

45

漸：二，鴻漸于磐。

本義曰：磐，大石也。漸遠於水，進於磐而益安矣。

按：史記孝武帝紀「鴻漸于般，意庶幾焉」，裴駰注云：「般，水涯堆也。」楊用脩是之，以鴻不棲石。

〔一〕「曆」，原誤「天文」，據新唐書卷二十七曆志改。

〔二〕「卦議」，原作「卦侯議」，據新唐書曆志改。

今本易作磐，此因磐字從石而誤。果如楊說，四鴻漸于木，五鴻漸于陵，鴻又豈樓木樓陵者乎？據水經注磻磎中有泉，謂之茲泉。水次磐石，即太公垂釣之所。是磐石為水次之大石，烏在磐為漸遠于水也？

豐：：豐其沛，日中見沫，折其右肱。

本義曰：沛一作旆，謂旛幔也。其蔽甚於蔀矣。沫，小星也。

〔一〕沛，古本或作旆。沫，子夏傳作昧，云「星之小者」。字林云：「斗杓後星。」薛仁貴云：「輔星，據星傳輔一星在北斗第六星左，去極三十度，入角宿三度。」漢書翟方進傳「輔湛沒，火守舍。」張晏曰：「輔沉沒不見，則天下之兵銷。」蓋輔星象親近之大臣。三居下卦之上，乃大臣象也。處離明之極，以應上六之柔暗，勢燄逼主，如旛幔蔽日。當午而見沫，宜明反暗，豈可以當大事乎？儀禮觀禮云：「事畢，乃右肉袒于廟門之東，乃入門右，北面立，告聽事。」賈公彥疏曰：「按易豐卦九三云：『折其右肱，无咎。』鄭氏注云：『三民爻，艮[二]為手，互體為巽。巽又為進退。手而便于進退，右肱也。猶大臣用事于君，君能誅之，故无咎。』」此所謂「日中見沫，折其右肱」，於九三爻義為更切也。

渙：：渙奔其机。

本義曰：蓋九奔而二机也。

按：王弼注「机，承物者也」，謂初也。孔氏曰：「二俱无應，與初相得，而初得遠難之道，今二散奔

〔一〕「按」字，原誤「抑」，據文例改。

〔二〕「艮」字，原作「是」，據儀禮觀禮賈氏疏改。

歸初，故曰渙奔其机也。」程傳曰：「二曰初爲机。先儒皆以五爲机，非也。方渙離之時，二陽豈能變言也。？机謂俯就也。」其釋机與弼注意同。本義以爲九奔而二机，蓋以卦九剛故象奔，二中故象机。胡雲峰曰：「九奔二机，蓋以卦襄本義曰：初曰臀困于株木。孔氏曰：「釋株者机木，謂之株也。」襄十年左傳「諸侯之師久于偪陽。荀偃、士匄請班師。知伯怒，投之以机」，注：「机，本作几。」故弼以承物爲机，則以二就初爲奔机者，乃正說也。

48 中孚：豚魚吉。

按：毛詩「衆維魚矣，實維豐年」，鄭箋曰：「今衆人相與捕魚，則是歲執爲供養之祥也。易中孚卦曰：「豚魚吉。」孔疏曰：「豚魚吉者，彼注云二體兌，兌爲澤，四上值天淵，二五皆坎爻，坎爲水。二澤則豚利，五亦以水灌淵，則魚利。人主內有誠信，則雖德〔一〕隱之物，信皆及矣。故吉。曰：「魚者，蟲之幽隱；豚者，獸之微賤。豚魚以喻小民也。而爲明君賢臣恩意所供養，信皆及矣。」是皆以豚與魚爲二也。其實卦所謂豚魚卽今所謂江豚也，蓋一物也。

本義曰：豚魚，無知之物，至信可感豚魚。故占者能致豚魚之應，則吉。

山堂肆考曰：「江豚俗呼拜江豬，狀似豘，鼻中有聲，腦上有孔，噴水直上，出入波浪中。見則有風，以其腦中有井，故又名井魚也。」本草陳藏器曰：「江豚生江中，狀如海豚而小，出沒水上。舟人候之，占風。」此風澤之卦所以取象於豚魚也。

49 小過：四，弗過遇之。

本義曰：弗過遇之，言弗過於剛而適合其宜也。或曰：若以六三爻例，則當

〔一〕「德」字，原作「微」，據周易正義中孚孔穎達疏改。

如此說。若依九三爻例，則過遇當如過防之義。未詳孰是。

按：王弼注曰：「雖體陽爻，失位在下，不能過者也。故得合於免咎之宜，故曰弗過遇之。」胡雙湖曰：「弗過遇之者，陽微而弗能過乎陰，反遇乎陰也。弗過遇之者，陰上而弗能過乎陽，反過乎陽也。」李衷一曰：「大抵小過六爻，皆反覆於過不過之間，以弗過而遇為宜。以過而弗遇為非宜。總是發明卦辭中可小事而宜下之意。」

50 既濟：九三，高宗伐鬼方，三年克之。

本義曰：言其久而後克，戒占者不可輕動之意。

按：竹書紀年：「殷武丁三十二年，伐鬼方，次于荊。三十四年，王師克鬼方，氐羌來賓。」是其事也。詩：「覃及鬼方」，毛傳曰：「鬼方，遠方也。」史記楚世家：「陸終娶于鬼方氏，曰女潰。」鬼方蓋國名耳。王弼易注曰：「處既濟之時，居文明之終，履得其位，是居衰末而能濟者也。」高宗實文明，勢當隆盛，伐鬼方而歷之以三年，其用兵亦勞憊矣。然而在所必克者，所謂能濟者也。孔氏疏謂「以衰憊之故，故三年乃克之」，蓋非也。觀未濟「三年有賞于大國」，象曰「志行」，良可覩已。

51 九五，東鄰殺牛，不如西鄰之禴祭。

本義曰：當文王與紂之事，故其象占如此。

按：孔氏疏曰：「禴，殷春祭之名，祭之薄者也。」詩小雅天保「禴祠烝嘗」，疏曰：「自殷以上則禴祠嘗烝。王制文也。至周公則去夏禘之名，以春禴當之，更名春曰祠，故禘祫志云：宗廟之祭，春曰禴。」周公制禮，乃改夏為禴。若然，文王之詩所以已得有制禮所改之名者，注為夏祭之名，則文王時已改。言周公者，據制禮大定言之耳。」今案竹書紀年「殷帝辛六年，西伯

初禴于畢」，則禴自文王始矣。西鄰，文王也；東鄰，紂也。故曰「當文王與紂之事」。

本義曰：卦之六爻皆失其位，故爲未濟。

按：周易考異曰：「未濟三陽失位。程子得之成都隱者。朱子謂火珠林已有。」蓋程子未曾看雜書。今按唐孔氏疏曰：「君子見未濟之時，剛柔失〔一〕正。」又曰：「中以行正者，釋九二失位。志行者，釋九四失位。」三陽失位，本出於孔氏易疏，一以爲得之成都隱者，一以爲出火珠林，何也？

52 未濟。

〔一〕「失」字下，原衍「位」字，據周易正義未濟孔穎達疏刪。

管城碩記卷之二

易二

1　繫辭上傳。　本義曰：繫辭，本謂文王、周公所作之辭，繫于卦爻之下者，即今經文。此篇乃孔子所述繫辭之傳也。

按：南齊書陸澄傳：「澄與王儉書曰：弼於注經中已舉繫辭，故不復別注。今若專取弼易，則繫說無注。」顧歡傳：「歡又注王弼二繫，學者傳之。」又沈驎士傳：「著周易兩繫訓註。」其書並亡。今所傳者，惟韓注已耳。

宋天禧中毗陵范諤昌撰易證墜簡二卷，上卷類郭京舉正，如震卦象辭內云：「脱不喪七鬯四字。」程正叔取之。漸卦上六「疑陸字誤」，胡翼之取之。自謂其學出於溢浦李處約、盧山許堅。下卷辨繫辭非孔子命名，止可謂之贊繫，今爻辭乃可謂之繫辭。又重定其次序。又有注補一篇，辨周、孔述作，與諸儒異。據此，則文王所作卦辭，不當與周公爻辭同在繫辭之列。後云「繫辭以斷其吉凶」，是故謂之爻也。本義以爲文王繫象辭，周公繫爻辭，故同爲繫辭。

又古本作「繫辭上」，或作「繫辭傳」，惟王肅本作「繫辭上傳」，今從之。

2　是故剛柔相摩，八卦相盪。　本義曰：此言易卦之變化也。六十四卦之初，剛柔兩畫而已。

按：《易》中蓍策老少，陰變爲陽，陽化爲陰，陽剛而陰柔，共相切摩。剛摩柔爲震、坎、艮之變化，柔摩剛爲巽、離、兌之變化。剛柔兩體爲陰陽二爻，相雜而成卦，遞相推盪。若十一月一陽生，而推去一陰。五月一陰生，而推去一陽。雖諸卦遞相推移，本從八卦而來。故曰「八卦相盪」也。其變化之成象者，鼓之以雷霆，震起而艮止也。潤之以風雨，兌見而巽伏也。日月運行，一寒一暑，離上而坎下也。合而言之，皆乾剛而坤柔也。其變化之成形者，乾陽也，坤陰也。一陰一陽之謂道，陰陽合德而剛柔有體。乾道成男，震、坎、艮皆男而皆成矣。坤道也，承乾而成女，巽、離、兌皆女而皆成矣。夫孰非陽變陰化之所爲耶？

《本義》曰：此言聖人作易，觀卦爻之象而繫以辭也。

3　聖人設卦觀象，繫辭焉而明吉凶。

《本義》曰：此言聖人作易，觀卦爻之象而繫以辭也。

按：《易》或曰：史稱漢宣帝時，河内女子伐老屋得易本，舊稱說卦傳三卷，後亡其二。靈川全賜以《繫辭》上下傳即是。」而不知說卦之爲設卦，繫辭又本於設卦也。

又云：「設卦以盡情僞，繫辭焉以盡其言。」明明設卦、繫辭，原是二事。設卦者，猶云更置卦畫也。繫辭本于設卦，故說卦傳繼之。何得改繫辭爲說卦乎？

又案：設卦者如天地設位之設，蓋陳設卦爻，非必更置之謂也。

4　六爻之動，三極之道也。

《本義》曰：極，至也。三極，天、地、人之至理。三才各一太極也。

按：《康伯注》：「三極，三才也。」《孔氏》曰：「言六爻遞相推動而生變化，是天、地、人三才至極之道。」本義因之，以六爻初二爲地，三四爲人，五上爲天。《陸德明》以初四爲下極，則地與人合一。二五爲中

極，則天與地合一。三上爲上極，則人與天合一。所謂人爲天地心者以此。

5 辭也者，各指其所之。

按：蓍法，卦有之卦，各指所之，蓋謂之卦也。之卦見於左、國者凡十有八。莊公二十二年：「周史有

以周易見陳侯者，使筮之，遇觀之否。」閔公元年：「初，畢萬筮仕於晉，遇屯之比。」成季之將生也，

筮之，遇大有之乾。」僖公二十五年，晉侯將勤王，「筮之，遇大有之睽。」宣公六年，王子伯廖曰：「其

在周易豐之離。」宣公十二年，知莊子曰：「周易有之，在師之臨。」襄公九年，穆姜初往于東宮，筮

之，遇艮之八」，史曰：「是謂艮之隨。」襄公二十五年，崔武子將娶東郭偃之妹，「筮之，遇困之大過」。

襄公二十八年：「游吉如楚，歸告子展曰：楚子將死矣，周易有之，在復之頤。」叔孫穆子之生也，莊

叔筮之，遇明夷之謙。」「衛襄公，嬖人婤姶生孟，孔成子筮之，遇屯之比。」昭公十二年，南蒯之將叛

也，「枚筮之，遇坤之比。」昭公二十九年：「秋，龍見于絳郊。」蔡墨曰：「周易有之，在乾之姤。」哀公

九年，晉趙鞅卜救鄭，未決。「陽虎以周易筮之，遇泰之需。」周語簡王十三年，單襄公謂其子曰：

「周將得晉國。」昔成公之歸也，晉人筮之，遇乾之否。」晉語董因爲公子重耳筮之，得泰之八。是皆

所謂之卦也。之卦者，由本卦變而之他卦也。故其辭亦各指所之而繫焉。

6 故神无方而易无體。

按：康伯注曰：「方體者，皆係於形器者也。神則陰陽不測。易則惟變所適，不可以一方一體明。」

徐在漢曰：「往來不窮謂之通。通乎幽明之故而知，通乎死生之說而知，通乎鬼神之情狀而知。皆

本義曰：至神之妙，无有方所。易之變化，无有形體也。

是通乎晝夜之道而知，皆是通乎天地之道而知。神以天地爲方，故立不易方而无方。易以天地爲體，故體物不遺而无體。」

7 一陰一陽之謂道。

本義曰：陰陽迭運者，氣也。其理則所謂道。

按：一者，數之始也。天數始于一，聖人畫一奇以象陽。地數始于一，聖人畫一耦以象陰。陽之輕清者爲天，陰之重濁者爲地。一陰一陽而天地生。人生物之道不外乎是。一陰一陽之謂道，是即彌綸天地之道也。陰陽互藏其宅，動靜互爲其根。陽之中有陰，陰之中有陽。合而言之，道也。故曰一陰一陽之謂道。張彥陵曰：「朱子以理氣分爲兩截。夫理言虛，氣言實。氣之條理謂之理，惡可與氣對？天地間豈別有理可以運是氣乎？陰陽原是渾合不相離的。一字不是説分，正是説合。若云迭運，則陰陽仍是二物矣。」

8 繼之者善也，成之者性也。

本義曰：繼，言其發也。善，謂化育之功。陽之事也。成，言其具也。性，謂物之所受。陰之事也。

按：一陰一陽之道，盈滿於天地之間。天地以是道生人，生物。當其由天而之人，則謂之繼。其純然最初者善也。天地之性人爲貴，得乾道之一陰一陽以成男，則其性健。得坤道之一陰一陽以成女，則其性順。降衷各正者性也。本義以上句屬陽，下句屬陰，無由見陰陽之合德矣。「繼之者善，成之者性」，天命之謂性，率性之謂道也。孟子之所謂性善，其原蓋出於此。

9 陰陽不測之謂神。

本義曰：張子曰：兩在故不測。

按：趙氏曰：「兩在，不可謂道在陰又在陽。只是陽中含陰，不可測其爲陽；陰中含陽，不可測其爲陰。其實張子所謂兩在，即前所謂在天成象，在地成形，變化見矣者也。在天與在地不同，不可所在則只此陰變爲陽、陽化爲陰者。成象，謂乾在天成象也。效法，謂坤在地成形也。知來謂占，通變謂事，而變化見也。神也者，妙萬物而言者也。無在而無乎不在，而烏乎測之？」

10 成性存存，道義之門。

《本義》曰：成性，本成之性也。存存，謂存而又存，不已之意也。

按：《易》或曰：『有物渾成，先天地生，故曰成性。此言蓋非也，夫成性，即成之者性也。性本善，庶民去之，君子存之。存，即孟子所謂以仁存心，以禮存心者。聖人知崇而智存，禮卑而禮存。崇效天，則聖人一乾也。卑法地，則聖人一坤也。《乾坤爲易之門》。聖人效乾法坤，爲道義之門，爲諸卦所從出。道義之門，爲德業所從出也。」

11 天一、地二、天三、地四、天五、地六、天七、地八、天九、地十。

《本義》曰：此言天地之數，陽奇陰耦，即所謂河圖者也。

按：伏羲畫卦，仰以觀于天文，俯以察于地理。天數奇，一、三、五皆天。地數耦，二、四、六皆地。夏小正言節氣無過五日又五日，是也。《易》雖言河圖洛書，聖人則之。未嘗明言則以作《易》也。即因以作《易》，龍馬不過一獸耳，不過觀鳥獸之文以遠取諸物耳。《易》明言天尊地卑，乾坤定矣，觀變于陰陽以畫卦矣。明言太極生兩儀，兩儀生四象，四象生八卦矣。若以天一、地二、天三、地四，陽奇陰耦，即河圖之數。河圖出而始知

天一地二乎？〈孔氏〉曰：「此言天地陰陽自然奇耦之數也。」斯言得之矣。

12　天數五，地數五。

〈本義〉曰：此簡本在大衍之後，今按宜在此。

按：古易大衍之數節在前，天數五節在後。蓋天地之數始於一而成於十〔一〕，亦當十位。天五地五，合而言之爲十位，分而言之爲五。蓋十者天之成數，而要以五而兩。故聖人作易幽贊于神明而生蓍，參天兩地而倚數。參兩者，五也。自一而衍之成五，又衍之成十。大衍之而成五十。於五十之中虛其一而不用。〈左傳莊叔〉曰：「日之數十。」〈子夏易傳〉曰：「一不用者，太極也。」著德圓以況天數，故七七四十九。大衍之四十九策，適與之合，此一行而爲革，〈象〉曰：「天地革而四時成。」〈象〉曰：「君子以治歷明時。」大衍之四十九策之位，揲四爲四時之位，邵子曰：「五者，蓍之小衍，故五十爲大衍。」歸奇再扐爲閏，蓋四十九策，一、三、五、七、九皆天，而五則天之中數「積五而衍之」，無過三十。地之中數，積六而衍之，無過二十有五。二、四、六、八、十皆地，而六則地之中數，合四時十二月中氣所由定也。此天地變化，聖人效之以作易也。而變化之神妙莫測者，則曰鬼神。故曰：「知變化之道者，其知神之所爲乎？」古本天數五節在大衍節後，非錯簡也。月成歲歸餘於終之位也。五位者分二爲兩儀之位，掛一爲三才之位，所以有取于大衍也。五位成而先後多寡之相得，陰陽老少之有合，於是而著。

13　乾之策二百一十有六，坤之策百四十有四，凡三百有六十〔一〕，當期之日。

〈本義〉曰：凡此策數生

〔一〕「十」字，原誤作「日」，據周易繫辭傳改。

於四象。少陰退而未極乎虛，少陽進而未極乎盈，故此獨以老陽老陰計乾，坤六爻之策數，餘可推而知也。期，周一歲也。

按：易象震衡交圖說曰：「衡圖者，乾坤平衡爲南北陸，卯酉之中日道四十八，以著法揲之，或贏或乏。乾陽得九，四九三十六，以六乘之，乾六爻得二百一十六。坤陰得六，四六二十四，以六乘之，坤六爻得一百四十四。天日平行十二次，每次平行三十度。冬至之日出辰入申，首尾縮各三度，中更七次，二百一十六度。夏至之日，出寅入戌，首尾贏各三度，近五次爲百四十四。此冬夏晝日長短之大率也。其與乾坤之策數合，而當期之日者深有契也。」

14 二篇之策，萬有一千五百二十，當萬物之數也。

本義曰：二篇，謂上下經。

按：唐孔氏正義序曰：「第八論誰加經字。但子夏傳云：雖分爲上下二篇，未有經字。經字是後人所加。」晉束晳傳曰：「太康二年，盜發魏安釐王家，得竹書數十車。其易經二篇與周易上下經同。」易緯謂文王所分是矣。又按周禮太卜「掌三易之灋，其經卦皆八」，則經字自古有之，非後人所加也。韓康伯注曰：「陽爻六，一爻三十六策。陰爻六，一爻二十四策。」二篇三百八十四爻，合萬一千五百二十策。」張衡靈憲曰：「微星之數蓋萬一千五百二十，庶物蠢動，咸得係命。」其意蓋本於此也。

15 是故四營而成易，十有八變而成卦。

謂一變也。三變成爻，十八變則成六爻也。

本義曰：四營，謂分二、掛一、揲四、歸奇也。易，變易也，

按：胡方平曰：「畢中和揲法，其言三揲皆掛，正合四營之義。朱子亦謂畢氏揲法視疏義爲詳。」劉

禹錫辨易九六論曰：「畢中和之學，其傳原於一行禪師。」蘇子瞻曰：「唐一行之學，以爲三變皆少，

則乾之象也。乾所以爲老，陽而四數，其揲得九，故以九名之。三變皆多，則坤之象也。坤所以爲

老，陰而四數，其揲得六，故以六名之。三變而少者一，則震、坎、艮之象也。震、坎、艮所以爲少，陰而

陽而四數，其揲得七，故以七名之。三變而多者一，則巽、離、兌之象也。巽、離、兌所以爲少，不在

四數，其揲得八，故以八名之。故七、八、九、六者，因揲數以名陰陽，而陰陽之所以爲老少者，不在

平是而在乎三變之間，八卦之象也。」

16

是故易有太極。

本義曰：易者，陰陽之變。太極者，其理也。

按：北史李業興傳：「梁武帝問：易有太極，極是有無？對曰：所傳太極是有。」蓋據易有太極而言

也。朱子曰：「至宋受命，五星聚奎，開文明之運，而周子出焉。不由師傳，默契道體，建圖屬書，根

極要領。」又曰：「先生之學，其妙具於太極一圖。無極而太極，此五字增減一字不得。」又曰：「上天

之載，無聲無臭，而實造化之樞紐，品彙之根柢也。故曰無極而太極。」據爾雅曰：「哉，始也。」詩

「載見辟王」，毛傳曰：「載，始也。」孔疏曰：「哉、載，義同。」此上天之載，蓋謂上天之始，聲臭俱無，

所謂無極也。朱子詩傳曰：「載，事也。」禮記鄭注曰：「載，讀曰栽，謂生物也。」若以爲上天之事即

是造化，何以爲造化之樞紐乎？若以爲生物即是品彙，又何以爲品彙之根柢乎？蓋極者中也，

即太極也。虛其中，而更無一點居中，即無極也。無中而中在，即無極而太極也。在天爲極，人

受天地之中以生，天命之謂性，故曰性猶太極也。易乾鑿度曰：「夫有形者生於無形，則乾坤安從

而生？故有太易。太易者，未見氣也。」韓康伯曰：「夫有必始於無，故太極生兩儀也。」先儒何氏

曰：「繫辭分爲上下二篇者，上篇明无，故曰易有太極。太極即无也。」又云：「聖人以此洗心退藏於

密，是其无也。下篇明幾，從无入有，故云知幾其神乎！然則無極即太極，蓋古注疏中義也。」周書

曰：「道天莫如無極。」無極之說，自古有之。老子曰：「知黑守白，復歸於無極。」列子引夏革曰：「無則無極。」又云：「含天

地也故無極。」無極之說，即易有太極。易无體，故爲无極。周子圖說極

有根柢，自宋儒諱言古注，以爲不由師傳，默契道體。致疑是圖者，或謂其得之陳摶、穆脩，或謂其

得之鶴林寺僧，殊可嘆也。

徐進齋曰：日月之明，旁燭幽遐，非易之示人本隱之顯，何以開物成

務？是言其有所合也。

17 縣象著明，莫大乎日月。

按：虞翻曰：縣象著明，謂日月懸天成八卦象。三日暮，震象，月[一]出庚。八日，兌象，月見丁。

十五日乾象，月盈甲壬[三]。十七[二]日旦，巽象，月退辛。二十三日艮象，月消丙。三十日坤象，

月滅乙癸[四]。晦夕朔旦則坎象，水流戊，日中則離象，火就己。戊己土位，象見于中，日月相推而

明生焉。」此以納甲分八卦之方，與魏伯陽參同契略同。參同契不列壬癸，視此爲較疏矣。

〔一〕周易集解引虞氏語無「月」字。

〔六〕據周易集解引虞氏語改。

〔二〕周易集解引虞氏語無「壬」字。

〔五〕下文五個「月」字同。

〔三〕「七」字，原作

〔四〕周易集解引文無「癸」字。

18 河出圖，洛出書，聖人則之。

本義曰：河圖、洛書，詳見啓蒙。

按：蔡季通曰：「關子明、邵康節皆以十爲河圖，九爲洛書，託言出於希夷。」據子華子曰：「河圖之二與四，抱九而生，躋六與八，蹈一而下沉。戴九而履一，據三而持七，五居中宮，數之所由生。一縱一橫，數之所由成。」孔安國[一]、劉歆皆以十爲河圖，九爲洛書，是也。易學啓蒙曰：「洛書而虛其中，則亦太極也。奇偶各居二十，則亦兩儀也。一二三四而合九八七六，縱橫十五而互爲七八九六，則亦四象也。四方之正以爲乾、坤、離、坎，四隅之偏以爲兌、震、巽、艮，則固八卦也。河圖之一六爲水，二七爲火，三八爲木，四九爲金，五十爲土，則洪範之五行。而五十有五者，又九疇之子目也。範自初一至次九，與洛書合。是則洛書固可以爲易，而河圖亦可以爲範矣。河圖、洛書相爲經緯，不信然哉！」

19 陽卦奇，陰卦耦。

本義曰：凡陽卦皆五畫，凡陰卦皆四畫。

按：聖人畫卦，畫一奇以象陽，畫一耦以象陰。三奇，乾也，爲老陽。三耦，坤也，爲老陰。其餘兩耦一奇，則一奇爲之君。故震、坎、艮爲少陽之卦。奇在初爲震，中爲坎，末爲艮。兩奇一耦，則一耦爲之主。故巽、離、兌爲少陰之卦。耦在初爲巽，中爲離，末爲兌。此所謂陽卦奇，陰卦耦。

20 介如石焉，寧用終日。

本義曰：此釋豫六二爻義。

彭山曰：「奇耦之名始見于此。」

[一]「孔安國」原誤作「孔子國」，據尚書僞孔傳及文義改。

按：晉書桓溫傳溫上疏曰：「砎如石焉，所以成務。」豫二「介于石」，古文作砎。鄭康成曰：「磨砎也。」溫疏「砎如石」，宗鄭學也。

21 乾坤，其易之門邪？

胡氏曰：闔闢言户，此言門。户一也，以流形言。門二也，以對待言。闔户謂之坤，闢户謂之乾，分而言之則曰户，一闔一闢，往來不窮。合而言之，則曰門。其實則一而已矣。

按：乾坤指奇耦二畫，易指諸卦。蓋乾坤為諸卦所從出，故謂之門。

22 於稽其類，其衰世之意邪？

本義曰：卦爻之義雖雜出而不差謬。然非上古淳質之時思慮所及也。故以為衰世之意。

按：伏羲畫卦，既本陰陽以盡意。文、周豈外是以盡情哉？蓋易之興也，因貳以濟民行，以明失得之報。明其所行之得者，報之以吉。所行之失者，報之以凶。伏羲淳古時豈應有此？故以為衰世之意。

23 是故履，德之基也；謙，德之柄也；復，德之本也。

本義曰：此章三陳九卦，以明處憂患之道[一]。

按：履柔履剛也，謙中正所以為德之始基也。謙「亨，君子有終。」人之所當執持也，所以為德之柄也。「復，剛反動而以順行，出入无疾，朋來无咎」，皆本于此，所以為德之本也。「恒亨，无咎，利貞。」貞正而固也。固則恒久而不已，所以為德之固也。損剛益柔有時，君子進德脩業，欲及時也，所以為德之脩也。益動而巽日進无疆，進則日見其克裕，所以為德之裕也。

[一]這句朱氏語，殿本作「九卦皆反身修德，以處憂患之事」。

困而不失其所亨，其爲君子乎？匪君子而安能不失也？人品於是而辨，所以爲德之辨也。坤爲地，萬物皆致養焉。井養而不窮，一安貞之應地也，所以爲德之地也。剛巽乎中正，柔皆順乎剛一，若有所制而伏于下。兑見而巽伏也，所以爲德之制也。初陳者，言九卦可以脩德。再陳者，言九卦之德所以當用。三陳者，言所以用之方。

24 其出入以度，外内使知懼。

本義曰：此句未詳，疑有脱誤。

按：**康伯**注：「出入猶行藏，外内猶隱顯。」**孔氏**曰：「言行藏各有其度，不可違失於時。若不應隱而隱，不應顯而顯者，必有凶咎。使知畏懼而不爲也。」**徐在漢**曰：「變之所適，有出有入。而變易之中，無非天則，故曰其出入以度。有出有入，則有内有外，而出入之度無非懼以終始，故曰外内使知懼。」

今按：出入猶出處，外謂外卦，内謂内卦，**晉語**：司空季子曰：「屯，厚也。豫，樂也。車班外内，順以訓之。」**韋昭**謂「屯内豫外」，知外内即外卦内卦也。其出入進退各有度限，如節之制數度議德行也。出入之所占，或外或内，或當或不當，各有度限以制之。否則必至於凶咎，凡所以使人知所懼也。

25 四多懼，近也。

本義曰：四近君，故多懼。

按：**洪容齋隨筆**曰：「**郭京易舉正**三卷，云：曾得**王輔嗣**、**韓康伯**手寫注定傳授真本，此校今世流行本舉正其訛，凡一百三十五處。今略取其明白者二十處，載於此。坤，初六，履霜堅冰至。象曰：

履霜，陰始凝也。今本象文霜字下誤增堅冰二字。屯六三象曰：即鹿无虞，何以從禽也。今本脫

何字。師六五，田有禽，利執之。元本之字誤作言。觀注義亦全不作言字釋也。比九五，象曰：失

前禽，舍逆取順也。今本誤倒其句。賁亨，不利有攸往。今本不字誤作小字。坎卦習坎上脫坎字。

注云：剛柔交錯而成文焉。天之文也。今本脫剛柔交錯一句。坎卦習坎上脫坎字。姤九四，象曰：包失

漁。注：二有其漁，故失之也。今本誤作无魚。塞九三，往塞來正。今本作來反。困初六，象曰：

入于幽谷，不明也。今本谷字下多幽字。聖人亨以享上帝，以養聖賢。今本正文多而大亨三字，

故注文亦誤增大亨二字。震象曰：不喪匕鬯，出可以守宗廟社稷以爲祭主也。今本脫不喪匕鬯一

句。漸象曰：君子以居賢德，善風俗。今本及字下多豚魚二字。豐九四，象：遇其夷主吉。今文脫

志字。中孚象豚魚吉，信及也。今本及字下多豚魚二字。小過象：柔得中，是以小事也。今本

脫可字，而事字下誤增吉字。六五象曰：密雲不雨，已止也。注：陽已止下故也。今本正文作已

上，故注亦誤作陽已上故止也。繫辭下二多譽，四多懼。注：懼，近也。今本正文誤作四多懼，近也。

本義曰：幽贊神明，猶言贊化育。

說卦傳：幽贊於神明而生蓍。

按：朱子嘗曰：「易只爲卜筮而作，故周禮分明言太卜掌三易：連山、歸藏、周易。秦去古未遠，故

周易亦以卜筮得不焚。今人才説易是卜筮之書，便以爲辱累了易。見夫子説許多道理，便以爲易

只説道理。」以愚臆之，周禮大卜「掌三易之灋」，鄭氏注曰：「易者，揲蓍變易之數可占者也。」賈公

彥曰：「易繫辭云：分而爲二以象兩，掛一以象三，揲之以四，以象四時，歸奇於扐，以象閏。」此是揲

著變易之數可占者也。」非謂全易之書只爲卜筮而作，故掌之以太卜也。子曰：「易與天地準，故能彌綸天地之道。」又曰：「易有聖人之道四焉。」又曰：「夫易開物成務，冒天下之道。」又曰：「聖人之作易也，將以順性命之理。」易只卜筮云乎哉？荀子曰：「善爲易者不占。」見易之不專爲卜筮也。秦人以爲卜筮者，時明易者屏跡而不出，而秦人亦視爲卜筮而不廢，易之幸也。豈可以秦人之視易言易哉？

27　天地定位，山澤通氣。

邵子曰：此伏羲八卦之位，所謂先天之學也。

帝出乎震，齊乎巽。

按：邵子曰：此卦位乃文王所定，所謂後天之學也。

周禮大卜「掌三易之灋」，干寶注曰：「天地定位，山澤通氣，雷風相薄，水火不相射，此小成之易也。帝出乎震，齊乎巽，相見乎離，致役乎坤，說言乎兌，戰乎乾，勞乎坎，成言乎艮，此連山之易也。初巽、初乾、初艮、初兌、初犖、初離、初釐、初巽，此歸藏之易也。」朱子本義直從邵子之說也。

28　雜卦傳注康伯曰：雜卦者，雜糅衆卦，錯綜其義。

按：孔疏曰：「虞氏云：雜卦者，雜六十四卦以爲義，其於序卦之外，別言也。昔者聖人之興，因時而作，隨其時宜，不必皆相因襲。故歸藏名卦之次，亦多異於時。」今歸藏易亡，惟存六十四卦名，又闕其四，與周易不同。如坤作輿，需作溽，小畜作毐[一]，謙作兼，蠱作蜀，剝作僕，无妄作毋亡，大畜作毒，坎作犖，咸作誠，遯作遂，家人作散家人，解作荔，損作員，升作稱，震作釐，艮作狠，渙作

〔一〕毐字下，原有「畜」字，據文義刪。

央之類是也。

29　經籍考云：陳氏曰：九家易者，漢淮南王所聘明易者九人。荀爽嘗爲之集解。

按：朱子說卦傳注，所引荀九家易，經典序錄曰：「荀爽九家集注十卷，不知何人所集，稱荀爽者，以爲主故也。」其序有荀爽、京房、馬融、鄭玄、宋衷、虞翻、陸績、姚信、翟子玄。是九人者，皆在淮南王安之後，陳氏以漢淮南王所聘明易者九人，爲荀九家易，失考甚矣。荀爽別名諝，見吳書虞翻傳注。

30　王伯厚易經考異曰：館閣書目：周易元包十卷，唐衞元嵩撰。

按：元包，衞元嵩撰，其書以八純卦爲八篇之首，先坤後乾、兌、艮、離、坎、巽、震。蘇允明注之，謂易起於乾，包起於坤。李江序之，謂周曰周易，唐曰唐包。據楊楫序元包云：「元嵩益州成都人，明陰陽歷數算、獻策後周。賜爵持節蜀郡公。武帝尊禮，不敢臣之。」周書褚該傳：「蜀郡衞元嵩亦好言將來事。天和中預論周隋廢興及皇家受命，並有徵驗。性尤不信釋教，嘗上書極論之。」書目及李江之序皆云「唐人」，殊失考矣。

31　經籍改子夏易十卷。晁氏曰：唐藝文志子夏書已亡，今此書約王弼注爲之者，止雜卦。景迂云：

按：隋、唐志易有卜夏傳二卷，殘闕。孔氏易正義卷首〔一〕引子夏傳云：「雖分爲上下二篇」，未有經張弧僞作。

〔一〕「卷首」原作「序」，據周易正義改。

字。」屯二乘馬班如,引子夏傳云:「班如者,謂相牽不進也。」泰〔一〕上城復于隍,引子夏傳云:「隍是城下池也。」央五〔二〕引子夏傳云:「莧陸,木根草,莖剛,下柔上也。」姤五引子夏傳云:「作杞苞瓜。」井二引子夏傳云:「井中蝦蟆,呼為鮒魚也。」益象引子夏傳云:「雷以動之,風以散之,萬物皆益〔三〕也。」洪容齋曰:「孔子弟子惟子夏於諸經獨有書,於易則有傳,於詩則有序,於禮則有儀禮喪服一篇,於春秋所云不能贊一辭,蓋亦嘗從事於斯矣。後漢徐防上疏曰:詩書禮樂定自孔子,發明章句始於子夏。」斯其証云。」今經解以子夏易傳為首卷,亦是意也。

崇文總目曰:鄭康成易注,今唯文言、說卦、序卦、雜卦合四篇,篇皆逸。指趣淵確,本去聖之未遠。

按:南齊書陸澄傳:澄與王儉書曰:「晉太興四年,太常荀崧請置周易鄭氏注博士,行乎前代。於時政由王庾,皆儁神清識,能言玄遠,舍輔嗣而用〔四〕康成,豈其安然!元嘉建學之始,玄弼兩立。逮顏延之為祭酒,黜鄭置王。」則後儒之廢鄭者,自顏始也。鄭注向所存文言、說卦、序卦、雜卦四篇,今并亡之。」而經注所引,如內則「不敢睇」,疏引明夷六二爻辭鄭氏注;坊記「東鄰殺牛」,疏引既濟九五爻辭鄭氏注;士昏禮「爵弁服纁裳純衣緇帶韍韐」,疏引困卦九二朱紱方來」,鄭氏注;詩「眾維魚矣」,疏引中孚「豚魚吉」;詩「賁然來思」,疏引賁象「山下有火」鄭氏注;爾雅「益謂之缶」,疏引坎六四「樽酒簋貳用缶」,比初六「有孚盈缶」鄭氏注;而易疏屯二「匪寇昏媾」、「媾猶會

〔一〕「泰」卦,原作「復」卦,據周易正義改。

〔二〕「五」字,原作「二」,據周易正義央卦孔穎達引文改。

〔三〕「益」字,十三經周易正義益卦孔穎達引文作「盈」。

〔四〕「用」字,原作「周」,據南齊書陸澄傳改。

也。引鄭氏注。其餘蓋不經見云。

33　漢藝文志京氏段嘉十二篇。

師古曰：嘉即京房所從受易者。

按：儒林傳「房授東海殷嘉」，則嘉乃京之門人，非京所從受易者。受當作授，段當作殷，字誤也。後漢馮異傳段建，東漢記作殷建。班彪傳殷肅，固集作段肅，皆以字近而誤。

34　南史伏曼容：何晏疑易中九事，以吾觀之，晏了不學也。

按：南齊書張緒傳「緒長於周易，見宗一時，常[一]云何平叔所不解易中七事，諸卦中所有時義，「豫之時義」「隨之時義」「旅之時義」者三卦而已。七事、九事，未知孰是。據晏常自言易義精了，所不解者九事，一日迎管公明共論易，九事皆明。則言九事者是也。曼容以何晏了不學而譏之，此南史謂其倜好大言也。

35　朱子語錄曰：京房卦氣用六日七分。季通云：康節亦用六日七分，但不見康節說處。

按：易緯稽覽圖曰「卦氣起中孚，故離、坎、震、兑各主其一方。其餘六十卦，卦有六爻，爻別主一日，凡主三百六十日，餘有五日四分日之一者。每日分為八十分，五日分為四百分。四分日之一，又為二十分，是四百二十分。六十四卦分之，六七四十二，卦別各得七分，是每卦得六日七分也。」崔瑗傳「明京房易傳六日七分」。康節數學，想亦用此，故蔡氏及之。京氏之學，蓋原於此。後漢郎顗傳「善六日七分」，今世術士所用世應、飛伏、游魂、歸魂、納甲之說，皆出京氏。

〔一〕「常」字，原作「嘗」，據南齊書張緒傳改。

36

程廻周易古占曰：襄九年，穆姜〔一〕始往東宮，遇艮之八。史曰：是謂艮之隨。蓋五爻皆變，惟二八不變也。

杜征南引連山、歸藏以七八占，其失遠矣。

按：晉語「公子重耳親筮之曰：尚有晉國，得貞屯悔豫，皆八」。注曰「震在屯為貞，在豫為悔。八」，謂震兩陰爻在貞在悔皆不動，故曰皆八」，謂爻無為也。又「董因迎公于河」，曰：「臣筮之，得泰之八」。注曰「乾下坤上泰，遇泰無動爻，無〔二〕為侯。泰三至五，震為侯，陰爻不動，其數皆八。故得泰之八」，蓋即此也。沙隨程氏之所謂古占，蓋即此也。黄石齋易象震曰：「貞屯悔豫皆八」，是兩筮也。兩筮之陽爻皆動，陰爻皆不動。不動者多陽變而從八，八即坤也。古人名坤曰八也。

其意亦本於晉語：「司空季子曰：震，車也。坎，水也。坤，土也。屯，厚也。豫，樂也。」注曰「豫內為坤，屯二與四亦為坤。」是皆坤也，故因以八即坤也。坤，可乎？則以爻之不變者為八為得解也。

朱子注曰：陰陽有自然之變，卦畫有自然之

37

周子通書曰：易何止五經之源，其天地鬼神之奧乎？

按：此易之為書，所以為文字之祖、義理之宗也。

漢藝文志曰：「六藝之文：樂以和神，仁之表也；詩以正言，義之用也；禮以明體，明者著見，故無訓也；書以廣聽，知之術也；春秋以斷事，信之符也。五者，蓋五常之道相須而備，而易為之原。」

後魏書常爽傳曰：「爽因教授之暇，述六經略注，以廣制作。其序曰：樂以和神，詩以正言，禮以明

〔一〕「姜」字，原誤「義」，據左傳襄公九年改。

〔二〕「無」字，原作「筮」，據國語韋昭注改。

體，書以廣聽，春秋以斷事，五者蓋五常之道相須而備，而易爲之源。故曰易不可見，則乾坤其幾

乎息矣。」周子曰「易何止五經之源」，意蓋本此而言耳。

38 邵子觀物詩曰：乾遇巽時爲月窟，地逢雷處見天根。天根月窟閒來往，三十六宮都是春。　注以

乾一兑二爲三宮，離三震四爲七，巽五坎六爲十一，艮七坤八爲十五，合之則三十六宮。　小車春暖秋涼日，一日止能移一

按：先生小車初出吟曰：「物外洞天三十六，俱疑散布洛陽中。　宮。」此即是詩之注腳。必欲強求其數以合之，則鑿矣。

39 伊川易傳十卷。　朱子曰：易本是卜筮之書，程先生只說得一理。又曰：程易言理甚備，象數却

欠在。

按：二程遺書：「張閎中以書問易之義，本起於數。　程子答曰：謂易[1]起數，則非也。有理而後有

象，有象而後有數。易因象以知數，得其義則象在其中矣。必欲窮象之纖[2]微，盡數之毫忽，乃

尋流逐末[3]，術家所尚，非儒者之務也。　管輅、郭璞之學是已。」蓋程子之意以爲理數一源，有理

即有數，初不必岐而二之。而朱子語錄曰：「聖人分[4]明說：昔者聖人之作[5]易，觀象設卦，繫辭

焉以明吉凶。　幾多分曉。某所以說易只是卜筮書者，此類可見。」然夫子又曰：「觀變於陰陽而立

卦，發揮於剛柔而生爻，和順於道德而理於義，窮理盡性以至於命。」又曰：「昔者聖人之作易也，將

〔一〕「易」字，二程遺書卷二十一上作「義」。　〔二〕「纖」字，二程遺書作「隱」。　〔三〕「末」字，原誤作「未」，據朱子語類卷六十六改。　〔四〕「分」字，原誤作「今」，據二程遺書卷二十一上改。　〔五〕「作」字，據朱子語類卷六十六補。

以順性命之理。」有理而數在其中，故曰「天下之理得而成位乎中矣」。觀象繫辭之說可據，窮理盡性之說獨不可據乎？

又按：〈歸藏〉曰：「昔黃神將戰，筮于〈巫咸〉。」〈世本〉曰：「〈巫咸作筮〉。」蓋黃帝臣也。而〈庖犧〉畫卦，佃漁取諸〈離〉；〈神農氏作耒耜取諸益，市取諸〈噬嗑〉，斯時尚未有卜筮。後世聖人乃以〈易〉爲卜筮之用耳。謂〈易〉只卜筮之書，可乎？

管城碩記卷之三

書一

1　尚書序云：「魯共王壞孔子宅，於壁中得先人所藏古文虞夏商周之書，皆科斗文字。科斗書廢已久，時人無能知者，以所聞伏生之書考論文義，定其可知者，爲隸古定，更以竹簡寫之。」

按：尚書有古文者，倉頡書也，孔壁所藏者是也。今文者，漢隸書也，伏生所授者是也。古文尚書，孔安國爲之作傳，定五十八篇。會武帝末，國有巫蠱事，用不復以聞。書傳散失於民間，終漢之世，諸儒皆未之見。孔氏曰：「劉歆作三統曆，論武王伐紂，引今文泰誓云：丙午逮師。又引武成越若來三月五日甲子，咸劉商王受。並不與孔同。」是不見孔傳也。後漢初，賈逵奏尚書疏云「流爲鳥」，是與孔亦異也。馬融書序注「經傳所引泰誓，泰誓並無此文。」又云：「逸十六篇，並無師說。」是融亦不見也。服虔、杜預注左傳「亂其紀綱」，並云「夏桀時」。服虔、杜預皆不見也。鄭玄亦不見之，故注書序舜典云「人麓伐木」，注五子之歌云「避亂於洛汭」，注胤征云「胤、臣名」。又注禹貢引胤征云：「厥篚玄黃，昭我周王。」又注咸有一德云：「伊陟、臣扈曰。」又注旅獒云：「獒讀曰豪，謂是酋豪之長。」又古文有仲虺之誥、太甲「載孚在亳。」又曰：「征是三朡。」

管城碩記

四六

甲、說命等見在,而云亡。其泪作、典賓之等一十三篇見亡,而云已逸。是不見古文也。至晉世王

肅注書,始似竊見孔傳,故注「亂其紀綱」爲「夏太康時。又晉書皇甫謐傳云:「姑子外弟梁柳邊得古

文尚書,故作帝王世紀,往往載孔傳五十八篇之書。」晉書又云:晉太保公鄭沖以古文授扶風蘇愉,

愉授天水梁柳,柳授城陽臧曹,曹授郡守子汝南梅賾,又爲豫章內史,遂於前晉奏上其書,而施行

焉。時已亡失舜典一篇。晉末范甯爲解時,已不得焉。至齊蕭鸞建武四年,姚方興於大航頭得而

獻之。議者以爲孔安國之所注也。值方興有罪,事亦隨寢。至隋開皇二年購募遺典,乃得其篇

焉。

2 堯典:寅賓出日。

蔡傳曰:賓,禮接之如客也。蓋以春分之旦,朝方出之日,而識其初出之

景也。

按:寅賓、寅餞,孔傳曰:「賓,導也。敬導出日,平均次序東作之事以務農也。餞,送也。日出言

導,日入言送,因事之宜。」蓋出日納日,以初春初秋而言。日中宵中,乃以二分而言也。北史李業

興傳:「天平四年使梁,梁武問堯時以前何月爲正?對曰:自堯以上,書典〔一〕不載,實所不知。梁

武云:寅賓出日是正月,日中星鳥是二月,此出堯典,何得云堯時不知用何正?」然則鄭玄注云:「寅

賓出日,謂春分朝日。寅餞納日,謂秋分夕月」,其說非矣。蔡傳宗之,而以爲「識其方出方納之

景」,抑豈敬授人時之實乎?

〔一〕「典」字,原作「所」,據北史李業興傳改。

3　象恭滔天。

孔傳曰：貌象恭敬，而心傲狠若漫天。

蔡傳曰：滔天二字，未詳。與下文相似，疑有舛誤。

4　朕在位七十載。

孔傳曰：堯年十六以唐侯升爲天子，在位七十年，時年八十六。疏曰：偏檢

按：竹書：「帝堯十九年，命共工治河。六十一年，命崇伯鯀治河。」則鯀未命以前，四十一年中治河者，皆共工也。時帝問誰順予事，而驩兜美共工之傚功。帝謂其治河外若貌承君命，而洪水仍致滔天，與下文「浩浩滔天」同一義也。

按：竹書：「帝譽高辛氏四十五年，帝錫唐侯命。六十三〔一〕年帝陟。帝子摯立，九年而廢。帝堯陶唐氏卽位，居冀。元年丙子，命羲和歷象。」計命爲唐侯之年。至帝卽位之年，二十有六年矣。

今之書傳，無堯卽位之年。傳言十六，必當有所案據，未知出何書？

又按：前漢地理志：「中山國唐縣，堯山在南。」張晏曰：「堯爲唐侯，國於此。堯山在北，唐水西入河，南有望都山界。」後漢郡國志中山唐縣，劉昭注引帝王世紀曰：「堯封唐。堯山在北，唐水西入河，南有望都山，故曰望都。」即堯封唐之年當十有餘歲，安在嗣摯卽位之年，僅十有六乎？

傳言十六，誤也。

5　舜典：正月上日，受終于文祖。

孔傳曰：文祖者，堯文德之祖廟。

蔡傳曰：文祖，堯始祖之廟。未詳所指何人也。

〔一〕「六十三」，原作「六十」，據竹書紀年改。

按：「隋書牛弘傳曰『今檢明堂必立[一]五室者何？』尚書帝命驗曰：帝者承天立五府，赤曰文祖，黃曰神斗，白曰顯祀，黑曰玄矩，蒼曰靈府。」康成注云：「五府與周之明堂同矣。」是文祖蓋明庭之南府，非謂堯始祖廟也。竹書：「帝堯七十三年春正月，舜受終于文祖。七十四年，虞舜初巡狩四岳。八十七年，初建十有二州。」舜典所載大半攝位時事也。舜格于文祖以後，則帝舜在位事耳。

6 五十載，陟方乃死。

孔傳曰：方，道也。舜即位五十年，升道南方巡守，死於蒼梧之野而葬焉。

蔡傳曰：陟方，猶升退也。陟方乃死，猶言徂落而死也。

按：竹書：「帝舜三十二年，帝命夏后總師，遂陟方岳。四十九年，帝居于鳴條。五十年，帝陟。」夫陟方在十八年之前，五十年乃死，豈可以陟方訓為死乎？吳都賦曰「烏聞梁岷有陟方之館，行宮之基」，晉庾闡揚都賦曰「天包龍軫，地奄衡霍，玄聖所遊，陟方所託」，水經注曰「言大舜之陟方也，二妃從征，溺於湘江」，皆以陟方為巡守方岳。蔡氏注以為升退，謂升退乃死，可乎？

7 大禹謨。

正月朔旦，受命于神宗。帝曰：咨禹，惟時有苗弗率，汝徂征。

蔡傳曰：神宗，堯廟也。

按：神宗，傳以為堯廟。尚書帝命驗曰「帝者立五府，黃曰神斗」，蓋神宗也，如明堂之太室也。

林氏曰：禹征有苗，蓋在居攝之後，而稟命於舜，禹不敢專也。

按：竹書：「帝舜三十三年春正月，夏后受命于神宗。三十五年，帝命夏后征有苗。有苗氏來朝。」

[一]「立」字，隋書牛弘傳作「須」。

益稷云：無若丹朱傲，惟慢遊是好。

蔡傳曰：漢志堯處子朱於丹淵，爲諸侯。丹，朱之國名也。

罔水行舟，如罘盪舟之類。

按：竹書「帝堯五十八年，帝使后稷放帝子朱於丹水。」世以其爲帝子而尊之，雖食租衣稅，未嘗爲諸侯也。竹書「舜二十九年，帝命子義鈞封于商。」封之則列於諸侯，放之則不得爲諸侯也。舜即位，乃始封朱于房。又罔水行舟，蓋所謂陸地行舟。而論語罘盪舟，則非此，先儒皆誤解也。罘，寒浞之子，春秋傳作澆。竹書「夏帝相二十六年，寒浞使其子澆帥師滅斟灌。二十七年，澆伐斟鄩，大戰于濰，覆其舟，滅之。」天問「覆舟斟尋，何道取之」？謂此耳。豈可以爲陸地行舟乎？

夏書禹貢序云：禹別九州，隨山濬川，任土作貢。

孔傳曰：此堯時事而在夏書之首，禹之王以是功也。

蔡傳曰：夏，禹有天下之號也，禹貢作於虞時，而繫之夏書者，禹之王以是功也。

按：竹書「帝舜三十三年，夏后受命于神宗，遂復九州。」禹制九州貢法，作于虞時。孔傳云「堯時」，非也。帝王世紀曰：「禹受封爲夏伯，在豫州外方之南。」水經注曰：「河南陽翟縣有夏亭城，夏禹始封於此爲夏國。」蓋禹貢作於虞時，時禹爲夏伯，故曰夏書。何得謂夏爲禹有天下之號？

禹貢：既修太原，至于岳陽。蔡傳曰：岳，太岳也。山南曰陽，即今岳陽縣地也。蓋汾水出於太原，經於太原，東入于河，此則導汾水也。

按：朱長孺曰「此岳陽謂霍山之南，所包者廣。蔡傳專指岳陽縣言，非。」

又按：山海經「管涔之山，汾水出焉，而西流注于河。」郭璞曰：「至汾陰縣北，西入河。」漢志：「太原……

原汾陽縣北山，汾水所出。西南至汾陰入河。」蔡傳云「東入河」，非。

11 大陸既作。

蔡傳曰：大陸，孫炎曰：鉅鹿北廣阿澤，河所經也。程氏曰：鉅鹿〔一〕去古河絶遠，河未嘗巡邢以行鉅鹿之廣阿，非是。按古河之在貝冀以及枯洚之南，率皆穿西山踵趾以行，及其已過信洚之北，則西山勢斷，曠然四平，蓋以此謂之大陸。乃與下文北至大陸者合。故隋改趙之昭慶以爲大陸縣。唐又割鹿城置陸澤縣〔二〕。皆疑鉅鹿之大陸不與河應，而亦求之向北之地。杜佑、李吉甫以爲邢、趙、深三州爲大陸者，得之。

按：山海經：「敦與之山，漳水出于其陽，而東流注于泰陸之水。」郭璞曰：「大陸水也。」名勝志「敦與山在趙州臨城縣南七十里。」呂氏春秋「九藪，趙之鉅鹿」高誘曰：「廣阿澤也。」漢志「鉅鹿縣，禹貢大陸，在此。」則大陸在趙，即廣阿，明矣。魏收地形志：「殷州，治廣阿。」劉昫曰：「北齊改趙州，隋改廣阿爲大陸，唐天寶二年改爲昭慶，以有建初，啓運二陵也。」蔡傳以爲隋改昭慶爲大陸，謬矣。唐志邢州鉅鹿縣有大陸澤。深州束鹿縣，本鹿城。先天二年析鹿城，置陸澤。金史志深州靜安縣有大陸澤，是也。蔡傳謂隋唐以來皆疑鉅鹿之大陸不與河應。則是非邢之鉅鹿，非趙之大陸，乃以邢、趙、深三州爲大陸者得之，何也？

12 九河既道。

蔡傳曰：九河，爾雅一曰徒駭，二曰太史，三曰馬頰，四曰覆釜，五曰胡蘇，六曰簡絜，

〔一〕「鉅鹿」，原誤「鉅陸」，據書經、蔡沈集傳改。

〔二〕「陸澤縣」，蔡傳作「陸渾縣」。

五〇

七日鈎盤，八日鬲津。其一則河之經流也。先儒不知河之經流，遂分簡絜為二。自漢以來講求九河者甚詳。漢世近古，止得其三；唐人集累世積傳之語，遂得其六。歐陽忞與地記又得其一。要之皆似是而非，無所依據。至其顯然謬誤者，班固以滹沱為徒駭，而不知滹沱不與古河相涉。樂史馬頰，乃以漢篤馬河當之。鄭氏又以為九河，齊桓塞其八流以自廣。河水可塞，河道果能盡平乎？惟程氏謂今滄州之地，北與平州接境，相去五百餘里，禹之九河當在其地。上文言夾右碣石，則九河入海之處，相去五百餘里，有碣石在其西北岸。今兗、冀之地，既無此石，而平州正南有山而名碣石者，尚在海中，去岸五百餘里，卓立可見。則是古河自今以為海處向北斜行，始分為九。其河道已淪入於海，明矣。

按：郭璞注爾雅，朱子注孟子，陸氏釋文皆以簡絜為二。蔡傳以簡絜為一，非也。班史地理志：勃海東光縣有胡蘇亭，又成平縣虖沱[一]河，民曰徒駭河。平原鬲縣，平當以為鬲津。又般縣，師古曰：「爾雅說九河云：鈎般。」水經注般縣般河，蓋亦九河之一也。此虖沱即徒駭之別名。漢書溝洫志許商以古說九河之名，有徒駭、胡蘇、鬲津，今見在成平、東光、鬲界中。自鬲以北至徒駭間，相去二百餘里。今河雖數移徙，不離此域者也。假令皆淪於海，則所謂「見在」者何地也？蔡傳以滹沱不與古河相涉，而譏班固為不知，非也。成帝鴻嘉中，孫禁以為可開通大河，令入故篤馬河，至海五百里，水道浚利。假令九河淪海，則此五百里亦應入海，所謂故篤馬河安在也？哀帝初，平

〔一〕「沱」字，〔漢書地理志〕作「池」。

當使領河隄，奏言九河寶滅。王莽時徵能治河者，韓牧以爲可略於禹貢九河處穿之，縱不能爲九，

但爲四五，宜有益。則九河之未嘗淪海，可知也。漢志大碣石在右北平驪城縣西南，若果淪入海五

百里，所謂在縣西南者何山？封禪書北至碣石，巡自遼西。若果淪入于海，所謂北至者何石？明

一統志碣石山在永平府昌黎縣西北，離海三十里，其爲卓立可見者宜矣。蔡傳以碣石在海中，去

岸五百餘里，尚卓立可見。然耶否耶？

13　雷夏既澤。

蔡傳曰：雷夏，地志在濟陰成陽西北，今濮州雷澤縣西北也。山海經云：澤中有雷

神，龍身而人頰，鼓其腹則雷，然則本夏澤也。因其神名之曰雷夏也。

按：郡國志「吳郡吳縣，震澤在西」，劉昭注：引越絕書云：「湖周三萬六千頃，又有大雷山、小雷

山。」山海經本文：「雷澤有雷神，龍身而人頭，鼓其腹。在吳西。」此蓋記震澤在吳西，有大雷山、

小雷山。澤亦謂之雷澤。非禹貢雷夏既澤，在漢濟陰成陽縣西北之雷澤也。蔡傳引之，大誤。

14　灉沮會同。

蔡傳曰：許慎云：汳水受陳留浚儀陰溝，至蒙爲灉水。水經汳水出陰溝，東至蒙爲狙

獲。則灉水卽汳水也。

按：蔡傳所引狙獲，數百年無有辨其誤者，何也？據水經汳水：「出陰溝，於浚儀縣北，東至梁郡蒙

縣爲灉水。獲水出汳水於梁郡蒙縣北。又東至彭城縣北，東入于泗。」則狙乃沮之譌，而獲乃獲之

譌也。

15　浮于濟漯，達于河。

蔡傳曰：按地志漯水出東郡東武陽，至千乘入海。程氏以爲此乃漢河，與漯

殊異。然亦不能明言漯河所在,未詳其地也。

按:《水經注》云:「桑欽地理志曰:漯水出高唐。余按竹書、穆天子傳稱丁卯,天子自五鹿東征,釣于漯水,以祭淑人。是曰祭丘。己巳,天子東征,食馬于漯水之上。尋其沿歷逡趣,不得近出高唐也。」據穆傳「天子飲于漯水之上,官人膳鹿,獻之天子」,郭璞注曰:「漯水,今濟陰漯陰縣,音沓。」是漯水在濟水之陰也。《水經》「漯水逕高唐縣故城東,又東北逕漯陰縣故城北」,故兗州貢賦浮濟浮漯以達河也。

16 淮沂其乂。

蔡傳曰:沂水,《地志》出泰山郡蓋縣艾山,今沂州沂水縣也。曾氏曰:徐州水以沂名者非一,酈道元謂水出尼丘山西北,徑魯之零門,亦謂之沂水。水出太山。武陽之冠石山亦謂之沂水。而沂水之大,則出於泰山也。

按:《漢志》「泰山蓋縣,沂水南至下邳,入泗」。蓋縣無艾山也。《左傳》「隱公六年,公會齊侯,盟于艾」,杜預曰:「泰山牟縣東南有艾山。」蔡傳以艾山在蓋縣沂水出,誤矣。

又按:《水經注》:「沂水又南逕臨沂縣故城東。郡國志琅邪有臨沂縣,有洛水注之。水出泰山南武陽縣之冠石山。地理志曰:『冠石山,洛水所出。』應劭地理風俗志曰:『武水出焉。蓋水異名也。』」據此則出冠石者洛水,曾氏以爲沂水,誤。蔡傳漫引之亦誤。

17 泗濱浮磬。

蔡傳曰:泗,水名。濱,水旁也。浮磬,石露水濱,若浮於水然。或曰:非也。泗濱非必水中,泗水之旁近。浮者,石浮生土中,不根著者也。今下邳有石磬山,或以爲古取磬之地。

按：「左傳隱八年「公及莒人盟于浮來」，杜預曰：「浮來，紀邑，東莞縣北，有邾鄉，邾鄉西有公來山，號曰邾來間。」後漢郡國志：「琅邪東莞有邾鄉，有公來山，或曰古浮來。」水經注：「沂水又東逕浮來之山，在邾鄉西，故號曰邾來之間也。」邾與浮同，故曰浮磐。浮來之水注之。」據此則古以邾爲浮，浮磐即邾磐矣。蓋當時泗水之濱實有邾國，產此磐石。

又按：九域志：「泗州西至濠州，百七十五里。」胡三省注通鑑，曰「濠州東九十里有浮山，山下有穴名浮山洞」，則浮磐在泗濱者，不得謂浮生土中明矣。

路史國名記有浮來國，云「即邾來」，是也。

18 浮于淮泗，達于河。

蔡傳曰：淮泗之可以達河者，以灘至于泗也。泗之上源自沛亦可以通河也。

按：漢志：「山陽湖陵縣，禹貢浮于淮泗達于河，水在南。」陸氏釋文曰：「河，如字。」說文作菏，云：「水在[一]山陽湖陵南。」尚書日記曰：「淮入海、泗入淮、淮泗不與河通。」此班氏、許氏皆疑爲達于菏也。據酈元注水經云：「禹塞淫水於滎陽下，引河東南以通淮泗。」宋河渠志云：「張洎曰：禹於滎澤下分大河爲陰溝，引注東南以通淮泗，至大梁浚儀縣西北，復分爲二渠。一渠元經陽武縣中牟臺下，爲官渡水。一渠始皇疏鑿，以灌魏郡，謂之鴻溝。」文獻通考曰：「官渡直黃河也，故袁曹相距，沮授曰：悠悠黃河，吾其濟乎？是禹時淮泗原與河通，諸儒疑之，皆失考也。」又鴻溝之名，自古有之可知。

據國策蘇秦爲趙合從說魏王曰「大王之地東有鴻溝、陳、汝南」，則鴻溝之名，不始於秦。

19 三江既入。

蔡傳曰：唐仲初吳都賦注：松江下七十里分流，東北入海者爲婁江。東南流者爲東

━━━━━━━

[一]「在」字，原作出，據說文改。

江，併松江爲三江。其地今亦名三江口。

按：山海經岷三江：首大江，北江，出曼山，南江，出高山。入海，在長州南。有北有南，岷江爲中江可知。故導江謂之中江。漢水入江，又在中江之北，故導漾爲北江。不言南者，松江合東婁二江入海，即南江也。漢志南江從會稽吳縣南，東入海。中江從丹陽蕪湖東北至會稽陽羨東入海。北江從會稽毗陵縣北，東入海。此爲禹貢之三江無疑。蓋三江既入，入海之道有三，非謂入震澤也。蔡傳以松江、婁江、東江當之。蘇子瞻曰「三吳之水瀦爲太湖，湖之水溢爲松江」。歸震川曰：「松江源本洪大，故別出而爲婁江、東江。」然則三江皆太湖之委，又近在數十里內，合爲一江以入海。無所謂「三江既入」者也。安得據以爲禹貢三江？

20

九江孔殷。

蔡傳曰：九江，即今之洞庭也。今沅水、漸水、元水、辰水、敘水、酉水、澧水、資水、湘水，皆合於洞庭，意以是名九江也。

按：漢志曰：「豫章郡鄱陽鄱水、餘汗餘水、艾縣脩水、新淦淦水、南城旴水、建成蜀水、宜春南水、南壄彭水並入湖漢。湖漢水東至彭澤入江。」應劭曰：「九江，劉歆以爲湖漢九水入彭蠡澤也。」太康地記曰：「九江自尋陽分爲九道。」今彭蠡湖口所入之江，即尋陽江也。」漢志又曰：「廬江郡尋陽，禹貢九江在南。」唐書地理志江州尋陽縣，有廬山。竹書「康王十六年，王南巡狩，至九江廬山」。太史公曰「余南登廬山，觀禹疏九江。」宋支曇諦廬山賦：「縈以三湖，帶以九江。」胡周父謂九江在洞庭。蔡傳乃從而信之，非矣。九江可移，而九江之廬山不可移。

21　沱潛既道。

蔡傳曰：爾雅水自江出爲沱，漢出爲潛。此則荊州江漢之出者也。今按南郡枝江有

沱水，然其流入江，而非出於江也。華容有夏水，首出江，尾入沔，亦謂之沱。若潛，則未有見也。

按：史夏本紀「沱涔已道」，索隱曰：「涔，亦作潛。」漢志：「南郡枝江縣，故羅國。江沱出西，東入江。」師古曰：「沱即江別出者也。」胡三省注通鑑曰：「江水於枝江縣西別出爲沱，而東復合於江。」

蔡傳以爲非出江，誤矣。漢志：「武都，東漢水受氐道水，一名沔，過江夏，謂之夏水，入江。」又「隴

西氐道，禹貢養水所出，至武都爲漢」。師古曰：「養，本作漾。」據此，則夏水自漢出而入江。蔡傳

依鄭氏注以爲首出江，誤矣。蓋鄭氏之誤以氐道爲蜀郡湔氐道，江水所出。不審其爲隴西氐道

縣，乃漾水所出也。

又按：尚書坤傳曰：「王氏炎曰：『隋志南郡松滋縣有涔水。涔即古潛字。今松滋分爲潛江矣。』考

承天府志漢水自鍾祥縣北分爲蘆洑湖，經潛江東南復入漢。此爲古潛水，甚明。蔡傳依鄭氏注，

謂潛水則未有見，皆失考也。

22　榮波既豬。

蔡傳曰：榮波，二水名。濟水，自今孟州溫縣入河，南溢爲榮，在今鄭州榮澤縣西、敖

倉東南也。波水，周職方：其川榮洛，其浸波溠。爾雅：洛出爲波。山海經：婁涿之山，波水出〔一〕其

陰。二說不同，未詳孰是。

按：水經「濟水東逕敖山北，又東合榮澤」，注曰：「瀆水受河水，有石門，謂之爲榮口石門也，而地

〔一〕「出」字下，原有「于」字，據蔡傳刪。

形殊卑。蓋故滎播所道,自此始也。『水經』「洛水出上洛縣讙舉山,又東門水出焉」,注曰:「『爾雅』所謂洛別爲波也。」洛水自上洛縣東北於拒城西北分爲二水,枝渠東北出爲門水也。門水又東北歷陽華之山。『山海經』曰:「門水至于河七百九十里,入洛水。」鄭樵『通志』:「門水在靈寶縣西南,北流爲弘農澗,即禹貢之波水矣。」『山海經』嬰侯之波,字本作陂。郭璞曰:「世謂之百苔水。」『金史志』河南新安縣有陂水,即此,非自洛出之波也。

23 導菏澤。

蔡傳曰:菏澤,地志在濟陰郡定陶縣東,蓋濟水所經。

按:宋『河渠志』「導菏水,自開封歷陳留、曹、濟、鄆,其廣五丈。乾德三年,京師引五丈河」,造水碓,即此也。又杜佑『通典』濟水因王莽末渠涸,不復截河過。今東平、濟南、淄川、北海界中有水流入海,謂之清河。實菏澤汶水合流,亦曰濟河。蓋因舊名,非濟水也。蔡傳以爲濟水所經,謂滎澤濟河雖枯,而濟水未嘗絶流,非也。

24 沱潛既道。

蔡傳曰:此江漢別流之在梁州者。沱水,地志蜀郡郫縣,江沱在東[一]。汶江縣,江沱在西南。潛水,地志巴郡宕渠縣潛水西南入江。酈道元謂宕渠有大穴,潛水入焉。通罡山下西南潛出,南入于江。又地志漢中安陽縣漾谷水出西南,入漢。潛音潛。

按:爾雅疏曰:「郭氏音義云:『沱水自蜀郡都水縣湔山與江別而更流,所謂水出自江爲沱也。』徐士彰『禹貢攷』曰:『江漢二水,源出梁州,夾蜀山而行。江在山之南,漢在山之北,自梁至荊山,行數千

里，凡山南谿谷之水，皆自江而出。山北谿谷之水，皆自漢而出。其水衆多，不足盡録。故南總爲沱，北總爲潛。蓋當時之方言，猶今言谿谷云爾。後之讀爾雅者，誤以江漢爲沱潛所出之源，不知其爲沱潛所出之路也。禹貢言岷山導江，東別爲沱。沱猶言它也。蓋江之發源在岷山極西處。自江源而東，凡別水之來會者，皆爲此江之沱，不得自爲一水也。今蜀江沿岸谿水合，猶有鑑沱〔勾流沱、明月沱、歸鄉沱之名。當可推見當時命名之意云。」

又按：庚仲雍漢水記云：「墊江有別江，出晉壽縣，即潛水也。其南源取巴西，是西漢水也。」蜀都賦注云：「潛水從犍爲郡〔一〕江〔二〕陽縣南流至漢嘉〔三〕縣，入大穴中，通罡〔四〕山下，西南潛出，今名復出〔五〕水。」據此，大穴在漢嘉，今雅州名山縣也。蔡傳引酈注「宕渠有大穴」，今順慶府渠縣也。又水經「潛水出宕渠縣」，注云：「潛水，蓋漢水枝分潛出，故受其稱耳。今爰有大穴，潛水入焉。」豈即謂宕渠有大穴哉？傳又引安陽縣鬻谷水。據漢志：「漢中安陽，鬻谷水出西南，北入漢。在谷水出北，南入漢。」在谷、鬻谷皆谷水之名，豈可以鬻谷水爲即潛水哉？

25　蔡蒙旅平。

蔡傳曰：蔡蒙，二山名。酈道元謂山上合下開，沫水逕其間，濔崖水脈漂疾，歷代爲患。蜀郡太守李冰發卒鑿平濔崖。則此二山在禹爲用功多也。

按：一統志：「蔡山在今雅州城東五里，一名周公山。圖經云：諸葛亮南征，夢周公於此，立祠祀

〔一〕「犍爲郡」，劉淵林注作「漢中」。　　〔二〕「江」，劉淵林注作「沔」。　　〔三〕「嘉」，劉淵林注作「壽」。　　〔四〕「罡」劉淵林注作「岡」。

〔五〕「出」，劉淵林注無。

之，因名。又有周公水。水源自滎經縣瓦屋山，流經蔡山，故因同受此名也。名山縣在州城東北

四十里，蒙山在縣西二十五里，夏禹治水，功成，旅祭於此。今

其地俗呼爲落平。「禹貢蔡蒙旅平，是也。」水經注云：「沬水出岷山西，東流過漢嘉郡，南流衝一高

山，山上合下開，水〔一〕迸其間。山卽蒙山也。沬水自蒙山至南安而溳崖，水脈漂疾，破害舟船，歷

代爲患。」據此，溳崖在南安。〈漢志〉「蜀郡青衣縣，禹貢蒙山谿大渡水東南至南安入渽」者也。〈漢〉南

安屬犍爲郡，蒙山在青衣，屬蜀郡。蔡傳移鑿開溳崖於蔡蒙二山之下，殊失考也。又酈注謂山上

合下開，乃蒙山也，與蔡山無涉。蔡傳謂「於此二山用功爲多」，亦少分別。

26 和夷厎績。

和水，今雅州滎經縣北和川水。夷水，出巴郡魚復縣，過夷道縣北，入江。

蔡傳曰：和、夷，地名。嚴道以西有和川，有夷道，或其地也。晁氏曰「和夷」，二水名。

按：〈唐志〉「雅州盧山郡有和川城」，明〈一統志〉「天全司南有和水」，卽其地也。〈漢志〉「越嶲郡蘇示縣，

巴江在西北」，師古曰：「示讀曰衹。」衹，古夷字。」此禹貢梁州之夷水也。〈水經注〉：「夷水導源巀山，

東至夷道入江。很山，漢屬武陵郡，夷道屬南郡，皆荆州地，與和川爲太遠，恐非也。

27 浮于潛，逾于沔，入于渭，亂于河。

蔡傳曰：漢武帝時，人有欲通襃斜道及漕，事下張湯問之云：…

襃水通沔，斜水通渭，皆可以漕。從南陽〔二〕上沔入襃，襃絕水至斜間百餘里，以車轉從斜下渭，如此

則漢中穀可致。經言沔渭而不言襃斜者，因大以見小也。襃斜之間，絕水百餘里，故曰逾，然於經文

〔一〕「水」字上，原有「沫」字，據〈水經注〉沬水注刪。

〔二〕「南陽」原作「南鄭」，據蔡傳改。

則當日逾于渭,今日逾于沔,則又未可曉也。

按:郭璞曰:「白水源從臨洮之西西傾山經沓中,東流通陰平,至漢壽入潛。」是西傾貢道直與潛通,故禹貢「因桓是來」,即繼以浮于潛也。鄭康成曰:「西漢水即潛水也。」應劭曰:「沔水下尾與漢合,乃入江。」水經沔水出武都沮縣,孔安國曰:「漢上水爲沔」,是也。蓋漢水不與渭通,所隔祇一大散關。大散關之水北流爲渭,南流爲漢,故梁州貢道多從南鄭上沔入褒,逾褒至斜,從斜入渭。渭與河通,沔不與渭通。若逾渭入沔,則無由亂于河矣。蔡傳謂經文當日逾渭,非酈氏所稱不乖入渭之宗,復符亂河之義者矣。

28 漆沮既從。

蔡傳曰:寰宇記:沮水自坊州昇平縣北子午嶺出,俗號子午水。下合榆谷、慈馬等川,遂爲沮水。至耀州華原縣,合漆水,至同州朝邑縣東南入渭。既從者,從於渭也。水經:漆水出扶風杜陽。程氏曰:杜陽,今岐山普潤縣之地。其水入渭,在灃水之上,與經序渭水節次不合,非禹貢之漆水也。

按:前漢書匈奴傳「涇洛之北」,師古曰:「此洛即漆沮水也。」史記魏世家「築雒陰郃陽」,正義曰:「雒,漆沮水也。」括地志:雒陰在同州〔一〕西。延安洛記曰:「洛水出慶陽環縣,經延安甘泉縣,經鄜州宜君縣子午嶺至中部縣,入西安界。經耀州及同官縣至富平縣,合沮水,歷蒲城、同州至朝邑縣,東南入渭。」據此,則蔡傳云:「漆水自同州〔二〕界來」,沮水自子午嶺出「至朝邑東南入渭」,乃所謂洛

〔一〕「州」字,原作「官」,據史記魏世家正義改。

〔二〕「州」字,原作「官」,據蔡傳改。

水也。水經注曰：「昔韓使水工鄭國，間秦鑿涇引水，謂之鄭渠。渠首[一]上承涇水於中山西瓠口，所

謂瓠中也。」鄭渠故瀆，又東逕嶻嶭山南，又東逕南原下，北屈逕原東，與沮水合，分爲二水，一水東

南出，至白渠與澤泉合，俗謂之漆水，又謂之爲漆沮水。絶白渠，東逕萬年縣故城北，爲櫟陽渠[二]。

其水又南屈，更名石川水，又西南逕郭嶺城西，又南入于渭水也。」程氏雍錄曰：「雍境漆水凡四，惟

雍州富平縣石川河當爲禹貢漆沮。」此則渭水東會于涇，又東過漆沮，其先後莫此之詳悉也。

三危既宅，三苗丕叙。

蔡傳曰：「三危即舜竄三苗之地，或以爲燉煌，未詳其地。」三苗之竄，在洪

水未平之前，及是三危已可居，三苗於是大有功叙。

按：史夏本紀「三危既度，三苗大序」，索隱曰：「鄭玄引河圖及地説云：三危山在鳥鼠西南，與岐山

相連。」後漢郡國志「隴西首陽縣，有鳥鼠同穴山，渭水出。」劉昭注引地道記「有三危山，三苗所

處」。水經注曰：「渭水東歷大利，又東南流，苗谷水注之。地道記云：有三危，三苗所處。故有苗

谷。」相如大人賦「直徑馳乎三危」，張揖曰：「三危山在鳥鼠之西，與嶓山相近。」此所謂三危，當指

隴西而言。若以爲燉煌，則在沙州。「厥田惟上上，厥土惟黃壤」，沙州有之乎？通鑑前編堯七十

六載，竄三苗于三危。當猶是竄之隴西之地。其有桀驁不悛者，復又竄之于燉煌。故瓜沙之地亦有

三危。昭九年左傳「先王居檮杌于四裔，故允姓之姦居于瓜州」，杜預曰：「允姓之祖與三苗俱放于

三危。瓜州，今燉煌也。」後漢書西羌傳注：「三危山在沙州，燉煌縣東南是也。」韓非子曰：「三苗有

〔一〕「首」字，原作「水」，據水經注沮水注改。

〔二〕「渠」字下，沮水注有「城」字。

30

成駒，「亡國之臣也。」其遠竄於瓜沙者，蓋此輩耳。

浮于積石，至于龍門西河，會于渭汭。

蔡傳曰：積石，地志在金城河關縣西南卷中。今鄯州龍支縣界也。龍門山，地志在馮翊夏陽縣，今河中府龍門縣也。西河，冀之西河也，雍之貢道東北境，自積石至西河西南境，則會於渭汭。言渭汭不言河者，蒙梁州之文也。

按：易氏袚曰：「河自廓州積石軍北，東北流一百五十里，至鄯州龍支縣西南六十里。積石山在縣西九十八里。又三百九十里，至化成縣南八十步，東流一百四十里，至龍門山在縣北八十里。宋河中府龍支縣南，積石在縣西北七十里。今人目龍支縣山為大積石，此山名小積石。」明一統志：「西寧衛境廢龍支縣南，有積石山，是大積石也。」又按漢志夏陽縣，今同州韓城縣也。龍門山在縣北八十里。宋河中府龍門縣，今蒲州河津縣也。自龍門上口至此一百八十里，縣北二十五里，亦為龍門口，故縣氏之，非龍門山，即此縣山也。西河為冀州之西，《史記淮陰侯傳「涉西河」，注曰：「即同州之龍門河，渡者。」經所謂龍門西河是也。孔傳曰：「積石，河所經也。沿河順流而北，千里而東，千里而南。」此東北謂河道之所行，非貢道也。積石在河關西南，若貢道，浮于積石，於雍為西北，安在為東北乎？經明言至于龍門西河，會于渭汭。蔡傳以為言渭汭，不言河者，蒙梁州之文也。豈西河獨非河乎？

31

織皮崑崙、析支、渠搜。

孔傳曰：織皮，毛布。 蔡傳曰：三國皆貢皮衣，故以織皮冠之。崑崙，即河源所出，在臨羌。析支，在河關西千餘里。渠搜，蓋近朔方之地。崑

按：《爾雅》：「氂，罽也。」舍人曰：「謂毛罽也。」經言織皮，蓋織獸皮之毛爲布耳。《晉載記》云「氈氍」，

唐《地志》云「交梭彌牟布」，《元史》云「青速夫」，皆毛布也。梁州織皮，傳曰織金罽，以毛爲罽，故用織。

若皮衣，何假織爲？崑崙在臨羌，《汲冢書》曰：「穆王十七年，西征[一]崑崙丘，見西王母。」王充《論衡》

曰：「漢得西王母石室，因立西海郡。」《水經注》曰：「金城郡，王莽之西海也。」南有湟水出塞外，東逕

西王母石室石釜。」《後漢書》「竇固出燉煌，擊昆侖塞」，注云：「昆侖，山名，在今肅州酒泉縣西南。」經

所云崑崙，即此。非河源所出之昆侖也。

〔一〕 「征」字下，原有「于」字，據《竹書紀年》刪。

管城碩記卷之三

管城碩記卷之四

書二

1　逾于河。

蔡傳曰：逾者，禹自荆山而過於河也。孔氏以爲荆山之脈逾河而爲壺口雷首者，非是。蓋禹之治水，隨山刊木，其所表識諸山之名，以見其施功之次第，初非有意推其脈絡之所自，若[一]今葬法所言也。

按：考工記曰：「凡天下地執，兩山之間必有川焉，凡溝逆地阞，謂之不行。」鄭注：「地阞，地脈也。若逆其脈理則水不行。」又史記天官書曰：「中國山川東北流，其維，首在隴蜀，尾没于勃碣。」正義曰：「言中國山川東北流行。」今岍岐皆在秦隴，是爲維首。若山脈必不逾河，則自隴蜀而止。何以東北流行，尾没于勃碣？地脈之說，未可廢也。若謂禹自荆山逾河而書之，八年于外，可勝書哉？

2　朱圉。

蔡傳曰：地志在天水郡冀縣南。今秦州大潭縣也。俗呼爲白巖山。

按：水經注：「子午谷水南入渭水。南有長塹谷水，次東有安蒲溪水，次東有衣谷水，並南出朱圉山。」一統志：「朱圉山在鞏昌府伏羌縣西南二百里。」

〔一〕「若」字，原作「如」，據蔡傳改。

3 外方。

蔡傳曰：地志潁川密高縣，有密高山。古文以爲外方，在今西京登封縣也。

按：唐志：「河南伊闕縣有陸渾山，一名方山。」金仁山曰：「舊以嵩高爲外方，非是。嵩高，世名中岳，安得與江夏内方相爲内外哉？據唐志陸渾山一名方山。蓋古外方云。」

4 熊耳、外方、桐柏至于陪尾。

蔡傳曰：地志江夏安陸縣有橫尾山，古文以爲陪尾。今安州安陸也。

孔傳曰：四山相連，東南在豫州界。

按：水經「洛水北過河南縣南」，注曰：「地記云：洛水東北過五零、陪尾北，與澗瀍合。」則陪尾應在河南縣之東北，爲豫州山。舊以爲安陸橫尾，則荊州界矣。

5 過九江，至于敷淺原。

蔡傳曰：地志豫章歷陵縣南有傅易山，古文以爲敷淺原，今江州德安縣博陽山也。

晁氏以鄱陽有博陽山，又有歷陵山，爲應地志歷陵縣之名。然鄱陽漢舊縣地，今江州德安陵縣，山名偶同，不足據也。江州德安雖爲近之，然所謂敷淺原者，其山甚小而卑，亦未見其在所表見者。惟廬阜在大江、彭蠡之交，最高且大，宜所當紀志者，而皆無考據。過，經過也，與導岍逾于河之義同。孔氏以衡山之脈，連延而爲敷淺原者，亦非是。蓋岷山之脈，其北一支爲衡山，而盡於洞庭之西。其非衡山之脈連延過九江而爲敷淺原者，明甚。

按：郡國志鄱陽有鄱水，歷陵有傅易[一]山，二縣並屬豫章。則歷陵山之在鄱陽者，即漢以歷陵名縣者也。後以鄱陽屬饒州，歷陵屬江州，乃始覺其分耳。據爾雅「廣平曰原」，惟其甚小而卑，故

〔一〕「易」字，原作「陽」，據後漢書郡國志改。

以敷淺原目之。若廬山甚高且大，山圖曰「四方周四百餘里，叠鄣之巖萬仞」，其與「廣平曰原」者，豈有當耶？尚書日記曰：「江州潯陽縣蒲塘驛前有敷淺原，西有傳陽山。」應劭曰：江自尋陽分爲九道。經言荊及衡陽惟荊州，九江孔殷。則九江與敷淺原皆在衡山之陽，皆荊州之界。」朱子答程泰之云：「詳經文敷淺原是衡山東北一支盡處，意即今廬山。雖山之高卑大小不同，而脈絡貫通則一。」蔡傳以「過九江」爲禹過。導瀁亦曰過三澨，至于大別。導江亦曰過九江，至于東陵，皆可以爲禹過耶，否耶？

6 導弱水，至于合黎，餘波入于流沙。

蔡傳曰：弱水，見雍州。合黎，山名。隋志在張掖縣西北，亦名羗谷。流沙，杜佑云：在沙州西八十里。

按：漢志「張掖刪丹縣，桑欽以爲導弱水自此，西至酒泉合黎」，則弱水尚在酒泉之東明矣。通鑑秦征西將軍孔子討吐谷渾竟地於弱水南。覓地降於秦，拜弱水護軍。證知爲禹貢弱水無疑。括地志曰：「弱水有二源，俱出女國北阿耨達山，東南流會於國北，又南歷國北，東去一里，深丈餘，闊六十步，非毛舟不可濟。南流入海。」此柳州所謂不能負芥，故名弱水者也。蔡傳混以爲禹貢弱水，非矣。孔傳曰：「合黎，水名。」史記正義曰：「合黎水出臨松縣臨[一]松山東，而北流歷張掖故城下，又北流經張掖縣二[二]十三里，又北流經合黎山，折而北流，經流沙磧之西，入居延海。」此合黎當是水名，故得有餘波入流沙也。「晉書弱水出流沙，流沙與水同行也，在西海郡北。」方勺曰：

〔一〕「松縣臨」三字，原作「路」，據史記正義改。

〔二〕「二」字，原作「三」，據史記正義改。

「西安州西至流沙六日，沙深細没馬脛，無水源，即乾沙耳。二日至西海。」一統志：「弱水在今甘州

衞城西，合黎山在陝西行都司城西北。」

7　導黑水至于三危，入于南海。

唐樊綽云：麗水卽古之黑水。

程氏曰：西珥河其流正趨南海。

蔡傳曰：黑水[一]，地志出犍爲南廣縣汾關山，水經出張掖雞祠。武帝初開滇嶲時，其地古有黑水舊祠。黑水之西河，經所云「黑水之西河，惟雍州也。」韓苑洛曰：「黑水在今肅州衞也。」

按：穆天子傳：「乃封長肱于黑水之西河，是惟昆侖鴻鷺之上。」昆侖鴻鷺，唐志「肅州酒泉縣有昆侖山」，山在今肅州衞城西十五里。水南流，去積石幾及三百里，不與積石河相通。水經「黑水出張掖雞山，南至燉煌，過三危山，南流入于南海」，與經文悉相符合，其爲禹貢之黑水無疑。不必旁引麗水、汾關、山西洱河爲證也。

又按：西河舊事曰：「三危山俗亦謂昇雨山。」今禹貢錐指作卑羽山，蓋以翻本史記注誤也。

8　導河積石，至于龍門。

蔡傳曰：「按西域傳張騫所窮河源，云河有兩源，一出葱嶺，一出于闐。」又唐長慶中薛元鼎使吐蕃，自隴西成紀縣西南出塞二千餘里，得河源於莫賀延磧尾，曰悶磨黎山，所謂昆侖也。二説恐薛氏爲是。河自積石而下[二]三千里，而後至于龍門。經但一書積石，不言方向荒遠，其所畧也。又按李復云：禹鑿龍門，起於唐張仁愿所築東受降城之東，自北而南，至此山盡。若果如此，則禹未鑿時，河之故道不知却在何處？

〔一〕「黑水」原在「地志」下，據蔡傳乙正。　〔二〕「而下」二字，蔡傳無。

按：爾雅：「河出崑崙虛，色白，所渠并千七百一川，色黃。百里一小曲，千里一曲。」經史之言河源者，其簡括莫過於此，然猶未得其詳也。我聖祖諭閣部諸臣曰：「黃河之源出西寧外枯爾坤山之東，汨汩湲散，望之燦若列星。蒙古名鄂端他拉，西番名蘇羅木，譯言皆星宿海也。滙而爲查靈鄂靈二湖，東南行，折北復東行，由歸德堡積石關入蘭州。」原原本本，朗如日照，今古之言河源者，悉當奉爲典誤矣。蔡傳所引殊多謬誤。據唐書吐蕃[二]傳云：「長慶元年，以大理卿劉元鼎爲盟會使，踰湟水，至龍泉谷，得河源於悶磨黎山。東距長安五千里。」元鼎非薛姓也。又唐循吏傳有薛大鼎、薛元賞，俱無窮河源事，則蔡傳云「薛氏」，誤。宋易氏被禹貢疆理記「河自積石至龍門，計四千七百二十三里」，蔡傳云三千，誤。又李復言同州韓城北有安國嶺，禹鑿龍門起於唐東受降城之東，至此山盡。計河自東受降城至于龍門，几一千八百七十七里，豈皆爲禹所開鑿者乎？魏土地記曰：「梁山北有龍門山，大禹所鑿通，孟津河口廣八十步。」則禹之治水行所無事，所開鑿者，大概如斯耳。復之言安可據也？呂氏春秋曰：「古龍門未開，呂梁未鑿，河出孟門之上，大溢逆流，名曰洪水。」大河故道，正亦無俟他求耳。

9　至于大伾。

按：括地志云：「大伾山今名黎陽。」東山易氏曰：「大伾在黎陽縣南七里，俗號爲黎山。」水經注云：「今黎山之東北故城，蓋黎陽縣之故城也。」山在城西，故劉楨黎陽山賦曰：「南蔭黃河，左覆金城。」

蔡傳曰：大伾，當以黎陽者爲是。

〔二〕「吐蕃」原誤「契丹」據新唐書吐蕃傳改。

東西南之不同者，或城邑遷改有不同耳。

10　同爲逆河，入于海。

蔡傳曰：逆河，意[一]以海水逆潮而得名。九河既淪于海，則逆河在其下流，固不復有矣。河上播而爲九，下同而爲一，其分播合同[二]，皆水勢之自然，禹特順而導之耳。

按：《爾雅》曰「逆，迎也。」如《春秋》「如齊逆女」、《書》顧命「逆子釗于南門之外」，是也。經蓋言九河雖分，其實同爲迎逆大河之水以入于海也。漢許商謂自帛津以北至徒駭間，相去二百餘里。如必又開通大河，使此二百餘里之九河合爲一河，無論此景、德、滄、瀛之地無處可容此大河，且九河之勢已將入海，而必不聽其自爲入海，乃合九河爲一，然後入海，何禹之不憚煩也？觀孟子曰「禹疏九河注之海」，孔傳曰「同合爲一大河名逆河，入于渤海」，鄭玄曰「下尾合名爲逆河」，皆誤解也。王肅注曰：「同逆一大河納之于海。」斯則不易之論矣。

11　嶓冢導漾，東流爲漢。

蔡傳曰：水經漾水出隴西氐道嶓冢山。常璩曰：漢水有兩源，此東源也。

按：《巴漢志》曰：「漢水二源，東源出氐道縣之養山，名養。西源出隴西嶓冢山，會白水，經葭萌入漢，始源曰沔，故曰漢沔。」《水經》曰：「漾水出隴西嶓冢山，東至武都沮縣爲漢水。又東南至廣漢白水縣注：應劭曰「水出徼外北入漢，又東南至葭萌縣東北。」此蓋以西漢會白水而言耳。故《漢志》白水縣注：西漢出嶓冢山，會泉始源曰沔，非矣。蔡傳誤合白水爲泉，謂「西漢出嶓冢山，會泉始源曰沔」，是也。

〔一〕「意」字，原作「謂」，據蔡傳改。

〔二〕「同」字，原作「流」，據蔡傳改。

12

東匯澤，爲彭蠡。東爲北江，入于海。

蔡傳曰：「彭蠡，古今記載皆謂之番陽，然其澤在江之南，去漢水入江之處已七百餘里。既在大江之南，於經則宜曰南匯彭蠡，不應曰東匯。今廬江之北有所謂巢湖者，大江泛溢之時，水淤入湖。大江水落，湖水方洩，隨江以東，爲合東匯北江。禹親莅而身督之。若江淮地偏，或分遣官屬往視。況洞庭彭蠡之間，乃龍門九河等處，勢重役煩。三苗所居，官屬之往者，亦未必遽敢深入。以此致誤，謂之爲匯，謂之爲澤，而不知其非漢水所匯，但意如巢湖江水之淤，而不知彭蠡之源爲甚衆也。

按：《山海經》曰：「廬江出三天子都入江，彭澤西。」又曰：「贛水又北過彭澤西北，入于江。」是禹時已有彭澤之名。《漢志》：「豫章彭澤縣，禹貢彭蠡澤在西」，則彭澤乃在彭蠡之東，明矣。「東匯澤」者，謂東匯彭澤爲彭蠡也。鄭氏曰：「匯，回也。」漢與江鬬，轉東成澤，即彭澤也。不曰中江，而曰北江，江在彭蠡之北也。《史記·淮南王傳》「絶豫章之口」，張守節曰：「即彭蠡湖口北流出大江者是也。」不曰北爲北江，而曰「東爲北江」者，漢水出隴西氐道，江水出蜀湔氐道西徼外，江漢皆源於西，故匯澤彭蠡。入江東下，不曰北，而曰東者，自西而東故也。且江勢正北處受漢口，而漢之入江又自北來，因以北江名之。不曰漢，而曰江者，漢自漢口入江之後，見江而不見漢故也。山謙之《南徐州記》「京江，禹貢北江也」，故曰東爲北江入于海」，蔡傳乃以爲經誤，妄矣。至以洞庭彭蠡間「三苗所居」，官屬之往未敢深入，是以但知彭蠡之爲澤，而不知其非漢水所匯，尤屬無稽。蓋匯澤即九江之孔

殷，而非爲漢水之所匯也。太康地記曰：「九江，

皆入湖漢水；湖漢水東至彭澤入江，行千九百八十里」，則匯澤爲九江之匯，可知矣。謂之彭者，南

塹有彭水，此有彭澤，彭亦江名也，爰因以名之耳。漢水入江，至此已七百餘里，乃謂不知非漢水

所匯，當日之官屬想亦愚不至此。且謂洞庭、彭蠡間三苗所居，未必遽敦深入，則揚州彭蠡既豬，

固屬虛談。而舜典之竄三苗，又將竄之耶？大禹謨「帝曰：咨禹，惟時有苗弗率，汝徂征。」夫三

苗之國，左洞庭而右彭蠡，禹之徂征，亦應親至彭蠡矣。豈不知彭蠡之源爲甚衆乎？兩漢志鄱陽

有鄱水，彭澤有彭蠡澤。蔡傳謂彭蠡即番陽湖，非矣。史記秦伐楚，取番，置番陽縣，以在番水之

陽也。隋始以番陽名湖。金仁山曰：「彭蠡，今鄱陽湖也。」番湖之名蓋起于後代，釋禹貢者，何用

曉曉于此也？

13 岷山導江。

按：蔡傳曰：「岷山在今茂州汶山縣，江水所出也。見梁州下。

溯江紀源曰：「禹貢岷山導江，特氾濫中國之始。按其發源，河自崑崙之

南，其龍脈與金沙江相並南下，環滇池紆達五嶺。江之所以大於河也。」然亦祇得其梗槩，多畧而

不詳。我聖祖諭閣部諸臣曰：「岷江之源出黃河西巴顏喀拉嶺察七爾哈納，番名岷撮。漢書岷

山在西徼外，江水所出是也。禹貢導江之處在今四川黃勝關外乃楛山。古人謂江源與河源相近，

禹貢岷山導江乃引其流。斯言實有可據，自黃勝關瀲瀉而入至灌縣，分數十道，至新津縣復爲一，

東南行至叙州，金沙江自馬湖來合之。金沙江之源自達賴喇嘛東北，番言烏捏烏蘇，譯言乳牛山

也。東南流喀木地，檠名母魯斯烏蘇衣。又東南流中甸，入雲南塔城關，名金沙江，至麗江府，亦名麗江，至永寧府合打沖河，東流至武定府，邐迤諸土司界入蜀，合岷江出三峽，入楚。」天語煌煌，地理、河渠瞭然指掌，勒之金石，以貽萬世。後之讀禹貢者，何幸也！

14 又東至于澧。

蔡傳曰：澧宜山澤之名。按下文九江，澧水既與其一，則非水明矣。

按：漢志「武陵充縣歷山，澧水所出，東至下雋入沅」。沅誤，當作江。水經「澧水過作唐縣北」，又東至長沙下雋縣西北，東入于江」，則澧之入江明矣。山海經「洞庭之山，帝之二女居之，是常遊於江淵澧沅之交，瀟湘之淵。」郭璞曰「江、湘、沅水皆共會巴陵頭，故號爲三江之口。澧又去之七八十里而入江焉。」則澧水不與九江之數，而自爲入江，明矣。蔡傳疑下文九江在尋陽，則澧爲水名，又何嘗與九江之一乎？然以澧列九江者，始於自爲之傳，而非先儒之說也。若依漢志九江在尋陽，則澧爲水名，又何

15 過九江，至于東陵。

蔡傳曰：東陵，巴陵也，今岳州巴陵縣也。地志在廬江西北者，非是。

按：漢志「廬江郡金蘭西北有東陵鄉」，晉書卜壺傳「蘇峻至東陵口，壺與戰于陵西〔一〕」，通鑑「梁韋叡攻魏，至合肥，諸軍進至東陵」，皆是東陵也。史記楚世家「秦拔我西陵」，括地志「西陵在黃黃山西二里」，此二陵相爲東西者也。若岳州巴陵，古未有東陵之名。水經注曰：「巴邱山在湘水右岸。晉太康元年立巴陵縣於此。」是從前並無巴陵之名，何從而爲東陵乎？沈約宋書州郡志曰：

〔一〕「陵西」晉書卜壺傳作西陵。

「夷陵，漢舊縣，吳改曰西陵。」是從前並無西陵之名，何從與巴陵而相爲東西乎？且蔡傳所據者，以水經曰「九江地在長沙下雋西北」也。而水經又曰：「東陵地在廬江灊陵西北。」又曰：「江水迤西陵縣故城南，又東過蘄春縣南，又東過下雉縣北。刊水從東陵西南注之。」酈氏曰：「下雉縣後併斷陽江水左右〔一〕又東得蘭溪水口，並江浦也。卽水出廬江郡之東陵鄉〔二〕。尚書云：『江水過九江至東陵者也。』是數説皆水經也，豈皆不可據，而『九江在下雋西北』者，獨可據乎？且安知下雋西北不爲東北之譌乎？

16 東迤北會于匯，東爲中江，入于海。 蔡傳曰：會匯中江，見上。漢自大別入江，雖獨能注海，不以漢名，因其所入處在江之北，故曰北江。觀荆州並言「江漢朝宗」與「九江孔殷」，則江在中，漢在北，九江在南，可知。江水至東陵之東，邪迤而北，同會于所匯之處。北卽北江，不言江者，蒙上北江之文也。匯卽匯澤，不言澤者，蒙上匯澤之文也。江與北江同會于所匯之處，故曰于匯。江漢同會于匯，而後東迤句當作爲匯，蓋會于匯者，與會于泲、會于伊同一例也。朱長孺謂東迤句當作爲中江，則中之北爲北江，南爲南江，可知。按：爾雅「江、河、淮、濟爲四瀆，發源注海者也。」國語「范蠡乘扁舟出三江，入五湖」，應劭曰：「今廬江臨丹陽蕪湖縣是也。」是蕪湖雖名中江，而三江自此分矣。北江自毗陵北入海，南江自吳縣南入海，當禹貢之時，南江由丹湖趨宜興百瀆以抵于吳南。越絕書有丹湖，有西江，西江卽中江，以在

〔一〕「左右」，原作「口」，據水經注卷三十五改。

〔二〕「鄉」字下，原有「者」字，據水經注刪。

吳西故也。漢唐以前於溧陽之間，築分水銀林五堰，以節其流，故南江上流得以西決于蕪湖，而下流乃東趨于吳縣入海，所謂「三江既入，震澤底定」也。後之讀經者，不能通經，而轉疑經文爲誤，殊可嘆也。

17　禹錫玄圭，告厥成功。

蔡傳曰：錫，與師錫之錫同。水土既平，禹以玄圭爲贄，而告成功于舜也。

按：竹書「帝堯七十五年，司空禹治河。八十六年，司空入覲，贊用玄圭」，則是當云告成功于堯。蔡傳以爲告舜，誤。溫公通鑑：堯七十有二載，命禹平水土，八十載，禹功告成。亦以爲堯時也。

18　甘誓：威侮五行，怠棄三正。

蔡傳曰：按史記啓立，有扈不服，遂滅之。唐孔氏謂：堯舜受禪，啓獨繼父，以是不服。亦臆度之耳。三正，子、丑、寅之[一]正也。

蔡傳曰：威侮五行，怠棄三正。

按：天問曰「啓代益作后，卒然離蠥。」則啓立而有扈不服者，亦明證也。竹書「夏帝啓二年，王帥師伐「有扈」，大戰于甘」，即此也。「威侮五行，怠棄三正」，孔傳曰：「五行之德，王者相承所取法。是則威虐侮慢五行，怠惰棄廢[二]天地人之正道。」此說爲得其正也。韓非子曰：「有扈氏有失度亡國之臣也。」其君臣威侮怠棄如此。是奈獨以不服己而征之也。

19　五子之歌，曰：「維彼陶唐，有此冀方。」

蔡傳曰：堯初爲唐侯，後[三]爲天子都陶，故曰陶唐。

按：孔疏曰：「韋昭云：陶唐，皆國名。猶湯稱殷商也。案書傳皆言堯以唐侯升爲天子，不言封於

〔一〕「之」字下，原有「三」字，據蔡傳刪。

〔二〕「棄廢」原作「廢棄」，據甘誓孔氏傳乙正。

〔三〕「後」字，原作「及」，據蔡傳改。

陶唐。陶唐二字或共爲地名,未必如昭言也。」據竹書:「帝堯陶唐氏元年丙子,帝即位,居冀。八

十九年,作游宮于陶。九十年,帝游居于陶。一百年,帝陟于陶。」水經「河水又南

過蒲坂縣西」,注曰:「陶城在蒲坂城北。城即舜所都也。」帝堯倦勤,游居于陶,世以堯爲陶唐氏,

蓋緣此也。

20 胤征:乃季秋月朔,辰弗集于房。

蔡傳曰:集,漢書作輯,言日月會次不相和輯,而掩蝕於房宿

也。按唐志,日蝕在仲康即位之五年。

按:孔傳曰:「房,所舍之次[一]。」疏曰:「房謂室之房也。或以爲房星。九月,日月會於大火之次,房

心[二]共爲大火,言辰在房星似矣。知不然者,言[三]不集於房星似太遲太疾,惟可見歷錯不得以

表日食也。」唐天文志大衍曆議云:「仲康五年癸巳歲九月庚戌朔日蝕,在房二度[四]。」蔡傳謂「掩

蝕於房宿」者,蓋依此也。邵子皇極經世云:「仲康五年癸巳歲九月庚戌朔日蝕,在房二度[四]。」蔡傳謂「掩

蝕於房宿」者,蓋依此也。邵子皇極經世云:「仲康元年壬戌征羲和。」五年丙寅,與大衍歲建不合。

據竹書「仲康元年己丑,帝即位,居斟鄩。五年秋九月庚戌朔,日有食之。命胤侯帥師征羲和」,與

大衍實相符合。則邵氏之說未足據也。

21 仲虺之誥曰:成湯放桀于南巢,惟有慚德。

蔡傳曰:桀奔于此,因以放之。

〔一〕「舍之次」原作「次之舍」,據胤征孔氏傳乙正。　〔二〕「心」字,原作「星」,據孔穎達疏改。　〔三〕「言」字上,原

有「一」字,據文義刪。　〔四〕新唐書天文志大衍曆議無此語,而卷二十七曆志日度議劉炫說「推仲康時九月合朔,已在房星

北矣。」

七五

按：竹書「夏帝癸〔一〕三十一年，商自陑征夏邑，克昆吾。大雷雨，戰于鳴條，夏師敗績。桀出奔三㬻。商師征三㬻，戰于郕，獲桀于焦門，放之于南巢，禁弦歌舞。」據此，乃湯獲桀而放之。若桀自奔于此，則聽之可矣，何謂之放？至桀卒，禁弦歌舞？湯自謂有慙德者，數十年如一日也。左傳：昭十八年二月乙卯，周毛得殺毛伯過而代之。萇弘曰：毛得必亡，是昆吾稔之日也。」杜預曰：「昆吾，夏伯也。以乙卯日與桀同誅。」夫謂昆吾以乙卯受誅可矣，乃云與桀同誅，何謬也？

22 伊訓：惟元祀，十有二月乙丑，伊尹祠于先王，奉嗣王，祇見厥祖。蔡傳曰：元祀者，太甲卽位之元年。十二月者，商以建丑爲正，故以十二月爲正也。或曰：孔氏言湯崩踰月，太甲卽位，則十二月者，湯崩之年建子之月也。豈改正朔而不改月數乎？曰：太甲繼仲壬之後，服仲壬之喪，而孔氏曰：湯崩莫殯而告，固已誤矣。至於改正朔而不改月數，則於經史尤可考。周建子矣，而詩言四月維夏、六月徂暑，則寅月起數。周未嘗改也。秦建亥正，而史記始皇三十一年十二月，更名臘曰嘉平。夫臘必建丑月也。秦以亥正，則臘爲三月。云十二月者，則寅月起數，秦未嘗改也。

按：竹書：成湯〔二〕二十九年，陟。外丙名勝，元年乙亥，卽位居亳。二年，陟。仲壬名庸，元年丁丑，王卽位居亳。命卿士伊尹。太甲名至，元年辛巳，王卽位居亳。伊尹放太甲于桐。」計湯陟之年歲在甲戌，至此凡八年矣。孟子言「湯崩，太丁未立，外丙二年、仲壬四年」，趙岐

〔一〕「夏帝癸」，原作「殷帝癸」，據竹書紀年改。

〔二〕「成湯」下，原有「在位」二字，據竹書紀年删。

曰：「太丁，湯之太子，未立而薨。外丙立二年，仲壬立四年，皆太丁之弟也。」孫奭曰：「史記云外丙

即位三年，不稽孟子之過也。」又周書無逸周公言殷王中宗、高宗、祖甲而後，或五六年，或四三年，

蓋亦指此而言耳。而孔氏疑之，非也。至於改正朔不改月數，則亦有不盡然者。月令孟冬之月

「大飲」，烝。天子乃祈來年於天宗。大割，祠于公社及門閭，臘先祖五祀，勞農以休息之」，則是周

以孟冬建亥之月為臘也。郊特牲：「天子大蜡八。歲十二月而合聚萬物而索饗之。」鄭康成曰：「十

二月，建亥之月也。」是周以建亥之月改為十二月也。但伊訓所言十二月者，乃嗣王元祀之十二

月。商正建丑，即位改元，以正朔舉事，此為建丑之月無疑也。逸周書曰：「周公正三統之義，作周

月，以建子之月為正。易民之視。至于敬授民時，巡狩祭享，猶自夏焉。」是謂周月以紀于政。孫奭

此推之，則「四月維夏」諸詩，可無疑矣。商雖建丑，何必不與夏正並行也？

23
太甲上：惟嗣王不惠於阿衡。

蔡傳曰：阿衡，商之官名，言天下所倚平也。亦曰保衡，或曰伊尹

之號。

按：竹書「沃丁八年，祠保衡」，說命「昔先正保衡」，又「罔俾阿衡，專美有商」，君奭「在太甲時則有
若保衡」。詩毛傳曰：「阿衡，伊尹也。」書孔傳曰：「伊尹為保衡。」他書不見有是官，當以伊尹之號
為是。

24
盤庚上：不常厥邑，于今五邦。

蔡傳曰：五邦，漢孔氏謂湯遷亳，仲丁遷囂，河亶甲[一]居相，祖乙

〔一〕「甲」字，據蔡傳補。

居耿，并盤庚遷殷爲五邦。然以下文今不承于古文勢考之，則盤庚之前當自有五遷。史記言祖乙遷

邢，或祖乙兩遷也。

按：湯始爲天子而都亳，不當在遷數也。且上文云「兹猶不常寧」，湯之都亳，豈猶不寧乎？蓋湯

之後，盤庚之前，自有五遷也。竹書「仲丁元年辛丑，王即位，自亳遷于囂，于河上」，一也。「河亶

甲元年庚申，王即位，自囂遷于相」，二也。「祖乙元年己巳，王即位，居庇」，三也。「二年圮

于耿，自耿遷于庇」，四也。「八年城庇」。「南庚元年丙辰，王即位，居庇。三年，遷于奄」，五也。殷

本紀「祖乙遷邢」，索隱曰「邢音耿，近〔一〕代本亦作耿。」竹書：「盤庚元年丙寅，王即位，殷

居奄。十四年，自奄遷于北蒙，曰殷。十五年營殷邑。」周氏曰：「商人稱殷，自盤庚始。」

說命下：台小子舊學于甘盤，既乃遯于荒野。蔡傳曰：唐孔氏曰：高宗爲王子時，其父小乙欲其

知民之艱苦，故使居民間。蘇氏謂甘盤遯于荒野，非是。

按：孔疏曰：「君奭篇在武丁時則有若甘盤。」蓋甘盤于小乙之世受遺輔政。及高宗免喪，甘盤已

死。傳曰：高宗即位，甘盤佐之，後有傅説。是言傅説之前有甘盤也。但下言既乃遯于荒野，是學

訖乃遯，非即位之初從甘盤學也。據竹書：「小乙六年，命世子武丁居于河，學于甘盤。十年，陟。

武丁元年丁未，王即位居殷，命卿士甘盤。三年夢求傅説，得之。六年命卿士傅説。」蓋説命作于

三年之後，追述其舊學既遯之事，不必定學訖而乃遯也。六年命説爲卿士，則六年之前猶盤爲卿

〔一〕「近」字，據史記殷本紀索隱補。

士。孔疏言「高宗免喪，甘盤已死」，無所據也。

高宗肜日：越有雊雉。

蔡傳曰：於肜日有雊雉之異，蓋祭禰廟也。序言湯廟者，非是。

按：書序「高宗祭成湯，有飛雉升鼎耳而雊，祖己訓諸王，作高宗之訓。」唐孔氏曰「高宗之訓，所以訓高宗也」，蓋非是。高宗，武丁廟號也。若是書作於武丁肜日，可謂高宗之訓乎？竹書「武丁二十九年，肜祭太廟，有雉來。五十九年，陟。廟號高宗。祖庚元年丙午，即位居殷，作高宗之訓。」殷本紀「帝武丁崩，子帝祖庚立。祖己嘉武丁之以祥雉為德，立其廟為高宗，遂作高宗肜日及訓。」意是時祖庚繹於高宗之廟，每過於豐，故戒以「無豐于昵」，而所以訓祖庚也。孔疏以為訓高宗，誤矣。書序「高宗祭成湯」，竹書「武丁祭太廟」，並有證據。而蔡傳云「祭禰廟」，以「序言祭湯廟非」，意以「豐于昵」，昵為近廟，則不得言祭湯廟也。不審「豐于昵」者，祖庚也；「祭禰廟」者，祖庚也。祖己因其豐于昵訓之，故曰「惟先格王正厥事，乃訓于王」。格王，孔傳言「至道之王」，則是以高宗為先世至道之王也。何得以序為非？

西伯戡黎。

蔡傳曰：西伯，文王也。或曰：西伯，武王也。武王亦繼文王為西伯。

按：大全引朱子曰：「看來文王只是不伐紂耳，其他事亦是都做了，如伐崇戡黎之類。」或問：西伯戡黎，惟陳少南、呂伯恭、薛季隆以為武王，吳才老亦言戡黎恐是伐紂時事。然史記又謂文王伐崇、伐密須，敗耆國，耆即黎也，音相近。二說未知孰是？曰：此等無證據，姑且闕之。據竹書「殷

帝辛三十二年，密人侵阮，西伯帥師伐密。三十三年，王錫命西伯得專征伐。三十四年，周師取耆

及邘，遂伐崇。四十一年春三月，西伯昌薨。四十二年，西伯發受丹書于呂尚。四十四年，西伯發

伐黎。」則是取耆者，文王；戡黎者，武王。耆亦非卽黎也。

管城碩記卷之五

書三

1 泰誓：惟十有三年春，大會于孟津。

蔡傳曰：十三年者，武王即位之十三年也。春者，孟春建寅之月也。漢孔氏言虞芮質成，為文王受命改元之年，凡九年而崩。武王立三年，伐紂，合為十有三年。此皆惑於偽書泰誓之文而誤。歐陽氏曰：西伯即位已改元年，中閒不宜改元。武王即位宜改元，乃上冒先君之元年，并其居喪稱十一年，由是言之皆妄也。歐陽之辨極明。但其曰十一年者，亦惑於書序十一年之誤也。又漢孔氏以序言一月戊午而經又係之以春。以春為建子之月，則商以季冬為春，周以仲冬為春，四時反逆，豈三代聖人奉天之政乎？

按：朱子曰：「泰誓序十有一年武王伐殷」，經云十有三年春大會于孟津，序[一]必差誤。說者乃以十一年為觀兵，尤無義理。舊有人引洪範十有三祀，王訪于箕子，則十有一年之誤可知矣。」余嘗考之，書序不誤，而經文「十有三年」「三」字誤也。據竹書：「殷帝辛四十一年春三月，西伯昌薨。四十二年，西伯發受丹書於呂尚。五十一年十一月戊子，周師渡盟津而還。五十二年庚寅，周始

〔一〕「序」字，據朱子語類七十九卷補。

伐殷。秋，周師次于鮮原。冬十有二月，周師有事于上帝，庸、蜀、羌、髳、微、盧、彭、濮從周師伐

殷。武王十二年辛卯，王率西夷諸侯伐殷，敗之于坶野。」計帝辛四十二年武王卽位之元年，至五

十二年周始伐殷，由庚辰至庚寅，凡十有一年。書序爲不誤也。明年誅紂，歲在辛卯，爲武王卽位

之十二年，是經文「三」字誤也。〈洪範〉「惟十有三祀，王訪于箕子」孔傳謂箕子是年四月歸周，亦以

「釋箕子囚」而知之，訪問天道，作〈洪範〉，豈必卽是年事哉？又書序云：「惟十有一年，武王伐殷。」孔

傳曰：「周自虞芮質成，諸侯竝附，以爲受命之年。」初未嘗言受命改元也。蔡傳譏其言改元爲誤，

非矣。至於以建子之月爲春，則春秋二百四十二年，其書春王正月者九十有三，凡皆周正建子之

月也。後漢元和二〔一〕年，陳寵奏曰：「夫冬至之節，陽氣始萌，故十一月有蘭、射干、芸、荔之應。

時令曰：諸生蕩，安形體。天以爲正，周以爲春。十二月陽氣上通，雉雊雞乳，地以爲正，殷以爲

春。十三月陽氣已至，天地已交，萬物皆出，蟄蟲始振。人以爲正，夏以爲春。」則是季冬、仲冬，皆

可言春也。〈魏書李彪傳〉：「誠宜遠稽周典，近採漢制，不於三統之春，行斬絞之刑」，則是建子、建丑

皆可爲春也。孔疏曰：「案三統曆以殷之十二月武王發師至二月甲子，咸劉商王紂。彼十二月卽

周之正月，建子之月也。」此唐孔氏也，蔡傳以爲漢孔氏，誤。大抵紂未亡以前，竹書所紀者商正，

帝辛五十二年冬十有二月，庸、蜀、羌、髳從周師伐殷，是於周爲十一月建子之月。孔傳曰「周之孟

春」，是也。

〔一〕「二」字，原作「三」，據後漢書陳寵傳改。

2　武成：厥四月哉生明，王來自商，至于豐。丁未，祀于周廟。越三日，庚戌，大告武成。

蔡傳曰：

史氏記武王往伐歸獸，祀羣神，告羣后與其政事，共爲一書，篇中有武成二字，遂以名篇。

按：竹書：「武王十二年辛卯，率諸侯伐殷，親禽受于南單之臺。夏四月，王歸于豐，饗于太廟，作大武樂。」則是大告武成者，謂大武之樂所由成也。樂記：夫子語賓牟賈曰：「夫樂〔一〕者，象成者也。且夫武始而北出，再成而滅商，三成而南，四成而南國是疆，五成而分周公左，召公右，六成復綴以崇。」鄭注曰：「成猶奏也。每奏武曲一終，爲一成。始奏，象觀兵孟津時也。再奏，象克殷時也。三奏，象克殷有餘力而反也。四奏，象南方荆蠻之國侵畔者服也。五奏，象周召分職而治也。六奏，象兵遣振旅也。」

又按：周頌武篇曰：「勝殷遏劉，耆定爾功。」春秋傳以此爲大武之首章，其名篇亦止「武」之一字，則此大告武成者，卽告以大武之六成也。向使竹書不出，不以夏四月王歸于豐，饗于太廟，作大武樂，連書於十有二年之下，予又安從而疑之？又安從而辨之？孔傳曰：「文王受命，有此武功，成於克商。」詩言有此武功者，指伐崇耳。若謂文有克商之武功，至此而告天祭廟以著其成，不幾視聖人之心幾同於魏武乎？

3　洪範：「天乃錫禹洪範九疇。」

蔡傳曰：按孔氏曰：「天與禹神龜負文而出，列于背，禹遂因而第之，以成九類。」世傳戴九履一，左三右七，二四爲肩，六八爲足，卽洛書之數也。

〔一〕「樂」字，原作「武」，據禮記樂記改。

按：唐孔氏曰「傳云禹因而第之」，則孔以「第」是禹之所爲「初一曰」等二十七字，必是禹加之也。

其敬用農用等一十八字，大劉及顧氏以爲龜背先有，小劉以敬用等字亦禹所第敘。其龜文惟有二

十字，並無明據，未知孰是。余讀南齊書永明八年四月長山縣王惠獲六目龜一頭，下有巽兑卦，并

有卦兆。九年八月，獲神龜一頭，下有巽兑卦。晉書堅傳亦載其事。隋書王劭傳汝水得神龜，腹下有文曰「天下

大三尺六寸，背文負八卦古文」。車頻秦書「符堅建元十二年，高陸縣民穿井得龜，

楊輿」。則禹時洛水龜書，先有文字，無足怪也。歐陽氏作葛氏鼎歌曰：「馬圖出河龜負疇，自古怪

說何悠悠？」真荆公所云「歐九不學故也」。

4　一曰水，二曰火，三曰木，四曰金，五曰土。　蔡傳曰：水、火、木、金、土者，五行之生序也。天一生

水，地二生火，天三生木，地四生金，天五生土。

按：禹謨「水、火、金、木、土、穀」蔡傳曰：「水克火，火克金，金克木，木克土，而生五穀。」洪範「水、

火、木、金、土」，蔡傳曰：「五行相生之序。」殊不知聖人作書，偶然序列，不過倒置一金字，而遂互生

異議也。凡此皆五德相勝之說以爲之倡，而班志遂有天一生水、地二生火之說。據月令春在木，

其數八。夏在火，其數七。秋在金，其數九。冬在水，其數六。初無以水屬天，以火屬地之說。又史

傳蔡墨對魏獻子五行之官，木正勾芒，火正祝融，金正蓐收，水正玄冥，土正后土，與月令合。左

伯言先王以土與木、水、火雜以成百物，是以和五味以調口，與洪範合。初何嘗以五行分屬於天

地？若謂禹讓主相克，洪範主相生，五行以三者屬天，二者屬地，必不然矣。左傳子罕曰：「天生五

材，民竝用之。」杜預曰：「金、木、水、火、土也。」五行皆天之所生，而謂天生者三、地生者二，必不然

矣。然則生克之說將遂可廢乎？曰：不然。據禮記昏義〔一〕有云：「適見于天，日爲之食。」孔疏曰：

「左傳昭三十一年十二月辛亥〔二〕朔，日有食之。庚午之日始有謫。謫謂日將食之氣。氣見於上，所

以責人君也。公問於梓慎禍福何爲？對曰：二至二分，日有食之，不爲災也。日月之行也，分同道

也。其他月〔三〕則爲災，陽不克也。故常爲水也。然詩之十月，則夏之八月，秋分日食而爲災者，

以辛卯之日，卯往侵辛，木反克金，故爲災。昭七年夏四月甲辰朔，日有食之。而大咎衛君上卿。

四月，夏之二月，而爲災者，以其甲辰之日，甲爲木，辰爲土，木當克土。今日食，土反克木，故爲災

也。昭二十一年秋七月壬午朔而日食。壬爲水，午爲火，水應克火而日食，不爲災者，

以秋七月，夏之五月，是壬午之時〔四〕故不爲災。」然則五行之相生，如火爲土母、水爲木母之類。

五行之相克，如木當克土、土反克木之類。豈禹謨則專主於相克，洪範則專主於所取相生之謂哉？

按：爾雅釋詁：「皇，大也。」孔傳〔五〕曰：「凡立事，當用大中之道。」孔疏〔六〕曰：「詩云莫匪爾極，周

禮以爲民極，皆謂用大中也。」洛書以皇極居中，爲九疇之本，猶河圖以太極居中，而爲八卦之本

5　五、皇極，皇建其有極。　蔡傳曰：皇，君也。極，猶北極之極，中立而四方之所取正焉者也。

〔一〕「禮記昏義」，原誤「儀禮昏禮」，據昏義正文改。

〔二〕「亥」字，原作「卯」，據左傳改。

〔三〕「月」字，據昏義孔氏疏補。

〔四〕「時」字，原作「日」，據昏義孔氏疏改。

〔五〕「五皇極……」下，十三經本無此孔傳。

〔六〕亦無此孔穎達疏。

也。建用皇極，即所謂彝倫之攸敘也。自五行至六極，其二十字本龜文所有，禹因而第之，以皇極居五。而箕子之陳洪範又因以明禹所受於堯舜相傳之法也。彝倫攸敘，而亦謂之爲法者，即所謂父子兄弟足法而后民法之也。下所謂「錫汝保極，維皇作極」，是也。建極猶建中，即堯舜之執中、用中也。「初一曰五行」，潤下炎上，即水、火、金、木、土、穀惟修也。「次二曰敬用五事」，作肅作睿，即慎厥身修思永也。「次三曰農用八政」，食貨賓師，即食哉惟時，以及於慈遺有無化居、司空平水土、司徒敷五教之類也。「次四曰協用五紀」，歲月星辰，即歷象日月星辰敬授人時，與所謂曆數在汝躬也。「次六曰乂用三德」，正直剛柔，即正德利用、直哉惟清，以及剛而塞柔而立也。「次七日明用稽疑，擇建〔一〕立卜筮人」，龜從筮從，即官占惟先蔽志，詢謀僉同，筮龜協從也。「次八日念用庶徵，省歲省月，即惟幾惟康，昭受上帝、天工人其代之也。「次九曰嚮用五福，威用六極」，壽富康寧凶短折，即惠迪吉、從逆凶惟影響也。九疇以皇極爲本，皇極建而九疇皆得矣。故孔傳曰「大中之道，大立其有中，謂行九疇之義」也。　蔡傳曰：偏不中也。　陂，不平也。

6　無偏無陂，遵王之義。

按：孔傳曰：「偏，不平。陂，不正。當循先王之正義，以治民。」注引釋文曰：「陂音秘。音普多反。」按唐紀開元十四年，明皇以洪範「無偏無頗」，聲不協，詔改頗爲陂，曰：「朕聽政之暇，每夜觀書，匪徒說於微言，實欲暢於精理。讀尚書洪範至『無偏無頗，遵王之義』，三復斯文，並皆協

〔一〕「擇建」，原作「建擇」，據洪範正文乙正。

韻。惟頗一字，實則不倫。又周易泰卦中无平不陂。釋文陂字亦有頗音。陂之與頗訓詁無別，爲

陂則文亦會意，爲頗則聲不成文。應由煨燼之餘，簡編墜缺，傳授之際，差舛相仍。原始要終，須

有刊革。宜改頗字爲陂，仍宣示國學。」又宋史徽宗宣和六年詔洪範復從舊文以陂爲頗。蔡傳成

於寧宗嘉定二年已巳歲，則是在宣和之後，不知其何以不改。據易「无平不陂」，蔡傳「陂，不平」，

於義爲允。而孔傳云「陂，不正」，蓋彼時猶是「无頗」，故訓爲不正也。

7 旅獒：西旅底貢厥獒。　蔡傳曰：西旅，西方蠻夷國名。

按：孟子「無忘賓旅」，趙岐注曰「賓，賓客。旅，羈旅。」此蓋以西夷獻獒，周以其地遠不臣，以賓

旅待之，故曰西旅。竹書「武王十三年，巢伯來賓。」書序集伯來朝，王命芮伯作旅巢命。是皆以

賓旅之禮待之，言賓則太過，言旅則降於賓矣。泰誓中、下曰「西土有衆」「我西土君子」，牧誓曰

「逖矣西土之人」，故西土有貢獒者，而武王意不忍卻，太保作旅獒，用訓于王。旅獒、旅巢，義一

也。漢孔氏旅巢傳曰「陳威德以命巢[一]」。於旅獒傳曰「西戎遠國貢大犬。」「召公陳戒。」並以爾

雅「旅，陳也」爲訓，非矣。至謂「西方之戎有國名旅者」，其誤始於唐孔氏，而蔡傳依之也。

8 金縢：周公乃告二公曰：我之弗辟，我無以告我先王。周公居東二年，則罪人斯得。　蔡傳曰：辟，

讀爲避。鄭氏詩傳言周公以管蔡流言避居東都是也。漢孔氏以爲致辟于管蔡之辟；謂誅殺之。以

居東爲東征，非也。

〔一〕 這句不是傳語，而是疏文。

按：竹書：「成王元年春正月，王卽位，命冢宰周文公總百官。夏六月，葬武王于畢。秋，武庚以

殷叛。周文公出居于東。」二年秋，王逆周文公于郊，遂伐殷。三年王師滅殷。」據此則居東二年乃

是避居于東。陸氏釋文曰：「辟，馬、鄭音避，謂避居東都。」其說蓋始於馬融也。然以爲避居東，

則亦非也。史記魯世家曰：「人或譖周公，周公奔楚。」邵寶曰：「周公辟流言嘗居東矣。魯，公封

也，不之魯而之楚乎？」據國策季歷葬於楚山之尾。季婦鼎銘曰：「王在成周，王徙于楚麓。」括地志

終南山一名楚山，在雍州萬年縣南五十里。周公奔楚當是因流言出居，依於祖考之墓地，必無遠

適東都之理。邵疑奔楚爲楚國，失之遠矣。觀下文「王啓金縢，執書以泣曰，惟朕小子其新迎。王

出郊，天乃雨，反風」，則居東在成周之東，爲甚近，而必非東都明矣。

9　大誥……若兄考，乃有友伐厥[一]子民，養其勸弗救。　蔡傳曰：民養未詳。　蘇氏曰：養，廝養也。謂

人之臣僕，大意言若父兄有友攻伐其子爲之臣僕者，其可勸其攻伐而不救乎？父兄以喻武王，友以

喻四國，子以喻百姓，民養以喻邦君御事。

按：《書序》：「武王崩，三監及淮夷叛，周公相成王，將黜殷，作《大誥》。」則受命東征者，周公也。武王

爲周公之兄，成王之考。此言若兄考，謂若予卽予考也，本一體相關。「乃有友伐厥子民」，豈可以養寇害民，反勸

所謂「大化誘我友邦君」者是也。時三監淮夷其相叛亂以伐我周之子民，友卽上

若而弗救乎？觀此則周公本無誅戮管蔡之心，而成王之責任周公者，蓋有不得不然者也。蔡傳乃

〔一〕「厥」字，據大誥經文補。

以爲喻言，非矣。

10 康誥

蔡傳曰：按書序以康誥爲成王之書，今詳本篇，康叔於成王爲叔父，成王不應以弟稱之。說者謂周公以成王命誥，故曰弟。然既謂之王若曰，則爲成王之言。周公何遽自以弟稱之也？序書者不知篇首四十八字爲洛誥脫簡，遂因誤爲成王之言。是知書序果非孔子所作也。

按：衛康叔世家曰：「周公旦以成王命興師伐殷，殺武庚祿父、管叔，以殷餘民封康叔爲衛君。周公旦懼康叔齒少，乃申告康叔。」故謂之康誥。蔡傳以爲序書者誤，豈太史公亦誤乎？據竹書「武王十三年大封諸侯。十五年冬，遷九鼎于洛。十七年冬十二月，王陟。成王元年秋，武庚以殷叛。三年，王師滅殷，殺武庚祿父，遷殷民于衛。」故謂之康誥。康誥「惟三月哉生魄」，王之三月，夏之正月也。計武王以丙申年十二月陟，至成王三年正月，相距二十七月。時成王沖幼，在喪服亮陰之中，方二年及三月耳，不得遽作誥以命康叔，故周公取武王時告康叔者申之。太史公謂周公申告康叔者是也。序書者因叙之於此，非誤也。且康叔於武王時初封于康，則曰康誥。猶召公封召，則曰召誥，蔡仲封蔡，則曰蔡仲之命。若成王三年遷殷民于衛，時康叔已改封于衛矣，不曰衛誥而曰康誥者，豈非本武王之書而周公申之誥哉？蔡傳又以序書者不知康誥篇首四十八字爲洛誥脫簡，遂因誤爲成王之書。是又不然。篇首云「周公初基作新大邑于東國洛」，非直指洛誥言也。史記周本紀：「武王曰：粵瞻雒伊，毋遠天室。營周居于洛邑而後去。」至十五年，遂遷鼎于洛。書序所云豈卽洛誥之洛哉？

11 洛誥：王命周公後作册逸誥，在十有二月，惟周公誕保文武受命，惟七年。

蔡傳曰：逸誥者，史逸誥周公治洛罶後也。在十有二月者，明戌辰爲十二月日〔一〕也。吳氏曰：周公自罶洛之後，凡七年而薨也。

按：上文「王命作册逸祝册，惟告周公其後」，孔傳曰：「尊周公，立其後爲魯侯。」王爲册書，使史逸誥伯禽。據漢律曆志曰「成王元年正月己巳」，此命伯禽俾侯于魯之歲也。安在於召公如洛度邑之後，始尊周公之後爲魯侯乎？據竹書：「成王七年春三月，召康公如洛度邑。甲子，周文公誥多士于成周，遂城東都。十年，周文公出居于豐。十一年，王命周平公治洛東都。十四年，洛邑告成。二十一年，周文公薨于豐。」蓋當時召公如洛，周公繼至。王如東都，復封公之次子君陳爲周公，以代公後。爰於十有二月烝祭日用兩騂牛于文武，命史逸册以告之。言惟告周公其後者，示重也。春秋傳隱六年，周桓公僖九年宰周公，其後也。前言「命公後，迪將其後、公勿替刑、四方其世享」，蓋言其世爲周公儀刑勿替，俾四方世享其德。公答曰：「予旦以多子越御事，篤前人成烈。」多子者，公旦之諸子也。言旦以諸子治事篤厚前人之功烈，答衆望而作周孚信也。蔡傳乃以多子爲「命公後」，衆卿大夫、前人爲文武，非矣。夫以前人爲文武，則多子即公之諸子可知矣。至以「命公後」爲「命公留後治洛」者，則又惑於吳氏公留洛七年之說而失考也。公，成王七年至洛，十年出居于豐，在洛者凡三年耳。經云「惟七年」，蓋以成王十四年洛邑告成，二十一年周公薨于豐，相距凡七年。

〔一〕「日」字，據蔡傳補。

九〇

公何嘗七年留洛，且薨于洛也？　書君陳序云：「周公既没，命君陳分正東郊成周。」蓋先時册命周公

後，乃分尹東郊耳。

12
多士。　蔡傳曰：周公黜殷之後，以殷民反覆難制，即遷于洛，至是建成周，造廬舍，定疆場，乃告

命與之更始焉爾。　此多士之所以作也。書序以爲成周既成，遷殷頑民者，謬矣。

按：竹書「成王五[一]年，遷殷民于洛邑」，遂營成周。七年三月，召康公如洛度邑。甲子，周文公誥

多士于成周」，即是事也。　書序：「成周既成，遷殷頑民。周公以王命誥，作《多士》。」序蓋以成周既

成，其所遷殷民之中又有頑梗不率者，爰作多士以誥之。此特爲頑民而發，非謂始遷其民也。又

竹書「成王三年，滅殷，遷殷民于衛」，五年，營成周。　八年，命魯侯禽父、齊侯伋遷庶殷于魯」，則

是成周既成，亦嘗有遷殷民之事矣。　又多士曰：「惟三月周公初于新邑洛，用告商王士。」三月，即

召公如洛之三月也。　蔡傳以爲成王祀洛次年之三月。然周公至洛久矣，至是始行治洛之事，故謂之

初也。　殊失考矣。

13
無逸：周公曰：嗚呼，君子所其無逸。　蔡傳曰：所，猶處所也。君子以無逸爲所，動靜食息無不在

是焉。　作輟則非所謂所矣。

按：《論語》：「譬如北辰居其所，而衆星共之。」朱子集注曰：「居其所，不動也。」蓋以不動者爲所，而

衆動以之爲樞紐也。在天爲北極，而衆星共之，在《易》爲太極，在《範》爲皇極，在聖人爲主静以立極。君子以無逸

〔一〕「五」字，原誤「三」，據《竹書紀年》成王五年改。

爲所，即君子以無逸爲極也。 益曰：「罔遊于逸。」皋陶曰：「無教逸欲有邦。」周公曰：「所其無逸。」

聖賢相傳之心法，無有不以是爲兢兢業業者。若但以處所釋之，其意雖本於宋玉，然以爲動靜食

息無不在是處，則亦淺之乎言無逸矣。至謂先知稼穡之艱難乃逸，即豳風七月意也。朱子詩傳

曰：周公以成王未知稼穡之艱難，故陳后稷、公劉風化之所由，使瞽矇朝夕諷誦以教之。豳風、無

逸不有互相發明哉！

14 肆祖甲之享國三十有三年。 蔡傳曰：邵子經世書高宗五十九年，祖庚七年，祖甲三十三年。

按：竹書：「武丁元年丁未，五十九年，陟。祖庚元年丙午，十一年，陟。祖甲元年丁巳，三十三

陟。」邵子云「祖庚七年」，恐未足據。又竹書外壬、小乙皆十年，庚丁八年，小庚、開甲皆五年，南庚

六年，仲壬、陽甲、馮辛皆四年，小辛三年。書言或十年，或七八年，或五六年，或四三年，亦各有所

指，非泛言也。

13 君奭：耇造德不降，我則鳴鳥不聞。 蔡傳曰：言召公去，則耇老成人之德不下於民，在郊之鳳將

不得復聞其鳴矣。 是時周方隆盛，鳴鳳在郊。卷阿鳴于高岡者，乃詠其實，故周公云爾也。

按：竹書：「成王十八年，鳳凰見，遂有事于河。」是時「鳳凰翔庭，成王援琴而歌曰：鳳凰翔〔一〕兮于

紫庭，余何德兮以感靈。賴先王兮恩澤臻，于胥樂兮民以寧」。

16 蔡仲之命：乃致辟管叔于商。 蔡傳曰：致辟云者，誅戮之也。

〔一〕 「翔」字，竹書紀年成王十八年作「翱」。

按：周書作雒解曰：「降辟三叔，管叔經而卒。」是時周公東征，既誅武庚而三叔依然無恙。致辟云者，辟，法也。謂欲以國法懲之。管叔經而卒。前漢志中牟縣有管城，後漢志縣有林鄉。天問曰：「伯林雉經，維其何故？」是管叔於伯林之地自經而死也。是周公未嘗誅戮之也。孔傳以辟爲誅殺。蔡傳依之，非也。

17 多方：惟五月丁亥，王來自奄，至于宗周。

蔡傳曰：成王即政之明年，商奄又叛，成王征滅之。

按：竹書：「成王二年，奄人、徐人及淮夷入于邶作叛。三年，王師滅殷，遂伐奄，滅蒲姑。四年，王師伐淮夷，遂入奄。五年春正月，王在奄，遷其君于蒲姑。夏五月，王至自奄。六年，大蒐于岐陽。七年，周公復政于王。」書「五月丁亥，王來自奄」，蓋周公攝政五年之事。書詞先言周公曰，而後言王若曰者，此也。成王即政，則猶在二年之後。而孔傳謂周公歸政之明年。蔡傳據爲成王即政之明年，皆失考也。

18 周官：惟周王撫萬邦，巡侯甸，四征弗庭。

蔡傳曰：此書之本序也。成王

觀下文王曰：「今爾奔走臣我監五祀」，其爲成王之五年，不益信哉！

歸于鎬京，督[1]正治事之官，外攘之功舉，而益嚴内治之修也。

按：竹書：「成王十九年，王巡狩侯甸方岳，召康公從，歸于宗周，遂正百官，黜豐侯。」周官之作當在是時也。書序：「成王既黜殷命，滅淮夷，還歸在豐，作周官。」計滅殷與伐淮夷事在三年四年，至此相距十五年。序以經言四征弗庭而實之，非謂以征是地而歸也。序言豐，豐亦即宗周也。徐廣

〔一〕「督」字，原作「董」，據蔡傳改。

日「鎬去豐二十五里」，是皆爲宗周也。

19 顧命：惟四月哉生魄，王不懌。

蔡傳曰：始[一]生魄，十六日。

孔疏曰：「成王崩年，經典不載。漢書律曆志云：成王卽位三十年四月庚戌朔十五日甲子哉生魄，卽引此顧命之文，以爲成王卽位三十年而崩。」鄭玄云：此成王二十八年。

按：孔傳曰：「成王崩年之四月始生魄，月十六日。」此是劉歆說也。孔以甲子爲十六日，則不得與歆同矣。據竹書「成王元年丁酉春正月王卽位。三十七年夏四月乙丑，王陟。」則是成王崩年歲在癸酉。唐康王元年甲戌春正月，王卽位，命冢宰召康公總百官諸侯朝于豐宮」，未知成王卽位幾年崩也。

時竹書既出，而孔氏仍未之考，是亦其疏略處也。

20 呂刑：蚩尤惟始作亂，延及于平民，罔不寇賊。苗民弗用靈，制以刑。

蔡傳曰：苗民承蚩尤之暴，不用善而制以刑。

按：孔傳曰：「蚩尤，黃帝所滅。三苗，帝堯所誅。言異世而同惡。」據後漢書張衡傳「凡讖皆云伐蚩尤，而詩讖獨云蚩尤敗，然後堯受命」，疑蚩尤種類，高辛之末尚在，故三苗之君得習蚩尤之惡

蔡傳曰：蚩尤，庶人之貪者。

又按：周禮肆師疏賈公彥引三朝記曰「蚩尤，庶人之貪者」，殆卽經所云延及于平民，罔不寇賊者也。

21 大辟疑赦，其罰千[二]鍰，閱實其罪。

蔡傳曰：皇陶所謂罪疑惟輕者，降一等而罪之。今五刑疑

[一]「始」字，原作「哉」，據蔡傳改。

[二]「千」字，據書經呂刑補。

赦而直罰之以金，是大辟、宮、剕、劓、墨者，皆不復降等用矣。舜之贖刑，官府學校鞭朴之刑耳，而穆王之所謂贖，雖大辟亦贖也。舜豈有是制哉？

按：經文「墨辟疑赦，其罰百鍰，閱實其罪」，言犯墨法者，事有可疑則赦之，而又不經赦之也。罰之百鍰以示懲。若乃簡閱其情實無可疑者，其罪之。實與疑對，罪與赦對，實則不疑，罪則不赦也。大辟之法亦然，疑則赦之使贖，實則罪之不赦也。豈謂贖之以金，雖大辟亦許其贖免哉？蔡傳謂穆王巡遊無度，財匱民勞，乃爲此一切權宜之術以斂民財，非也。觀其言「五過之疵，惟官、惟反、惟內、惟貨、惟來」。又言「獄貨非寶〔一〕，惟府辜功」。其兢兢以贖貨爲戒者，豈反借以斂民財爲哉？蔡傳又以爲夫子錄之，蓋亦示戒，則又非也。夫子作孝經引甫刑云「一人有慶，兆民賴之」，又曰「五刑之屬三千」，皆呂刑文也。向使以穆王爲戒，而又何引之以垂訓哉？

〔一〕「寶」字，原誤「實」，據呂刑經文改。

管城碩記卷之五

九五

管城碩記卷之六

詩一

1 釋文：舊說云：詩序關雎，后妃之德也，至用之邦國焉，名關雎序，謂之小序。此以下〔一〕則大序也。

沈重云：案鄭詩譜意大序是子夏作，小序是子夏、毛公合作。卜商意有不盡，毛更足成之。或云：小序是東海衛敬仲所作。

朱子曰：近世諸儒多以序之首句為毛公所分，而其下推說云云者，為後人所益，理或有之。但今考其首句，則已有不得詩人之本意而肆為妄說者矣。況沿襲云云之誤哉？

又論邶柏舟序曰：詩之文意事類，可以思而得。其時世名氏，則不可以強而推。若為小序者姑以其意推尋探索，依約而言。不知其時者，必強以為某王某公之時，不知其人者，必強以為某甲某乙之事。於是傅會書史，依託名諡，鑿空妄語，以誑後人。且如柏舟不知其出於婦人，而以為男子。不知其不得於夫，而以為不遇於君，此則失矣。乃斷然以為衛頃公之時，則其故為欺罔，以誤後人之罪，不可揜矣。凡小序之失，以此推之，什得八九矣。

按：馬端臨經籍考曰：「詩、書之序自史傳不能明其為何人所作，而先儒多疑之。至朱文公之解

〔一〕「此以下」《經典釋文》作「自風風也訖末名」。

經，則依古經文析而二之，而備論其得失，而於詩國風諸篇之序詆斥尤多。以愚讀國風諸詩，知詩之不可無序，而序之有功於詩也。蓋風之為體，比與之辭多於叙述，諷諭之意浮於指斥。蓋有反覆詠嘆、聯章累句，而無一言叙作之之意者。而序者乃一言以蔽之曰：為某事也。苟非其傳授之有源，探索之無斁，則孰能臆料當時指意之所歸，以示千載乎？而文公深詆之，且於桑中、溱洧諸篇，辨折尤至。以為安有刺人之惡，而自為彼人之辭，以陷於所刺之地而不自知者哉？其意蓋謂詩之辭如彼，而序之說如此，則以詩求詩可也，烏有捨明白可見之序，而必欲曲從臆度難見之序說乎？其說固善矣。然愚以為必若此，則詩之難讀者多矣，豈直鄭、衛諸篇哉！夫芣苢之序以為婦人樂有子，為后妃之美也，而其詩語不過采采芣苢之苗穗而已。黍離之序以為閔周室宮廟之顛覆也，而其詩語不過慨歎禾黍之苗穗而已。此詩之不言所作之意，而賴序以明者也。若捨序以求之，則其所以采撷者為何事，而慨歎者為何說乎？叔于田之二詩序以為刺鄭莊公也，而其詩語則鄭人愛叔段之辭耳。揚之水、椒聊二詩序以為刺晉昭公也，而其詩語則晉人愛桓叔之辭耳。此詩之叙其事以諷，初不言刺之之意，而賴序以明者也。若捨序以求之，則知四詩也，非子雲美新之賦，則袁宏九錫之文耳。是豈可以訓，而夫子不删之乎？鴟鴞、陟岵之詩，見於變風，序以為征役者不堪命而作也。四牡、采薇之詩，見於正雅，序以為勞使臣遣戍役而作也。而深味四詩之旨，則歌行役之勞苦，叙飢渴之情狀，憂孝養之不遂，悼歸休之無期，其辭語一耳。此詩之辭同意異，而賴序以明者也。若捨序以求之，則文王之臣民亦怨其上，而四牡、采薇不得為正雅矣。即是數端

而觀之，則知序之不可廢。序不可廢，則桑中、溱洧何嫌其為刺奔乎？蓋嘗論之，均一勞苦之詞

也，出於敘情閔勞者之口，則為正雅。而出於困役傷財者之口，則為變風也。均一淫泆之詞也，出

於奔者之口，則可刪；而出於刺奔者之口，則可錄。均一愛戴之詞也，出於愛叔段、桓叔者之口

則可刪，而出於刺鄭莊、晉昭者之口則可錄也。夫芣苢、黍離之不言所謂，叔于田、揚之水之反辭以

諷，四牡、采薇之辭同變風，文公胡不玩索詩辭，別自為說，求作詩之意於詩辭

之外矣。何獨於鄭衛諸篇而必以為奔者所自作，而使聖經為錄淫辭之具乎？且夫子嘗刪詩矣，其

所取於關雎者，謂其樂而不淫耳。則夫詩之可刪，孰有大於淫者。今以文公詩傳考之，其指以為男

女淫佚奔誘而自作詩以敘其事者，凡二十有四，如桑中、東門之墠、溱洧、東門之枌〔一〕、東門之池、

東門之楊、月出，則序以為刺淫，而文公以為淫者所自作也。如靜女、木瓜、采葛、丘中有麻、將仲

子、遵大路、有女同車、山有扶蘇、蘀兮、狡童、褰裳、丰、風雨、子衿、揚之水、出其東門、野有蔓草，

則序本別指他事，而文公亦以為淫者斯自作也。夫以昏淫不檢之人，發而為放蕩無恥之辭，而其

詩篇之繁多如此，夫子猶存之。則不知所刪何等一篇也？愚非敢苟同序說而妄議先儒也，蓋嘗以

孔子、孟子之所以說詩者讀詩，而後知序說之不繆，而文公之說多可疑也。孔子之說曰：誦詩三

百，一言以蔽之，曰思無邪。孟子之說曰：說詩者不以文害辭，不以辭害志，以意逆志，是為得之。

夫經非所以誨邪也，而戒其無邪。辭所以達意也，而戒其害意。蓋知詩人之意者，莫如孔孟。盧

〔一〕「枌」字，原誤「日」，據詩經改。

學者讀詩而不得其意者，亦莫如孔孟。是以有無邪之訓焉，則以其辭之不能不鄰乎邪也。使篇篇

如文王、大明，則奚意之可閑乎？是以有害意之戒焉，則以其辭之不能不害其意也。使章章如清

廟、臣工，則奚意之難明乎？以是觀之，則知刺奔果出於作詩者之本意，而夫子所以刪者，其詩決

非淫泆之人所自賦也。或又曰：文公嘗言：雅者二雅是也。鄭者，緇衣以下二十一篇是也。衛者，

邶、鄘、衛三十九篇是也。桑間、衛之一篇桑中是也。二南、雅、頌，祭祀朝聘之所用也。鄭、衛桑

濮，里巷俠邪之所作也。夫子於鄭衛，蓋深絕其聲於樂以為戒。今乃欲

為之諱其鄭衛桑濮之實，而文以雅樂之名，又欲從而奏之郊廟之中，朝廷之上，則未知其欲薦之

於何等之鬼神，用之於何等之賓客乎？愚又以為未然。夫左傳言季札來聘，請觀周樂，而所歌者

邶、鄘、衛、鄭皆在焉。則諸詩固雅樂矣。使其為里巷俠邪所用，則周樂安得有之。至於被之絃

安能歌異國淫邪之詩乎？然愚之所論不過求其文意之指歸而知其得於性情之正耳。而魯之樂工亦

歌，合之音樂，則儀禮、左傳所載古人歌詩合樂之意，蓋有不可曉者。夫關雎、鵲巢、閨門之事，后妃

夫人之詩也。而鄉飲酒、燕禮歌之。采蘋、采蘩，夫人大夫妻能主祭之詩也，而射禮歌之。肆夏、

繁遏渠，宗廟配天之詩也，而天子享元侯歌之。文王、大明、綿，文王興周之詩也，而兩君相見歌

之。以是觀之，其歌詩之用與詩人作詩之本意，固有判然不相合者，不可強通也。則烏知鄭、衛諸

詩不可用之於燕享之際乎？左傳載列國聘享賦詩，固多斷章取義，然其大不倫者，亦以來譏誚。如

鄭伯有賦鶉之奔奔，楚令尹子圍賦大明，及穆叔不拜肆夏，甯武子不拜彤弓之類是也。然鄭伯如

晉，子展賦將仲子；鄭伯享趙孟，子太叔〔一〕賦野有蔓草；鄭六卿餞韓宣子，子齹賦野有蔓草，子太

叔賦褰裳，子游賦風雨，子期賦有女同車，子柳賦蘀兮，此六詩皆文公所斥以爲淫奔之人所作也，

然所賦皆見善於叔向、趙武、韓起，不聞被譏。乃知鄭衛之詩未嘗不施之於燕享，而此六詩之旨意

訓詁當如序者之說也，不當如文公之說也。或曰：文公之於詩序，於其見於經傳信而有證者則從之，

如碩人、載馳、清人、鴟鴞之類是也。其可疑者，則未嘗盡斷以臆說，而固有引書以證其謬者矣。

曰：是則然矣。然愚之所以不能不疑者，則以其惡序之意太過，而所引援指摘似爲未盡出於公

平而足以當人心也。夫關雎，韓詩以爲衰周之刺詩，賓之初筵，韓詩以爲衛武公飲酒悔過之詩，皆

與毛序反者也。而韓詩說關雎，則違夫子不淫不傷之訓，是決不可從者也。初筵之詩，夫子未有

論說也，則詆毛而從韓。夫一韓詩也，初筵之序可信，而關雎之序獨不可信乎？邶柏舟，毛序以爲

仁人不遇而作，文公以爲婦人之作，而引列女傳爲證，非臆說矣！然列女傳出於劉向，向上封事論

恭顯傾陷正人，引是詩憂心悄悄，慍于羣小之語，而繼之曰：小人成羣，亦足慍也。則毛序之意

矣。夫一劉向也，列女傳之說可信，而封事之說獨不可信乎？此愚所以疑文公惡序之意太過，而

引援指摘似爲未當，此類是也。

2　唐孔氏關雎疏曰：二南之風，實文王之化而美后妃之德者。以夫婦之性，人倫之重，非是褒賞后妃能

爲此行也。

〔一〕「太」字，原作「文」，據左傳改。

按：關雎化始房中，故遂云后妃之德，非不知有文王也。亦有言文王而不及后妃者，如漢廣之序

是也。朱子乃云：「序者徒見其辭而不察其意，遂壹以后妃為主，而不復知有文王。」又哀窈窕思賢

才，足上所云憂在進賢也，而無傷善之心，足上所云不淫其色也。朱子乃曰「至於傷為傷善之心，

則又大失其旨而全無文理」，過矣。

又按：子貢詩傳曰：「文王之妃姒氏思得淑女以供內職，賦關雎。」是淑女為太姒，思賢以自輔而忘

其身之為述，若曰茲淑女是君子之好逑，吾何德以配君子云爾。蓋是詩為后妃所自作，故取之以

冠全詩，義或然也。

3 葛覃序云：后妃在父母家，則志在於女功之事。

按：朱子以在父母家一句為未安，蓋以為若在父母之家，即詩中不應以歸寧父母為言。然序先言

其志在女功，後言其服澣濯，尊師傅，化天下以婦道，是序分言之，而朱子故為連讀之也。

4 卷耳序云：后妃之志也。又當輔佐君子，求賢審官，知臣下之勤勞。

按：襄十五年左傳引「詩曰嗟我懷人，寘彼周行，能官人也」，與詩序求賢審官意合。蓋后妃思君

子官賢人，志在於輔佐，於是代文王設身處地以為嗟我懷人，我姑酌彼金罍耳。凡言我者，皆指文

王也。朱子以為后妃所自作。采卷耳，后妃不屑。嗟我懷人，非后妃口吻。甚至欲陟崔嵬而思乘

馬，思酌酒，豈后妃所自為乎？

5 螽斯序云：言若螽斯不妒忌，則子孫眾多也。

按：朱子以「螽斯爲不妒忌則子孫衆多」之比，序者不達此詩之體，故遂以不妒忌者歸之螽斯。然序以言若螽斯爲句，其所以能若此者，由於不妒忌則子孫衆多也。加一若字，則亦以爲比可知。

6　兔罝序云：關雎之化行，則莫不好德，賢人衆多也。

按：左傳云：「天下有道，則公侯能爲民干城。」申培詩說云：「文王舉閎夭、太顛于置網之中，西土服。」蓋商季賢才隱遯，如太公隱於屠釣，則閎、散隱於兔罝，容或有之。序以爲關雎之詩，后妃思賢媵以自輔，故化行而賢人衆多也。但既爲干城腹心，則已在官使矣。曰武夫者，追言其始進時耳。朱子以爲野人，亦未然。

7　汝墳序云：文王之[一]化行乎汝墳之國。

按：韓詩曰：「汝墳，辭家也。」薛氏曰：「燬，烈火也」，孔邇，以父母甚迫近饑寒也。」言王室政如烈火，猶焜冒而仕者，以父母甚迫近饑寒，故爲祿仕。東漢周磐貧薄不充養，嘗誦汝墳之卒章，乃慨然解韋帶，就孝廉之舉，亦此意也。[守]貢詩傳曰：「受辛無道，商人慕文王而歸之，賦汝墳。」朱子集傳父母指文王也，與詩傳意同。

8　鵲巢序云：夫人之德也。

按：集傳曰：「鳩性拙不能爲巢，或有居鵲之成集者，」是先將鳩說壞矣，而後可配國君。鄭箋云：夫人有均壹之德，如鳲鳩然，何以爲夫人興乎？朱子曰：此恐亦是夫人之詩，未見以禮自防之意。

9　草蟲序云：大夫妻能以禮自防也。

[一]「之」字，據汝墳序補。

按：徐幹中論曰：「良霄以鶉奔喪年，子展以草蟲冒族，君子感凶德之如彼，見吉德之如此，故立必磬折，坐必抱鼓，周旋中規，折旋中矩」，亦是以禮自防之意也。

10 行露序云：召伯聽訟也。彊暴之男不能侵凌貞女也。

按：鄭志：「張逸問行露召伯聽訟，察民之意化耳。何訟乎？答曰：民被化久矣，故能有訟。」孔氏疏曰：「言彊暴者，謂彊行無禮而陵暴於人。」左傳昭元年云：「徐吾犯之妹美，公孫楚聘之矣，公孫黑又使彊委禽焉」，是也。朱子集傳謂：「女子不爲彊暴所污，自述己志，作此詩以絶其人。」無論彊暴者非一詩所能絶，而所云「速我訟獄」，皆是自述己志乎？劉向列女傳曰：「召南申女許嫁于酆矣，家禮不備而欲迎之，女不肯往。夫家訟之，女終拒之而作詩。」蓋是實有其事，非但自述其志也。

11 殷其靁序云：勸以義也。

按：詩「莫敢或遑，莫敢遑息」，正是勸以爲臣之義而閔其勤勞。朱子謂此詩無勸以義之意，何也？

12 邶柏舟序云：言仁而不遇也。

按：孟子引「詩云憂心悄悄，慍于羣小」，孔子也。朱子集注〔一〕曰：「本言衛之仁人見怒於羣小，孟子以爲孔子之事可以當之。」則仍依序説也。今考其辭氣「微我無酒，以敖以遊」，大不類婦人語也。自當以仁人不遇爲是。

〔一〕「注」字，原作「傳」，據朱氏四書集注孟子盡心下十九章改。

13 日月序云：衛莊姜遭州吁之難，傷己不見答於先君，以至困窮也。

按：朱子謂此詩〔一〕當在燕燕之前。蓋詩言「寧不我顧」，猶有望之之意。又言「德音無良」，亦非所宜施於前人者，明是莊公在時所作。然細按之，則序說爲長。蓋是時莊公既薨，莊姜追念之言，日月照臨，出自東方，猶有復明之時，而莊公既逝，不復故處，是可傷也。先君往矣，不我顧矣，寧不我顧，蓋傷之甚而轉冀之也。所謂德音無良者，史記衛世家陳女女弟幸於莊公，生子完，莊公令夫人齊女子之。是德音也。而今見弑於州吁，反爲不善，是無良也。不然，德音豈有無良哉？序詩以此在燕燕之後，非錯簡也。

14 北門序云：刺仕不得志也。

按：詩云「王事適我」，鄭箋云：「國有王命役使之事。」此詩當作於衛惠公時，桓五年，衛人從王伐鄭、鄭伯饗之。爲左拒以當蔡人、衛人。王事，當指此也。

15 北風序云：刺虐也。衛國並爲威虐，百姓不親。

按：衛詩擊鼓怨州吁用兵暴亂也。雄雉刺宣公淫亂，不恤國事，軍旅數起也。朱子曰：衛以淫亂亡國，未聞其有威虐之政。況於納伋之妻而使盜殺其子哉？

16 鄘柏舟序云：衛世子共伯蚤死，其妻守義。父母欲奪而嫁之，誓而弗許。

按：內則「子事父母，總拂髦」，是兩髦者，乃父母在之飾也。鄭氏箋曰：「共伯僖侯之世子。」詩稱

〔一〕「詩」字，據朱氏詩集傳補。

兩髦」，則是時僖侯尚在可知。史記世家云：「武公和篡共伯而立。」無論睿聖武公不應有篡兄之事，即髡彼兩髦，可以證僖侯尚在，武公何由篡之。以共伯蚤死之說參之，詩序何可廢也？

17 桑中序云：刺奔也。

朱子曰：此淫奔者〔一〕，自言其與所思〔二〕之人相期會迎送如此也。

按：序以爲刺奔者，於「云誰之思」決之。蓋以淫亂者所思何人，不過與某某爲期約耳。若以爲淫奔者所自作，則將顯然告人曰：「我思誰人，既淫姜姓之長女，又淫弋姓之長女，又淫庸姓之長女，而皆與我相期送。」恐雖淫亂無恥者，未必恐人不知其淫也。況序〔三〕曰「相竊妻妾」，既竊矣，而又何以告之哉？穀梁傳「定公十五年秋七月壬申，弋氏卒。」傳曰：「哀公之母也。」左傳作「姒氏」也。詩故曰：「庸即鄘女，亦國姓也。」孟姜、孟弋、孟庸，皆貴族。

18 氓序云：刺時也。宜公之時，男女奔誘，復相棄背，故序其事以風焉。

朱子曰：此淫婦爲人所棄而自敘其事。

按：毛傳：「氓，民也。」以氓而抱布，非士可知。至於期約則日子，笑言則曰爾，原有次序，非或親或鄙而忽貴之爲士也。又「三歲食貧」，「三歲爲婦」，非女可知。「老使我怨」，老而後見棄可知。然則作詩者歷敘淫婦之見棄，因嘆曰「于嗟女兮，無與士耽」！爲凡爲女者戒之，所謂前車之覆，後車之鑒也。桑落黃隕，婦人以色衰見棄如此。「女也不爽，士貳其行」，世多有之，謂可常恃其色哉？

〔一〕「此淫奔者」，朱氏詩集傳作「此人」。

〔二〕「思」字，原作「私」，據朱氏詩集傳改。

〔三〕「序」字，原作「傳」，

故作者敘其事以風焉，而歸之於刺時也。朱子謂此非刺詩，總不欲依序説耳。

19 芄蘭序云：刺惠公也。驕〔一〕而無禮，大夫刺之。

朱子曰：此詩不知所謂。

按：毛傳「觿，成人之佩也。」尚書注「人君十二而冠，佩爲成人」，可知君當童幼之年所宜佩觿也。詩不敢斥言其君，惟以其佩觿指之，故云「童子也。」閔二年左傳曰：「初，惠公之即位也少。」杜預云：「蓋年十五六，佩所謂童子也。」史記世家「宣公卒，太子朔立，是爲惠公。左右公子不平朔之立也」，則大夫刺之，自應有也。朱子不信小序，故云「不知所謂」。

20 河廣序云：宋襄公母歸于衛，思而不止，故作是詩。

朱子集傳曰：衛在河北，宋在河南。

按：閔二年，狄入衛之後，戴公渡河而南，故唐孔氏，詩疏曰「文公之時，衛已在河南。自衛適宋不渡河」，則言河廣者，不過取河爲喻耳。嚴華谷因集傳云「衛在河北」，遂疑此詩爲作於衛未遷之前，而以孔疏爲非。不知宋襄公以魯僖公十年即位，二十一年卒，始終當衛文公時。其母思之賦河廣，安得不以爲文公時乎？若以此詩爲作於衛未遷前，衛在汲郡朝歌縣，宋在梁國睢陽縣，相去甚遠，亦可因跂予望之，而謂跂足可覩乎？意蓋以河狹地近，以義不徙，非謂其遠耳。

21 伯兮序云：刺時也。

鄭箋曰：衛宣公之時，蔡人、衛人、陳人從王伐鄭伯也。爲王前驅久，故家人思之。

按：詩「自伯之東」，朱子曰：「鄭在衛西，不得爲此行云之東也。」唐孔氏疏曰：「蔡、衛、陳三國從王

〔一〕「驕」字上，原有「惠公」二字，據芄蘭序文删。

伐鄭，則兵至京師，乃東行伐鄭也。非謂鄭在衛東。」桓五年傳曰：「王以諸侯伐鄭，王爲中軍，虢公
林父將右軍，蔡人、衛人屬焉。」則會師之鄭，不自衛出可知。鄭世家有云「東其民於洛」，東周在鄭
東，時伯之東，受命西伐耳。

朱

22 木瓜序云：美齊桓公也。衛爲狄敗，出處於漕。齊桓公救而封之，衛人欲厚報之，而作是詩。
子曰：疑亦男女相贈答之辭，如〈靜女〉之類。

按：子夏詩傳「朋友相贈，賦〈木瓜〉。」孔叢子引孔子曰「吾於〈木瓜〉，見包苴之禮行。」以二說證之，
豈可指爲男女贈答之辭哉？

23 〈君子陽陽序〉云：閔周也。遭亂相招爲祿仕，全身遠害而已。　　朱子曰：此詩疑亦前篇婦人所作。

按：前篇「君子于役，不知其期」，〈集傳〉曰：「大夫久役於外，其室家思而賦之。」「此則其夫既歸，安
於貧賤以自樂，其家人又識其意而嘆美之。」夫以爲安於貧賤，而曰「左執簧」，所云歙笙鼓簧者是
也。又曰「右招我由房」，惟天子諸侯得有房中之樂，貧賤者何所有也？且曰「左執翿」，所云植其
鷺翿者是也。又曰「右招我由敖」，敖，舞位也。相招而從於燕舞之位，貧賤者何所有也？〈序〉以爲
君子遭亂相招爲祿仕，則此皆在位有官職者，非徒安於貧賤以自樂而已。　　朱子曰：君子

24 〈兔爰序〉云：閔周也。桓王失信，諸侯背叛，構怨連禍，王師傷敗，君子不樂其生焉。

按：〈隱三年傳〉「平王崩，周人將畀虢公政。鄭祭足帥師取溫之麥。秋，又取成周之禾。君子曰：
不樂其生一句得之，餘皆衍說。

信不由中，質無益也。」是桓王失信之事也。竹書「桓王二[一]年，王使虢父[二]伐晉之曲沃。十一年，王師、秦師圍魏。十四年，伐曲沃，立哀侯弟緡于翼。」十六年，滅翼。」《史記鄭世家》「莊公二十七年，始朝周。周桓王怒其取禾，弗禮也。三十七年，莊公不朝周，周桓王率陳、蔡、虢、衛伐鄭。莊公與祭仲、高渠彌發兵自救，王師大敗。」序謂諸侯背叛，王師傷敗者，此也。夫兵凶器也，逢此百凶，構怨連禍可知矣。何得以序爲衍說？

25　大車序云：刺周大夫也。禮義陵遲，男女淫奔，故陳古以刺今。

朱子曰：周衰，大夫猶有能治其私邑，淫奔者畏而歌之。

按：詩明言「畏子不奔」，則未嘗奔矣。《集傳》猶謂「淫奔者畏而歌之」，何也？呂東萊曰：「此詩唯能止其奔，未能革其心，與《行露》之詩異矣。故序以爲刺周大夫也。」

朱子曰：婦人望其所與私者而不來，故疑復有與之私而留之者。

按：詩「彼留子嗟」，「彼留子國」，毛傳：「留，大夫氏。子國，子嗟父。」先言其子，乃言其父者，當是賢人放逐止謂子嗟耳。作者既思其子，又美其奕世有德，遂及其父。孔氏曰：「毛時書籍猶多，或

26　丘中有麻序云：莊王不明，賢人放逐，國人思之而作是詩。

有所據。」朱子何所據而易爲淫婦所私之人哉？

又按：桓十一年公羊傳：「古者鄭國處于留，先鄭伯有善於鄶公者，通乎夫人，以取其國，而遷鄭

〔一〕「二」字，原誤「三」，據竹書紀年桓王二年改。

〔二〕「父」字，竹書紀年作「公」。

管城碩記卷之六

一〇九

焉，而野留。莊公死，已葬，祭仲將往省于留，塗出于宋，宋人執之。」然則「留」者，鄭鄙邑。子噲者，治留之大夫也。

27　將仲子序云：刺莊公也。弟叔失道而公弗制，祭仲諫而公弗聽。

朱子曰：莆田鄭氏曰：此淫奔者之辭。

按：仲子指祭仲也。「無踰我里」，踰，過也。所謂都城過百雉，國之害也。「無折我樹杞」，仲子曰「毋使滋蔓」，公曰「姑待之」是也。「畏我父母」，公所謂姜氏欲之，焉辟害也！詩人辭意婉切，而莆田鄭氏臆料爲淫奔之辭，朱子信之，遂以仲子爲男子之字，何哉？

28　遵大路序云：莊公失道，君子去之，國人思望焉。

朱子曰：淫婦爲人所棄，於其去也而留之。

按：集傳以宋玉登徒子好色賦有「遵大路兮攬子祛」之句，遂易爲淫婦爲人所棄而作。果如玉言，彼稱詩以贈遊女，今以爲婦人所作，抑又何也？且留之不於所私之地，而乃於大路留之，恐無是情理也。

29　有女同車序云：鄭人刺忽之不昏于齊，卒以無大國之助，至於見逐。

朱子曰：此疑亦淫奔之詩。

按：詩「有女同車」，傳曰：「親迎同車也。」「彼美孟姜」，傳曰：「孟姜，齊之長女也。」史記鄭世家莊公「三十八年，北戎伐齊，齊使求救。鄭遣太子忽將兵救齊。齊釐公欲妻之。忽謝曰：我小國，非齊敵也。四十三年，莊公卒，太子忽立。秋，忽出奔衛。」夫齊女賢而不娶，卒以無大國之助，至于見逐，故詩人刺之。朱子必疑爲淫奔之詩，何哉？

30 山有扶蘇序云：刺忽也。　朱子曰：淫女戲其所私者。

按：詩「不見子都，乃見狂且」「不見子充，乃見狡童」，傳曰：「狂，狂人也。狡童，昭公也。」孔疏曰：「狂者，狂愚之人。下傳以狡童爲昭公，則此亦謂昭公也。」然詩人之意當以子都、子充，指鄭忽；狂且、狡童，指鄭突。春秋桓公十一年九月丁亥，昭公忽奔衛。己亥，厲公突立。是鄭人思忽而不得見，目中止見有突也。如此則詩人無訕上悖理之虛惡，而亦不必以意料逆揣，指爲淫謔之詞矣。或曰：「目君爲狡童，則忘君臣之分。」然箕子麥秀之歌「彼狡童兮，不我好兮」，狡童指紂也。

詩人不敢斥言，而托之狡童，故云刺也。

31 褰裳序云：思見正也。　朱子曰：淫女語其所私者。

按：狡童、褰裳，疑皆托齊人因忽辭昏而爲之刺。狡童曰：「不與我言，不與我食。」褰裳曰：「子不我思，豈無他人？」疑託之齊人之口，而非鄭人自刺其君也。王十三年，北戎伐齊，鄭忽帥師救齊。「子惠思我，褰裳涉溱」者，謂忽有功於我，涉溱洧而救我也。其後桓王十三年，北戎伐齊，鄭忽帥師救齊。竹書平王六年，鄭遷于溱洧。其後桓王二年，鄭忽逐，故欲以孟姜妻之。子辭之而不我思，豈無他人與昏哉？若當日與齊爲昏，則忽之見逐，大國必有以正己。左傳鄭六卿餞韓宣子，子太叔賦褰裳，亦取大國正己之意也。　朱子以狡童、褰裳皆爲淫女之詞，何哉？

32 子衿序云：刺學校廢也。　朱子曰：此亦淫奔之詩。

按：毛傳曰：「青衿，青領也。學子之所服。」集傳以子爲男子，以詩爲淫奔之詩，乃自作白鹿洞賦，

又曰「廣青衿之疑問」，則仍依序說矣。

33 敝笱序云：齊人惡魯桓公微弱，不能防閑文姜，使至淫亂，為二國患。　　朱子曰：桓當作莊。

按：文姜以桓三年歸魯，十八年公與如齊，齊侯通焉。設使桓公納申繻之諫，防閑文姜，不與如齊，則亦不至於淫亂可知。蓋文姜是時歸魯十有六年，與如齊而使至於淫亂者，桓公也。若莊公即位，夫人固在齊矣。其後夫人姜氏會齊侯于禚，享齊侯於祝丘，以及於會防、會穀，不能防閑則有之，使至淫亂，非桓而何？集傳以敝笱不能制大魚，比魯莊不能防閑文姜，謂詩序桓當作莊，非也。

34 汾沮洳序云：其君儉以能勤，刺不得禮也。　　朱子曰：崔靈恩集注其君作君子，義雖稍通，然未必序者之本意也。

按：王肅、孫毓皆以「言采其莫」為大夫采莫，不以為君。又陸氏釋文曰：「其君子，一本無子字。」則詩序本作君子可知。朱子以為未必序者之本意，必欲非之而後快，何也？

35 蟋蟀序云：刺晉僖公也。

按：史記世家厲王弟戲之二年，晉僖侯司徒卽位。宣王二年，僖侯卒。據詩意及序，僖侯蓋非能儉者，有時而儉不能中禮，又常好自虞樂者，不能依禮，故時人刺之，欲其節之以禮耳。觀下云「蟋蟀在堂，役車其休。今我不樂，日月其慆」，則今我者，詩人自我也。周禮春官巾車「庶人乘役車」，農功既畢，役車其休，我此時何至不樂？否則日月易過，又將始播百穀矣。君之虞樂，自有其時，

無其爲太樂,蓋當主思於所居之職,毋或廢弛國政,如良士瞿瞿蹶蹶可矣。詩意乃刺其不儉,非刺儉也。向使既儉矣,而又戒之曰「無已太康」何哉?又爾雅「瞿瞿、休休,儉也」,則詩意欲其崇儉可知。

36　山有樞序云:刺晉昭公也。政荒民散,將以危亡。

朱子曰:此詩蓋亦答前篇之意而解其憂。

按:昭公元年,封弟成師于曲沃。沃盛晉衰,已有將亡之勢,詩人蓋逆料之矣。故曰「他人是保」,「他人入室」,蓋謂謀取其國家而不知也。集傳以前篇「蟋蟀在堂爲唐民歲晚務閒,乃敢相與燕飲爲樂」,此爲答前篇之意而解其憂。恐未必然。蓋有車馬,有鐘鼓,必非民間終歲勞苦者所能有也。

37　綢繆序云:刺晉亂也。國亂則昏姻不得其時。

朱子曰:詩人敘其婦語夫、夫語婦之辭。

按:集傳之可疑者有四。「三星在天」,毛傳曰:「三星,參也。在天,謂[一]始見東方也。」王肅曰:「謂十月也。」「三星在戶」,毛傳曰:「參星正月中直戶也。」婦語夫之今夕在十月,夫語婦之今夕在正月。其疑一也。當昏之夕,無方束薪於原野及夜而歸之理。其疑二也。語夫而自稱子兮,語婦亦自稱子兮,相語又共稱子兮。其疑三也。先述其語夫,次述其語婦,足矣;中又謂述其夫婦相語,而後語婦。其疑四也。詩蓋以賢者在野束薪,及夕而歸,見三星在天,嘆昏姻不得其時,若於今夕而夫婦相見,喜如何哉!「子兮子兮」,自他人口中而指男女,義更明矣。

朱子曰:此序

38　無衣序云:美晉武公也。武公始并晉國,其大夫爲之請命乎天子之使,而作是詩。

〔一〕「謂」字,據毛傳補。

颠倒顺逆，乱伦悖理。當是時若非晉侯自作，則是詩人著其事而陰刺之。乃以爲美之，失其旨矣。

按：《竹書》：「釐王三年，曲沃武公滅晉侯緡，以寶獻王。王命武公以一軍爲晉侯。」時武公之三十七年也。《序》明言武公大夫爲之請命，則所謂美者，亦自其大夫美之，非武公有可美也。主臣協謀，弒君篡國，向使其臣猶刺之，豈肯助之？《序》以爲美者是也。

《采苓序》云：刺晉獻公也。獻公好聽讒焉。

按：《史記世家晉獻公》「爲太子，城曲沃。士蒍曰：太子不得立矣。不如逃之，無使罪至。爲吳太伯，不亦可乎！猶有令名。太子不從」。詩人之意以爲獻公信驪姬之讒，舍申生而立奚齊。向使申生潛逃，如伯夷之去，采苓於首陽之巔，未爲不可。乃士蒍爲之言而不信。「舍旃舍旃」，則亦如或人所言可舍之而奔他國，而亦無然者，何也？申生惟如順父之爲孝，人之言又胡得而入焉？《蜀書劉封傳》：「先主以未有繼嗣，養封爲子。孟達與封書曰：自立阿斗爲太子已來，有識之人相爲寒心。如使申生從子輿之言，必爲太伯。」讀詩者可以觀矣。

管城碩記卷之七

詩二

1 車鄰序云：美秦仲也。秦仲始大，有車馬禮樂侍御之好焉。

集傳曰：君子，指秦君。寺人，內小臣也。

按：安城劉氏曰：「秦仲但爲宣王大夫，未必得備寺人之官。」蓋以朱子謂君子爲秦君，不言仲，疑此詩爲作於襄公之後也。據鄭語「桓公問於史伯曰：姜嬴其孰興？對曰：國大而有德者近興。秦仲、齊侯，姜嬴之雋也」，且大，其將興乎！詩序秦仲始大之說，蓋與此同也。竹書「宣王三年，王命秦仲伐西戎」，仲既爲大夫，則受地視伯，得備寺人之官也，宜矣。何必疑此爲作於襄公之後？

2 蒹葭序云：刺襄公不能用周禮也。

集傳曰：不知其何所指。

按：僖二十五年傳「晉侯次于陽樊」。晉語：「倉葛曰：陽人有樊仲之官守。」夫周以陽樊賜晉而人不服，則以郊周賜秦，而人豈能遽服乎？時襄公新得周地，周禮具在，而襄不能用。周禮者，襄裳去之，托居水涯。西周之民不復見周官威儀，於是有伊人宛在之思。正與「山有榛，隰有苓」云誰之思？西方美人。彼美人兮，西方之人兮」，同一感嘆耳。觀陽人不忍去周，則郊人

一二四

不忍忘周可知。

3 晨風序云:刺康公忘穆公之業,始棄其賢臣。 集傳曰:婦人以夫不在而言,與粲廬之歌同意。

按:韓詩外傳:「魏文侯封太子擊於中山,三年使不往來。擊乃遣倉唐繹北犬,奉晨鳧,獻於文侯。文侯曰:子之君何業?對曰:業詩。文侯曰:於詩何好?曰:好晨風、文侯自讀晨風曰:鳼彼晨風,鬱彼北林,未見君子,憂心欽欽。如何如何,忘我實多!文侯曰:子之君以我忘之乎?倉唐曰:不敢,時思耳。乃封中山,而復太子擊。」觀此,則晨風蓋父子之詩,而非夫婦之吟也。安必以忘我二字與粲廬之歌同意,遂改爲婦人以夫不在而言?

箋云:此責康公之言也。

朱子言:序意與詩情不協。

4 無衣序云:刺用兵也。

按:秦康公之元年,春秋魯文公之七年也。文七年,晉敗秦師于令狐,至于刳首。八年,秦人伐晉,取武城。十年,秦伐晉,取北徵。十二年,晉人、秦人戰于河曲。十六年,楚人、秦人滅庸。此無衣所以刺用兵也。「王于興師」者,王肅曰:「疾其好攻戰,不由王命,故思王興師」,是也。安在與詩意不協、

5 宛丘序云:刺幽公也。

按:詩「子之湯兮」,毛傳曰:「子,大夫也。」鄭箋曰:「子者,斥幽公也。」二說不同,故朱子集傳但云「此人之遊蕩」,不言所指。然既曰「坎其擊鼓」,又曰「值其鷺羽」,恐非君未有是樂。故小序以爲刺幽。陳世家幽公十二年,屬王奔翟。凡在位二十三年,公卒。據竹書紀年「幽公二十二年

卒〔一〕，是史誤也，

6　衡門序云：誘僖公也。

按：序以爲誘僖公。朱子謂其因謚而配以此詩。　集傳曰：此隱居自樂而無求者之辭。

據陳世家「僖公〔二〕六年，周宣王即位」，是周室中興之日，正僖公奮發有爲之時，而乃愿而無立志，故作詩者誘進之。見衡泌可安，比國小可以有爲。後云齊姜、宋子者，見人當自強，豈必有大國之援，總以誘掖其君耳。若謂因謚法小心畏忌曰僖，序者因配以此詩，未必然也。

7　東門之池序云：疾其君之昏淫，而思賢女以配君子也。　集傳曰：此亦男女會遇之辭。

按：集傳以東門爲會遇之地，漚麻爲所見之物。詩何以又言「彼美淑姬」？言彼美，則非所會遇者、可知。豈非所見者在此，所思者又在彼耶？水經注陳國東門內有池，池水東西七十步，南北八十許步。水至清潔，不耗竭，可以漚麻、漚菅者，喻賢女能柔順君子成其德教耳。

集傳曰：所謂不良之人，亦不知其何所指也。

8　墓門序云：刺陳佗無良師傅，以至於不義。

按：左傳：桓公「五年正月甲戌，己丑，陳侯鮑卒，再赴也。於是陳亂，文公子佗殺太子免而代之」。杜注：「免，桓公太子。」詩蓋以桓公卒而亂作，故因以墓門起興。「夫也不良」，刺陳佗。「無良師傅」，序傳必有所授，豈真以佗爲亂賊被殺，遂以無良之詩與之哉？

一一六

〔一〕　此引文詞義不明，按竹書紀年周厲王二十二年，陳幽公卒，不是陳幽公二十二年卒。　〔二〕「僖公」，《史記陳杞世家》作「釐公」。

9 防有鵲巢序云：宣公多信讒，君子憂懼焉。

集傳曰：此男女之私，而憂或間之之辭。

按：陳世家：「宣公後有嬖姬生子款，欲立之，乃殺其太子禦寇。禦寇素愛屬公子完，完懼禍及已，乃奔齊。」此詩當作於是時，而言誰俾張太子爲予所美之人乎？使我心忉忉然也。箋以所美謂宣公，非是。朱子謂男女有私，憂或間之。何國風之多淫耶？

10 蜉蝣序云：刺奢也。昭公國小而迫，好奢而任小人。

故以蜉蝣爲比而刺之。

集傳曰：此蓋以時人有玩細娛而忘遠慮者，其君臣徒整飾

按：鄭譜云：「當周惠王時，昭公好奢而任小人，曹之變風始作。」蜉蝣蓋昭公詩也。其衣裳，不知國之將迫脅，君臣死亡無日，如蜉蝣朝生夕死，猶有羽翼以自修飾也。「蜉蝣掘閱，麻衣如雪」，毛傳曰：「掘閱，容閱也。如雪，言鮮絜。」鄭箋曰：「掘地解閱，謂其始生也。麻衣，深衣，諸侯之朝，夕則深衣也。」顧麟士曰：「按古人所用帛以絲，布以麻以葛。」觀玉藻注皮弁服、朝衣、玄端服皆麻衣。十五升布，論語麻冕三十升布，皆麻，非如今喪服始用麻也。故釋如雪以爲鮮絜，云麻衣猶布衣之謂。序以爲刺其君者，是也。

11 鳲鳩序云：刺不壹也。

朱子曰：此美詩，非刺詩。

按：前候人序「刺共公好近小人」，後下泉序「疾共公侵刻下民」，鳲鳩在其間，亦共公詩也。曹昭公以魯僖七年卒，共公卽位。「其儀不忒」，「正是四國」，曹之君果足當斯美乎？序以爲刺其君者，是也。集傳曰：「鳲鳩，秸鞠也，亦名戴勝，今之布穀也。」據月令：「季春之月鳲鳩拂其羽，戴勝降于

桑」既言鴟鴞，又言戴勝。舊說以爲一物者，非也。

12 魯詩世學云：幽風八章，章十一句，周公作。此詩本名幽風，蓋欲成王知幽國之風俗，故以名篇，而未

有七月之目也。毛氏謬以此篇及鴟鴞、東山、狼跋、九罭，破斧改爲幽風，始摘此篇章首二字改名七

月。然詩實小正之體，與國風不同。子貢之傳、申公之編、鴻都之刻是也。

按：周禮春官籥章「龡籥以歌幽詩」，則周制之前已繫幽矣。其周公自名幽風，理或然也。又襄二

十九年傳：「吳季札請觀周樂，爲之歌幽」，則周制之前已繫幽矣。樂而不淫，其周公之東乎！」杜預曰：「周公

遭管蔡之變，東征三年，爲成王陳后稷先公，不敢荒淫以成王業，故言周公之東乎。」則是東山諸詩

本繫之幽風明矣。世學之說，未足據也。

13 七月詩：女心傷悲，殆及公子同歸。 毛傳曰：幽公子躬率其民同時出，同時歸也。 集傳曰：

是時公子猶婆於國中，而貴家大族連姻公室者，亦無不力於蠶桑之務，故其許嫁之女，預以將及公子

同歸而遠其父母也。

按：求桑採蘗，女子事也。幽乃使公子親率之乎？朱子謂是時公子猶婆於國中，而許嫁之女預以

遠父母爲悲，然則此治蠶之女，果卽幽公之婦乎？且「采蘗祁祁」，既曰「衆多」，而女心傷悲，止「同

歸」之二人乎？ 春秋「莊元年秋，築王姬之館于外」，公羊傳曰：「於路寢則不可，小寢則嫌，羣公子

之舍，則以卑矣。其道必爲之改築者也。」何休注曰：「謂女公子也。」諸侯之女稱公子，幽公之女得

稱公子也。 當日幽公之化，婚姻得時，故公子至貴，于歸不愆，而國中婚嫁各及其時，雖貧賤之女，

采蘩衆多，猶得及與公子之貴同歸耳。故曰幽風。

14 鴟鴞序云：「周公救亂也。」鬻子之閔斯。毛傳曰：鬻，稚。稚子，指成王也。集傳曰：周公東征二年，乃得管叔、武庚而誅之，而成王猶未知周公之意也。公乃作此詩以貽王。

按：東山詩云：「自我不見，于今三年。」是出師已三年也。今云「東征二年，乃得管叔武庚而誅之」，豈既誅之後，而又閒坐一年乎？竹書：「成王元年秋，武庚以殷叛。周文公出居于東。二年秋，大雷電以風，王逆周文公于郊，遂伐殷。三年，王師滅殷，殺武庚祿父。」是居東，乃避居於東都，而非謂東征也。且既云「得管叔武庚而誅之」，下又云「以比武庚既敗，管蔡不可更毀我王室」，豈管蔡既誅而尚存乎？且以「無毀我室」指成王，則以鬻子指成王，「既取我子」，所取者又何指乎？惟廬陵劉氏謂「鴟鴞以比武庚，子以比羣叔，室以比王室」，是也。詩意言武庚誘致羣叔共相背叛，罪不容誅。則亦既取我子而殘賊之矣，其得毋又毀我王室乎？夫抑思恩愛勤篤，先王之養斯子，誠可憐憫者乎？安城劉氏謂此詩歸罪武庚，而於三叔則有閔惜之意。公以此貽王，其欲勸成王以親親之誼者至矣。

15 詩序云：政有小大，故有小雅焉，有大雅焉。莆田鄭氏曰：如此，不知常武之征伐，何以大於六月？卷阿之求賢，何以大於鹿鳴乎？蓋小雅、大雅者隨其音而寫之律耳。律有小呂大呂，則歌小雅大雅，宜其有別也。

按：樂記云：「師乙曰：廣大而靜，疏達而信者，宜歌大雅。恭儉而好禮者，宜歌小雅。」則是人之歌

雅大小必問所宜也。《上林賦》「掩羣雅」，張揖注曰：「《詩·小雅》之材七十四人，《大雅》之材三十一人。」則是雅必分以小大者，材亦各有所分也。鄭《譜》云：「其用於樂，國君以《小雅》，天子以《大雅》，然而饗賓或上取，燕或下就。」孔氏曰：「《魯語》金奏肆夏、繁、遏渠，天子所以饗元侯也。工歌《文王》、《大明》、《緜》，則兩君相見之樂也。天子以《大雅》，而饗元侯歌肆夏。國君以《小雅》，於鄰國歌《文王》，是饗賓或上取也。天子諸侯燕羣臣及聘問之賓，皆歌鹿鳴合鄉樂，是皆爲下就也。」若然，則用樂以尊卑爲差等，而小雅大雅亦自有差等之不同也。其別之爲大小者，或亦如詩之長歌短歌，詞之中調長調，後世失其傳而不知耳。明鄭世子朱載堉《律呂精義》曰：「《詩三百篇》，皆周樂所奏。其國風凡一百六十篇，皆角調。小雅凡七十四篇，皆徵調。大雅凡三十一篇，皆宮調。周頌凡三十一篇及魯頌四篇，皆羽調。商頌五篇，純用商調。」風、雅、頌爲調不同，粲然而迥殊，有條而不紊。使鼓鐘于宮，聲聞[一]于外，不辨其文辭字義，亦知所奏者爲風爲雅爲頌。苟無一定之調，其音無所分別，則又何以謂之風、雅、頌乎？合數說觀之。古樂器有雅琴、雅瑟、頌琴、頌瑟者，正謂此耳。豈漫然別爲小雅、大雅也哉。

16　《出車》云：自天子所，謂我來矣。

集傳曰：天子，周王也。

按：《詩》「王命南仲，往城于方」，毛《傳》曰：「王，殷王也。南仲，文王之屬。」據《竹書紀年》「殷文丁十二年，周文王[二]元年」。又四年爲「殷帝乙三年，王命南仲，西拒[三]昆夷」。是時文王爲西伯，則詩曰

〔一〕「聞」字，原作「閒」，據文義改。

〔二〕「王」字，《竹書紀年》作「公」。

〔三〕「拒」字，原作「拘」，據《竹書紀年》改。

王、曰天子，皆殷王也。尚書傳曰「文王四年伐犬夷」，注云：「犬夷，昆夷也。」出車之詩蓋作於是

時，不得以王命南仲，爲周王也。

南陔、白華、華黍、由庚、崇丘、由儀序云：有其義而亡其辭。集傳曰：「此笙詩也，有聲無辭。」

按：儀禮燕禮、鄉飲酒禮具有是詩之名。所謂升歌三終者，工歌鹿鳴、四牡、皇皇者華也。笙入三

終者，笙奏南陔、白華、華黍。間歌三終者，歌魚麗則笙吹由庚間之；歌南有嘉魚，則笙吹崇丘間

之；歌南山有臺，則笙吹由儀間之。合樂三終者，歌關雎，則笙吹鵲巢合之；歌葛覃，則笙吹采蘩

合之；歌卷耳，則笙吹采蘋合之也。如以爲笙奏由庚、由儀有聲無辭，則笙吹鵲巢、采蘋亦可謂無

辭乎？如以爲笙奏南陔、華黍有聲無辭，左傳穆叔如晉，晉侯享之，金奏肆夏之三，不拜。周禮鐘

師注：呂叔玉曰：「肆夏，時邁也。」金奏與笙奏，同一奏也，豈金奏有辭而笙奏獨無辭乎？且南陔一

詩在鹿鳴之什，而蓼蕭、湛露諸詩又在白華之什。設使有聲無辭，尚可並謂之什乎？禮記仲尼燕

居〔一〕下而管象示事也」孔氏疏曰：「案周頌維清〔二〕奏象武也。注云：「武王制焉。」則象武用管

有詩明矣。鄭夾漈曰：「若笙詩有聲無辭，宜曰笙詩，不曰笙詩。燕禮升歌鹿鳴，下管新宮，笙入三

成。左傳昭二十五年宋元公享叔孫昭子，賦新宮。」則管詩有辭矣。管詩與笙詩無異，豈笙詩獨無

辭乎？是則笙詩之亡也，亦猶管詩之亡耳。世以斯干爲新宮，未必然也。即以斯干爲新宮，可見

其有辭矣。故舊說謂亡其辭，亦如商頌十二篇而卒亡其七也。

〔一〕「仲尼燕居」，原誤「經解」，據禮記仲尼燕居改。　〔二〕「清」字，原誤「情」，據禮記孔氏疏及詩經周頌改。

18　蓼蕭序云：澤及四海也。

朱子曰：序不知此爲燕諸侯之詩，但見零露之云，即以爲澤及四海。

按：鄭箋云：「九夷八狄七戎六蠻謂之四海。」孔氏曰：「經所陳是四海君蒙其澤，而序漫言四海者，以四海諸侯朝王而得燕慶，故本其在國蒙澤，説其朝見光寵也。」豈但見零露之云，以爲澤及四海哉？

19　菁菁者莪序云：樂育材也。

朱子曰：此序全失詩意。

按：集傳曰：「此亦燕賓客之詩。」及自作白鹿洞賦又曰「樂菁莪之長育」，則仍依序説矣。

20　吉日序云：美宣王田也。能慎微接下，下無不自盡以奉其上焉。

朱子曰：序慎微以下，非詩本意。

按：詩「既伯既禱」，毛傳曰：「伯，馬祖也。」重物慎微，必先爲之禱其祖」，據《周禮夏官校人》「春祭馬祖」，注云：「馬祖，天駟。」春祭其常也。宣王以田而禱之是謹其細微也。詩曰「以御賓客，且以酌醴」，非接下而何？曰「悉率左右，以燕天子」，曰「漆沮之從，天子之所」，非自盡以奉上而何？

21　庭燎序云：美宣王也。

朱子曰：自鴻鴈以下，時世多不可考。

按：劉向列女傳云：「姜后脱簪珥，待罪永巷。宣王感悟，勤於政事，早朝晏退。」是可證爲宣王時詩也。又祈父，刺宣王也。朱子集傳曰：「今攷之詩文，未有以見其必爲宣王。」白駒，大夫刺宣王也。朱子曰：「爲此詩者，以賢者之去而不可留。」亦不以爲宣王詩。乃他日又曰：「宣王晚年怠心一生，虢文公之徒諫既不行，小人乘間用事。觀祈父之詩，則司馬非其人。白駒之詩，賢者去而不

肯留。」則均爲宣王詩矣。烏在鴻鴈以下時世多不可考哉?

22 斯干序云:宣王考室也。

集傳曰:舊說屬王流竄,宮室圮壞。宣王卽位,更作宮室,既成而落之。

今亦未有以見其必爲是詩也。

按:竹書紀年:「宣王八年,初考室。」晉荀勗曰:「案所得紀年蓋魏惠成王子今[一]王之冢也,於世

本蓋襄王也。」案史記六國年表自今王二十一年至秦始皇三十四年燔書之歲,八十六年。及至太

康二年初得此書,凡五百七十九年。當毛公之時,竹書未出,而宣王考室,詩序暗與之合,其必非

無本明矣。朱子生數千年後,乃欲憑空而廢之,何也?

23 無羊序云:宣王考牧也。

集傳曰:此詩言牧事有成而牛羊衆多也。

按:鄭箋曰:「宣王復古之牧法,汲汲於其數,故歌此詩以解之也。」徐與喬曰:「宣王之牧正粲能馴鳥獸,王使毛丘

無文,亦應有其大數。今言考牧,故知復之也。」孔氏曰:「王者牛羊之數,經典

園傳其術。舊曰:夫血氣之性,順則喜,逆則怒,吾豈逆之使怒哉?亦不順之使喜。鳥獸之視吾,

猶其儕也。雌雄在前,孳尾成羣。」是可以爲是詩之證也。

24 節南山序云:家父刺幽王也。

集傳曰:春秋桓十五年有家父來求車[二]。上距幽王之終已七十

五年,不知其人之同異。大抵序之時世,皆不足信。姑闕爲可也。

按:竹書紀年:「幽王元年,王錫太師尹氏皇父命。五年,皇父作都于向。」詩所謂「尹氏太師」,卽

〔一〕「今」字,原誤「令」,今王卽魏襄王,據文義改。下「今王」同。

〔二〕「求車」,朱氏詩集傳作「聘」。

是人也。孔氏曰：「古人以父爲字，或累世同之。宋大夫有孔父者，其父正考父，其子木金父。此家氏或父子同字父，未必是一人也。」又十月之交有「家伯冢宰」，則家氏在仕籍者多矣。不以其時。

25　正月云〔一〕正月繁霜。

毛傳曰：正月，夏之四月。

集傳曰：此詩亦大夫所作，言霜降失節，

26　十月之交序云：大夫刺幽王也。

按：昭十七年傳〔二〕「夏六月甲戌朔，日有食之。祝史請所用幣。平子禦之曰：惟正月朔，慝未作，日有食之，伐鼓用幣〔三〕。餘則否。太史曰：在此月也。」杜預注曰：「於周爲六月，於夏爲四月」。竹書紀年「幽王二年，岐山崩。三年，王嬖褒姒。四年夏六月，隕霜。」詩云「正月繁霜」，夏之四月，周之六月也。非汎言霜降失節之謂。

鄭箋曰：當爲刺厲王。幽時司徒乃鄭桓公友，非此篇所云番也。鄭曰：當爲刺厲王。詩以

27　雨無正序云：大夫刺幽王也。

按：孔氏曰：「經無此雨無正之字，作者爲之立名。」元城劉氏曰：「韓詩有雨無極篇，序云：雨無極，正大夫刺幽王也。篇首多雨無其極，傷我稼穡八字。」按洪範庶徵，一極備凶，一極無凶，孔傳曰：雨自上下者也。眾多如雨，而非所以爲政也。雨多則澇，雨少則旱，是極備亦凶，極無亦凶。詩以極備過甚則凶。極無不至亦凶。」孔疏曰：雨

〔一〕「正月云」，按文例補。

〔二〕「傳」上，原有「經」字，據左傳昭十七年刪。

〔三〕「幣」字，原作「姓」，據左傳改。

「雨無極」立名，而不用詩中字者，蓋用洪範語也。竹書：「厲王十二年，王亡奔彘。十三年，王在

彘，共伯和攝行天子事。二十二年大旱。二十四年大旱。二十五年大旱。二十六年大旱。王陟

于彘。周定公、召穆公立太子靖爲王。共伯和歸其國。遂大雨。」則是汾王未陟時，五年之中，大

旱不雨，是雨無也，是洪範所謂極無凶也。「降喪饑饉，斬伐四國」，謂此也。正大夫刺王，卽詩「正

大夫離居」之同官也。既同官爲正大夫，則當共任其勞勤。何今者王流于彘，悉皆散處，竟無復知

我之勞勤者。於是作詩以刺王，而兼以責之也。汲冢書謂汾王時，「大旱既久，廬舍俱焚」。其以

雨無正篇者正非無據，然則詩序雨無句、正大夫刺幽王句，正字屬下則得矣。朱子謂此詩爲正大

夫離居之後，暬御之臣所作。以詩有「曾我暬御」乃作詩者自我耳。然此所謂我，亦如前所謂我不

敢傚我友之類，豈我友卽我哉？

28 小旻序云：大夫刺幽王也。　鄭箋曰：亦當爲刺厲王。

按：前篇雨無正曰「旻天疾威」，此又曰「旻天疾威」，故以爲小旻也。爾雅「秋爲旻天」，左傳「旻天

不弔」，旻天豈有小義哉？鄭以爲刺厲王者，竹書「厲王八年，初監謗」，周本紀厲王告召公曰：「吾

能弭謗矣。」詩曰「匪先民是程，匪大猶是經，維邇言是聽，維邇言是爭」，蓋謂此也。

29 小宛序云：大夫刺宣王也。

集傳曰：此大夫遭時之亂，兄弟相戒以免禍之詩。

按：是詩蓋刺宣王不能善其子也。言鳴鳩雖小，飛可戾天。太子雖小，便當以遠大期之。念昔先

人之奔彘，當有懷二人以思幹蠱，庶幾乎有子考无咎也。則太子雖小，宜蚤諭教選左右。彼乃童

昏無知，壹醉日富，天命所去，能再來乎？夫中原有菽，采則得之。豈無善人之可采？小蟲而蜾蠃

負之，不似者可教而似。教誨爾子，用善而似之可也。日邁月征，當令其無忝所生。顧乃好人之

所惡，惡人之所好，桑扈而啄粟，填寡而岸獄，有非所宜而宜者，即握粟而預卜其他日，又何能以自

善哉？蓋爲太子者溫恭小心，惟恐隕墜可耳。作詩者於宣王之時，已知西周之必亡於幽，故以爲

刺宜也。

30 大東曰：東有啓明，西有長庚。　毛傳曰：日旦出，謂明星爲啓明。日[一]既入，謂明星爲長庚。

鄭夾漈曰：啓明，金星。長庚，水星。金在日西，故日將出則東見。水在日東，故日將

没則西見。　實二星也。　毛傳云一星，非也。

按：韓詩「晨出東方曰啓明，昏見西方曰長庚。」前漢鄒陽上梁孝王書曰：「衛先生爲秦畫長平之

策，太白食昴。」張衡週天大象賦：「衛生設策，長庚入昴。」魏都賦：「彼桑榆之末光，爲長庚之初

輝。」馬融廣成頌「曳長庚之飛髾」，太子賢注：「長庚，即太白。」朱子曰：「啓明、長庚，皆金星也。金

水二星常附日而行，或先或後，但金大水小，故獨以金星爲言。」歷考諸說，則以爲二星非矣。

31 無將大車序云：大夫悔將小人也。　　集傳曰：此行役勞苦而思憂者之作。

按：易大有九二曰「大車以載」，王弼注曰：「任重而不危。」詩人之意以大車喻在位者，始以爲可任

重扶進之。孰知其既進也，則蔽傷己之功德，使不得出於光明，如塵飛冥冥之污人哉！孔氏曰：

〔一〕「日」字，原誤「白」，據大東篇毛傳改。

「此以興後之君子無得扶進小人也。」朱子乃謂其不識興體,而誤以爲比,何哉?

32　鼓鐘序云:刺幽王也。

朱子曰:序不敢質其事,但隨例爲刺幽王耳。

按:歐陽傳云:「詩、書、史記皆無幽王東巡之事。又自成康以來皆不得東至淮上,則詩所云「鼓鐘淮上」者,果屬何代之王也?竹書:「宣王六年,王帥師伐徐戎,皇伯[一]休父從王伐徐戎,次[二]于淮。」則宣王至于淮可知矣。歐謂宣王不自征,未嘗至淮,非也。意宣王至淮,作樂淮上,以雅、以南以籥,皆和而不偕。而幽王舉烽以會諸侯,復取是樂而奏之,故詩人爲之刺。不然,幽之時,禮崩樂壞,安能以雅以南以籥不偕哉?淑人君子,懷允不忘,念前王,正以見今王之荒亂也。蘇氏以爲幽王之不德,樂則是而人則非,是也。

宣王時遣將征之,淮夷不爲周臣。宣王時遣將征之,

33　楚茨序云:刺幽王也。幽王政煩賦重,田萊多荒。田萊多荒。故君子思古焉。

集傳曰:此詩[三]述公卿有田祿者力於農事,以奉其宗廟之祭。

按:是時茨棘不除,田萊多荒,故詩人之意以爲伐除茨棘,自古之人何乃勤苦爲此事乎?我將得黍稷芋爾。此所以爲刺也。又「濟濟蹌蹌,絜爾牛羊」孔疏曰:「周禮祭祀之聯事,司徒奉牛,司馬奉羊,六牲各有司也。」彼公卿有田祿者,祭祀得備牛羊乎?「鼓鐘送尸」集傳曰:「鼓鐘者,尸出入奏肆夏也。」據周禮大司樂曰:「尸出入奏肆夏。」鐘師注曰:「先擊鐘,次擊鼓,以奏時邁也。」左

[一]「伯」字,竹書紀年宣王六年作「父」。

[二]「次」字,原作「至」,據竹書紀年改。

[三]「詩」字,據朱氏詩集傳補。

傳：「穆叔如晉，金奏肆夏之三，而不拜，曰：『三夏，天子所以享元侯也。』」彼公卿有田禄者果得用天

子之禮，「尸出入奏肆夏乎？」又

疏曰：「周禮宰夫無徹饌之文。」又「膳夫云：『凡王祭祀賓客，則徹王之胙俎。』言諸宰者，以膳夫是宰之

屬官，故繫之宰。言諸者，序官膳夫上士二人、中士四人、下士八人。故言諸也。」彼公卿有田禄者

果得備稱宰乎？其妻得稱君婦乎？如此類者，皆可疑也。

34
信南山詩云：南東其畝。

　　集傳曰：畝，壟也。

　　劉氏曰：其遂東入于溝，則其畝南矣。其遂南入于

溝，則其畝東矣。

按：考工記「匠人為溝洫，一耦之伐，深尺廣尺謂之𤰝」，鄭氏注云：「其𤰝中曰𤰝，𤰝上曰伐。伐，

𤰝也。」疏云：「兩人耕為耦，共一尺。一尺深者謂之𤰝。𤰝上高土謂之伐。伐，發也，以發土於上，

故名伐也。」又周官遂人注云：「以南畝圖之，遂從溝橫，九澮而川周其外。」疏云：「案詩

有今適南畝，又南東其畝，故以南畝圖之。其田南北細分者，是一行隔為一夫，十夫則於首為橫

溝。十溝即百夫，於東畔為南北之洫。十洫則於南畔為橫澮。九澮則於四畔為大川。」以此推之，

朱子「畝，壟也」，畝當是畎之譌耳。

35
甫[一]田序云：刺幽王也。

　　鄭箋曰：刺其倉廩空虛，政煩賦重。

　　集傳曰：此詩述公卿有田禄

者力於農事，以奉方社田祖之祭。

〔一〕「甫」字，原作「蕭」，據詩經小雅改。

按：詩「倬彼甫田」，毛傳曰：「倬，明貌。甫田，謂天下田也。」集傳曰：「甫，大也。言於此大田歲取萬畝之田以爲祿食。」如此則甫田與大田何異也？陸氏釋文曰：「倬，韓詩作箌，音同，云：箌，卓也。」

又按：爾雅曰：「箌，大也。」「甫，我也。」下云「我田既臧」，則甫田猶我田也。言以明大之我田，於一成之地，爲田九萬畝，歲取十千而已。竹書：「宣王元年，復田賦，作戎車。幽王二年，初增賦。」此作詩君子所以傷今而思古也。春官籥章：「凡國祈年于田祖，龡豳雅，擊土鼓，以樂田畯。」其曰凡國，恐亦非公卿有田祿之家之禮也。

36

瞻彼洛矣序云：刺幽王也。

按：詩「韎韐有奭，以作六師」，集傳曰：「此天子會諸侯於東都以講武事，而諸侯美天子之詩。韎韐，合韋爲之。周官所謂韋弁，兵事之服也。」鄭箋曰：「此諸侯世子也。除三年之喪，服士服而來，未遇爵命之時。時有征伐之事，天子使代卿士將六軍而出。」據竹書：「宣王二十二年，王錫王子多父命居洛。幽王二年，晉文侯同王子多父伐鄶〔一〕」克之。」則是當元二之際，君父之喪初除，韠弁韎韐，自洛而來，適有伐鄶之命，以作六師。詩當作於是時也。若宣王九年，王會諸侯于東都，遂狩于甫，不聞其有征伐之事也。詩曰：「瞻彼洛矣，維水泱泱。」又曰：「韎韐有奭，以作六師。」詩當作於是時也。

37

賓之初筵序云：衛武公刺時也。幽王荒廢，君臣上下沉湎淫液，武公既入，而作是詩也。集傳

〔一〕「鄶」字，原作「鄫」，據竹書紀年幽王二年改。

曰：衛武公飲酒悔過，而作是詩。

按：國風、二雅，衛武公之詩有三。淇澳，美武公之德，故列之於風。賓之初筵，武公以刺時，言君臣上下沉湎淫液之事，故列之於小雅。抑，武公刺厲王，言天子之事，故列之於大雅。若如集傳之說，以賓筵為衛武公飲酒悔過而作，則仍為一人之事，何不並列之於風乎？

38 魚藻序云：刺幽王也。王居鎬京，將不能以自樂，故君子思武王焉。

按：竹書「殷帝辛三十六年，西伯使世子發營鎬。懿王十五年，王自宗周，遷于槐里」，而鎬京宮室廢圮。至宣王八年，復於鎬京，營建宮室，此斯干所由作也。幽嗣位居鎬，將不能以自樂，故君子以武王始營鎬而思之焉。隋煬帝時，薛道衡上高祖頌。帝曰「此魚藻之義也」，遂殺之，是也。朱子以為諸侯美天子之詩，豈樂飲酒遂足美哉？

39 采菽序云：刺幽王侮慢諸侯，數徵會之，而無信義，君子見微而思古焉。

集傳曰：此天子所以答魚藻也。

按：左傳襄十一年，晉侯以樂賜魏絳，絳辭曰：「抑臣願君安其樂而思其終也。」引是詩「樂只君子，殿天子之邦」，又引書「居安思危，敢以此規」。則是詩非純美可知也。若以為天子之答魚藻，詩有曰「天子所予」「天子命之」「殿天子之邦」，又不免有翹然自多之意。竹書「幽王十年春，王及諸侯盟于太室」。是亦諸侯朝於方岳之事也。故序謂刺其諸侯來朝，不能錫命以禮而

一三〇

思古。

40

白華序云：周人刺幽后也。幽王得襃姒而黜申后，周人爲作是詩。

集傳曰：申后作。

按：詩句有四「之子」，朱子曰：「『之子』，斥幽王也。」既斥之而忽尊之，何稱謂之不倫也？鄭箋曰：「碩，大也。妖大之人，謂襃姒也。」其於詩義，愈失之遠矣。惟王肅云：「碩人，謂申后也。」孫毓云：「申后廢黜失所，故嘯歌傷懷，念之而勞心。」序以爲周人刺幽后襃姒者，是也。集傳謂申后自作，故於碩人之解，不無委曲也。

41

漸漸之石序云：下國刺幽王也。戎狄叛之，荆舒不至，乃命將率東征，役久病在外，故作是詩。

按：詩序云：「命將率東征」，以詩有「武人東征」句也。西戎北狄，荆舒南蠻，何也？竹書「幽王六年，王命伯士帥師伐六濟之戎」，「王師敗逋」。水經注曰：「濟瀆自濟陽縣故城南，東逕戎城北。」春秋隱公二年，「公會戎于潛」，杜預曰：「陳留濟陽縣東南有戎城。」幽王命將帥東征，蓋謂此耳。是時王師敗逋，故詩曰：「武人東征，不皇朝矣。」不然，戎狄叛而荆舒不至，胡用東征爲

役久病在外哉？

管城碩記卷之八

詩三

1 〈文王序〉云：「文王受命作周也。」

鄭〈箋〉曰：受命者，受天命而王天下。

〈集傳〉曰：明周家所以受命而代商者，皆由於此。

按：《史公周本紀》曰：「詩人道西伯蓋受命之年稱王，而斷虞芮之訟。後十年而崩。」帝王世紀曰：「文王即位四十二年，歲在鶉火，文王於是更爲受命之元年，始稱王矣。」凡此皆諸儒之妄說也。尚書《武成》曰：「我文考文王，克成厥勳，誕膺天命，惟九年，大統未集。」孔安國注云：「言諸侯歸之，九年而卒。故大業未就。」《無逸》曰：「文王受命惟中身，厥享國五十年。」注云：「中身，即位時年四十七。」鄭康成云：「受命，受殷王嗣位之命。」〈竹書注〉殷文丁十二年，王季歷于塞庫，季歷困而死。明年，爲文王元年。又十年，帝辛立，立二十三年，囚西伯于羑里。二十九年，釋西伯。三十三年，王錫命西伯得專征伐。」沈約曰：「按文王受命九年，大統未集，蓋得專征伐受命自此年始。」「帝辛三十四年，周師取耆及邘，遂伐崇。三十六年春正月，諸侯朝于周，遂伐昆夷。四十一年春三月，西伯昌薨。」計受命得專征伐之年至此凡九年也。「帝辛四十二年，西伯發元年。四十四年，西伯發伐命西伯得專征伐。

黎」，是武王於是時尚襲稱西伯，未嘗稱王也。況文王乎？即以受命爲誕受天命，亦自後人而言之，又安得有受命改元之事哉？

2 綿序云：文王之興，由太王也。

集傳曰：追述太王始遷岐周，以開王業。而文王因之以受天命也。

按：古公亶父，毛傳曰：「古公，豳公也。」古言久也。亶父，字。鄭箋曰：「古公，據文王本其祖也。諸侯之臣稱君曰公。」集傳曰：「古公，號也。亶父，名也。或曰字。」按竹書：「武乙元年，邠遷于岐周。三年，命周公亶父，賜以岐邑。二十一年，周公亶父薨。」則是公，爵也。亶父，名也。古公，猶言先公也。詩所謂「率西水滸，至于岐下」，蓋此時也。帝王世紀：「文王受命四年，正月丙子，混夷伐周，一日三至周之東門。文王閉門修德，而不與戰。」竹書：「殷帝辛三十四年〔一〕冬十二月，昆夷侵周。三十六年春正月，諸侯朝于周，遂伐昆夷。」詩所謂「混夷駾矣，維其喙矣」，蓋此事也。棫樸之所謂「周王于邁，六師及之」。諸侯朝于周，遂伐昆夷之事也。

3 皇矣云：因心則友。又云：受祿無喪，奄有四方。

集傳曰：因心，非勉強也。善兄弟曰友。其德如是，故能受天祿而不失，至於文武而奄有四方。

按：因心則友，當言因太王之心而致其孝，是以能悌而致其友。友於泰伯也。受祿無喪，即所謂受祿不誣，非謂受天祿也。竹書「武乙二十一年，周公亶父薨」，則明年爲王季嗣位之元年。「二十

〔一〕「三十四年」，原誤「三十二年」，據竹書紀年帝辛三十四年改。

四年，周師伐程，戰于畢，克之。三十年，周師伐義渠，乃獲其君以歸。三十四年，周公季歷來朝，王賜地三十里。三十五年，周公季歷伐西落鬼戎。文丁四年，周公季歷伐余無之戎，克之。七年，周公季歷伐始呼之戎，克之。十一年，周公季歷伐翳徒之戎，獲其三大夫，來獻捷。王嘉季歷之功，錫之圭瓚秬鬯，九命為伯。」所謂「受祿無喪，奄有四方」者，此也。毛傳曰：「奄，大也。」爾雅曰：「荒，奄也。」孫炎曰：「荒大之奄。」則是奄有四方者，乃荒大其四境，指王季言，非謂至於文武遂有四方也。〔朱子曰：其曰有靈德者，亦非命名之本意。〕

4　靈臺序云：民始附也。文王受命，而民樂其有靈德以及鳥獸昆蟲焉。

按：詩含神霧云：「文王作邑于豐，起靈臺。」易乾鑿度云：「伐崇，作靈臺。」竹書：「殷帝辛三十五年，西伯自程遷于豐。三十七年，周作辟雍。四十年，周作靈臺。」則靈臺之詩，蓋作于文王受命之八年也。三輔故事云：「靈臺在豐水北。經臺西，文王又引水為辟雍。」今靈臺之詩，於論鼓鐘，於樂辟雍」，是辟雍、靈臺為最近也。莊子：「黃帝有咸池，堯有大章，禹有夏，湯有護，文王有辟雍。」申培詩說：「文王遷都于豐，作靈臺，以齊七政。奏辟雍。」據詩以虞[一]業、賁鏞、鼓鐘、辟雍並言，則莊子、申公之說，或非無據。要亦作樂於是地，故亦以是而名其樂也。至武，周既有天下，明堂、大學皆遵其式。韓詩辟雍，為天子之學。大戴禮「明堂外水曰辟雍」，朱子曰：「辟雍，天子之學」，大射行

〔一〕「虞」字，原誤「虛」，據詩經靈臺改。

禮之處也。」皆據後事而釋之。其實詩之靈臺，非天子之臺。詩之辟廱，亦非天子之學也。若文王有聲「鎬京辟廱」，乃可以為天子之學耳。「考卜維王，宅是鎬京。」竹書「殷帝辛三十六年，西伯使世子發營鎬」。逸周書「文王在鎬，召世子發，作文傳」。則此云「考卜維王」，固文王也。至下云「武王成之」，乃所謂武王之都鎬耳。

5　下武序云：繼文也。武王復受天命，能昭先人之功焉。

〔集傳曰〕：下，義未詳。或曰：字當作文，言文王、武王實造周也。

按：「下武維周」，毛傳曰：「武，繼也。」鄭箋曰：「下猶後也。」朱子曰：「武，迹也。來世能繼其迹。」又何不以繩武之武為武王。「繩其祖武」，毛傳曰：「武，迹也。」朱子曰：「武，迹也。」夫「武，繼」，本之釋詁。「武，迹」，本之釋訓，皆爾雅文也。一從一不從，何也？據此詩一云「成王之孚」，再云「成王之孚」，當是美成王而作。或疑其為康王以後之詩也。竹書「成王二十五年，大會諸侯于東都」，再云「四夷來賓」。所謂「四方來賀」者，此也。書洛誥成王告周公曰：「公其以予萬億年。」所謂「於斯萬年」者，此也。文王「集傳辨鄭譜有云「正雅」，皆成王周公以後之詩」，此又何獨不然也？

6　生民詩：履帝武敏。

毛傳曰：帝，上帝也。敏，拇也。

毛傳曰：帝，高辛氏之帝也。武，迹。敏，疾也。從于帝而見于天，將事敏疾〔一〕也。

〔一〕「敏疾」，十三經本生民毛傳作「齊敏」。

按∴鄭箋曰:「帝,上帝也。敏,拇也。時則有大神之迹,姜嫄履其拇指之處,歆歆然如有人道感己

也。」朱子集傳蓋本于此。　其以帝爲上帝者,以閟宮「赫赫姜嫄,其德不回,上帝是依,是生后稷」故

也。　然郊禖之時,即有巨人之迹,安知其爲上帝之迹也?其初禋祀上帝於郊禖,被除無子之疾。高

辛氏帝率與俱行,姜嫄隨帝之後,踐履帝迹,歆歆然如有人道感己,遂震有娠,以生后稷。姜嫄以

爲不詳而棄之。　天問:「稷維元子,帝何竺之?投之於冰上,鳥何燠之?」生民之靈異,古亦有疑之

者乎?　而究之無可疑也。　帝王世紀「伏犧母曰華胥,有巨人跡出於雷澤。華胥以足履之,有娠,生

伏犧於成紀」;左傳「宋芮司徒生女子赤而毛,棄諸堤下,共姬之妾取以入,名之曰棄」。博物志「徐

君宮人娠而生卵,以爲不祥,棄於水濱」,亦是類也。　「牛羊腓字之」云者,如邠夫人之女生子文,棄

諸夢中,虎乳之,見於左傳。　昆莫生棄於野,鳥嗛肉蜚其上,狼往乳之,見於大宛列傳。　槖離國王

有侍女見有大氣如雞子,從天而下,故有娠,產子東明。置之猪圈,猪噓之。置之馬蘭,馬噓之。見

於王充論衡。　英傑之生,與衆不同,類如此耳。　況聖人而子孫世有天下者乎?

7
以歸肇祀。

毛傳曰:肇,始也。　始歸郊祀也。

集傳曰:「稷始受國爲祭主,故曰肇祀。

按∴後云「上帝居歆」,郊天之祭也。「稷始受國,不應郊天。假令以高辛之後承用郊禮,又不應言肇

祀也。　蓋此是武周既有天下,始祭后稷以配天也。　竹書:「殷帝辛五十二年冬十有二月,周師有事

于上帝。」是周人始祀于上帝也。　始祀于上帝而配以稷,所謂「后稷肇祀」者,是也。　月令「孟春之

月，乃擇元月祈穀于上帝」，「左傳「郊祀后稷，以祈農事」。所謂「以興嗣歲，上帝居歆」者，是也。詩盍以后稷配天，因述后稷之農事，本於天之所生，以粒我蒸民云爾。豈后稷始受國爲祭主，故曰肇祀也哉？

8 假樂序云：嘉成王也。

朱子曰：假本嘉字，然非嘉成王也。

按：詩「干祿百福」，毛傳曰：「干，求也。求祿得百福。」旱麓詩序云：「周之先祖，世修后稷、公劉之業。太王、王季申以百福干祿焉。」百福干祿，蓋取假樂之句而倒用之也。朱子謂「序說大誤。其曰百福干祿，尤不成文理」，過矣。至此篇之序所謂「嘉成王」者，「顯顯令德，宜民宜人」，舍成王何以當此？序說正未可盡非。

9 公劉序云：召康公戒成王也。

集傳曰：公劉，后稷之曾孫也。事見豳風。

按：豳風譜云：「公劉以夏后太康時失其官守，竄於此地。」韋昭注國語以不窋當太康之時。不窋乃公劉之祖，不應共當一世。據竹書紀年「夏帝少康三年，復田稷」，沈約曰：「后稷之後不窋失官，至是而復。」是公劉於少康之時，復嗣后稷之官而居豳。括地志云：「豳州三水縣西十里有豳原，周先公劉所都之地也。」鄭箋以「公劉，夏之始衰，見迫逐而遷於豳」，豳城在此原上，因公以名。」非也。

10 其軍三單。

毛傳曰：三單，相襲也。

集傳曰：三單，未詳。

按：孔疏曰：「重衣謂之襲。三單相襲者，謂發邰在道，三重爲軍備禦之也。」觀「弓矢斯張，干戈戚

揚，爰方啓行」，則是整治兵器，方開道路以去之豳，故以三軍相襲防鈔掠也。鄭氏謂「大國三軍，以其餘卒爲羨。今公劉遷豳，丁夫適滿三軍之數。單者，無羨卒也。」夫周自不窋失官，竄居戎翟之間，其孫公劉始復田稷，安得遽有三軍適滿其數，而以無羨卒副丁，因名爲三軍耶？

11 卷阿序云：召康公戒成王也。言求賢用吉士也。

集傳曰：疑公從成王游歌於卷阿之上，因王之歌而作此以爲戒。

按：竹書「成王三十三年[1]，王遊於卷阿，召康公從。」是卷阿之詩蓋作于是時也。「豈弟君子」，「維君子使」，舊云樂易之君子在上位者。朱子辨之曰：「泂酌之豈弟君子，方爲成王，而此詩遽爲所求之賢人，何哉？」然泂酌傳注皆以「豈弟君子」爲設祭有道德者，惟自作集傳以爲指王。安可執此以議小序哉？且以君子指成王，則通篇皆頌聖之語，而又以召康公戒成王者，何哉？「爾游爾休」，集傳以爾君子，皆指成王，是將解之曰豈弟之王，俾王彌王之性乎？「王多吉士」，維王使媚于王乎？若謂既曰君子，又曰天子，猶曰王于出征，以佐天子云爾。彼小雅六月傳曰：「王命於此」，而出征，欲其有以敵王所愾，而佐天子耳。」豈謂王自征以佐天子哉？

12 民勞序云：召穆公刺厲王也。

集傳曰：以今考之，乃同列相戒之辭耳。未必[2]專爲刺王而發。

按：本紀：「厲王以榮夷公爲卿士，用事。王行暴虐侈傲，國人謗王。」則是夷公者，詭隨者也。王昵

〔一〕「三十三年」，原誤「二十三年」，據竹書紀年成王三十三年改。

〔二〕「必」字，原作「以」，據朱熹詩集傳改。

而縱之，以致民謗之惛怓。故曰「無縱詭隨以謹惛怓」也。竹書「厲王三年，淮夷侵洛。十一年，西戎

入于犬丘。」故曰「式遏寇虐，無俾民憂」也。「厲王十二年，奔彘。」「太子靜匿召公家，國人圍之。召

公曰：昔吾驟諫王，王不從，以及此難也。」言太子雖是少年小子，而所為實廣大，王雖在彘，實欲玉

女于成也。故曰「戎雖小子，而式弘大。王欲玉女，是用大諫」也。禮天子未除喪，稱小子，若厲王

即位十有二年，流于彘，不應尚稱小子。故知召公此詩刺厲王，兼以戒宣王也。

板序云：凡伯刺厲王也。　蕩序云：召穆公傷周室大壞也。

按：板、蕩皆稱上帝。毛傳曰：「上帝以稱王者也。」序言「厲王無道，天下蕩蕩無綱紀」，是也。張末

明道雜志曰：「今人作文稱亂世曰板蕩，此二詩篇名也。板為不治則可，蕩則詩云蕩蕩上帝，下民

之辟。蕩豈亂意乎？太師舉篇首一字名篇耳。小序言蕩蕩無綱紀文章，非其本意。」然小序言蕩蕩

蕩無綱紀，乃謂厲王無道，非謂上帝也。又後漢楊賜傳曰：「不念板蕩之作，虺蜴之誡，殆哉之危，

莫過於是。」唐太宗賜蕭瑀詩「疾風知勁草，板蕩識誠臣」，謂蕩無亂意，可乎？

集傳曰：衛武公作此詩，使人日誦於其側，以自戒。行年九十有五，猶

抑序云：衛武公刺厲王，亦以自警也。

按：楚語「衛武公年九十五，作懿以自儆。」侯包曰：「衛武公刺王室，亦以自警也。」則本之於國語而以為刺王所

使臣日誦是詩，而不離於其側。」則一本之於國語而以為刺王所

以列之於雅，若僅為武公自作，列之小雅且不可，況大雅哉？朱子以序說為刺厲王者誤。「女雖

湛樂從」，則曰女，武公使人誦詩而命己之辭也。後凡言女、言爾、言小子者，放此。據鄭箋以女為

女君臣，雖好樂耆酒相從，不念繼女之後人將效女乎？此釋女字爲較明。豈有使近臣誦詩而命之

呼己爲女、爲爾、爲小子者乎？卽命呼己爲女爲爾、爲小子。修爾車馬，用遐蠻方。周禮九服，其第

六服者，職方氏謂之蠻服，大司馬謂之蠻畿。武公，諸侯耳，而使人命之剔蠻方乎？〈竹書〉：「厲王三

年，淮夷侵洛，王命虢公長父伐之」，不克。十四年，召穆公帥師追荊蠻，至于洛。」所謂「修爾車馬，

用遐蠻方」者，此耳。豈武公自有邊蠻方之責乎？〈周本紀〉芮良夫諫厲王曰：「榮公若用，周必敗

也。」厲王不聽，卒以榮公爲卿士用事。所謂「彼童而角，實虹小子」者，此也。夫小子幼少無知，或

爲所潰亂耳。今乃亦「聿既耄矣，亦既抱子」矣，而猶然爲無知之小子，則亦竟謂之小子可乎？考年

表武公以宣王三十六年卽位，其齒當四十餘，「厲王無道，已熟悉之。又歷五十餘年，則幽王時也。

武公有感於時事，不敢顯言王失，追刺厲王以寓其意。「其在于今，興迷亂于政，顛覆厥德，荒湛于

酒」，非必睿聖武公，身有是事。當時必有所指可知。「天方艱難，曰喪厥國。取譬不遠，昊天不

忒。」豈非以厲王流虐而喪厥國，欲使後王之鑒之，猶所謂「殷鑒不遠」者哉。故曰「聽用我謀，庶無

大悔」。

15　雲漢序云：仍叔美宣王也。

集傳曰：舊說以宣王遇災而懼，側身修行，故仍叔作此詩以美之。

按：〈竹書〉：「宣王二十五年」，大旱。王禱于郊廟，遂雨。」詩曰：「旱既大〔一〕甚，蘊隆蟲蟲。不殄禋祀，

自郊徂宮。」仍叔之詩，正賦其事也。〈孟子〉引是詩「周餘黎民，靡有孑遺」，趙岐注曰：「志在憂旱災，

〔一〕「大」字，原譌「犬」，據雲漢詩改。

民無子然遺脫不遭旱災者。非無民也。」孫奭疏曰:「子,單也。」朱子曰:「子,無右臂貌。」言民無復半身之遺者。」據爾雅「蜎蠉」,注云:「井中小蛣蟩,赤蟲。一名孑孓。」廣雅「子孓,蜎」子音廉〔一〕。子無右臂,孑無左臂。若謂靡有子遺,靡有右臂半身之遺者,恐仍叔之意,未必然也。

16 崧高序云:尹吉甫美宣王也。

朱子曰:此爲吉甫送申伯之詩,非專爲美宣王而作。詩云:「王命申伯,式是南邦。王命召伯,徹申伯土田。」非王之美而何?

按:竹書「宣王七年,王錫申伯命」,即是事也。

17 烝民序云:尹吉甫美宣王也。

集傳曰:王命仲山甫築城于齊,而吉甫作詩送之。

按:竹書「宣王七年,王命樊侯仲山甫城齊」,即是事也。括地志:「漢樊縣城在兗州瑕丘縣西南三十五里,古樊國」,仲山甫所封也。」王以其近齊,故命之城齊。詩云:「肅肅王命,仲山甫將之。王命仲山甫,城彼東方。」則所以美王者可知矣。「城彼東方」,毛傳以爲「去薄姑而遷臨淄」,非也。史記齊世家胡公徙都薄姑,當周夷王時〔二〕。獻公率丘人攻殺之。元年,徙薄姑都,治臨淄,九年卒。蓋厲王之三年也。其子武公之九年,厲王奔彘。二十四年爲宣王元年,又二年而武公卒,子厲公立。故胡公之子入齊,攻殺厲公,國人乃立其子赤,是爲文公。齊城郭不完,數遭攻殺,王命仲山甫城之,蓋在齊文公時也。朱子疑徙於夷王之時,至是而始備城郭之守,是也。

〔一〕「廉」,疑爲「厭」誤。

〔二〕「時」字,原誤「詩」,據史記齊世家改。

18 韓奕序云：尹吉甫美宣王，能錫命諸侯。

朱子曰：序說淺陋無理，既爲天子，錫命諸侯乃其常事。

春秋戰國之時猶有能行之者，何足爲美？

按：竹書「宣王四年，王命蹶父如韓，韓侯來朝。」詩云「韓侯入覲，以其介圭」，謂此也。觀菀柳篇集傳曰：「王者暴虐，諸侯不朝，而作此詩。」則宣王之能錫命諸侯，諸侯來朝，爲作韓奕以美之，不亦宜乎？竹書「成王十二年，王師、燕師城韓，王錫韓侯命」。詩云「溥彼韓城，燕師所完」，謂此也。至宣王之時，「王錫韓侯，其追其貊，奄受北國，因以其伯」，則又別爲北方之韓也。王肅曰：「涿郡方城縣有韓侯城。」曰下舊聞曰：「今順天府固安縣有方城村，即方城縣也。」金史志曰：「薊州玉田縣有韓城鎮。」北遊紀曰：「房山縣有韓姞砦。」國門近游錄曰：「由韓姞砦而西，從小徑入弧山口普濟寺。詩云：爲韓姞相攸，莫如韓樂，此其遺址也。」韓城之韓乃先祖受命之地，故吉甫作詩首叙梁山韓望焉。竹書「平王十四年，晉人滅韓」，即此。而北方之韓，不知爲誰滅也。

19 江漢序云：尹吉甫美宣王也。

集傳曰：宣王命召穆公平淮南之夷，詩人美之。

按：竹書「宣王六年，召穆公帥師伐淮夷」，即是事也。竹書「宣王元年，作戎車」，「既出我車」，鄭箋曰「車，戎車」，是也。

20 常武詩：南仲太祖，太師皇父。

毛傳曰：王命南仲於太祖皇父爲太師。

伐淮北之夷，而命卿士之謂南仲爲太祖兼太師而字皇父者，整治其從行之六軍。必言南仲太祖者，稱其世功以美大之。

按：竹書「宣王二年，錫太師皇父司馬休父〔一〕命。六年，王帥師伐徐戎，皇父、休父從王伐徐戎，次于淮。王歸自伐徐，錫召穆公命。」盖此事也。孔疏曰：「言王命南仲于太祖之廟命南仲也。南仲爲卿士，未知於六官何卿也？皇父新爲太師，未知於舊何官也？太師，三公之官，則尊於卿士。先言王命南仲者，以南仲爲上將，皇父爲監。三公而撫軍也。殊南仲于王命親兵者，不親兵，故特言命南仲。王肅云「新爲太師」者，非也。」集傳云「卿士即皇父之官，太師，皇父之兼官」，非也。至「謂南仲爲太祖兼太師字皇父」者，豈皇父即南仲之後耶？其説盖本于鄭箋，而亦非也。竹書「武王十二年夏四月，饗于太廟，命南仲于王命親兵也。」據竹書皇父爲太師，在伐徐四年之前，疏云「新爲太師」，非也。

21　王謂尹氏，命程伯休父。

集傳曰：程伯休父，周大夫。

按：孔疏曰：「楚語云：重黎氏世叙天地，其在周，程伯休父其後也。當宣王失其官守，而爲司馬氏。韋昭曰：程，國。伯，爵。休父，名也。」據竹書：「殷武乙二十四年，周師伐程，戰于畢，克之。殷文丁五年，周作程邑。」殷帝辛二十三年，囚西伯于羑里。二十九年，釋西伯，諸侯逆西伯，歸于程。三十三年，密人降于周師，遂遷于程。三十五年，周大饑，西伯自程遷于豐。宣王時以休父爲司馬，食采于程，如春秋毛伯、單伯之類。韋氏乃以爲「程國伯爵」者，以程爲畿內之國也。

〔一〕「司馬休父」，原作「程伯休父」，據竹書紀年改。

22 清廟序云：「周公既成洛邑，朝諸侯，率以祀文王焉。」鄭箋曰：成洛邑，居攝五年時。 集傳曰：實
攝政之七年，而此其升歌之辭也。

按：竹書：「成王五年夏五月，王至自奄，遷殷民于洛邑。遂營成周。」鄭說誤也。 竹
書：「成王七年，周公復政于王。三月，召康公如洛，度邑。甲子，周文公誥多士于成周。遂城東
都。 王如東都，諸侯來朝。」則率之以祀文王，升歌清廟，當在此時。 然此時公已致政于王，無復居
攝之事矣。 集傳以爲居攝之七年，非也。 禮明堂位曰：「周公踐天子之位，以治天下。 六年，朝諸
侯於明堂。」是時竹書未出，故所言皆不得其實也。

23 維清序云：奏象舞也。
鄭箋曰：象舞，象用兵時刺伐之舞，武王制焉。

按：竹書：「成王八年，作象舞。」鄭以爲武王制焉，非也。 禮文王世子「登歌清廟，下管象，舞大武」，
象與清廟對，則象爲詩篇可知。 據序說維清即象，文王世子注以象爲武王伐紂之樂。 記文又何以
別云舞大武哉？ 至「肇禋迄用有成」，據周禮「以禋祀祀昊天上帝。」孝經宗祀文王于明堂，以配上
帝。 此始以文王配帝，故曰肇禋。 鄭箋謂文王受命始祭天而枝伐，非。

朱子曰：天地合祀，乃瀆亂不經之禮，序說爲不通。

24 昊天有成命序云：郊祀天地也。

按：尚書「舜類上帝，禋六宗，望山川，徧羣神」，靡不舉而無地祈之文。 武王克商，庚戌，柴望，亦不
言地。 郊祭天，社祭地，中庸「郊社之禮，所以事上帝」，不言事天地。 地統乎天，猶之母統乎父也。
其主分者，蓋以冬日至於南郊，祀天，夏日至於北郊，祀地。 宗伯六器，以蒼璧禮天，黃琮禮地。 典

瑞以四圭祀天，兩圭祀地。各有依據。然先王郊祀天地，一歲之中，自有分合，不得泥於一說也。

周禮王祀天，歲九舉而郊爲尊。二至之郊，蓋分祀也。其餘如正月郊而祈穀，仲夏日大雩而祈

雨，季秋日大饗於明堂，而配以禰，四至日郊而迎氣，則合祀焉。地從天饗，不別祀也。所以有分

有合者，不合不親，不分不尊。分合天地之大義，王者父天母地之道也。

時邁序云：巡狩祭告柴望也。

25　集傳曰：此詩乃武王之世，周公所作也。

按：竹書「武王十五年[一]，初狩方岳，誥于沬邑」。詩「懷柔百神，及河喬嶽」，蓋謂此也。孔疏曰：

「國語稱周文公之頌曰：載戢干戈，明此詩周公作也。」

26　執競序云：祀武王也。

集傳曰：此祭武王、成王、康王之詩。又曰：此昭王以後之詩。國語

說，見前篇。

按：前篇時邁傳後引國語曰：「金奏肆夏、樊遏、渠，天子以饗元侯也。」「呂叔玉云：肆夏，時邁也。

樊遏，執競也。渠，思文也。」是執競爲周禮九夏之一也。夫周禮作於周公，不應昭王以後之詩預

列於九夏。故毛傳以「不顯成康」爲成大功而安之。鄭箋以「成康」爲成安祖考之道。不然，豈不知

周有成康二王，而故爲迂且曲乎？歐陽永叔曰：「所謂成康者，成王、康王也，猶文王、武王謂之文

武二王。」朱子信之，以此爲祭武王、成王、康王之詩。然則雝詩云：「文武維后」，集傳又何以不云

文武二王？蘇氏亦不信歐陽之說，謂「自彼成康，奄有四方」，周之奄有四方者，非自成康始也。

〔一〕「十五年」，原誤「十二年」，據竹書紀年武王十五年改。

傳何可廢也？

27 思文序云：后稷配天也。

集傳曰：言后稷之德，真可配天。

按：詩「貽我來牟，帝命率育」。竹書：「成王四年春正月，初朝于廟。夏四月，初嘗麥。」則詩當作于是時。鄭箋引書說云：「武王渡孟津後五日，火流為烏；五至，以穀俱來。此謂遺我來牟。天命以是循存后稷養天下之功。」夫穀也而謂之牟麥，可乎哉？

28 臣工序云：諸侯助祭遣於廟也。

朱子曰：此戒農官之詩，序說誤。

按：竹書：「康王三年，定樂歌，吉禘于先王，申戒農官，告于廟。」臣工之詩常作于是時。詩云：「於皇來牟，將受厥明。明昭上帝，迄用康年。」序所云遣於廟者，此也。易所云「先王以享于帝立廟」者，此也。

29 有瞽序云：始作樂而合乎太祖也。

孔疏曰[一]：周公攝政六年，制禮作樂，合諸樂器於太祖之廟奏之，詩人述其事而歌焉。

按：竹書：「武王十二年夏四月，王歸于豐，饗于太廟，作大武樂。十三[二]年，薦殷[三]于太廟，遂大封諸侯。」序云「始作樂而合乎太祖」者，當在是時。周自武王有天下，至成王六年而始合樂於大祖之廟，無是理矣。

〔一〕「孔疏」，原作「鄭箋」，據有瞽序疏文改。

〔二〕「三」字，原作「四」，據竹書紀年改。

〔三〕「薦殷」，原作「殷薦」，據竹書紀年乙正。

㉚ 雝序云：禘太祖也。鄭箋曰：禘，大祭也。大於四時而小於祫。太祖謂文王。朱子曰：序云禘太祖，則宜爲禘嚳於后稷之廟矣。而詩辭無及於嚳稷者。若以爲吉禘於文王，則與序已不協，而詩文亦無此意。恐序誤也。

按：孔氏疏曰：「知禘小於祫者，春秋文二年，大事於太廟。公羊傳曰：大事者何？祫也。毀廟之主陳於太祖，未毀廟之主皆升，合食於太祖，是合祭羣廟之主謂之大事。昭十五年，有事于武宮，左傳曰：禘於武公。是禘祭一廟，謂之有事也。」據竹書「成王九年春正月，有事于太廟。二十五年冬十月，歸自東都，大[一]事于太廟。」則是大事者，祫也。有事者，禘也。雝禘太祖者，謂成王以文王爲祖也。詩云「假哉皇考」，又云「文武維后」。祭法祖父曰王考，曾祖曰皇祖。則太祖、皇考得通稱矣。故馬融曰：「諸言皇祖，遠言始祖，近言太祖也。」朱子集傳既以皇考爲文王，則文復以「宣哲文武」，爲美文王之德，又以吉禘於文王與序不協，何也？意以綏予孝子爲武王，故不得爲太祖矣，因以既右烈考猶皇考，不以烈爲武。書君陳曰：「武王烈。」又洛誥曰：「烈考武王弘朕恭。」此何得獨以烈考爲文王耶？至以雝詩爲徹祭所歌，亦名爲徹，不過因論語記三家以雝徹，而遂謂此詩亦名爲徹，可乎？

㉛ 載見序云：諸侯始見乎武王廟也。朱子曰：序以載訓始，故云始見。恐未必然也。

按：竹書「成王四年春正月，初朝于廟。」序說謂「諸侯始見乎武王廟」，當卽此也。「日求厥章」，

〔一〕「大」字，竹書紀年成王二十五年作「有」。

32 集傳以爲「先言其來朝稟受法度」，非諸侯始見之時，何以云此？

武序云：奏大武也。

集傳曰：周公象武王之功，爲大武之樂，歌此詩以奏之。 然傳以此詩爲「武王所作，則篇内已有武王之謚，而其說誤矣。

按：竹書「武王十二年〔一〕」作大武樂。」此詩爲奏大武之樂歌，則作於武王時矣。 其稱「武王」者，以其爲有武功之王也。 如商頌「武王靡不勝」「武王載斾」不必以武爲謚也。

33 閔予小子序云：嗣王朝於廟也。

集傳曰：成王免喪，始朝於先王之廟，而作此詩。

按：竹書「成王四年春正月，初朝于廟。」此詩當作於是時。 據釐詩孔氏疏曰：「武王以周十二月崩。 其明年，周公攝政，稱元年，十一月小祥。 二年十一月大祥。 三年二月禫，四年春禘。」序所謂「嗣王朝於廟也」，朱子小序辨謂序說不能究其本末，何也？

34 訪落序云：嗣王謀於廟也。

朱子曰：序說亦不能究其本末。

按：竹書「成王七年，周公復政于王。 八年春正月，王初〔二〕莅阼親政。」鄭箋曰：「成王始卽政，故於廟中與羣臣謀我始卽政之事。」詩「訪予落止」毛傳曰：「訪，謀也。」集傳曰：「成王既朝于廟，因作此詩，以道延訪羣臣之意。 言我將謀之於始。」則仍用序說也。

35 小毖序云：嗣王求助也。

集傳曰：此亦訪落之意。

按：逸周書曰：「成王卽政，因嘗麥而語羣臣求助，作嘗麥解。」序云求助，蓋有所本也。

〔一〕「十二年」，原誤「十四年」，據竹書紀年武王十二年改。

〔二〕「初」字，原作「始」，據竹書紀年改。

載芟序云：春藉田而祈社稷也。

良耜序云：秋報社稷也。

朱子曰：兩篇未見其有祈報之異。

按：詩「有實其積，萬億及秭」，非有以祈之，可乎？「百室盈止，婦子寧止」，不有以報之，可乎？此祈報所以異也。朱子謂載芟未詳所用，何也？又月令「孟春，天子躬耕帝藉」，「仲春元日，命民社」。社與藉異月，而詩序連及之者，事皆在春也。王爲羣姓立社曰泰社，王自立社曰王社。王社在藉田中，故載芟爲春藉田而祈社稷。「殺時犉牡，續古之人」，謂續先祖奉祭祀。此謂報賽之樂歌，故良耜爲秋報社稷也。

絲衣序云：繹賓尸也。高子曰：靈星之尸也。朱子曰：序誤。此亦祭而飲酒之詩。

郝氏曰：此祈蠶之尸，靈星、龍星，東方蒼龍之宿。蠶爲龍精，尸以象之。蠶爲絲，故衣絲。

按：通典：「漢興八年，高帝命郡國縣邑立靈星祠。」三輔故事：「長安城東十里有靈星祠，一云靈星龍，左角爲天田，主穀，龍祥晨見而祭之。言后稷而謂之靈星者，以后稷又配食星也。」據此則靈星之尸，蓋言祭靈星時而爲后稷之尸耳。五經通義曰：「絲衣其紞[一]，傳言王者祭靈星，公尸所服之衣也。」又曰：「據傳天子諸侯祭社稷尸也。今祀靈星言公尸，未詳所出。」然按淮南子主術訓曰：「君人之道，其猶零星之尸也，儼然玄默而吉祥受福。」靈星之有尸久矣。郝氏以此爲祈蠶之詩，蠶爲絲，故衣

〔一〕「緅」字，按絲衣詩當作「紞」。

絲。檀弓「爵弁紖衣」，孔疏[一]:「紖衣，絲衣也。」賈公彥曰:「紖、緇，皆染色，在布爲緇，在帛爲紖」而乃謂「蠶爲絲，故衣絲」，非也。

38　酌序云:告成大武也。

集傳曰:酌，即勺也。內則十三舞勺，即以此詩爲節而舞也。有瞽始作樂而合乎太祖，此亦當告太祖也。大司樂舞大武以享先祖。然則諸廟之中，皆用此樂，或亦徧告羣廟也。據竹書「成王九年，有事于太廟，初用勺」。則此詩爲告成于太祖之廟，有明徵也。又按申培詩説曰:「勺亦頌武王之詩，爲大武之五成。」

按:孔氏疏曰:「言告成大武，不言所告之廟。

39　賚序云:大封于廟也。

集傳曰:春秋傳以此爲大武之三章，而序以爲大封于廟也。

按:孔氏疏曰:「皇甫謐云:武王伐紂之年，夏四月乙卯，祀于周廟，將帥[二]之士皆封。如謐所言，此大封是伐紂之年事也。」據竹書:「武王十二年辛卯，率西夷諸侯伐殷。夏四月，王歸于豐，饗于太廟，命監殷，遂狩于管，作大武樂。十三年薦殷[三]于太廟，遂大封諸侯。」是大封乃伐紂之次年事也。

40　般序云:巡守而祀四嶽河海也。　鄭箋云:般，樂也。集傳云:般義未詳。

按:竹書:「武王十五年，初狩方岳。」此詩蓋述其事也。許氏説文云:「般，旋也。」眉山蘇氏云:「般，

[一]「孔疏」原作「鄭注」，據禮記檀弓孔穎達疏改。

[二]「帥」字，十三經孔疏作「率」。

[三]「薦殷」原作「殷薦」，據竹書紀年乙正。

遊也。」般旋，般遊，正是狩于方嶽徧于河海之義。申培詩說曰：「此述巡守之詩，爲大武之四成。」

魯何以有頌。

嚴氏曰：魯頌，頌之變也。

孔氏曰：雖名爲頌，而體實國風，非告神之歌。

朱子曰：著之於篇，所以見其僭也。

按：鄭譜及孔疏「魯僖公以惠王十九年卽位，襄王二十二年薨。春秋書郊禘，大雩，雉門，兩觀，猶是意也。至文公之時，季孫行父請命於周

氏謂雖名爲頌而體實國風，非告神之歌，非也。蓋魯之所以有頌而無風者，爲內諱也。彼南山、敝

笱、載驅、猗嗟諸詩，皆刺魯桓公、文姜及莊公也，乃不係之魯，而係之齊，豈非以淫亂無恥之行，當

爲內諱，而姑託之於齊風以見志與？或謂時王襃周公之後比於先代，故巡守不陳其詩，是以魯、宋

獨無風有頌。然則有頌者，卽不得有風矣。何以有周頌而又有王風，有豳風而又有豳頌乎？要

之，頌體頌禱之辭也，蓋頌體也。頌體則頌之，非云僭也。公羊傳曰：「什一而税，頌聲作。」史記：

「微子過殷墟而作雅聲。」是則雅頌之聲，各自爲別乎？卽魯頌駉篇序曰：「史克作是頌。」明作者本

意，自定爲頌體，豈云著之於篇以示僭，故不列之風而列之於頌乎？舒瑗曰：「魯不合作頌，故每篇

有駜序云：頌僖公君臣之有道也。

朱子曰：此但燕飲之詩，未見君臣有道之意。

按：詩「夙夜在公，在公明明」，箋曰：「言時臣憂念君事，早起夜寐[1]，在于公所，明義明德也。」

〔一〕「寐」字，原作「眛」，據詩經有駜鄭玄箋注改。

「自今以始歲其有，君子有穀詒孫子」，箋曰：「君臣安樂，則陰陽和而有豐年，其善道則可以遺子孫。」非君臣有道而何？

43　泮水序云：頌僖公能修泮宮也。

陸氏釋文曰：泮，半也。半有水，半無水也。

東西南方有水形如半璧。

按：通典曰：「魯國泗水縣泮水出焉。」泮，魯之水名，魯侯建宮於其上，因水以名宮。僖公蓋從而修之。蘇氏曰：「僖公因舊而修之，是以不見於春秋。」左傳「晉侯濟自泮」，泮蓋爲水名可知。鄭箋謂「泮之言半」，陸氏謂「半有水半無水」，未必然也。據明堂位「頖宮，周學也」，鄭注「頖，班也，所[一]以班政教。」禮器「魯人將有事于上帝，必先有事於頖宮。」則魯於泮水立學以班政教，故謂之頖。周人尊魯，因以泮宮爲諸侯之學。泮與頖，音同故也。觀振鷺「于彼西廱」，孔氏曰：「澤名爲廱，在西有此澤。」朱氏曰：「辟廱在西郊，故曰西廱。」知辟廱以水得名，則泮水之爲水名，又何疑乎？

44　閟宮云：實維太王，居岐之陽，實始翦商。

毛傳曰：翦，齊也。

鄭箋曰：翦，斷也。

集傳曰：實維太王，居岐之陽，實始翦商。太王王迹始著，蓋有翦商之漸矣。

按：太王居邠，狄人侵之，事之以皮幣、犬馬、珠玉，而皆不免。一旦流離播遷，徙居岐陽。竹書：「武乙元年，邠遷于岐周[二]。三年，命周公亶父，賜以岐邑。」當是時始免播遷，適當新造，遽欲斷

〔一〕「所」字，禮記明堂位鄭氏注作「於」。

〔二〕「岐周」原作「岐邑」，據竹書紀年武乙元年改。

商，可乎？楊用修以說文引詩作「戩商」，戩，福也，謂太王始受福于商而大其國也。於是以詩之翦字爲誤，其實非也。爾雅釋詁曰：「勞、來、强、事、謂、翦、篲、勤也。」太王實始翦商，蓋謂實始勤商耳。

與周書太王其勤王家之意正自相合，何當以翦斷訓也？

45　玄鳥序云：祀高宗[一]也。

集傳曰：玄鳥，鳦也。高辛氏之妃簡狄祈於郊[二]禖，鳦遺卵，簡狄吞之而生契，事見史記。

按：毛傳曰：「春分玄鳥降，有娀氏女簡狄配高辛氏帝，帝率與祈于郊禖，生契。」初未嘗有吞卵之說也。惟史記及鄭箋謂鳦鳥翔水遺卵，簡狄吞之。歐陽修以爲怪誕，蘇洵以爲簡狄其喪心，其實非也。蓋古無食卵之事，簡狄以高禖見鳦遺卵，取而吞之，及生契遂謂天所命而降之以祥，非謂無人道而生契也。秦本紀曰：「女脩織，玄鳥隕卵，女脩吞之，生子大業。」則吞卵者不獨簡狄矣。

抱樸子曰：「夏后時始食卵。」簡狄之時無食卵之事。故因以吞卵爲異而記之耳。

46　殷武云：奮伐荊楚。

孔疏曰：周有天下，始封熊繹爲楚子。於武丁之世，不知楚君何人也？

按：方城范氏所藏曾侯鐘銘曰：「惟王五十有六祀，徙自西陽楚王韵章。」商曰祀，周曰年，銘稱祀者，蓋商之楚也。竹書：「殷武丁三十二年，伐鬼方，次于荊。三十四年，王師克鬼方，氐、羌來賓。」尚書無逸：「高宗享國五十有九年。」則此銘言五十六祀者，正高宗時楚君也。

〔一〕「宗」字原作「禖」，據詩經玄鳥序改。

〔二〕「郊」字，原作「高」，據朱氏詩集傳改。

管城碩記卷之九

春秋一

1　春王正月。

胡傳曰：按左氏曰：王周正月。周人以建子爲歲首，則冬十有一月也。建子，非春亦明矣。乃以夏時冠周月，何哉？以夏時冠周月，垂法後世。以周正紀事，示無其位不敢自專也。

按：春秋，夫子尊王之書。王正月者，明其爲周王之正月也。冠春於王，示王者之法天也。冠王於正月，示天下以遵王之時也。胡傳謂以夏時冠周月，蓋夏以寅月爲春。夫子於冬子月上加一春字，春正月以下，仍記周子月事也。殊不知周以建子爲正，即以建子爲春也。若周改月不改時，烝安得於春正月乎？僖公五年「春正月辛亥，日南至」，爾雅釋天：「冬祭曰烝。」周以建子爲春爲正月，故冬至在是月。桓公八年「春正月己卯，烝」，是月斗柄建子，日月俱起於牽牛之初，右回而行。

汲家書周月解曰：「維一月既南至，昏昴畢見，日短極。」其以一月爲正月，即以一月爲春矣。昭公二十年「二月己丑朔，日南至」。唐書天文志曰：「魯史失閏，至不在正。」蓋是歲朔旦冬至，時史失閏，不在建子之月而在建丑之月也。若仍用夏正，豈可謂冬至在仲春二月乎？前漢志曰：「春秋、殷曆皆以殷煬公二十四年正月丙申朔旦冬至。殷曆以爲丁酉。」「懿公九年正月癸巳朔旦冬至，殷曆以爲

甲午。」魯冬至在周正月，春秋以前皆然。

春秋謂之南至者，時以十一月為春，則不可以為冬至，直謂之南至耳。書泰誓「惟十有三年春，大會于孟津。」「惟戊午，王次于河朔。」序曰：「一月戊午，師渡孟津。」孔氏曰：「此一月是十三年正月。」則序之以正月為一月，非即經所謂春乎？僖公八年秋七月，禘于大廟。穀梁疏曰：「周之七月，夏之五月。」禮雜記「孟獻子曰：正月日至，可以有事於上帝。七月日至，可以有事於祖。」魯之夏至在秋七月，則魯之冬至不在春正月乎？春秋後傳曰：「惟王者改元，諸侯改元，自汾王以前未有也。」竹書紀晉國之自殤叔，次文侯、昭侯。以至曲沃莊伯，皆用夏正建寅之月為歲首。若謂周正不改時，曲沃因之，烏在其為改元乎？左傳梓慎曰：「火出，於夏為三月，於周為五月。」若以夏時冠周月，可謂春五月乎？昭公四年七月[一]「日食於豕韋之末，降婁之初。以算法推之，日躔右轉，夏正四月日食，當在於實沈。何由於降婁乎？三十一年十有二月辛亥朔，日食在辰尾，於夏正則十有二月，在玄枵。烏得在辰尾乎？莊公七年夏四月，星隕如雨。公羊傳注曰：「周之四月，夏之二月也。昏參伐狼注之星[二]當見。」月令「仲春之月，昏弧中」，則是狼注之星當見也。若以夏時冠周月，何不云春四月乎？桓公十四年「春正月無冰故異，若夏正寅月，不為異矣。成公元年「二月無冰」，此不言正月矣，惟丑月無冰故異，若夏時之春無冰乎？桓公使謂春正月以夏時冠周月，襄公二十八年「春無冰」，惟子月無冰故異，若夏正寅月，不為異矣。定公元年「冬十月隕霜殺菽」，穀梁傳注曰：「建

八年「冬十月雨雪」，於夏為八月，故雨雪非其時。

〔一〕「四年七月」當為「七年四月」。

〔二〕「星」字，公羊傳注作「宿」。

酉之月，隕霜殺菽，非常之災。」隱公九年「三月癸酉，大雨震雷」，於夏爲正月，故非其時。若夏之

辰，震雷又何説乎？莊公七年「秋大水，無麥苗」，自以五月爲秋，若夏之七月，安得有麥禾，亦安

得爲苗乎？桓公五年「秋大雩」，傳曰「書不時也。」唐書曆〔一〕志日度議曰：「龍〔二〕見而雩」，周曆

立夏在翼鶲二度。于晷漏昏角一度中，蒼龍畢見。雩當在建巳之初，周〔三〕禮也。建巳」爲周之季

夏，今乃在秋，故曰不時。國語「辰在斗柄」，注謂戊午後三日，得周正月辛卯朔，於夏爲十一月，殷

爲十二月。是月合辰斗前一度。若夏正之春正月，辰又何由而合乎？禮明堂位曰：「魯君，孟春祀

帝於郊，配以后稷。季夏六月以禘禮祀於太廟。」鄭氏以孟春爲建巳之月，季夏爲建巳之月。則是春

正月爲周正之春矣。後漢書陳寵奏曰：「冬至陽氣始萌，天以爲正，周以爲春。」則是十一月得言春

矣。魏書高堂隆曰：「自古帝王所以神明其政，變民耳目，故三春稱王，明三統也。」建子、建丑皆可

言春矣。又唐志歲星差合術曰：「昭公八年十一月楚滅陳，史趙曰：歲在析木之津。十年春進及婺

女，初在玄枵之維首。」傳曰正月有星出於婺女。」則是以十一月爲正月，即以正月爲春矣。王伯厚

曰：「春秋以周正紀事，左傳記祭足取麥，穀、鄧來朝三事有例差兩月者，是經用周正，傳取國史。有

自用夏正者，失於更改也。」安可執經疑傳，據傳疑經也？安可謂建子不得言春，而以春正月爲夏

時冠周月也？春秋二百四十有二年，其書春王正月者九十有三，明其爲周王之正月也。是時三正

〔一〕　「曆」字，原作「天文」，據新唐書卷二十七上曆志改。

〔二〕　「龍」字上，原有「周禮」二字，據新唐書曆志刪。

〔三〕　「周」字，據新唐書曆志補。

選建，故特書王正月以別之。而文中子作元經，亦曰「帝正月」，吾不知其奚取已？

2 公羊傳曰：春王正月，王者，孰謂？謂文王也。曷爲先言王而後言正月？王正月也。何言乎王正月？大一統也。

按：文王固天王之謂也。傳曰「曷謂先言王而後言正月，王正月也」，何休注曰：「據下秋七月天王先言月，而後言王。知王者受命所制月也。王者受命，必改正朔，明受之於天。」傳又曰：「何言乎王正月？大一統也」，注曰：「統者，始也。總繫之辭。天王者，始受命改制，布政教於天下，莫不一一繫於正月。故曰政教之始。」據此，則上文「謂文王也」[一]注曰：「文王，周始受命之王，天之所命，故上繫天。」明是天王，天之所命也。天文字近而譌。而疏承譌而解曰：「文王者，周之始受命制法之王，理宜相繫，故見其繫春，知[二]是文王，非周之餘王也。」據是年「秋七月，天王使宰咺來歸賵」，豈有七月爲天王之秋，而正月爲文王之春乎？注言「始受命改制，布政教於天下」，自公侯至於庶人總繫一統，其不爲文王可知。是「文王」疑爲「天王」之譌。然隱七年「滕侯卒」，注以爲春秋王魯，託隱公以爲始受命王。滕子先朝隱公，春秋襃之，故稱侯，則又承文王之譌而愈悖矣。

3 毛西河論春王正月曰：惟帝嚳與周皆以木王，則皆以春王。夏殷之春不得稱王，以夏殷非木德也。

〔一〕「謂文王也」，原作「春王正月」，據公羊傳隱公元年及下文引注文改。

〔二〕「知」字，原誤「如」，據公羊傳隱公元年疏改。

按：薛尚功彝器款式所載商鍾銘有三，其一其二曰：「惟正月王春吉日丁亥既望。」其三曰：「惟王夾鍾春吉月。」是殷之春稱王矣。「夏建寅，盛德在木。」又安見夏之春不得稱王乎？

4 春秋序。

孔氏疏曰：按經傳書日者，凡六百八十一事，自文公以上書日者，二百四十九。宣公以下亦俱六公書日者，四百三十二，計年數略同而日數向倍。此則久遠遺落，不與近同。且他國之告，仲尼從後修之，有詳有略，若告不以日，魯史無由得其日而書之，如是則當時之史亦不能使日月皆具。

之，安能盡得知其日月？自然須舊有日者因而詳之，舊無日者因而略之。

按：春秋以事繫日，以日繫月，以月繫時，以時繫年，後世作史者，編年之體以是爲祖。然考之杜氏長曆，而春秋所書日月殊有不合。如以春言之，桓公十有七年春丙午，三月四日也，經書二月。成公四年春壬申，二月二十八日也，經書三月。襄公四年春三月無己酉，經書三月。定公四年春王二月癸巳，亦當爲正月七日也。以夏言之，桓二年夏戊申，五月十日也，經書四月。莊二十五年夏六月辛未，七月朔日也，經書六月。文十四年夏乙亥，四月二十九日也，經書五月。成二年夏丙戌，五月一日也，經書四月。襄二年夏六月庚寅，七月九日也。三年夏六月戊寅，七月十三日也，經皆書六月。以秋言之，隱二年秋庚辰，七月九日也，經書八月。僖十八年夏八月，不應有丁亥。二十有七年八月，不應有乙巳。經皆書八月。襄十五年秋八月日有食之，則實爲七月一日。以冬言之，僖公三十三年冬乙巳，十一月二十也，經書十有二月。宣十二年冬戊寅，十一月九日也，經書十有二月。成十七年冬十一月，不應有壬申，經書十有一月。襄九年冬十二月無己亥，經書十有二月。二

十七年十有二月乙亥朔，又當爲十一月朔。昭元年十一月己酉，實則十二月六日。二十二年十有二月癸酉朔，實則癸卯朔。或以爲經誤，非也。春秋爲孔子刑書，一字之襃，榮於華袞。一字之貶，嚴於斧鉞。而至於繫月繫日，多所譌舛，其可信乎？如謂春秋凡有赴則書，以告之遲速而誤之。而夫子所書日月，豈盡關於從赴乎？如謂仍魯史之舊，自幽王既喪，天子不能頒朔，而魯史失閏，無所考證。董仲舒謂春秋分十二世爲三等，有見，有聞，有傳聞。所見六十一年，所聞八十五年，所傳聞九十六年。若襄、昭、定、哀之時，夫子所親見，豈猶待於推測乎？秦火以後，口說僅存，春秋古經雖載於漢志，不盡皆仲尼之手録也。至所書日月，或因魯史之舊，或從赴告之期，或譌以傳譌，轉相授受。夫子之因之，正所以闕疑也。或明知官失之，而有所不敢改也。或經未嘗誤，而杜氏考之而不詳也。不然，經譌矣。而左傳所紀日月仍多所譌，何也？隱公三年冬十二月，傳曰：「庚戌，鄭伯之車僨于濟[一]。」七年秋七月庚午，九月辛卯，八月不得有丙戌，傳曰：「八月丙戌，鄭伯以齊人朝王。」十年[二]六月無戊申，傳曰：「六月戊申，公會鄭伯于老桃。」莊八年冬十一月癸未，是月六日也，傳曰：「冬十二月，齊侯遊于姑棼，遂田于貝丘。」僖二十八年經書癸丑，傳曰：「癸亥，王子虎盟諸侯于王庭。」文六年十一月無丙寅，傳曰：「十一月丙寅，晉殺續簡伯。」十四年七月無乙卯，傳曰：「七月乙卯夜，齊商人弑舍而讓元。」襄元年正月不得有己亥，傳曰：「春己亥，圍宋彭城。」二十八年十二月朔戊戌也，傳曰：

管城碩記卷之九

〔一〕「濟」字，原誤「齊」，據左傳隱公三年改。

〔二〕「十年」，原誤「十六年」，據左傳隱公十年改。

一五九

5

「十二月乙亥朔，齊人遷莊公殯于大寢。」昭元年十二月朔甲辰也，晉之烝常在趙孟之前，傳曰：「晉既烝，趙孟適南陽，將會孟子餘。甲辰朔，烝于溫。」是不謂十二月晉既烝也。若是者何也？余嘗聞之荀悦曰：「仲尼作經，本一而已，古今文不同，而皆自謂真本經。」或學者先意有所借定，後進相放，彌以滋蔓，故一源十流，天水違行，而訟者紛如也。即如隱公元年王正月，杜氏正月巳朔，大衍正月辛亥朔。庚申冬至，程氏公説曰：「以傳五月辛丑、十月庚申考之，則正月朔非辛亥。故杜預遷就以辛巳為朔。若從辛巳，則冬至不在正月。意者差閏只在今年，而杜氏考之不詳爾。」

按：杜氏所推隱二年閏十二月，至十一年凡四閏。桓元年閏十二月，至十八年凡四閏。莊元年閏十月，至三十二年凡十一閏。而二十八、二十九、三十年頻閏。閔二年閏五月。僖元年閏十一月，至三十三年凡九閏。而閔二、僖元及僖二十四、二十五年頻閏。文元年閏三月，至十八年凡七閏，而元、二頻閏。宣二年閏五月，至十八年凡五閏。成元年閏三月，至十八年凡六閏。襄二年閏四月，至三十一年凡十一閏。昭元年閏十二月，至三十二年凡十一閏。定元年閏五月，至十五年凡五閏。哀二年閏十一月，至十四年凡五閏。」趙氏汸曰：「《長曆》視大衍曆少六閏，自隱二年至宣十年，三失閏。自成末年至《春秋》之終，復三失閏。」果若是，四時寒暑皆當反易，不但以申為戌而已。恐周曆雖差，未必如是之謬。案經傳有曠數年不書日者，前後屢見之。《長曆》於此既無所據，豈能無失？

至言頓置兩閏，以應天正，則臆決尤甚，故説者疑焉。

6 沈存中曰：春秋日食三十六，後世術家推驗，精者不過二十六。本朝衞朴得三十五，獨莊十八年三月，古今算不入食法。

按：程敬叔春秋或問曰：「春秋日食三十六，杜預以長曆推之，遇甲子有所不合，妄曰經誤。今術家推驗，精者不過二十六。然以周曆考之，朔日失二十五。以魯曆考之，又失十三。唐一行得二十七，而朔差者半。唯宋衞朴謂得三十五，獨莊十八年三月不入食法。衞朴之言有不可信者，蓋以曆法一百七十三日有餘一交會，自隱元年至哀二十七年，凡三千一百五十四月，唯三十六食，而襄二十一年九月、十月，二十四年七月、八月，頻交頻食。是有雖交而不食，有不當交而食者矣。又豈可以常法推而謂之入食限乎？」

7 春秋日食不書朔者，食晦也。

左氏傳曰：不言朔，官失之也。

公羊傳曰：不言朔者，二日也。

穀梁傳曰：不言朔者，食晦也。

按：元史：「春秋日食三十七，隱公三年辛酉歲，春王二月己巳日，有食之。姜岌云：是歲二月己亥朔，無己巳。三月己巳朔，去交分入食限。桓公三年壬申歲，七月壬辰朔，日有食之。姜岌云：是歲七月癸亥朔，無壬辰，亦失閏。其八月壬辰朔，去交分入食限。十七年丙戌歲，冬十月朔，日有食之。大衍推得在十一月交分入食限，失閏也。莊公十八年春王三月，日有食之。左氏〔一〕云：不書日，史官失之。莊公十八年

〔一〕「左氏」上，原衍「穀梁云不言朔不言日夜食也」十二字，據「元史曆志」刪。

乙巳歲，春王三月，日有食之。穀梁云：不言日，不言朔，夜食也。大衍推是歲五月朔，入食限，三月不應食。今推五月朔加時在晝，入食限。蓋誤五〔一〕爲三。二十五年壬子歲，六月辛未朔，日有食之。大衍推之，七月辛未朔，交分入食限，失閏也。二十六年癸丑歲，冬十有二月癸亥朔，日有食之。今推是月癸亥朔入食限。三十年丁巳歲，九月庚午朔，日有食之。今推是月庚午朔入食限，失閏也。僖公十二年癸酉歲，春王三月庚午朔，日有食之。姜岌云：三月朔交不應食，在誤條。其五月庚午朔入食限。蓋五誤爲三。十五年丙子歲，夏五月，日有食之。左氏云：不書朔與日，史官失之也。大衍推四月癸丑朔，無癸亥。三月癸亥朔入食限，差一閏。文公元年乙未歲，二月癸亥朔，日有食之。姜岌云：二月甲午朔，去交分入食限。今推是月乙未朔入食限。十五年己酉歲，六月辛丑朔，日有食之。姜岌云：十月甲子朔。今推是月辛丑朔入食限。宣公八年庚申歲，秋七月甲子，日有食之。杜預以七月甲子晦食。蓋十誤爲七。十年壬戌歲，夏四月丙辰，日有食之。左氏云：不書朔與日，史官失之也。今推是月丙辰朔不應食。十七年己巳歲，六月癸卯，日〔二〕有食之。今推之，是歲五月乙亥朔入食限。成公十六年丙戌〔三〕歲，六月丙寅朔，日有食之，今推是月丙寅朔入食限。十七年丁亥歲，十有二月丁巳朔，日有食之。姜氏云：十一月戊子朔無丁巳。今推是月丁巳朔入食限。襄公十四年壬寅歲二月乙未朔，日有食之。今推是月乙未朔入食限。十五年

〔一〕「誤五」原作「五誤」，據元史曆志改。

〔二〕「日」字，原誤「月」，據元史曆志改。

〔三〕「戌」字，原誤「辰」，據元史曆志乙正。

癸卯歲，秋八月丁巳朔，日有食之。姜氏云：七月丁巳朔食，失閏也。大衍同。二十年戊申歲冬十月丙辰朔，日有食之。今推是月丙辰朔入食限。二十一年己酉歲，秋七月庚戌朔，日有食之。今推是月庚戌朔入食限。冬十月庚辰朔，日有食之。姜氏云：比月而食宜在誤條。漢志董仲舒以爲比食又既。大衍同。二十三年辛亥歲，春王二月癸酉朔，日有食之。今推之，是月癸酉朔入食限。二十四年壬子歲，秋七月甲子朔，日有食之。今推是月甲子朔，日食九分六秒。八月癸巳朔，日有食之。衍云：不應頻食，在誤條。大衍同。二十七年乙卯歲，冬十有二月乙亥朔，日有食之。今推是月乙亥朔入食限。昭公七年丙寅歲，夏四月甲辰朔，日有食之。今推是月甲辰朔入食限。十五年甲戌歲，六月丁巳朔，日有食之。姜氏云：六月丁巳朔，交分不叶，不應食，當誤。大衍推五月丁巳朔，交分入食限應食。十七年丙子歲，夏六月甲戌朔，日有食之。今推是月甲戌朔入食限。大衍云：當在九月朔。二十一年庚辰歲七月壬午朔，日有食之。今推是月壬午朔入食限。二十二年辛巳歲，冬十有二月癸酉朔，日有食之。今推是月癸酉朔入食限。二十四年癸未歲，夏五月乙未朔，日有食之。今推是月乙未朔入食限。杜預以長曆推之，當爲癸卯，非是。三〔一〕十一年庚寅歲，十有二月辛亥朔，日有食之。今推二月辛亥朔入食限。失一閏。定公五年丙申歲，春三月辛亥朔，日有食之。今推是月辛亥朔入食限。十二年癸卯〔二〕歲，冬十有一月丙寅朔，日有食之。今推是月丙寅朔，交分入食限。蓋失一閏。十五年丙午歲八月庚辰朔，日有食之。今推是月庚辰朔入食限。哀

〔一〕 「三」字，原作「是」，據元史曆志改。

〔二〕 「卯」字，原誤「亥」，據元史曆志改。

公十四年庚申歲，夏五月庚申朔，日有食之。今推是月庚申朔入食限。二百四十二年間，凡[一]三十七，以授時推之，惟[二]襄公二十一年十月庚辰朔及二十四年八月癸巳朔不入食限。蓋自有曆以來，無比而食之理。其三十五食，食皆在朔，經或不書日，不書朔。左氏以爲史官失之者，得之。其間或差一日二日者，蓋由古曆疏濶，置閏失當之弊。孔子作書，但因時曆以書，非大義所關，故不必致詳也。」

8 襄十年，公及晉侯會吳於柤，遂滅偪陽。

傳曰：春三月癸丑，齊高厚相太子光，以先會諸侯于鍾離，不敬。晉士莊子曰：棄[三]社稷也。夏四月戊午，會於柤。五月庚寅卒攻偪陽，甲午滅之。

按：杜注「柤，楚地」，今彭城偪陽縣也。五月甲午，月八日，據唐一行以大衍推之，是年閏四月丁亥小，甲午在閏月。杜氏以長曆推之，是年閏十一月，蓋非也。

又按：水經注京相璠曰：柤，宋地，今偪陽縣西北有柤水溝，流逕偪陽縣故城東北。」地理志云：「故偪陽國也。」前志偪陽屬楚國，杜注因以爲楚地。今沂州嶧縣西南五十里有偪陽城，當宋地也。

9 僖公九年秋九月戊辰，諸侯盟于葵丘。甲子，晉侯佹諸卒。

杜氏曰：甲子，九月十一日。戊辰，十五日。書在盟後，從赴。

按：甲子，公羊傳作甲戌，左氏及穀梁皆作甲子。不應甲子在戊辰之後，似當從公羊作甲戌。

[一]「凡」字，原作「日食」，據元史曆志改。

[二]「惟」字，原誤「推」，據元史曆志改。

[三]「棄」字上，原有「是」字，據左傳襄十年刪。

10　桓三年秋七月壬辰朔，日有食之，既。

杜氏曰：既，盡也。食〔一〕有上下者，行有高下。日光輪存而中食者相奄密，故日光溢出。皆既者，正相當而相奄間疏也。

按：後漢尚書令黃香曰：「日蝕皆從西，月蝕皆從東，無上下中央者。春秋魯桓三年日蝕貫中下上竟黑，疑者以爲日月正等，月何得小而見日中？」鄭康成曰：「月正掩日，日光從四邊出，故言從中起也。」舊說日有五蝕，謂起上下左右中央者，非也。

11　閔公二年夏五月乙酉，吉禘于莊公。

胡傳引程氏曰：天子禘，諸侯祫，大夫享，庶人薦，上下之殺也。魯諸侯爾，何以有禘？成王追念周公有大勳勞於天下，賜魯公以天子禮樂使用諸太廟，以上祀周公，魯於是乎有禘祭。

春秋之中所以言禘，不言祫也。

按：竹書「商武乙元年，邠遷于岐周。三年，命周公亶父，賜以岐邑。」文丁四年，周公季歷伐余無之戎，克之，命爲牧師。周成王十三年夏六月，魯大禘于周公廟。二十一年，周文公薨于豐。」是時周公尚在，魯大禘于周公廟，則所謂周公者，蓋即周公亶父、周公季歷也。四時之祭有禘之名，嫌其爲時祭，故稱大禘以別之。其實禘亞於天子之禘，所用者六代之樂，非天子之禮樂也。觀孔子譏三家以雍徹，則魯之廟祭，亦不以雍徹可知。又禘以六月，亦不敢與天子同時也。但比之杞、宋二王之後得用郊禘，與他國有不同爾。孔子曰：「魯之郊禘，非禮也。周公其衰矣。」此所謂非禮，如既灌而往，吾不欲觀之類。言周公制禮之意於是而寢衰，非以周公之後至是衰微也。先儒皆以爲

〔一〕「食」字，原作「日」，據左傳桓公三年經杜預注改。

魯之郊禘，惠公請之，蓋東周之僭禮也。不知周公之未薨，魯久已行禘矣。春秋吉禘于莊公，不曰禘，而曰吉禘。漢鄭氏禘祫志曰：「魯僖公以其三十二年秋八月薨，閔二年五月而吉禘。此時慶父使賊殺子般之後。閔公心懼於難，務自專成以厭其禍，至二年春，其間有閏二十一月而禪，除喪。夏四月則祫，又卽以五月禘。閔公之服於禮少四月，又不禪無恩，是以譏之。非譏其禘也。」

12 文公二年八月丁卯，大事于太廟躋僖公。胡傳曰：大事，祫也。升僖於閔，僖、閔二公，親則兄弟，分則君臣。兄弟之不先君臣閔僖禮也。故左氏則曰：祀，國之大事，而逆之，可乎？子雖齊聖，不先父食久矣。公羊則曰：其逆祀先禰而後祖也。穀梁則曰：逆祀，則是無昭穆也。無昭穆，則是無祖也。閔僖非祖禰而謂之祖禰者，臣子一例也。

按：杜注：「僖是閔兄，不得為父子，嘗為臣，位應在下。今居閔上，故曰逆祀。」此說為最明也。公羊謂先禰後祖。以世數論之，閔在僖前，是世數同乎祖矣。今乃以禰而居前，是後祖也。穀梁以為無祖者。升僖於閔，則文公似以閔為禰，而以禰為祖，是無祖也。胡氏以為「閔僖非祖禰而謂之祖禰者，臣子一例也」，其解誤矣。

13 宣公八年夏六月辛巳，有事于太廟。仲遂卒于垂。鄭氏曰：說者以有事謂禘，為仲遂卒張本，故略之，言有事耳。魯禮三年之喪畢，則祫於太祖。明年春禘於羣廟，僖也，宣也。八年皆有禘祫祭，則公羊傳所謂五年而再殷祭，祫在六年明矣。明堂位曰：魯王禮也，以相準況可知也。

按：唐書韋縚傳：「高宗上元三年將祫享。議者以禮緯三年祫，五年禘。公羊家五年再殷祭。二

家舛互，諸儒莫能決。太學博士史玄璨曰：春秋僖公三十三年十二月薨。文公之二年八月丁卯大享。公羊曰：祫也。則三年喪畢，新君之二年當祫。明年當禘羣廟。又宣公八年禘僖公〔一〕。宣公〔二〕八年皆有禘，則後禘距前禘五年。此則新君之二年當祫，三年禘。爾後五年再殷祭，則六年當祫，八年禘。昭公十年齊歸薨。十三年喪畢，當祫，爲平丘之會。冬，公如晉，至十四年祫，則年禘。傳曰有事於武宮，是也。至十八年祫，二十年禘，二十三年祫，二十五年禘。昭公二十五年有事于襄宮，是也。則禘後三年而祫，又二年而禘，合於禮。議遂定。此皆用鄭志語也。

又按：貴與馬氏曰：「禘有二名，有大禘之禘，大傳所謂禮不王不禘，王制所謂天子祫禘，諸侯祫，一犆一祫是也。有時禘之禘，祭義所謂春禘秋嘗，王者禘其祖之所自出，而以祖配之。禮運所謂魯之郊禘非禮也，是也。趙伯循必以禘爲非時祭之名，因不信鄭氏，而并詆禮記、左傳，其意蓋謂禘只是大禘，無所謂時禘。然禘之名義他不經見，惟禮記詳言之耳。然大傳、禮運、禮記、王制、祭義，亦禮記也。今所本者大傳、禮運，所詆者王制、祭義，是據禮記以攻禮記也。趙氏所言亦是因不王不禘之說，魯郊禘非禮之說，見得禘爲天子之大祀，故不可以名時祭。至於烝嘗禘於廟一語，雖左氏所言，然其所載昭公二十五年禘於武宮，二十五年禘於襄公，定公八年禘於僖公，襄公十六年晉人曰：寡君之未禘祀，則皆當時之事。今趙氏皆以爲左氏見經中有禘於莊公一事，國及它國之祭祀，皆妄以爲禘。則其說尤不通矣。安有魯國元無此祭，晉人元無此言，而鑿空妄

〔一〕「公」字，原作「也」，據新唐書韋綬傳改。

〔二〕「公」字，原作「也」，據韋綬傳改。

說乎？蓋魯伯禽嘗受郊禘之賜，則魯國後來所行之禘，其或為大禘，或為時禘，亦未可知也。至於

左氏所謂烝嘗禘於廟，晉人所謂寡君未禘祀，則時祭之通行於天子諸侯者，非止魯國行之而已。恐

難儕之郊望，而例以僭目之也。

14　僖公三十有一年夏四月，四卜郊，不從。乃免牲，猶三望。〔猶者，可以已之詞。〕

胡傳曰：卜而不從，則不郊矣，故免牲。

今魯不郊而望，故特書曰猶。

按：桓五年傳「凡祀，啓蟄而郊，過則書」杜注曰「啓蟄，夏正建寅之月，祀天南郊。卜日有吉否。

過次節則書」夫建寅之月，周之三月也，今於夏四月卜郊，於次節為過矣。夫諸侯不得郊天，魯以

周公故得用天子禮樂，郊蓋魯之常祀也。常祀有定期，何假卜為？傳曰：禮不卜常祀，而卜其牲

日。蓋言卜牲與日，以知吉凶也。周禮：太宰祀五帝，前期十日，帥執事而卜日。是則十日之前將

祭而豫卜之者，禮也。經言「四卜郊不從」周正夏四月，夏正春二月也。卜三辛不吉，更卜次月上

辛，延而間一月習卜不吉，非禮孰甚焉！公羊傳曰「求吉之道不過三。三卜，禮也；四卜，非禮

也。」穀梁傳曰：「夏四月，不時也。四卜，非禮也。」定十五年「鼷鼠食郊牛，牛死，改卜牛。夏五月

辛亥郊」，注曰：「書過。」與夏四月四卜郊皆過節次者也。皆書之，以譏慢也。

又按：成七年「乃免牛」，注曰：「稱牛未卜日，免牛可也。不郊，非禮也。」今日乃免牲，則是已得吉

日矣。牲既成矣，牲成而卜郊，慢孰甚焉？其非禮，又孰甚焉！胡傳以為卜而不從，則不郊矣，故

免牲。猶未審於免牛免牲之別也。

15

桓十四年秋八月壬申，御廩災。乙亥，嘗。

春秋紀事用周月，而以八月嘗，則不時也。

胡傳曰：嘗祭時事之常，則何以書？志不時與不敬也。御廩災於壬申，而嘗以乙亥，是不改卜而供未易災之餘，是不敬也。

按：前漢五行志曰：「春秋桓公十四年八月壬申，御廩災。」劉向以為御廩，夫人八妾所舂米之藏，以奉宗廟者也。時夫人有淫行，挾逆心，天戒若曰，夫人不可以奉宗廟。桓不寤，與夫人俱會齊，夫人譖桓公於齊侯，齊侯殺桓公。此其應也。春秋書壬申災，乙亥嘗，先後相距惟四日，用焚餘以祭宗廟，其褻甚矣。公羊傳曰：「御廩災，不如勿嘗。」穀梁曰：「未易災之餘，志不敬也。」胡傳以八月嘗為不時，失其旨矣。前八年春正月己卯烝，穀梁曰：烝，冬事也。春興之，志不時也。傳以為非，而此又以為不時，何也？

16

唐書啖助傳曰：助愛公、穀二家，以左氏解義多謬，其書乃出於孔氏門人。且論語孔子所引，率前世人老彭、伯夷等，類非同時。而言左丘明恥之，丘明蓋如史佚遲任者。

按：陸淳春秋辨疑以論語左丘明前孔子，而傳春秋之左丘氏，則孔子弟子之門人也，後孔子。左傳記韓、魏、智伯事，舉趙襄子諡，則左傳作於襄子卒後。自獲麟至襄子卒，已八十年，使左丘與孔子同時，不應孔子沒七十有八年，猶能著書也。又陳氏讀書考曰：「春秋左氏傳自昔相傳以為左丘明撰，其好惡與聖人同者也。而其末記晉智伯反喪於韓魏，在獲麟二十八年，去孔子沒亦二十六年，不應年少後亡如此。又其書稱虞不臘矣，見於嘗酎及秦庶長，皆戰國後制，故或疑非孔子所稱

左丘明，別自是一人爲史官者。」而朱承論語集注〔一〕引程子曰：「左丘明，古之聞人也。」大抵皆主於啖氏之說。而啖傳，史臣斷曰：「啖助在唐，名治春秋，擿訕〔二〕三家，不本所承，自用名學，憑私臆決，徒令後生穿鑿詭辯，詬前人，捨成說，而自爲〔三〕紛紛，助所階已已。」至宋王安石，疑左氏六國時人，凡十一事。其說蓋本於此。以愚考之，家語及史記皆云：「孔子不得用於衛，將西見趙簡子，至於河，臨河而嘆。」趙世家注正義曰：「左傳哀公二十年簡子死，襄子嗣立，以越圍吳故，降其父之祭饌，而使楚隆慰問吳王。」簡子在黃池之役與吳王質言曰好惡同之，故減祭饌及問吳王也。」孔子與簡子同時，孔子之徒獨宜先簡子之子死乎？魏世家魏桓子與韓康子、趙襄子共伐滅智伯。史遷謂「左丘失明，厥有國語」，而國語於智襄子、韓康子亦皆舉諡。則左傳舉趙襄子諡，何疑也？皇甫謐帝王世紀元王十一年癸未，三晉滅智伯。距敬王三十九年獲麟十七年爾，烏在如陳氏之說有二十八年乎？又以秦孝公時立賞級之爵，乃有不更、庶長之號，左傳謂秦師敗績，獲不更女父。又云秦庶長鮑、庶長武帥師救晉師戰於櫟。春秋時不應有是。據商君列傳「孝公以衞鞅爲左庶長，卒定變法之令。令有軍功者，各以率〔四〕受上爵」是衞鞅至秦之始，而秦已有是號矣。所謂卒定變法之令者，亦止如商子書中更法、墾令、農戰、去強諸項，非謂其自立官爵，而後以此官之可知也。漢書稱商君爲法於秦，戰斬一首，賜爵一級。其爵：一公士，二上造，三簪裊，四不更，五

〔一〕「論語集注」，原作「論語集傳」，據四書集注論語公冶長注改。

〔二〕「訕」字，原作「訓」，據新唐書啖助傳改。

〔三〕「爲」字，原作「謂」，據啖助傳改。

〔四〕「率」字，原誤「卒」，據史記商君列傳改。

大夫。使如啖、陸諸說，公士、大夫，亦至飫而始有乎？況周有常伯、準人，晉有輿尉，鄭有褚師，此類皆周官所無，亦可謂後人所羼入乎？又秦惠三十二年初臘，呂氏月令臘先祖。今左氏云「虞不臘矣」，是在其後也。然應劭風俗通曰：「禮傳曰：『夏曰嘉平，殷曰清祀，周曰臘。』證知周原稱臘，故茅濛太原謠曰：『繼世而往在我盈，帝若學之臘嘉平。』始皇聞之，改臘曰嘉平。」秦前蚩已有臘、有嘉平之名，可謂秦始稱臘，乃改臘爲嘉平乎？又以韓、趙、魏分晉之後，堪輿十二次始有趙分曰大梁之語。今左氏言分星皆主堪輿，疑在分晉之後。然左氏稱昭元年歲在大梁，到十三年歲復在大梁，未嘗言趙分也。又爾雅：「大梁，昂也。」可謂分晉之後始有爾雅乎？至以齊威王時騶衍推五德終始之運，其語不經，今左氏引之，則應爲六國時人。然家語以伏羲配木，神農配火，黃帝配土，少吳配金，顓頊配水，數聖人革命改號，取法五行，豈必謂帝王子孫皆承主運之迂怪乎？又以惟蘇秦合從，始有車千乘騎萬匹之語，今左傳不應言「左師展將以公乘馬而歸」，此蓋以曲禮「前有車騎」疏曰：「古人不騎馬，經典無言騎者。今言騎，是周末時禮」故也。然左傳所謂乘馬，如詩陳風曰「駕我乘馬」，與周禮校人職曰「凡頒良馬而養乘之。乘馬一師四圉」，又齊右職曰「王乘則持馬，行則倍乘」乘馬，四馬也。左氏「將以公乘馬而歸」，言將以輕車而歸，豈曰以公騎馬乎？又以呂相絕秦，聲子說齊，雄辨狙詐，直游說捭闔之辭。然仲尼弟子如子貢說田常，又說吳救魯伐齊，豈獨非春秋時乎？故前漢劉子駿曰：「丘明好惡與聖人同，親見夫子，而公穀在七十子後，傳聞之與親見，其詳略不同也。」後漢班彪傳曰：「定哀之間，魯君子左丘明論集其文，作左氏傳三十篇。」又

撰異同[一]，號曰國語二十一[二]篇。」沈約宋書禮志曰：「孔子作春秋，諸侯諱妒，懼犯時禁，是以微辭妙旨，義不顯明。時左丘明、子夏造膝親受，無不精究。孔子既没，微言將絶，於是丘明退，撰所聞而爲之傳。」又漢宣帝時嚴彭祖善春秋，其觀周篇曰：「孔子將脩春秋，與左丘明乘如周，觀書於周史，歸而脩春秋之經。丘明爲傳。」劉向別録曰：「左丘明授曾申，申授吳起，起授其子期，期授楚人鐸椒。椒作抄撮八卷，授虞卿。卿作抄撮九卷，授荀卿，荀授張蒼。」漢書儒林傳張蒼、賈誼、張敞、劉公子皆脩左氏春秋，其源流遠有端緒，無可疑也。又丘明魯人，北魏地形志東平富城縣有左丘明冢。丘明自孔子弟子，安在別是一人哉？

〔一〕「同」字，原誤「閣」，據後漢書班彪傳改。

〔二〕「一」字，據後漢書班彪傳補。

春秋二

1 隱元年傳：「莊公寤生，驚姜氏。」　杜注：「寤寐而莊公已生，故驚而惡之。」

按：十六國春秋曰：「西燕慕容觊其妻方娠，夢日入臍，喜而不敢言。一日，晝寢而生子，左右以告，方寤而起。其夫曰：此兒易生，似鄭莊公，長必有大德。遂以德名。」此則以寤寐而生爲寤生也。若然，則姜氏何由惡之？魏書高句驪傳曰：「莫來裔孫宮，生而開目能視，國人惡之。及長凶虐，國以殘破。曾孫位宮，亦生而視人，以其似曾祖宮，故名爲位宮。」魏正始中，入寇遼東安平，爲幽州刺史毌丘儉所破。」世以生而開目能視爲寤生，故武姜惡之。

2 昭公二十六年傳：「幽王用憇厥位，攜王奸命，諸侯替之，而建王嗣。」　杜注：「攜王，幽王少子伯服也。王嗣，宜臼也。」

按：竹書紀年「幽王十一年，申人、鄫人及犬戎入宗周，弒王。犬戎殺王子伯服，執褒姒以歸。」申侯、魯侯、許男、鄭子立宜臼于申，虢公翰立王子余臣于攜。」是伯服久已見殺，而攜王乃余臣也。杜注以攜王爲伯服，非。

3　僖二十五年傳〔一〕：晉侯圍原，遷原伯貫于冀。　杜注：伯貫，周守原大夫。

按：昭十二年，周原伯絞，十八年，周原伯魯，皆稱「原伯」，原伯貫蓋原伯名貫也，不得以「伯貫」爲二名。

又按：周本紀叔帶殺譚伯唐固，據左傳讀譚爲原，則亦稱原伯也。

4　莊二十八年傳：小戎子生夷吾。　杜注：小戎，允姓之戎。子，女也。　襄十九年傳：齊諸子、仲子、戎子。　杜注：諸子，諸姜姓子者。二子皆宋女。

按：昭九年傳：王使詹桓伯辭於晉曰：「允姓之姦居於瓜州，伯父惠公歸自秦而誘以來。」晉惠公夷吾之立在魯僖十年，距莊公二十八年之後十有六年，安得先爲允姓之女所生乎？且二戎子也，一以爲子姓，一以爲子女，何所據乎？

又按：管子曰：「桓公外舍而不鼎饋，中婦諸子謂宮人，君將有行。公怒，召中婦諸子曰：『中婦諸子，內臣之號。』」蓋當時仲子、戎子同官諸子之職，故繫之以其職耳。杜以爲諸姜姓子，非矣。哀五年傳：「諸子鬻姒之子荼，嬖。」杜又以諸子爲庶公子，非矣。觀周禮夏官之屬，諸子掌國子之倅，則亦以諸子名官，是也。

5　宣八年傳〔二〕：楚爲眾舒叛故，伐舒蓼。　杜注：舒、蓼二國。

〔一〕「傳」字，據左傳原注文及文例補。

〔二〕「傳」字，據文例及左傳原注文補。

按《漢五行志》：「宣八年七月甲子，日有食之。」董仲舒、劉向以爲楚乘弱橫行，六侵伐〔一〕而一滅國。「師古曰：「一滅國者，謂八年滅舒蓼也。」則舒蓼不爲二國，明矣。僖三年，齊人取舒，至是五十六年。《文五年》楚公子燮滅蓼，至是二十有一年。此舒蓼蓋群舒之二耳。《世本》「偃姓有舒庸、舒鳩、舒蓼」，是也。舒庸見成十七年，舒鳩見襄二十四年。

6　文元年：……天王使毛伯來錫公命。　杜注：……毛國，伯爵，諸侯入爲卿士者。　《路史國名記》曰：……河南籍水旁有毛泉，近上邽。

按：……《漢志》上邽縣屬隴西郡。應劭曰：「《史記》故邽，戎邑也。」其地爲今鞏昌府秦州清水縣也。河南安得近之？嘗見宋本《水經注》於穀水注中「藥草翳蔽」下，錯以渭水注中「渭水又東得歷泉」至「即洋水也」三百二十有二字，列於其下，內有云：「藉水又東合毛泉谷水，又東逕上邽城南。」《路史》不審其誤，遂謂河南毛泉近上邽，謬矣。

7　路史：……鄳，嬴姓子。

按：……桓王三年，楚子再敗麇師于房渚，今之房陵，荊州。《釋例》云在當陽，非，當陽乃麇。見文十一年及定五年，羋姓子。舊云鄖鄉，非也。

按：……桓王三年，即魯隱六年，無楚伐麇事，惟頃王三年，成大心敗麇師于房渚。又《文十一年》，楚子伐麇。九倫反，從鹿從禾，非麇也。再敗麇師者潘崇，非楚子。在錫穴，非房渚。定五年，吳師居麇。字皆作麇，蓋麇所遷之處也。是時子期焚麇，吳師大敗，乃歸，王使由於城麇。杜預曰「於麇築

〔一〕　「伐」字，原作「弱」，據《漢書·五行志》改。

城」，是也。麋，麋字近而譌。穎容春秋釋例曰：「麋，當陽也。」郡國志漢中錫縣，劉昭注引「楚子伐麋」，二書麋，並作麋，當是傳寫者誤耳。或謂當陽有麋城，三國時麋芳所築。然則春秋時安有麋也？又錫穴，漢爲錫縣。沈約宋書曰：「漢錫縣，晉太康五年改曰鄖鄉。又改漢長利縣曰錫縣。」據此，則春秋錫穴於晉時在鄖鄉也。羅氏初未嘗深考，而轉以舊注爲非，何也？

8　路史：宗即寶國，芊姓子。頃王四年拘執宗子圍巢者。

按：文十二年傳：「楚子孔執舒子及宗子，遂圍巢。」杜注：「宗、巢，二國，羣舒之屬。」地在舒城巢縣之間。路史謂頃王四年，即文公十二年也。拘執宗子，即子孔執舒子及宗子者也。潛夫論「宗子，嬀姓」，非芊姓也。水經注曰：「宕渠，古寶國。」寰宇記曰：「故寶國在江流縣東北八十四里。」安得謂即舒城巢縣之宗乎？

9　唐書宰相世系表：平王奪虢叔之地予鄭武公。楚莊王起陸渾之師伐周，責王滅虢。於是平王求虢叔裔孫序封於陽曲，號曰郭公。

按：竹書晉文侯十四年，「鄭人滅虢」。其事當平王四年。左傳：「宣公三年，楚子伐陸渾之戎，遂至於雒，觀兵於周疆。定王使王孫滿勞楚子。」事在楚莊王八年，周定王元年，去平王東遷一百六十餘年，中間尚隔桓、莊、僖、惠、襄、頃、匡七王，何從責平王封虢裔孫？漢志弘農陝縣，故虢國。北虢在太陽，東虢在滎陽，西虢在雍州。鄭所滅者東虢也。虢亦稱郭，而爲晉所滅者，北虢也。安得混之？

10 唐書世系表：「平輿之沈出郜叔〔一〕季載成八年為晉所滅。沈子逞，奔楚為沈氏，其孫尹戌生諸梁，食采于葉。」

按：成八年「晉侵沈，獲沈子揖」，是晉雖獲其君，而沈未滅也。襄二十八年，沈子朝于晉。昭十三年，楚靈王遷沈于荊。平王即位而復之。則沈之未滅可知。昭二十三年，「吳敗頓、胡、蔡、沈、許之師于雞父，沈子逞滅」，杜注：「國存君死曰滅。」時沈猶未滅也。定四年，「蔡公孫姓帥師滅沈，以沈子嘉歸。」蓋平輿之沈至是始滅。後漢書：「沈，姬姓也。」通考以為姒姓，非。又昭元年傳：「金天氏裔孫曰臺駘，封諸汾川。沈、姒、蓐、黃實守其祀。」此蓋與平輿之沈兩不相涉。宋書沈休文自序以汾川之沈為卽平輿之沈，非。路史又以為沈在汾川，成八年晉所滅，沈子逞奔楚。曾孫諸梁食〔二〕采于葉。不知成八年晉所獲者，沈子名揖，昭二十三年吳所獲者，沈子名逞，安得一之？又況逞既滅，則逞死矣，又安得有奔楚之事乎？左傳非僻書，而諸家謬誤至此，殊不解也。至若昭二十三年上距成八年，凡五十年，系表謂成八年晉滅沈，沈子逞，奔楚，為沈氏。當時史館皆博雅之士，而獨於左傳多所錯迕，何也？

〔一〕「叔」字，據新唐書宰相世系表補。

11 桓十三年傳〔三〕：「楚屈瑕伐羅。楚子使賴人追之，不及。」

按：杜以賴國在隨縣者，誤也。賴，公穀作厲，厲讀曰賴。僖公十五年「齊師、曹師伐厲」，杜注：賴國在義陽隨縣。

〔二〕「食」字，據文義補。

〔三〕「傳」字，據文例及左傳原注文補。

「義陽隨縣北有厲鄉。」是杜以賴、厲二國皆在隨縣，蓋以厲讀爲賴而誤耳。據司馬彪郡國志「汝南褒信縣有賴亭，故賴國」。史記正義曰：「褒信，故漢鄳縣之地。」今賴亭在光州商城縣。隋志「殷城縣有賴亭」，卽今商城也。何由在隨縣，以厲、賴爲一處乎？

12　定六年，鄭游遫帥師滅許，以許男斯歸。

春秋地名考畧曰：「哀元年許男復從楚圍蔡，似未嘗滅。」

按：鄭滅許，以許男斯歸，是時許更立君，是爲元公成。春秋哀十三年書許男成卒，則許之未滅可知，何云似未滅？是年秋葬許元公，明年春秋獲麟，係元公成子結之元年，成卒已踰年矣。文獻通考云「元公成二年獲麟」，亦誤。

13　隱十〔一〕年：宋人、蔡人、衞人伐戴。鄭伯〔二〕伐取之。

杜注：今陳留外黃縣東南有戴城。　顏

師古注漢書曰：鄭滅戴，讀者多誤爲載。鄭伯〔二〕伐取之。字林云：「載故國，在陳留。」戴與載，古今字也。

按：公羊、穀梁二傳戴皆作載。説文云：「戴，故國。在陳留。」史記功臣侯表有「戴國」，索隱曰：「戴音載。」不得以載爲誤。

14　哀三年傳：葰弘事劉文公，趙鞅以爲討。六月癸卯，周人殺葰弘。

杜注：終違天之禍。

按：漢書郊祀志曰：「昔周史葰弘欲以鬼神之術，輔尊靈王，會朝諸侯，而周室愈微，諸侯愈叛。」韓

〔一〕「十」字，原作「十一」，據春秋隱公十年改。

〔二〕「鄭伯」，原作「鄭人」，據春秋隱公十年改。

非子曰：「叔向之讒萇弘也，爲書曰：子爲謂晉君何不急[一]以兵來？因佯遺其書周君之庭而急去，周以弘爲賣周也，乃殺之。」據此，則周殺萇子見殺，當別有說，春秋昭三十二年，諸侯城成周，晉女叔以萇弘主城周之議爲違天。杜注以見殺爲「終違天之禍」。子貢詩傳曰：「萇弘忠於王，晉趙鞅殺之，周人傷之，賦有兔。」傳注皆以城周爲違天，不亦謬乎？

15 隱公三年：夏四月辛卯，尹氏卒。

胡傳曰：尹氏，天子大夫，世執朝權。

按：春秋三傳，公穀皆曰「尹氏卒」，左傳曰：「君氏卒，不書姓，辟正夫人也。」隱見爲君，故特書於經，稱曰君氏，以別凡妾媵。」馬端臨曰：「三傳經文多有異同。君氏卒，則以爲聲子，魯之夫人也。尹氏卒，則以爲師尹，周之卿士也。」然則夫子所書隱三年夏四月卯卒者，竟爲何人乎？日知錄曰：「君氏卒，或疑君尹氏之名別無所見，左傳襄公二十六年，左師見夫人之步馬者問之，對曰：君夫人氏也。君夫人氏，即爲君氏矣。僖公元年，夫人氏之喪至自齊，亦是義也。」據左氏曰「君氏卒，不稱夫人，故不言葬」，是則君夫人，氏也。以不稱夫人故曰君氏。義自了然，無可疑也。胡傳不審其義，依公穀作尹氏，非。

16 徐嘉炎日知錄曰：讀春秋之文，必證諸左氏之傳。舍左氏，則春秋無從考矣。

按：春秋之作，旨遠義微，有謂其爲尊諱者，爲親諱者；有謂其危行言孫以辟當時之害，故微其文，隱其義者；有謂其據事直書，褒貶自見者。其實不盡然也。春秋之作，不有左傳以明之，聖人之意

〔一〕「急」字，韓非子內儲說下六微作「亟」。

管城碩記卷之十　　一七九

或幾乎晦矣。余嘗見郝楚望之論《春秋》矣。魯隱公之死,仲翬弒之也,而書「公薨」。桓公死于齊,彭生殺之也,書「薨于齊」。昭公出奔,季孫意如逐之也,書「孫于齊」。文姜、敬嬴、穆姜之淫惡,亦書夫人,書小君,死亦書薨。季友酖殺其兄叔牙,書「公子牙卒」。慶父殺子般,書「子般卒」。齊桓公殺哀姜,以屍歸魯,書「夫人薨,喪至自齊」。襄仲弒嗣君,書「子卒」。逐君母,書「夫人姜氏歸于齊」。季武子弒嗣君,書「子野卒」。此皆魯事之惡,曲爲之諱者。如郝之所云不有《左傳》以明之,亦烏知隱、桓之薨,由于弒之、殺之也。又如周惠王之見逐於五大夫也,鄭莊公之射王中肩也,王子帶召戎伐王,火其東門也,周大夫王叔、伯輿爭政而晉士匄聽訟也,周殺大夫萇弘以謝晉趙鞅也,晉重耳召襄王,于踐土不書,再召至溫書狩。此皆天王之醜,曲爲之諱者。如郝之所云不有《左傳》以志之,亦烏知聖人不書之意,書狩之意也。又如莒僕弒父,不書僕而書莒;晉欒書、中行偃弒君,不書[一]而書晉;鄭子駟弒君髡頑,書卒于鄵;莒展輿弒父密州、北燕大夫逐君,皆書君出奔。此皆外事之疑而從輕者,如郝之所云不有《左傳》以著之,亦烏知莒晉之弒父、弒君者實何人也。又如春秋僭國三,魯僭禮,楚僭號,晉僭權。魯用八佾,郊禘,大雩,大蒐,兩觀,世室,皆微舉其事而不直書。楚武王始稱王。晉襄公徵諸侯入朝,晉悼公命諸侯朝貢之數,齊頃公欲王晉,魯、鄭之君入晉稽首,皆不書。至于伯、子、男稱公侯,一切因之而不改。不有《左傳》以發之,又烏知其不直書,與不書、不改者,爲

〔一〕「書」字下,疑脫一「書」字,指弒書。

何事也？他如晉趙盾、鄭歸生、許世子未操刃而書弒君，晉申生、宋痤[一]自縊死而書殺子，不有左

傳以證之，亦烏知書弒者未操刃、書殺者實自經也。讀春秋之文，必證諸左氏之傳，舍左氏，則春

秋無從之考。此蓋不易之論也。

17

金華王柏曰：王者之迹熄而詩亡。詩亡，然後春秋作。解者謂夫子止因雅亡而作春秋。則雅者自

為朝會之樂，春秋自為魯國之史。事情濶遠，而脈絡不貫，且言詩、風雅皆在其中，非獨以為雅也。

王制天子五年一巡狩，太師陳詩，以觀民風。自巡狩絕迹，諸侯豈復有陳詩之事？民風之善惡既不

得知。夫子因魯史以備載諸國之行事，不待褒貶而善惡自明。故詩與春秋體異而用則同。

按：朱子集傳曰：「詩亡，謂黍離降為國風而雅亡也。」夫所謂雅亡是也，乃以黍離降為國風，因謂

之雅亡，則亦未然。詩小雅六月序曰：「鹿鳴廢則和樂缺矣。四牡廢則君臣缺矣。皇皇者華廢則

忠信缺矣。常棣廢則兄弟缺矣。伐木廢則朋友缺矣。魚麗廢則法度缺矣。南陔廢則孝友缺矣。

白華廢則廉恥缺矣。小雅盡廢則四夷交侵，中國微矣。」此雅亡所以為詩亡也。詩與春秋相表裏，

故公羊疏曰：「春秋書有七缺八缺之義。」七缺者，惠公妃匹不正，隱、桓之禍生，是為夫

之道缺也。文姜淫而害夫，為婦之道缺也。夫人無罪而致戮，為君之道缺也。臣而害上，為臣之

道缺也。僖五年晉侯殺其世子申生，襄二十六年宋公殺其世子痤，殘虐枉殺其子，是為父之道缺

也。襄三十年，蔡世子般弒其君固，是為子之道缺也。桓八年正月己卯烝，桓十四年八月乙亥嘗，

〔一〕「宋痤」原誤「宋座」，據左傳改。

僖三十一年夏四月四卜郊不從，乃免牲，猶三望，郊祀不修，周公之禮缺，繼詩亡而作也。詩與春秋相表裏，豈但以黍離降爲國風，然後春秋乃作哉？是爲七缺也矣。」此《春秋》

18　襄二十六年傳：「晉叔向曰：鄭七穆，罕氏其後亡者也。」　杜注：鄭穆公十一子，子然二、子孔三族已亡。子羽不爲卿，故唯言七穆。

按：襄十九年傳：「鄭子孔之爲政也專，子展、子西殺子孔而分其室。」　子然、子孔，宋子之子也。鄭僖之四年，子然卒。士子孔，圭嬀之子也。鄭簡之元年，士子孔卒。」故云子然二、子孔三族已亡。鄭成十三年傳「鄭公子班殺子印、子羽」，而春秋不書，故知不爲卿也。　唐書武平一傳：「初，崔日用自言明左氏春秋諸侯官族。它日學士大集，日用折平一曰：君文章固耐久，若言經則敗績矣。時崔湜、張説素知平一該習，勸令酬詰。平一乃請所疑。日用曰：魯三桓、鄭七穆，奈何？答曰：慶父、叔牙、季友，桓三子也。　孟孫至豾凡九世，叔孫舒、季孫肥凡八世。鄭穆公十一子，子然及子[一]子孔三族亡，子羽不爲卿，故稱七穆。　子罕[二]、子駟、子良、子國、子游、子印、子豐也。一坐驚服。」

19　成公元年冬十月，穀梁傳曰：季孫行父、晉郤克眇、衛孫良夫跛、曹公子手僂，同時而聘於齊。

按：左氏經文冬十月下並無其事與傳。　惟公羊二年傳曰：前此者，郤克與臧孫許同時而聘于齊。齊使跛者迓跛者，眇者迓眇者，故稱迓眇者。」又穀梁傳於成元年冬十月下有是文。范甯曰：「穀梁子作傳皆釋經以言義，未有無其文而橫發傳者。衛疑冬十月下，云季孫行父如齊，脱此六字。」又如桓公四年七

〔一〕「子」字，原誤「二」，據新唐書武平一傳改。

〔二〕「子罕」據武平一傳補。

年關秋冬二時，定公十四年關冬一時，昭公十年十二月無冬，僖公二十八年冬無月而有壬申、丁丑，桓公十四年有夏五，而無月，桓公十七年冬十月有朔而無甲子，桓公五年春正月甲戌有日而無事。公羊傳成公十年關冬十月。日知錄謂「春秋之關文，皆後人之脱漏」，亦是類也。

20 范介儒曰：紀子帛、郭公、夏五、傳經者之脱文耳。

按：趙氏汸春秋屬辭曰：「隱二年冬，紀子帛、莒子盟于密。」陳氏曰：「子帛，裂繻字，蓋杜氏意之，學者遂以駁左氏，誤矣。」

按：紀子帛、郭公、夏五、傳經者之脱文耳。諸侯上者，當日紀侯某伯、莒子盟于密。程子曰：關文也。春秋未有外大夫在諸侯上者，當日紀侯某伯、莒子盟于密。謂爲夫子之二疑，吾不信已。

又按：「子帛」，二傳作「子伯」，公羊傳曰：「紀子伯者何？無聞焉爾。」然則公羊時已無聞矣，後人烏從而知之？

21 文十一年傳：冬，敗狄于鹹，獲長狄僑如。初，宋武公之世，敗狄于長丘，獲長狄緣斯。晉之滅潞，獲僑如之弟焚如。齊襄公之二年，獲其弟榮如。衛人獲其弟簡如。鄋瞞由是遂亡。

注曰：長狄之種絶。

按：宋武公之世，在春秋之前，史記宋世家「宋昭公四年，敗翟緣斯於長丘」，則是嘗魯文公十一年也。何謂在春秋前？魯世家云「宋武公之世」，則庶與左傳合矣。傳稱晉滅潞，焚如之獲在魯宣之十五年，榮如之獲在齊襄二年，當魯桓之十六年。杜注云：「榮如，焚如之弟。榮如以魯桓十六〔一〕

〔一〕「十六年」，十三經本杜注作「十八年」。

年死，至宣十五年一百三歲，其兄猶在。傳言既長且壽，有異於人。」陸氏粲曰：「史記魯世家引此傳作齊惠公二年。又齊世家曰：「惠公二年即魯宣二年，長翟來，王子城父攻殺之。十二諸侯年表齊惠公二年，王子城父敗長翟。三傳皆同。蓋齊惠二年即魯宣二年，在晉滅潞之前十三年。傳云齊襄公二年，傳寫之誤也。」唐孔氏曰：「長狄種類相生，當有支亂。惟獲數人，其種遂絕，深可疑之。且方以類聚，不應獨立三丈〔一〕之君，使牧八尺之民。」按長狄既爲君長，賜以漆姓，自是一國，但或於所最長者，奉爲國主，不必支屬臣庶盡長三丈也。一統志：「秦始皇時，阮翁仲爲臨洮守，身長二丈。」崔鴻前燕錄苻堅以乞活夏默爲左鎮郎，長一丈八尺。蕭方等三十國春秋申香爲拂蓋郎，長一丈九尺。大抵亦間氣所生，其支屬不盡然也。

22 襄七年，鄭伯卒于鄵。 杜注：鄵，鄭地。 路史曰：盟會圖疏云：鄵，侯國，在慈州。

按：世本唐叔虞居鄂。宋衷曰：「鄂地，今在大夏。」括地志：「故鄂城在慈州昌寧縣東二里。」隱六年傳「逆晉侯於隨，納諸鄂」，是也。鄵、鄂字近而譌。路史妄引之。今春秋地名改畧亦引盟會圖疏曰：「鄵侯國，在慈州。」其失攷甚矣。

23 定四年傳：武王之母弟八人，五叔無官。 杜注：五叔，管叔鮮、蔡叔度、成叔武、霍叔處、毛叔聃也。

按：國語冉季鄭姬。賈逵曰：「文王子聃季之國，聃與冉同，即冉季載也。」

〔一〕「丈」字，原誤「尺」，據左傳孔穎達疏改。

又按：《周書克殷解》「毛叔鄭奉明水」，是毛爲叔鄭封國，非叔聃也。杜云「毛叔聃」，誤矣。史《管蔡世家》「五叔皆就國，無爲天子吏者」。索隱曰：「五叔：管叔、蔡叔、成叔、曹叔、霍叔。」其不數毛叔，是也。其數成叔與杜同，非也。夫既云五叔無官，則無有官於王朝爲天子吏者，而文元年有毛伯，昭十八年有毛伯過，成十三年有成肅公、成子，文十四年有聃啓，杜注「聃啓，周大夫」。蓋皆聃叔、成叔、毛叔之後爲天子吏者，則當日不爲無官可知。唐孔氏曰：「杜云毛叔聃，或別有所見。」不以管蔡世家爲說，則亦以此爲疑也。

24 定二年：夏五月壬辰，雉門及兩觀災。

孔氏疏曰：《公羊》稱子家駒云：「設兩觀，諸侯僭天子，其意以其奢僭故天災之，左氏無此意。

按：周禮太宰：「正月之吉，縣治象之法于象魏，使萬民觀治象。」此觀之所由名也。以在雉門之兩旁，故謂之兩觀也。竹書：「成王二十一年，除治象。昭王元年春正月，復設象魏。」象魏即兩觀，天子制也。禮器「天子外闕兩觀，諸侯內闕一觀」，則魯之有兩觀也，其僭明矣。劉向曰「雉門，天子之門」，而今過魯制，故致天災也。公羊所引子家駒之說，正可以輔左氏之闕云。

25 哀十四年傳[一]：成子兄弟，四乘如公。

杜注：成子之兄弟，昭子莊、簡子齒、宣子夷、穆子安、廩丘子意茲，芒子盈、惠子得，凡八人。二人共一乘，成子兄弟四乘如公。

按：齊太公世家注：服虔曰：「成子兄弟八人，二人共一乘，故曰四乘。」索隱曰：「系本陳僖子乞產

[一] 「傳」字，據文例及左傳原注文補。

成〔一〕子常、簡子齒、宣子其夷、穆子安、廩丘子暨茲、芒子〔二〕盈、惠子得，凡七人。杜預又取昭

子莊，以充八人之數。按系本，昭子是桓子〔三〕之子，成子之叔父，又不名莊，強相證會，言四乘有

八人耳。今按：田完〔四〕系家云：田常兄弟四人〔五〕，如公宮，與此事同。知四乘謂兄弟四人乘

車而入，非二人共車〔六〕也。然其昆弟三人不見者，蓋時或不在，不同入公宮，不可強以四乘為八

人，添叔父為兄弟之數。」

26　哀二十四年傳：「公如越」，將妻公，而多與之地。季孫懼，使因太宰嚭而納賂焉。乃止。

按：吳越春秋：「越王謂太宰嚭曰：子為臣不忠無信，亡國滅君，乃誅嚭。」越絕書：「擒夫差，殺太

宰嚭。」史記世家並同。據左氏則滅吳後，嚭固無恙也。

27　莊四年：夏，紀侯大去其國。　杜注曰：大去者，不反之辭。

按：穀梁傳曰：「大去者，不遺一人之辭也。言民之從者，四年而後畢也。」蓋自元年遷紀，不取其

民。故民之從紀者至是畢去也。城冢記云：「鄒縣東南二十五里有紀城，相傳為紀侯去國居此。」

不然，大去不反矣，瞻烏爰止，于誰之屋乎？

28　昭九年傳〔七〕：晉梁丙、張趯率陰戎伐潁。　杜注：陰戎，陸渾之戎。潁，周邑。

〔一〕「成」字，原作「陳」，據史記齊太公世家注改。

〔二〕「芒子」，原作「子芒」，據史記齊太公世家注乙正。

〔三〕「桓子」，原誤「桓公」，據齊太公世家注改。

〔四〕「完」字，原作「敬仲」，據史記齊太公世家注改。

〔五〕「人」字下，原有「乘」字，據齊太公世家注刪。

〔六〕「車」字，原作「乘」，據齊太公世家注補。

〔七〕「傳」字，據文例及左傳原注文補。

按：地理風俗記曰：「河南平陰縣，故晉陰地，陰戎之所居。」宣二年「趙盾自陰地及〔一〕諸侯之師以侵鄭」，即平陰也。

「蠻子赤奔晉陰地，楚使謂陰地之命大夫士蔑」，杜注「陰地，晉河南山北自上雒以至陸渾」，則陰地不得統言河南山北，而無所專指矣。據哀四年

桓四年：夏，天王使宰渠伯糾來聘。　杜注：渠，氏；伯糾，名。

29

按：昭二十六年傳「劉子以王出次于渠」，杜注「渠，周地。」水經注「洛水又東合渠谷水。水出宜陽縣南女几山」，是渠伯食采于渠，非渠氏也。

30

昭三十年傳〔二〕：楚常壽過圍固城，克息舟，城而居之。　杜注：息舟，楚邑，城之堅固者。　水經注「汝南臨汝縣有固城。」

按：水經注「汝南有固城，城側汝川，即新野山都縣〔三〕治也。」魏收地形志：

是固城當為城名，非堅固之謂。

31

隱七年：戎伐凡伯于楚丘，以歸。　杜注：楚丘，衞地，在濟陰成武縣西南。

按：子貢詩傳「僖公城楚丘，以備戎。史克頌之，賦楚宮。」春秋「襄三十一年夏六月辛巳，公薨于楚宮」，杜注曰「公不居先君之路寢而安所樂。」則即楚丘之楚宮明矣。是時天王使凡伯來聘，入曹魯之界，而戎伐之楚丘蓋魯地也。觀僖二年城楚丘，與書城中丘、城郞城、小穀之類同，蓋楚丘魯地，魯自城之以備戎，諸侯無與也。竹書「晉幽公二年，魯季孫會幽公于楚丘」，是即魯楚丘也。

水經注卷二十九改。

管城碩記卷之十

〔一〕「及」字，原作「率」，據左傳宜公二年改。

〔二〕「傳」字，據文例及左傳原注文補。

〔三〕「縣」字，原誤「舊」，據

故程時叔[一]：春秋或問曰：「戎伐凡伯于楚丘，正義何以無責衞之詞？張氏以爲非衞之楚丘，不得而責衞也。」衞楚丘在隋衞南縣，屬滑州，故杜佑通典曰：「衞南，衞國楚丘也。」傳曰「諸侯城楚丘而封衞焉」，與經所書城楚丘同時，故說者均疑爲衞地也。杜注誤以成武之楚丘爲衞地，由此也。

32

禮記經解云：子曰：溫柔敦厚，詩教也。疏通知遠，書教也[二]。絜靜[三]精微，易教也。屬辭[三]比事[四]，春秋教也。

按：春秋作於孔子，世儒以經解爲疑，謂孔子不應自稱爲經。殊不知孝經作於孔子，亦嘗自稱曰「志在春秋，行在孝經」。經曰孝者，天之經其取名始是矣。周禮太卜「掌三易之法，其經卦皆八」，周禮小宗伯之職「掌建國之神位」，故書位作立，鄭司農曰「立讀爲位。」古文春秋經「公卽位」爲「公卽立」。漢書藝文志「春秋古經十二卷」。隱七年左傳「凡諸侯同盟薨，則赴以名，謂之禮經」，預注「此言凡例，乃周公所制禮經也。」易、詩、禮、春秋、周時已稱經矣。古人經止訓常，未始如後世之尊。蓋後世以經爲聖人之書，故尊之而不敢並。博物志曰：「太古書今見存，有神農經、山海經。」又如巫咸星經、甘石星經、師曠禽經，商周時已有。漢武置五經博士，必是先有五經之名矣。

33

馬端臨曰：先公曰：論春秋者，言夫子感麟而作，作起獲麟，而文止於所起。

[一]「程時叔」，原誤「程敬叔」，據元史卷一百九十程端學傳改。

[二]「靜」字，原作凈，據經解改。

[三]這句「書教」，原在「春秋教」後，據經解原文前移。

[四]「屬辭比事」，原作「比事屬辭」，據經解乙正。

按：公羊疏曰：「閔因叙云：昔孔子受端門之命，制春秋之義，使子夏等十四人，求周史記，得百二十國寶書。九月經立，感精符。」〔考異郵、說題辭具有其文〕則是孔子修春秋在未獲麟以前，故曰志在春秋也。脩之九月而春秋垂成，適遇獲麟而絕筆，今麟出既非其時，用世之心於焉銷歇，絕筆於獲麟，蓋傷之也。以為感麟而作者，非也。

春秋公羊疏三十卷，崇文總目不著撰人名氏。

按：陳氏讀書考曰：「廣川藏書志云：世傳徐彦撰，不知何代，意其在貞元、長慶後也。」又按：莊三〔一〕年「紀季以酅入于齊」，公羊傳曰：「何賢乎紀季？」服罪也。其服罪奈何？魯子曰：請後五廟以存姑姊妹。」何休曰：「傳所以記〔二〕魯子者，欲言孔氏之門徒受春秋，非唯子夏，故有他師矣。其隱十一年傳記子沈子者，欲明子夏所傳，非獨公羊氏矣。」魯、沈二子受學於聖人之徒，而失其名字，殊可惜也。今徐彦有其名姓，而刻公羊者不錄，吾恐愈久而愈沿矣。

按：唐楊士勛疏春秋穀梁傳序曰：「左氏艷而富，其失也巫。穀梁清而婉，其失也短。公羊辯而裁，其失也俗。艷者，文辭可美之稱也。其失也巫者，謂多叙鬼神之事，預言禍福之期。申生之託狐突，荀偃死不受含，彭生之妖，是也。清而婉者，辭義清通，若論隱公之小惠，虞公之中智，是也。其失也短者，謂元年大義而無傳，益師三辭，美惡不嫌同辭、貴賤不嫌同號，是也。辯而裁者，辯謂說事分明，裁謂善能裁斷，若斷元年五始、益師三辭，美惡不嫌同辭、貴賤不嫌同號，是也。」今文人

〔一〕「三」字，原作「五」，據春秋公羊傳莊公三年改。

〔二〕「記」字，原作「言」，據何休疏改。

引用，巫誤作誣。劉杲齋策略曰：「三傳之說互有得失，語其得，則左氏善於禮，公羊善於讖，穀梁善於經。語其失，則左氏失之誣，穀梁失之短，公羊失之俗。」袁坤儀備考曰：「左氏艷而富，其失也誣。張蒼、賈誼皆治之」。後進勦襲，譌舛相承，幾不知巫字爲何義矣。

漢志曰：春秋五傳，鄒氏無師，夾氏未有書。

36

按：王吉傳：「吉通五經，能爲鄒氏春秋。」孝經序「學開五傳」，注曰：「鄒氏傳十二卷[一]、夾氏傳十一卷。」而史記正義乃謂「建武中鄒、夾氏皆絕」，不知此傳是誰作也。

公羊傳：襄二十一年十一月庚子，孔子[二]生。

彭雲舉曰：「余昔遊金陵，避近孔子六十代孫承先者，持所誌孔子像授余，稱至聖先師生卒年月日與二傳同。魯襄二十二年庚戌之歲十月庚子，即今之八月二十七日也。卒於哀十六年四月乙丑，即今之二月十八日也。」據授時所推日食，襄二十年戊申、二十二年庚戌，則公羊二十一年，一當爲二。十一月，一又當衍。左傳己丑卒，已當爲乙。

37

左傳：哀十六年四月己丑，孔丘[三]卒。

按：史記孔子世家生卒年月日與二傳同。

又按：南齊書臧榮緒傳：「榮緒惇愛五經，乃著拜五經序論。嘗以宣尼生庚子日，陳五經拜之。余竊謂當拜於八月二十七。榮緒乃拘於庚子，則所拜之日，先後無定在矣。

字上，據公羊傳襄公二十一年移正。

[一] 十三經本孝經序疏作十一卷。

[二] 「丘」字，原作「子」，據左傳哀公十六年改。

[三] 「孔子」二字，原在「襄」

春秋三

1 隱元年傳：鄭公孫滑出奔衞，衞人爲之伐鄭，取廩延。

按：胡三省注通鑑曰：「滑臺城在白馬縣西，春秋鄭廩延邑也。城下有延津。」以下凡杜氏所不注及有注而可疑者，補之。

2 九年：春，天子〔一〕使南季來聘。

杜注：南，氏，季，字也。

按：南季蓋食采於南，後因以爲氏。水經注：「陸渾縣東南有南水，水出西山七谷。」

3 桓二年：會齊侯、陳〔二〕侯、鄭伯于稷。

杜注：稷，宋地。

按：水經注陳留外黃縣南，有稷里。

4 二年傳：哀侯侵陘庭之田。

杜注：陘庭，翼南鄙邑。

按：史范睢傳「秦攻韓汾陘，拔之」，正義曰：「陘庭，故城在絳州曲沃縣西北二十五里。」

5 十年傳：虞公出奔共池。

杜注：共池，地名，闕。

〔一〕「子」字，原作「王」，據隱公九年經改。　〔二〕「陳」字，原作「鄣」，據桓公二年經改。

按：詩「侵阮徂共」，張氏曰：「共、阮之地名，在涇州。今有共池。」

6 十一年：柔會宋公、陳侯、蔡侯，盟于折。

杜注：折，地闕。

按：地理志瑯邪折泉縣，有折泉水。水經注：折泉水出縣北松山，東南入濰。

7 十三年傳：莫敖縊于荒谷，羣帥囚于冶父。

杜注：荒谷、冶父，皆楚地。

按：荊州記：南郡江陵縣東三里餘有三湖，湖東有水名荒谷。西北有小城，名曰冶父。

8 十四年傳：宋伐鄭，取牛首。

杜注：牛首，鄭邑。

按：地理通釋：牛首故城在汴州陳留縣東南四十一里。

9 十七年：夏，及齊師戰于奚。

杜注：奚，魯地。

按：鄭樵通志：「徐州滕縣東南六十里有奚公山。」

10 莊八年傳：齊使連稱、管至父戍葵丘。

杜注：臨淄縣西有地名葵丘。

按：京相璠春秋地名云：「齊西五十里有葵丘地。」若是，無戍之。又春秋古地名云：「葵丘，地名，今鄘西臺是也，在魏郡。」水經注云：「鄘本齊桓公所置，故管子曰：築五鹿、中牟、鄘以衛諸夏也。」葵丘之戍，宜即此矣。

11 十年夏：公敗宋師于乘丘。

杜注：乘丘，魯地。

按：括地志云：「乘丘故城在兗州瑕丘縣北三十五里。」

12 十二年傳：宋萬弒閔公于蒙澤。

杜注：梁國有蒙縣。

19 閔二年傳：莒人歸共仲，及密。
杜注：密，魯地。琅邪費縣北有密如亭。

18 三十二年：春，城小穀。
杜注：濟北穀城中有管仲井。
按：日知錄曰：「據經文小穀不係于齊，疑左氏之誤。」范甯解穀梁傳曰：「小穀，魯邑。」春秋發微曰：曲阜西北有故小虢城。史記漢高帝以魯公禮葬項王穀城。當即此也。

17 三十一年：築臺于郎。
按：括地志：「郎亭在滕縣西五十二里。」

16 晉獻公娶于賈。
杜注：賈，姬姓國也。
按：博物記：「河東臨汾有賈鄉。」

15 二十八年傳：蒲與二屈。
杜注：二屈，今平陽北屈縣。或云：二屈當為北。
按：地理志「河東北屈縣」，應劭曰：「有南故稱北。」臣瓚曰：「汲郡古文翟章救鄭，次于南屈。」則是有二屈也。

14 二十五年傳：晉侯圍聚。
杜注：聚，晉邑。
按：晉世家「城聚，都之，命曰絳」，賈逵曰「聚，晉邑」，是也。

13 十四年傳：鄭厲公自櫟侵鄭，及大陵。
杜注：大陵，鄭地。
按：京相璠曰：「潁川臨潁縣東北二十五里有古巨陵亭，古大陵也。」
按：括地志：「蒙澤城在曹州濟陰縣南五十六里。」

20 晉申生伐東山皋落氏

按：水經注：「沂水南迳東安縣故城東而南合時密水。水出時密山，莒地。莒人歸共仲于魯，及密而死，是也。」

杜注：赤狄別種也。皋落，其氏族。

21 僖元年：春，齊師、宋師、曹伯次于聶北，救邢。

按：上黨記：「東山在壺關縣城東南，今名無皋。」

按：寰宇記：「聶城在博平縣西南二十五里。」

杜注：聶北，邢地。

22 二年傳：伐鄭三門。

按：伐鄭三門。

杜注：鄭，虢邑。

23 四年傳：南至于穆陵。

按：括地志：「故鄭城在陝州河北縣東十里。」

杜注：穆陵，齊竟。

24 十五年：春三月，公會齊、宋、陳、衛、鄭、曹[一]盟于牡丘，遂次于匡。

按：史記索隱曰「淮南有故穆陵門，是楚之境。」南至于穆陵，蓋言其征伐所至之域。

杜注：牡丘地名，闕。匡，衛地。

25 傳[二]：晉侯使郤乞告瑕呂飴甥。

按：國語：「桓公築五鹿、中牟、蓋與牡丘，以衛諸夏之地。」史記六國表：「秦孝公十九年，城武成從東方牡丘來歸。」春秋地名攷畧曰：「牡丘在東昌府城西北七十里。」

杜注：瑕呂飴甥，即呂甥也。蓋姓瑕呂，名飴甥，字子金。

〔一〕「鄭曹」，原作「曹鄭」，據僖公十五年經乙正。

〔二〕「傳」字，據文例及僖公十五傳注文補。

〔三〕晉侯使郤乞告瑕呂飴甥。

按：竹書：「晉獻公十有九年，虢公醜奔衛，獻公命瑕父呂甥邑于虢都〔一〕。蓋飴甥先食采于瑕，故曰瑕父。晉詹嘉處瑕，亦曰瑕嘉，是也。其後食采于陰，又曰陰飴甥。僖十五年冬十月『陰飴甥會秦伯于王城』，是也。博物記曰：『河東永安縣有呂鄉，呂甥邑。』不得以瑕呂爲姓，明矣。

26 十六年傳：狄侵晉，及昆都。
杜注：晉邑。

27 按：地名攷畧曰：「今平陽府南有昆都聚。」

十八年傳：衛師于訾婁。
杜注：訾婁，衛邑。

28 按：陳留風俗傳曰：「長垣西北有訾婁亭。」

二十一年，春，宋人、濟人、楚人盟于鹿上。
杜注：鹿上，宋地，汝陰有原鹿縣。

按：史記索隱曰：「汝陰原鹿，其地在楚，襄公求諸侯于楚，楚纔許之，未合至汝陰鹿上。」郡國志「濟陰乘氏縣有鹿城鄉，蓋此地也。

29 二十二年：宋公及楚人戰于泓。
杜注：泓，水名。

30 按：金史地理志曰：「睢州柘城縣有泓水。」

二十四年傳：晉師軍于廬柳。
杜注：晉師軍于廬柳。

31 按：地名攷畧曰：「今猗氏縣西北有廬柳城。」

二十五年傳：晉侯使卜偃卜之，遇黄帝戰于阪泉之兆。
杜注：戰于阪泉之野。

〔一〕此引文見周惠王十九年。

按：魏土地記：「涿鹿城東一里有阪泉。」

32
二十八年傳：晉侯、齊侯盟于斂盂。

按：地名攷畧：「今開州東南有斂盂聚。」

杜注：斂盂，衛地。

33
文二年傳〔一〕：晉伐秦，取汪及彭衙而還。

按：羅泌路史：「同州白水有汪城，在臨晉東。」

34
三年傳：秦伯伐晉，取王官及郊。

杜注：王官、郊，晉地。

按：括地志：「王官故城在同州澄城縣西北九十里。南郊故城在縣北十七里。又有北郊故城。」

35
四年傳：晉侯伐秦，圍邧、新城。

杜注：邧、新城，秦邑也。

36
六年傳：賈季召〔二〕公子樂于陳，趙孟使殺諸郫。

按：史記正義曰：「郫城在澄城縣界。」

杜注云：郫，晉地。

37
七年傳：晉敗秦師于令狐，至于刳首。

按：博物記河東垣縣有郫邵之厄。

杜注：令狐在河〔三〕東，當與刳首相接。後漢衞敬侯碑陰文曰：「城惟解梁，地卽郫首，山對靈足，谷當猗口。」刳字作郫，秦地也。闕駰十三州志曰：「令狐卽猗氏也。」郫首在西三十里。」

〔一〕「傳」字，據文例及左傳原文補。　〔二〕「召」字，原作「迎」，據左傳文公六年改。　〔三〕「河」字，原重，據左傳杜預注刪。

38 九年傳：楚侵陳，克壺丘。

杜注：壺丘，陳邑。

按：水經注：「濃水逕新蔡縣故城東而東南流，注于汝水。汝水又東南逕壺丘城北，故陳也。」

39 十年傳：王在渚宮。

杜注：小洲曰渚。

按：水經注：「江水逕江陵縣故城南，今城楚船官地也。春秋之渚宮矣。」

40 十一年傳：叔孫得臣敗狄于鹹。

杜注：鹹，魯地。

按：俞皋春秋集傳釋義曰：「今案開州濮陽縣之鹹城，乃衛地也。近于赤狄，而魯無鹹城〔一〕。」

41 傳：敗狄于長丘。

杜注：長丘，宋地。

按：博物記「陳留封丘縣有狄溝，即敗狄于長丘是也。」

42 十二年傳〔二〕：秦伯伐晉，取羈馬。

杜注：羈馬，晉邑。又春秋地名汲冢：「今蒲州南三十六里有羈馬城。」

按：杜氏通典：「郤陽有羈馬城。」

43 十三年：公還自晉，鄭伯會公子棐。

杜注：棐，鄭地。

按：水經注：「華泉東逕棐城北，即北林亭也。今是亭南去新鄭四十許里。」

44 傳〔三〕：晉侯使詹嘉處瑕。

杜注：賜其瑕邑。

按：西征記：「陝州太原倉北臨大河，周迴六里，即晉詹瑕所處之瑕也。」

〔一〕這一條原為四十一，因為是文公二十一年經文，故前移作四十條，傳文後移作四十一條。

〔二〕「十二年傳」據左傳文公十二年補。

〔三〕「傳」字，據文例及左傳文公十三年補。

管城碩記卷之十一

45 十六年：秋，毀泉臺。　杜注：泉臺，臺名。

按：公羊傳：「泉臺者何？　郎臺也。郎臺則曷爲謂之泉臺？　未成爲郎臺，　既成爲泉臺。」莊三十一

年，築臺于郎。　卽此也。

46 傳〔一〕：楚大饑，戎伐其西南，至于阜山，師于大林。又伐其東南，至于陽丘，以侵訾枝。　杜注：大

林、陽丘、訾枝，皆楚邑。

按〔二〕：一統志：「阜山在鄖陽府房縣南。」江陵記：「城西北六十里有林城，春秋戎伐楚師于大林，卽

此城也。」漢志「南郡臨沮縣荆山，漳水所出，東至江陵，入陽水。」陽丘蓋陽水旁之丘也。又應劭以

沘水出沘陽縣東北大胡山，東入蔡。枝水出蔡陽縣東南大洪山，而東流注于沔。沘、枝卽訾、枝也。

昭二十五年楚遷訾人，蓋因水以名邑也。

47 子越自石溪，子貝自仍，以伐庸。　杜注：石溪、仍，入庸道。

按：水經注「石水出蔡陽縣大洪山，東北流注于溠，謂之小溳水。」

48 宣四年傳：楚子與若敖氏戰于皋滸。　杜注：皋滸，楚地。

按：水經注：「澧水出南陽雉山，又東南與皋水合。水出皋山。」是皋滸爲皋水之滸也。

49 十二年傳：荀林父及楚子戰于邲。　杜注：邲，鄭地。

按：京相璠曰：「邲在敖北。」杜佑通典曰：「管城縣有故邲城在南。」

〔一〕「傳」字，據文例及左傳文公十六年補。　〔二〕「按」字，原誤作「統」，據文例改。

50 十五年：秋，仲孫蔑會齊高固于無婁。 杜注：無婁，杞邑。

按：公羊傳作「牟婁」。郡國志北海平昌縣有婁鄉。

51 秦桓公伐晉，次于輔氏。 按：地名攷略：「朝邑縣西北十三里有輔氏城。」 杜注：晉地。

52 晉侯賞士伯以瓜衍之縣。 按：吳氏曰：「汾州孝義縣北十里有瓜城。」

53 十六年：晉滅赤狄甲氏及留吁。 杜注：甲氏，留吁，赤狄別種。 按：水經注：「侯甲水發原胡甲山。」「侯甲，邑名，在祁縣。」金史地理志：「沁州武鄉縣有胡甲山。」括地志：「屯留故城在潞州長子縣南三十里，故留吁國。」

54 成元年傳：劉康公遂伐茅戎，敗績于徐吾氏。 杜注：徐吾氏，茅戎之別也。 按：水經注：「潰谷水逕陝城西，西北入于河。河北對茅城，故茅亭，茅戎邑也。」上黨記：「純留縣有余吾城，在縣西北三十里，即徐吾也。」

55 二年〔一〕：六月，季孫行父、臧孫許、叔孫僑如及齊侯戰于鞌。七月，盟于袁婁。 杜注引穀梁曰：鞌去齊五百里，袁婁去齊五十〔二〕里。

〔一〕這一條原爲五十六，因爲是經文，故前移作五十五，把原傳文五十五條後移作五十六。

〔二〕「十」字，原作「百」，據左傳成二年經注文改。

56　按：括地志：「故郕城在濟州平陰縣西十里」。博物記：「臨淄縣西有袁婁。」

傳：師至于靡笄之下。

杜注：靡笄，山名。

按：史齊太公世家「樂書將下軍，伐齊。與齊侯兵會靡笄下」，索隱曰：「靡笄，山名，在濟南。」金史地理志「濟南長清縣有艦笄山」，即靡笄也。

57　齊師次于鞠居。

杜注：鞠居，衛地。

按：陳留志：「封丘有鞠亭，古鞠居也。」

58　逄丑父與公易位，將及華泉。

按：後魏書地形志：「歷城有華泉。」水經「濟水又東逕華不注山」「山下有華泉」。

59　晉師從齊師入自丘輿，擊馬陘。

杜注：丘輿、馬陘，皆齊邑。

按：史齊太公世家「晉軍追齊至馬陵」，徐廣曰：「一作陘。」虞喜志林濮州鄄城縣有馬陵澗。

60　公會晉師于上鄍。

杜注：上鄍，地闕。

按：郡國志「沛國蕭縣有鄍聚」，劉昭注引博物記曰：「諸侯會于鄍亭。」

61　楚侵及陽橋。

杜注：陽橋，魯地。

按：陸澄曰：「博縣有陽橋。」蓋地名，無橋也。

62　三年〔一〕晉郤克、衛孫良夫伐廧咎如。

杜注：赤狄別種〔二〕。

〔一〕「三年」據左傳成公三年經補。

〔二〕這一條原寫六十一，因是成公三年經文，故後移作六十二，原六十二條前移作六十一。

按：僖二十三年狄伐咎廬如，杜注「隗姓」國。宋白曰：「慈州，春秋廬咎如之國，隋爲汾州。貞觀元年改慈州。」

63 〈傳〉[一]春，諸侯伐鄭。鄭使東鄙覆諸郿，敗諸丘輿。 杜注：郿、丘輿，皆鄭地。

按：水經注：「鄭水西出婁山，東北流逕田郿谷，謂之田郿溪水，東流注于汜。汜水又北逕虎牢城東。」

64 六年〈傳〉：晉欒書救鄭，與楚師遇于繞角。 杜注：繞角，鄭地。

按：杜氏通典：「古繞角城在今汝州魯山縣東南。」

65 八年〈傳〉：渠丘公立于池上。 杜注：渠丘，邑名，莒縣有渠丘。

按：郡國志：「北海安丘縣有渠丘亭。」劉昭曰：「有渠丘城。」楚伐莒，渠丘城惡，衆潰奔莒。是渠丘不在莒縣，故衆潰從渠丘奔莒也。又昭十一年[二]，齊渠丘。杜注「今齊國西安縣也」，齊大夫雍廩邑。」郡國志：「齊國西安縣有渠丘里，古渠丘。」則齊之渠丘，世謂之爲渠丘里，而非莒渠丘也。杜云「莒縣有渠丘」，混矣。

66 十二年：公會晉侯、衛侯于瑣澤。 杜注：瑣澤，地闕。

〔一〕「傳」字，原作「三年」，據左傳成公三年改。 〔二〕「十二年」，原作「二十一年」，據左傳昭公十一年傳注文改。

按：郡國志「魏郡元城縣」，劉昭注引地道記：「縣南有瑣陽城。」

67　十三年傳〔一〕　晉師及秦師戰于麻隧，師遂濟涇，及侯麗而還。

杜注：麻隧、侯麗，皆秦地。

按：劉伯莊曰：「侯麗在涇陽縣境。」

68　十五年：冬，會吳于鍾離。

杜注：鍾離，楚邑，淮南縣。

按：羅泌路史：「沂之承縣，有古鍾離城。」羅苹注曰：「預云淮南，今屬濠州。然時方謀伐楚，豈得會其地。預之誤也。」

69　十六年傳〔二〕　鄭子罕伐宋，宋敗諸汋陂，退舍于夫渠。鄭人覆之，敗諸汋陵。

杜注：汋陂、夫渠、汋陵，皆宋地。

按：劉澄之荊州記〔三〕陳縣北有汋陂湖。路史「汋陵城在寧陵縣東南二十五里。」

70　楚師還及瑕。

杜注：瑕，楚地。

按：水經注「山桑縣南，北肥水又東，積而爲陂，謂之瑕陂。陂水又東南逕瑕城南，楚師還及瑕，即此城也。」

71　十八年：同盟于虛打。

杜注：虛打，地闕。

〔一〕　「傳」字，據文例及左傳成公十三年補。

〔二〕　「傳」字，據文例及左傳成公十六年傳注文補。

〔三〕　「荊州記」，原誤「豫州記」，據南齊劉澄之荊州記改。

按：僖元年會于檉。檉，公羊作杅。范甯以杅爲宋地。疑此亦宋地，蓋同盟有宋公也。

72 傳[一]：鄭伯會楚子伐宋，取朝郟。

杜注：朝郟，宋邑。

按：水經注：「睢水東與潭湖水合。水上承甾丘縣之渒陂，東至朝解亭。」朝解即朝郟，蓋音近也。

73 晉侯師于台谷以救宋。

杜注：台谷，地闕。

按：今蕭縣北有三台山，山在古蕭城東南十里。襄十年楚鄭圍蕭，杜注：「蕭，宋邑。」則師于台谷，蓋宋地也。

74 襄二年傳：晏弱城東陽以偪萊。

杜注：東陽，齊竟上邑。

按：郡國志：「泰山南城縣有東陽城。」

75 三年傳：盟于杸外。

杜注：杸，水名。

按：水經注：「時水出齊城西，南北二十五里，平地出泉，即杸水也。」金史地理志：「益都博興縣有

76 五年：夏，會吳于善道。

杜注：「善道」地闕。

按：阮勝之南徐記：「今盱眙縣，春秋時善道地。」公羊、穀梁作「善稻」。

77 七年：公會諸侯于鄖。

杜注：鄖，鄭地。

按：鄭處誨曰：「鄖，魯山地名，屬汝州。」穀梁作隖。

〔一〕「傳」字，據文例及左傳成公十八年傳注文補。

78 九年傳：晉侵鄭，濟于陰坂，次于陰口。　杜注：陰口，鄭地。

按：水經注：「洧水逕鄶城南，東逕陰坂北。水有梁焉，俗謂是濟，爲參辰口，晉伐鄭次于陰口，是也。」

79 十年傳：宋公享晉侯于楚丘，請以桑林。

按：竹書紀年晉幽公二年〔一〕「魯季孫會幽公于楚丘」。括地志：「成武縣有楚丘亭。」成武，後漢屬濟陰，此蓋爲宋之楚丘與魯地相接。魯僖二年城楚丘，亦在其地。故魯宋各有楚丘，與衞楚丘爲三也。

80 納諸霍人。　杜注：霍，晉邑。

按：閔元年，晉獻公滅霍，以其地賜大夫先且居。今平陽府霍州西四十六里故霍城是也。霍人之霍，音瓘，不得單名爲霍也。史記樊噲傳「霍人」，注作「俵人」。漢地理志太原葰人縣，如淳音瓘。晉使周內史選偪陽之族嗣，納諸霍人，蓋俵人也。

81 諸侯伐鄭，師于牛首。　杜注：鄭地。

按：諸侯師于牛首，在十年九月。至明年四月己亥，齊太子光、宋向戌先至于鄭，門于東門。則十年師于牛首，猶未至鄭，不得爲鄭地，明矣。又桓十四年，宋伐鄭，取牛首。時牛首先已屬宋，不得仍屬鄭，明矣。郡國志魯國有牛首亭，當卽是伐鄭所師處也。

〔一〕即周考王十四年。

82 晉師城梧及制。

杜注：梧、制皆鄭舊地。

按：郡國志彭城有梧縣，蓋宋地也。襄元年彭城降晉。晉遷五大夫于瓠丘。故于此因鄭叛城梧及制，時梧、制皆屬晉，故不別言宋鄭耳。

83 十四年傳：鄭子蟜帥師至于棫林。

杜注：棫林，秦地。

按：世本「鄭桓公居棫林，徙拾。」宋衷云「皆舊地名。」是棫林在華州鄭縣矣。

84 十七年傳：飲馬于重丘。

杜注：重丘，曹邑。

按：樂毅列傳「齊敗楚相唐眛于重丘」，正義曰「重丘在曹州成武縣界。」寰宇記「桑氏縣東北三十七里，古重丘城是。」

85 十八年傳：晉伐齊，齊侯禦諸平陰，塹防門，而守之廣里。

杜注：平陰城在濟北盧縣東北。其城南有防，防有門，於城外作塹橫行，廣一里。

按：水經注「預云平陰在盧縣東北，非也。京相璠曰：平陰在濟北盧縣西南十里。平陰城南有長城，東至海，西至濟河，道所由名，防門去平陰三里。齊侯塹防門，即此也。今防門北有光里，齊人言廣，音與光同。」郡國志「盧縣有光里」，是也。

86 楚師伐鄭，次于魚陵。

杜注：魚陵，魚齒山也，在南陽犨縣北，鄭地。

按：范守己曰「上言子庚治兵于汾，注云：襄城東北有汾丘城。茲乃謂魚陵爲魚齒山。在南陽，豈子庚治兵于襄城，及欲伐鄭，乃南還走南陽耶？然則魚陵之不爲魚齒山明甚。況下又言魚齒，

何於此言魚陵耶?至梅山若在密縣東北,則是新鄭西北矣。左氏何云右迴梅山,侵鄭東北也?據

郡國志「襄城縣有魚齒山」,則魚齒蓋不在南陽矣。

87　十九年傳:齊崔杼殺高厚于灑藍。

杜注:灑藍,齊地。

按:郡國志「東海昌慮縣有藍鄉」,今滕縣東南有昌慮故城。

88　齊及晉平,盟于大隧。

杜注:大隧,地闕。

按:徐齊民北征記「河南菀陵縣東有大隧澗。」

89　二十一年:春,邾庶其以漆、閭丘來奔。

杜注:二邑在高平南。平陽縣東北有漆鄉,西北有顯閭亭。

按:水經注:「泗水南逕[一]平陽縣故城西,世謂之漆鄉。」預曰東北。今見有故城,西南方二里,所未詳也。」又十三州記:「山陽南平陽縣又有閭丘鄉,見在漆鄉東北十里。」杜謂顯閭,非也。

90　二十三年:叔孫豹帥師救晉,次于雍榆。

杜注:雍榆,晉地。

按:水經注「淇水右合宿胥故瀆。瀆受河于頓丘縣遮害亭東,黎山西北;淇水又東北流,逕雍榆城南,叔孫豹次于雍榆者也。」

91　二十四年傳:楚子伐鄭以救齊,次于棘澤。

〔一〕「南逕」原誤「逕南」,據水經注卷二十五乙正。

按：水經注「龍淵水出長社縣，又東南逕棘城北」，即傳之棘澤也。

92　二十五年：諸侯同盟于重丘。　杜注：重丘，齊地。

按：應劭曰「平原安德縣北五十里有重丘鄉。」

93　傳[一]：晉侯濟自泮，會于夷儀，伐齊，以報朝歌之役。

按：郡國志：「東郡聊城縣有夷儀聚。」

94　二十六年傳：雍子奔晉。　杜注：鄐，晉邑。

按：昭十四年傳「邢侯、雍子争鄐田」，即此鄐也。　路史曲沃南二里，有故鄐城。

95　賁皇奔晉，晉人與之苗。　杜注：苗，晉邑。

按：水經注「澮水逕澮關南，歷軹關南逕苗亭西。亭故晉之苗邑也。」

96　楚子伐鄭，涉于樂氏。　杜注：樂氏，津名。

按：水經注「汳水逕雍丘縣故城北，逕陽樂城南。」西征記曰：城在汳北一里。」涉于樂氏，涉汳水也。

97　二十七年傳：衛子鮮奔晉，託於木門。　杜注：晉邑。

按：路史「滄之清池西北四十里有木門故城，衛鱄所託。」今滄州有木門城，一名參户城。

98　三十年傳，伯有死，葬諸斗城。　杜注：斗城，鄭地。

[一]「傳」字，據文例及左傳襄公二十五年補。

按：水經注「沙水至陽夏縣故城西」，又東南逈斗城西」，是也。

99　昭四年傳：夏桀爲仍之會，有緡叛之。商紂爲黎之蒐，東夷叛之。遂滅有緡。商帝辛四年，大蒐于黎。周幽王爲太室之盟，戎狄叛之。周

按：竹書紀年「夏帝癸十一年，會諸侯于仍，有緡氏逃歸。

幽王十年春，王及諸侯盟于太室」，即是事也。

100　夏啓有鈞臺之享，商湯有景亳之命，周武有孟津之誓，成有岐陽之蒐，康有酆宮之朝，穆有塗山之會。

按：竹書紀年「夏帝啓元年，大饗諸侯于鈞臺。帝癸二十八年，商會諸侯于景亳。商帝辛五十一年，穆王

三十九年，冬十一月戊子，周師渡盟津而還。周成王六年，大蒐于岐陽。康王元年，諸侯朝于豐宮。穆

101　穆子去叔孫氏，及庚宗。

按：地名攷畧「今泗水縣東有庚宗亭。」

杜注：庚宗，魯地。

102　吳伐楚，入棘、櫟、麻。

按：史記索隱解者以麻即襄城縣故麻城，是也。

杜注：鄭縣東北有棘亭。新蔡縣東北有櫟亭。

103　五年傳：鄭伯勞屈生于菟氏。

按：水經注「開封城南得野菟水口，水上承西南菟氏亭，北野菟陂，鄭地也。」

杜注：菟氏，鄭地。

104　按：韓起反，鄭伯勞諸圉。

按：括地志「故圉城有南北二城，在汴州雍丘縣界。」路史雍丘縣南五十里有圉城。

楚伐吳，吳敗之于鵲岸。 杜注：廬江舒縣有鵲渚。

105 按：地名攷畧云：「今舒城縣治西北有鵲亭，即預所云也。然蓮射自夏汭出，蓮啓疆別從江道，不應在內地。杜佑曰：南陵大江中有鵲尾洲，即古鵲岸也。又池州銅陵縣北十里有鵲頭山，高聳臨江。」據太平御覽鵲頭與鵲尾相去八十里，蓋言敗之于此岸也。」

楚子以馹至于羅汭。 杜注：羅，水名。

106

107 按：水經注武昌城南有來山。

沈尹赤會楚子。

108 按：水經注「汨水西逕羅縣北，又西逕汨羅戌，南北流〔一〕注于湘。春秋之羅汭矣。」

楚師從之，及汝清。 杜注：汝清，楚界〔二〕。

109 按：水經注「汝水逕壺丘城北，又東與清陂水合。清陂水上承慎水」，即汝清也。

楚子遂觀兵于坻箕之山。 杜注：觀，示也。

110 按：輿地記巢縣南三十里有跐蹰丘，即坻箕之山。

七年傳：楚子為章華之宮，納亡人以實之。芋尹無宇執人于王宮。 杜注：章華，南郡華容縣。王宮，即章華宮也。

按：十三年傳：「公子棄疾先除王宮，使觀從從師于乾谿。」王宮，即章華宮也。 郡國志「汝南城父

〔一〕「南北流」，水經注卷三十八湘水注作「西流」。

〔二〕「界」字，原作「地」，據左傳昭公五年改。

縣，春秋時曰夷，有章華臺」，劉昭曰：「有乾谿，在縣南。」家語注：「靈王起章華之臺于乾谿，國人潰

畔，遂死焉。」魏收地形志：「汝南汝陽縣有章華臺。」則此章華之宮，章華之臺皆在城父也。

111　辭以無山，與之萊、柞。　　杜注：萊、柞二山。

按：十三州記「泰山萊蕪縣，魯之萊、柞邑」，是魯與謝息以萊柞二邑，非山也。

112　八年　秋，蒐于紅。　　杜注：紅，魯地。

按：郡國志泰山奉高縣，劉昭注曰：「昭八年大蒐于紅。紅亭在縣西北。」

113　傳〔一〕　自根牟至于商衞。　　杜注：商，宋地，魯西竟接宋、衞也。

按：魏收地形志：「濟北東阿縣有衞亭。」衞亦地名，非國也。

114　十年傳：戰于稷，欒高敗。又敗諸莊，國人追之。又敗諸鹿門。　　杜注：稷，祀后稷之處。又按括地志「齊

城章華之東有鹿門」，即所謂敗諸鹿門者也。

115　秋七月，平子伐莒，取鄆。　　杜注：鄆，莒邑。

按：路史：「敬王三十年，魯伐莒，取鄆，在琅邪。」今按魯昭十年，爲周景王十三年，又十二年崩，敬

王始立。　路史誤。

116　十一年傳：楚子滅蔡，用隱太子于岡山。

〔一〕「傳」字，據文例及左傳昭公八年補。

按：與地記荆州松滋縣有九岡山，鄋都之望也。

117　十二年傳：王是以獲沒于祁宮。
按：竹書「穆王元年冬十月，築祁宮〔一〕于南鄭。十八年春正月，王居祁宮，諸侯來朝。五十五年，王陟于〔二〕祁宮。」

118　十七年傳：晉荀吳帥師涉自棘津。杜注：河津〔三〕名。
按：水經〔四〕「河水東逕〔五〕燕縣故城北，則有濟水自北來注之」，注〔六〕「河水於是有棘津之名，亦謂之石濟津〔七〕」。

119　陸渾子奔楚，其衆奔甘鹿。杜注：甘鹿，周地。
按：水經〔八〕「甘水出宜陽縣鹿蹄山」，寰宇記「山在縣西三十里。」

120　二十年：夏，曹公孫會自鄸出奔宋。杜注：鄸，曹邑。
按：寰宇記「濟陰乘氏縣西北有大饗城，故老言古曹之鄸邑。」

121　傳〔九〕：取人于萑苻之澤。杜注：萑苻，澤名。
按：水經注「役水出菀陵縣西，東北逕中牟澤，即鄭太叔攻萑苻之盜于是澤也。」

〔一〕「祁宮」原作「祇宮」。下文同。　〔二〕「陟」字，原誤「涉」，據竹書紀年改。　〔三〕「津」字，十三經本左傳杜注作「岸」。　〔四〕「水經」原作「水經注」，據水經注卷五經文刪「注」字。　〔五〕「東逕」，原作「逕東」，據水經乙正。　〔六〕「注」字，據水經注補。　〔七〕「石濟津」，水經注作「濟津」。　〔八〕「水經」原作「水經注」，據水經注卷十八甘水經文刪「注」字。　〔九〕「傳」字，據文例及左傳昭公二十年補。

122 二十一年傳：戰于赭丘。 杜注：赭丘，宋地。

按：郡國志陳國長平縣有赭丘城。

123 二十二年傳〔一〕：負甲以息于昔陽之門外。 杜注：昔陽，故肥子所都。

按：漢地理志鉅鹿下曲陽，應劭曰「晉荀吳滅鼓，今鼓聚昔陽亭是。」杜以爲肥子所都，誤也。

124 前城人敗陸渾于社。 杜注：社，周地。

按：水經注鞏縣北有五社渡，爲五社津。

125 二十三年傳：單子取訾。 杜注：訾在河南鞏縣西南。

按：路史云「訾有二，西訾在洛，東訾在鞏。」二十四年「陰不佞拘得玉者，取其玉。王〔二〕定而獻之，與之東訾。」杜注誤以二訾爲一，故兩注無異辭也。後漢志「鞏有東訾聚」，此蓋訾之在鞏者。今按水經〔三〕「洛水東逕訾城北，又〔四〕東，羅水注之。」此蓋訾之在洛者。

126 劉子從尹道伐尹。

按：水經注「宜陽縣有共谷，共水出焉。南流得尹谿口，水出西北尹谷。」劉子伐尹，當卽此地也。

地名攷畧以爲汾州古尹城，誤矣。

127 尹辛敗劉師于唐。 杜注：唐周地。

〔一〕 「傳」字，據文例及左傳昭公二十二年補。

〔二〕 「玉」字，原誤「玉」，據左傳昭公二十四年改。

〔三〕 「水經」，原作「水經注」，據水經注卷十五洛水經文刪「注」字。

〔四〕 「又」字上，原有「潯水」二字，據水經洛水刪。

128 二十六年傳：遂軍圉澤，次于隄上。

　　按：地記洛陽東有中隄山。

　　杜注：圉澤、隄上皆周地。

129 二十七年傳[一]：楚左司馬沈尹戌與吳師遇于窮。令尹子常以舟師及沙汭而還。

　　按：

　　杜注：沙，水名。

130 定元年傳：執宋仲幾歸諸京師。

　　按：京相璠曰：「今安豐有窮水，北入淮。」水經注曰：「義成縣故屬沛，沙水東流，注于淮，謂之沙汭。」

　　按：程時叔[二]春秋或問曰：「京師無定所，王之所都卽爲京師。河南郟鄏，前日之京師。晉人執宋仲幾于京師，是也。如京師，晉人執曹伯歸之于京師，是也。成周洛陽，今日之京師。」叔孫得臣

　　杜注：柏舉，楚地。

131 四年[三]：蔡侯以吳子及楚人戰于柏舉。

　　按：水經注：「舉水逕齊安郡西，又東南歷赤亭下，分爲二水，南流注于江，謂之舉洲。」蓋楚人遷柏于此，而因謂之柏舉也。

　　杜注：武父，衞北界。

132 傳[四]：封畛土畧，自武父以南。

　　按：封畛土畧，自武父以南。

〔一〕「二十七年傳」，據左傳昭公二十七年及文例補。

〔二〕「程時叔」，原誤「程敬叔」，據元史卷一百九十《程端學傳》改。

〔三〕「年」字下，原有「傳」，據左傳定公四年經刪。

〔四〕「傳」字，據文例及左傳定公四年補。

按：俞臯釋義曰：「今濟南路濟陽縣東北有武父城。」

133 吳從楚師及清發。 杜注：清發，水名。

按：水經注：清水在江夏安陸縣西南，卽春秋傳及于清發者也。

134 敗諸雍澨。五戰及郢。

按：水經注：「沙陽縣本江夏之沙羨，江之右岸有雍口。」 杜注：楚地。

135 五年傳：敗吳師于軍祥。

按：水經注：「楊水東北與祥谿水合，水出江陵縣北。」

136 六年傳：鄭於是乎伐馮、滑、胥靡、負黍、狐人、闕外。 杜注：陽城西南有負黍亭。

按：水經注：「溳水南迳胡城東，故潁陰縣之狐人亭也。」

137 九年傳：晉車千乘在中牟。 杜注：今滎陽有中牟縣，迴[一]遠，疑非也。正義曰：「相州蕩陰縣西[四]五十八[五]里有中牟山，蓋中牟邑在此山側也。」

按：趙世家「獻[二]侯、卽位，治中牟」，索隱曰：「趙中牟在河[三]北，非鄭之中牟。」

138 十五年傳：鄭罕達敗宋師于老丘。 杜注：老丘，宋地。

按：陳留風俗傳：「陳留縣北有老丘城。」

〔一〕「迴」字，原作「廻」，據左傳杜注改。

〔二〕「獻」字，原作「少」，據史記趙世家改。

〔三〕「河」字，原誤「何」，據趙世家索隱改。

〔四〕「西」字下原有「北」，據趙世家正義刪。

〔五〕「五十八」，原作「五十」，據趙世家正義改。

二一四

139　哀元年傳：伐晉，取棘蒲。

按：地理志「常山平棘縣」，應劭曰：「伐晉取棘蒲也。」攻暑曰：「今趙州城中有棘蒲社。」

140　四年傳：趙稷奔臨。

按：臨，晉邑。

141　六年傳：使胡姬以安孺子如賴。

按：九域志：「趙州臨城縣，州西南一百三里有古臨城，在縣東。」

杜注：賴，齊邑。

142　八年傳：吳師克東陽而進。

按：郡國志：「濟南菅縣有賴亭。」十年[一]趙鞅伐齊侵及賴而還。

杜注：魯地。

143　十一年傳：城鉏人攻太叔疾。衞莊公復之，使處巢，死焉。

按：寰宇記：「巢亭在襄邑南二十里。」

杜注：巢，衞地。

144　十六年傳：白公以王如高府。

按：淮南子曰：「闔閭伐楚，五戰入郢，燒高府之粟，破九龍之鐘。」是高府爲楚藏粟府也。

杜注：高府，楚別府。

145　使處吳竟，爲白公。

按：水經注「白亭東北有吳城。」史記楚惠王二年，子西召太子建之子勝于吳。勝入居之，故曰吳

〔一〕「十年」，原作「十一年」，據左傳哀公十年改。

146

十七年傳：越伐吳，吳子禦之笠澤，夾水而陳。

按：國語「越敗吳于囿」，注曰：「囿，笠澤也。」揚州記：「太湖一名笠澤。」然太湖周五百里，吳亦豈能夾水而陳乎？水經注云：「上承太湖，東巡笠澤，在吳南松江左右。」吳地記云：「笠澤，松江之別名。」此吳所以夾江而陳也。

147

二十六年〔一〕傳：宋景公遊于空澤。 杜注：空澤，宋邑。

按：水經注：「獲水東南逕空桐澤北。澤在虞城東南。」疑空澤蓋地名，非邑也。

〔一〕 「二十六年」，原誤「十六年」，據左傳哀公二十六年改。

禮一

1　陳氏讀書考曰：按藝文志周官經六篇，顏師古曰：即今之周禮也。先儒固有疑於是書者，若林孝存以爲武帝知周官爲瀆亂不經之書，作十論七難以排棄之。何休亦以爲六國陰謀之書。惟鄭康成博覽，以爲周公致太平之迹。　愚按：此書多古文奇字，名物度數，可考不誣。其爲先秦古書，似無可疑。愚所疑者邦土邦事，灼然不同。其他煩碎駁雜，與夫劉歆、王安石一再用之而亂天下，猶未論也。

按：北平黄老師崐圃周禮節訓序曰：「聞之三代而下，禮爲治天下之一端。三代而上，禮爲治天下之統會。韓宣子見易象與魯春秋，而曰：周禮盡在魯。是易春秋，亦禮也。設官分職以爲民極，而統名爲周禮。殷因於夏禮，周因於殷禮。禮之外更無他事矣。周禮其大綱，儀禮其節目，禮記爲義疏。義疏設科，而大綱與節目不與，聖經之興廢，其亦有時乎？竊惟前人於周禮之書，良多異論。朱子則以爲周家法度，廣大精密。又云：周公從廣大心中流出。是周禮固無可議也。尚書中立政、周官二篇，與周禮蓋相爲表裏。以愚度之，立政篇恐是周公未定周禮時作，故常伯、常任、

準人等名，與周禮多參差不合。周官篇是已定周禮時作，故六卿率屬，一一相符。〈周禮序官立政，

直揭命官之精意，而曰籲俊尊上帝，曰克知宅心，灼見俊心，又曰罔攸兼于庶獄庶慎；〈周官

茲。此周禮未言之旨，而讀者宜於言外得之者也。〈周禮分職，周官兼明盡職之要，而曰學古入官、

議事以制，曰功崇惟志、業廣惟勤，曰居寵思危，曰推賢讓能。此亦周禮未言之旨，讀者當於言外

得之者也。〈周禮如方斲，立政、周官如弈者之舉棋。方斲三百六十，常定者也。舉棋有巧拙得失，

無定者也。是故官雖當，必得其人以居之。職雖備，必得其人以理之。〈新莽、荊舒非不藉口周

禮，而反誤天下，此猶弈者之舉棋不善，而可以咎方斲乎？〉

2 朱子語錄曰：周禮制度菁華云：主客行人之官，合屬春官宗伯，而乃掌於司寇。宗伯典禮，司寇典

刑。土地疆域之事，合掌於司空，乃掌於司馬。蓋周家設六官互相檢制之意。此大不然。何聖人不

以君子長者之道待其臣，既任之而復疑之耶？　或問：如何？　先生曰：賓客屬秋官者，蓋諸侯朝

觀會同之禮既畢，則降而肉袒請刑，司寇主刑，所以屬之。有威懷諸侯之意。夏官掌諸侯土地封疆，

如職方氏皆屬夏官。蓋諸侯有變，則六師移之，所以屬司馬也。又問：冬官司空掌何事？　曰：次第

是管土田之事。蓋司馬職方氏存其疆域之定制，至於申畫井田，創置纖悉，必屬於司空。而今

亡矣！

按：袁儼注備考曰：朝宗觀遇乃諸侯四時之禮，而皆屬之春官者，以宗伯為禮官也。蒐苗獮狩乃

天子四時之田，而皆屬之夏官者，以大司馬為兵官也。司寇掌邦刑，而復掌賓客者，蓋諸侯朝觀會

同之禮既畢，則降而肉袒請刑，司寇掌之，所以威懷諸侯也。冬官掌邦土，而土訓乃屬之司徒，土方又屬之司馬者，蓋土訓掌地圖，王巡狩則夾王車以詔地事；土方致日景，王巡狩則辨土宜以樹王舍，各司其事也。世婦在天官者二十七，在春官者八十四，其數不同，其爵亦不能以不異也。環人之在夏官者掌致師，在秋官者掌守衛賓客，其職不同，其名亦不嫌其同也。職方氏之掌地圖，因巡狩以巡戒令，乃清道之職，故不屬地官而屬司馬也。保章氏掌天星，察五物以詔救政，乃事天之禮，故不屬天官而屬禮官也。司儀、司刑所以同為司寇之屬者，蓋明刑固所以弼教，而折民亦係于降典，職不同而事有相因者焉。舞師、《樂師》之不得為一官者，蓋一以為民禱祀，一以掌教國子，事不同而用亦有不同者焉。五官分其目，以贊冢宰。家宰總其事，以贊于王則。大事必詔于王，小事自裁以行，則士下室而信任亦專矣。官雖多而事必攝，豈得為冗員乎？體統正而政縣於一矣。稅關民以警其惰，豈得為苛政乎？膳夫不敢會王后世子之膳，外府不敢會王之服，所以然者，蓋有司不敢計王后之用度，而至尊不可受有司之約束。則太宰以九式內節財用，固有不會之會矣。歲終則考百官；三歲則計羣吏。所以然者，蓋官府之事約，故歲終必致其事；羣吏之日煩，故三歲乃致其治。則小宰而下有曰成、月要、歲會之典，固已考而不必考矣。遂人，匠人不同於溝洫者，一以長言之，一以方言之。因地以順其勢，故其縱橫有不同，均之以便民爾。賈田所以屬於載師者，田為縣官所轄，而非商賈所受，四民不相易業。若以為商賈之田，則工亦當有田矣。

3
隋經籍志曰：漢時有李氏得《周官》，上於河間獻王，獨闕《冬官》一篇，遂取《考工記》以補其處，合成六篇奏

之。

王莽時，劉歆始置博士，以行於世。杜子春受業於歆，因以教授。

按：周官及考工記今本所定者，大抵皆杜子春及鄭司農所讀也。而李氏所上者，漢時皆謂之故書。其故書與今本不同者，見於鄭注，凡數百焉。如大宰之職「以九貢致邦國之用」二曰「嬪貢」，故書嬪作賓。小宰之職「七事者」，故書七爲小。内宰「度量淳制」，淳爲敦。縫人「衣翣柳之材」，翣柳作接槇。大司徒之職「以儀辨等」，故書儀或爲義。小司徒「治其徒役與其輂輦」，故書輂作連。牧人「毀事用尨」，尨爲龐。草人「墳壤用麋」，墳作蕡。大宗伯之職「以齍牲祭四方」，故書齍作罷。小宗伯「及其祈珥」，故書祈爲鬾。小史「莫世繫」，莫爲帝。大司樂「播之以八音」，播爲藩。巾車「歲時更續共其弊車」，更續爲受讀。大司馬「之屬司爟」，故書爟爲燋。弁師「會五采玉璂」，故書會作繪。司弓矢「甲革椹質」，椹作葚。職方氏「金錫竹箭」，箭爲晉。薙氏「始生而萌之」，萌作蕒。赤犮氏「以蜃灰攻之」，蜃爲晨。考工記「作舟以行水」，故書舟作周。輈人「必絭其牛後」，故書絭作鰍。鳧氏「兩欒」，欒作樂。鮑人「脂之則需」，需作㼜之類，是也。故書之字義，有爾雅所不及載，說文所不及詳者，其爲秦前之古書無疑。而或者疑於是書，謂劉歆所附益以佐莽者，謬矣。

朱子曰：五音無一則不成樂，非是無商音，只是無商調，何以無商音？

4 或問：周禮祀天神地示人鬼之樂，先儒謂商調是殺聲，鬼神畏商調。故不用，而只用四聲迭相爲宮。未審其五聲不備，又何以爲樂？

按：鄉射禮：「獲者坐而獲，舉旌以宮，偃旌以商。」是周時私樂不廢商也。周禮大師「執同律以聽

軍[一]聲」注謂：「商則戰勝，軍士強，角則軍擾多變，宮則軍和，徵則將急，羽則兵弱。」太公六

韜曰：「角管聲應，當以白虎；徵管聲應，當以玄武，商管聲應，當以勾陳。五管盡不應，無有商聲，

當以青龍。」是商聲乃行軍之所尚，周未嘗廢商而不用也。周七律記曰：「揆厥琴制，舊惟五絃，少

宮少商，加二爲七，琴書所載，起於文、武，實自周始。」是周時不獨正聲用商，而子聲有少商也。唐

書楊收[二]傳：「上古祀[三]天地宗廟，皆不用商。周人祭天地祇，不用商及二少。蓋商聲高而二

少聲下，所以取其正、裁其繁也。漢祭天地則用商，而宗廟不用，謂鬼神畏商之剛。」朱子之說，蓋

原於此。明鄭世子載堉律呂精義外篇曰：「周禮大司樂言祭天地宗廟之樂，某律爲宮，某律爲角，

某律爲徵，某律爲羽，獨不言商。荀子曰：太師審詩商。謂審察詩中若有商音，則避之。先儒以

爲祭尚柔，鬼神畏商之剛，故不用。然則君子佩玉，右徵角，左宮羽，亦忌商而不忌徵羽，何也？或

謂周人以木德王，商金克木，故不用。然則太師掌六律六同，而文之以五聲宮商角徵羽，是又何

也？」夫商金克木之說，其義淺陋，恐非聖人制作之旨。惟劉績六樂圖說以爲周不用商起調者，是

殷所尚也，猶亡國之社屋之之義。竊謂宮商之商與夫殷商之商同名，或是商人制作之時，愛其名

與己同，凡郊廟朝廷之樂獨用商調耳。周人反之者，亦猶改統易朔，文質相反之意。是故太師審

〔一〕「軍」字，原作「八」，據周禮大師改。

〔二〕「楊收」，原誤「楊休」，據新唐書楊收傳改。

〔三〕「祀」字，原作「祭」，據新唐書楊收傳改。

而避之。然亦有不當避者，若幽詩之屬是也。七月、楚茨諸篇，言辭純正而爲變風變雅，以其有商音，是以爲變耳。至於封微子於宋，則又全與周制異矣。故師乙對子貢曰：商者，五帝之遺聲也，商人識之，故謂之商。此曰商人，謂宋人也。觀師乙所敢傳，子貢所敢受，則是綢人未嘗避商音。其當避者，惟朝廷官樂耳，民間私樂則不必避。故宋玉曰：客有歌於郢中者，爲陽春白雪，引商刻〔一〕羽，雜以流徵。莊子曰：曾子曳縰而歌商頌，聲滿天地，若出金石，是也。

5　保章氏：以星土辨九州之地。

賈氏疏引春秋文耀鉤曰：布度定記，分州繫象，華、岐以西，龍門，積石至三危之野，雍州屬魁星。太行以東至碣石、王屋、砥柱、冀州屬樞星。三河、雷澤、東至海岱以北，兗青之州，屬機星。蒙山以東至南江、會稽、震澤〔二〕、徐揚之州，屬權星。大別以東，至雷澤、九江，荊州屬衡星。外方、熊耳以至泗水、陪尾，豫州屬杓搖〔三〕。

按：瞿曇悉達開元古經亦引春秋文耀鉤「布度定記」，作「定記」。「至三危之野〔四〕」作「西至」。「樞星」作「璇星」。「青兗之州」作「兗州」。「九江荊州」作「璣星」。「蒙山以山東至南江」作「蒙山以東至羽山，南至江」。「大別以東至雷澤」作「雲澤」，「九江荊州」作「九江衡山荊州」。「外方熊耳以至泗水陪尾」作「外方熊耳以東」。「杓搖」作「杓星」。今圖書編及繹史並於賈疏中抄出，尚仍其誤，宜依

〔一〕「刻」字，原誤「客」，據文選卷四十五宋玉對楚王問改。

〔二〕「震澤」，原作「雷澤」，據周禮保章氏賈公彥疏改。

〔三〕「杓搖」，周禮保章氏賈氏疏作「搖星」。

〔四〕「野」字，原作「山」，據賈氏疏改。

占經訂正之。

〈州長〉：正月之吉，各屬其州之民而讀灋。正歲則讀教〔一〕灋如初。　柯氏、葉氏曰：正月乃夏之

正月，正歲指周建子之月也。

按：天官冢宰掌邦治，「正月之吉，始和，布治於邦國都鄙」。所謂正月者，周正建子之月也。地官〔二〕鄉師之職，「正歲〔三〕稽其鄉器」。所謂正歲者，夏正建寅之月也。凌人：「掌冰，正歲十有二月，令斬冰，三其凌。春始治鑑。」所謂十二月者，夏之季冬，故先言十二月而後言春也。州長「正月之吉」，正月者，建子之月。正歲則教民讀灋如初。正歲者，建寅之月。如初者，子月之讀灋在前，寅月如之，故先言正月而後言正歲也。蓋周人稱夏正爲歲，則稱周正爲月，而稱夏時爲月，則稱周時爲日。如〈豳風〉「七月流火，九月授衣」，於夏時言月。「一之日觱發，二之日栗烈」，則以一之日代十一月，二之日代十二月，於周月言日也。汲冢〈周書〉曰：「周以建子之月爲正，月亦敬授民時，猶目夏焉。北史李業興對梁武曰：『周禮仲春二月，會男女之無夫家者。雖自周書，月亦夏時。』是周以夏正周正錯舉也。正月者，周正。正歲者，夏正。而柯氏、葉氏乃以正月爲夏正，正歲爲周正，誤矣。

7　〈龜人〉：祭祀先卜。　鄭注：世本曰：巫咸作筮。卜未聞其人也。　賈疏曰：世本不言其人，

〔一〕「讀教」原作「教民讀」，據周禮地官州長改。
〔二〕「地官」原作「春官」，據周禮地官鄉師改。
〔三〕「歲」字下，原有「則」字，據周禮鄉師刪。

故云未聞其人也。

按：竹書：「黃帝五十年秋七月庚申，鳳凰至。帝祭于洛水，大霧三日三夜。晝昏，召史卜之，龜燋。史曰：臣不能占也，其問之聖人。帝曰：已問天老、力牧、容成矣。」是卜蓋始於黃帝也。

8　庶氏：掌除毒蠱，以攻兌[一]禬之，以嘉草攻之。鄭注：嘉草，藥物，其狀未聞。

按：干寶搜神記曰：「蔣士先中蠱，其家密以襄荷置席下。忽大笑曰：蠱我者某也。自此解蠱藥多用之。」宗懍曰：「周禮庶氏以嘉草除蠱毒，即襄荷是也。」襄荷似芭蕉，白色，即今所謂甘露者。又南方草木狀曰：「吉利草，形如金釵股，根類芍藥。交廣人多蓄蠱，惟此草解之。」庶氏嘉草，亦此類也。

9　大司樂：凡樂，圜鍾為宮，黃鍾為角，太蔟為徵，姑洗為羽。冬日至，於地上圜丘奏之。函鍾為宮，太蔟為角，姑洗為徵，南呂為羽。夏日[二]至，於澤中方丘奏之。黃鍾為宮，大呂為角，太蔟為徵，應鍾為羽。於宗廟之中奏之。鄭注曰：此三者皆祭，大祭也。先奏是樂以致其神，禮之以玉而祼焉。大傳曰：王者必禘其祖之所自出。祭澧曰：周人禘嚳而郊稷，謂此祭天圜丘，以嚳配之。

按：王平仲周禮注疏翼删引楊氏曰：「愚按：大司樂冬至圜丘一章，與禘祭絕不相關，而注妄稱圜

〔一〕「兌」字，十三經本作「說」。

〔二〕「日」字，據周禮大司樂補。

丘爲禘。祭法禘祖宗三條，分明說宗廟之祭，惟郊一條謂郊祀以祖配天爾。而注皆指爲祀天。

大傳禮不王不禘一章，言王者禘其祖之所自出，諸侯只及其太祖。大夫惟有功始祫其高祖。所論

宗廟之祭降殺遠近爾，於祀天乎何與？而注妄指爲祀感生帝。竊嘗疑康成博洽大儒，解釋他經最

爲有功，及注此三章則同歸於此，其病果安在乎？蓋讀祭法不熟而失之也。夫祭法歷敘四代禘郊

祖宗之禮，禘文皆在郊上，蓋謂郊止於稷，而禘上及乎嚳。禘之所及者最遠，故先言之耳。鄭氏不

察，謂禘又郊之大者，於是以祭法之禘爲祀天圜丘，以嚳配之。以大傳之禘爲正月祀感生帝於南

郊，以稷配之。且祭法之禘與大傳之禘，其義則一，皆禘其祖之所自出也。鄭氏強析之而爲祀天

兩義，遂分圜丘與郊爲兩處，昊天上帝與感生帝爲兩祀，嚳配天與稷配天爲兩事，隨意穿鑿，展轉

支蔓，何其謬耶？又以祀五帝五神於明堂，而以文王、武王配之，謂之祖宗。夫孝經所云，宗祀文

王於明堂以配上帝，此嚴父之義也。抗五神於五帝之列，而以文王並配，於理自不通矣。況祖宗

乃二廟不毀之名，於配食明堂何關焉？夫因讀祭法一章之誤，而三章皆誤。不惟三章之誤而已，

又推此說以釋他經者不一而止。疏家從而和之，凡燔柴、升禋、樂舞、酒齊之類，皆分昊天與感生

帝爲兩等。馴至隋唐之際，昊天上帝與感生帝二祀，常並行而不廢。唐世大儒杜佑作通典惑於鄭

注大傳之說，亦以感生帝與昊天並列而爲二，是又讀大傳本文不熟而失之也。明堂襲鄭氏祖

宗之義，而以二帝配侑，或三帝並配者，蓋有之矣。幸而王肅諸儒力爭之於前，趙伯循與近世大儒

辨正之於後，而大義明白，炳如日星，而周公制作精微之義，可以復見。不然，則終於晦蝕而不明矣。

可勝歎哉!

10　大行人:掌大賓之禮,及大客之儀[一],「以親諸侯。春朝、秋覲、夏宗、冬遇,時會、殷同。」鄭氏曰:「六服以其朝歲,四時分來更迭,如此而徧。時會即時見也,無常期。殷同即殷見也,王十二歲一巡狩,若不巡狩,則殷同四方。四時分來,歲終則徧矣。」

按:

毛西河曰:「前儒誤解秋官大行人職以侯服歲一見為每歲一朝,男服三歲一見為每三歲一朝,則六年之間,侯服六朝,甸服三朝,男服亦兩朝,非五服一朝矣。不知侯服歲一見,此歲字即六年之第一年。其二歲三歲,即六年之第二年第三年也。故一年侯朝,二年甸朝,三年男朝,四年采朝,五年衛朝,此之謂五服一朝。五服止五年,而此曰六年者,以五服之外又有要、荒、鎮、蕃四服,在朝數之外。荒、鎮無定期,惟蕃國諸侯有一世一朝之文。而要服則第六年一朝,接衛服之後,但不必果至。且終以夷服之略,不列數內。其實稱六年者,所以定其時。而虛稱五服者,又所以殺其等也。且歲朝有時,而每歲來朝則又分每歲之四時。如一年侯朝,朝必以春,是也。在西方者以秋來朝,謂之覲。韓在周西,詩稱韓侯入覲,是也。在北方者以冬來朝,謂之遇。莊三年公及齊侯遇于魯濟,以濟在魯城北,是也。在南方者則以夏來朝,謂之宗。禹貢江漢南楚之水謂之宗于海,是也。而此一年中其侯服之在東方者,則以春來朝,謂之朝。鄭注明堂位云:魯在東方,又有不期而會,如王國有大事,諸侯齊至,為壇于國外而朝之,謂之時

[一]「儀」字,原誤「幾」,據周禮大行人改。

見。王如十二年不巡狩，則六服並朝京師，曰殷同。此又在常時之外者。於是兩其五朝，合十二年。至十三年而時巡方岳，諸侯又各以其地之近者朝方岳之下。則歲是第一年，三歲、五歲是第三年、第五年。並非每歲、每三歲、五歲也〔二〕。

11.
春官序〔一〕

按：周公制禮，以奄人名爲世婦，則是男也而女之。以世婦之職而命爲卿、大夫、士，則是女也而男之。名實舛矣。蓋周時卿、大夫、士，大都以宗室爲之。如宰周公、王子虎、王叔陳生、毛伯、召伯、榮叔、蔡叔、成子詹父之類皆是。當時世婦之職，有卿、有大夫、有士，當是卿之妻二人，大夫之妻四人，士之妻八人，皆同姓伯叔兄弟之妻，入爲世婦。而又爲開置官府，有女府胥，有女奚，雖名爲宮官，而實別居一府，蓋所以別嫌而明微也。其與内宗、外宗並列者，王同姓女爲内宗。嫁於卿、大夫、士者則從夫爵。王諸姑姊妹之女爲外宗，其從夫爵也亦然。

《曲禮》曰：「國君不名卿老世婦。」夫世婦冠以卿老，則世婦之曰卿曰大夫，亦以夫爵命之可知矣。但此皆以佐王后祭祀之禮，故屬之春官，有事則效其職，不常在宮中也。世婦之日卿曰大夫，不常在宮中，又兼以宗室，所以無宣淫之患。制禮之意微矣哉。

12.
載師：

鄭氏曰：宅不種桑麻者，罰之使出一里二十五家之布。凡宅不毛者有里布，凡田不耕者出屋粟，凡民無職事者，出夫家之征。民無常業者，罰之使出一夫百畝之稅，一家力役之

〔一〕「序」字，據《周禮春官序》補。

征也。

按：〈載師〉任地，有公邑之田，則六遂之餘地也。有家邑之田，卽大夫之采地也。有小都之田，則卿之采地也。有大都之田，則三公之采地與王子弟所食之邑也。其第宅之廣，不止五畝之宅而已。故其宅有不種桑麻者，則罰之使出一里二十五家之布。非謂五畝之宅其有不毛者爲是罰也。觀〈閭師〉，凡庶民不樹者無椁而已，不蠶者不帛而已，未聞有里布也。田有不耕者，罰之使出三夫之屋粟。田卽所謂近郊之宅田、土田、賈田、遠郊之官田、牛田、賞田、牧田。其有不耕者，乃爲是罰，非謂受田百畝而有不耕者爲是罰也。蓋民之受田，仰事俯畜，胥在於是，惰或有之，斷未有有田而不耕者。既不耕矣，而又使出三夫之屋粟，則將何所出乎？然則田不耕者出屋粟，非農夫百畝之田。民受田之庶民，故但曰民不耕者也。無職業者，出夫家之征，非受田不耕之庶民也。〈閭師〉凡庶民不耕者，祭無盛而已。此非汎之人也。〈閭師〉凡民無職事者，出夫布，方是待庶民。

朱子語類曰：「凡民無職事者，此是大夫家所養浮汎之人也。」

〔一〕條狼氏。　杜子春讀條爲滌。　鄭注：滌，除也。

13　秋官司寇序〔一〕

按：狼性貪暴，狼顧道上，刻奪道上之行人，是法所當滌除者，因屬之於條狼氏。故其職曰：「誓僕右曰殺，誓取曰車轘，誓大夫曰敢不關，鞭五百。」賈氏疏曰不蠲之物狼藉道上者，何乃以不急之務而設此屬禁以懲之，失其旨矣。

〔一〕「秋官司寇序」，原作「司寇」，據周禮改。

媒氏職云：仲春之月，會男女之無夫家者。

鄭注：仲春陰陽交以成昏，順天時也。

按：周之仲春，即今十二月。詩「東門之楊，其葉牂牂」，毛傳曰：「男女失時，不逮秋冬也。」聖證論曰「嫁娶，古人皆以秋冬」，是也。北史李業興對梁武以周禮仲春會男女爲夏時，謬。

大司樂：掌成均之灋。

鄭司農云：均，調也。樂師主調其音，大司樂主受此成事已調之樂。

按：國語曰「律所以立均出度也。」注曰「均者，均鐘木長七尺，有弦。繫之以均鐘者，度鐘大小清濁也。」

又按：樂叶圖徵曰：「聖人承天以立均。」宋均注「均長八尺，施絃，以調五聲六律。」則所以調樂者，必於均是賴。成均之均，蓋因此以立名也。朱子語錄曰：「京房始有律准，國語謂之均，梁武謂之通。」據後魏書樂志云：「陳仲儒以調和樂器，文飾五聲，非准不妙，但聲音精微，史傳簡略，舊志唯云准形如瑟十三絃，隱間九尺，以應黃鐘九寸，調中一絃，令與黃鐘相得。其准面平直，須如停水。其中絃一柱，高下須與二頭臨岳一等。中絃須施齻如琴，以齻[一]調聲，令與黃鐘一管相合。中絃下依數盡出六十律清濁之節。其餘十二絃，須施柱如筝。又凡絃皆須豫張，使臨時不動，即於中絃案盡一周之聲。」然後依相生之法，以次運行。」此調准之方，略見於魏志也。又立四器，名之爲通。通受聲廣隋書音樂志云：「梁武帝既素善鐘律，詳悉舊事，遂自制定禮樂。每通皆施三絃，一曰玄英通，二曰青陽通，三曰朱明通，四日九寸，宜聲長九尺，臨岳高一寸二分。

〔一〕「齻」字，原作「准」，據魏書樂志改。

白藏通。因以通聲，轉推月氣，悉無差違，而還相得中。」此立通之法略見於《隋志》也。大抵皆依放樂均之遺制也。

16 大宗伯〔一〕：以樞燎祀司中司命。

鄭司農云：司中，三能三階也。康成謂司中司命，文昌第五、第〔二〕四星。

王明齋曰：虛宿下有司命星，主人壽夭，名義甚正。司中無考。豈天樞北極主天之中氣，故祀之與？

按：黃帝占曰：「三台近文昌宮者曰太尉司命，爲孟。次星曰司徒司中，爲仲。次星曰司空司錄，爲季。」《春秋元命包》曰：「魁下六星，兩兩而比，曰三能，主開德宣符也。西近文昌二星，曰上台，爲司命，主壽。次二星曰中台，爲司中，主宗室。東二星曰下台，爲司祿，主兵。」鄭司農以司中爲三能是也。康成乃以司中司命爲文昌第五、第四星者，陳卓曰：「文昌一星曰上將，大將軍也。二曰次將，尚書也。三曰貴相，太常也。四曰司中，司隸也。五曰司命，太史也。非無考也。」

17 職方氏：辨九州之國。荆州，其浸潁湛。

鄭注曰：潁出陽城，宜屬豫州，在此非也。湛未聞。

豫州，其浸波溠。

鄭注曰：波讀爲播，禹貢曰：「滎播既都。」春秋傳曰：「楚子除道梁溠，營軍臨隨。」則溠宜屬荆州，在此非也。

兗州，其浸盧維。

鄭注曰：盧維當爲「雷雍」，字之誤也。

冀州，其澤藪曰楊紆。

鄭注曰：楊紆，所在未聞。

按：《左傳》昭十二年「楚子狩于州來，次于潁尾」，粃注：「潁水之尾，在下蔡西。」此潁之屬荆者也。

〔一〕「大宗伯」，原誤「大司徒」，據《周禮·大宗伯》改。

〔二〕「第」字，原誤「星」，據《周禮·大宗伯》鄭注改。

襄十六年「楚公子格帥師及晉師戰于湛阪」，杜注：「昆陽縣北有湛水，東入汝。」此湛之屬荆者也。注云「潁宜屬豫」，又云「湛未聞」，何也？水經溠水注云：「波水出霍陽西川大嶺東谷，俗謂之歇馬嶺，川曰廣陽川，非也。即應劭所謂孤山波水所出也。馬融廣成頌曰：浸以波溠。其水又南逕蠻城下，蓋蠻別邑也。波水又南，分三川於白亭東，而俱南入溠水。溠水自下兼波水之通稱也。」又水經溳水注云：「溠水出隨縣西北黃山，南逕溠西縣西，又東南，逕隨縣故城西，春秋魯莊公四年，楚武王伐隨，令尹鬬祁，莫敖屈重除道梁溠，軍臨於隨，謂此水也。」即職方「豫州其浸波溠」者也。左傳「漢東之國，隨爲大」，是隨縣在漢之東矣。爾雅「河南曰豫州」，郭注：「自南河至漢。」呂氏春秋曰：「河漢之間曰豫州。」是溠水在漢之東北，爲豫之南界，故波溠並爲豫州之浸。注云「宜屬[二]荆州」，何也？

「沇浸盧維」，鄭注云：「當作雷雍。」杜佑通典曰「盧水在濟陽郡盧縣。潍水在高密郡莒縣。」據隱三年傳「齊、鄭盟于石門，尋盧之盟也」，杜注：「盧，濟北盧縣故城。」今盧城在長清縣西南二十五里。地有大清河，自平陰縣流入境，蓋濟水也。水北曰陽，故杜氏謂濟陽盧水也。襄十八年傳：「冬十月，會于魯濟，同伐齊。十二月甲辰，東侵及潍。乙酉，趙武、韓起以上軍圍盧，弗克。十一月丁卯朔，入平陰，遂從齊師。」是職方「沇浸盧維」，謂此水也。注云「盧維字之誤」，何也？爾雅十藪「秦有楊陓」，郭注：「今在扶風汧縣西。」邢昺疏：「周禮冀州，其澤藪曰楊陓。」是陓與紆爲一矣。穆天子傳曰：「天子西征，騖行，至于陽紆之山，河伯無夷

〔一〕「東」字，原誤「柬」，據水經注卷三十一溳水注改。

〔二〕「屬」字，原誤「在」，據周禮職方氏鄭注改。

之所都居」。又曰「自宗周瀍水以西至于陽紆之山，三千有四百里」，即此楊紆矣。

18 瞽矇〔一〕：掌世奠繫。

鄭注云： 奠，或爲帝。世奠繫，謂帝繫，諸侯卿大夫世本之屬。

按： 唐史柳冲傳柳芳曰：「昔周小史定繫世，辨昭穆。古有世本，錄黄帝以來至春秋時諸侯大夫名號繼統」，是也。楚語「莊王使士亹傳太子箴」，申叔時曰：「教之世，而爲之昭明德，而廢幽昏焉」，注曰：「先王之繫世，使知有德者長，無德者短。」賈公彦曰：「王謂之帝繫，諸侯卿大夫謂之世本。」漢太史公司馬遷父子約世本，脩史記。因周譜，明世家。洪容齋謂「史記世次之說，皆本於世本，故荒唐特甚」，非知世本者也。

19 程氏迴曰： 考工記是齊人爲之。又詳於車制而不及舟，其爲西北人之書，無疑也。築氏爲削。削，書刀也。不記紙而記削，其非晚周書可知。

按： 記：「夏后氏上匠，殷上梓，周人上輿。」又曰：「夏后氏世室，殷人重屋，周人明堂。」則稱周人者，必非周公時所記書也。又非子牧馬汧渭，孝王邑之於秦，始有秦。宣王封其弟於咸林，始有鄭。記曰「秦無廬」，又曰「鄭之刃」，自非周初時書矣。南史王僧虔傳：「文惠太子鎮雍州，有盜發古冢者，相傳云是〔二〕楚王家，大獲寶物，玉履、玉屏風、竹簡書、青絲綸。簡廣數分，長二尺，皮節如新。有得十餘簡以示僧虔，云是科斗書考工記『周官所闕文也』。」其謂周官所闕者，指所闕冬官

〔一〕「瞽矇」，原誤「瞍瞍」，據周禮春官瞽矇改。

〔二〕「云是」，原作「爲」，據南史王僧虔傳改。

一篇，非謂考工記也。葉氏過庭錄以爲「世既無此書，僧虔何從證之乎？此亦好奇以欺衆爾」。是

又不達其旨矣。據韋續字源「高陽氏製科斗書。周宣王時史籒始改科斗爲大篆」。此猶是科斗，

則當是史籒以前書矣。韓昌黎科斗書後記曰：「李陽冰之子服之授予，以其家科斗書孝經。」僧虔

所見之書，或不全，而韓公於科斗書不能廣之以傳於世，可惜也。

20 考工記：夏后氏世室，殷人重屋，周人明堂。 鄭氏曰：此三者或舉宗廟，或舉王寢，或舉明堂，

互言之，以明其同制。

按：隋書牛弘傳：「弘請依古制修立明堂，上議曰：竊謂明堂者，所以通神靈，感天地，出教化，崇

有德。 孝經曰：宗祀文王於明堂，以配上帝。 祭義云：祀于明堂，教諸侯孝也。 考工記曰：夏后

氏世室，堂脩二七，廣四脩一。 鄭注云：脩十四步，其廣益以四分脩之一，則堂廣十七步半也。 殷

人重屋，堂脩七尋，四阿重屋。 鄭云：其脩七尋，廣九尋也。 周人明堂，度九尺之筵，南北七筵，五

室，凡室二筵。 鄭云：此三者互言之，明其同制也。 漢司徒馬宮議云：夏后氏世室，室顯於堂，故

命以室。 殷人重屋，屋顯於堂，故命以屋。 周人明堂，堂顯於堂，故命以堂。 夏后氏益其堂之廣

百四十四尺。周人明堂，以爲兩序間大夏后氏七十二尺。若據鄭氏之說，則夏室大於周堂。如依

馬宮之言，則周堂大於夏室。后王轉文，周大爲是。但宮之所言，未詳其義。 王制曰：寢不踰廟。明大

殘缺，先儒解說，家異人殊。鄭注玉藻亦云：宗廟路寢，與明堂同制。 此皆去聖久遠，禮文

小是同。 今依鄭注，每室及堂，止有一丈八尺，四壁之外，四尺有餘。 若以宗廟論之，「祫享之時，周

管城碩記卷之十二

二三三

管城碩記

二三四

人旅酬六尸，并后稷爲七，先公昭穆二尸，先王昭穆二尸，合十一尸，三十六主〔一〕。及君北面行事

於二丈之堂，愚不及此。若以正寢論之，便須朝宴。據燕禮，諸侯宴，則賓及卿大夫脫履升坐。是

知天子宴，則三公九卿並須升堂。若以明堂論之，總享之時，五帝各於其室。燕義又云：席，小卿次上卿。言皆侍席。止於二筵之間，豈得

行禮？若以明堂論之，總享之時，五帝各於其室。設青帝之位，須木室〔二〕之內少西面。丈八之室，神位有三，加以

昊從食，坐於其西，近南北面。祖宗配享者，又於青帝之南，稍退西面。丈八之室，神位有三，加以

簠簋籩豆，牛羊之俎，四海九州美物咸設，復須席上〔三〕升歌，出樽反坫，揖讓升降，亦以隘矣。據

茲而說，近是不然。案劉向別錄及馬宮、蔡邕等所見，當時有古文明堂禮、王居明堂禮、明堂圖、明

堂大圖，明堂陰陽、太山通義、魏文侯孝經傳等，並說古明堂之事。其書皆亡，莫得而正。今明堂

月令，蔡邕具爲章句，又論之曰：明堂者，所以宗祀其祖以配上帝也。夏后氏曰世室，殷人曰重

屋，周人曰明堂。東曰青陽，南曰明堂，西曰總章，北曰玄堂，內曰太室。聖人南面而聽，向明而

治，人君之位莫不正焉。故雖有五名，而主以明堂也。制度之數，各有所依。堂方一百四十四尺，

坤之策也。屋圓楣徑二百一十六尺，乾之策也。太廟明堂方六丈，通天屋徑九丈〔四〕。陰陽九六

之變，且圓蓋方覆，九六〔五〕之道也。八闥以象卦，九室以象州，十二宮以應日辰。三十六戶，七

〔一〕「主」字，原作「王」，據隋書牛弘傳改。　〔二〕「木室」原作「太室」，據牛弘傳改。　〔三〕「上」字，原誤「工」，據牛
弘傳改。　〔四〕「九丈」，原誤「牐以」，據牛弘傳改。　〔五〕「六」字，原誤「寸」，據牛弘傳改。

十二牖〔一〕以四户〔二〕八牖乘九宮之數也。戶皆外設〔三〕而不閉，示天下以不藏也。通天屋高八十

一尺，黃鐘九九之實也。二十八柱布四方，四方七宿之象也。堂高三尺，以應三統。四向五色，各象

其行〔四〕。水闊二十四丈，象二十四氣，於外，以象四海。王者之大禮也。觀其模範天地，則象〔五〕

陰陽，必據古文，義不虛出。今若直〔六〕取考工，不參月令，青陽總章之號不得而稱，九月享帝之禮

不得而用。夫帝王作事，必師古昔，今造明堂，須以禮經為本。形制依於周法，度數取於月

令，遺闕之處，參以餘書，庶使該詳沿革之理。上以時事草創，未遑制作，竟寢不行。」

酒正。辨四飲之物，曰清，曰醫，曰漿。鄭氏注云：醫之字從殹，從酉省也。臆后致飲于

賓客之醴。醫與臆亦相似，文字不同，記之者各異耳。

按：膳夫「凡王之饋飲用六清」鄭注曰：「六清，水、漿、醴、醷、醫、酏。」陸德明曰：「醫，於美反。徐

於計反。」賈公彥曰：「六清，水、漿、醴、醷、醫、酏也。」據此，周禮之故書醫本作醫，故康成

謂醫之字從殹，從酉省也。蓋謂省殹為醫，而仍從酉耳。若醫字上殹下酉，又何省乎？賈氏疏謂

從酉省者，去水。然醴、酏皆從酉，又何不言省乎？內則記諸飲，有醴、漿、水、醷、濫。膳夫六清之醫，即醷，醫

「醷，梅漿。」以周禮六飲校之，則濫、涼也。竊意臆同醷，涼同醷，濫亦同醷。膳夫六清之醷，即醷，注曰：

〔一〕「牖」字原重，據牛弘傳刪。

〔二〕「戶」字，原誤「尸」，據牛弘傳改。

〔三〕「設」字，原誤「室」，據牛弘傳改。

〔四〕「行」字，原誤「形」，據牛弘傳改。

〔五〕「象」字，原誤「行」，據牛弘傳改。

〔六〕「直」字，原作「紀」，據牛弘傳改。

與溢相似，字書醯音溢，卽醫可知。而許氏說文引入醫，注曰：「醫，治病工也。殹，惡姿也。醫之性然，得酒而使。從酉。」不知醫蓋爲醫之譌也。今字書并不知有醫字，何也？

筆，則以削刻字。

22 考工記：築氏爲削。　鄭注曰：今之書刀。

「賈氏曰：漢時蔡倫造紙，蒙恬造筆。古者未有紙

按：崔豹古今注云：「牛亨問曰：古有書契，便應有筆。世稱蒙恬造筆，何也？答曰：自蒙恬始作秦筆耳。以柘木爲管，羊毛爲被。非謂古無筆也。」前漢書外戚傳云：「趙婕好〔一〕詔封小綠〔二〕篋，中有藥二枚，赫蹏書曰：告偉能〔三〕。努力飲藥。」應劭曰：「赫蹏，薄小紙也。」蔡倫，後漢和帝中常侍，是倫前已有紙也。賈氏之說，殊失考矣。爾雅「不律謂之筆」，曲禮「史載筆」，尚書中候曰：「玄龜負圖出，周公援筆以時文寫之。」孝經援神契曰：「孔子簪縹筆。」韓詩外傳：「周舍對趙簡子曰：墨筆執牘，從君之後。」杜預春秋序曰：「絕筆於獲麟」之一句。是皆爲古有筆之證也。毛詩「詒我彤管」，鄭箋曰：「彤管，亦筆管也。」禮內則「右佩玦捍管遰」，鄭注：「管，筆弢也。」應璩新詩「彤管珠納言」，杜甫送王信州崟北歸詩「塵生彤管筆」，皆用詩彤管筆也。歐陽公詩傳曰：「古者鍼筆皆有管，樂器亦有管。不知此管是何物？」朱子集傳曰：「彤管，未詳何物？」是又吾所不解也。

〔一〕「好」字，原誤「好」，據外戚傳改。

〔二〕「小綠」，原作「綠小」，據外戚傳乙正。

〔三〕「偉能」，原誤「傅能」，

管城碩記卷之十三

禮二

1　賈公彥序儀禮曰：周禮、儀禮發源是一，理有終始，分爲二部，並是周公攝政太平之書。〈周禮爲本，儀禮爲末。〉本則難明，末便易曉。是以周禮注者，則有多門，儀禮所注，後鄭而已。

按：儀禮疏曰：周禮言周不言儀者，周禮[一]是周公攝政六年所制，取別夏殷，故言周。儀禮言儀不言周者，欲見兼有異代之法。士喪禮[二]有商祝、夏祝，鄭氏注曰：商祝，祝習商禮者。夏祝習夏禮者。是禮兼夏、商，故不言周。其解說鄭注而爲之疏者，齊有黃慶，隋有李孟悊。慶則舉大略小，悊則舉小略大，不無互有修短。若乃擇善而從，兼增己意，其賈氏乎？鄭漁仲曰：「周禮、儀禮乃周人之禮。所謂禮記者，特二禮之傳注耳。夫禮記本以傳二禮，而反爲正經。周禮、儀禮獨不置博士，豈非漢儒欲伸己說之過與？

2　隋經籍志曰：漢初，有高堂生傳十七篇。又有古經出於淹中，而河間獻王好古愛學，得而獻之」，合五十六篇。並無敢傳之者。唯古經十七篇，與高堂生所傳不殊，而字多異。

〔一〕「周禮」，賈公彥儀禮疏作「同是」，指周禮和儀禮。

〔二〕「喪」字，據儀禮士喪禮補。

按:鄭氏注士冠禮「布席于門中,闑西閾外」:「古文闑爲槷,國爲燬。」側尊一甒,醴在服北」:「古文甒作廡」:「爵弁、皮弁、緇布冠各一匴」:「古文匴爲籫。」「兄弟畢袗玄」:「古文袗爲均。」「將冠者采衣紒」:「古文紒爲結。」「贊者盥于洗西」:「古文盥作浣。」「莫纚笄櫛」:「古文櫛爲節。」「覆之面葉」:「古文葉爲擖。」「筵未坐啐醴」:「古文啐爲呼。」「東帛儷皮」:「古文儷爲離。」「設扃鼏」:「今〔一〕文扃作鉉,古文〔二〕鼏爲密。」「某有子某」:「古文某爲謀。」士昏禮「主人拂几授校」:「古文校爲枝。」「腊一肫髀不升」:「古文肫爲釣。」「啓會卻于敦南」:「古文卻爲綌。」「贊見婦于舅姑」:「古文舅作咎。」「與始飯之錯」:「古文始作姑。」士相見禮「妥而後傳言」:「古文妥爲綏。」問夜膳葷」:「古文葷作薰。」「舉前曳踵」:「古文曳作枻。」「草茅之臣」:「古文茅作苗。」鄉飲酒禮「主人釋服」:「古文釋作舍。」「賓介不與」:「古文與爲預。」鄉射禮「挩手執爵」:「古文挩作說。」「兼挾乘矢」:「古文挾作接。」燕禮「莫瓿與篚」:「古文瓿爲纆。」「更爵」:「古文更爲受。」大射儀「頌磬東面」:「古文頌爲庸。」「又諾以商至乏〔三〕聲止」:「古文聲爲磬」:「順羽且左還」:「古文且爲阻。」「公親揉之」:「古文揉爲紐。」「楊降立」:「古文楊作官」:「加其奉于左皮上」:「古文奉爲卷。」「使者載旜」:「古文旜爲膳。」聘禮「管人布幕」:「古文管賜。」「羞俟獻」:「古文俟作淑。」「俟于郊爲肆」:「古文肆爲肄。」「賄在聘于〔四〕賄」:「古文賄作

〔一〕「今」字,原作「古」,據鄭玄注改。

〔二〕「古文」,據鄭玄注補。

〔三〕「乏」字,原作「之」,據大射禮原文改。

〔四〕「于」字,原作「爲」,據大射禮原文改。

梅。」「十筥曰稑。」「古文稑作穋。」公食大夫禮「左人待載」「古文待為持。」「腳以東」「古文腳作香。」「魚腊不與。」「古文與作豫。」士喪禮「陳襲事于房中，西領南上不綪」「古文綪為精。」「布巾環傅。」「祭地瘞」「古文瘞作塓。」「抾用巾」「古文抾作振。」「設決麗于掔」「古文麗為連，掔作捥。」「幎莫用幅」「古文幅為幑。」「主人髺髮」「古文髺作括。」「乃杝載載」「古文杝為比。」「禭者以禭功布」「古文環作還。」「古文莫為尊。」「兩簋無滕」「古文滕為筍。」「左首進髀」「古文髀為胖。」既夕「特鮮獸」「古文特為組。」「請讀賵執笲」「古文藉為席。」「播餘于笲」「古文播為半。」「設牀第」「古文第為茨。」士虞禮「藉用葦席」「銅芊用苦若薇」「古文苦為枯。」「未徹乃餕」「古文餕為飱。」「取諸脰膉」「古文脰膉為頭監。」特牲饋食禮「主婦視饎爨食」「古文饎作糦。」「拜尸備答拜」「古文備為復。」少牢饋食禮「癏人概甑甗。」「上佐食舉尸牢幹」「古文幹為肝。」有司徹「乃綏尸俎」「士設俎于豆北，羊骼一」「古文骼為胳。」「乃餕如檳」「古文纛作酸。」「又几罪用席」「古文右作侑，罪作茀。」古文、今文其字多異者，皆此類也。

觀禮云：諸侯覲于天子，為宮方三百步，四門，壇十有二尋，深四尺，加方明于其上。鄭氏曰：方明者，上下四方神明之象也。

按：竹書「殷太甲十年，初祀方明。」則是祀方明者，殷禮也。周制，天子乘龍載大旂，出拜日于東

3

門之外，反袘方明，其因於殷禮者乎？方明木方四尺，設六色，上玄下黃，四方各如其方色。其卽上

下四方之明神，取象於此，故因謂之方明乎？

4 〈大射儀〉曰：獲者左〔一〕執爵，右祭薦俎？二手祭酒。〔鄭注曰：二手祭酒者，獲者南面，於俎北當

爲侯，祭於豆間，爵反注，爲一手不能正也。天子祝侯曰：惟若寧侯，無或若女不寧侯，不屬於王

所，故抗而射女，彊飲彊食，貽女曾孫，諸侯百福。諸侯以下，祝辭未聞。

按：〈大射之禮〉：樂正命太師曰：奏〈貍首〉間若一。太師不興，許諾，反位，奏〈貍首以射〉。〕彼注曰：

「〈貍首〉，逸詩，〈曾孫〉也，〈貍〉之言不來也。其詩有射諸侯首不朝者之言，因以名篇。後世失之，謂之〈曾

孫〉。〈射義所載〉，詩曰曾孫侯氏〔二〕，是也。」蓋天子與諸侯射，謂之大射，〈周禮樂師〉

曰：『凡射，王以〈騶虞〉爲節，諸侯以〈貍首〉爲節。』此大射所以歌〈貍首〉也。〈大戴記〉載其全曰：『今日大

射，四正具舉。大夫君子，凡以庶士，小大莫處，御于君所。以燕以射，則燕則譽。乃躋其堂，乃節其行。

既載，大〔三〕侯既抗，中獲既置。弓既平張，四侯既良，決拾有常，既順乃讓。

既志乃張，射夫命射。射者之聲，御車之䡄，既獲卒莫。嗟爾不〔四〕寧侯，爲爾不朝于王所，故抗而射

汝，強食食爾，曾孫侯氏。』據此，則『大射』爲章頭，『曾孫』爲尾句，鄭以曾孫爲章頭，非也。『無或若

女不寧侯，不屬于王所，故抗而射女』，數句皆〈貍首〉詩辭，鄭以爲天子祝侯之辭，非也。又〈大戴

〔一〕「左」字，〈大射禮〉原文作「右」。

〔二〕「既設」原誤「所說」，據〈大戴禮記投壺篇〉改。

〔三〕「大」字，原誤「于」，據

〔四〕「嗟爾不」，原誤「若獲」，據投壺篇改。

投壺篇改。

引，以《考工梓人》證之，「曾孫侯氏」之上當補「貽爾曾孫」句，下亦當補「侯氏百福」句，庶爲全也。唐孔氏曰：「曾孫侯氏者，若《左傳》云曾孫蒯聩之類是也。」賈氏曰：「曾孫諸侯，謂女後世爲諸侯者。」二義皆可通也。至鄭注以貍之言不來。徐廣《史記音義》曰：「貍一名不來。」則當日之取象於貍者，因以警諸侯之不來也。

5　燕禮：升歌《鹿鳴》，下管《新宮》。

鄭氏曰：新宮，《小雅》逸篇也。

按：《昭二十五年傳》，「宋公享昭子，賦《新宮》，昭子賦《車轄》。」則是當春秋之世，《新宮》猶未亡也。

6　陳氏曰：古《禮》辨誤三卷，永嘉張淳所校，首有目錄載大小《戴》、劉向，篇第異同，以古監本、巾箱本、杭細本、嚴本校定，識其誤而爲之序。謂高堂生所傳《士禮》爾。今此書兼有天子、諸侯、卿、大夫禮，決非高堂所傳。其篇數偶同。

按：朱子曰：「張淳云：如劉歆所言，則高堂生所得，獨爲《士禮》，而今《儀禮》乃有天子、諸侯、大夫之禮，居其太半。疑今《儀禮》非高堂生之書，但篇數偶同同耳。此則不深考於劉説所訂之誤，又不察其所謂《士禮》者，特略舉首篇以名之。甚曰推而致於天子者，蓋專指冠、昏、喪、祭而言。若燕、射、朝、聘，則士豈有是禮而可推耶?」

7　仲長統曰：《禮記》作於漢儒，雖名爲經，其實傳也。

陸德明曰：記二禮之遺缺，故曰《禮記》。劉向校定二百五十篇，戴德刪爲八十五篇，謂之《大戴記》。戴聖刪爲四十六篇，謂之《小戴記》。馬融益《小戴記》《明堂位》、《月令》、《樂記》三篇，爲四十九篇，行于世。

管城碩記卷之十三

二四一

按⋯戴記通解曰：「凡禮不可常行者，非禮之經，用于古不宜于今，而猶著之于篇，非聖人立經之意。卽四十九篇中所載，如俎豆席地、祖衣行禮、書名用方策，人死三日歛之類，古人用之，今未宜。父在爲母期，出母無服，師喪無服，此等雖古近薄。父母爲子斬衰，妻與母同服，此等失倫。官士不得廟事祖，支子不祭，此等非人情。杖不杖視尊卑貴賤，哭死爲位于外，散穀與魚臘置柩旁，此等近迂闊。國君饗賓，夫人出交獻，命婦入公宮養子，國君夫人入臣子家吊喪，此等犯嫌疑。祭祀用子孫爲尸，使父兄羅拜，若祫祭，則諸孫濟濟一堂爲鬼，此等近戲謔。古人每事不忘本，酒尚玄，冠服用皮，棺中藏甕甎筲衡等器，歲久腐敗，陷爲坑谷，此等無益有害。則祭，至于宗族姓氏則隨便改易，如司徒、司空、朝氏、趙氏，唯官唯地，數世之後，迷其祖姓，又其無本之思也？廟制，天子至士庶有定數，皆有堂有寢有室有門。大邑巨家，父子世官，兄弟同朝，又何將廟不多於民居乎？如云皆設于宗子家，則宗子家無地可容。如父爲大夫，子爲士庶，則廟又當改毀。倏興倏廢，祖考席不暇煖。適子繼體，分固當尊。至於抑庶之法，亦似太偏。喪服有等，不得不殺。至於三殤之辨，亦覺太瑣。衰麻有數，不得不異。至於麻葛之易，亦覺太煩。天子選士觀德用射。射中得爲諸侯，不中不得爲諸侯。如此之類，雖古禮乎，烏可用？故凡禮非一世一端，不可盡。帝王不相沿襲。聖人言禮，不及器數，惟曰義以爲質，有以也。此四十九篇大都先賢傳聞，後儒補緝，非盡先聖之舊，而鄭康成信以爲仲尼手澤。遇文義難通，則稱竹簡爛脫，顛倒其序。根據無實，則推夏殷異世，逃遁其説。蓋鄭以記爲經，不敢矯記之非。世儒又以鄭爲知禮，不敢議

鄭之失，于餘年所以卒貿貿耳。」

8　程子曰：大學，孔氏之遺書。

　　朱子曰：右經，蓋孔子之言而曾子述之。其傳，則曾子之意而門人記之也。

　　按：後漢賈逵曰：「孔伋窮居於宋，懼先聖之學不明而帝王之道墜，故作大學以經之，中庸以緯之。」則是大學、中庸皆子思作也。宋申與藝文志曰：「中庸、大學實孔氏之遺書，不云曾子，是也。若以爲曾子之意而門人記之，不應於傳中止一引曾子矣。且大學之引曾子，不猶中庸之引仲尼乎。可謂非子思書乎？新安胡氏曰：「仁宗時，王堯臣及第，賜中庸篇。呂臻及第，賜大學篇。於戴記中表章此二篇，以風厲儒臣。是以開四書之端。」然南史梁本紀曰：「武帝撰周易講疏、毛詩、春秋答問[一]、尚書大義、中庸講疏。」則是於戴記中表章中庸者，不始宋仁宗也。

9　隋經籍志云：小戴記四十六篇，漢末馬融傳小戴之學。融又定[二]月令一篇、明堂一篇、樂記一篇，合四十九篇。而鄭玄受業于融，又爲之注。

　　按：牛弘傳曰：「今明堂月令者，鄭玄云是呂不韋著，春秋十二紀之首章，禮家鈔合爲記。蔡邕、王肅云同公所作，周書有[三]月令第五十三，即此也。各有證明，文多不載。束皙以爲夏時[四]書，劉

〔一〕「答問」原作「問答」，據南史梁武帝本紀乙正。

〔二〕「定」字，原作「作」，據隋書經籍志改。

〔三〕「有」字上原有「内」字，據北史牛弘傳刪。

〔四〕「時」字下原有「之」字，據牛弘傳刪。

瓛云：「不韋鳩集儒者，尋于聖王月令之事而記之。不韋安能獨爲此記？今案不得全稱爲周書，亦未可卽爲秦典，其內雜有虞、夏、殷、周之法，皆聖王仁恕之政也。」又唐曆志〔一〕日度議曰：「梁大同曆夏后氏之初，冬至日在牽牛初，以爲明堂月令乃夏時之記。據中氣推之不合，更以中節之間爲正，乃稍相符。」

魏徵諫錄曰：「月令起於上古，書云敬授人時。故袁準正論曰：『古有王居明堂之禮，月令則其事也。』呂不韋只是修古月令，未必起秦代也。」

10 唐孔氏月令疏曰：

蔡邕、王肅言周公所作，其中官名時事，多不合周法。案呂不韋集諸儒所著，爲十二月紀，合十餘萬言，名爲呂氏春秋。篇首皆有月令，與此文同，是一證也。又周無太尉，唯秦官有太尉，而此月令云乃命太尉，此是官名不合周法，二證也。又秦以十月建亥爲歲首，而月令云來歲受朔日，則是九月爲歲終，十月爲受朔。此是時不合周法，三證也。又周有六冕，郊天迎氣則用大裘，乘玉輅，建大常日月之章，而月令服飾車旗，並依時色。此是事不合周法，四證也。故鄭云其中官名時事多不合周法。

按：月令非呂不韋所作，其說已見於前矣。其云太尉爲秦官，則亦非也。鄭氏疑三王之官有司馬，無太尉，秦官則有太馬。俗人皆云周公作月令，未通於古。據魚豢典略曰：「古者兵獄官皆以尉爲名。」國語晉悼公使祁奚爲元尉，鐸遏寇爲輿尉，奚午爲軍尉。管子管藏于里尉。又襄二十一年左氏傳欒盈曰：「將歸死于尉氏」，杜預曰：「尉氏，討姦之官。」正義曰：「周禮司寇之屬，無尉氏之

〔一〕 「曆志」，原誤「天文」，據新唐書曆志三改。

官。」又石氏星經「紫微垣右樞第二星曰少尉」。尉既有少，則應有太矣。故中候握河紀云：「舜為

太尉」。河圖錄運法云：「堯坐舟中與太尉舜觀鳳凰。」如尚書立政常伯、常任、準人、牧夫，皆因禮所

無，安見無太尉官耶？應劭以大尉為周官者，是也。季秋合諸侯，制百縣為來歲受朔日，此因大饗

帝告廟而受朔也。若謂秦以十月建亥為歲首，而季秋為來歲，受朔，十月為受

朔，此時與周法不合。試問秦以十月為來歲，即以十月為來年，而孟冬祈來年於天宗，又以何者為

來年乎？季冬與大夫共飭國典，論時令，以待來之宜。若謂秦以十月為來年，即是九月為歲終，十月為

而季冬何以待來歲乎？史記始皇十二年，文信侯不韋死。二十六年，秦初併天下，改年，始朝賀，皆

用十月朔。則秦以十月為歲首者，不韋死十四年矣。安得呂覽中預知十月為歲首乎？至謂周郊

天服大裘，乘玉輅，而月令車旗服飾，並依時色，與周不合，亦非也。周禮玉輅以祀天，而郊特牲

云：「戴冕璪十二旒，乘玉輅。」周禮蒼璧禮天，牲幣玉色。而祭法云：「燔柴於泰壇，用騂犢。」又明

堂位云：「周人黃馬蕃鬣。」則素車、蒼牲、黃馬、騂犢之殊，安必不因時色乎？況乎方郡縣而云諸

侯，方刑酷而云施惠，方坑儒而云選士，方焚書而云入學，吾知其有不然矣。

唐孔氏檀弓疏曰：案子游譏司寇惠子廢嫡立庶，又檀弓亦譏仲子舍嫡孫而立庶子，其事同，子游是

孔門習禮之人，未足可嘉。檀弓非是門徒，而能達禮，故善之以為篇目。

按：宋華父魏氏曰：「檀弓不知何人所作，而一篇之書，獨於子游極其稱譽。雖於孔門諸子，率多

譏評。又以言曾並列，其是言而非曾者非一，幾若偏於抑揚。然即其書以考之，大抵當典禮謁闕

無所考證之時，人之有疑弗決者，以質諸子游。故前後典禮所關者十有四，皆以言游一言爲可否，亦足以見時人之耳目。雖汰哉叔氏之語，若譏之，而實尊之。然則游以習禮列於文學，茲其爲文爲學，蓋三代典章之遺賴游以有存者。然則以檀弓名篇而不以子游，何也？檀弓爲六國時人，生子游之後，故得載子游之語。若竟以子游名篇，檀弓之語烏從而載之？孔氏以檀弓非門徒而達禮，故善之以名篇者，非也。」

12 緇衣。

劉獻云：公孫尼子所作也。

孔氏疏云：按鄭目錄曰：名曰緇衣，善其好賢者厚也。

按：緇衣所引詩書，字多與今異。如詩云「有梏德行」，鄭注「梏，大也」，今詩作覺。詩云「昔吾有先正，其言明且清，國家以寧，都邑以成，庶民以生。誰能秉國成，不自爲正，卒〔一〕勞百姓！」陸氏釋文曰：「昔吾有先正從此至庶民以生，今詩〔二〕皆無此語。餘在小雅節南山篇。或皆逸詩也。」容齋三筆云：「予按文選張華答何邵詩曰：周任有遺規，其言明且清。然則周任所作也。而李善注云：子思子：詩曰：昔吾有先正，其言明且清。世之所存子思子，亦無之，不知善何據？意當時或有此書，善必不妄也。特不及周任遺規之意，又不可曉。引書尹吉曰：『惟尹躬天見于西邑夏。』鄭注：『吉當爲告。告，古文誥字之誤也。』曰：『惟尹躬及湯，咸有壹德。』兌命曰：『惟口起羞。』兌命曰：『爵無及惡德。』鄭注：『兌當爲説，謂殷高宗之臣傅説也。』君雅曰：『夏日暑雨，小民惟曰怨資。』

〔一〕「卒」字，原作「率」，據禮記緇衣改。

〔二〕「詩」字，原作「本」，據陸德明經典釋文改。

鄭注:「雅,書序作牙,假借字也。」陸氏曰:「尚書無日字,資,作咨。」君奭曰:「在昔上帝,周田觀文王之德。」鄭注:「古文周田觀文王〔一〕之德爲割申勸寧王之德。今博士讀爲厥亂勸寧王之德,三者皆異,古文似近之。」石林葉氏曰:「余讀春秋傳、禮記、孟子、荀子,間與今文異同。孟子載湯諸造攻自牧宮,不言鳴條。春秋傳述五子之歌衍率彼天常一句,證康誥父子兄弟罪不相及。今文乃無有。若荀卿引仲虺曰:諸侯能自得師者王,得友者霸。引康誥惟文王敬忌,一人以懌。其乖悟有如此者。微孔氏,則何所取正。」蓋當時公孫尼子所見之詩、書,猶或是古文也。

同也。

13　王制:二百一十國以爲州,州有伯。

虞、夏及周皆曰牧。

鄭注:殷之州長曰伯,

按:孔叢子:「子思曰:吾聞諸子夏曰:殷王帝乙之時,王季爲西伯,以功德受此賜。」是殷之州長稱伯也。大雅皇矣云「瑟彼玉瓚」,鄭箋云:「殷王帝乙之時,王季以九命作伯于西。」是殷之州長稱伯也。孔疏引舜典云「觀四岳羣牧」,又云「咨十有二牧」,是虞稱牧也。左傳宣三年云「夏之方有德也,貢金九牧」,是夏稱牧也。周禮宗伯云「八命作牧」,又太宰云「建其牧」,是周稱牧也。然案竹書紀年云「文丁四年,周公季歷伐余無之戎,克之,命爲牧師。」天問云:「伯昌號衰,秉鞭作牧。」是殷亦稱牧也。

14　曲禮:國君不名卿老。

鄭注:卿老,上卿也。

〔一〕「文王」原作「寧王」,據禮記緇衣鄭玄注改。

按：公羊傳曰：「君於臣而不名者有五：諸父兄不名，經曰王札子是也，詩曰王曰叔父是也。上大夫不名，祭伯是也。盛德之士不名，叔肸是也。老臣不名，宰渠、伯糾是也。國君不名卿老，禮也。」是亦春秋之義也。

15 郊特牲〔一〕：冠義：始冠之，緇布之冠也，適子冠於阼，以著代也。三加彌尊，喻其志也。無大夫冠禮，而有其昏禮。古者五十而后爵，何大夫冠禮之有？諸侯之有冠禮，夏之末造也。

按：古者二十而冠，五十乃爵為大夫，則是未爵為大夫之時，猶以士禮冠之。無五十爵命而始冠者，故無大夫冠禮也。夏初以上，諸侯雖有幼而即位者，亦以士禮冠之。但大夫及士緇布之冠無緌。雜記曰「大帛緇布之冠，不緌」，謂此也。諸侯位尊則有緌，玉藻曰「緇布冠繢緌」，謂諸侯也。天子之元子，士也，冠禮與士同。但四加與公冠同。若天子則與士異，故大戴記有公冠篇，加玄冕為四加。玉藻曰：「玄冠朱組緌，天子之冠也。」鄭氏注曰：「始冠之冠也。」大戴記曰：「成王冠，周公為祝詞，使王近於人，遠於年，嗇於時，惠於財。」是天子舊有冠禮，其後乃亡之耳。天子與諸侯十二而冠，士則二十而冠耳。漢河間獻王得古禮於古淹中，其中却有天子諸侯之禮，所以班固言愈於推士禮而致於天子、諸侯之禮，是固其書尚在，而今亡矣。

16 祭法：

按：寔勤其官而水死。

注曰：寔，契六世之孫也。其官玄寔，水官也。

按：漢書禮樂志曰「高稷始生，玄王、公劉」師古曰：「高，殷之始祖。玄王亦殷之先祖，承黑帝之

〔一〕 「郊特牲」篇名，據文例及郊特牲原文補。

後，故曰玄王。」毛、鄭說詩，以玄王即契也。此志既言〔一〕高，又有玄王，則玄王非高一人矣。」據此，則玄王爲契六世之孫，而非契也。

國語：「玄王勤商，十有四世。帝甲亂之，七世而隕。」以世數計之，知玄王非契。

竹書：「夏帝杼十三年，商侯冥死于河。」蓋殷追王之爲玄王也。其義未聞。

17 〈祭統〉：舞莫重於武宿夜。

按：孔氏正義：「武宿夜是武曲之名。」陳氏曰：武宿夜，武舞之曲名也。皇氏云：師說書傳云：武王伐紂，至於商郊，停止宿夜，士卒皆歡樂歌舞以待旦，因以名焉。武宿夜其樂亡也。

今按：書牧誓曰「時甲子昧爽，王朝至于商郊牧野，乃誓。」孔安國傳曰：「紂近郊三十里地名牧。癸亥夜陳，甲子朝誓。」則大武之曲以宿夜命名，義蓋有取乎此也。

18 〈樂記〉：治亂以相，訊疾以雅。

按：上文「會守拊鼓」，故鄭注：「相即拊也。」亦以節樂承上而言也。

陳氏曰：相即拊也，所以輔相於樂。訊亦治也，雅亦樂器也。

鄭讀相爲平，云：「拊者，以韋爲表，裝之以穅，穅一〔二〕名相，因以名焉。」徐邈「息亮反」，是也。其實以器言之，當讀爲平聲，相雖有輔相之義，豈可云治亂以輔相乎？周禮太師職云：「大祭祀，帥瞽登歌，令奏擊拊。」孔氏書傳曰：「以韋爲鼓謂之搏拊。拊一名相，故曰治亂。」鄭司農云：「雅狀如漆筒而弇，口大二圍，長五尺六寸，以羊皮鞔之。有兩組疏畫，以相也。」雅亦樂器者，正義引周禮笙師職云：「春牘應雅。」鄭司農云：「雅亦樂器也。」此蓋以舞者迅疾，則擊此訊之。爾雅釋詁曰：「訊，告

〔一〕 「言」字，原作「有」，據漢書禮樂志顏師古注改。

〔二〕 「一」字，原作「亦」，據禮記樂記鄭玄注改。

也」。詩云「歌以訊之」，亦是義也。故曰「訊疾以雅」。陳氏云「訊亦治也」，失其旨矣。

19 王制：夫圭田無征。 鄭注曰：夫猶治也。征，稅也。治圭田者不稅，所以厚賢也。

按：孟子云「卿以下必有圭田。圭田五十畝，餘夫二十五畝。」集注謂「有圭田，所以厚君子。又有餘夫之田，所以厚野人」。據周禮小司徒職「凡國之大事，致民，大故致餘子」，鄭氏曰：「餘子，卿大夫之子，當守王宮者也。」其餘卿大夫之子未命為卿大夫者，則謂之餘夫。 圭田半於五十畝，餘夫餘子治也，謂餘子所治之圭田也。 圭田不稅者，殷禮。周時貢、助兼行，故亦有圭田，即載師之士田也。 鄭氏曰：「士田，自卿以下圭田也。」但周之士田，以任近郊之地，稅什一，與殷異。

管城碩記卷之十四

楚辭集注一

1 離騷曰：字余曰靈均。

朱子集注曰：靈，神也。均，調也。

按：尚書盤庚曰「弔由靈」，孔安國傳曰：「弔，至。靈，善也。」孔穎達疏曰：「弔，至。靈，善」，皆釋詁文。」伯庸字其子靈，當訓善，不當以神靈稱之。

2 扈江離與辟芷。

集注曰：扈，被也。離，香草，生於江中，故曰江離。〈說文曰：蘪蕪也。郭璞曰：似蘪蕪。辟，幽也。芷亦香草，生於幽辟之處。〉

按：史記相如遊獵賦[一]曰：「江離蘪蕪。」索隱曰：「吳錄曰：臨海縣海中生江離，正青似亂髮，即離騷所云者是也。廣志云：赤葉紅花，則與張勃所說又別。案今芎藭苗曰江離，綠葉白華，又不同。」據山海經曰「洞庭之山，其草多蘪蕪芎藭」，淮南氾論曰「夫亂人者若芎藭之與藁本，蛇床之與蘪蕪」，上林賦「被以江離，糅[二]以蘪蕪」，以數說證之，則江離與蘪蕪，似非一物也。本草李時珍曰：「大葉似芹者，爲江離。細葉似蛇床者，爲蘪蕪。總爲芎藭苗也。」斯言得之矣。辟芷，辟即薜。〈爾雅…

〔一〕「遊獵賦」，據史記卷一百十七司馬相如傳應爲子虛賦。

〔二〕「糅」字，原誤「揉」，據文選改。

「薛，山蘄。」說文:「蘄，草也。」生山中者，一名薛。辟芷，猶言蘄菣也。爾雅:「蘄茝、蘪蕪。」說文:「晉謂之𧂇，齊謂之茝，楚謂之蘺，又謂之药」，是也。廣雅「白芷葉謂之药」，是也。揚雄反騷「卷薜芷與若蕙兮」，即辟芷也。非以芷生於幽僻為辟芷也。

3 朝搴阰之木蘭兮。

集注曰: 木蘭，木名。本草云: 皮似桂而香，狀如楠樹，高數仞，去皮不死。

按: 神農本草:「立春之日，木蘭先生。」別錄曰:「杜蘭。」本經曰:「林蘭。」綱目曰:「木蓮，曰黃心。」白樂天集:「木蓮生巴峽山谷間，民呼為黃心樹，身如青楊，有白紋。葉如桂，而厚大無脊，花如蓮花，四月初始開，二十日卽謝，不結實。」廣雅:「木蘭似桂，皮辛可食。葉冬夏常似其實如小甘酸美。」〔一〕則木蓮、木蘭不得不為一種明矣。

4 夕攬洲之宿莽。

按: 方言曰:「蘇芥，芥草也。江淮南楚之間曰蘇，自關而西曰草，或曰芥，南楚江湘之間謂之芥」是楚人凡草皆謂之芥。草未有冬生而不死者，爾雅「卷施〔二〕草拔心不死」，郭注:「宿莽也。」則宿莽蓋專指卷施而言耳。卷施或亦為卷施。南越志:「卷施，江淮間謂之宿莽。」晉庾闡賦:草則縈露卷施。梁王僧儒贈顧倉曹詩:譬如卷施草，心謝葉空存。是也。」木蘭去皮不死，宿莽拔心不死，故原並取之。李安溪曰:「木蘭去皮不死，則德行之彌貞。宿莽冬不枯，則才能之彌茂。」

〔一〕此廣雅引文有誤。廣雅釋木:「木欄，桂蘭也。」王氏疏證有如下引文:「木蘭皮似桂」「辛香可食」「葉似長生，冬夏榮」，常以冬華，其實如小柿，甘美」。

〔二〕「施」字，原作「施」，據爾雅改。下同。

5 雜申椒與菌桂。

集注曰：菌，渠隕反，或從竹。椒，木實之香者。申，或地名，或其美名耳。桂，木

名。本草云：花白葉〔一〕黃，正圓如竹。

按：稽含草木狀曰：「桂出合浦，冬夏常青。交阯置園，有三種：葉如栢皮赤者爲丹桂，似柿葉者爲菌桂，葉似枇杷者爲牡桂。」則菌桂乃桂之一種耳。張氏文選纂注曰「菌，薰也，即零陵香也」，謬甚。

6 荃不察余之中情兮。

集注曰：荃與蓀同。隱居云：冬間溪側有名溪蓀者，極似石上菖蒲，而葉無脊。

按：漢江都王建傳：「縣王閩侯遺建荃、葛、珠璣。」服虔曰：「荃音蓀。」謂荃與蓀同則非。說文：「荃，芥脃。」「蓀，香草。」是荃與蓀別也。

7 薋菉葹以盈室兮。

集注曰：薋，蒺藜也。菉，王芻也。葹，枲耳也。三物皆惡草，以比讒佞。

按：爾雅「茨，蒺藜」，郭注：「布地蔓生，子有三角，刺人。」茨即薋，蓋惡草也。爾雅「菉，王芻」，注曰：「菉，蓐也。」小雅「終朝采綠」，注曰：「綠，生芻也。」孫炎及某氏以此爲菉竹。至若「葹，枲耳」，爾雅又有「竹萹蓄」，注曰：「似小藜，好生道傍。」此與薋相似，同爲惡草者也。思美人篇曰：「解萹薄與雜菜。」注亦曰：「萹蓄雜菜，皆非芳草。」施當是葹之譌。許氏說文：「葹，卷耳也。」後漢書劉聖公傳：「遣李松會朱鮪，與赤眉戰於蓩鄉。」字林曰「葹，毒草」，

〔一〕「葉」字，楚辭補注引作「藥」。

因以爲名。郡國志弘農有荔鄉，蓋卽此也。王逸本誤荔爲蒁，而因以蒁爲惡草，謬矣。蒁卽宿莽也。思美人篇曰：「嘉長州之宿莽，吾誰與玩此芳草。」又山海經圖讚曰：「蓉蒁之草，拔心不死。」屈平嘉之，諷詠以比。」其不爲惡草，明矣。

8　五子用失平家巷。

　集注曰：五子，太康兄弟五人也。太康盤遊無度，五子用此亦失其家衖。事見大禹謨。

按：周書嘗麥解曰：「其在啓之五子，忘伯禹之命，假國無正，用胥興作亂，遂亡厥國。」竹書：「夏啓十一年，放王季子武觀于西河。十五年，武觀以西河叛。」注曰：「武觀卽五觀。」蓋此五子者，謂啓第五子也，非謂書五子之歌能述大禹之戒者。

9　攬茹蕙以掩涕兮，霑余襟之浪浪。

　集注曰：茹，柔輭也。言心悲泣下，而猶引取柔輭香草以自掩飾，不以悲故，失仁義之則也。

按：易泰初云「拔茅連茹」，王弼曰：「茹，相牽引貌。」程傳曰：「茹，根之相連者。」茹蕙，謂以連根之蕙而拭涕。連根則蕙多，乃以之拭涕，而涕尤多，故復霑衣襟而浪浪也。山海經：「浮山有草，名曰薰草〔一〕。麻葉而方莖，赤華而黑實，臭〔二〕如蘪蕪。」張揖廣雅曰：「鹵薰也。」其葉謂之蕙。」陳藏器曰：「薰草卽是零陵香。」然則蕙之有根者，卽所謂茹蕙也。詩大雅「柔則茹之」，陸氏釋文曰：「茹，音汝。爾雅：叕茹也。」茹無柔輭之訓。

〔一〕　「名曰薰草」原在「蘪蕪」下，據山海經西山經乙正。

〔二〕　「臭」字原作「氣」，據山海經西山經改。

10 飲余馬於咸池兮,總余轡乎扶桑。

集注曰:咸池,日浴處也。總,結也。扶桑,木名,日出其下也。

按:石氏星經曰:「咸池三星在天潢西北。」天官書曰:「西宮咸池曰天五潢。」淮南子曰:「咸池者,水魚之囿也。」郗萌曰:「咸池者,天子名池也。」飲馬咸池者,謂此。以咸池為日浴處,淮南之妄也。山海經曰:「暘浴有扶桑,十日所浴。」蓋以日所行東出湯谷,西經咸池,有似於浴耳。以為日所浴處,則妄矣。又「扶桑,木名,日出其下」,周髀經曰:「日徑一千二百里。」石氏曰:「日暉徑千里,周三千里。」日如此之大,豈有出於一木之下者?南史扶桑國傳曰:「齊永元年,其國有沙門慧深來至荊州,說云:扶桑在大漢國東二萬餘里。土多扶桑木,故以為名。扶桑葉似桐,初生如筍,國人食之。實如梨而赤,績其皮為布,亦以為錦。有文字,以扶桑皮為紙。其國人[一]名國王為乙祁。」據此則扶桑自是一國,日出扶桑,不得專指一本也。戴埴鼠璞曰:「或謂日出扶桑,以日自東方出耳。猶倭自謂日出處天子是也。」大荒東經曰:「東海之外,大荒之中,有山名曰大言,日月所出。有山名曰鞠陵于天,東極離瞀,日月所出。有山名曰合虛,日月所出。有山名曰明星,日月所出。」

11 哀高丘之無女。

集注曰:女,神女。蓋以比賢君也。於此又無所遇,故下章[二]欲遊春宮,求處

[一] 南史扶桑國傳無「其國人」三字。

[二] 「章」字,據楚辭集注補。

妃，見佚女，留二姚，皆求賢君之意也。

按：「哀高丘之無女」，哀所遭之寡偶也。見有娀，則「吾令鴆以爲媒，鴆告余以不好」也。留二姚，則「理弱而媒拙，恐導言之不固」也。苟既無媒妁之言，是以所如不合也。不得已而命靈氛爲余占之，言雖兩美其必合，執信脩而慕之也。若以求處妃、佚女、二姚，皆求賢君之意，夫不求宓犧而求其女，不求高辛而求其少康而求其二姚，可謂求賢君乎哉？

以爲理，紛總總其離合」也。

12 吾令豐隆乘雲兮。

集注曰：豐隆，雷師。

按：穆天子傳：「天子升于昆侖之丘，以觀黃帝之宮，而豐隆之葬。」郭璞曰：「豐隆筮御雲，得大壯，遂爲雷師。」然則世所稱豐隆爲雷師者，亦猶莊子所云傳說乘東維，騎箕尾，而比于列星者乎？

13 夕歸次於窮石兮，朝濯髮乎洧盤。

集注曰：窮石，山名，在張掖，即后羿之國也。洧盤，水名。

按：淮南子曰：「弱水源出窮石山。」括地志曰：「蘭門山，一名合黎山，一名窮石山。」史記正義曰：

「合黎山在張掖縣西北二百里。」未有以是爲有窮國者。據竹書：「太康元年癸未，帝即位，居斟鄩。」羿入居斟鄩。」京相璠曰：「今鞏洛渡北有尋谷水，東入洛。」則羿之所居在河南而近洛

也。襄四年左傳：「后羿自鉏遷于窮石，家衆殺而烹之，以食其子。其子不忍食，死于窮門。」是羿

雖據有夏都，而始終未嘗離窮國也。又哀二十六年傳：「衞出公自城鉏使以弓問子贛。」括地志：

「故鉏城在滑州衞城縣東十里。」羿自鉏遷窮，地應相近，何由遠引張掖之窮石以爲即羿國乎？水

經注：「窮水出六安國安豐縣窮谷」，左傳〔一〕「吳救潛〔二〕，沈尹戌〔三〕與吳師遇于窮」，是也。」吳氏以爲
即有窮國也。

又按：定七年左傳「敗尹氏于窮谷」。晉地道記曰：「河南有窮谷，蓋本有窮氏所遷也。」或此爲得
其實矣。又「洧盤，水名」，山海經「崦嵫之山，若水出焉」，郭注曰：「禹大傳曰：洧盤之水出崦嵫山」。
十道志：「昧谷在秦州西南，亦謂之兌山，亦曰崦嵫。」

14 見有娀之佚女。

集注曰：有娀，國名。佚，美也。謂帝嚳之妃，契母簡狄也。事見商頌。

按：楚辭辯證曰：「舊說有娀國在不周之北。恐其不應絕遠如此。今案殷本紀曰：『桀敗於有娀之
虛。桀奔於鳴條，夏師敗績。』括地志曰：『高涯原在蒲州安邑縣北三十里南坂口，即古鳴條陌也。』
正義曰「有娀當在蒲州」，謂此也。張揜記曰「黑水出縣界雞山，有娀氏女簡狄浴于玄丘之水，即黑
水也」，亦非。

15 巫咸將夕降兮，懷椒糈而要之。

集注曰：巫咸，古神巫，當殷中宗之世。

按：世本「巫咸作筮」，歸藏曰：「昔黃帝將戰，筮于巫咸。」周禮筮人「一巫更」，注曰：「巫當
讀爲筮字〔四〕也。」南華逸篇曰：「黃帝立巫咸以通九竅。」郭氏巫咸山賦序「巫咸以鴻術爲帝堯醫
師」。山海經：「大荒之中有靈山，巫咸、巫即、巫肦十巫從此升降。」此則古所謂
師也。此巫咸主醫者也。

〔一〕「左傳」原誤「春秋」，據左傳昭公二十七年改。　〔二〕「濳」字，原作「濳」，據左傳昭公二十七年改。　〔三〕「戌」字，原
媵戌，據左傳昭公二十七年改。　〔四〕「字」字，原作「者」，據周禮筮人注改。

神巫者也。史記封禪書曰:「太戊有桑穀生于廷,一暮大拱,懼。」伊陟贊巫咸,巫咸之興自此始。」

索隱曰:「尚書孔傳云:『巫咸,臣名。今云巫咸之興自此始,則以巫咸爲巫覡。然楚詞亦以巫咸主

神,蓋史遷以巫咸是殷臣,以巫接神事,太戊使禳桑穀之災,故云。』」又竹書紀年:「太戊十一年,命

巫咸禱于山川。」鄭康成亦曰:「巫咸謂之巫官。」以此證之,集注以巫咸爲古神巫,當殷中宗之世,

蓋有所本也。

16　日勉升降以上下。　《集注》曰:日,記巫咸語也。

日:巫咸之言止此。

按:其上曰「欲從靈氛之吉占」,又曰「告余以吉故」,歷吉日乎吾將

恐鵜鳩之先鳴,百草爲之不芳。　《集注》

行」,則是「曰勉升降以上下」,蓋靈氛語也。升降,卽山海經十巫從此升降也。洪慶善補注以爲原

語,朱子辯證斷以爲巫咸語。夫既爲殷之巫咸,豈應稱引呂望之鼓刀,甯戚之飯牛[一]?

17　椒專佞以慢慆兮,樧又欲充夫佩幃。　《集注》曰:椒,茱萸也。幈,盛香之囊也。椒,芳烈之物,而

按:爾雅曰「檓,大椒」,李巡注曰:「檓,茱萸也。」爾雅又曰「椒樧醜」,郭璞曰:「樧似茱萸而小,赤

今亦變爲邪佞。茱萸固爲臭物,而今又欲滿於香囊。

色。」禮記內則曰「三牲用藙」,鄭康成曰:「藙,煎茱萸也。」漢律會稽獻焉。爾雅謂之樧。」范至能成

都古今記曰:「艾子,茱萸類也,實正綠,味辛。蜀人每進酒,以一粒投之,少頃香滿盂盞。」艾卽藙。

〔一〕 離騷作「甯戚之謳歌」。

藙，今川椒；樧，今秦椒也。三牲所用，漢律所獻，以樧爲香物故也。集注乃以爲臭物。晉孫楚賦「有茱萸之嘉木」，茱萸豈臭物乎？椒既謷慆，樧欲充幃，總以況羣小競進之意，非在香臭之分也。

集注曰：揭車、江離，雖亦香草，然不若椒蘭之盛。今椒蘭

覽椒蘭其若茲兮，又況揭車與江離。

既如此，則二者從可知矣。

按：楚辭辨證云：「屈子於蘭芷不芳之後，更嘆其化爲惡物。而揭車、江離亦以次而書罪焉。蓋其所感益以深矣，初非以爲實有是人，而以椒蘭爲名字者也。後漢孔融曰：「屈平悼楚，受譖於椒蘭」，豈亦妄爲是哉？雖離騷以香草喻君子，雜卉喻小人，非必定爲椒蘭而發。而騷之言蘭者十，言椒者六，如所云謂幽蘭不可佩，謂申椒其不芳；余以蘭爲可恃，羌無實而容長；椒專佞以謷慆，樧又欲充夫佩幃。而欲使言者無罪，聞者足戒，不綦難哉！此令尹子蘭聞之大怒，卒使上官大夫短屈原於頃襄王，頃襄王怒而遷之者也。揭車凡兩見，前言「畦留夷與揭車」者是也。爾雅「藒車，芞輿」，注云：「藒車，香草，見離騷。」據本草拾遺有揭車香，陳藏器曰：「藒車香生徐州，高數尺，黃葉白花。」齊民要術

曰：「凡諸樹蟲蠹者，煎此香令淋之，即辟也。」

19　遵吾道夫崑崙兮，路脩遠以周流。

集注曰：遵，轉也。後漢書注云：崑崙在肅州酒泉縣西南，地之中也。

按：易屯二曰：「屯如遭如。」王弼曰：「正道未行，困於侵害，故屯遭也。」此所云遵吾道者，蓋亦屯遭之意也。水經曰：「崑崙墟在西北，去嵩高五萬里，地之中也。河水出其東北陬。」酈道元注曰「禹本紀與此同。按穆天子傳天子自崑崙山入于宗周，乃里西土之數，自宗周瀍水以西北至于河宗之邦，陽紆之山，三千有四百里。自陽紆西至河首四千里。合七千四百里者，蓋妄也。」但此河水所出之崑崙，世以爲地之中，非肅州之崑崙也。禹貢「崑崙、析支、渠、搜」，前漢地理志「金城臨羌縣有崑崙山祠」，「燉煌廣至縣，治崑崙障」。蓋河據崑崙，爲大崑崙，是爲地中。此爲小崑崙，即不得爲地中也。十六國春秋「後魏昭成帝建國十年，涼張駿、酒泉太守馬岌上言：崑崙，山名，因以爲塞，在今肅州酒泉縣西南。」後漢書「竇固出燉煌，擊崑崙塞」，注曰：酒泉南山，即崑崙之體，周穆王見西王母，樂而忘歸，即謂此山。」

20　九歌東皇太一。

集注曰：太一，神名。天之尊神，祠在楚東以配東帝，故曰東皇。

按：春秋元命包曰：「中宮天極星。星下一明者，太一常居。」文耀鉤曰：「中宮大帝，其北極星下一明者，爲太一之光，含元氣以斗布，當是天皇大帝之號也。」是時楚僭稱王，因僭祀昊天上帝，故有皇太一之祠。祠在楚東，故於「皇太一」之上加一東字，非以配東帝爲東皇也。漢郊祀志曰：「天神貴

者太一，太一佐曰五帝。」徐堅曰：「昊天上帝，一曰天皇大帝，一曰太一。其佐曰五帝。」則東皇乃太一之佐耳，豈太一反配之乎？其辭曰「穆將愉兮上皇」，上皇即太一是也。朱子謂：「楚俗信鬼而好祀，必使巫覡作樂，歌舞以娛神。原既放逐，故頗為更定其詞。」據甄烈湘州記[一]曰：「屈潭之左玉笥山，屈平之放，棲于此山，而作九歌焉。」隋地理志曰：「大抵荊州率敬鬼，尤重祠祀。昔屈原為制九歌，蓋由此也。」則九歌乃原所自作也。集注謂「因彼事神之心，以寄忠君愛國眷戀不忘之意」，則得之矣。

21 雲中君

集注曰：謂雲神也，亦見漢書郊祀志。

按：左傳定四年「楚子涉睢濟江，入于雲中」，杜注：「入雲夢澤中。」是雲中，一楚之巨藪也。雲中君猶湘君耳。尚書「雲土夢作乂」，爾雅「楚有雲夢」，相如子虛賦「雲夢者，方九百里」。湘君有祠，巨藪如雲中，可無祠乎？「靈皇皇兮既降，猋遠舉兮雲中。」亦猶湘君云「橫大江兮揚靈」耳。豈必謂雲際乎？封禪書「晉巫祠東君雲中」，索隱曰：「王逸注楚辭雲中君，雲也。」則以雲中為雲神，自逸始矣。

22 湘君、湘夫人

君不行兮夷猶，帝子降兮北渚。

集注曰：君，謂湘君，堯之長女娥皇，為舜正妃者也。帝子，謂湘夫人，堯之次女女英，舜次妃也。鄭康成曰：「三夫人，離騷所歌湘夫人舜妃

按：禮檀弓曰：「舜葬於蒼梧之野，蓋二妃未之從也。」

〔一〕「湘州記」，原誤湘中記，據劉宋甄烈湘州記改。

也。「韓昌黎黄陵廟碑曰：「離騷九歌既有湘君，又有湘夫人。則次妃自宜降曰夫人也。」故九歌謂娥皇爲君，女英爲帝子。」朱子集注本此。然案山海經「洞庭之山，帝之二女居之」，郭璞曰：「天帝之二女而處江爲神，即列仙傳江妃，離騷九歌所謂湘夫人稱帝子者是也。九歌之有湘君、湘夫人，是二神。江湘之有夫人，猶河洛之〔一〕有虙妃也。此之爲靈〔二〕，與天地並矣，安得謂之堯女〔三〕？禮記曰：「舜葬蒼梧，二妃不從。明二妃生不從征，死不從葬，義可知矣。卽令從之，禮，嶽比〔四〕三公，瀆比諸侯。今湘川不及四瀆，無秩於命祀？而二女帝者之后，配靈神祇，無緣當復下降小水而爲〔五〕夫人也。」帝王世紀曰「女墓在商州」，蓋舜崩之後，女英隨子均徙于封所，故卒葬在焉。竹書紀年曰：「帝舜三十年，葬后育于渭。」沈約注曰：「后育，娥皇也。」帝舜五十年，陟方乃死。后已死二十年矣。何從與女英溺于湘江而改稱爲湘君耶？逸注以娥皇、女英墮湘水溺焉，妄矣。

23 大司命、少司命。

集注曰：周禮大宗伯以槱燎祀司中、司命，疏引星傳云：三台，上台〔六〕司命。又文昌宮第四曰〔七〕司命。故有兩司命也。

按：祭法：「王爲羣姓立七祀，曰司命〔中霤、國門、國行、泰厲、户、竈。王自爲立七祀，諸侯爲國立

〔一〕「之」字上，原有「間」字，據山海經中山經删。

〔二〕「靈」字，原作「神」，據中山經改。

〔三〕「女」字，原作「妃」，據中山經改。

〔四〕「比」字，原作「視」，據中山經改。下比字同。

〔五〕「爲」字，原作「稱」，據中山經改。

〔六〕「台」字下原有「日」字，據周禮大宗伯疏引删。

〔七〕「日」字上，原有「亦」字，據周禮大宗伯疏引删。

五祀。」五祀無司命、泰厲,則是天子之泰厲稱泰,其司命亦應稱泰。諸侯五祀有公屬,不得稱泰,則司命亦不得稱泰。可知矣。元命包曰:「三能西近文昌二星曰上台,司命主壽。次二星曰中台,司中主宗室。東二星曰下台,司祿主兵。」又論語讖曰:「上台上星,主兗、豫,下星主荊、揚。中台上星主梁雍,下星主冀州。下台上星主青州,下星主徐州。」又祭法鄭氏注曰:「司命主督察三命。」故九歌大司命曰:「紛總總兮九州,何壽夭兮在予!」謂此也。此惟天子得祀之,楚祀大司命,僭也。少司命者,甘氏曰:「司命二星在虛北。」又曰:「司命繼嗣移正朔。」故九歌少司命曰:「夫人自有兮美子。」又曰:「長劍兮擁幼艾。」謂此也。此則楚所舊祀者,先代之制,不得而棄之。故雖僭祀大司命,又兼祀少司命也。周禮肆師曰:「立大祀,用玉帛牲牷。立小祀,用牲。」鄭司農曰:「小祀,黃帝占曰:『主賞功進賢。』則此乃主司王命,非主壽命者也。」其為大祀稱太可知矣。若文昌四星亦為司命,司命以下者得用玉帛牲牷。以上者得用玉帛牲牷,非主壽命者也。

東君。

集注曰:「此日神也。」禮曰:「天子乘龍載大旂,拜日於東門之外,反祀方明。」鄭注引朝事儀曰:「天子冕而執鎮圭,帥諸侯而朝日于東郊,所以教尊尊也。」漢郊祀志曰:「天子始郊,拜泰一。朝朝日,夕夕月,則揖而見泰一。」楚既祠皇泰一,而又祠東君,是皆僭禮之大者。原因其祠而作歌,蓋承習相沿而不

觀禮曰:「天子朝日於東門之外。又曰:『王宮祭日也。』漢志亦有東君。

按:

覺耳。

〔一〕「竦」字,原作「聳」,據楚辭少司命改。

管城碩記卷之十四

24
東君。

二六三

25 舉長矢兮射天狼，操余弧兮反淪降。

集注曰：晉志云：狼一星在東井南，為野將，主侵掠。弧九星，在狼東南，天弓也，主備盜賊。

按：前漢天文志曰：「秦之疆，候太白，占狼弧[一]。」張衡大象賦「弧屬矢而承天」，韓公賓注曰：「弧矢九星，常屬矢而向狼。」原蓋以天狼喻秦，己欲操弧以射之，而執意其矢反激而淪降也。史記曰：「時秦昭王與楚婚，欲與懷王會，懷王欲行。」屈平曰：「秦虎狼之國，不可信，不如無行。」則此以東君喻君，以天狼喻秦，從可知矣。

26 河伯

集注曰：舊說以為馮夷，其言荒誕不可稽考，今闕之。大率謂黃河之神耳。

按：胡應麟筆麈曰：「竹書紀年：帝芬十六年，洛伯用與河伯馮夷鬬。洛伯、河伯皆國名也。用與馮夷，諸侯名也。」世率以馮夷為水神，賴此折之。

27 登崑崙兮四望，心飛揚兮浩蕩。

集注曰：崑崙，山名。河出崑崙虛，色白，所渠并千七百一川。色黃，百里一小曲，千里一曲一直。

按：河圖曰：「風后對黃帝曰：河凡有五，皆始開於崑崙之墟。」爾雅曰：「河出崑崙虛，色白。」山海經曰：「河出崑崙西北隅。」史記大宛列傳曰：「天子案古圖書，名河所出曰崑崙云。」唐書吐谷渾傳曰：「積石道總管侯君集、任城王道宗追吐谷渾王伏允，登漢哭山，戰烏海，行空荒二千里。閏月，次星宿川上，望積石河源。」又吐蕃傳曰：「會盟使劉元鼎逾湟水，至龍泉谷西北。湟水出蒙谷，抵

〔一〕「弧」字，原作「星」，據漢書天文志改。

龍泉與河合。河之上流。由洪濟梁西南行二千里，水益狹，春可涉，秋夏乃勝舟。其南三百里三

山，中高而四下，曰紫山，直大羊同國，古所謂崑崙者也。虜曰悶摩黎山。」括地志曰：「阿耨達山亦

曰建末達山，亦名崑崙山。水出，一名拔扈利水，一名恒伽河，即經稱河者也。」明一統志曰：「崑崙

山在西蕃朶甘衞西北，番名一耳麻不莫剌山。極高峻，雪至夏不消，綿亘五百餘里。黃河源在衞

西鄙，直馬湖蠻部正西三千餘里，去雲南麗江府西北一千五百里。水從地湧出百餘泓，方七八十

里。履高瞰之，燦若星列。番名火敦腦兒。東北流百餘里，匯爲大澤。又東流，爲赤賓河。又合

忽蘭等河，始名黃河。又東北至陝西蘭縣，始入中國。又東北經沙漠地，折而南流，入山西境，凡

九千餘里。」此黃河九曲，千里一曲一直之大較也。至黃河隨地異名，後魏書龜茲國傳：「龜茲東有

輪臺，其南三百里有大河東流，號計式水，即黃河也。」又于闐國傳：「城東二十里有大水北流，號樹

枝水，即黃河也。」宋契丹志：「其地有欒箇沒卑水，源出饒州西南平地松林，直東流，華言黃河

也。」元〔一〕河源志：「騰乞里塔即崑崙也。崑崙以東，有水西南來，名納隣哈剌譯言細黃河也。」其

他蓋不勝記云。

〔一〕「元」字，原作「元史」，因「元史」無河源志，按引文屬元代潘昂霄撰河源志，故刪。

管城碩記卷之十四

二六五

管城碩記卷之十五

楚辭集注二

1　天問曰：陰陽三合，何本何化？　集注曰：穀梁子曰：獨陰不生，獨陽不生，三合然後生。

按：「三合然後生」者，莊公三年穀梁傳文也。注引徐邈曰：「獨天不生，必三合而形神生理具〔一〕矣〔二〕。」

2　圜則九重，孰營度之？　集注曰：圜，謂天形之〔三〕圓〔四〕也。則，法也。九，陽數之極，所謂九天也。

按：說卦傳「乾為天為圜」，圜與圓同，故圜為天也。九重，九層也。淮南曰：「天有九重，人亦有九竅。」近西儒所測，第一重最下曰月輪天，第二重曰水星天，第三重曰金星天，第四重曰日輪天，第五重曰火星天，第六重曰木星天，第七重曰土星天，第八重曰恒星天，第九重最上曰宗動天。曆學疑問曰：「以視差言之，與人目遠者視差微，近則視差大。故恒星之視差最微，以次漸增，至月而差

〔一〕「具」下，原有「是」字，據穀梁傳莊公三年注刪。　〔二〕「矣」字，原作「也」，據穀梁傳莊公三年注改。　〔三〕「形之」，原作「之形」，據楚辭集注乙正。　〔四〕「圓」字，據楚辭集注補。

極大也。以行度言之，近天圜者爲動天所掣，故左旋速而右移之度遲。漸近地心，則與動天漸遠

而左旋漸遲，即右移之度反速。故左旋之勢，恒星最速，以次漸遲，至月而爲最遲也。

恒星最遲，以次漸速，至月而反最速也。是二者宛轉相求，其數巧合。高下之理，可無復疑。」以此

推之，天實有九重，非以九爲陽數之極而云九重也。

3 天何所沓，十二焉分？

集注曰：沓，合也。問天地相接之處何所沓也。答之曰：天周〔一〕地外，非

沓乎地之上者也。十二云者，〈左傳〉曰：日月所會是謂辰。注云：一歲日月十二會，所會爲辰。十

一〔二〕月辰在星紀，十二〔三〕月辰在玄枵之類是也。

按：〈周禮〉：大司徒〔四〕以土宜之法，辨十有二土之名物」，注曰：「十有二土，分野十有二邦也。上

繫十二次，各有所宜也。」賈公彥曰：「十二次之分：星紀，吳越也；玄枵，齊也；娵訾，衞也；降婁，魯

也；大梁，趙也；實沈，晉也；鶉首，秦也；鶉火，周也；鶉尾，楚也；壽星，鄭也；大火，宋也；析木，燕

也。天有十二次，日月之所躔。地有十二土，王公之所國又〈周語〉伶州鳩曰：昔武王伐商，歲在鶉

火。又云：歲之所在，則我之分野。故知分野十二邦，上繫十二次，各有所宜也。」此問天地相接

之際何所沓合，而十二分野又焉所分，自當以分者答之，不當以交會者言之也。若以日月所交會

爲十二分，而斗柄所指，亦有十二，又何必不爲十二分乎？

〔一〕「周」字，原作「包」，據〈楚辭集注〉改。

〔四〕「大司徒」原作「大宗伯」，據〈周禮〉改。

〔二〕「十一」原誤「十二」，據〈楚辭集注〉改。

〔三〕「十二」原誤「十一」，據〈楚辭集注〉改。

4 出自湯〔一〕谷，次于蒙汜，自明及晦，所行幾里？

集注曰：曆家以爲周天赤道一百七萬四千

里，日一晝夜而一周，春秋二分，晝夜各行其半，而夏長冬短，一進一退，又各以其什之一焉。

按：王蕃依劉洪乾象之法，而論渾天曰：「赤道帶天之紘，去兩極各九十一度少強。黃道日所行

也，半在赤道外，半在赤道內，與赤道東交于角五弱，西交于奎十四少強。其出赤道外極遠者，出

赤道二十四度、斗二十一度是也。其入赤道內極遠者，入赤道二十四度，井二十三度是也。日南

至斗二十一度，去極百一十五度少強。是日最南，去極最遠，故景最長。黃道斗二十一度，出辰入

申，故日出辰入申，晝行地上百四十六度強，故日短。夜行地下二百一十九度少強，故夜稍長。自南

至之後，日出入極近，故景稍短。日晝行地上度稍多，故日稍長。日行地下度稍少，故夜稍短。日

行度稍北，故景稍短。以至于夏至，日在井二十五度，去極六十七度少強，是日最近北，去極

最近，故景最短。黃道井二十五度，出寅入戌，晝行地上二百一十九度少弱，故日長。夜行地

下百四十六度強，故夜短。自夏至之後，日去極稍遠，故景稍長。日晝行地上度稍少，故日稍

短。夜行地下度稍多，故夜稍長。日所在度稍南，故日出稍南，以至于南至而復初焉。春分日在

奎十四少強，秋分日在角五弱，此黃赤二道之中交也。去極俱九十一度少強。南北處斗二十一、

井二十五之中，故景居二至長短之中，奎十四角五，出卯入酉，日晝行地上，夜行地下，俱百八十二

度半強。故日見之漏五十刻，不見之漏五十刻，謂之晝夜同。夫天之晝夜，以日出入爲分。人之

〔一〕「湯」字，原作「暘」，據天問改。

畫夜，以昏明爲限。日未出二刻半而明。日入後二刻半而昏，故損夜五刻以增畫刻。是以春秋分之漏，書五十五刻，至于周天里數無聞焉。」而洛書甄曜度，春秋考異郵皆云：「周天一百七萬一千里。」

又按：帝王世紀曰：「周天三百六十五度四分度之一，一度二千九百三十二里，分爲十二次。一次三十度三十二分度之十四，各以附其七宿間距，周天積百七萬九千一百二十三里，徑三十五萬六千九百七十一里。」 集注「一百七萬四千里」「四」字誤，當作一也。

5 夜光何德？死則又育。 集注曰：舊說月朔則去日漸遠，故魄死而明生。既望，則去日漸近，故魄而明死。此說誤矣。果如此，未望之前，西近東遠，既望之後，東近西遠；安得未望載魄於西，既望終魄於東乎？近世沈括之說，乃爲得之。括〔一〕言曰：月本無光，猶一銀丸，日耀之乃光耳。光之初生，日在其旁，故光側面所見纔如鈎。日漸遠，則斜照而光稍滿。大抵如一彈丸，以粉塗其半，側視之，則粉處如鈎；對正視之，則正圓也。以此觀之，非既死而復生也。

按：書武成曰：「惟一月壬辰旁死魄。」孔安國傳曰：「旁，近也。」月二日近死魄。哉，始也。 始生明，月三日。」又顧命曰：「惟四月哉生魄」，傳曰：「始生魄，月十六日也。」周書世俘解曰：惟「惟一月丙辰旁生魄。」又曰：「二月既死魄。」小開武曰：「惟王二祀一月既生魄。」公緘鼎銘曰：「唯十有四月既死魄。」蓋月光自爲生死，望後明死，朔後明生，不全借光於日也。「死則又育」之說，

〔一〕「括」字，原作「其」，據楚辭集注改。

管城碩記卷之十五

二六九

與書傳並同，烏得云誤？京房曰：「月與星辰，陰者也，有形無光，日照之乃有光。先師以爲日似彈丸，月似鏡體。或以爲月亦似彈丸，日照處則明，不照處則闇。」括說本此，非創論也。宋祖冲之曰：「星體自有光曜，非由稟日始明。」今星宿有時食月在魄中，分明質見。又梁武帝嘗儀曰：「月體不全光，星亦有光，非受明於日。若是日曜月所以成光，去日遠則光全。去日近則光缺。五星行度，亦去日遠近，五星安得不盈缺？」當知不然。太陰之精，自有光景。但異於太陽，不得輝赫。星月及日，體質皆圓，非如圓鏡，當如丸矣。」以數說證之，月自有光曜。生魄死魄，乃月自爲生死耳。大戴記曰：「朱草生，日生一葉，至十五日止，日落一葉。」白虎通曰：「霙莢，樹名也，月一日生一莢，十五日畢。至十六日，去一莢。」皇甫謐曰：「若月小餘一莢。」抱朴子曰：「堯觀霙莢以知月。」由此觀之，草木以朔望自爲榮落，月光不能自爲生死乎？

6　女歧無合，天焉取九子？

子母之說，疑卽謂此。然益荒無所考矣。

集注曰：「女歧，神女，無夫而生九子。女歧之事無所經見。釋氏書有九

按：海外西經：「女子國在巫咸北。兩女子居，水周之。」郭璞圖贊曰：「簡狄有吞，姜嫄有履。女子之國，浴于黃水，乃娠乃字。生男則死。」又大荒東經：「有司幽之國，思士不妻，思女不夫。」

郭注曰：「言其人直思感而氣通，無配合而生子。」皆此類也。

7　伯强何處？惠氣安在？

初非實有是人也。

集注曰：「伯强，大癘疫鬼也。以其强暴傷人，故爲之名字以著其惡耳。

按：山海經曰：「東海渚中有神人曰禺䝞。禺䝞生禺京，禺京處北海。」郭璞曰：「禺京卽禺強也。」禺

強字玄冥，水神也。莊周曰：「禺強立于北極。」龍魚河圖曰：「北海神名禺強。」非謂癘鬼以強暴傷

人，故爲之名字，如郊特牲「鄉人禓」，庾氏注曰：「禓是強鬼之名也。」

8　何闔而晦？何開〔一〕而明？角宿未旦，曜靈安藏？　集注曰：宿，音秀。藏，與藏同。角宿固爲東方

之宿，然隨天運轉〔二〕，不常在東。古經之言多假借也。日之所出，乃地之東方，未旦則固已行於地

中，特未出地面之上耳。

按：春秋緯曰：「角二星，天關也。左角爲天田，南三尺曰太陽道，右角爲天門，北三尺曰天陰道。」

黃帝占曰：「日月五星出中道，天下太平。」曜靈者，日之光曜，非卽謂日也。旦則日行於角宿之中，

暉光所燭，萬里同晷。未旦，則日之光曜將安藏乎？詩庭燎云「夜未央」，毛傳：「央，旦也。」

王肅曰：「央，且未旦，夜半是也。」若乃初登于天，後入于地，無待于問矣。何闔何開？亦以角爲天

關而云然，非假借也。又說苑辨物篇曰：「二十八星所謂宿者，日月五星之所宿也。」劉熙釋名曰：

「宿，宿也。言星各止住其所也。」宿，讀如再宿一宿之宿，不必改音秀也。

9　鴟龜曳銜，鯀何聽焉？順欲成功，帝何刑焉？　集注曰：舊說謂鯀死爲鴟龜所食。鯀何以聽而不

争乎？特以意言之耳。　詳其文勢，與下文應龍相類，似謂鯀聽鴟龜曳銜之計而敗其事。然若且順彼

之欲，未必不能成功，舜何以遽刑之乎？

管城碩記卷之十五

〔一〕「開」字，原作「闔」，據楚辭集注及楚辭補注天問原文改。　〔二〕「運轉」，原誤「轉運」，據勢辭集注乙正。

二七一

按:「唐會要曰:「漢柏梁殿災,越巫言海中有魚,虯尾似鴟,激浪則降雨。遂作其像于屋,以厭火災。」王子年拾遺記曰:「鯀治水無功,自沉羽淵,化爲玄魚。入于羽山下脩玄魚祠,四時致祭。嘗見瀛澥出水,長百丈,噴水激浪,必雨降。」漢書越巫請以鴟尾魚厭火祥,今鴟尾即此魚尾也。又案爾雅曰:「鱉三足能,龜三足賁。」史記正義曰:「鯀之羽山,化爲黃熊[一],入于羽淵」,熊音乃來反,下三點爲三足也。」據此鴟龜皆水族,鯀化爲黃熊[二],入于羽淵,任鴟龜或曳或銜。何遂聽之?非鴟鳶之鴟。謂鯀死爲鴟龜所食也。順欲成功,帝何刑焉。言鯀所以致此者,負命毀族耳。若能順帝之欲而成功,帝又何刑之乎?至舊說謂鯀死爲鴟龜所食,鯀何以聽而不爭?此大悖也。夫既云鯀死,而又誰與之爭?

10　永遏在羽山,夫何三月不施?

　　集注曰: 施,謂刑殺之也。

　　左傳曰: 乃施邢侯。此問鯀功不成,何但囚之羽山而不施以刑乎?

按: 辯證曰:「補注引山海經言:鯀竊帝之息壤,以堙洪水,帝令祝融殛之羽郊。」詳其文意,所謂帝者,似指上帝。蓋上帝欲息此壤,不欲使人干之,故鯀竊之而帝怒也。又祝融,顓帝之後,死而爲神,蓋言上帝使其神誅鯀也。若當舜時,則無此人久矣。然經所謂祝融者,乃炎帝裔孫,爲黃帝司徒,降處江水生共工,共工生術器。器一作罷。路史術罷生條及句龍。羅苹注言共工垂爲句龍子。舜典「咨垂,汝共工」,馬融注曰:「爲司空,共理百官之事。」則是共工爲祝融之後,故亦謂之爲

〔一〕「熊」字,原誤「罷」,據史記正義夏本紀改。下熊字同。

〔二〕「熊」字,原作「能」,據文義改。

祝融，而帝舜命之共理百官，因以殛鯀于羽郊。如吕刑之稱重黎，胤征之稱羲和，皆以其後世子孫稱之，不必卽是人也。且又一祝融，非顓頊之後爲高辛火正者。施與弛通，舍也。此言永遏在羽山，夫何三年不舍？非謂三年不殺也。爾雅「殛，誅也」，邢昺曰「誅，責。」孟子以殛鯀爲舜，則是過崇伯鯀」，洪範「鯀則殛死」，孔傳曰「放鯀至死不赦。」所謂不施者是也。竹書「帝堯六十九年，黜之羽山者，自是帝舜，而竊帝之息壤者，乃竊帝堯之息壤，非上帝也。禹貢「冀州，厥土惟白壤」，孔傳曰：「無塊曰壤。」正義曰：「九章筭術穿地四爲壤五。壤爲息土。」家語「息土之民美」，卽息壤也。史記「秦武王迎甘[一]茂於息壤」，注曰：「秦邑。」不聞其爲長息無限也。郭云「息土壤，言土自長息無限，故可以塞洪水也」，謬矣。若以爲土帝欲息此壤，帝未有明命，鯀烏知帝所欲息在於何壤？卽用之，而不得謂之爲竊矣。

11 地方九則，何以墳之？

集注曰：九則謂九州之界，如上所謂圜[二]則也。墳，土之高者也。

按：禹貢「咸則三壤，成賦中邦」，孔傳曰「皆法壤田上中下，大較三品。」周書作雒解「受則土于周室。」爾雅「則，常也」，注謂「常，法也。」此言九則者，卽禹貢之冀賦上上錯，兗賦貞，青賦中上，徐賦中中，揚賦下上上錯，荊賦上下，豫賦錯上中，梁賦下中三錯，雍賦中下，凡九也。觀周官「家宰以八則治都鄙」，則此言九則，不得爲九州之界，朗矣。又九經釋文「墳，起也。」馬云：有膏肥

〔一〕「甘」字，原誤「廿」，據史記甘茂傳改。

〔二〕「圜」字，原作「圖」，據楚辭集注改。

也。」言九土貢賦皆有法則，何以墳起而肥之也？

12　應龍何畫？

集注曰：山海經曰：「禹治水，有應龍以尾畫地，卽水泉流通。」禹因而治之也。

按：嶽瀆經曰：「堯九年，巫支祈爲孽，應龍驅之淮陽龜山足下。其後水平，禹乃放應龍於東海之區。」至應龍以尾畫地，集注所引山海經，今經無是文。據漢周憬碑「應龍之畫」，柳州天對「畚鍾究勤，而欺畫厥尾」，則古本自應有是文也。

13　九州安錯？川谷何洿？東流不溢，孰知其故？

集注曰：九州所錯，天地之中也。川谷之洿，衆流之會也。不溢之故，則列子曰：「渤海之東，不知幾億萬里，有大壑焉，實惟無底之谷，名曰歸墟。八紘九野之水，天漢之流，莫不注之，而無增無減焉。

按：禹貢疏曰：「九州之次，以治爲先後，皆準地之形勢，從下向上，從東向西。青、徐、揚三州並爲東偏，雍高於豫，豫高於青、徐，雍而入海也。梁高於荊，荊高於揚，梁、荊之水從揚而入海也。兖在冀東南，冀、兖之水客自東北入海也。」鄒子曰：「儒者所謂中國者，於天下乃八十一分居其一分耳。中國名曰赤縣神州，內自有九州，禹之序九州是也。不得爲州數。中國外，如赤縣神州者九，有裨海環之。如此者九，乃有大瀛海環其外。」此葢問禹別九州，何所經營布置？非謂九州之大，安所錯置也。葢九州之水皆入於海，復有大瀛海環之，此所以東流而不溢也。

14　東西南北，其修孰多？南北順橢，其衍幾何？

夫亦孰知其故哉？

集注曰：地之形量，固當有窮。但既非人力所能

編歷，算術所能推知〔一〕，而書傳臆説又不足信〔二〕。 惟靈憲所言八極之廣，原〔三〕於歷算若有依據。

然非專言地之廣狹也。

按：太乙金鏡經曰：「昔燧人氏仰觀斗極，而定方名，東西南北是也。」河圖括地象曰：「地廣東西八萬八千里，南北二萬六千里，有君長之。 八極之廣，東西二億三萬三千里，南北二億三萬一千五百里。」詩含神霧曰：「天地東西二億三萬三千里，南北二億三萬一千五百里。天地相去一億五萬里。」張衡靈憲曰：「八極之維，徑二億三萬二千三百里，南北則短千里，東西則廣增千里。自地至天，半於八極，則地之深亦如之。」其言蓋有所本。

15 爲有石林。

　　集注曰：未詳。

按：莊子曰：「老子見孔子，從弟子五人，欵曰：吾聞南方有鳥，其名爲鳳，所居積石千里，天爲生食。其樹名瓊枝，高百仞，以璆琳琅玕爲實。」當卽爲石林也。 杜子美鳳凰臺詩：「西伯今寂寞，鳳聲亦悠悠。 山峻路絶蹤，石林氣高浮。」亦卽以此爲石林矣。

16 何獸能言？

　　集注曰：禮曰猩猩能言，不離禽獸。 今南方山中有之。

按：孫氏瑞應圖曰：「黃帝巡于東海，白澤出，能言，達知萬物之情，以戒於民，爲除災害。」又曰：「禹治水有功而來。」又曰：「角端日行萬八千里，能言，曉四夷之語。駃騠，后土之獸也，自能言語。

〔一〕「知」字，原誤「之」，據楚辭集注改。

〔二〕「信」字，原誤「知」，據楚辭集注改。

〔三〕「原」字，原誤「厚」，據楚辭集注改。

聖主在位，達方外幽隱之事。則角端奉書而來。」抱朴子曰：「黃帝窮神知奸者，出於白澤之辭也。」

17　焉有龍虬，負熊以遊？

集注曰：虬，見上，餘未詳。

按：五帝本紀曰：「黃帝者，少典之子。」徐廣曰：「黃帝號有熊。」索隱曰：「黃帝號有熊，以其本是有熊國君之子也。」帝王世紀曰：「黃帝受國於有熊，居軒轅之丘。」封禪書曰：「黃帝鑄鼎於荊山，鼎既成，有龍垂胡髯下迎黃帝。黃帝上騎，羣臣後宮從上者七十餘人。龍乃上去。」故問「焉有龍虬，負熊以遊」也？周拱辰注曰：「虬龍與熊，絕不相類，而相負以遊，蓋神熊也。山海經：熊穴恒出神人。即此也。」其說非是。

18　黑水玄趾，三危安在？

集注曰：黑水、三危，皆見禹貢。玄趾，未詳。

按：山海經：「玄股之國，其爲人食驅。勞民國，其爲人手足盡黑。」郭璞圖贊曰：「玄人食驅，勞民黑趾。」即玄趾也。禹貢：「導黑水至于三危。」水經注：「黑水出張掖雞山，南至燉煌，過三危山南，流入于南海。」括地志曰：「三危山在沙州燉煌縣東南四十里。」此禹貢黑水之三危也。鄭康成曰：「三危山在鳥鼠西南，與汶山相接。」水經注：「渭水東歷大利，又東南流，苗谷水注之。地道記曰：有三危，三苗所處，故有苗谷。」此則放三苗之三危也。而近世儒者混而一之。或三苗始遷苗谷，後又徙於沙州耳。

19　羿焉彈日，烏焉解羽？

集注曰：彈，射也。淮南言：堯時十日並出，草木焦枯。堯命羿仰射十

日，中其九日。日中九烏皆死，墮其羽翼。故留其一日。尤〔一〕怪妄，不足辨。

按：魏隸高士傳曰:「許由字武仲，堯、舜師之，與齧缺論堯而去，隱乎沛澤之中。堯舜乃致天下而讓焉，曰:『十日並出而爝火不息其光也，不亦難乎?』」世謂堯時有十日，其說蓋出於此。夫堯時而果有十日哉?據尹子盤古篇曰:「女媧補天，射十日。」假令天果有十日，媧皇既射之矣，堯時又安得有十日乎?即或有，而羿彈之。竹書紀年:「夏帝廑八年，天有妖孽，十日並出。」又「帝癸二十九年三日並出。」所謂彈日者，又安在乎?劉向說苑曰:「吾嘗見四月十日並出。」漢五行志曰:「周靈王時，有黑如日者五。」晉愍帝建興五年，三日並照。唐書突厥傳:「突厥盛夏而霜，五日並出。」「三月連明。」非真天有十日、五日也。王充論衡曰:「所謂十日者，殆更自有他物光質如日之狀。」此最為確論也。淮南曰:「若木在建木西，末有十日，其華照下地。」高誘注曰:「若木端有十日，狀如連珠，花光照其下地。」則亦非真日可知。若果為真日，揚子曰:「日月之徑千里，不千里不足以照六合。以十日計之，當有萬里。豈有棲於一木者?」山海經曰:「帝俊之妻生十日。」又曰:「女丑之尸生而十日炙殺之。」是蓋以寸日命名者耳。羿所射十日，何必不然?至以湯谷為十日所浴，亦以日入於濛汜，出于湯谷，有似於浴。唐呂溫作狄梁公頌曰:「取日虞淵，洗光咸池。」潛授五龍，夾之以飛。」豈真洗日哉?周禮庭氏「救日之弓矢」，鄭氏注曰:「救日以枉矢，救月以恒矢。」聖王之世，妖不勝德，十日妖而羿射之，是其職也。況天問「羿焉彈日」，亦未審其為堯時否也。堯時

〔一〕「尤」字，原作「其說」，據楚辭集注改。

安有十日哉？又案張衡靈憲曰：「日者陽精之宗，積而成鳥象，鳥而有三趾。」蓋在天成象者耳，鳥在其有羽毛可落哉！

20　閔妃匹合，厥身是繼。胡爲嗜不同味，而快一朝飽？〔集注曰：閔，憂也。言禹所以憂無妃匹者，欲爲身立繼嗣也。〕下二句未詳。

按：趙氏吳越春秋曰：「禹三十未娶，行塗山，恐時暮失嗣，曰：『吾娶必有應。』」所謂「閔妃匹合，厥身是繼」也。鄭康成曰：「禹登用之年，始娶于塗山氏，三宿而爲帝所命治水。」孔氏書傳曰：「辛日娶妻，至于甲日，復往治水。」此蓋問禹重繼嗣而娶，何嗜欲不同味，而徒快一朝飽乎？

21　皆歸䠶鞫〔一〕，而無害厥躬。何后益作革，而禹播降？〔集注曰：䠶，一作射。鞫，一作鞠。此章〔二〕之義未詳。

按：詩「陳師鞠旅」，鞠即鞫。承上文言啓所以思，惟所憂而能拘執有扈，俾王道四達而不悖者，以其陳師鞠旅，統歸於䠶鞫，無敢或害於厥躬故也。禹既薦益於天，而天下臣民頓革從前之舜之禹之故跡，而獨思禹之播降，以爲吾君之子乎。據竹書「帝啓二年，費侯伯益出就國，王師伐有扈」。皆一年事也。故原連及之。洪氏補注引汲冢書「益爲啓所殺」，竹書「帝啓六年，伯益薨，祠之」，無啓殺益事。壽王言化，益爲天子，代禹」，皆不合經術，亦此類也。漢律曆志曰「

〔一〕「鞫」字，楚辭集注作「鞠」。下鞫字同。

〔二〕「章」字，原作「篇」，據楚辭集注改。

楚辭集注三

1 啓棘賓商，九辯九歌。　集注曰：棘賓商，未詳。竊疑棘當作夢，商當作天，以篆文相似而誤也。蓋其
意本謂啓夢上賓于天，而得帝樂以歸，如列子、史記所言周穆王、秦穆公、趙簡子夢之帝所，而聞鈞天
廣樂、九奏萬舞之類耳。

按：竹書紀年：「帝舜二十九年，帝命子義鈞封于商。」又「夏后帝啓十年，帝巡狩，舞九韶于大穆之
野。」蓋是時商為虞賓，而夏啓棘于賓，商因得舜九辯九歌，是為九韶。辯音遍，變也。周禮曰：「九
德之歌，九磬之舞，於宗廟奏之。若樂九變，則人鬼可得而禮。」古辨與變通。坤文言「由辨之不早
辯也」，五經音義曰「辯或作變」，是也。山海經：「夏后開上三嬪于天，得九辯、九歌以下。」郭注「皆
天帝樂名」，謬矣。經言啓上三嬪于天者，啓以黃帝、堯、舜之後爲三賓，上告于天而饗之。其所奏
九辯、九歌則於虞賓商鈞而得之。如周禮「嬪貢」，故書作賓是也。又歸藏鄭母經曰：「夏后啓筮御
飛龍登于天。」非啓真上于天也。以啓上于天得九辯九歌，謬矣。集注因漢郊祀志秦穆公夢上
帝，而後世皆曰上天。史記趙世家：「趙簡子夢之帝所，聞鈞天廣樂、九奏萬舞。」遂斷以棘爲夢、商

為天，因篆文相似而誤。今以理度之，賓為虞賓，商為商鈞，正有無煩改字者。竹書「少康元年，帝
即位，諸侯來朝，賓虞公」，則啓之賓商棘可知矣。棘訓急，音義同也。洪慶善補注以商為契商，則
自於理碍矣。

2 胡射夫河伯，而妻彼雒嬪。
又夢與洛水神宓妃交。亦妄言也。
　　集注曰：傳云：河伯化為白龍[一]，遊於水旁，羿見射之，眇其左目。羿
按：竹書「夏帝泄十六年，殷侯微以河伯之師伐有易。」歸藏：「河伯筮與洛戰而枚卜，昆吾占之
曰：不吉。」河伯、雒伯，皆夏時諸侯。書稱太康畋于洛表，后羿因民弗忍，距于河，所謂射河伯而
妻雒嬪，當在是時。至河伯化為白龍，而羿射之，羿又夢與洛神交，皆謬說也。

3 阻窮西征，巖何越焉？
　　集注曰：此章[二]似又言鯀事。然羽山東裔，而此云西征，已不可曉。或
謂越巖墮死，巖何越焉，亦無明文。
按：帝王世紀曰：帝羿有窮氏自鉏遷于窮石，寒浞殺羿于桃棓，遂代夏立為帝。寒浞襲有窮之號，
因羿之室，生羿及豷。」此言「阻窮」者，猶言阻險，謂寒浞殺羿，而阻有窮之國也。晉書地理志
曰：「濟南平壽，古寒國。」寒浞封此。」一統志「萊州府濰縣東北有寒亭」，是浞自濰縣東北遷於河南
之窮石，為阻窮而西征也。巖谷之險，何所踰越而不憚煩也？集注謂似言鯀事，以下文有化為黃
熊耳。據上文「浞娶純狐，何羿之射革」，則阻窮西征自應屬上文矣。

〔一〕「龍」字，原作「魚」，據楚辭集注改。下龍字同。

〔二〕「章」字，原作「節」，據楚辭集注改。

4 咸播秬黍，莆藋是營。何由并投，而縣疾脩盈？

　　集注曰：莆，疑卽蒲字。蒲，水草，可以作席。

藋，亂也，與萑同。左氏傳萑苻之澤，是也。餘未詳。

按：國語曰：「子產曰：昔者縣違帝命，殛之于羽淵，化爲黃能，以入于羽淵。」韋昭曰：「能似熊。」上言化爲黃熊者，此也。「咸播秬黍，莆藋是營」，言是時稷方播種，咸藝秬黍。秬，黑黍，蓋陸地之所種者。而縣既謫于羽淵，居東海之濱，則惟莆藋是營耳。禮緯曰：「縣妻脩己吞薏苡而生禹，因姓姒氏。」帝王世紀曰：「縣妻〔一〕脩己見流星貫昂，夢接意感，胸拆而生之。何由并投于此，縣乃疾病，脩己克盈乎？莆卽蒲。左傳「澤之萑蒲，舟鮫守之」。或當曰縣投羽山，脩己從之。

5 撰體脅鹿，何以膺之？

　　集注曰：舊說，言天撰十二神鹿，一身八足兩頭，獨何膺受此形體乎？此大抵荒誕無據，今亦不論。

按：周書王會解曰：「區陽以鱉，封若狝，前後有首。」山海經曰：「鸘鸘鉅山有獸，左右有首，名曰屛逢。」經又曰：「赤水之西，流沙之東有獸，左右有首，名曰跊踢。」郭注曰：「出狢名國。」又春秋運斗樞曰：「象八足。」注曰：「象夾陰之物，八足，是欲行八方之事。」干寶搜神記曰：「晉大興元年，武陵太守王諒，陰敖翔。」注曰：「武陵郡西有獸如鹿，牛生子，一頭八足兩尾，而共一腹。」則獸之兩首八足，間亦有之。盛弘之荆州記曰：「武陵郡西有獸如鹿，前後有頭，常以一頭食，一頭行。」後漢書曰：「雲陽郡有神鹿，兩頭，能

〔一〕「縣妻」，帝王世紀作「禹母」。

食毒草。」華陽國志曰：「兩頭鹿出雲陽郡南熊舍山。」博物志曰：「雲南郡出茶首机〔一〕，音蔡茂机，

是兩頭鹿名，永昌亦有之〔二〕。」據此，則鹿之兩首八足，亦有不盡荒誕者。

6　籠戴山扑，何以安之？釋舟陵行，何以遷之？　集注引舊注引列仙傳曰：有巨靈之龜〔三〕，背負蓬

萊之山而扑舞。事亦見列子。下二句未詳。

按：釋舟陵行，王逸注曰：「龜所以能負山若舟船者，以其在水中也。使龜釋水而陵行，則何以能

遷徙山乎？」此説大謬，故集注以爲未詳。　論語「暴虎馮河」，魏何晏解云：「孔曰：暴有窮之國，篡夏后

相之位，其臣寒浞殺之。因其室而生暴。暴多力，能陸地行舟。」古陵、陸通用，此問暴釋舟陸行，何

遂能遷移他處。　暴，左傳作澆。　與下文「惟澆在戶，何求于嫂」，皆澆事也。　逸注以上文「籠戴山

扑」解作一事，宜其悖矣。

7　覆舟斟尋，何道取之？　集注曰：覆舟，言夏后相已傾覆於斟尋之國，今少康以何道而能復取

澆乎？

按：竹書紀年：夏帝相二十六年，寒浞使其子澆帥師滅斟灌。二十七年，澆伐斟尋，大戰于濰，覆

其舟，取之。」所謂「覆舟斟尋」者，即是事也。王逸注：「少康滅斟尋氏，奄若覆舟。」夫滅斟尋者，澆

也，而以爲少康，謬矣。

本博物志無此條。

〔一〕「茶首机」，太平御覽卷九〇六引作「茶首」，無「机」字。事類賦注引同。吳任臣山海經廣注引作「茶首機」。

〔二〕「龜」字，楚辭補注引作「鼇」。

〔三〕今

8 桀伐蒙山，何所得焉？妹嬉何肆？湯何殛焉？

　　集注曰：桀伐蒙山之國，而得妹嬉，因此肆其情意，故爲湯所殛。

　　按：汲冢書「帝癸十四年，扁帥師伐岷山」，注曰「岷山女于桀二人，曰琬曰琰，女無子焉，斲其名于苕華之玉」，而棄其元妃于洛，曰妹喜。」國語「史蘇曰：昔夏桀伐有施，有施人以妹喜女焉。」是桀初得妹喜而嬖之，以爲元妃。後又伐岷山得琬、琰，而棄有施氏之女于洛。岷山即蒙山，其音同也。此問桀伐蒙山，何遂得二女？而妹喜被棄，何又肆其情欲爲湯所殛乎？舊注以妹喜爲蒙山之女，非。

9 登立爲帝，孰道尚之？女媧有體，孰制匠之？

　　集注曰：舊説伏羲始畫八卦，脩行道德，萬民登以爲帝，誰開導而尊尚之乎？傳言：女媧人頭蛇身，其體如此，誰所制匠而圖之乎？上句無伏羲字，不可知。下句則怪甚，而不足論矣。

　　按：三皇本紀曰：「炎帝神農氏，姜姓，母曰女登，有媧氏之女，爲少典妃，感神龍而生炎帝。」此蓋問女登生子，立以爲帝，誰開道之？」澄係有媧氏女，世稱女媧氏人首蛇身，一日而七十化，誰爲制匠而圖其體乎？四句蓋一時事也。又按玄中記「伏羲龍身，女媧蛇身。」亦如世所謂文王虎肩，仲尼龜背，班超燕頷之類耳。以此求之，無足怪也。

10 吳獲迄古，南嶽是止，孰期去斯，得兩男子？

　　集注曰：此章〔一〕未詳。舊注以兩男子爲泰伯、虞

〔一〕「章」字，原作「節」，據楚辭集注改。

仲,未知是否。

按:韓詩外傳曰:「太伯知太王賢昌而欲季爲後也,去之吳。」孔子曰:「伯見父志,季知父心。」此云「吳獲迏迏」者,古即詩所謂古公亶父,言伯、仲二人之吳迏獲古公之心也。「南嶽是止」者,括地志:「會稽山一名衡山。」吳都賦:「指衡軛以鎮野。」周時爲揚州鎮,故亦稱南嶽也。「得兩男子」者,吳太伯世家:「武王克殷,求太伯、仲雍之後,得周章,時已君吳,乃封其弟仲於故夏墟,是爲虞仲。」所謂得兩男子者,言武王求其後,得此兩人也。若以爲泰伯、仲雍,此兩人逃之荊蠻,而又誰得之乎?

11 緣鵠飾玉,后帝是饗。

　　集注曰:后帝,謂殷湯也。言伊尹始仕,因緣烹鵠之羹[一],修玉鼎以事湯。湯賢之,遂[二]以爲相。　此即孟子所辯割烹要湯之説。

按:竹書曰:「桀築傾宮,飾瑤臺[三]。」大紀曰:「桀爲瓊室、象廊、瑤臺、玉牀。」爾雅曰:「象謂之鵠,玉謂之雕。」緣鵠飾玉,桀器以象爲緣,玉爲飾,非謂尹因緣烹鵠也。彼擣攣后,履帝位,宴饗如是,何遂有謀者起而滅之?蓋由伊摯躬耕於莘野,而湯往聘之,立以爲相。乃伐桀於鳴條,而放之。汲家瑣語曰:「湯乃東至于洛,觀帝堯之臺。」下所云「帝乃降觀,下逢伊摯」是也。若伊尹先緣鵠飾玉以干湯,湯賢而相之,則伊日在湯左右,又何湯乃降觀,始下逢伊乎?世稱負鼎俎干湯,猶

[一]「羹」字,原誤「美」,據楚辭集注改。

[二]「遂」字,原作「因」,據楚辭集注改。

[三]「瑤臺」,原作「瑯臺」,據竹書紀年帝癸十四年改。

史記稱「呂尚以釣魚奸西伯」云爾。豈真緣鵠飾鼎以干湯乎？紂作爲象箸而箕子嘆，豫知必爲玉杯。尹處士耕於莘野，何從而有玉鼎乎？若謂必實有鼎鵠之烹，始謂之干。《易》曰「鼎折足，覆公餗」，亦將果有折足之事乎？觀荀九家易「震爲玉、爲鵠」，爲玉者，主器之象。爲鵠者，象謂之鵠以象齒。雷則文生故也。亦可以玉鵠爲烹鵠飾玉乎？

12 該秉季德，厥父是臧。胡終弊于有扈，牧夫牛羊？　集注曰：此章[一]未詳。諸說亦異。補曰：言啓兼秉禹之末[二]德，而禹善之，授以天下。有扈以堯舜與賢，禹獨與子，故伐啓。啓伐滅之，有扈遂爲牧豎也。詳此該字，恐是啓字，字形相似也。但牧夫牛羊未有據，而其文勢似啓反爲扈所弊，不可考也。

13 按：《漢書·古今人表》「帝嚳妃簡逷生卨」，卨五世孫冥，冥子垓，師古曰：「垓音該。」是即該也。竹書「帝杼十三年，商侯冥死于河。」《禮》曰「冥勤其官而水死」，是也。此承上「簡逷在臺，玄鳥致貽，至于該而能秉高，商之季德，以承父冥之臧善。所謂「厥父是臧」也。與啓何與？洪注以該爲啓之誤[三]，非。「胡終弊于有扈」，弊，姦斃也，又與敝同。　集注曰：蓋與下「有扈牧豎」爲一事也。有扈牧豎，云何而逢？擊牀先出，其命何從？　集注曰：豎，童僕之未冠者。舊說有扈氏本牧豎之人耳，因何逢遇而得爲諸侯乎？啓攻有扈時，親於其牀上擊而殺之，其命從何而出乎？此亦無所

當是朱熹注語。

[一]「章」字，原作「節」，據《楚辭集注》改。

[二]「末」字，原作「未」，據《楚辭集注》改。

[三]「洪注以該爲啓之誤」，

據，而牧豎之說又與上章〔一〕相表裏，未詳其說。

按：韓非子曰：「有扈氏有失度，讙兜氏有孤男，三苗有成駒，桀有侯侈，紂有崇侯虎，晉有優施，此六人者，亡國之臣也。」上言使有扈之終敗者，乃牧夫牛羊之人，如所謂失度者耳。中言干協時舞，則其弄兵可知也。下言有扈牧豎者，乃童僕未冠之稱，亦如楚所謂龍陽君耳。彼不過牧豎之人，云何而遭逢至此？意其時方溺愛於衽席，故喑伐有扈而擊牀先出色美可知也。

又按太史公曰：「禹爲姒姓，其後分封，用國爲姓，有夏后氏、有扈氏、有男氏、斟尋氏。」則有扈之封，自以同姓爲諸侯。逸注云：「有扈本牧豎之人耳，因何逢遇而得爲諸侯？」此大謬矣。

14　恒秉季德，爲得夫樸牛？何往營班祿，不但還來？

集注曰：舊說：樸，大也。言湯常持契之末德，出獵而得大牛之端。其往獵，不但驅馳往來而已，還輒以所獲禽獸徧祿惠於百姓也。蓋本文已不可考，而說者又妄解也。

按：山海經曰：「有困民國，有人曰王亥，託于有易，河伯僕牛。」有易殺王亥，取僕牛。河伯念有易，有易潛出〔二〕爲國，名曰搖民。」又接竹書紀年曰：「夏帝泄十二年，殷侯子亥賓于有易，有易殺而放之。十六年，殷侯微以河伯之師伐有易，殺其君緜臣。」即是事也。據此，天問「僕牛」即僕牛也。山海經郭注：「河伯、僕牛，皆人姓名也。微，殷之賢王，假師伐罪。河伯不得不

〔一〕　「上章」，原作「其前」，據楚辭集注改。

〔二〕　「出」字上，原有「化」字，據山海經大荒東經删。

助，既而哀念有易，使得潛化而出，爲搖民國。此承前「該秉季德」，言殷侯子亥若能恒秉季德，賓於有易而不淫，有易又焉得殺之，而取僕牛？上甲微假師河伯，以滅有易，潛出之，國於搖民。遂往營班祿，食租衣稅，不但使之生還也。逸注以契爲湯父，謂「湯能秉持契之末德」，其陋甚矣。次「微在夏爲殷侯」，郭注「殷之賢王」，誤。「有易取僕牛」，僕牛，地名。如文八年「取武城」，昭十年「取鄆」之例。郭注「人名」誤。

15　昏微遵迹，有狄不寧。何繁鳥萃棘，負子肆情？

集注曰：舊說：人循闇微之道，爲戎狄之行者，不可以安其身。謂晉大夫解居父聘吳，過陳之墓門，見婦人負其子，欲與之淫洪。婦人引詩刺之曰：墓門有棘，有鴞萃止。今詳其說，上句迂曲難解，下事亦無所據。補引列女傳陳辯女事，又無負子肆情之意。

按：列女傳曰：「陳辯女者，陳國採桑之女也。晉大夫解居父使于宋，道遇採桑女而戲之。女乃歌墓門有棘，有鴞萃止。大夫乃服而釋之。」是時居甫使宋，逸注以爲吳，誤也。又按「昏微遵迹」者，昏指昏姻。微，無也。言昏姻不遵古禮，乃淫佚爲夷狄行，不可以寧其身矣。陳女歌「墓門有棘，有鴞萃止」，再四以拒之。此貞女也，何孤負女子之貞，妄肆其情欲乎。古女子多稱子之義，遂改墓門之女爲婦人，負子爲負其子，可笑也。桓二十八年左傳「小戎子生夷吾」，杜預曰：「子，女也。」詩「之子于歸」，論語「以其子妻之」是也。逸不解負子之義，遂改墓門之女爲婦人，負子爲負其子，可笑也。

16　湯出重泉，夫何皋尤？不勝心伐帝，誰使挑之？

集注曰：重泉，地名，在馮翊郡。史記所謂夏臺

也。言桀拘〔一〕湯而復出。遂不勝衆人之心，而以伐桀。是誰使桀先〔二〕拘湯以挑之乎？

按：史記夏本紀曰「桀乃召湯而囚之夏臺」，索隱曰：「獄名。夏曰鈞臺。」皇甫謐曰地在陽翟，是也。太公金匱曰：「桀怒湯，以諛臣趙梁計，召而囚之均臺，置之重泉。」據此，則重泉即在夏臺，於漢志爲潁川陽翟縣，今開封府禹州也。若左馮翊重泉縣，在今西安府蒲城縣東南四十五里。秦本紀「秦簡公六年，塹洛城重泉」者也。安得一之？「不勝心伐帝」，言湯原未嘗有勝夏之心而伐帝，是誰使桀囚湯而挑之？觀竹書「帝癸十七年，商使伊尹來朝。二十二年，商侯履來朝，命囚履于夏臺。」是湯原未嘗有勝夏之心也。

17　列擊紂躬，叔旦不嘉。何親揆發，定〔一〕周之命以咨嗟？　集注曰：「史記言武王至紂死所，射之三發，以黃鉞斬其頭，懸之太白之旗。此所謂列擊紂躬也。然未見周公不喜，與其咨嗟以揆武王，使定周命之事。蓋當時猶有其傳，而今失之也。

按：魯周公世家曰：「周公佐武王，作牧誓。破殷，入商宮。已殺紂。周公把大鉞，召公把小鉞，以夾武王。」所謂「列擊紂躬」也。書金縢：「武王既喪，管叔及其羣弟乃流言于國曰：公將不利于孺子。」則是以叔旦爲不嘉也。定四年左傳所謂「管蔡啓商，惎間王室」也。何二叔親自揆發定周之命，而又啓武庚與淮夷徐奄之屬以咨嗟而叛周也？非叔旦不喜伐商與爲咨嗟之謂。蓋上言「會黽爭盟」，此言管蔡流言之事也。至直呼文王爲昌、武王爲發，則楚之無王久矣。

〔一〕「拘」字上原有「既」字，據楚辭集注刪。

〔二〕「先」字，原作「見」，據楚辭集注改。

18　授殷天下，其位安施？反成乃亡，其罪伊何？

集注曰：此四句不可曉。似謂天既授殷以天下，而今亡之，使其位何所施耶？蓋惟反其所以成者，是以至于滅亡，而其爲罪果何事耶？

按：竹書：「武王十二年，王帥西夷諸侯伐殷，敗之于坶野。夏四月，王歸于豐，饗于太廟，命監殷，遂狩于管。」王親禽受于南單之臺，遂分天之明，立受子禄父，是爲武庚。管蔡世家曰：「二人相紂子武庚，治殷遺民。」則是監殷者，饗于太廟而命之，以殷天下之遺民授之，而居是位者將安所設施以報效耶？反啓武庚以作亂，叛于成王，其罪伊于何底耶？

19　昭后成遊，南土爰底。厥利惟[一]何？逢彼白雉。

集注曰：昭王南遊至楚，楚人鑿其船而沉之，遂不還也。白雉事，無所見。舊注謂周公時，越裳氏嘗獻之。昭王德不能致，而欲親往逢迎之。亦恐未必然也。

按：竹書：「周昭王十九年，祭公、辛伯從王伐楚，天大曀，雉兔皆震，喪六師于漢。」據此，當是厥利維何，逢彼兔雉也。汲冢未出，世不知有兔雉事，遂譌爲白雉耳。

20　稷維元子，帝何竺之？投之于冰上，鳥何燠之？

集注曰：稷，帝嚳之子棄也。帝，即嚳也。竺，義未詳，或曰厚也，或曰篤也，皆未安。言既是元子，則帝當愛之矣，何爲而竺之耶？以此言之，則竺字當爲天祝予之祝，或爲天[二]天是稯之稯，以聲近而譌耳。

按：爾雅：「竺，厚也。」邢昺疏曰：「竺與篤同。」此言帝何竺之者，蓋天帝也。是時棄之于冰上，宜

〔一〕「惟」字，原作「維」，據楚辭集注及楚辭補注改。

〔二〕「天」字，原誤「天」，據詩經小雅正月改。下天字同。

其斃矣。天何獨厚之，致有鳥以覆翼之？若以爲帝嚳，既已棄之，豈能使鳥翼之耶？哀十四年公羊傳「子曰『天祝予』」注云:「祝，斷也。」小雅「天天是椓」注云:「椓，害。」其它文多不可曉。

21　何馮弓挾矢，殊能將之。既驚帝切激，何逢長之？　集注曰:馮，引弓持滿也。

注以爲后稷。補以爲武王，未知孰是。今姑闕之。

按:本紀:「崇侯虎譖西伯于殷曰:『西伯積善累德，諸侯皆歸[一]之，將不利于帝。帝紂乃囚西伯于羑里。閎夭之徒求有莘美女，獻之。紂乃釋西伯，賜之弓矢斧鉞，使得征伐。』此言秉弓挾矢有殊能而將之者，蓋西伯也。其始也。譖者切激言之而驚帝，崇侯所云不利于帝也。何閎夭之徒卒能逢帝之意，而以西長命之乎？爾雅曰:「伯，長也。」皇甫謐曰:「王季於帝乙殷王之時，錫九命爲西長。文亦爲西伯，故稱曰長。」據竹書王季之卒，距帝乙元年，已四年矣。是時汲冢未出，故士安亦誤也。

22　伯昌號衰，秉鞭作牧。何令徹彼岐社，命有殷國？　集注曰:伯昌，謂文王爲西伯，名昌也。號衰，號令於殷世衰微之際也。秉鞭策鞭者之事也，言服事殷而爲之執鞭以作六州之牧也。徹，通也。

武王既有殷國[二]，遂通岐周之社於天下，以爲太社也。

按:竹書:「文丁四年，周公季歷伐余無之戎，克之。命爲牧師。」既執諸塞庫，而季歷以擯亾死。周勢衰微，文王號令於衰微之際，卒能嗣父爲西長，秉政而作牧師焉。鄭康成注王制曰:「殷之州

〔一〕「歸」字，史記周本紀作「嚮」。

〔二〕「殷國」，原作「天下」，據楚辭集注改。

長曰伯，虞、夏及周皆曰牧。」以天問及汲冢書證之，是殷亦稱牧也。「何令徹彼岐社，命有殷國」者，墨子曰：「赤鳥銜珪，降周之岐社曰：命周文王代殷有國。」天問所云即指是事，尚未及武王也。

23 伯林雉經，維其何故？何〔一〕感天抑墜，夫誰畏懼？

集注曰：舊注以此爲晉太子申生之事，未知是否。

按：宣元年左傳曰：「諸侯伐鄭，楚蒍賈救之，遇于北林。」水經注曰：「春秋遇于伯林。」京相璠曰：「今滎陽菀陵縣有故林鄉，在鄭北。是伯林，地名，即北林也。古伯與北通。史記相如傳「厤征北林」，索隱曰：「漢郊祀志作伯橋」孔朗後出師表「幾敗伯山」，注曰：「他本作北山。」是也。周書作雒解「降辟三叔。管叔經而卒。」前漢志「中牟縣有管城，管叔邑」，後漢志「中牟縣有林鄉。」是叔之用經，在管城之伯林矣。阮籍莊論曰「竊其雉經者，亡家之子也。」王逸注曰：「伯，長也。林，君也。反以此句爲誤。蓋人但知有申生雉經，而管叔雉經，罕有知者。感天抑墜，夫誰畏懼者，金縢曰「天大雷電以風，禾盡偃，大木斯拔，邦人大恐」，是也。若此者，誰實使然？蓋天之動威，以表周公之德耳。

謂晉太子申生雉經而自殺。此大謬也。

24 初湯臣摯，後茲承〔二〕輔。何卒官湯，尊食宗緒？

集注曰：官，如官卿之適之官，言終使湯爲天子，尊其先祖〔三〕以王者禮樂祭祀，緒業流於子孫也。

〔一〕「何」字，據天問補。　〔二〕「承」字，原作「丞」，據天問改。　〔三〕「祖」字，原作「人」，據楚辭集注改。

按:竹書曰:「沃丁八年,祠保衡。」帝王世紀曰:「伊尹名摯,爲湯相,號阿衡。年百歲卒,天霧三日,沃丁以天子禮葬之。」此蓋問尹官於湯爲丞輔矣,何其卒也,一如官湯之時,而又尊以天子之禮樂,使食報于宗緒也?若以湯爲天子尊其先人,不待問矣。

25

彭鏗斟雉帝何饗?受壽永多夫何長?

集注曰:彭鏗,彭祖也。舊說鏗好和滋味,進雉羹於堯,堯饗之。賜以壽考,至八百歲。但此本謂上帝,已爲妄説,而舊注以爲堯,又妄之尤也。

按:五帝本紀:彭祖自堯時舉用,未有分職。楚世家「陸終生子六人,三曰彭祖」。索隱曰:「系本云:三曰籛鏗,是爲彭祖。」據此,則鏗於堯時未有分職,不得爲彭國也。其封彭當在虞夏之間。古今人表老彭在仲虺之後。竹書紀年:「夏啓十五年,彭伯壽帥師征西河。」是夏初已有彭國,而彭伯名壽,不聞爲鏗,何也?又竹書:「武丁四十三年,王師滅大彭。」鄭語曰:「彭姓,彭祖豕韋,則商滅之矣。」似大彭卽是彭祖之國,至商已滅。而神仙傳曰:「彭祖諱鏗,帝顓頊玄孫,至殷末年,已七百六十七歲,而不衰老。」豈彭鏗以國予壽,而自爲導引之術以全生耶?斟雉之説,雖無所考證。逸注以帝爲帝堯,則亦非無所本矣。

26

中央共牧后[一]何怒?蜂蟻微命力何固?

集注曰:此章[二]之義未詳,當闕。

按:天官書曰:「北斗七星是謂帝車,運于中央。」則中央謂九州之中也。天生蒸民,使司牧之,以九州之中而共一牧,何至有大小強弱怒而相攻者哉?無謂大者強者爲可慮,而弱者小者爲可忽

〔一〕「后」字,原作「爰」,據天問改。

〔二〕「章」字,原作「節」,據楚辭集注改。

也。左傳臧文仲曰：「君無謂邾小，蜂蠆有毒，而況國乎？」韓子曰：「千丈之堤，以蟻穴而壞。」蜂蠆
微命，力亦何嘗不固哉？抱朴子曰：「蟻有兼弱之智，蜂有攻寡之計。」人相御役，亦由是耳。

27 薄暮雷電歸何憂？厥嚴不奉帝何求？
集注曰：此下皆不可曉，今闕其義。

按：竹書：「成王元年，周公出居于東。二年秋，大〔一〕雷電以風，王逆周公于郊。」蓋是時周公東征
已三年矣。其歸也，雖屬遲暮，而天乃以雷電表其誠。歸何憂哉？顧後世人臣被讒居外，天卽動
之以威嚴，而視天懵懵者，多忽而不奉，則上帝又復何所求也？今我未得歸，而伏處於嚴穴，固何
足云「乃懷王十七年秦破楚師于丹淅，斬首八萬，虜楚將屈匃。二十八年，秦、齊、韓、魏共攻楚，
殺楚將唐昧。二十九年，秦復破楚，楚軍死者二萬，殺楚將景缺。三十年，秦復伐楚，取八城。襄
王元年，秦發兵攻楚，斬首五萬，取析十五城而去。荆楚之有勳舊者類皆以身徇師矣，所餘者特持
禄養交之臣耳，楚地日削，勢日微，其又何以久長乎？故其下曰：『伏匿穴處〔二〕爰何云』，荆勳徇師
夫何長？」徇師者，國殤所謂「帶長劍兮挾秦弓，首雖離兮心不懲」者也。林希仲本以「徇師」爲作
師，誤。

28 悟過改更〔三〕，我又何言？吳光爭國，久余是勝。
集注曰：吳光，卽闔閭也。

按：史記伍子胥傳：「吳公子光令專諸刺殺吳王僚而自立，是爲吳王闔廬。闔廬立三年，伐楚拔

〔一〕「大」字上，原有「天」字，據竹書紀年成王二年刪。

〔二〕「穴處」，原作「嚴穴」，據天問改。

〔三〕「改更」，原作
「更改」，據天問乙正。

舒。四年，伐楚取六與灊，六年，大破楚軍，取居巢。九年，與唐、蔡伐楚。吳王之弟夫槩擊楚將子

常。吳乘勝而前，五戰至郢。」所謂吳光爭國，久余是勝也。此承上「荆[一]勳徇師，「焉能久長」，若

悔悟自新，更置賢臣良將，以庶幾君之一悟，俗之一改，則我亦可以無言。不然，吳光入郢久有勝

余之事矣。不可以鑑前車之覆乎？

29 何環閭穿社以及丘陵？ 是淫是蕩，爰出子文。

集注曰：左傳曰：若敖娶於䢵，生鬪伯比。若敖

卒，從其母畜於䢵，淫於䢵子之女，生鬪於菟，實爲令尹子文。夫子稱其忠事，見論語。它則不可曉

矣。

按：此承上文吳光勝楚而言。定四年左傳「吳入郢，以班處宮」，預注曰「以尊卑班次處王宮室。」

史記伍胥傳：「吳入郢，昭王走郢。伍子胥求王不得，乃掘楚平王墓，出其尸，鞭之三百。」所謂「環

閭穿社，以及丘陵」者，此也。郢即郢。伯比淫䢵子之女，生令尹子文處也。子文爲令尹，自毀其

家以紓國難，見莊公三十年傳。帥師救隋，取成而還，見僖公二十年傳。今令尹則子蘭耳，懷王死

于秦，長子頃襄王立，以弟子蘭爲令尹。楚人咎子蘭勸懷王入秦，不返，以視子文之爲令尹何如

哉？今舉國無可與言，庶幾負石自沉，與未成君而死者如堵敖之流，而告之以不長也。何敢有議

上自許，而欲使忠名之彌顯哉」

〔一〕「荆」字，原作「楚」，據天問改。

楚辭集注四

1 涉江曰：接輿髡首兮，桑扈臝行。

集注曰：接輿，楚狂也。被髮佯狂，後乃自髡。桑扈，即莊子所謂子桑户。

按：論語「楚狂接輿歌而過孔子」，言楚狂接孔子之輿而歌耳。故下直曰「孔子下」，不曰「下輿」，以前有輿字故也。後因號為狂接輿。接輿猶荷蕢，非楚狂字也。蓋是時楚狂趨避，烏知其字哉？列仙傳曰：「接輿名陸通，楚人。」尸子曰「楚狂接輿耕方城」，楚辭曰「接輿髡首」，蓋皆以是為號耳。莊子曰「肩吾見狂接輿」，嵇康書曰「子房之佐漢，接輿之行歌」，杜甫詩「接輿還入楚，王粲不登樓」，直以接輿為字矣。又論語子桑伯子，王肅曰：「伯子，書傳無見焉。」邢昺曰：「鄭以左傳秦有公孫枝，字子桑。」恐非。集注以楚辭「桑扈臝行」即此伯子也。家語「伯子不衣冠而處」，即此臝行之證也。良是。

2 露申辛夷死林薄兮。

集注曰：露申，未詳。

按：爾雅「木自弊柛」，邢昺曰：「自弊踣者名柛。」申疑即柛。露申，謂露處而自柛之辛夷死于林薄者也。

3 哀郢曰：發郢都而去閭兮，怊荒忽其焉極？

集注曰：郢都在漢南郡江陵縣。

按：春秋桓二年「蔡侯、鄭伯會于鄧」傳曰「始懼楚也。」杜注：「楚國，今南郡江陵縣北紀南城也。」楚世家：「文王熊貲始都郢。」水經注曰：「江陵西北有紀南城，楚文王自丹陽徙此。楚人謂之郢都。」地理志：「江陵，故楚郢都。」孔仲達曰：「世謂之南郢也。亦曰紀郢。楚雖都郢，未有城郭。」文公十四年，楚莊王立，鬬克、公子燮因城郢郢爲亂，事未得訖。襄公十四年「楚子囊還自伐吳，將死，遺言謂子庚必城郢。」明年，吳師歸，楚復入郢。昭公二十三年「楚囊瓦城郢」事在楚平王十一年也。定四年，吳人入郢，昭王奔隨。明年，吳師歸，楚復入郢。又明年，吳復伐楚，取番。楚恐，去郢，北徙都郢。左傳「令尹子西遷郢于都」。昭公二十三年「楚囊瓦城郢」子惠王徙鄢，命曰鄢郢。林氏曰：「改郢爲郢，故曰遷郢于都，咸楚都矣。」哀郢之所謂郢都，不知其何所指？楚記曰：「楚郢都南面舊有二門，一曰修門，一曰龍門。東面亦有二門。」其下曰「顧龍門而不見」，「軑兩東門之可蕪」？「哀故都之日遠」！此集注據以爲紀郢也。

水經注：「滄浪之水纚絡鄢郢，地連紀郢」。

4 凌陽侯之氾濫兮。

集注曰：陽侯，陽國之侯，溺死於水，其神能爲大波。

按：陶潛群輔錄曰：「伏羲六佐陽侯爲江海。」宋均曰：「主江海事。」陽侯主水，故後世謂陽侯爲水神。至溺死能爲大波之說，雖見淮南子覽冥訓注，未足據也。

5 當陵陽之焉至兮，淼[一]南渡之焉如？

集注曰：陵陽，未詳。

[一] 「淼」字原誤「森」，據哀郢改。下「淼」字同。

按：相如大人賦曰："使五帝先導兮，反太一而從陵陽。"漢書音義曰："仙人陵陽子明也。"列仙傳曰："子明釣於沛銍縣旋溪釣得白龍，放之。後白龍來迎子明去，止陵陽山上，百餘年，遂得仙也。"此言已南渡大江無白龍之迎，則陵陽其焉至？涉江曰"迷不知其所如"，此云"焉如"，意同也。

6 曾不知夏之爲丘兮，孰兩東門之可蕪？

集注曰：夏，大屋也。兩東門，郢都東關有二門也。言懷王[一]曾不知都邑宮殿，夏屋當爲丘墟，又不知兩東門，亦先王所設以守國者，豈可使之至于蕪廢耶？

按：懷王[二]二十一年，秦遂拔郢，而楚徙陳，不知在此後幾年也。

屈原傳曰："王怒而疏屈平。"又曰："屈平既疏[三]不復在位。"其後秦昭王欲與王會，屈平曰："秦虎狼之國，不可信。不如無行。"懷王卒行，入武關。秦因留懷王。"徐廣曰："三十年入秦。"是原當懷王之時，不過見疏而已，未嘗遷于江南也。既令尹子蘭使上官大夫短屈原於頃襄王。王怒而遷之。離騷序曰"遷於江南"，哀郢曰"淼南渡之焉如"，亂曰"非吾罪而棄逐兮"，則此蓋作於襄王之時。集注以爲言懷王，疑時事有未合也。

7 憎慍惀之脩美兮。

集注曰：慍，心所縕積也。思求曉知謂之惀。

按：戴侗六書故曰："惀，忠惽之意。"又唐書徐有功傳："開元初，竇希瑊等請以己官讓有功子惀，以報舊德[四]。"推當日以惀命名之意，自以忠惽爲是。

〔一〕"懷王"，楚辭集注作"楚王"。

〔二〕"懷王"，原作"襄王"，據楚辭集注改。

〔三〕"疏"字，史記屈原傳作"絀"，亦無下"不復在位"四字。

〔四〕"德"字，據新唐書徐有功傳補。原書稿未印出。

8 抽思〔一〕曰:「軫石崴嵬,塞吾願兮。超回志度,行隱進兮。」

集注曰〔二〕:……軫石,未詳。超回、隱進,亦不可曉。

按〔三〕:《二十八宿山經》曰:「翼山、軫山相連,在楚荊門。」一統志:「蒙山在荊門州西。又州南五里有荊門山□〔四〕央。」齊伯曰:軫者,生於蒙山,長爲楚國。是星家以蒙山爲軫山。「軫石崴嵬」,蓋言世路之崎嶇,於所願爲塞難也。「超回」「隱進」,或超而前,或回而返,皆先以志揆度之,有所行,則隱占其吉凶而後進也。《爾雅·釋言》曰:「隱,占也。」郭注曰:「隱,度。」疏曰:「占者視兆以知吉凶,必先隱度,故曰隱,占也。」

9 懷沙曰:「易初本迪兮,君子所鄙。」

集注曰:迪,史作由。易初,謂變易初心也。本迪,未詳。

按:《方言》曰:「由迪,正也。東齊、青、徐間相正謂之由迪。」本迪,本正也。《史》作本由,義同也。此言其初志本正,後乃變易其初志。是乃君子所鄙也。

10 思美人曰:「遷逡次而勿驅兮,聊假日以須昔。」

集注曰:遷,猶進也。逡次,猶逡巡也。

按:《後漢志》曰:「攝提遷次,青龍移辰」,謂之歲。孔氏《詩疏》曰:「在天爲次,在地爲辰。」賈公彥《周禮》遷移疏曰:「次,十二次也。」《左傳》:「鄭禆竈曰:『歲不及此次也已。』」皆是類也。此承上「造父操駕」,遷逡次而勿驅,蓋假日以須昔,非止逡巡之謂也。

〔一〕「抽思」原書稿未印出,據文例補。

〔二〕「注曰」原書稿未印出,據文例補。

〔三〕「按」字,原書稿未印出,據文例補。

〔四〕□,原書稿未印出,缺。疑爲「中」字。

11 惜往日曰：君含怒以待臣兮，不清澂其然否。

集注曰：澂音澄，清澂，猶審察也。

按：易損象曰：「君子以懲忿窒欲。」懲，古文作徵。鄭玄、劉瓛云：「懲，清也。」是清澂當讀爲清懲也。

與沔水「民之訛言，寧莫之懲」同一意也。

12 悲回風曰：借光景以往來兮，施黃棘之枉策。

集注曰：黃棘，棘刺也。枉，曲也。以棘爲策，既有芒刺，而又不直，則焉傷深而行速。舊注以爲顧借神光電景飛往往來，施黃棘之刺以爲策，以求子推、伯夷之故迹，是也。

按：借光景以往來兮，施黃棘之枉策。

其實如蘭，服之不字。」是亦木之貞潔者，言施此木以爲策，迁枉於道路，求介子、伯夷之故迹也。

13 望大河之州渚兮，悲申徒之抗迹。

集注曰：山海經曰：「苦山有木曰黃棘，黃花而員葉[一]，集注曰：莊子曰：申徒狄諫紂，不聽，負石自沉於河。

按：山海經曰：「苦山有木曰黃棘，

此木以爲策，迁枉於道路，求介子、伯夷之故迹也。

14 遠遊曰：聞赤松之清塵兮，願承風乎遺則。

集注曰：列仙傳曰：赤松子，神農時爲雨師，服

韓詩外傳曰：「申徒狄非其世，將自投於河。崔嘉聞而止之曰：聖人仁士[二]，民之父母也。今爲濡足，不救溺人，可乎？申徒曰：昔桀殺龍逢，紂殺比干，而亡天下。吳殺子胥，陳殺泄治，而滅其國。非無聖智，不用故也。遂負石[三]而沉於河。」韋昭曰：「六國時人。」由此觀之，莊周之言，未得其實也。

〔一〕「員葉」，原作「葉員」，據山海經中山經改。

〔二〕「聖仁之人」，韓詩外傳章二十六作「聖人仁士」，

〔三〕「負石」，韓詩外傳作「抱石」。

冰〔一〕玉,教神農,能入火自燒。至崑山上,常止西王母石室。張良欲從赤松子遊,即此也。

按:劉向列仙傳曰:「赤松子輿者,黃帝時人,不食五穀,啖百草花。至堯時為木工,能隨風雨上下。」史記留侯世家:「留侯曰:願棄人間事,欲從赤松子遊耳。乃學辟穀,道引輕身。」蓋良所學者赤松,以赤松子輿不食五穀,故願與之從遊耳。古有兩赤松,世多以良所願者為能入火自燒之赤松,失其旨矣。

15 載營魄而登霞兮,掩浮雲而上征。

集注曰:載,猶加也。營,猶熒熒也。蓋脩鍊之士,必使魂常附魄,如日光之載月質。魄常檢魂,如月質之受日光,則神不馳而魄不死,遂能登仙,遠去而上征也。又

按:魏伯陽參同契云:「陽神日魂,陰神月魄。」朱子語錄曰:「日為魂,月為魄。」其說蓋本於此。又

辭集注「載,猶加也」,則又與車載人之載似相矛盾。又按老子曰「載營魄抱一,能無離乎」,呂吉甫注

曰:「老子所謂載營魄,如車載人之載。」「月載日光,魂加於魄。」皆見於語錄也。今楚

揚子法言曰:「月未望則載魄于西,既望則終魄于東。」載對終言,則亦終而復始之意也。載者,環而無隙之謂。楚辭「載營魄」,營者,陽氣之迴旋;魄者,陰氣之迫著。人之初生,即其有陰陽之氣,初非有待於加也。

左傳「樂祁曰:心之精爽,是謂魂魄」,是也。若謂載營魄,「載猶加也,如日光之加月質」,山海經「漆吳之山處于東海,其光載出載入」,亦可以為加

出加入乎?

〔一〕「冰」字,原誤「水」,據楚辭集注改。

16 召豐隆使先導兮，問太微之所居。集重陽入帝宮兮，造旬始而觀清都。

集注曰：太微，宮垣十星，在翼、軫北。重陽者，積陽爲天，天有九重，故曰重陽。旬始，星名。清都，列子以爲帝之所居也。

按：石氏星經曰：「太微十星在翼、軫北。」瞿曇悉達曰：「司馬遷天官書、班固天文志並匡衡十二星，驗圖簿及所見星位，止十星。未詳其旨。」據漢書曰「南執法四星」，是多二星。又春秋合誠圖曰「太微主法式陳星十二」「以備武患」，則亦十二星也。今西儒星圖，太微垣西蕃第三一星爲西次，將外增一星。則又十三星矣。重陽者，以乾卦六畫皆爲陽，故謂之重陽也。唐天文志曰：升陽進踰天關，得純乾之位，故鶉尾直建巳之月內，列太微爲天廷。孔穎達左傳疏曰「四月建巳，六陰盡消，六陽並盛，是爲純乾之卦」，是也。非泛指天有九重爲重陽也。「召豐隆使先導」者，淮南子曰「季春三月，豐隆乃出。」則是建辰之月也，太微位於巳，故召使先導之也。帝宮即太微之宮。郗萌曰「太微之宮，太一之廷，上帝之治，五帝之座也。」所謂「造旬始，星名。河圖曰「鎮星之精，散爲旬始。」黃帝占曰「旬始出見北斗，天子壽，王者有福。」所謂「造旬始而觀清都，蓋太清之所都也。

17 張咸池奏承雲兮，

集注曰：咸池，堯樂。承雲，黃帝樂也。又曰顓頊樂，又曰有虞氏之樂。無所稽考，未詳孰是。

按：竹書紀年：「帝顓頊高陽氏二十一年，作承雲之樂。」呂覽：「顓頊〔一〕令飛龍作效八風之音，命

〔一〕「顓頊」原作「頊」，據呂氏春秋補。

18 二女御九韶歌。

曰承雲。

集注曰：二女，娥皇、女英也。御，侍也。九韶，已見騷經。

按：宋沈括曰：「舜陟方時，二妃皆百餘歲，豈得俱存，猶稱二女。」則以二女爲娥皇女英，非也。山海經曰：「舜妻登比氏，生宵明、燭光，處河大澤。二女之靈能照此所方百里，一曰癸比氏〔一〕。」姓纂曰：「癸比，舜之第三妃也。」郭璞曰：「宵明、燭光，二女字也，以能光照，因名云。」江淹遠古篇：「帝之二女遊沅、湘兮，宵明燭光何焜煌兮。」二女御而九韶歌者，舜第三妃之二女。宜卽此也。

19 舒幷節以馳騖兮，遶絕垠乎寒門。

集注曰：絕垠，天之邊際也。寒門，北極之門也。服虔曰：「黃帝升仙之處也。」

按：漢郊祀志：「黃帝接萬靈明庭。明庭者，甘泉也。所謂寒門者，谷口也。」師古曰：「谷口，仲山之谷口也。以仲山之北寒涼，故謂此谷爲寒門也。」

20 九辯曰：流星兮，羌儵忽而難當。

集注曰：顧寄言夫〔二〕流星兮，羌儵忽而難當。既不可值，則卒爲薴蔽而不可解矣。

集注曰：寄言，欲附此言以諫誨其君也。流星

按：爾雅曰：「奔星爲彴約」，邢昺曰：「卽流星也。」荆州占曰：「流星大如桃者，爲使事也。」司馬彪天文志曰：「流星者，貴使也。星大者使大，星小者使小。」此言欲寄言於使臣以諫君，無奈儵忽而不可值也。

〔一〕「癸比氏」，山海經海內北經作「登北氏」。

〔二〕「夫」字，原作「於」，據九辯正文改。

21 招魂曰:「帝告巫陽曰:『端[一]人在下,我欲輔之。魂魄離散,汝筮予之。』」〈集注曰:帝,天帝也。〉〈女曰巫:陽,其字也。〉端人[二],謂屈原也。魂魄離散,身將顛沛,故使巫陽筮問所在,求而與之,使反其身也。

按:海內西經曰:「開明東有巫彭、巫抵、巫陽、巫履、巫凡、巫相,夾窫窳之尸,皆操不死之藥以距之。」郭璞曰:「為距却死氣,求更生。」周禮簭人:「掌九簭之名,五曰巫易。」〈易即陽,古今字也。〉蓋巫陽乃主筮之一官,代守其職,非女巫字陽者也。

22 巫陽對語,不可曉。恐有脫誤。然其大意以謂帝命有不可從者,如必筮其所在,而後招以與之,則恐巫陽之意,以人之死猶生也。〈集注曰:此一節〉其修短之數,有掌之者,雖上帝有筮予之命,難從矣。若必然欲筮予之,則不宜後。恐後之而神氣凋謝,不能復。〈禮雜記曰:「諸侯行,死於館,則復如於其國。」注曰:「復,招魂復魄也。」檀弓疏曰:「招魂〉者,是六國以來之言,故楚辭有招魂之篇。」此蓋言魂魄離散,久則徂落衰謝,不能如始死之時,以其離散之遠,而或後之以至徂謝,且將不得復用巫陽之技矣。

按:竂,當作嫏,說文:「楚人謂寐曰嫏。」讀衣倨切,於去聲。

〔二〕「端」字,招魂正文作「有」。

〔一〕「端人」二字,在楚辭集注裏不是一詞,「端」字屬上句,「玉以爲辭端」;「人」字屬下句,「人,謂屈原」。

衣招魂而復之。至是始用巫陽焉，則無及矣。意或然也。

人肉則用以祭。

23 雕題黑齒，得人肉則用以祭。

集注曰：題，額也。雕刻其肌，以丹青涅之也。南[一]人常食贏蟖，得

按：唐書驃國傳曰：「群蠻種類，多不可記。有黑齒、金齒、銀齒三種，見人以漆及鏤金銀飾齒。寢食則去之。隋書真臘國傳曰：「城東有神名婆多利，祭用人肉。其王年別殺人，以夜祀禱[二]。」又女國傳曰：「俗事阿脩羅神，又有樹神，歲初以人祭。」皆可見玉之言信而有徵云。

24 五穀不生，藜菅是食些。

集注曰：菅，茅屬。言其地不生五穀，言其人但食此菅草也。

按：魏書吐谷渾傳：「北有乙弗勿敵國[三]不識五穀，唯食魚及蘇子。蘇子狀若中國枸杞子。」唐書拂菻傳：「自拂菻西南度磧[三]二千里，有國曰磨鄰，曰老勃薩。無草木五穀，飼馬以槁魚。人食鶻莽。鶻莽，波斯棗也。」南史扶桑國傳：「扶桑東千里有女國，食鹹草。鹹草葉似邪蒿，而氣香味鹹。」一統志：「瀚海在火州柳陳城東，地皆沙磧。」宋史云：「沙深三尺，不育五穀。沙中生草，名登，相收之以食。」皆此類也。

25 增[四]冰峨峨，飛雪千里些。

集注曰：言北方常寒，其冰重累，峨峨如山。涼風急時疾[五]，雪隨之飛行千里，乃至地也。

[一] 「南」字下，原有「方」字，據楚辭集注刪。

[二] 「祀禱」，原作「禱祀」，據隋書真臘國傳乙正。

[三] 「度磧」，原作「行」，據新唐書拂菻傳改。

[四] 「增」字，原誤「層」，據招魂改。

[五] 「時疾」，原誤「疾時」，據楚辭集注乙正。

按：坤輿圖說：「北海半年無日，氣候極寒而冰，故曰冰海。舶爲冰海所阻，直守至冰解，方得去。

又苦海中冰塊爲風擊，堆疊成山，舶觸之，定爲虀粉。」此所謂「層冰峨峨」者也。唐書康國傳：「有

碎葉者，西南直蔥嶺，贏二千里。北三日行，度雪海，春夏常雨雪。」此所謂「飛雪千里」者也。

26　九侯淑女，多迅衆些。

　　集注曰：商九侯之女入之紂而不憙淫者也。迅衆，未詳。

　　按：爾雅曰：「振，迅也。」郭璞曰：「振者奮迅。」言雖九侯之好女，亦多奮迅於衆人之中，以自脩飾

也。殷本紀曰：「九侯女不憙淫。」徐廣曰：「一云無不憙淫。」今案玉所稱「九侯淑女」，則是廣注

誤也。

27　稻粢穱麥，挐黃粱些。

　　集注〔一〕曰：穱，擇也。稻麥，稻處種麥，擇取其先熟者也。

　　按：張衡南都賦曰：「冬稌夏穱，隨時代熟。」則是稌，稻也，而熟於冬。穱，麥也，而熟於夏。不當

訓穱爲擇。

28　大苦鹹酸辛甘〔二〕行些。

　　集注曰：大苦，豉也。鹹，鹽也。酸，酢也。辛，謂椒薑也。甘，謂飴

蜜也。

　　按：月令：「春，其味酸。夏，其味苦。季夏中央，其味甘。秋，其味辛。冬，其味鹹。」内則：「凡和，

春多酸，夏多苦，秋多辛，冬多鹹。調以滑甘。」注曰：「多其時味以養氣。」此所云苦甘鹹辛酸者，概

舉五味之和而言，不必專指一物也。

〔一〕「集注」，原誤「集傳」，據楚辭集注改。

〔二〕「酸辛甘」，原作「甘辛酸」，據招魂正文乙正。

又按：釋名曰：「鼓，嗜也，調五味可甘嗜也。」不得以大苦名之。

29 吳歈蔡謳，奏大呂些。

　集注曰：大呂，律名。

按：史記平原君傳：「毛先生一至楚，使趙重於九鼎大呂。」正義曰：「大呂，周廟大鐘。」樂毅傳：「大呂陳於元英。」索隱曰：「大呂，齊鐘名。」以兩說證之，此所云大呂者，蓋所鑄之鐘，聲應大呂之律，因以爲名。襄十九年傳「季武子以所得於齊之兵作林鐘」，昭二十一年「天王將鑄無射」，皆鐘名也。又周禮大司樂曰：「奏黃鐘，歌大呂。」若大呂，律名，不得以爲奏矣。況律有十二，何當獨奏大呂耶？

30 路貫盧[一]江兮，左長薄。

　集注曰：貫，穿過也。盧江、長薄，皆地名。左者，行出其右也。

按：水經「匯水出桂陽縣盧聚」，酈注曰：「水出桂陽縣西北上驛山盧溪，爲盧溪水。東南流，逕桂陽縣故城，謂之匯水。」深水注「許慎云：深水出桂陽南平縣也。縣有盧溪。」一統志：「盧溪在辰州府盧溪縣西二百五十里。唐志謂武德四年割沅陵，置盧溪縣。」則又與桂陽盧溪相去絕遠。讀者不可不知也。又長薄，乃江邊長岸，草木交錯處，非地名也。陸機詩「按轡遵長薄」王維詩「清川帶長薄」，則長薄不得專以一地名之。

31 還與王趨夢兮課後先，君王親發兮憚青兕。

　集注曰：夢，澤名。楚有雲夢澤，跨江兩岸。雲在

[一]「盧」字，原作「蘆」，據招魂改。下「盧」字同。

三〇六

江北,夢在江南。俔,懼也。兕,似牛,一角,青色,重千斤,言王親發矢以射青兕,中之而懼走也。

按:埤雅曰「犀形似水牛,黑色,一角在頂,一在額,一在鼻上。鼻上者,即食角也。亦有一角者。」交州記曰「犀有二角,鼻上角長,額上角短。或曰:三角者,水犀也。二角,山犀也。」則兕不盡一角也。呂氏春秋曰「楚莊王獵于雲夢,射隨兕而獲之。」劉向新序曰「楚王載繁弱之弓,忘歸之矢,以射隨兕于夢也。」玉所言蓋指此也。

32 大招曰:北有寒山,逴龍豔只。

集注曰:逴龍,山名。豔,赤色,無草木貌。

按:大荒北經「西北海之外,有神人面蛇身而赤。其瞑乃晦,其視乃明,是謂燭龍」,吳任臣山海經廣注曰「燭或作遫。楚辭大招曰:北有寒山,逴龍豔只。」陸時雍注云「逴龍當是燭龍。」

又按:此言「豔只」者,以燭龍身赤故也。非赤色無草木之謂。

33 臨豚苦狗,膾苴蒪只。

集注曰:苦,以膽和醬也。苴蒪,一名蘘荷。

按:特牲饋食禮「鉶芼用苦」,鄭注曰「苦,苦荼」,內則「濡豚包苦」,孔疏曰「包裹豚肉,以苦菜殺其惡氣。」公食大夫禮「三牲皆有芼」,注曰「牛藿羊苦豕薇也。」是苦狗,乃包苦用苦之類,非謂以膽和醬也。

又:逸注曰「苴蒪,蘘荷也。」蒪音博。史記相如遊獵賦「諸蔗猼且」,闕駰曰「猼且,襄荷。」與逸注同。猼且,漢書作巴且。文穎曰「巴蕉。」芭蒪音近,則以為巴蕉,是也。陸佃埤雅曰「蕉不落葉,一葉舒則一葉蕉,故謂之蕉。」崔豹古今注曰:「襄荷似巴蕉而白色,其子花生根中。花未敗時可

食。」此苴蒪與襄荷別者也。又按相如賦既有「諸蔗猼且」，又有「苴蘘襄荷」，若使猼且卽襄荷，當時作此賦上獻天子，豈應兩用之乎？

34 吳酸蒿蔞，不沾薄只。

按：白虎通「榆莢醬曰醟」。醟，音末，蓋卽酥也。〔釋名〕「醟，投也，味相投也。」據此，醮音途，疑有誤也。

民月令音牟偸。 集注曰：酸蒿蔞，一作酥〔一〕醬醮。醬，音模，醮，音途。

35 炙鴰烝鳧，鮎鶉敶只。

按：内則曰「鶉羹雞羹駕〔二〕釀之蓼」，孔氏疏曰「謂用鶉用雞爲羹。駕者，唯蒸煮之而已，不以爲羹。」爾雅曰「駕鴾母。」又曰：「鷃鶉，其雄鶬，牝痺。」邢昺疏曰：「駕，田鼠所化者。鶉，蝦蟇所化者也。」淮南萬畢術曰：「蝦蟇得瓜化爲鶉。」鶉、駕非一種也。 集注曰：黏，爒也。鶉、駕也。崔實〔四〕

36 煎鰿臛雀，遽爽存只。

按：易井「谷射鮒」，廣雅曰：「鮒，一名鰿，今之鯽也。」遽，疑卽臁。周禮庖人注「臁，乾雉也。」山海經「苦山有獸焉，名曰山膏，其狀如逐」，郭注曰：「卽豚字。」是遽卽臁，與臁通。鳩」，則遽爽，蓋爽鳩之乾者。煎鯽臛雀而遽爽不敗，并有可存，義或然也。 集注曰：鰿，小魚也。遽爽存，未詳。

37 伏羲駕辯，楚勞商只。

按：王逸注「伏羲作瑟，造駕辯之曲。」吳都賦「或超延露而駕辯」，宜卽此也。 集注曰：伏羲之駕辯，楚之勞商，疑皆古曲名，而未有考。 纂注曰「駕辯，凌出

〔一〕「酥」字，楚辭集注及楚辭補注均作「酢」。

〔二〕「駕」字，原誤「鴽」，據禮記内則改。

其上而辯也」，失其旨矣。又招魂「宮庭震驚，發激楚些」，後漢邊讓傳「揚激楚之清宮」，注：「激楚，

曲名。」「楚勞商」，謂激楚之含商者。勞謂屬和而助之也，與大雅「神所勞矣」，義同。

38 鴻鵠代遊，曼鷫鷞只。

集注曰：曼，〔一〕衍也。鷫鷞，長頸綠身似鴈。

按：淮南子曰：「馳騁夷道，釣射鷫鷞之謂樂乎？」歸藏曰：「有鳧駕鷞，有鴈鷫鷞。」馬融曰：「其羽如紱，高首而修頸。」洪興祖楚辭補注曰：「長頸綠身，其形似鴈。」是也。又「一曰鳳凰別名」，非也。唐書拂林國傳曰：「王坐金藺榻，側有鳥如鴛，綠毛，上食有毒輒鳴。」其殆鷫鷞乎？世以鷫鷞爲西方神鳥，蓋有由矣。

39 直贏在位，近禹麾只。

集注曰：直贏，謂理直而才有餘者。禹麾，未詳。

按：國語曰：「贏，伯翳之後也。」秦本紀曰：「大費與禹平水土，帝錫玄圭。禹受曰：非予能成，亦大費爲輔。帝曰：咨爾費，贊禹功，其賜爾皂游。」是爲柏翳，舜賜姓嬴氏。」索隱：「游音旒。謂皂色旌旆之旒。」又禮大傳「殊徽號」，注曰：「徽號，旌旂之名也。」疏曰：「殊，別也。周大赤，殷大白，夏大麾，各有別也。」是禹之旌旂名麾，色尚黑也。嬴與嬴同，直贏謂皋陶，伯益。劉向列女傳「皋子五歲而贊禹」，注曰：「皋陶之子伯益也。」此言直贏在位而贊禹，舜賜以皂游黑色，與禹麾，爲近也。

40 昭質既設，大侯張只。

集注曰：昭質，謂射侯所畫之地，如言白質、赤質之類也。

〔一〕「曼」字，據楚辭集注補。

按：《儀禮鄉射禮》〔一〕曰：「凡侯，天子熊侯，白質。諸侯麋侯，赤質。大夫布侯，畫以虎豹。士布侯，畫以鹿豕。」凡畫者丹質。」又《小雅賓之初筵》「發彼有的」，毛傳曰：「的，質也。」正義曰：「《周禮鄭衆、馬融注》皆云：十尺曰侯，四尺曰鵠，二尺曰正，四寸曰質。」是質在正之中也。

41

惜誓曰：飛朱鳥使先驅兮，駕太一之象輿。 集注曰：淮南云：前朱雀，後玄武。注云：張爲朱雀。 沈存中云：朱雀莫知何物，但謂鳥而朱者，羽族赤而翔，集〔二〕必附木，此火之象也。或云鳥爲即鳳也。然天文家朱鳥，乃取象於鶉。南方七宿，曰鶉首、鶉火、鶉尾是也。鶉無尾，故以翼無尾云。

按：師曠《禽經》曰：「赤鳳謂之鶉。」鶡冠子曰：「鳳，鶉火之禽，陽之精也。」安成王教曰：「鶉火之禽，不匿景於丹山。」崔豹《古今注》曰：「禮記行前朱鳥，鸞也。」《山海經》曰：「帝臺之碁，五色而文，狀如鶉卵。」又曰：「崑崙之丘，有鳥曰鶉鳥，是司帝之百服。」黃帝占曰：「張，天府也，朱鳥嗉也，主天王宮內衣服。」《玄覽》曰：「鳳赤曰鶉。」〔三〕《輔黃圖》曰：「蒼龍、白虎、朱雀、玄武，天之四靈，以正四方。」《漢書·芒使曉知地理圖籍者，共校治於壽成朱鳥堂。」《唐書·渤海傳》：「渤海言義立，改年朱雀。」魏伯陽《參同契》曰：「朱雀翱翔，戲兮飛揚。」色五彩，其必非鶉鵒明矣。 集注「鶉無尾，以翼爲尾」，《哀時命篇》爲「鳳作鶉籠兮」，集注又以鶉爲「鳥之小而無尾者」，直以爲鶉鵒矣。夫鶉鵒而爲朱鳥，豈可以爲四靈之一乎？

〔一〕「鄉射禮」，原誤「郊社禮」，據《儀禮·鄉射禮》改。

〔二〕「集」字，原作「止」，據《楚辭集注》及《楚辭補注》改。

三二〇

哀時命曰：「務光自投於深淵兮，不獲世之塵垢。」

集注曰：「務光，古清白之士也。言不見從，自
投深淵而死，不爲讒佞所塵污也。」

按：莊子讓王篇曰：「堯讓天下於許由，由遂逃箕山，洗耳於潁水。
自沉於盧水。」史記伯夷列傳「說者曰：堯讓天下於許由，許由不受。及夏之時，有卞隨、務光」，索
隱曰：「夏時有卞隨、務光，殷湯讓之天下，竝不受而逃。」蓋光之自沉，以讓天下爲污己，非爲言不
見從，自投深淵，不爲讒佞所塵污也。

〔一〕　「稠」字，原作「桐」，據莊子讓王篇改。

管城碩記卷之十八

史類一

1 史高祖功臣侯表：甘泉侯劉曾孫侯嫖。　索隱曰：嫖，匹妙反。漢表〔一〕作嬝，音火孕反〔二〕。說文嬝，悅也。

按：嫖字，古文作嬝，標亦作㯱。嬝蓋爲嬝之訛耳。當從史記爲是。索隱注引漢表作嬝，音火孕反，非。又嫖當音匹遙反，作去聲，非。

2 建元已來王子侯表：祠侯買以城陽王子，元狩元年四月戊寅侯。　索隱曰：表作祠，音俱。在東海。漢志作枸，音苟，在扶風。與祠別。

按：今本表皆作「枸，音苟」，無有作「祠，音俱」者；祠在東海，祠即朐，蓋東海朐縣也。今字書祠無平音，非也。

3 高祖功臣侯表：刪成侯國。　三蒼云：刪鄉在城父。梅誕生云：刪俗作國名，讀烹上聲。國名宜從邑，從刀誤。

〔一〕「漢表」，史記索引作「漢書」。

〔二〕「火孕反」，索引作「許孕反」。

按：穆傳有酆伯繁。說文扶風有酆鄉。此國名酆字从邑者也。據漢表酆成制侯惆繼，即史記酆成侯也。師古音培。又普肯反。

史表酆成侯，索隱云「酆」，苦壞反。

一音裴。」此國名酆字从刀者也。

集韻酆作酆。是酆、酆本一字也。

4　史記曰：子貢一出，存魯，亂齊，破吳，彊晉而霸越。子貢一使，使勢相破，十年之中，五國各有變。

索隱曰：按左傳爲[一]魯、齊、晉、吳、越也。

按：蘇氏古史考曰：「太史公稱子貢一出，存魯，亂齊，破吳，彊晉，伯越。予觀春秋左氏傳齊之伐魯，本於悼公之怒季姬，而非陳恒。吳之伐齊，本怒悼公之反覆，而非子貢。吳、齊之戰，陳乞猶在，而恒未在事。凡太史公所記皆非也。蓋戰國說客設爲子貢之辭，自託於孔氏，而太史公信之耳。」

5　史記曰：宰我爲臨淄大夫，與田常作亂，以夷其族，孔子恥之。

索隱曰：左傳無宰我與田常作亂之文。然有闞止字子我，田闞[二]爭寵，子我[三]爲陳恒所殺。恐字與宰我相涉，故云然。

按：史公齊世家云「子我夕」，賈逵云：「即監止也[四]。」及按田完世家云：「子我者，監止之宗人也。常與田氏有郤。」又云：「子我率其徒攻田氏，不勝，出亡。田氏之徒追殺子我及監止。」夫監止子我本一人也，而誤爲兩人。則子我之誤爲宰我者，當必以宰予、闞止並字子我，乃致斯誤。楊用脩按

〔一〕「爲」字，史記仲尼弟子列傳索隱作「謂」。

〔二〕「田闞」，史記仲尼弟子列傳索隱作「因而作「遂」。

〔三〕「子我」，索隱

〔四〕賈逵原話爲「闞止，子我也」。闞止，左傳作監止。

李斯傳：「言趙高之短於二世曰：『田常爲齊簡公臣，下得百姓，上得羣臣，陰取齊國，殺宰予於庭，遂弒簡公。』斯去宰予未遠，所言當得其實。如斯所言，則宰我之死，仇牧之類也。司馬遷遂誣以作亂。作亂本無明文，而與難獨有此證。不然，幾厚誣賢者。

6 前漢書五行志：劉向治穀梁春秋，數其禍福，傅以洪範，爰作洪範五行傳。　蘇氏洵曰：歐、向之惑，始於福極分應五事，遂强爲之説。

按：前漢書儒林傳：「夏侯勝從始昌受尚書及洪範五行傳。當時五行休咎之説，學者靡然宗之矣。」

據公孫弘傳贊曰：「孝宣承統，招選茂異，而蕭[一]望之、梁丘賀、夏侯勝、韋玄成、嚴彭祖、尹更始以儒術進。　劉向、王襃以文章顯。」向至成帝初河平三年，見王氏權位太盛，始作洪範五行傳，因事納忠，讜切時政。而夏侯於宣帝時已從始昌受尚書及洪範五行傳，是洪範五行之説前此已有，而以福極分配者，乃始於劉向耳。

瓊山丘氏曰：「後世推五行休咎之説，其端始於董仲舒，而盛著於劉向此書。」　『研北雜録曰：「劉向洪範五行傳之作，借經文以規切時事，其不能一一與聖經比附，無怪其然。」

7 史記平津侯主父列傳後引太皇太后詔大司徒、大司空。　徐廣曰：此是平帝元始中王元后詔，後人寫此。　索隱曰：按廣所云，則又非褚先生所録也。

按：史儒林傳後云：「董仲舒子及孫，皆以學至大官。」又賈誼傳云：「孫賈嘉好學。」此皆非太史公

〔一〕「蕭」字，原誤「簫」，據漢書公孫弘傳改。

之本文及褚少孫所補也。

班固目錄曰：「馮商，長安人，」成帝時待詔金馬門，受詔續太史公書十餘篇。」後漢楊終傳：肅宗時，受詔刪太史公書爲十餘萬言。」無怪乎史記所錄，往往有少孫已後事也。

8　史記李斯傳：處卑賤之位，而計不爲者，此禽鹿視肉，人面而能彊行者耳。

　　索隱曰：禽鹿，猶禽獸也。

　　按：山海經有「視肉虖交」，郭璞圖贊曰：「視肉有眼而無腸胃。」莊子曰：「人而不學，謂之視肉。學而不行，謂之撮囊。」則視肉自是一物，此言貧賤而不爲計者，如就禽之鹿視肉之類，雖人面而能彊行，烏能免於貧賤哉~非禽獸但知視肉而食之謂。言禽獸但知視肉而食之。

9　後漢劉茂傳：賊執劉雄〔一〕以矛刺之。時小吏所輔叩頭求哀。

　　注曰：漢有所忠，爲諫議大夫。

　　按：史記封禪書「公孫卿因所忠言寶鼎」，平準書「所忠言：世家子弟富人，或鬪雞走狗馬，弋獵博戲」，司馬相如傳「帝欲悉取其書，使所忠往」，石慶傳「欲請治近臣所忠」，風俗通云「漢有諫議大夫所忠氏」。是所忠乃西漢武帝時人也，與後漢所輔相去絕遠，何得以輔爲忠子？子字誤，當是所忠之後。唐書高麗傳「大酋所夫孫拒戰」，則亦有所姓也。春秋隱九年「俠卒」，穀梁傳曰「所俠也」，浦，所忠之子。

　　注云：「俠，名也。」「所，其氏。」是所得姓之由也。姚察不知，乃以「所忠」爲「所患」，謬矣。

10　漢昌邑王傳：取卒逤宮，清中備盜賊。

　　李奇曰：逤，遮也。

〔一〕「劉雄」，原誤「劉戎」，據後漢書劉茂傳改。

按：馬融圍棋賦「緣邊遮迣」，顏延之赭白馬賦「進迫遮迣」，晉灼曰「迣，古列字」，迣與迾，皆即列也。遮乃訓攔。漢高紀「董公遮説」，是也。南[一]齊王融詩「霜珀迾遙洲」，梁元帝牛渚磯碑「丹鳳爲羣，紫柱成迣」，皆即列也。豈可以迣爲遮乎？南齊書佞幸傳後史臣云：「遮迣清道。」遮迣字本可通用，非專指車駕清道言也。古今通韻曰：「迣，遮也。」一曰車駕清道。」是又以李奇注而誤矣。

11　魏堯暄傳：暄字辟邪，本名鍾葵。

胡元瑞曰：辟邪於葵義，了不相涉，鮮不以終馗之譌。

按：杜佑通典「虢州歲貢終葵石硯二十枚」，蘇易簡文房四譜「虢州歲貢鍾馗硯二十枚」，史記「吳楚鍾離」，世本作終犁，古鍾終、馗葵通用，終葵即鍾馗也。又後漢有李鍾馗，北史宦者傳有宮鍾馗，字皆作馗。魏書于勁字鍾葵，太尉拔之子。又魏中山公李先，先子同，同子鍾葵，襲爵，降爲子。北史「張白澤本名鍾葵，獻文賜名白澤」，隋書李景傳「漢王諒、嵐州刺史喬鍾葵攻景」，字皆作葵。

12　通鑑有星孛於北斗。

史炤釋文：彗星謂之孛。胡身之曰：彗自是彗，孛自是孛。孛之災甚於彗。

按：爾雅「彗星爲攙槍。」注曰：「彗亦謂之孛，言其星孛孛如埽彗。」左傳「有星孛於大辰，西及漢。

〔一〕「南」字，原誤「漢」，據南齊書改。

申繻曰：「彗所以除舊布新也。」楚辭遠遊云「舉彗星以爲旍」，王逸注：「引援学光以翳身也。」漢五行志：「有星孛入於北斗。」星傳：「彗星入北斗。」成帝建始元年，有星孛入於營室。劉向、谷永以爲彗星加之。」董仲舒王道篇有「彗星見於東方，学於大辰」。彗星謂之孛，炤説正未爲非。

13 説苑曰：公子光使專諸刺王僚，以位讓季子。季子曰：爾殺吾君，吾受爾國，則吾與爾爲同簒也。爾殺吾兄，吾又殺爾，則是昆弟父子相殺無已時也。卒去之延陵，終身不入吳。君子以其不殺爲仁，不取國爲義。

按：唐文粹獨孤論札曰：「季子三以吳國讓，春秋褒之。愚竊謂其廢先君之命，非孝；附子臧之義，非公；執禮全節，使國簒君弑，非仁。」

14 蜀書彭羕傳：羕在獄與諸葛亮書曰：僕得遭風雲，從布衣之中擢爲國士。分子之厚，誰復過此？

裴松之注云：分子之厚者，羕言劉主分兒子厚惠施之於己。

按：穀梁傳曰「召伯，周之分子也。」范甯曰：「周之分子，謂周之別子孫也。」羕盖言劉主蓄己之厚，不啻如支庶子孫，亦如文王於召伯，恩同分子。故其書後語曰「西伯九十，寧有衰志。負我慈父，罪有百死」也。分子二字本此。

15 後漢初平十七年，董昭勸曹操加九錫，荀彧仰藥而卒。 蘇東坡曰：荀文若其才似子房，其清似伯夷。

按：東坡寓惠集曰：「曹操既得志，士人靡然歸之，荀文若盛名，猶爲之經營謀慮。一旦小異，便爲

謀殺。程昱郭嘉[一]之流，不足數也。」蓋亦悔其前說之過矣。朱子曰：「荀彧之死，胡文定引宋景文

說，以爲劉穆之、宋齊丘之比，最得情狀之實。無復改評矣。」

16　曹操征冒頓，經白狼山，逢獅子，忽一物如狸，跳上獅子頭，獅子伏不敢起。遂殺之。

按：逸周書：「渠搜獻鼩犬。」鼩犬，露犬也，能飛，食虎豹。」王氏彙苑：「獸有草上飛，番名昔雅鍋

失。有大犬之形，渾身似玳瑁斑貓，兩耳尖，黑純不惡。若獅豹猛獸見他，即伏於地，乃獸之王也。」

魏武白狼山所見，宜即此也。當時欲神其事，故不致詳耳。

17　魏志注曰：「漢世西域舊獻火浣布，中間久絕。至魏初時，人疑其無有。文帝以爲火性酷烈，無含生

之氣，著之典論，明其不然。及明帝立，詔以先帝典論刊石於廟門之外。至景初三年，西域獻火浣

布，於是刊滅此論，而天下笑之。

按：逸周書曰：「火浣布必投諸火，出火振之，皭然疑乎雪焉。」神異經曰：「南方有火山焉，火中有

鼠，色白。取其毛績以爲布，謂之火浣布。」金樓子曰：「舜時羽民獻火浣之布。」孔叢子：「子順對魏

王曰：周穆王大征西戎，西戎獻火浣之布。」傅子曰：「長老說漢桓帝時，梁冀作火浣布單衣，會賓

客。行酒，佯爭酒失杯而污之。冀偽怒，解衣燒之，粲然潔白。」後漢書西南夷傳：「哀牢火毳絣積

於内府。」此皆在魏文前者，乃著之典論以明爲不然之事，抑何輕於立論也？

又按：晉書張駿傳：「西域諸國獻汗血馬、火浣布。」符堅傳：「天竺獻火浣布。」束皙發蒙記：「西域

〔一〕「程昱郭嘉」，原誤「邢昱程嘉」，據寓惠集改。

有火鼠之布，東海有不灰之木。殷臣奇布賦：「牙蒙炭中，穎發爐隅。葉因焰潔，翹與炎敷，焱榮華

實，焚灼蕚珠。」庾闡揚都賦：「火布濯穢於炎焱。」梁劉孝威啓：「火布焚而無污。」王褒詩：「單衣火

浣布。」蕭子顯曰出東南隅行：「單衣鼠毛織，寶劍羊頭鏰。」王貞白寄鄭谷詩：「火鼠重燒布，冰蠶

獨繭絲。」此又因史傳所載而用其事，不必盡有所見也。

18
沈約宋書云：篪，暴新所作，不知何代人。

按：毛詩序：「何人斯，蘇公刺暴公也。」「仲氏吹篪」，鄭氏謂「相應和如壎篪，以言宜相親愛」也。世
本「暴辛公作壎，蘇成公也篪」，宋衷注云：「平王時諸侯」，尤
誤。又按毛詩序：「板〔一〕，凡伯刺厲王也。」詩已有「天之牖民，如壎如篪」之句。厲王在平王之前，尚
隔宣、幽二王，安得謂平時諸侯方作壎篪？此又宋衷之謬矣。據周禮：「笙師，教歙竽、笙、壎、篪、
簫、笢、簜、管。」通歷云：「帝嚳造壎。」王嘉云：「庖犧灼土爲壎。」則不始二公明矣。

19
南齊書倖臣傳：紀僧真遭母喪，開冢，得五色兩頭蛇。

按：白澤圖曰：「故澤之精名冤，狀如蛇，一身兩頭，五采，以其名呼之，可使取金銀。」僧真母家中
五色兩頭蛇，疑卽此也。

20
後魏書馮熙傳：洛陽雖經破亂，而舊三字石經宛然猶在，至熙與常伯夫相繼爲州，廢毀分用，大致
頹落。

〔一〕「板」，原作「上帝板板」，據詩經（大雅板）序改。

按：後漢書靈帝紀：「熹平四年春三月，詔諸儒正五經文字，刻石立於太學門外。」程大昌〔一〕演繁露曰：「刻於石碑，爲古文、篆、隸三體書法，以相參檢。」蓋以字凡三體，故謂之三字石經。越二年改元光和，始置鴻都門學。舊有云石經在鴻都門學者，妄也。」又衛恒撰四體書勢，其叙古文曰：「魏初傳古文，出邯鄲淳。至正始中，立三字石經，轉失淳法。」其序篆書曰：「漢末，蔡邕采李斯、曹喜之法，爲古今雜形，然精密簡理不如淳也。」魏畧曰：淳一名竺，字子叔，博學有才章，又善蒼隸、蟲篆、許氏字指」，是也。晉記載石季龍雖昏虐無道，而頗慕經學，遣國子博士詣洛陽寫石經。北齊書文宣帝紀：「往者文襄皇帝所運〔二〕蔡邕石經〔三〕五十二枚，即宜移置學館，依次修立。」後魏書明元帝紀：「泰常八年夏四月，幸成臯城，觀虎牢，遂至洛陽，觀石經。」楊龍驤洛陽記曰：「朱超石與兄書：石經文都相似，碑高一丈許，廣四尺，騎羅相接。」此皆爲漢之石經。據謝承後漢書曰，「碑立太學門外，置屋覆之，四面欄障，開門於南。河南郡設吏卒視之」，故得以久存而不敝也。」至魏馮熙、常伯夫相繼廢毀，不深可惜哉！元吳萊集有答陳彥理以漢石經見遺詩「橫山先生多古玩，太學石經分我半」。又有觀秦丞相斯嶧山刻石本詩：「陽冰石經欲鷇乳，楚金螭區猶踦蹯。」蓋唐李陽冰願刻石書六經，雖未見施行，而石經字法間行於世；若萊詩云爾。又按南齊書魏虜傳曰：「城西三里，刻石寫五經及其國記，於鄴取石虎文石屋基六十枚，皆長丈餘，以充用。水經注曰：「樹之

〔一〕「程大昌」，原誤「陳大昌」，據宋史程大昌傳改。

〔二〕「運」字，原作「建」，據北史卷七、冊府卷一九四改。

〔三〕「石經」三字，據北齊書卷四文宣帝紀補。

於堂西,石長八尺,廣四尺,列石於其下。碑石四十八枚,廣三十丈。此魏石經也。

隋仁壽三年,龍門王通詣闕獻太平十二策,上不能用,罷歸。〈綱目書獻策。史斷曰:使〉通教授河汾,著書講道,以沒其身,何不可?而必欲鼓瑟齊門,自取絀辱,〈直書獻策不報,蓋亦可〉愧之甚矣。

按:通教授河汾,累徵不起。楊素甚重之,勸之仕。通曰:「通讀書談道,足以自樂。願明公正身以治天下,使時和年豐,通受賜多矣。不願仕也。」然則獻策者,用世之志。素勸之仕不仕者,樂行憂違,確乎其不可拔也。程子明道曰:「文中子本是一隱君子,世人往往得其議論,附會成書,如世所稱禮論、樂論、續詩、續書、元經、贊易未及行者,皆附會成書者也。」明道又曰:「其中極有格言,荀、揚道不到處。」如通鑑所載:「賈瓊問息謗,仲淹曰:無辯。問止怨,仲淹曰:不爭。仲淹嘗稱無赦之國,其刑必平。」又曰:「聞謗而怒者,讒之囮也。見譽而喜者,佞之媒也。故王絕囮去媒,讒佞遠矣。」當干戈雲擾之際,身隱河汾,致足樂也。乃自擬為孔子,後人亦遂奉之為大儒,侑食廟庭,非質也。又阮逸中說序曰:「中說者,子之門人對問之書也。」薛收、姚義集而名之,太宗貞[一]觀二年,御史大夫杜淹始序中說及文中子世家,未及進用,為長孫無忌所抑。故王氏經書散在諸孤之家,代莫得聞焉。

唐書竇參傳:帝欲殺參,陸贄雖怨參,然亦以殺之太重,乃貶驩州司馬。後竟賜死於邕州。

〔一〕「貞」字,原作「正」,據新唐書太宗本紀改。

皆謂陸贄譖〔一〕之,溫公通鑑謂贄無報參之心。

按:李肇國史補曰:「德宗覽李令收城露布,至臣已蕭清宮禁,祗謁寢園,鐘簴不移,廟貌如故。感涕失聲。左右六軍皆嗚咽。露布,于公異之詞也。公異後爲陸贄所忌,誣以家行不至,賜孝經一卷。坎壈而終。朝野惜之。」又按吳通玄傳曰:「贄自恃勁正,屢短通玄於帝前,欲斥遠之。」則當日報參之心,或亦有不免乎?

23 石林燕語曰:唐王起對武宗曰:起所不識者,惟罱罱二字。

按:穆天子傳「造父爲御,罱罱爲右」,列子「造父爲御,罱罱爲右」。則王起所不識者,蓋指列子而言也。然此字謠舛相仍,從來不一。范攄雲溪〔二〕友議作「鰪罱」,王元美集作「罱門」,王應麟作「鰪罱」,屠緯真序文「唐辨罱鰪,止存『王起』」,則又本友議而倒用之,皆未能有畫一者。據唐書本傳:「起嗜學,非寢食不輟〔三〕廢。天下之書無不讀,一經目弗忘也。帝嘗以疑事令使者口質,起具其牓子附使者上,凡成十篇,號曰寫宣。」今所言不識罱罱。二字,不見於本傳,當是寫宣中語也。

24 唐藝文志:姬威註渾輿經一卷。

按:魏志「下邳桓威出自孤微,年十八而著渾輿經,依道以見意」,姬威所注宜即此也,姬威。當是王起傳作「輗」。

〔一〕「譖」字,原作「讚」,據文義改。

〔二〕「溪」字,原誤「浹」,據唐人范攄撰雲溪友議改。

〔三〕「輟」字,新唐書

人姓名。

山海經「黃姖之尸」,「吳姖天門日月所入」,姖字屢見,而今字書無姖字,何耶?

25 藝文志:李氏三傳同異例十三卷,開元中左威衛錄事參軍,失名。

按:唐宰相世系表惟李充爲「左威衛錄事參軍」,則此當是充作也。

26 吳曾漫錄曰:今人斥受雇者爲客作,已見於南北朝。觀袁翻謂人曰:邢家小兒爲人客作賤表。此語自古而然。

按:西京雜記「匡衡勤學,邑有大姓,家富多書,乃與客作,不求其價。主人怪而問之,曰:願得主人書編遍讀之。」則客作名起於漢,不始南北朝也。

27 韻府群玉:歷代琴制云:唐太宗增九絃。

按:宋史「祥符五年,龍圖學士陳彭年奉詔編錄太宗御集四十卷,九絃琴譜二十卷,請付中書門下詳校,從之。六年,詔太宗聖製曲名,並九絃琴譜字變絃法,付經史館及太樂局。」則增琴九絃者,乃宋太宗也。沈括筆談曰:「太宗令待詔朱裔增琴爲九絃,待詔朱文濟不可。上怒斥之,遂增琴絃曰遺梁。」是也。

又按:琴書曰:「琴本七絃,後漢蔡邕又加二絃,以象九星,在人法九竅。」則九絃不始宋太宗矣。

28 唐天祐二年,朱全忠表請遷都[一]。

帝發長安,道中顧謂侍臣曰:鄙語云:紇干山頭凍死雀,何不飛

〔一〕 按新唐書昭宗紀「天祐元年正月戊午,全忠遷唐都于洛陽」,資治通鑑同。

去生處樂？　注：

紇干山，即紇真山也，在大同府城東北。

按：西秦乞伏國仁，其先南出大陰山，遇一巨蟲於路，狀若神龜，大如陵阜。殺馬祭之，俄不見，一小兒在焉。部有老父請養爲子，自以有所憑依，字之曰紇干。紇干者，華言有所依倚也。此蓋言依倚山頭凍死雀，何不飛去以求生？非專指紇真山也。後魏官氏志有紇干氏。其不爲紇真明矣。

29 義山爲河南盧尹請上尊號表：永終無極之年，長奉上清之號。

注引汲冢周書曰：道天莫如無極。

按：舊唐書武宗紀：「會昌四年三月，以道士趙歸真爲左右街道教授先生。時帝志學神仙，師歸真。」蓋道書有云「上清，玉晨道君居之」，所謂上清之號者，指此。關令內傳云：「周無極元年，老子度關。」所謂無極之年者，指此。王應麟玉海曰：「道家有延康、赤明、龍漢、開皇之紀，上皇、無極、永壽之號。」事不經見云。

30 山海經：軒丘鳳卵，民食之。

郭璞注曰：言滋味無所不有。

按：夏小正「納卵蒜」，卵蒜也者，本如卵者也。山海經曰：「鼓鐙之山，有草焉名曰榮草，其本如雞卵，食之已風。」又曰：「軒丘鳳卵，民食之。」此蓋紀當時食卵之事，非謂滋味無所不有也。括地圖曰：「孟虧，人首鳥身，其先爲虞氏馴百禽。夏后之末，民始食卵，孟虧去之，鳳凰隨焉，止於丹山。」抱朴子曰「夏后時始食卵」，謂此也。

漢書東方朔傳後臣瓚曰:「傳云:一日卒有不勝洒掃之職〔一〕。」師古注:「洒音信,又音山鼓反。」

今校定此注合云:洒,先禮反。古又〔二〕爲灑掃字,灑,汎也;所蟹反。蓋傳寫脱誤,多又音山鼓反五字。

按:「郊祀歌」「騰雨師,洒路陂」師古曰:「洒,灑也。洒音灑,又音山鼓反。」以兩處證之,則山鼓反非誤也。又「史記周本紀」引穆王誓命「其罰倍灑」,索隱曰:「灑音躧。」白居易半開花詩「西日馮輕照;東風莫殺吹」,自注:「殺,去聲。」陸氏粲曰:「殺當讀如灑。」今字書皆無此音。

程子曰:武帝問賢良,禹湯水旱,厥咎何由? 公孫弘曰:堯遭洪水,不聞僞世之有洪水也。而不對所由,姦人也。

按:弘策曰:「臣聞堯遭洪水,使禹治之,未聞禹之有水也。 若湯之旱,則桀之餘烈也。桀、紂行惡,受天之罰。禹、湯積德,以王天下。由此觀之,天德無私親,順之和起,逆之害生,此天文地理人事之紀。」則又何嘗不對所由也?

又按:「儒林傳」:「武帝初卽位,復以賢良徵轅固,諸儒多嫉毀曰:固老。時固已九十餘矣。公孫弘亦徵,仄目而事固。固曰:「公孫子,務正學以言,無曲學以阿世〔三〕也。」師古曰:「仄目而事,言深憚之。」此弘初徵時,固見其謹慎事己,因以勉之,非有所指而云也。世遂以弘爲曲學阿世,謬矣。史

〔一〕 這句話在漢書東方朔傳裏是館陶公主説的,原文也無「傳云」二字。

〔二〕 「又」字,殿本漢書東方朔傳附考證校作「文」字。

〔三〕 「世」字,據史記儒林傳、漢書儒林傳補。

記平津傳:「是時通西南夷,東置蒼海,北築朔方。」弘數諫,以爲疲敝中國,以奉無用之地。」游俠傳:「軹有儒生非郭解,解客殺之。弘謂解雖不知,此罪甚於解殺之。遂族解。」安城劉氏謂其得大臣之體。西京雜記:「平津侯自以布衣爲宰相,乃開東閣,營客館,以招天下之士。所得俸祿,以待奉之。」則又爲相者所罕有矣。卜式傳:「式上書願輸家財半助邊。弘曰:此非人情。不軌之臣,不可以爲化而亂法,願陛下勿許。上不報。」其後以坐酎金失侯者,百有六人。是皆式爲階也。向使弘所言得行,寧有是乎?時汲黯以弘位在三公,奉祿甚多,然爲布被,此詐也。《史記》謂「黯編心,不能無少望」。理或然也。其後元始中,修功臣後,詔曰:「弘位在宰相封侯,而爲布被脫粟之飯,奉祿以給故人賓客,無有所餘,可謂減於制度而率下篤俗〔一〕者也,與內富厚而外爲詭服以釣虛譽者殊科。」是真平情之論也。乃世多以誅主父偃爲弘罪。夫偃至齊,刾齊王,殺之。至燕,陷燕王,殺之。其誅之宜矣,豈爲過哉?桓寬曰:「當公孫弘之時,其欲據仁義以道事君者寡,偷合取容者衆,獨以一公孫弘如之何?」宋儒以姦人目之,黃東發以公孫之布被,比之王莽之謙恭,豈篤論乎?

33 尹遂昌曰:「司馬懿用兵如神,算無遺策。然每與丞相亮交鋒,動輒敗北。是以其徒有畏蜀如虎之譏。陳壽乃以將畧非所長貶之,則其妄肆譏評,不攻自破矣。

按:後魏書李苗傳:「苗每讀蜀書,見魏延請出長安,諸葛不許,常嘆息謂亮無奇計!」又毛脩之傳:

〔一〕「率下篤俗」,原誤「篤下率俗」,據漢書公孫弘傳乙正。

「崔浩與共論説。言次,遂及陳壽三國志有古良史之風,脩之[一]

脩之曰:昔在蜀中,聞長老言,壽曾爲亮

門下書佐,被撻百下。故其論武侯云:應變將略,非其所長。浩乃與論曰:承祚之評亮,乃有[一]

過美之譽,非挾恨之矣。夫亮之相備,當九州鼎沸之會,英雄奮發之時,君臣相得,魚水爲喻。而

不能與曹氏争天下,委棄荆州,退入巴蜀,誘奪劉璋,僞連孫氏,守窮踦嶇之地,僭號邊夷之間。此

策之下者。可與趙他爲偶,而以爲管蕭之亞匹,不亦過乎?謂壽貶亮,非爲失實。且亮既據蜀,欲

以邊夷之衆抗衡上國。出兵隴右,再攻祁山,一攻陳蒼,疎遲失會,摧衄而反。後入秦川,不復攻

城,更求野戰。魏人知其意,閉壘堅守,以不戰屈之。智窮勢盡,憤結攻中,發病而死。由是言之,

豈古之善將見可而進,知難而退者乎?」

胡致堂曰:司馬氏以昭烈於中山靖王屬籍疎遠,不能紀其世數,名位是非難辨。自司馬氏至三國七

百餘年,固不能詳先主之世數,而諸葛公去中山靖王纔三百餘年,草廬傾蓋之時,即稱玄德爲帝室之

胄,豈憑虛無據而云爾哉?若秦始皇明爲呂不韋之子,瑯邪王睿顯著小吏牛金所生,司馬氏尚系諸

秦、晉,不革而正之,乃抑退漢之昭烈,亦獨何哉?

按:始皇本紀:「秦始皇帝者,秦莊襄王子也。」莊襄王爲秦質子於趙,見呂不韋姬,悦而取之,生始

皇。」又呂不韋傳:「不韋取邯鄲姬絶好善舞者,與居,知有身。子楚從不韋飲,見而説之,因起爲壽,

請之。」姬自匿有身,至大期時,生子政。」徐廣曰:「期,十二月也。」夫知其有身,則已非一月矣,而

〔一〕「有」字,原作「爲」,據魏書毛脩之傳改。

又十二月而生，安見其必爲呂氏子耶？太史公本紀直書爲「莊襄王子」，司馬氏仍系諸秦正，非爲無見也。

35

後魏書： 僭晉司馬叡，晉將牛金子也。初，晉宣帝生瑯邪武王伷，伷生恭王覲。覲妃譙國夏侯氏字銅環，與金姦通，遂生叡，因冒姓司馬，仍爲覲子。

按： 晉書元帝紀云：「初，宣帝深忌牛氏，遂爲二榼，共一口，以貯酒焉。帝先飲佳者，而以毒酒酖其將牛金。而恭王妃夏侯氏竟通小吏牛氏而生元帝。」據此，則又非牛金也。又唐書元澹傳云：「初，魏明帝時，河西柳谷出石，有牛繼馬後之象。魏收以晉元帝乃牛氏子冒司馬姓，以著石符。澹謂昭成皇帝名犍，繼晉受命，獨此可以當之。」又按晉孝武帝太元十一年丙戌，犍孫珪，大會牛川，即代王位，改稱魏王。安帝隆安二年戊戌，即皇帝位，徙都平城。則是珪會牛川，踐帝位，牛繼馬後之象謂此耳。魏孝文帝太和十六年，定行次爲水德。議者以晉承魏爲金，於是乃詔爲水德，祖申臘辰。李元等以神元與晉武往來通好，至於和穆，志輔晉室，是則司馬祚終，而拓跋受命。歷考諸説，則當以元魏繼晉爲牛繼馬。文中子作元經，以魏爲正統是也。又晉元夏侯太妃傳：「初有讖云： 銅馬入海建鄴期。太妃小字銅環，而元帝中興於江左焉。」石圖可信而讖獨不可信耶？晉將牛金之説，穢史之誣妄，無足據也。

36

潘陽節曰： 帝在房州，萬古開群蒙也。注曰： 朱子作綱目，不書中宗爲王，每年之首書帝在房州。人皆不識，故云萬古開群蒙也。

按：唐書沈既濟傳：「初，吳兢撰國史，爲則天本紀，次高宗下。既濟奏議：中宗以始年即位，季年復祚，雖尊名中奪，而天命未改，足以首事表年，何所拘閡而列爲二紀？魯昭公之出，春秋歲書其居曰：公在乾侯。君在，雖失位，不敢廢也。請省天后紀，合中宗紀，每歲首，必書孝和在所以統之，曰：皇帝在房陵，太后行某事，改某制。紀稱中宗而事述太后，名不失正，禮不違常矣。」朱子書法，蓋本於此。

37 倪文正公題元祐黨人碑云：諸賢自涑水、眉山數十公外，凡二百餘人，史無傳者。不賴此碑，何由知其姓名哉？

按：宋史：是時呂公著獨當國，諸賢以類相從，遂有洛黨、蜀黨、朔黨之分。洛黨以程頤爲首，蜀黨以蘇軾爲首，朔黨以劉摯、梁燾爲首。荊溪吳氏曰：「黃山谷稱濂溪胸次，如光風霽月。」又云：「西風壯士淚，多爲程灝滴。」東坡爲濂溪詩云：「夫子豈我輩，造物乃其徒。」蓋蘇氏師友，未嘗不起敬於周程。如此，惜乎後因嘻笑而成仇敵也。又陳叔峰見倪公題碑曰：「先生不更加詳審，概以爲黨人也而賢之。嘗考黨人之內，如呂公著、韓維，初爲安石延譽者也。曾布、章淳，李清臣首倡紹述之說，以開國釁。黃履許華簾之事，擊呂大防、劉摯而去之。安燾依違蔡確、章淳，無所匡正，葉祖洽對策言祖宗多因循苟且之政，陛下革而新之，遂擢第一。若此皆得與平黨人之數，果賢耶？否耶？」

38 潘陽節曰：揚雄爲莽大夫，心勞而日拙。 注曰：雄自漢成帝之世，以奏賦爲郎，給事黃門，歷成、

哀、平三世不遷官。王莽篡位，轉爲大夫，稱「莽功德比伊、周」，作劇秦美新之文。

按：班固謂：「莽篡位，談說之士用符命稱功德獲封爵者甚衆。雄復不侯，以耆老久次，轉爲大夫。」

則知轉爲大夫者，以久次得，非以劇秦美新而得也。王荊公曰：「子雲之劇秦美新，蓋後人誣筆。」

洪容齋曰：「雄親蹈王莽之變，退托其身於列大夫中，不與高位者同其死。世儒或以劇秦美新貶之」又按後漢書桓

是不然。此雄不得已而作也。夫述誦新莽之德，止能善於暴秦，其深意固可知矣。」又

譚傳曰：「譚熹非毀俗儒，由是多見排抵。當莽居攝篡弑之際，天下之士莫不競襃稱德美，作符命

以求容媚。譚獨自守，默然無言。」又譚於世祖時上疏曰：「今諸巧慧小才伎數之人，增益圖書，矯

稱讖記，以欺惑貪邪，詿誤人主。」章懷注：「圖書，即讖緯符命之類。」又雄本傳曰：「劉歆子棻，嘗從

雄作奇字。棻復獻符命，莽投之四裔。「雄恐不能自免，迺從閣上自投下。」莽聞之曰：「雄素不與

事，何故在此？」假令雄劇秦美新，則譚亦必非毀之，而乃見其太玄曰：「是書也可與大易準。」假令

雄偪作符命，則莽亦必并投之，而乃問「雄素本與事」則夫偪作符命，劇秦美新者，豈非皆後人之

誣筆哉？

39 班固揚雄傳贊曰：「以爲經莫大於易，故作太玄；傳莫大於論語，作法言。

按：雄本傳曰：「觀易者，見其卦而名之；觀玄者，數其畫而定之。玄首四重者，非卦也，數也。」則

太玄非擬易，可知也。孫明復曰：「揚子雲太玄，非準易，乃明天人始終之理，君臣上下之分，蓋疾

莽而作也。」此言得之矣。又雄本傳曰：「雄見諸子各以其知舛馳，大抵詆訾聖人。及太史公記六

國，歷楚、漢，記麟趾止〔一〕，不與聖人同，是非頗謬於經。故人時有問雄者，常用法應之，譔以爲十三卷，「象論語」，號曰《法言》。」此蓋因《論語》「法語之言，能無從乎」？因想象《論語》之訓，而取其「法言」二字以名其所譔之書。何晏《集解》曰「孔曰：人有過，以正道告之」，是也。豈自以《法言》比《論語》哉？後世以揚雄擬經求合，罪其僭越，實由於班固之誤說也。

漢志：日南郡有比景縣。

師古曰：言其在日之南，所謂開北戶以向日者。

按《爾雅》「觚竹、北戶、西王母、日下謂之四荒」。淮南時則訓「自北戶孫之外，貫顓頊之國」，高誘曰：「北戶孫，國名。日在其北，故曰北戶。」張衡《應間》曰：「日南則景北。」《南越志》曰：「日南，五月立表望之，「日在表北，景居南。」則漢志「比景」，疑是「北景」之譌。

又按：南史林邑傳：「林邑本漢日南郡象林縣，古越裳界也。其國俗居處爲閣，名曰干蘭，門户皆北向。」水經注曰：「區粟建八尺表，日影度南八寸，自此影以南，在日之南，望北辰星落在天際，日在北。故開北户以向日。」梁書林邑傳曰：「區粟者，林邑北界城名也〔二〕。」杜佑通典曰：「赤土國，隋時通焉。冬至之日，影直在下。夏至，日，影在南，户皆北向。」唐書南蠻傳：「訶陵國山上有郎卑野州，王常登以望海。夏至立八尺表，景在表南二尺四寸。」「室利佛逝〔三〕國，夏至立八尺表，景在表南二尺五寸。」則「比景」疑當爲「北景」矣。而闕駰讀比爲庇，以爲景在已下，爲身所比也。據改。

〔一〕「止」字，原作「土」，據漢書揚雄傳改。

〔二〕梁書林邑傳作「區粟城」。

〔三〕「逝」字，原作「誓」，據新唐書南蠻傳

通典所謂「冬至之日，景直在下」，北景、比景，皆可通也。又林邑記曰「度庇景至朱吾」，比亦作庇，是其證也。

史類二

1 史稱漢高祖豁達大度，規模宏遠，然不尚詩書。禮文制度，大抵襲秦。所以漢治不能復古。

按：高帝勑太子云：「吾遭亂世，當秦禁學，自喜謂讀書無益。泊踐祚以來，時方省書，乃使人知作者之意。追思昔所行，多不是。」焦竑養正圖解云：「史稱漢高帝不事詩書，不喜儒生，因其初未見書冊與真儒故耳。及稍稍讀書，卽能知作者之意，又能因書之言，省己之失。是古今善讀書者，莫如高帝也。惜子嬰降漢，蕭何乃入丞相府收秦圖籍，而挾書之令至惠乃除。遂使六經無完文，而帝王治天下之大法，其載之於書冊者，高帝亦無由見。良以商用處士之伊尹，周用多才之姬旦，而漢所用者刀筆之吏，所收者秦之圖籍已耳。治何由以復古哉？」

2 雲煙過眼録曰：骨咄犀，乃蛇角也，其性至毒，而能解毒，故曰蠱毒犀。然唐書有骨都國，必其地所產，今人譌爲骨咄耳。

按：唐書列傳西域：「骨咄國，或曰珂咄羅。」開元十七年，王俟斤遣子骨都施來朝。」骨咄正西域國名，或以其產骨咄而名之，無所爲骨都國也。又回紇列傳：「夏黠斯國，其獸有野馬、骨咄、黃羊。」

通典：「俞兒國少牛馬，多貊鼠、骨拙。」拙即咄也。山海經廣注：「古都之蛇角，號曰碧犀。」骨都、古都，是皆骨咄之譌耳。

3　李義山爲懷州李中丞謝上表曰：蘇公舊田，懷侯故邑。歷考傳記，未有以此爲懷國之邑者。注云：懷侯未詳。韓詩外傳：武王更邢丘曰懷。括地志：懷在武陟。

按：寰宇記「管叔廢絀，封康叔爲懷侯」。路史國名記有懷國，即此也。其後康叔封衛，懷遂爲南宮氏國。周南宮中鼎銘曰：「王命太史括懷土曰：中，茲懷人內史錫于琖王所臣，今括里汝懷土。」括即适，中即仲。表所云「懷侯故邑」，蓋以此也。

4　通鑑綱目隋文帝紀：史萬歲討南寧羌，入自蜻蛉川質實。注云：蜻蛉川，未詳處所。

按：隋書史萬歲傳：「入自蜻蛉川，經弄棟，次小勃弄、大勃弄，至于南中。」漢志「越嶲郡有青[一]蛉縣」，應劭曰：「青蛉水出西，東入江。」水經注：「若水逕雲南郡遂久縣，蜻蛉水入焉。水出蜻蛉縣西，東逕其縣下，縣以氏焉。」今姚安府蜻蛉河至大姚縣東南，入金沙江也。

5　輿地志曰：巢縣卧牛山後有桀王城。晉地理志注云：桀死於是，未詳。

按：竹書紀年「夏帝癸三十一年，商師征三朡，戰于郕，獲桀于焦門，放之于南巢。」殷成湯二十年，夏桀卒于亭山，禁弦歌舞」，即是山也。

6　通鑑太平興國七年，帝召趙普，諭以昭憲太后之遺旨。普對曰：太祖已誤，陛下豈容再誤。廷美遂

〔一〕　「青」字，原作「蜻」，據漢書地理志改。下注「青」字同。

得罪，旋貶西京留守。趙普又以廷美居西京，非便，諷知開封府李符上言廷美怨望。詔貶房州，憂悸成疾卒。

按：宋袁褧楓窗小牘曰：「趙韓王疾，夜夢甚惡。使道流上章禳謝，道流請章旨。趙難言之，從枕躍起，索筆自草曰：情關母子，弟及自出於人謀；計協臣民，子賢難違乎天意。乃憑幽崇，退此強陽，瞰臣血氣之衰，肆彼魔呵之屬。倘合帝心，誅既不誣管、蔡，幸原臣死，事堪永謝朱、均云云。密封令勿發，向空焚之。火正熾，函爲大風所擘，吹墮朱雀門，爲人所得，傳誦於時。竟不起。」按南史沈約傳曰：「約病，夢和帝劍斷其舌，召巫視之，巫言如夢。乃呼道士奏赤章[一]於天，稱禪代之事不由己出。」今太祖子德昭，使之驚懼自殺，普已窺見其心矣。則普之奸佞，有以致之。其被寃誅也，不亦宜哉！

7 五代唐同光三年九月，議伐蜀，以魏王繼岌充西川四面行營都統。戊申，大軍西行，入散關，倍道而進，遂逼成都。蜀王興櫬出降。

按：荊溪吳氏林下偶談曰：「蜀王衍荒淫，惑於宦人王承休，遂決秦州之幸。詔下，中外切諫，母后泣而止之，以至絕食。皆不從。前秦州節度判官蒲禹卿叩馬泣血，上表累千五百餘言，且曰：望陛下以名教而自節，以禮樂而自防，循道德之規，受師傅之訓，知社稷之不易，想稼穡之最難，惜高祖之基扃，似太宗之臨御，賢賢易色，孜孜爲心。無稽之言勿聽，弗詢之謀勿庸，聽五音而受諫，以三

〔一〕「章」字，原作「表」，據南史沈約傳改。

管城碩記

鏡而照懷，少止息於諸處林亭，多省覽於前王書史。別修上德，用卜遠圖，莫遣色荒，勿令酒惑，常親政事，勿恣閒遊。又曰：陛下與唐主方申懽好，信幣交馳。但慮聞道聖駕親行，別懷疑忌，其或專差使命，請陛下境上會盟，未審聖躬去與不去？此際依然整蹕，又擬遠別宸宫。昔秦王之鑾駕不回，煬帝之龍舟不返。又曰：忍教力，有何所爲？

置却宗祧，言將道斷，使蒸民以何托？令慈母以何辜？若不慮於危亡，不念生靈，以至國人之心，禪俄降於鄧艾，李勢遠歸於桓溫，皆爲不取直言，不恤政事，但恐垂於仁孝。又曰：劉

無一可保，山河之險，無一可憑。衍竟不從。行至縣谷，唐師已入其境，狼狽而歸，遂降魏王繼岌。

當五代時，忠義之士落落如晨星，歐公作史，嘗有五代無全人之嘆。幸而有爲，則又爲之咨嗟嘆息，反覆不置。如蒲禹卿之忠諫，非特蜀之所少，亦天下所希有也。然史中曾不少槩見，但云衍幸

秦州，羣臣切諫而已。豈歐公偶失此耶？予於太平廣記得此事，故表而出之。」又陳履常後山談叢〔二〕曰：「五代史家人傳：柴后，邢州龍岡人。世宗紀爲堯山人。拓跋思恭、思敬，兄弟也，而誤爲一人。」此亦讀史者所不可不知也。

8 王陽明紀夢詩序曰：正德庚辰八月廿八夕，臥小閣，忽夢晉忠臣郭景純氏，以詩示予，且極言王導之奸，謂世之人徒知王敦之逆，而不知王導實陰主之。其言甚長，不能盡錄。覺而書其所示詩於壁。其詩曰：我昔明易道，故知未來事。時人不我識，遂傳就一技。一思王導徒，神器良久覬。諸

〔一〕「後山談叢」，原誤「後山叢談」，據宋人陳師道後山談叢乙正。

三三六

謝豈不力，伯仁見其底。所以敦者仇，罔顧天經與地義。不然百口未負托，何忍置之於死地？我於

斯時知有分，日中斬柴市。我死何足悲，我生良有以。九天一人拊膺悲，晉室諸公亦可恥。舉目山

河徒嘆非，携手登亭空洒淚。王導真奸雄，千載人未議。偶感君子談中及，重與寫真記。固知倉卒

不成文，自今當與頻謔戲。倘其爲我一表揚，萬世萬萬世。

按：朱氏醰曰：「王敦之反，王導不能無罪也。晉靈公欲殺趙盾，盾出奔，其弟趙穿遂弒靈公於桃

園、春秋書曰趙盾弒其君夷皋。客有毀郭解者，解之客殺之。公孫弘曰：解雖不知，其罪甚於

解殺之。遂族解。二事雖不同，原心定罪，推其所自來，盾、解固有難辭其責者。導既當國，敦其

從父兄也，以王氏失職，致與兵犯順。導不能防之於始，又不能止之於今，雖欲辭其責，可乎？賊

既東下，始闔門待罪。至石頭失守，位爵如昨。至行胸臆報恩怨，不免假手於賊。自我不殺伯仁，

伯仁由我而死一語推之，導雖有格天之烈，蓋世之功，欲免趙盾、郭解之誅，終不能也。」又黃東發

曰：「王導在江左，爲一時偷安之謀，無十年生聚之計。陳頵勸抑浮競，不能從也。王敦殺周、戴，

不肯救也。卞敦不赴國難，不能戮也。郭默害劉胤，不能問也。庾亮召蘇峻，不能止也。石勒寇

襄陽，大疫死大半，弊不能乘也。葛陂淫雨，三月不止，因不能乘也。晉帝拜其妻曹氏，不能辭也。

又陰拱中立，以觀王敦之成敗。而胸懷異謀，觀敦與導書：平京師日，當親割溫嶠之舌。非素有

謀約者，敢爲此言？敦已伏誅，當加戮尸污宮之罪，又請以大將軍禮葬之。敦死後，導與人言，恒

稱大將軍昔日爲桓文之舉。此爲漏網逆臣無疑，徒以子孫貴盛，史家掩惡，以欺萬世，謂之江左夷

吾。管氏與臺亦羞之矣」!「夫陽明罪導,托之於夢,不知其誠然否也。若朱氏、黄氏之說,導之罪真有難逭者矣。

9 五代唐主餌方士靈丹,疽發背。召齊王璟入侍疾,謂璟曰:「吾餌金石,始欲益壽,乃更傷生。汝宜戒之!

按:唐總章元年十月,東天竺烏徒國長年婆羅門盧加逸多受詔合丹,上將餌之。郝處俊諫曰:「昔貞觀末,先帝令婆羅門僧那羅邇婆寐[一]依其本國仙方,合長年神藥,徵求靈草秘石,歷年而成。先帝服之,竟無異效。大漸之日,名醫莫知所爲,欲歸罪於胡人,將伸大戮,又恐取笑夷狄,遂止。龜鑑若是,惟陛下深察。」又按「貞觀二十二年,王玄策[二]奉使天竺。會天竺王尸羅逸多死,其國大亂」。假令果有長年仙方,其本國之王久應服之,乃亦既死矣。而太宗猶垂涎於彼國仙方,何其迷而不悟耶?如南唐烈祖之輩,無足論已。《文選》詩曰:「服食求神仙,多爲藥所誤。」殊令人發深醒也。

10 唐子西辨陳壽蜀不置史官論曰:觀後主景曜元年,史官奏景星見,於是大赦,改元。而曰蜀不置史官,安矣。

按:常璩劉先主志:「建安二十四年,先主定漢中時,州後主部司馬張裕亦知占術,坐漏言,言先主得蜀,寅卯之間當失。」先主惡之,不立史館。陳壽所志,非妄也。

〔一〕 新唐書郝處俊傳作「那羅邇娑寐」。

〔二〕 「策」字,原作「册」,據新唐書天竺傳改。

11　唐張說上大衍歷序云：「謹以開元十六年八月端午赤光照室之夜，獻之。端午，八月五日也。」

按：明皇雜錄：「玄宗八月五日誕降，宴宰相於花萼樓。」唐類表有宋璟請以八月五日爲千秋節表。「月惟仲秋，日在端午。」則是凡月五日，可稱端午也。曲江賜宴，奏俯近上巳，唐文宗開成元年，歸融爲京兆尹，時兩公主出降，府司供帳事繁，又俯近上巳，奏請改日。上巳「去年重陽，取九月十九日，未失重陽之意。今改取十三日可也。」則是上巳不必初三，重陽不必初九也。劉槙魯都賦：「素秋二七」，天漢指隅，人胥被禳，國子水嬉。」則以七月十四日爲脩禊也。東坡在海南，載菊九畹，以十一月望，與客泛菊作重九。又以仲冬十五日爲重陽也。

12　華陽國志：公孫述廢銅錢，置鐵錢，百姓貨賣不行。

按：通典：「梁普通中，乃議盡罷銅錢，更鑄鐵錢。人以鐵錢易得，盡皆私鑄。及大同以後，所在鐵錢，遂如丘山，物價騰貴。」任昉贈到溉詩云：「鐵錢兩當一，百易代名實。」蓋謂此也。陳鐵錢不行。南唐李氏又鑄鐵錢。宋太祖令收民間鐵錢，鑄農器，給江北流民復業者。黃山谷詩：「紫蔖可勵宜充貢，青鐵無多莫鑄錢。」蓋謂此也。

13　陳善捫蝨新話曰：「蘭亭序豈非佳作，然天朗氣清，不合時景。絲竹管絃，語又重複，故不得入選。」

按：晉李顒悲春日：「日舒朗景之淑，鮮澄方生。」懷春賦曰：「何陽節之清淑。」陸機詩曰：「節運同可悲，莫若春氣甚。和風未及煥，遺涼清且凜。」天朗氣清，何嘗不合時景乎？又石氏星簿讚曰：「器

府掌固，絲竹管絃。」漢張禹傳曰：「後堂理絲竹管絃。」四字皆有所本，語又何嘗重複乎？

14 荆楚歲時記曰：七月七日爲牽牛、織女聚會之夜。 春秋運斗樞云：牽牛，神名略。 佐助期云：織女，神名收陰。

按：開元占經引佐助期曰：「牽牛主關梁，神名略緒熾。」今本歲時記略下缺「緒熾」二字。知故書之磨滅者多矣。陶弘景刀劍錄曰：「宋順帝以昇明元年掘得一刀，光照一室。帝奇之。二年七月，帝使楊玉候織女」玉候女不得，懼死，遂用以弒帝。」而北史作千牛備身刀，非也。

又按：大戴禮是月緫女東向。葢星象爾也。豈真如人閨夫婦之會聚哉？

15 王褒講得論：宣王得白狼而夷狄賓。 纂注曰：史記穆王征犬戎，得四白狼以歸。今云宣王，未詳。

按：瑞應圖曰：「王者仁德，則白狼見。」周宣王時白狼見，西國滅。」後魏書靈徵志曰：「太安三年三月，有白狼一，見於太平郡。」議者曰：先帝本封之國而白狼見焉，無窮之徵也。」周宣王得之而犬戎服。」

16 事物紺珠曰：鴣鵒如鳥，九首六尾，善笑，自爲雌雄。

按：山海經鴣鵒有二，出帶山者如鳥而五采，赤文，自爲牝牡。出翼望山者如烏，三首六尾，善笑。以其名同而一之，非是。

17 劉劭人物志：簡暢而明砭，火之德也。 文寬夫曰：明砭無意義。自東晉諸公草書啓字爲然，

疑謂簡暢而明啓。

按：人物志體別篇「砭清激濁」，利害篇「其道廉而且砭」，接識篇「故能識訶砭之明」，是豈盡爲啓字之謂乎？廷明注：「明而不砭則翳。」又「砭去纖芥」，則砭爲借用之事無疑。

18　韻府冬韻五松。　注：始皇逢疾風暴雨，避五松下，因封爲大夫。

按：五大夫，蓋一官之名耳。本紀有丞相隗林、丞相王綰、卿李斯、卿王戊、五大夫趙嬰、五大夫楊樛。又漢食貨志「文帝從〔一〕晁錯言，令民入粟邊，六百石封上造。稍增至四千石爲五大夫，萬二千石爲大庶長。」則五大夫爲一官可知，非封五松爲大夫也。

19　史記平準書曰：至孝文時，更鑄四銖錢，其文爲半兩。　索隱曰：錢譜云：文爲漢興也。

按：漢書食貨志「周景王卒鑄大錢，文曰寶貨。秦銅質如周錢，文曰半兩，重如其文」，皆謂所鑄之錢文，未有以錢爲幾百、幾千文者。後魏書食貨志云：「武定六年，齊文襄王以錢文五銖，名須稱實，宜稱錢一文重五銖者，聽入市用。」又高〔二〕道穆傳：「時用錢稍薄，道穆表曰：自頃以私鑄薄濫，官司糾繩，掛網非一。在市銅價，八十一文，得銅一斤。」又曰：「論今據古，宜改鑄大錢，文載年號，以記其始。則一斤所成，止七十六文，百文。」又呂隆傳曰：「河西之民，不得農植。穀價湧貴，斗直錢五千文。」後世因之，以爲幾十文、百文。

〔一〕「從」字，原作「用」，據漢書食貨志改。

〔二〕「高」字，原誤「楊」，據魏書卷七十七高道穆傳改。

20　晉傅玄彈棋賦序：漢成帝好蹴踘。劉向以爲勞人體，竭人力，非至尊所宜御。乃因其體作彈棋。

按：漢書成帝紀贊稱其「臨朝淵嘿，尊嚴若神」，而蹴踘之好，史皆不書，僅見於彈棊傳序。向既以蹴踘爲非，則宜諫止，而又爲之作彈棊，何也？五代周世宗曰：「擊毬蹋踘，乃下流小人輕薄之事，豈王者之所爲？」讀唐紀「穆宗即位，十二月壬午，擊踘於左神策軍。長慶元年辛卯，擊踘於麟德殿。二年十二月，因擊毬，暴得疾。四年正月，敬宗即位。二月丁未，擊踘於中和殿。戊申，擊踘於飛龍院。己酉，擊踘用樂。四月丙申，擊踘於清思殿。寶曆二年六月甲子，觀驢鞠角觝於三殿」。父子相繼以擊踘爲事，至今讀之，使人慨然。

21　貨殖傳：范蠡乘扁舟，浮江湖，變名姓，適齊爲鴟夷子皮。

師古曰：自號鴟夷者，言若盛酒之鴟夷，多所容受，而可卷懷，與時張弛也。

按：史記列傳：「吳王賜子胥屬鏤之劍，子胥自剄死。吳王乃取子胥尸，盛以鴟夷革，浮之江中。」夫田常非可從者，而蠡從之。其後居陶，致長男吝財殺弟，皆由蠡功利未忘，故致此耳。小顏以「多所容受、而可卷懷」予之，未必然也。

應劭曰：「取馬革爲鴟夷櫝形。」蠡自號爲鴟夷子皮者，意以子胥不死，則吳不亡。胥死而吳亡越霸，功皆已出。鴟夷子皮負傳而從，猶以長狄名子之意耳。

〔一〕「走而」，原作「亡」，據韓非子第二十二說林上改。

漢武五子傳：張富昌爲題侯。

孟康曰：縣名。 晉灼曰：地理志無。

按：漢地理志清河郡有慜題縣。顏注：「慜，古莎字。」孟氏謂縣名，卽此。帝京景物略曰：「房山縣西南四十里，有山曰白帶山，生慜題草。」又曰：「慜題山，藏石經者千年矣。一曰石經山。」姚廣孝詩：「巍巍石經山，連峰吐金碧。」秀氣鍾慜題，勝槩擬「西域」。

杜牧齊安晚秋詩：可憐赤壁爭雄渡。

郏注：赤壁屬黃州。

按：張耒續明道雜志[一]曰：「周瑜破曹公於赤壁，云陳於江北。而黃州江東西流，無江北。至漢陽，江西北流，復有赤壁山，疑漢陽是瑜戰處。」國志：「曹操與周瑜遇赤壁。初戰，操軍不利，引次江北。後有烏林之敗。」元和志：「赤壁山在鄂州蒲圻縣西一百二十里，北岸烏林與赤壁相對，卽周瑜焚曹操船處。」牧又有詩云：「烏林芳草合，赤壁健帆開。」郏注：「赤壁在黃州。」隋黃州本南齊安郡，而牧齊安晚秋詩有「赤壁爭雄渡」之句，誤始於牧。坡賦又以牧誤也。

吳地記：嘉興縣南一百里有語兒亭。句踐令范蠡取西施以獻夫差，西施於路與蠡潛通。三年，始達於吳，遂生一子，至此亭。一歲能言，遂名語兒亭。

按：越絕書曰：「越乃飾美女西施、鄭旦，使大夫種獻之於吳王。王大悅。」又曰：「女陽亭者，句踐入宮於吳，夫人從，道產女此亭，養於李鄉。句踐勝吳，更名女陽，就李爲語兒鄉。」據此，則獻西施

[一]「續明道雜志」，應爲「明道雜志續」。宋張耒有明道雜志，又有明道雜志續一卷。

者非鹺。且越吳最近，安得三年始達乎？記說殊謬。

25　黃伯思校定焦贛易林序云：若房封事所謂辛酉太陽精明，丙戌蒙氣復起之類，孟康注之甚詳。
按：京房傳：「房上封事曰：辛酉以來，太陽精明，迺辛巳蒙氣復起[一]。至陝，復上封事曰：戊子
到五十分，蒙氣復起。」無丙戌蒙氣復起之說。

26　伯思論黃庭云：逸少以晉穆帝升平五年卒，後哀帝興寧二年始降黃庭於世，安得逸少預書之？晉書
本傳山陰養鵝道士云：爲寫道德經，當舉群相贈。初未嘗言寫黃庭也。即黃庭非逸少書無疑。太
白詩：山陰道士如相見，應寫黃庭換白鵝。初未嘗攷。退之詩第云數紙尚可博白鵝，而不言黃庭，
爲覺其謬。

按：太白題右軍詩：「掃素寫道經，筆精妙入神。書罷籠鵝去，何曾別主人。」亦未嘗言黃庭也。安
得借以誚李？又陶隱居與梁武帝啟云：「逸少有名之蹟，不過數首，黃庭、勸進、告誓等，不審猶
有存否？」徐季海古蹟記云：「玄宗時，大王正書三卷，以黃庭爲第一。」太白以黃庭遠勝道德，山陰
道士如若識此，應要寫黃庭換鵝，而不要寫道德矣。豈未嘗考之謂？伯思以右軍卒後二年，黃庭
始出，蓋緣真誥翼真之說，而未嘗考也。後漢書曰：「初，許劭與從兄靖俱有高名。」而真誥以靖爲
許長史六世族祖，勔爲五世族祖。考據殊失。又安見黃庭降世之年，必無謬耶？

27　唐武后光宅四年正月，毀乾元殿，作明堂。證聖元年火焚之。萬歲登封二年三月，復作明堂。

〔一〕「起」字，漢書京房傳作「乘卦」。

按：明堂作於武后，李白〈明堂賦〉一則曰：「天皇先天，中宗奉天，累聖纂就，鴻業克宣。」再則曰：「天后勤勞輔政令，中宗以欽明克昌。」絕不以明堂作於武后，而獨以勤勞輔政歸之，隱然黜武氏之號，係嗣聖之年，爲天下扶三綱，立人極。「云何歐陽子，秉筆迷至公？」唐經亂周紀，凡例孰比容？」宜平其見嗤於紫陽也。

28 鄭瑗〈井觀瑣言〉曰：袁〔一〕紹檄豫州，曹操撤江東將校部曲，皆云如律令。其說怪誕，不足信。今道家符咒，類言急急如律令。

按：〈史記·主父偃傳〉：「上書闕下，召入見。所言九事，其八事爲律令。」又〈三王世家〉：「丞相下中二千石，二千石郡太守，諸侯相，丞書從事下當用者，如律令。」〈漢書〉「宣帝詔令甲死者，不可生」，文穎曰：「蕭何承秦法所作爲律令、律經是也。」天子詔所增損不在律上者爲令。」又〈儒林傳叙〉「請著功令」，師古曰：「功令，篇名。若今選舉令。此外並如舊律令。」〈唐書〉「太宗謂侍臣曰：朕比來決事，或不能皆如律令。」蓋當時律例法令，皆有一定之規，依而行之，故曰如。它如律令」、「篇名。

29 呂本中曰：宋仁宗好儒崇學，扶植斯道。王堯臣及第，賜中庸篇。呂臻及第，賜大學篇。是已開〔四〕書之端矣。

按：神宗熙寧四年二月，更定科舉法，以經義取士。王安石請廢春秋、儀禮。八月，帝命復以春秋三傳取士。」而儀禮廢矣。八年六月，頒安石所修詩、書、周禮新義於學官，以取士。而先儒傳注廢

〔一〕「袁」字，原誤「表」，據〈井觀瑣言〉改。

矣。

徽宗政和中，蔡京、趙挺當國，以詩爲元祐學術，諸士庶有傳習詩賦者，杖一百。而風雅之道

廢矣。又禁士大夫不得讀史，春秋三傳俱束高閣。宣和間，王楚撰博古圖，中所引用，乃至以州吁

爲衛大夫，高克爲衛文公。故洪氏以爲當時書局學士，亦不曾讀毛詩也。而詩學與春秋俱廢矣。

寧宗慶元二年，劉德秀奏言：「僞學之魁，以匹夫竊人主之柄，鼓動天下，故文風未能丕變。」乞將語

錄之煩，盡行除毀。」是科，葉耈、倪思知貢舉，士子文有稍涉義理者，悉見黜落。而六經、語、孟、中

庸、大學之書悉爲世禁矣。夫經學至宋，發揮殆盡。若仁宗以中庸、大學賜新及第者，則實與漢帝表章六經有同功矣。

陽九百六之數耶？

30

徐陵玉臺新詠序：絳鶴晨嚴，銅蠡晝静。　　注引趙岐注孟云：追蠡，欲絕之貌。

按：文子曰：「聖人法蠡蚌而閉户。」後漢禮儀志：「殷以水德王，故以螺著門户。」應劭風俗通「門户

鋪首。謹按：百家書：公輸般[一]之水，見汝形。蠡適出頭，殷以足畫圖之，故曰銅蠡。蠡引閉

其户，終不可得開。遂施之門户，蠡與螺同，謂以銅爲蠡形於鋪首，故曰銅蠡。陳檢討林蕙堂

集序「銅蠡夜滴」，注引徐孝穆「銅蠡晝静」，又引後漢張衡「漏水制，以銅爲器」，皆誤解銅

蠡也。

31

漢書律曆志：治曆者二十餘人，方士唐都、巴郡落下閎與焉。　　師古曰：姓唐名都。姓落下

名閎。

〔一〕「般」字，原作「班」，據風俗通校釋所收佚文改。

按：史記律書注引益部耆舊傳曰：「閬字長公，明曉天文，隱於落下。」落下蓋巴郡之地名也。小顏

以爲姓落下，非。正字通謂「姓落名下閎」，亦非。

32　筆叢曰：竹書貞定王元年，于越徙都瑯邪。吳越春秋文頗與此合，然非齊之瑯邪，或吳越間地名，有偶同者。

按：山海經「瑯邪臺在渤海間，瑯邪之東」，郭璞曰：「瑯邪者，越王句踐入霸中國之所都。」越絕書曰：「句踐徙瑯邪，起觀臺。臺周七里，以望東海。」何謂非齊之瑯邪？

33　筆叢引真誥曰：洪崖先生今爲青城洞真仙。傳又曰洪崖山，在豫章之西山，何耶？蓋青城爲古洪崖

所理，而豫章則唐張氳隱處也。

按：宋謝莊有遊豫章西山觀洪崖井詩，梁元帝廬山碑序「東瞻洪井」。若使豫章之洪崖因唐張氳

而名，劉宋、蕭梁之人安得預知之？

34　王弇州曰：道藏內陰符經，凡數十種，注釋亦如之。獨趙文敏書者最爲定本。他本有自然之道六十

八字，朱元晦謂其理獨妙，不過以其有陰陽八卦律曆諸語而深契之耳，不知有此，正所以非陰符也。

按：唐李筌傳驪山老母曰：「陰符三百餘言，百言演道，百言演法，百言演術。」則自「觀天之道，執

天之行」至「自然之道静，故天地萬物生，浸故陰陽勝」，凡三百七十九字。陸龜蒙讀陰符經詩「清

晨整冠坐，朗詠三百言。」皮日休和讀陰符經「三百八十言，出自伊耆氏。」二公所讀之本只三百八

十餘字，去筌未遠，當必無差。下又有「陰陽相推而生變化」，凡六十四字，疑後人注釋之語而誤入

也。但據明堂位「伊耆氏之樂」，伊耆，神農，非黃帝也。而中興書目以爲陰符經，黃帝之書，或云受之廣成子，或云與風后、玄女論陰陽六甲，退而自著其事。陰者，暗也。符者，合也。天機暗合於事機，故曰陰符。黃山谷謂：「陰符出於筌。熟讀其文，知非黃帝書。」蔡西山曰：「此書即筌所爲也。」

32　陸天隨詩：持贈敢齊青玉案，醉吟偏稱紫荷筒。郝天挺注：南史劉杳著紫荷橐，前漢張安世傳持橐簪筆之意，而劉偉明乃以荷爲芰荷之荷。

按：老杜又示宗武詩：「試吟青玉案，莫羨紫羅囊。」陸詩祖之。但持橐簪筆，見趙充國傳，郝以爲安世傳，誤。又杳傳見梁史，而南史無也。方岳啓「儳入花磚之直，聿高荷橐之班」，真德秀啓「柏臺彈奏之公，若判白黑，荷橐論思之益，如炳丹青」，皆誤爲芰荷之荷，非只一偉明也。

36　大荒北經曰：蚩尤作兵，伐黃帝。帝乃令應龍攻之。郭璞曰：黃帝亦教虎豹熊羆以與炎帝戰於阪泉。見史記。

按：漢書王莽傳曰：「黃帝之時，中黃直爲將，破殺蚩尤。」黃海曰：「黃帝工師名蒼龍，將名應龍。」管子曰：「黃帝得蒼龍辨乎東方，使爲工師。」蓋太昊以龍紀官，帝因之。應龍、蒼龍，皆官名也。」郭氏以虎豹熊羆例之，其旨失矣。

37　姚氏殘語曰：溫彥威使三京，得僞劉詞臣馬定國，云：石鼓非周宣王時事，乃後周文帝獵於岐陽所作也。史大統十一年獵於白水，遂狩岐陽。

按：史梁武帝大同元年，卽魏文帝寶炬大統元年也。大統十一年，狩於歧陽。時宇文泰雖爲大丞

相，安得以大統爲後周也？後周武帝宇文邕保定元年十一月，狩於岐陽，非文帝也。若以石鼓爲

魏文帝造，石鼓文云「嗣王始古，我來大統」。十一年安得仍稱嗣王？且三代以下，無有天子稱王

者。若以爲周保定造，狩以十一月，又與石鼓文所稱「霝雨淖淵，若華楊柳，帛魚鱳鱳」，景物殊違

也。昭四年左傳「成有歧陽之蒐」，杜預曰：「成王歸自奄，大蒐於歧山之陽。」爾雅注：「春獵爲蒐。」

書多方：「維五月丁亥，王來自奄，至于宗周。」石鼓文曰「唯丙申」周五月，夏三月也。丙申、丁亥

之後十日也。於時爲季春，則又與石鼓所言景物侔也。董迿、程迥以爲周成王鼓者，是也。又馬

定國字子卿，仕金爲翰林學士。姚氏云僞劉詞臣，亦非。

38　程大昌演繁露曰：古字不拘偏旁，多借同聲用之。漢志疇人，疑籌人也。從算曆言之，比疇列之疇，

於義爲徑。

按：汲冢周書：「文王將畋，史編卜之曰：將大獲，非熊非羆。天遣大師以佐昌。臣太祖史疇爲禹

卜畋，得臯陶，其兆類此。」則是史疇之後世掌天官，故以精於算曆者爲疇人子弟也。程以籌疇同

聲借用之，非也。漢書如淳注「世世相承爲疇」，亦非。

39　通鑑：魏王珪北巡，至濡源。史炤釋文：濡水出涿郡。胡身之謂濡水有二。水經云：濡

水從塞外來，東南過遼西令支縣北，又東南〔一〕過海陽縣。此又一濡水也。魏王珪北巡濡源，正

〔一〕「南」字，據水經補。

此地。

按：薛收元經傳曰：「獫狁者，匈奴種也。其先分國爲三部，一曰昭帝神元，統一部，居上谷之北濡源。二曰桓帝，居代北叁合陂。三曰穆帝猗盧，居定襄盛樂城。其後猗盧強盛，總攝三部。蓋後魏拓跋之先。」然則珪所巡正上谷涿郡濡源耳。身之以爲誤，非也。

40　史記魯世家：人或譖周公，周公奔楚。

邵寶曰：周公避流言，嘗居東矣。魯，公封也。不之魯，而之楚乎？楚，夷狄之國，公且膺之，而忍一朝居之

按：國策季歷葬於楚山之尾。周季婦鼎銘：「王在成周，王徙于楚麓。」括地志：「終南山，一名楚山，在雍州萬年縣南五十里。」周公奔楚，當即謂楚山之尾，而依於祖墓。況是時鬻熊以文王師而封楚，周公何遽之？且懲荊舒者，魯僖也。惟帝俊豈周公耶？

41　大荒東經：有神人面獸身，名奢比尸。

郭曰：未聞。

按：山海經「帝俊生帝鴻」，注以帝俊爲黃帝。「冠編黃帝友奢比，友地典，即經所謂帝俊下友也。至人面獸身，猶後世所謂李廣猿臂、專諸熊背之類，無足怪也。

42　字書：傳，音能，困弱也。引韓昌黎詩：始知樂名教，何用苦拘傳！

按：宋書〔一〕王微報何偃書：「吾本傳人，加疹意惜。」北史崔浩傳：「傳兒情見，正望固河自守，免死爲幸，無北渡意也。」南史宋明帝王后兄景文曰：「后在家爲傳弱婦人，不知今段遂能剛正如此。」則

〔一〕「書」字，原誤「史」，據宋書王微傳改。

儜字以儜弱爲正解，韓詩拘傳借用耳。

陳白沙詩：　秦傾武穆因張浚。

楊用修曰：張俊附秦檜而傾岳忠武。張浚、廣漢人，嘗稱飛忠孝人也。浚爲都督，俊爲樞密。浚與俊豈可混爲一人？今士大夫例以傾岳爲浚之短，受誣千載。白沙《自語錄》「擊壞集外」，胸中全無古今，無怪其然。

按：《宋史》「建炎元年，張浚劾李綱，以私意殺侍從，不可居相位。且論其買馬招軍，擅易詔令十數事。黃潛善、汪伯彥等復力排綱。遂罷綱，提舉洞霄宮」。此廣漢之張浚也。三年，苗傅、劉正彥作亂，張浚、呂頤浩會師勤王，張俊亦引所部八千人至平江。浚諭俊以將起兵問罪。俊泣拜。夏四月，以張浚知樞密院事。紹興四年三月，罷張浚爲資政殿大學士。十一月，復以張浚知樞密院事，視師鎮江。此樞密卽廣漢之張浚，非張俊也。五年春正月，張浚還自鎮江，以張俊爲江東宣撫使，帥師次於建康。二月，以趙鼎、張浚爲尚書左、右僕射，兼知樞密院事。此亦廣漢之張浚，非張俊也。三月，張浚視師於潭州，岳飛受命討楊么。席益疑飛玩寇，浚曰：「岳飛忠孝人也，兵有深機，胡可易言？」冬十月，浚還。六年二月，張浚會諸將於鎮江，命張俊進屯盱眙。六月，岳飛進屯襄陽，浚命飛以窺中原，且謂飛曰：「此君素志也。」冬十月，劉麟、劉猊分道寇淮西，浚以書戒張俊、楊沂中曰：「賊豫之兵，以逆犯順，若不勦除，何以立國？」及猊敗，麟亦去。十二月，浚還。七年春正月，張浚改兼樞密使，以秦檜爲樞密使。二月，以岳飛爲湖北京西宣撫使，進拜太尉。飛少事浚爲裨將，一旦拔起，爵位與齊。浚深忌之。夏四月，詔飛詣都督議事，浚謂飛曰：「王德，淮西軍所服，

浚欲以爲都統，命呂祉以督府參謀領之。如何？」飛曰：「德與酈瓊素不相下，一旦握之在上，則必争。呂尚書不習軍旅，恐不足服衆。」浚曰：「張俊、楊沂中何如？」飛曰：「張宣撫，飛之舊帥也，然其人暴而寡謀。沂中視德等耳，豈能御此軍哉？」浚怫然曰：「浚固知非太尉不可也。」飛自知忤浚，即日乞解兵柄，終母喪服，步歸廬山〔一〕。浚怒，奏：「飛積慮在於併兵，奏牘求去，意在要君。」此以

樞密兼都督亦廣漢之張浚，非張俊也。八月，浚罷都督府，十月，安置永州。十一年四月，以韓世忠、張俊爲樞密使。此樞密乃宣撫張俊也。俊與飛同如楚州，以韓世忠屢抗論和議，忤秦檜，欲與飛分背龅軍，飛議不肯。會世忠軍吏〔二〕景著言：「二樞密若分世忠軍，恐致生事。」檜捕著下大理寺〔三〕，將以扇搖誣世忠。飛馳書告以檜意，世忠見帝自明。俊於是大憾飛。十月，下飛於大理獄，俊親行鞫鍊。時歲已暮，而飛獄不成。一日，檜手書小紙付獄，即報飛死矣。浚與俊先後並樞密使，不得以浚爲都督，俊爲樞密，爲別白也。

又按：飛卽死，獄卒隗順負其屍，踰城至北山以葬。後朝廷購求葬處，隗之子以告。及啓棺，如生，乃以禮服歛焉。隗順，史失載，見陳眉公集。丘瓊山曰：「案元揭奚斯曰：宋南渡不能復振者，本於張浚抑李綱，殺曲端，引秦檜，殺岳飛父子，而終於賈似道之專，劉整之叛。」白沙詩「秦傾武穆

因〔四〕「張浚」，未爲無所本也。

補。

〔一〕「步歸廬山」，宋史岳飛傳作「廬母墓側」。

〔二〕「吏」字，原誤「史」，據宋史岳飛傳改。

〔三〕「寺」字，據岳飛傳

〔四〕「因」字，原作「由」，據陳眉公集改。

范傳正李翰林墓碑云：「與賀監、汝陽王、崔宗之、裴周南等八人，爲酒中八仙。」

按：杜飲中八仙歌，無所謂裴周南者。惟舊唐書李白傳：「少與魯中諸生孔巢父、韓準、張叔明、裴政、陶沔隱於徂徠山，號竹溪六逸。」裴周南，當即是裴政也。

水經潪水注云：「役水又北，潪溝水出焉。」

按：北齊書万俟洛傳「靈州刺史曹潪」，周書作「曹泥」。字書：潪，音泥，通用泥。是潪與泥一也。又魏書慕容寶，廣寧太守劉亢潪，吐谷渾吐延大將紇拔潪，字皆作潪。今人罕用之矣。

雙溪雜記曰：正統己巳之變，于謙以社稷爲重，光輔中興，厥功非細。豈虞殺身之禍哉？程墩篡謂于公之受誣，爲主於柄臣之心，和於言官之口，成於法吏之手。斯固公論也夫。

按：明史景泰八年，帝病亟，京師競傳王文、于謙遣人齋金牌勅符，取襄王世子，立爲東宮。上皇復位，逮謙等下獄。據于肅愍行實曰：「石亨輩嗾言官劾謙等下獄，所司勘得金牌符勅見存禁中，則無顯跡。石亨等揚言雖無顯跡，其意有。法司丞亨等風旨，乃以意欲二字附會成獄。昔秦檜陷岳飛曰：『飛子雲與張憲書雖不明，其事體莫須有。『莫須有』三字，『意欲』二字，奸險之害正，何千古如一轍也？然則京師之競傳取襄王世子者，安知非亨等陰有以教之耶？」

管城碩記卷之二十

史類三

1 青緗雜記〔一〕曰：前代有翰林學士，本朝咸平中始置翰林侍讀學士，以楊徽之爲之。又置翰林侍講學士，以邢昺爲之。此讀講學士之始，亦見石林燕語。

按：唐百官志：「開元十三年，改麗正修書院爲集賢殿書院，選耆儒日一人，以質史籍疑義。置集賢院侍講學士、侍讀學士。」則是其名不始於宋矣。又張說有恩勅賜食於麗正殿書院詩：「東壁圖書府，西垣翰墨林。」今本作西園，注引魏文帝詩「逍遙步西園」，非也。時明皇於乾元殿寫書四部，置麗正修書院於集仙殿，召張說等宴集仙殿，謂說曰：「今與卿等賢才同宴於此，宜改名集賢。」唐六典：「集賢殿在洛陽宮之右。」其爲西垣字，無疑。

2 尚書大傳：別風淮雨。　鄭注闕。

按：隋書虞綽傳：大業八年，歲在壬申，夏四月丙〔二〕子，綽受詔爲大鳥銘。其辭曰：「聖德遐宣，

〔一〕「青緗雜記」，疑爲「青箱雜記」。

〔二〕「丙」字，原作「景」，據隋書虞綽傳改。

息〔一〕別風與淮雨,休符潛感,表重潤於夷波。」別風淮雨,蓋即烈風滛雨之謌也。

3　國策:我起乎少曲,一日而斷太行。

　　　　　　　　　　注曰:少曲在太行西南。

按:山海經:「王屋之山,又東北三百里曰敎山。又南三百里曰景山,北望少澤。」晉地少水,

傳「封少水」,杜不注。水經注曰:「沁水又逕沁縣故城北,春秋之少水也。京相璠曰:

今沁水也。」是少曲在沁水之曲也。史記范雎傳:「雎相秦二年,東伐韓少曲、高平,拔之。」正義〔二〕

曰:「少曲當與高平相近。」與國策注殊爲蒙混,故詳之。

4　董仲舒著春秋繁露。　　　　　　　　　　　　晁公武

曰:通名繁露,皆未詳。

　　歐陽修曰:本其書總四十篇,又總名春秋繁露,失其真也。

按:西京雜記:「董仲舒夢蛟龍入懷,乃作春秋繁露詞。」是漢時已總名繁露矣。周禮大司樂疏賈

公彥曰:「前漢董仲舒作春秋繁露。繁多露潤,爲春秋作,義潤益處多〔三〕意或然也。晉孔晁注

周書王會解曰:「繁露,冕之所垂也。」古今注曰:「綴而下垂,如露之繁多,故曰繁露。」中興書目曰:

「仲舒立名,或取諸此。」

5　商甚父尊銘:甚戊,丙子甚作父戊寶兩子。

　　　　　　　　　　　　　　薛氏曰:後一字似雨而非,未詳。

按:前丙子作肉𠃑,後亦即肉𠃑也。乙酉父丁矍有兩「三⊙」,即兩四日。則此爲兩丙子,無

字,據周禮大司樂賈氏疏刪。

〔一〕「息」字,原作「悉」,據虞翻傳改。

〔二〕「正義」,原作「索隱」,據史記正義范雎傳改。

〔三〕「多」字上,原有「居」

6 成公鼎銘：成曰：丕顯走皇祖穆公。

宣和博古圖錄曰：考秦世次，先武公，次成公，而穆公又其次之。銘復先穆公，次言成公，後言武公，質諸經傳，莫不有意義。雖詩曰：既右烈考，亦右文母。蓋自烈考以上，逮於文母也。而此鼎之文，世次亦有所法。

按：史記鄭世家：武公克虢鄶之地，而居於穆公，數傳至穆公。其子靈公。靈卒，庶弟襄卒，子悼公立。悼卒，弟成公立。是穆公爲成公之祖，故云皇祖穆公也。若以爲秦鼎，則成公在穆公之前。銘有云「成曰」，則是成公之言矣。豈得曰皇祖穆公乎哉？銘又云「政于邢邦」，說文「鄭地有邢邑」。銘又云「至于口京」，賈逵曰：「京，鄭都邑。」杜預曰：「滎陽京縣。」京、邢皆鄭地，不得爲秦鼎可知。其言武公者，蓋以其爲新鄭之所始，故特言之。

疑也。

7 劉原父得商洛鼎，銘曰：惟十有三月旁死魄。

曾南豐以爲複篆，此三非二字耳。

按：商父乙鼎銘曰：「北田三品，十二月作册友史。」有三而又有二，則三非二字可知，三當是四字耳。公緘鼎銘曰：「惟十有四月既死魄」，與此文義正同，三即爲四字無疑。又按乙酉父丁彝有兩三○，即四日也。又乙酉戊命彝曰：「十九月，惟王祀世昌。」兄癸卣曰：「十九月，惟王九祀，世昌。」圓鼎曰：「惟十有三月用吉金。」南宮中鼎曰：「惟十有三月庚寅。」如此例者甚多。董逌曰：「彼自其君即位後以月爲數。」此說是也。

8 通鑑：唐宣宗十二年，王式至交阯，樹芀木爲柵，可支數十年。

胡身之曰：芀，葦花，其字從草，不

可以爲柵。」或因傳寫之誤，芳當作蒭[一]。

按：竹譜：「棘竹，一名芳竹，芒刺森然，大者圍二尺。可禦盜賊。」時式至交阯樹芳木爲柵，自是芳竹，故可以支數十年。芳從力。身之誤以爲從刀，謂芳爲傳寫之誤，非矣。爾雅「猋，藨，芀」，又「蕍醜，芀」邢昺曰：「皆崔茅之屬，華秀名也。」吳徐盛植木衣葦，設爲疑城。葦芳亦未始不可爲柵，但不能支數十年。故知爲芳竹也。

9 通鑑：徐勉曰：王君名高望促，難可共襲衣裾。

史炤釋文曰：襲，帛也。

胡身之曰：余謂此以帛爲釋，其義殊爲不通。按字書襲字，亦有從敝從衣者。以弊爲說，其義乃通。

按：史記孟驕列傳[二]：適趙，平原君側行襒席，索隱曰：「按字林襒音匹結反。」韋昭音敷蔑反。

三蒼訓詁云：襒，拂也。謂側行以[三]衣襒席爲敬。」此所云襲衣裾，即襒也。言王君名高望促，其所至之處，人皆致敬，設席，襒拂以衣裾，難可共致此禮耳。身之乃解作弊字，云「字書亦有從敝從衣」，殊屬杜撰。

10 張鈍夫云：舊雷京國子監聖殿紅門，每扇最上雕空窗櫺九條，下勻列圓點三層，每層其數九。遠望若攢星。櫺星門，義或取此。

按：晉天文志：「東方角二星爲天關，其外天門也，其内天庭也。」後漢祭祀志：「高帝令天下立靈星

〔一〕資治通鑑卷二四九胡三省原注無「不可以爲柵。或因傳寫之誤，芳當作蒭」三句。

〔二〕「孟驕列傳」當爲「孟軻荀卿列傳」。

〔三〕「以」字，原作「而」，據史記索隱改。

祠，舊説星謂天田星也。一曰龍星，左角爲天田。」是靈星乃天庭之門户，因以名之。

馬端臨郊祀考曰：「前祀一日，皇帝於太廟朝享畢。既還，大次禮部郎中奏解嚴。訖，請皇帝入齋宮。有司進與玉輅於太廟欞星門外。」蓋尊太廟如天庭，故名其門爲欞星，而聖殿紅門亦名欞星，所以尊聖也。義蓋如此。

11 歐陽永叔啓：陸機閱史，尚靡識於撑犁

按：玄晏春秋：「予讀匈奴傳，不識撑犁事。」案旁有胡奴執燭，顧而問之。奴曰：「撑犁，天子也。」史記索隱、藝文類聚皆引之。據前漢書匈奴傳：「單于姓攣鞮氏，其國稱之曰撑犁孤塗單于。」匈奴謂天爲撑犁，謂子爲孤塗。」班史所言甚明。士安讀之，何爲不識。其言不識者，亦以見胡奴能解胡語云耳。向使陸士衡讀之，又豈至有不識者？」袁坤儀備考：「撑犁孤塗，雖陸機猶未之知。」又承永叔之誤而不之考也。

緗素雜記曰：事竟不知在何書。

12 范石湖與姑蘇同年會詩序：當此時通榜之士，意氣相與，否則有青雲紫陌之譏。

白眉注云：青雲在天，紫陌在地，意氣不合，若天地之懸隔。

按：唐摭言：「紫陌尋春，便隔同年之面；青雲得路，可知異日之心。」石湖序本用此，而注者強爲之説。

13 叢書序曰：古有王子喬、王子晉，王氏多仙。

按：列仙傳：「王子喬，周靈王太子晉也。」周書太子晉解：「師曠曰：吾聞王子之語。王子應之曰：……

吾聞太師將來。」以其為太子，故又稱王子也。楚辭「見王子而宿之兮」，齊袁象詩「王子洛浦來」，謝靈運王子晉贊「王子愛清淨」，梁陸罩咏笙詩「所美周王子，弄羽一參差」，李長吉詩「王子吹笙鵝管長」，皆單稱王子也。晉何劭詩「羨昔王子喬」，魏阮籍詩「焉見王子喬，乘雲翔鄧林」，李白詩「我愛王子晉，得道伊洛濱」，又詩「幸遇王子晉，結交青雲端」，王子晉即王子喬，非兩人也。亦皆稱為王子也。嵇康笙賦「子喬輕舉」，郭璞詩「今乃見子喬」，江淹贊「子喬輕舉」，庾信詩「浮丘迎子晉」，孔稚珪伯玉碑「子晉笙歌」，「王喬雲舉」，吳筠詩「復望子喬壇」，則已失稱王子之意矣。陸機前緩聲歌「王韓起太華」，注以為王子晉及韓終，謬矣。漢書王莽傳「予皇祖叔父子僑欲來迎我」，附會之詞耳。

王子晉豈王姓哉？李白詩：「一隨王喬去，長年玉天賓。」又詩：「天落白玉棺，王喬隨葉縣。」此後漢書方術傳王喬鳧舃，蓋王姓也。雖楚辭有云「從王喬而娛戲」，偶去一子字，此亦如揚子雲稱揚雲，谷子雲稱谷雲、田子方稱田方，不可即以王子喬為王氏矣。

14

後漢列女傳：「蔡邕女琰沒胡中。曹操痛邕無嗣，乃遣使者以金璧贖之。重嫁董祀。」

按：後漢書邕本傳：「邕亡命江海，遠迹吳會，往來依泰山羊氏，積十二年。」晉書后妃傳：「景獻羊皇后，泰山南城人。父衜，上黨太守。母陳留蔡氏，漢中郎將邕女也。」又羊祜傳：「祜，邕外孫，景獻皇后同產弟。祜討吳有功，將進爵，乞以賜舅子蔡襲。詔封襲關內侯。」是邕未嘗無嗣也。意邕被收，有匿其子者，當時不知，遂以為無。又當有二女，一沒胡中，一適羊氏。

15

筆叢曰：漢三王褒，一字子淵，武帝時人，上得賢臣頌者；一字子澄，得道。郊祀志又有王褒姓名，非

武、元二帝時以文學道術顯者。

按：前漢書王襃傳：「襃字子淵，蜀人也。宣帝時益州刺史王襄奏襃有軼材，上廼徵襃。既至，詔襃爲聖主得賢臣頌。」元瑞以襃爲武帝時人，謬矣。郊祀志「或言益州有金馬碧雞之神，可醮祭而致。於是遣諫議大夫王襃，使持節而求之。」此即上得賢臣頌者。本傳亦載其事曰：「宣帝使襃往祀焉。」乃謂非武、元二帝以文學道術顯者，皆謬。

又按：元帝紀「初元元年臨遣光祿大夫襃等十二人循行天下」，不著姓。洪容齋四筆云：「元帝時有武昌太守朱買臣、尚書左僕射王襃。」蓋謂梁元帝也。梁書王規傳：「子襃字子深，七歲能屬文，外祖司空袁昂愛之。大寶二年，世祖命徵襃赴江陵。元帝承聖二年，遷尚書右僕射。其年，遷左僕射。三年，江陵陷入于周。」唐書宰相世系表：「王襃字子淵，後周光祿大夫。後避唐諱，改子深。」據此則規傳云襃字子淵，當亦後人所改。而所謂元帝時有左僕射王襃者，是乃梁元，非漢元也。

16 筆叢曰：唐藝文志「施肩吾辨疑論一卷」，注云：「睦州人，元和進士，隱洪州西山。」馬貴與經籍考：「施肩吾有西山集五卷。」晁氏曰：「施肩吾，吳興人，憲宗元和十五年進士。以豫章西山乃十二真仙羽化之所，心慕之，因卜隱焉。且以名其所著，自爲之序。」黃伯思跋施真人集云：「肩吾隱豫章西山，莫知其終。江右人至今傳以爲仙。」乃謂素不聞其有道術，何耶？

17 胡康侯嘗聞游酢論秦檜人材，可方荀文若。乃力言檜賢於張浚諸人。及呂頤浩憾檜欲去之，問計於

席益，益曰：「今黨魁胡安國在瑣闥，宜先去之。」會頤浩薦朱勝非代己都督，安國言用人得失，繫國安危，深恐勝非上誤大計。

按：唐杜牧曰：「荀彧勸操取兗州，則比之高、光。官渡不令還許，則比之楚、漢。曹氏之篡漢，荀豈能以無罪耶？」秦檜以和議禍宋，致二帝不能生還，普天同怨。胡氏以春秋進講，何不以尊周攘楚之義，不討賊則書弒之義，爲所薦者勸諭之？乃以檜比荀文若，力言其賢於張浚諸人。則獎成於和議者，安國亦不能辭其責矣。元世祖時，揚州路學正李溢上言：「人知桑哥用群小之罪，而不知尚書右丞葉李妄舉桑哥之罪。」以此例之，則安國非妄舉而何也？

王弇州題三茅真君傳後云：定錄仲君以元朔元年舉賢良，拜五官中郎正。按：西漢官無所爲五官中郎。其以尚書拜郎中者，主父偃三人耳。不聞拜中郎也。公卿表「建平二年，五官中郎將潁川公按：前漢書百官表中郎有五官左右三將，秩皆比二千石。孫祿爲執金吾」，外戚恩澤侯表「寧鄉侯孔永以侍中五官中郎將與平晏同功，侯」，建元以來侯年表中郎，何也？史記李將軍傳「孝文帝十四年，廣以良家子從軍，擊胡，爲漢中郎」，馮唐傳「爲中郎署長」，袁盎傳「任盎爲中郎」，酷吏傳「治侯以故中郎將將兵捕得車師王功，侯」，汲黯傳「臣願爲中郎，出入禁闥」，東方朔傳「拜義姁弟繼爲中郎」，相如傳「乃拜相如爲中郎將」，「朔爲中郎」，賜帛百匹，拜給事中」，乃謂不聞拜中郎，何也？至道家悠謬之說，當存而不論，原不必與之較真僞耳。

19　弇州云：真君傳保命季君以宣帝地節元年自洛陽令轉西城校尉。然是時無西城校尉官也。

按：前漢書百官表「城門校尉掌京師城門」，翟方進傳有「城門校尉趙恢」，王莽傳「陳崇奏安漢公祠祖禰出城門，城門校尉宜將騎士從」，安在宣帝時無西城校尉官？又傳稱：「保命季君遊梁國，爲孝王賓。」按梁孝王傳「茅蘭說王使乘布車」，服虔曰：「茅蘭，孝王大夫。」道家遂因此而附會之，俗永之所謂係風捕影者也。

20　袁小修序秦鎬貴齋詩云：今人字皆兩字，而京獨一字，東漢以下無之矣。

按：吳志「孫休長子字莔，次子字𩦸，三子字壾，四子字𡥄」，皆一字字。南史王修字叔，北史長孫紹達字師，顏之推字介，弟之儀字升，後魏書李延實字禧，北齊書田敬宣字鵬，唐書房玄齡字喬，顏師古字籀，崔倫字叙，崔衍字著，楊元琰字溫，楊仲昌字蔓，亦一字字，皆見於正史。又有以三字字者，北齊書斛律金字阿六敦，南齊書魏什翼犍字鬱律游，隋書宇文㲻字婆羅門，周書孝閔帝字陀羅尼，武帝字禰羅突，賀拔岳字阿斗泥，王雄字胡布頭，叱伏列龜字摩頭，韓果字阿六拔，前燕慕容㢸字奕洛瓌，後魏書乞伏慕末字家石跋，朱蒙予字始閭諧，石勒父周曷朱字乞翼加，是也。又有以名爲字者，南史劉孝綽字孝綽，周書王思政字思政，崔彥穆字彥穆，辛慶之字慶之，唐書郭子儀字子儀，郭曖字曖，張巡字巡，李嗣業字嗣業，魏少游字少游，張嘉貞字嘉貞，張忠孝字忠孝，戴休顏字休顏，是也。袁氏謂東漢以下無一字字，殊爲失考。因并及三字字，以名爲字者。

21　容齋隨筆曰：新唐書藝文志：劉昭補注後漢書五十八卷。不知昭爲何代人。

按：

梁書劉昭傳：「昭字宣卿，平原高唐人。集注後漢書一百八十卷。」又後漢書郡國志注曰：「臣昭證發之。」郡國志乃司馬彪所撰，昭特補注之耳。晉書彪本傳「通綜上下，旁貫庶事，爲紀志傳〔一〕，凡八十篇。」是也。容齋博矣，而云不知昭爲何代人，何也？

〔22〕漢書高帝紀：祠黃帝，祭蚩尤於沛廷。應劭曰：蚩尤亦古天子，好五兵，故祠祭之。

按：管子五行〔二〕篇「黃帝得六相而天地治，神明至。」蚩尤明乎天道，故使之爲當時。太常察乎地利，故使之爲廩者。」其時「葛〔三〕盧山發而出水，金從之〔四〕。」蚩尤蓋六相之一。韓非子引師曠曰：「昔黃帝合鬼神於泰山，畢方並轄，蚩尤居前。」張衡西京賦：「蚩尤秉鉞，奮鬣被胝，禁禦不若，以知神姦。」皆即此蚩尤也，故漢高祠之。公羊傳所謂「祠兵」是也。應以爲亦古天子，不知其何出矣？魚龍河圖曰：「黃帝時，有蚩尤兄弟八十一人，並獸身人語，造立兵杖。」五帝外紀曰：「神農氏世衰，帝罔榆居於空桑，其臣蚩尤作亂。」歸藏啟筮曰：「蚩尤出自羊水，登九淖以伐空桑，黃帝殺之於青丘。」史記：「黃帝擒蚩尤於涿鹿之野。」山海經：「蚩尤作兵，伐黃帝。帝乃令應龍攻之冀州之野。」蓋蚩尤兄弟八十一人，故殺之非一處也。三朝記曰：「蚩尤庶人之強者。」此又一蚩尤也。

〔23〕劉呆齋策略云：姚思廉之撰梁、陳二書，顏相時之撰漢書決疑，虞世南之默寫列女傳，其才皆長

〔一〕「紀志傳」原作「紀傳志」，據晉書司馬彪傳乙正。

〔二〕「五行」原誤「地員」，據管子五行篇改。

〔三〕「葛」字，原誤「割」，據管子地數篇改。

〔四〕「之」字下，原有「出」字，據地數篇刪。

於史。

按：唐書顏師古傳：「師古弟相時，亦以學聞爲天策府參軍事。貞觀中累遷諫議大夫，有爭臣風。」「師古叔遊秦，武德初累遷廉州刺史，禮讓大行。高祖下璽書獎勞。終鄆州刺史。撰漢書決疑，師古多資取其義。」又唐藝文志：「顏游秦漢書決疑十二卷。」是撰漢書決疑者游秦，劉公誤以爲相時。

24　路史國名記：夏后氏有姑於國，見王會解。在漢時，一云姑孰。於、孰音轉也。又有越國，一曰於越。

羅苹注曰：王會解有於越國。

按：王會解有姑於越納之文，若以姑於越爲一國，則於屬上。若以於越爲一國，則於屬下。羅氏兩引王會解，其旨失矣。太平府志云：「王敦至姑孰，陷石頭。姑孰名始見此。」據漢書王子侯表：「姑孰頃侯胥行，江都易王子。」班固以爲在丹陽，則西漢時已名姑孰矣。

25　本草：李時珍曰：枸櫞産閩廣間，木似朱欒而葉尖長，枝間有刺，植之近水乃生。其實狀如人手有指，俗呼爲佛手柑。

按：嶺表錄：「枸櫞形如瓜，皮似橙而金色」。釋名：「枸櫞卽香櫞」。陳藏器曰：「枸櫞生嶺南，柑橘之屬也。俗謂之香圓，似橘而大，若柚而香」。與佛手柑全不類。晉劉滔母孫瓊與定夫人書：「此中果有胡桃、飛穰」。藝海泂酌云：「飛穰，一名佛手柑，形長而有指者，佛手也。形圓而如瓜者，香櫞也」。時珍乃混而一之，非是。又案定夫人，晉虞潭母孫氏也，拜武昌侯太夫人，卒諡定。

26 吳淑劍賦注引刀劍録：夏禹字高密，以庚戌八年鑄一銅劍。

按：刀劍録：「夏禹子帝啓在位十年，以庚戌八年鑄一銅劍。」據竹書紀年「帝禹夏后氏元年壬子，八年己未」，庚戌乃元年之前二年，在攝位之十七年，非八年也。禹陟，三年喪畢，天下歸啓。帝啓元年癸亥，凡在位十六年，並無庚戌歲。是「子帝啓」即「字高密」之譌也。

27 刀劍録：前趙劉淵以元熙二年造一刀，長三尺九寸，文曰滅賊。

按：晉懷帝永嘉二年十月，劉淵僭號曰大漢。傳和、聰、粲，皆仍漢號。後淵族子曜即位赤壁，改元光初，國號仍漢。至二年，其下奏言：「淵始封盧奴伯，曜又中山王，請改國號爲趙。」曜從之。以元爲前趙，非。

28 刀劍録：西涼李暠以永建元年造珠碧刀一口，銘曰百勝。

按：李暠號建初，若永建，則李恂也，暠第六子。恂嗣兄立，在位一年。

29 揚雄解嘲：范雎、魏之亡命也，翁肩蹈背，扶服入槖。

按：漢張竦爲劉嘉奏曰：「賴蒙陛下聖德，扶服振救。」又論衡刺孟篇曰：「井上有李，蟲食實者過半，扶服往將食之。」是扶服入槖爲匍匐入槖也。

30 筆叢曰：晉書謝艾曰：六博得梟者勝。考六代諸人擲五木但呼盧，而梟之勝敵，獨見艾傳，未足徵也。

按：國策〔一〕曰：「王獨不見夫博者之用梟乎？」又曰：「一梟之不勝，不如〔二〕五散。」楚辭「成梟而

〔一〕「策」字，原作「語」，據戰國策魏策三改。　〔二〕按楚策三原文，「勝」「如」二字位置互易。

牟」，王逸注：「倍勝爲牟。」易林：「三梟四散，主人勝客。」前漢書「北貉燕人來，致梟騎助漢」，張晏注：「梟，勇也。若六博之梟。」考工記輪人注「博立梟棊」，賈公彥曰：「謂博戲時立一子於中央，謂之梟棊。」後漢張衡傳「威以得人爲梟」，猶「六博得梟則勝」。此豈獨見艾傳耶？又晉書張重華傳：「拜艾爲中堅將軍，擊趙麻秋。引師〔一〕出振武，有二梟鳴於牙中。」艾曰：「六博得梟者勝。」此附見重華傳中，非艾傳也。

31 顏氏家訓碑銘云：土〔二〕有巃務山，王喬所仙。方知俗呼宣務山，卽巃務山也〔四〕。

按：柏人城北有山，俗呼宣務山，或呼虛無山，莫知所出。嘗〔三〕爲趙州佐，讀柏人城西門內云：遂林芳草縣縣思，盡日相攜陟麗譙。別後巃嵸山上望，羨君時復見王喬。」神仙傳：「王喬爲柏人令，於東北巃嵸山得道。」或詩所用正此也。巃嵸，嵸字作平聲。玉篇音巃嵸，是也。後漢書務光，一作牟光，則務有牟音矣。

32 顏氏家訓曰：若能偕化黔首，悉入道場，如妙樂之世，禳佉之國，則有自然稻米，無盡寶藏。安求田蠶之利乎？

按：南史郭祖深傳：梁武時，上封事曰：「都下佛寺五百餘所，窮極宏麗。僧尼十餘萬，資産豐沃。

〔一〕「師」字，原作「兵」，據書證篇改。

〔二〕「土」字，原誤「上」，據書證篇改。

〔三〕「嘗」字，原作「余」，據顏氏家訓第十七書證篇改。

〔四〕「方知俗呼宣務，卽巃務山也」，書證篇作「今依附俗名當音權務爾」。

所在郡縣，不可勝言。道人又有白徒，尼則皆畜養女，皆不貫人籍，天下戶口幾亡其半。」向使偕化

黔首，悉入道場，衣誰爲織？田誰爲耕？果有自然米稻，無盡寶藏乎？山海經曰：「巫咸民，盼姓，

食穀。不績不經服也。不稼不穡食也。」不知其即爲極樂之世，穰佉之國否也？玄中記曰：「大月氏及西胡有牛名曰及牛，以今日割取其肉三四斤，明日其肉已復，瘡已愈。」唐書中天竺傳曰：「其畜有稍割牛，黑色，角細長四〔一〕尺許。十日一割，不然困且死。人食其血，或曰壽五百歲。牛壽如之。土溽熱，稻歲四熟。禾之長者没犛駝。」此固其地氣使然，非謂自然米稻也。抱朴子曰：「南海晉安有九熟之稻。」唐書南蠻傳曰：「墮婆登國種稻，月一熱。」此亦其地氣使然，豈果有自然米稻無盡寶藏者乎？釋氏妙法蓮花經開卷即説布施，如言或有行施金、銀、珊瑚、真珠、牟尼、琿璟、瑪瑙、金剛、奴婢、車乘、寶飾、輦輿、歡喜布施。又名衣上服價值千萬，或無價衣施佛及僧，千萬億種游檀寶舍，衆妙卧具施佛及僧云云。如果有自然米稻無盡寶藏，又何切切於布施爲哉？

33

困學紀聞曰：策扶老以流憩。扶老，藤名，以爲杖也。見蔡順傳注。筆叢曰：此可與迷陽作對。

按：山海經「龜山多扶竹」，郭璞曰：「邛杖也，名扶老竹。」詩「其樋其椐」，毛傳曰：「椐，樻。」陸璣草木疏曰「節中腫似扶老，即今靈壽是也。」漢書孔光傳「賜太師靈壽杖」，孟康曰：「扶老杖也。」西京

扶老尤僻，非伯厚不能知。

〔一〕「四」字，據新唐書天竺傳補。

雜記：「上林苑扶老木十株。」竹譜：「笻竹，剡溪俗謂之扶老竹。」汝南先賢傳：「蔡順至孝，所居井桔

槔，歲久欲易。一旦忽生扶老藤繞之。」竹、木、藤皆有扶老，淵明所策安知其必爲藤耶？

34

按：夏小正曰：「玄雉入于淮爲蜃。蜃者，蒲盧也。」郭璞注云：「爾雅蒲盧者，螺蛉也。

　　山海經：南望墠渚，禹父之所化，是多僕纍蒲盧。」則是蜃一名蒲盧，螺所化當卽此也。僕纍，蝸

　　牛也，與蜃爲水族，故化於墠渚之中。若螟蛉飛蟲，何由化於水中乎？

35

按：東漢劉愷傳景仰前脩，注：景，明也。明行則行之。自晉魏間所謂景莊儗等者，從一人差誤，遂相

　　承謬。

黃山谷曰：詩云景行行止。景，慕也。則知此謬其來尚矣。

按：韓詩外傳：「南假子謂陳本曰：詩不云乎，高山仰止，景行行止。吾豈自比君子哉？志慕之而

　　已矣。』三王世家：『武帝制曰：高山仰之，景行嚮之。朕心慕焉。』景訓慕爲是。山谷之說，未足

　　據也。

36

韻府羣玉云：趙師雄醉寢古梅花樹下，上有翠羽啾嘈相須，月落參橫。

按：柳子厚龍城錄本作啾嘈相須。諸字書皆曰：「嘈嘈，忍寒聲。」與前寒風相襲意始爲雅切。

37

經籍攷：葛仙翁胞息術一卷。

按：列仙傳：葛玄字孝先，吳人，從左慈學道。後得道，號葛仙翁。以釋圭爲仙翁，誤。

　　　晁氏曰：仙翁，葛洪也。

38

韓非子外儲說：子羔爲獄吏，朗人足。注：朗與刖同。

按：考工記：「凡陶旊之事，髺墾薜暴不入市」，鄭康成謂「髺讀爲朏」。賈公彥疏曰：「朏謂器不正欹

邪者也。」韓子言跀，蓋以足既刖，則所行欹邪不正，故謂之跀。非謂跀與刖同也。

39 董逌跋太公寶缶銘曰：諡法無太，自周書定法，昔齊有太公。則謂先君太公，望子久矣，故假以自見。

按：世本「太公組〔一〕紺、諸螯〔三〕」，皇甫謐曰：「公祖一名組〔一〕紺，諸螯〔三〕字叔類，號曰太公也。」太公之號始此。

40 通鑑：梁元帝承聖元年，矦子鑒以鶻舮〔三〕千艘載戰士。

胡身之引類篇曰：鶻舮〔三〕，船長貌。

按：太平寰宇記曰：「泉州有泉，卽其居止，常在船上。船頭尖尾高，衝波逆浪，都無畏懼，名曰了鳥船。」此蓋言其旋轉輕疾如鳥之飛耳。以鶻舮〔三〕爲長貌，何所取義乎？

〔一〕「組」字，原作「祖」，據史記周本紀索隱改。

〔三〕「螯」字，原作「螯」，據周本紀索隱改。

〔三〕「舮」字，原誤「艅」，據資治通鑑卷一六四改。

管城碩記卷之二十

管城碩記卷之二十一

正字通一

1　廖昆湖正字通凡例曰：慮四方沉湎字彙日久，故部畫次第如舊，闕者增〔一〕之，誤者正之。

按：舊本闕者，正字通仍闕不補；舊本誤者，正字通仍多所誤。今於經史中所習見習聞者，約略記之。

易坤卦，歸藏作與，無與字。

其牛掣〔二〕子夏傳作觢〔三〕，無觢字。

「爲駁馬」，陸德明本作駁馬。無駁字。

「爲嬴」，姚信本作蚌〔四〕。又「吹豳擊鼓」，亦見隋書南蠻傳。無蚌字。

書無逸「乃逸乃諺」，石經作「乃劮乃憲」，無劮字。

吕刑「王享國百年耄荒」，陸氏曰：「耄今亦作薹。」無薹字。

〔一〕　「增」字，原作「補」，據正字通凡例改。　〔二〕　「掣」字，原誤「牢」，據正字通改。　〔三〕　「觢」字，原誤「觠」，據睽卦

子夏傳改。下「觢」字同。　〔四〕　「蚌」字，說卦傳姚信本作「蝕」。

秦誓「昧昧我思之」，古文尚書作「䵳䵳」，無䵳字。

毛詩序「鵲巢」「騶虞之德」，陸氏曰：「騶，本作騶。」無騶字。

莫予荓蜂」，傳曰：「荓蜂，摩曳也。」無摩字。

無我觀兮」，陸氏曰：「觀，亦作歡。」無歡字。

鋪敦淮濆」，韓詩作敱，云「大也」。無敱字。

棪之槀槀」，傳曰：「棪謂播土也。」陸氏曰：「從手畱聲。」無播字。

召旻箋曰：「米之率，糯十、粺九、鑿八、侍御七。」陸氏曰：「率又作繂，音類。」無繂字。

有俶其城」，「俶本作㑋」，無㑋字。

周禮鼈人注鄭司農云：「謂有甲萠胡龜鼈之屬。」萠，莫干反。無萠字。

儀禮既夕禮「兩敦兩杅」，鄭注：「今文杅爲桙。」無桙字。

燕器杖笠」，鄭注：「笠，竹簝蓋也。」無簝字。

襄九年左傳「備水器」，注：「盆罃之屬。」罃，戶耕反。疏曰：「周禮凌人春始治罃。」今本作鑒。無罃字。

爾雅「櫋桼含」，無櫋字。

與鴶鵴」，無鴶字。

桇山㭴」，許慎「桇讀爲稷。」無稷字。

〔一〕「于」字，原誤「干」，據經典釋文改。

「饋餉稔也」，郭注：「今呼餉飯爲饋。」無資字。

魯論「由也噭」，鄭玄注：「子路之行失於吸噭。」史記索隱「吸音畔」。無吸字。

周語「盧由荆〔一〕媯」，韋昭曰：「荆〔一〕媯，盧女爲荆夫人。」無嫡字。

楚策「方將修其碏虞」，碏，元作筮。無筮字。

齊策「孟嘗君曰：文憒於憂而性憛愚」，無憛字。

秦策「秦且燒焫，獲君之國」，無焫字。

魏策「魏王所用者樓廞、翟强」，無廞字。

史記曆書「秭鳰先滜」，無滜字。

天官注「辰星一名鑋〔二〕星」，無鑋〔二〕字。

淳于髡傳「帣」，本作蓻，無蓻字。

魯世家「躬躬如畏」，一作蓻蓻。無蓻字。

秦紀注「穆傳八駿」有「驊騮騟騟〔三〕」。無騟字。

龜策傳「諸靈數剚」。無剚字。

〔一〕「荆」字，原作「削」，據國語周語注改。

〔二〕「鑋」字，原作「䂫」，據史記天官書正義改。

〔三〕「騟騟」，原作「騟

前漢書古今人表應堅、厚孿〔一〕、革子威〔二〕。無堅字、孿字、威字。

遊俠傳「乘不過軥牛」，晉灼曰：「軥牛，小牛也。」師古「工豆反」。無軥字。

五行志：「蟓蠅，蠤之有翼者。」無蠤字。

王子猴表「松兹頃侯繯」，師古「千涉反」。無繯字。

廣城侯逞，師古「竹二反」。無逞字。

功臣侯表「撙頉侯溫疥」，撙音詢，又音旬。無撙字。

禮樂志「纖微瘲瘁之音作」。無瘲字。

地理志「五原郡莫䵣縣」，如淳音切怛。無䵣字。

申屠嘉傳「蹫蹫廉謹」，師古曰：「蹫，初角切。」無蹫字。

王莽傳「好以氂裝衣」，師古曰：「氂或作㲎，音義同。」無㲎字。

後漢書「馬防、耿恭從五谿槒襠谷山索西與羌戰。」無襠字。

趙壹窮鳥賦「嫗嫣名熱」，嫣，丘矩反。無嫣字。

李膺傳「綱紀穨弛」。無穨字。

吳志：「孫休為四男作名字：太子名𩅦，字莔；次子名𩒆，字𢁒；次子名𩔜，字𥨛；次子名𡫜，字

〔一〕古今人表作厚成子。

〔二〕古今人表作革子威。

魏志荀彧傳「彧子惲，惲次子霬」。無霬字。

晉書輿服志：「棨戟韜以黻繡〔一〕」，上爲弨〔二〕字，繫大蛙蟆。」無弨字。

孝武帝紀：「太元十二年，立梁王瑲子綸爲梁王。」無瑲字。

宋書符瑞志：「義陽獲銅鼎，刺史段仏榮獻。」無仏字。

阮佃夫傳「塘岸整紮〔三〕」。無紮字。

靈運山居賦「兩舋通沼」。無舋字。

「毗〔四〕孟分隔」。無毗字。

魚則鰋鯉鮂鱮」，自注：「鱮音憂。」無鱮字。

「鮎沿瀨以出泉」，自注：「鮎音迅。」無鮎字。

「獵涉要莫〔五〕」。無莫字。

「犴猨猰㺄」，自注：「㺄，貍之黃黑者，似玢。」無㺄字、玢字。

北魏書地形志「馮翊郡有郘縣」。無郘字。

司馬叡傳〔六〕「太子右率周莚討沈充〔七〕」。無莚字。

胡叟傳「爲高閭，設濁酒蒜食」。無蒜字。

〔一〕「黻繡」，原作「繡黻」。

〔二〕「弨」字，晉書輿服志作「亞」。

〔三〕「絜」字，宋書阮佃夫傳作「絜」。

〔四〕「毗」字，據晉書輿服志乙正。

〔五〕「要莫」，謝靈運傳作「蘷莫」。

〔六〕司馬叡傳，廊作「元帝紀」，見晉書。

〔七〕「充」字，原誤「克」，據晉書元帝紀改。

《宕昌羌傳》：「廨〔一〕水以南，南北八百里，地多山阜。」無廨字。

釋《老志》「僧朗與其徒隱於泰山之琨瑞谷」。無瑞字。

南齊《書州郡志》「永昌郡有建瑗縣」。無瑗字。

「汶山郡有渡官縣」。無渡字。

「永平郡有畂安縣」。無畂字。

東昏侯本紀「青荇金口帶，麝香塗壁」。無荇字。

文獻王嶷傳「更定槁格」。無槁字。

張融《海賦》「澄澤潗洽」，「潗音蟄。」無潗字。

「往來相羍」，「羍，窺合切。」無羍字。

「窅石成窟」，「窅，紆狀切。」無窅字。

「湓唧磑雍」。無唧字。

「蓉硋硃口」，「蓉，苦降反。」無蓉字。

「流柴斷岻」，「岻，五窟切」，無岻字。

「汨淴淵涔」，「淵，於渤反。」無淵字。

「漊藥澗渾」。無澗字。

〔一〕「廨」字，《魏書宕昌羌傳》作「席」。

「汗漫溹況」。無溹字。

北齊書劉逖傳：「逖從子顥。顥父濟、濟弟瓊，俱奔江南。武定中，從〔一〕瓊還北。瓊賜爵臨潁子。」無琰字。

徐之才傳：「武成生齒牙，問〔二〕之才，拜賀曰：此是智牙。」無齗字。

南史列傳：「建平夷王向弘、向瑒等詣臺求拜除。」無瑒字。

永明元年，有司奏淑妃舊擬九繜。」無繜字。

北史裴矩傳有帆延國。」無帆字。

附庸傳「乞伏慕末遣烏訥閭迎魏太武」。無閭字。

隋書禮儀志「檳榆爲輈」。無檳字。

「諸男夫人以翅雉爲領褾〔三〕」。無翅字。

「八品已上眊白筆，八品下及武官皆不眊」。無眊字。

天文志「驖星墜而渤海決」。無驖字。

地理志「義成郡有岐岼縣」。無岼字。

律曆〔四〕志「夾鍾一部二十七律」，十五日「薀薁」。無薀字。

刑法志：「齊文宣帝時，有司酷法訊囚，則用車軸鷬杖，夾指、壓踝。」無鷬字。

〔一〕「從」字上，原有「覲」字，據北齊書劉逖傳刪。

〔二〕「問」字，原作「以示」，據徐之才傳改。

〔三〕「領褾」，原作「褾領」，據隋書禮儀志乙正。

〔四〕「曆」字，原誤「書」，據隋書律曆志改。

王充傳：「充本西域人。祖支頹稱徙居新豐。」無稱字。

周書高昌傳：「國人乃推立麴嘉爲王。」無麴字。

唐書宗室世系表「同昌郡王李建」。無建字。

「岳州長史李禰」。無禰字。

宰相世系表有李茁。無茁字。

「克州節度使鄭淰」。無淰字。

地理志諸蠻州有歐州，隸黔州都督。無歐字。

又戎州開邊縣，注：「阿夔部百八十里至諭官川，又經薄呼川。」無呼字。

武則天傳：「后自作曌、𡕫、埊、乙、𠀑、〇、𠕋、悪、𡔈、𡔈、舌十有二文。」無四𡔈等字。

柳宗元傳「渶炎以瀚」。無渶字。

索元禮傳「作鐵籠檠囚首」。無檠字。

孫思邈傳「救以鈙劑」。無鈙字。

史敬奉傳「遜陋不勝衣」。無遜字。

孝友傳「繁昌朱悁」。無悁字。

五行志：「景龍中，民謠曰：兩足踏地鞚繡斷。」無繡字。

西域傳：「東安國治喝汗城，一曰籛斤。顯慶時以籛斤爲木鹿州。」無籛字。

驃國傳曲名有「囃聽網摩」,謂時康宴會嘉也」。無囃字。

樂工衣絲朝霞爲蔽膝,謂之「祇禰」。無禰字。

南蠻傳:「乾符四年,南詔遣陀西段瑳寶詣邕州,請脩好」。無瑳字。

又南詔有遵睒詔,姚州都督有遵備州。無遵字。

阿逼蠻十四部落,十一曰羅公,十二曰訛。無訛字。

五代史「回紇地宜白麥與青麰麥」。無麰字。

宋史宗室有「趙不悥」。無悥字。

夏國傳:「諒祚在位二十年,諲都六年,拱化五年。」無諲字。

「熙寧五年閏七月,夏人瞎藥棄城夜遁。」無瞎字。

「政和四年冬,環州定遠大首領哆夏人李訛哆以書遺其國統軍梁哆唛。」無哆字。

交阯傳:「咸平四年,以象獅二來貢」。無獅字。

三佛齊傳:「唐天祐二年,授其使蕃長蒲訶㗉寧遠將軍。」無㗉字。

注輦傳:「天禧四年,遣使琶欄得麻烈呧入貢。」無呧字。

于闐傳:「嘉祐八年,遣使羅撒溫獻方物,以其國王爲特進歸忠保順�064鱗黑韓王。于闐謂金翅鳥爲�064鱗。」無�064字。

党項列傳:「李繼遷寇洪德砦,酋長慶香與乩彝慶族合勢擊之。」無乩字、彝字。

「銀州羌部招跋遇〔一〕來，訴賦役苛虐。」無跋字。

趙思忠傳：「熙寧七年，封其子邦辟勿丁呃曰徒義〔二〕，次蓋呃曰琜義〔三〕。」無呃字、琜字。

南丹州傳：「開寶七年，酋帥莫洪舋遣使奉表內附。」無舋字。

西南夷傳：「咸平元年，其王龍漢曉遣使來貢。」無曉字。

遼史嘉儀志：「二月一日，國舅族蕭氏設晏延國族耶律氏。六月十八日，耶律延舅族蕭氏，歲以爲常，謂之怵里㕑。」怵里，請也。㕑，時也，㕑讀若顏。無㕑字。

遊幸表：「猱醎鹿，灑醎於地以誘鹿。」無猱字。

金史始祖下諸子曺本，名阿里刺。無曺字。

熙宗下大臭，本名撻不野。無臭字。

宜者傳梁琥。無琥字。

兵志「蘇謨典糺、咩糺」。無糺字。

又「俗謂妻爲薩薩」。北魏書有廣宗族王薩。無薩字。

元史「太祖第四子㤓雷」。無㤓字。

百官志「倈不思置副使一員」。無倈字。

〔一〕 「招跋遇」，今宋史黨項列傳作「拓跋遇」。

〔二〕 「徒義」，宋史趙思忠傳作「懷義」。

〔三〕 「琜義」，宋史作「秉義」。

食貨志「太祖弟孛羅古鎖大王子」。無鎖字。

高麗傳「憲宗末，其王愭改名暺」。無暺字。

明史：「永樂四年，征安南，俘獲黎季犛父子。」無犛字。

「嘉靖七年，破倭賊於陸涇壩。」無壩字。

「萬曆十五年，秀水思賚鄉有異鳥，人頭鳥身，頷下有白鬚。」無頦字。

又「朝鮮王李昖酗酒於酒。」無昖字。此見於正史者也。

山海經「虢山多汵石。」端水出焉」，郭注：「汵，或音金。」無汵字。

「吳姖天門，日月所入。」又「金門之山，有人名曰黃姖之尸」。無姖字。

「翼望之山，有獸焉，其名曰讙，其音如奪百木。」御覽作「泵百聲」。無讙字、泵字。

「穆天子傳舍于漆澤。」無澤字。

「故天有嵩」。無嵩字。

「北遊于猗子之澤。」無猗字。

「至于長泧，重﨣氏之西疆。」無泧字、﨣字。

「瑹瑤」，注曰：「玉名。」無瑹字。

「玲瑻」，注音鈴瑻。無瑻字。

「蠿驪」，注「疑驒驪字。」「赤黿」，注「古驪字」。「黿溲。」注「今西有渠搜國。黿疑渠字。」「祭公飲天

子酒，歌閟宮天之詩。天子命歌南山有臺。」注曰：「詩頌有昊天有成命，小雅有南山有臺。」雖古字

難曉，皆無其字。

竹書紀年「襄王三十年洛絶于涸」。無涸字。

齊侯鎛鐘銘「其配襲公之妃而餒公之女」。無妃字、餒字。

王子吳鼎銘「擇其吉金，自作飼鼒」。無鼒字。

管子「桓公九合諸侯，南至吳、越、巴、牂牁、㠜不庚」。無㠜字。

「韓韓乎莫得其門。」無韓字。

「泮龍夏。」無泮字。

「深漐之。」無漐字。

「攫權渠絚緤。」無絚字。

「必從是翳亡乎」，房玄齡注：「翳即臭。」無翳字、臭字。

荀子「神襘其辭」，「禹行而舜趨」，注：「即沖澹。」無神字、襘字。

「大古薄葬，故不搯。」無搯字。

「造父爲御，裔冏爲右」。無裔字、冏字。

韓非子「魯穆公曰：吾聞龐絪氏之子不孝」。無絪字。

鶡冠子世兵篇「細故裂削卽懲薊」。無薊字。

天權篇「駒蟄垂輙」。無駒字、輙字。

楚辭天問:「昆侖縣圃,其尻安在。」尻與居同,無尻字。

呂覽「堯命質爲樂鼓椌,乃拌五絃之琴,爲十五絃之瑟」。無椌字。

「以黃金殳者殆」。無殳字。

孫恉引呂覽「輢輢啟啟」。無輢字、啟字。

秦惠王詛楚文「新郪及郲」,無郲字。

「張矜忿怒。」忿音府,無忿字。

尚書大傳「談然作大唐之歌。」無談字。

淮南子修務訓「嗑瞑哆喝」,高誘注:「嗑音權。」無嗑字。

又「野堯有芫菁。」無菁字。

主術訓「寸生於稞,稞生於日」。無稞字。

又「趙武靈王貝〔一〕帶鷄鷨而朝」,注:「鷄鷨,讀曰私鈚。」無鷨字

原道訓「甚淖而滒」,注:「音歌。」無滒字。

俶真訓「昧昧琳琳」。音林。無琳字。

又「重九勳」,注:「音整〔二〕,形也。」無勳字。

〔一〕 「貝」字,原作「革」,據淮南子主術訓改。　　〔二〕 淮南子俶真訓高注無「音整」二字。

時則訓「田鼠化鴽」,注:「田鼠,鼢鼠鼠也。」無鴽字。

兵略訓「深哉眴眴」。無眴字。

泰族訓:「湯之初作囿也,以奉宗廟鮮犥之具」,注:「乾肉爲犥。」無犥字。

焦氏易林「噬嗑噬嚛,昧冥相搏」。無嚛字。

「兩心相悅,共其茀蔀」。無蔀字。

白虎通「冠棬也。所以棬持髮也」。無棬字。

春秋考異郵「璠珚吸褚」。褚,芥也。無褚字。

揚子法言「通諸人之嗑嗑者,莫如言」,注「嗑嗑,猶憒憒也」。無嗑字。

方言「殇㑋,倦也」。無㑋字。

「矑瞳之子曰顀」,注「顀,遾也」。無顀字。

「守宮,秦晉西夏或謂之蠦蠬」。無蠬字。

「幒頭或謂之繄帶」。繄音菜。無繄字。

「鶛鴿,自關而西或謂之鶉鴯」。無鴯字。

「妭,齊魯之閒謂之簀」。無簀字。

王充論衡「鮭肝殺人,鮍蛓螫人」。無鮍字。

黃憲外史「向者豻豝之勞」。無豻字。

「夫仙者潛于山澤之閒，垢衣膩形」。無膩字。

「尤射命澳，錫我以言」。無澳字。

「徐偃王志遂蚺蜋成小兒」。無蚺字。

說苑「晉平公爲蚺蜋之車，田茗三過而不觀」。無茗字。

拾遺記「薄乘草可爲布爲席」。無薄字。

水經「溶溶夜緬」。無緬字。

酈道元洋〔一〕水注「虞翎至下辨，燒石檞木，開漕船道」。無檞字。

遼水注「臨渝縣，渝水南流，東屈與一水會，世名之曰檻倫水。」無檻字。

沂水注「桑泉水逕蒙陰縣故城北，又東南與夐固水合。」無夐字。

湘〔二〕水注「湘水又東，得洮口水，出永昌縣北羅山。」無洮字。

漸江注「始寧縣西有小江，源出㟋山，謂之姚浦。」無姚字。

「浦陽江逕始寧縣嶹山之戎工嶠。嶠北有嶹浦。」無嶹字。

博物志「鶴雎頹鮀耳」。無鮀字。

周處風土記「鷩鵍以名自呼，大如鷄，生卵於荷葉上。」無鵍字。

博雅「柊楑，椎也」。無柊字。

〔一〕「洋」字，水經注作「漾」。

〔二〕「湘」字，原作「資」，據水經湘水注改。

「菝，冬瓜也。」無菝字。

「羊羊吽吽，螳蜋也。」無吽字。

齊民要術「自然蘗，禹餘糧也」。無蘗字。

「粗粃䊇湙。」無湙字。

「榆十五年後，中爲車轂及葡萄㮯。」無㮯字。

地軸占「營室一名娸鮨」。無鮨字。

伏羲與阮籍書「重臘難極，管短幽密。」無臘字。

高文惠與婦書「今致金鑽一雙」。無鑽字。

稽康與山巨源絕交書「足下舊知吾潦倒蒡疏，不切事情」。

做之。至于堯蒡酒皿等古字，亦有所本」。無蒡字、皿字。

晉庾翼與燕慕容皝書「今致朱漆釽二十張」。無釽字。

陸雲答車茂安書「烝石首矑鰠」。無矑字、鰠字。

王羲之帖「鸜鵒糞白，去眵䴑瘲厭；令人色態」。無䴑字。

宋吞道元箋「左崎右㟪，嬾同山岳」。無㟪字。

鮑照謝賜藥啟「猥委存郵，羸弱相負」。無羸字。

黄庭内景經「玉笈金籲長完堅」。無笈字。

湯垕曰：「叔夜書，唐世尚在，懷琳得以

世説：「阮步兵登蘇門山，退還至半嶺，聞上啁然有聲，如數部鼓吹。」無啁字。

世説新語：「林公道王中郎云：『著膩顔帢絎布單衣。』」無絎字。

梁僧慧皎荅王曼穎書：「來告吹噓，更增慚懼。」無懼字。

劉孝儀代謝賜鵶鵠啓：「口疑犀欀，脚似魚懸。」無欀字。

張衡西京賦「集重陽之清澂」。無澂字。

成公綏嘯賦「訇磕唧嘈」。無唧字。

梁元帝採蓮賦「水濺蘭橈，蘆侵羅襭」。無襭字。

又梁安寺刹下銘：「薩埵來遊，屢徘徊於紺馬。」梵云薩埵，此云有情。無埵字。

潘岳滄海賦「鮐鰍鯷鰈」。無鯷字。

李白大獵賦「別有大狷飛駮，窮奇貙猏」。無猏字。

樊宗師絳守園池記「陣緗孤顥」。無緗字。

元結唐亭銘。無唐字。

山堂肆考：「唐王釗守洛州，給王帑布一端。」帑音兹。無帑字。

格物論：「六月生羊曰羜，七月生羊曰拳。」無拳字。

説郭「南方有人名曰䐡，所之國大旱。」無䐡字。

本草圖經：「海罏筐，石決明之類也。其形圓如罏筐，故名。」無罏字。

埤雅「皁蠶，一名蜻蜓」。蜻音勃。無蜻字。

廣志「稴麥似大麥，出涼州」。稴音宛。無稴字。

文獻通考「麻衣道者正易心法一卷。朱侍講云：南康戴主簿師禹撰。乃不唧𠺕底禪、不唧𠺕底修養法」。無唧字。

一統志：「唐阿㖿馬，龍州人，撰爨字韻書」。無㖿字。

興化府絺山在莆田大海中，與琉球國相望」。無絺字。

孟艮府，蠻名孟揑。」無揑字。

雲南府交易用貝，俗呼貝作𧵅。」無𧵅字。

騰衝指揮使司東南五里有球牟山」。無牟字。

黃省曾魚經「緵戶以稍長魚苗曰䕵䲙。」無緵字、䕵字。

王僧達依古詩「少年好馳俠，旅宦遊關隙。」無隙字。

劉晝曰：「牽石抒舟，必歌噓噢。」古詩紀有噓噢歌。無噢字。

宋之問遊法華寺詩「二鶖鶬古今」。無鶖字。

韓昌黎答柳柳州詩「雖然兩股長，其如背瘡姚」。無姚字。

皮日休千言詩「耀景或如薆」。無薆字。

李賀開愁歌「莫受俗物相嗔㹡」。無㹡字。

李商隱詩「欄藥日高紅髲鬆」。無鬆字。

宋謝希孟詞：「雙槳浪花平，夾岈青山鎖。」無岈字。

元吳萊觀秦鄒嶧山刻石木本碑詩「楚金埏區猶踏蹜。」董逌言程邈四簡篆書彌扁應勢。玉篇蠵與蜾同字，亦作蠵。無蠵字。

又如泰山碑「親巡」作「寴輶」；漢樊敏碑「傾」作「頃」，「律」作「律」；衡方碑「委迆」作「禕隋」；楊厥碑「啓」作「𢾅」，「繼」作「継」；唐扶碑「典墳」作「典賁」，戚伯著碑「筆」作「𥮋」，「中」作「𠔧」，「龜」作「鼃」；劉修碑「基」作「墨」；李翕碑「屢」作「婁」，袁逢碑「防」作「房」；祝睦碑「袆」作「䎬」，孔耽碑「字」作「字」，「典」作「禽」作「离」；扶風縣夫子廟碑「子」作「𡦗」，「唐」作「𤡰」，「遊」作「逖」；孔宙碑「終」作「綯」；北海相碑「曹」作「蕭」；淮廟碑「齋」作「𪗭」；唐公房碑「鼠」作「𪕏」；熊君碑「爵」作「𤖕」；費汜碑「氏」作「妣」；度尚碑「禄」作「褖」；袁良碑「楚」作「梺」；靈臺碑「恢」作「返」；高彪碑「道」作「逪」，又𠔁倉子「終」作「𩮀」，「㣈」作「學」，「害」作「炗」，「萬」作「傘」，「共」作「雙」，「執」作「齔」，「衡」作「夌」，「爲」作「𣶒」。皆無其字。

如此類者，不可勝數，所謂「闕者補之」，安在哉？至其謬誤處，頗列其尤者於後。閱者當分別參之，取證於經史，毋遂據爲確然也。

正字通二

1. 薨，注云：俗字。舊注音畏〔一〕。汎云草名，泥。

按：易泰初曰「以其彙征，吉。」古文彙作薨。傅氏注曰：「薨，古偉字，美也。」

2. 鞏，注云：同犨，俗省。舊注音冗，與氈同。後犨注引正譌俗作氈，非。不知鞏卽犨之譌省，分爲二，誤〔二〕。

按：周禮司裘「中秋獻良裘」，鄭注曰：「中秋，鳥獸鞏毨，因其良時而用之。」陸德明曰：「鞏音毛。」賈公彥曰：「中秋鳥獸鞏毨，此是尚書堯典文。」據此，鞏蓋古毛字。若謂鞏同氈，當是中冬，安得謂中秋卽氈毨乎？新舊注皆謬。

3. 帗，注云：袞字之譌。

按：詩摻木云「葛藟縈之」，陸氏曰：「縈，本又作帗，烏營反。」非譌字也。

4. 個，注云：俗字。舊注音科〔三〕。美也。誤。

〔一〕 「畏」字，正字通作「煨」。　〔二〕 「誤」字，原作「非」，據正字通改。　〔三〕 「科」字，原作「蒩」，據正字通改。

5 瘁，注云：俗疒字。

按：詩「我心憂傷，惄焉如擣」，毛傳曰：「擣，心疾也。」陸氏曰：「擣，丁老反，本或作瘁。」韓詩作疛，除又反。義同。」

6 昴，注云：音卯，西方宿。又尤韻，音俻。

按：詩「維參與昴」，毛傳曰：「參，伐也。昴，畱也。」陸氏曰：「昴音卯。徐又音茅，一名畱。畱，如字。」史記律書曰：「北至于畱，言萬物之稽畱也，故曰畱。」舊注音畱，本此。又毛詩並無力求切也。

詩召南維參與昴，叶下裯，猶。舊注音留，因毛詩叶力求切而誤。

7 矜，注云：音京，矛柄也。別作𣎜。

按：詩「三矛重英」，陸氏曰：「矛，莫俟反。」方言「矛柄謂之矜」，郭璞注曰：「矜，音巨巾反。」據此，則矜當讀爲鰥，音京者非也。考工記圖「秦無廬」，鄭注：「秦多細木，善作矜柲。」賈氏曰：「矜柲者，竹欑柲也。」欑謂柲之入鈘處，柲即柄也。方言「即矛刃下口是也。」吳棫韻補曰：「矛，冒也。刃下矜也。」是矜當音鈘矣。正字通於矛字注乃云「吳氏說非」，不知其本於方言也。

8 蚔，注云：舊注音池，蟓子。引周禮祭祀共蠯蠃蚳。内則蚔醢。今考國語：里革曰：魚禁鯤鮞，蟲舍蚔蝝。由此推之，祭祀豆實，禮尚芳潔。蚔當是〔一〕水中介蟲，如蛤蜊蟶〔二〕蠾之類。非蝛〔三〕子，

〔一〕「是」字，據正字通補。

〔二〕「蟶」字，原作「蚶」，據正字通改。

〔三〕「蝛」字，原作「蠵」，據正字通改。

無疑。

按：詩「成是貝錦」，傳曰：「貝錦，錦文也。」鄭箋曰：「云錦文者，文如餘泉、餘蚳之貝文。」陸氏曰：「蚳，直基反。貝黃白文曰餘蚳。」禮祭統「陸產之醢」，鄭注曰：「陸產之醢，蚳蝝之屬。」周禮「醢人，饋食之豆蜃蚳」，蚳即餘蚳之類也。藝文類聚引爾雅「餘蚳」，音治。相貝經曰：「南海貝如珠礫，或白駮。其性寒，其味甘。」陸璣詩疏曰：「貝，水中介蟲也，龜鱉之屬。」張衡西京賦：「摎蓼浬浪，乾池滌藪。上無逸飛，下無遺走。」獲胎拾卵，蚳蝝盡取。」庚闓揚都賦：「其中則有靈蛟白黿之族，種繁六眸，類豊三足。寄居負敖，鸚螺脫骨，餘泉如輪，文蚳如琢。」則夫味甘性寒，堪充醢豆者，必是物也。

9 髑，注云：俗字。韻會：膘或作髑。舊注：胡了切，水臁也。又與骹同。

按：詩「徒御不驚，大庖不盈」，毛傳曰：「自左膘而射之，達于右腢，爲上殺。射左髀達于右髑，爲下殺。」陸氏曰：「膘或作髂，胡了反。一本作骹。呂忱于小反。」乃不考古注，並以爲非，何也？

10 銚，注云：音挑，農器。舊注泥，正韻音姚。非。

按：詩「庤乃錢鎛」，毛傳曰：「錢，銚也。」陸氏曰：「銚，七遙反。何士荛反。沈音遙。」正義曰：「世本垂作銚。宋仲子注云：刈也。」正韻音姚，不誤。

11 兇，注云：舊注同兇。按集韻收兇，孔宙、楊統碑或作兇〔一〕，皆譌文。闕可也。

〔一〕「兇」字，正字通作「兇」。

按：「詩『稱彼兕觥』，陸氏曰：『兕字又作觥。』爾雅『觥似牛』。觥同兕，非誤文也。鄭元肥水注：『倉光都水，是營是作。』朱謀㙔箋曰：『史記齊世家云『蒼〔一〕兕蒼兕，與〔二〕爾舟楫。王充論衡作倉光，云是水中獸也。』不審光乃兂字之譌耳。説文：『兕如野牛，其皮堅厚，可制鎧。』蓋當時軍士以兕為鎧，因呼曰蒼兕蒼兕，總爾衆庶，與爾舟楫，後至者斬爾。即謂蒼兕夫也。乃以為水中之獸，善覆人船。大謬。

12、犧，注云：音希。通雅：犧尊，音〔三〕娑。孫恆五歌韻收之。此緣鄭注禮器畫作鳳羽娑娑然，故音娑耳。南史劉杳傳：刻木為獸形，鑿頂及背以出納酒。阮諶三禮圖畫爲牛象。則犧讀〔四〕本音，無娑音。

按：文廟禮樂志曰：『詩犧尊將將，毛傳曰：犧尊，沙飾也。言沙牛飾尊。而先儒謂沙羽飾，畫爲鳳凰之形。誤矣。』蓋牛有二種，一曰沈牛，牛之善水者也。一曰沙牛，俗亦謂之黃牛。且言有沙飾也，似不爲全牛，若今牛鼎有牛之飾而已。王肅云：『太和中魯郡於地中得齊大夫子尾送女器，有犧尊。以犧牛爲尊。』則是製爲犧牛，於背納酒，於頂出之也。莊子外篇曰：『百年之木，破爲犧尊，青黃文之也。』是犧尊有青牛黃牛之飾矣。毛傳沙飾，蓋沙牛也。

13、叜，注云：叜字之譌。叜音滔。

〔一〕「蒼」字，原作「倉」，據史記齊世家改。

〔二〕「與」字，原作「總」，據齊世家改。

〔三〕「音」字，原誤「因」，據正字通改。

〔四〕「讀」字上，原有「當」字，據正字通刪。

14 按：青衿詩曰：「佻兮達兮。」說文引詩曰：「㒖兮達兮。」㒖卽佻，古今字也。非㚅字之譌。

㚅，注云：音刟。曲禮：介者不拜[一]，爲其拜而㚅拜。舊注訓詐，非。㚅，俗本曲禮[二]譌作㚅。舊

按：曲禮「爲其拜而㚅拜」，鄭注曰：「㚅則失容節。」陸氏曰：「㚅，子臥反。又側稼反。」

本草部㚅重出，宜刪。

15 鏊，注云：音謀[三]瓦器。舊注：鏊，土釜，以木爲之，象土釜形。誤。

按：〔内則〕[四]「敦牟」鄭注曰：「牟讀曰堥。」陸氏曰：「齊人呼土釜曰堥[五]。」孔疏曰：「隱義云：堥，土釜也。今以木爲器，象土釜之形。」舊注本此。

16 㲋，注云：謁字。舊注：音獵，車㲋以御風塵。誤。

按：周禮巾車「掌公車之政。輦車組輓有㲋」鄭氏曰：「有㲋，所以御風塵。故書㲋爲㲋。杜子春

云：當爲㲋，書亦或爲㲋。」陸氏釋文：㲋、㲋、並音獵。」舊注本此。

17 臁，注云：俗字。舊注音産，脞臁羹也。沿集韻、韻會而誤。

按：〔内則〕「雛燒」孔疏曰：「火中燒之，然後調和，若今之臁也。」

18 莎，注云：音梭。曲禮：共飯不澤手。鄭注：澤，謂按莎也。一說按莎當作挼抄，兩手相切摩也。舊

〔一〕「拜」字，原作「𢪊」，據曲禮及正字通改。按語中拜字同。　〔二〕「本曲禮」三字，據正字通補。　〔三〕「謀」字，原作「牟」，據正字通改。　〔四〕「内則」，原誤「曲禮」，據禮記內則原注文改。　〔五〕「堥」字，內則陸氏釋文作「牟」。

注〔一〕接抄附莎注,誤。

按:郊特牲曰:「汁獻涗于醆酒。」鄭注:「獻當讀爲莎,齊語,聲之誤也。秬鬯者,中有煮鬱和以盎齊,摩莎泲之,出其香汁,因謂之汁莎。」是接莎猶摩莎,皆作莎。

19 梂,注云:音飫,桊屬〔二〕。陳澔集說:梂,一名斯禁,見鄉飲酒禮鄭康成曰:梂,斯禁也。大夫斯禁,士梂禁。鄭以禮器廢禁,爲廢去其禁。

按:禮器「天子諸侯之尊廢禁,大夫士梂禁」,注曰:「廢猶去也。梂,斯禁也。謂之梂者,無足有似於梂。大夫用斯禁,士用梂禁,專爲天子諸侯之尊而言。豈并士大夫亦廢之哉?何云鄭誤?

20 燋,注云:俗焦字。凡經傳作燋者,皆贅文。誤,不自說文始。

按:周禮春官菙氏〔三〕:「掌燋契以待卜事」,注曰:「士喪禮:楚焞置于燋,在龜東。」燋謂炬也。大雅縣之詩「爰契我龜」,正義曰:「卜用龜,以楚焞之木燒之於燋炬之火,既然,執之以灼龜。」又燕禮「宵則庶子執燭於阼階上」,注曰:「燭,燋也。」賈氏曰:「古者無麻燭,而用荊燋。」故少儀云:「主人執燭抱燋。」鄭注:「未爇曰燋。」燋與焦義各不同。燋字从火从雋,亦如木之有樵,水之有湫,土之有墥也。豈可盡爲贅乎?

21 閭,注云:音廬。爾雅:巷門謂之閭。讀書通驫通作閭,非。

〔一〕「注」字,正字通作「本」。

〔二〕「屬」字下,正字通有「承酒尊器」。

〔三〕「氏」字,原誤「人」,據周禮改。

按：鄉射禮：「君國中射，則皮樹中。于郊則閭中。」陳祥道禮書：「閭如驢之一角。」山海經「縣雍之山，獸多閭麋」，郭注：「閭即羭也，似驢而岐蹄，周如麢羊，一名山驢。」周書「北唐以閭」，南史滑國傳「野驢有角」，皆卽閭也。

22 匴，注云：舊注：酸上聲，淥米箕。誤。儀禮士冠禮匴類，蓋盛物之器，非籧篍也。

按：士冠禮「爵弁、皮弁、緇衣冠各一匴」，鄭注：「匴，竹器名，今之冠箱也。」古文匴爲篹，素管反。汎云筥類，非。

23 㼌，注云：同籨，音奐，柔皮革也。正譌：治皮革者以瓦爲竈，反覆熏揉之，故从四瓦。舊本穴部，譌作篹。正韻收篹，闕㼌。竝非。

按：考工記「攻皮之工，函鮑韗韋裘」，鄭注曰：「鮑，書或爲鞄。蒼頡篇有鞄㼌。」賈氏曰：「按藝文志蒼頡七篇，李斯作，鞄㼌是其一篇，內有治皮之事。」又按吳錄曰：「皇象與人論草書曰：欲見草書，宜得精毫篹筆，委曲宛轉不判散者。」篹筆之篹，亦可从四从瓦乎？以篹爲㼌之譌，非。

24 蟄，注云：同輮，本作輮。毛詩作輮，非。舊本譌作蟄，非。

按：既夕禮「志矢一乘，軒輖中亦短衛」，鄭注曰：「輖，蟄也。」賈氏曰：「鄭讀輖從蟄，以其車旁周，非是軒輕之輕，故讀從執下至」執，古勢字也。

25 洗，注云：音徒，承水器，其形若盤。古皆稱盤匜〔一〕，不謂之洗。盤言其形，洗言其用也。

〔一〕「盤匜」正字通作「匜盤」。

26　轙，注云：俗字。舊注：音操，蒼色飾車。又音總，義同。又音早，車飾有華藻。竝非。

按：周禮巾車「藻車、藻蔽」，鄭氏曰：「故書藻作轙。杜子春轙讀爲華藻之藻。玄謂藻，水草蒼色。以蒼繒爲蔽也。」陸氏釋文：「轙音總。又音藻。」

27　挫，注云：俗字。

按：特牲饋食禮「膚三離肺一」，鄭注曰：「離，猶挫也，小而長，午割之。」又既夕禮「陳鼎五於門外，其實羊左胖離肺」，注曰：「挫離。」挫，苦圭反。非俗也。

28　獿，注云：舊注：與猱同。引樂記獿雜子女。按樂記獿本作獶。獶者，獿之譌。獿俗省作猱。謂獿同猱，非也。

按：樂記「優雜子女」，鄭注曰：「優，當作獶，言舞者如獼猴戲也。」此鄭注及孔疏皆誤也。樂記「優雜子女」，據哀二十五年傳「公使優狡盟拳彌」，注曰：「優狡，俳優也。」襄六年傳「宋華弱與樂轡少相狎，長相優」，注曰：「優，調戲也。」正

按：儀禮士冠禮曰「夙興設洗，直于東榮。」鄭注：「洗，承盥洗棄水器也。」賈氏曰：「按漢禮器制度，洗之所用，士用鐵，大夫用銅，諸侯用白銀，天子用黃金也。」今云「古皆稱盤匜，不謂之洗」，則夙興設洗，此時尚未盥手，何遽先謂之洗乎？又按少牢云：「司宮設罍水於洗東，有枓。」若使洗言其用，又何以有洗東乎。博古圖及彝器欵式周有七星洗，漢有陽嘉洗，宜子孫洗，則皆謂之洗明矣。

義曰「二十八年傳稱慶氏之徒觀優至于魚里。是優爲戲名也。」優雜子女，言俳優調戲雜于子女，不必其爲獼猴也。鄭謂優當作獶，蓋據長鄉之舞而言耳。古豈必有獼猴子女之舞哉？至以獶爲獶謂，俗省作猱。則《小雅》「教猱升木」，豈俗字哉？

29 麆，注云：「柤字之謂。」舊注。

按：《曲禮》「君車已駕，僕展軨」，陸氏曰：軨，歷丁反。盧云：車轄頭柤也。舊云車欄也。」又《淮南子氾論訓》「柤梐嬴蓋，經營萬乘之主」，柤正非柤謂也。

30 捂，注云：「音悟，相抵觸也，逆忤也。」

按：《儀禮·既夕禮》曰「若無器，則捂受之」，陸氏曰：「捂，吾故反。」注云：「捂，迎也。」賈氏曰：「捂受之捂，即逆也。對面相逢受也。」捂又與悟同。《天官書》「其人逢悟化言」，注云：「悟，迎也。」又與軤通，《史記晉世家》「軤射爲右，軤，迎也。」索隱：音五稼反，讀爲訝。鄒誕〔一〕音或額反〔二〕，讀爲逆。皆訓爲迎。則近受即逆受，義當如逆女、逆河之逆，乃以爲逆忤，謬矣。

31 翱，注云：俗字。舊注：音柔，忍也。誤。

按：《鄉射禮》「君國中射則皮樹中，以翱旌獲」，鄭注：「皮樹，獸名。以翱旌獲，尚文德也。」又按劃與翱同，見賈公彥疏。劃宜從刀，作從刃，非。

32 翚，注云：音黃。《說文》：樂舞，以羽翱自翳其首。

〔一〕「鄒誕」原作「鄒誕生」，據《史記索隱》改。　〔二〕「或額反」《史記索隱》作「五額反」。

按：周禮「樂師，有皇舞」注曰：「故書皇作翌。」蓋卽古鳳字也。隋音樂志：「文舞六十四人，十六

人執翌，十六人執䍽，十六人執䍽，十六人執羽。」若汎以羽翻釋之，執羽執翌，何所別乎？

33 潹，注云：息有切。內則：潹瀡以滑之。瀡，須倫切。

又瀡注云：倉公傳流汗出潹。瀡，須倫切。

按：內則「潹瀡」，當息有切。史記倉公傳[一]曰「蘭根與白芷納[二]之潹中」，徐廣曰：「潹，淅米汁也。」音先糾反。」此當讀爲息流切。史記三王世家[一]曰「流汗出潹。潹者，去衣而汗晞也。」索隱曰：「潹，劉氏音巡。」當作須倫切。潹、瀡兩注，並引倉公傳，非也。史本作潹。改潹爲瀡，亦非也。

34 䐹，注云：音威。鹿乾肉。一曰鹿之美者。

按：內則「切蔥若薤，實諸醯以柔之」，鄭注曰：「今益州有鹿䐹者，近由此爲之矣。」陸氏曰：「䐹，於僞反。益州人取鹿，殺而埋之地中，令臭，乃出食之，名鹿䐹。」後人因制䐹字，當讀爲威上聲。音威，非。

35 辵，注云：音綽。說文：乍行乍止也。讀若《公羊傳》辵階而走。

按：《儀禮公食大夫禮》曰「賓栗階升，不拜」，鄭注：「栗，實栗也。不拾級而下曰辵。」賈氏曰：「君臣急諫諍，則越三等爲辵。」說文「乍行乍止」之訓，非。

36 媎，注云：音楷。孋媎，短也。又孋注云：孋，俗字。

〔一〕「三王世家」原作「三王世家傳」，據《史記》刪「傳」字。

〔二〕「納」字，《史記》作「淅」。

按：野客叢談曰：「黃魯直詩『缺矮金壺肯持送』，按莎殘菊更傳杯。」注詩者但知引玉篇注缺，短也。矮，不長也。不知此二字見春官附音注下，謂缺缺上皮買反，下苦買反。方言桂林之間謂人短為缺缺。缺正作矮字呼也。今按典同陂聲高[一]，現有缺矮二字，不煩呼缺為矮。又曲禮共飯不澤手，注澤謂挼莎也。黃魯直謝楊景仁惠酒器詩缺矮、挼莎，並用禮注。據此缺當音矮，云音楷，非。

37　缺，注云：紙韻音鬼，卷幘也。儀禮緇布冠缺。舊本缺下贅項字，與本經牴牾。韻會：缺通作頍。竝非。

按：儀禮士冠禮云：「緇布冠缺項青組，纓屬于缺。缺音頍，去藥反。鄭氏曰：『缺讀如有頍者弁之頍。』」又按喪服傳「且絰」，注曰：「首絰，象緇布冠之缺項。」缺下有項字，蓋經文也。乃謂與本經牴牾，何大謬也？

38　靲，注云：音琴。說文：鞮也。

按：士喪禮「幕用疏布，繫用靲。幕用葦席，帶用靲」，鄭注：「靲，竹篾也。」賈氏曰：「按顧命敷重篾席，即此靲篾也。」注引說文之鞮屨，非也。

39　醋，注云：醋別名也。

按：周禮大行人：「上公之禮，廟中將幣三享。王禮，再祼而酢。侯伯之禮，一祼而酢。諸子諸男說文以醋為醶醋字，酢為酸漿。今不從，互見前酢注。

〔一〕「陂聲高」，周禮典同作「陂聲散」。

之禮，一祼不酢。」又「司尊彝」，「皆有罍，諸臣之所酢也」。詩大雅「或獻或酢」。小雅「萬壽攸酢」。易

繫「可與酬酢」。書顧命「秉璋以酢」，孔傳曰：「報祭曰酢。」此以酢爲醻酢裸酢者，經傳皆同，而許

氏說文「酢，醶也」。「醋，客酌主人也。在各切。」此當日字之偶誤，想是「醋，倉故切」，適

誤寫醋耳。徐炫疑其說，爲之注曰：「今人以酢爲醻酢字，反以醋爲酢，時俗相承之變也。」正字通

不信經傳，但云「酢爲酸漿，今不從」，謬矣。禮運曰「以爲醴酪」，鄭注「酪酢戴」，陸氏曰：「酢，七故

反。」是酢亦有醋音，非卽爲醋矣。　　又醳注云：俗綵字。舊注

40　醳，注云：音律。以竹爲索，用維舟。舊注：音率，絴也，帛也，誤。

引爾雅緋，絴也，誤。

按：玉藻「士練帶率下辟」，鄭注：「率，絴也。士以下皆禪不合而絴積。」孔[一]氏曰：「率下辟者，士

用執帛練爲帶，其帶用禪帛，兩邊絴而已。絴謂緶緝也。」漢律曰：「綺絲數謂之絁。」又繒長者曰

絁。舊注以絴用禪帛而有繒采，故云「絁也，帛也」。何云誤？又緋絴也，爾雅文。何云俗？

41　能，注云：與耐通。晁錯傳：胡貉之人性能寒，揚越之人性能暑。

按：樂記「人不耐無樂，樂不耐無形。形而不爲，道不耐無亂。」鄭注：「耐，古能字也。」後世變之，

此猶存焉。

42　湊，注云：同渦。舊注：音阿，渴也。誤。

〔一〕「孔」字，原作「賈」，據禮記玉藻孔穎達正義改。

按：考工記「㡛氏」「湅絲以涗水，漚其絲」鄭注：「漚，漸也。楚人曰漚，齊人曰涹。」賈疏：「齊人曰涹者，亦是漚義。」陸氏曰「漚，烏何反。又於僞反。」乃以爲同渦，非矣。

43 碫，注云：「懇去聲。」正韻：石有痕曰碫。

按：周禮典同「凡聲高聲碫」，注「故書碫作碪」者，杜子春讀碫爲鐾鎗之鐾。陸氏釋文：「碫音顈，又苦耕反。《字林音限。》」無有作「懇去聲」者。

44 揀，注云：揀字之譌。舊注音董，訓擊，非。佩觿集：揀，都公反，打也。不詳揀所自出，訓打亦非。

按：周禮大祝「辨九擽，四振動」，鄭大夫曰：「動讀爲董，以兩手相擊也。」又都萌天文訓曰：「河鼓一名提鼓，一名天董。」是董亦擊鼓之義。又郭璞注爾雅曰：「柷如漆桶，有椎柄，連底挏之，令左右擊。」挏，平聲，猶揀之都公切也。據此，則揀之訓打，良有自矣。

45 鬯，注云：鬯主秬言，則爲秬鬯。主鬱言，則爲鬱鬯。或據禮記鬱合鬯、蕭合黍稷之文，謂鬯亦香草。非也。

按：唐孔氏曰：「鬯者，鄭氏之義，則爲秬黍之酒，其氣調鬯，故謂之鬯。」以例言之，則鬯是香草。記云：「天子鬯，諸侯薰，大夫蘭。」詩傳則謂鬯是香草。王度記云：「鬯草生庭。」孝經援神契云：「德及於地，嘉禾生，蓂莢起，秬鬯出。」鬯是草，故周禮有鬱人，又有鬯人也。

46 紞，注云：同緇。檀弓「紞衣」，注：絲衣也。又緇注云：別作紞。

按: 士冠禮「純衣緇帶」, 賈疏「古緇、紂二字並色。若據布爲色者, 則爲緇字。若據帛爲色者, 則爲紂字。」

47 郇, 注云: 舊注鄉名〔一〕。又音皓, 邑名。在南陽。按漢志南陽縣三十六, 無郇縣。舊注沿篇海, 水經注「灃水出南陽雉山, 又東與皋水合。水出皋山」, 則是皋鄉在南陽也。後人加邑作郇, 舊注郇鄉、郇邑, 初不云縣, 何爲非?

並非。

48 邧, 注云: 音原。左傳秦人伐晉, 圍邧、新城。

按: 文四年傳「晉侯伐秦, 圍邧新城」, 杜注「秦邑。」秦本紀「與魏戰元里」, 正義曰「邧城〔二〕在同州澄城縣界。」邧, 秦邑, 而晉圍之。此云「秦伐晉圍邧」, 誤。

49 閿, 注云: 弘農湖縣有閿鄉。漢書謂作閺。舊注〔三〕: 唐志閿鄉縣屬陝州潼關。正作閿。後漢建安中改作閺。不詳考唐志, 謂作閺。建安中改閿爲閺, 非改閺爲閿。潼關在陝西, 今陝西二十一州, 無陝州名。

按: 前漢武五子傳「以湖閿鄉邪里爲戾園」, 孟康曰「閿, 古閿字。」從門中昊。建安中正作閺。後漢郡國志弘農湖縣有閿鄉。魏志「衛顗字伯儒」, 明諸書無作閿者, 僅見此注, 則閿乃閺之譌耳。

〔一〕「鄉名」原作「郇鄉」, 據正字通改。

〔二〕「邧城」, 史記正義作「祁城」。

〔三〕「舊注」兩字, 正字通無。

帝封閭鄉侯」，則建安來皆作閭，未嘗作聞，可知。唐志弘農閭鄉有潼關，亦未嘗譌作關，可知。明一統志：「閭鄉縣在陝州城西一百三十里，潼關在縣西六十里，與陝西華陰分界。」乃謂陝西無陝州，何勞多此考索耶？

50 鄧，注云：地名。古今方域異名，今廣陵無鄧邑。舊注引續漢書，汎云鄧邑，亦非。

按：襄十四年「楚子囊師于棠，以伐吳」。後漢志廣陵堂邑，故屬臨淮，春秋時曰棠。蓋楚之棠邑。寰宇記：「六合，古棠邑。」注不實指其地，但云今廣陵無鄧邑，混。

51 鸞，注云：鸞鳥，縣名。後漢段頴傳：頴復追擊於鸞鳥。注：鳥[1]音爵，縣屬武威，故城在今涼州昌松[2]縣北。

按：頴傳：「永康元年當煎諸種復反，合四千餘人，欲攻武威。頴復追擊於鸞鳥，大破之。」太子賢注曰：「鸞鳥，縣名，今涼州。」不云音爵[3]。桓帝紀「當煎羌寇武威，段頴追擊於鸞鳥」，注云：「鸞鳥縣，屬武威郡。鸞音蕇。」鳥字不注。惟西羌傳「麻奴等脅先零沈氏諸種寇武威，馬賢追到鸞招引之」，注云：「鸞音爵。」鸞當是鳥之譌。蓋桓紀鸞字音蕇，則鸞鳥當讀爲蕇爵也。古音餘鳥載藥韻，音朔。漢縣名鸞鳥，水經注音朔。魏紀功碑「奔龍荒，遊鸞朔」，朔與爵音近故也。

52 邱，注云：魯叔孫氏邑，在今東平須城[4]縣。春秋仲孫何忌帥師圍邱。說文不考經傳，訓東平無

〔一〕「鳥」字，原作「鸞」，據正字通及後漢書段頴傳改。

〔二〕「昌松」，原作「松昌」，據正字通及後漢書段頴傳乙正。

〔三〕後漢書段頴傳注有「鳥音爵」。

〔四〕「城」字，原作「昌」，據正字通及後漢書段頴傳改。

鹽鄉，非。

按：定十年「侯犯以郈叛，武叔懿子〔一〕圍郈」，注不言所在。昭二十五年臧會奔郈，杜注：「郈在東平無鹽縣東南。」前漢志「東平國無鹽縣有郈鄉」。說文本此。乃謂其不考經傳，何也？又明一統志洪武八年以須城縣省入東平州，今亦無須城縣也。

53 郈，注云：譌字。舊注：郈，亭名。不詳所出。不實指其地，沿篇海誤。

郙，注云：音甫。說文：汝南上蔡亭。

按：禮緇衣云：「甫刑曰：苗民匪用〔二〕命。」疏引孔注尚書云：「呂侯後爲甫侯。」故穆王時謂之呂侯，宣王及平王時爲甫侯。詩崧高云：生甫及申，謂宣王時也。揚之水不與我戍甫，謂平王時也。據竹書紀年「穆王五十一年，作呂刑，命甫侯于豐」，則穆王時已稱甫侯矣。郡國志汝南新蔡有大吕亭。說文：「郙，汝南上蔡亭」，郙亭即郈亭也。

54 鄑，注云：說文：南陽鄑縣。漢志義同。

按：漢志「馮翊雲陽縣有越巫鮯鄑祠三所」，孟康曰：「鮯音辜，鄑音穰。」蓋別有鄑字也。

55 郙，注云：音贈，姒姓，禹後。襄元年伐鄑，次于郙，杜注：陳留襄邑東南有郙城。舊注音惰，非。會引穀梁傳作繪，今沂州承縣東繪國，亦非。

〔一〕「武叔懿子」原作「叔孫仲孫」，據左傳改。

〔二〕「匪用」原作「逆」，據禮記緇衣改。

按：漢志「東海繒〔一〕」，故國，禹後」。後漢縣屬琅邪，晉因之。故僖十四年，「季姬及鄫子遇于防，

使鄫子來朝」，杜注：「鄫國，今琅邪繒縣。」在今嶧縣東者也。襄元年，「諸侯之師次于鄫」，杜注：「鄭

地，襄邑東南。」有鄫城，在今睢州之東南者也。何乃以鄭之鄫爲鄫國，而又以承縣之繒國爲非耶？

56 鄫，注云：說文魯孟氏邑。左傳隱五年，衛師入鄫。

按：隱五年「衛師入鄫」，杜注：「鄫國也，東平剛父縣西南有鄫鄉。」莊八年，「師及齊師圍郕。郕降

于齊師」者也。此鄫國也。桓六年，「公會紀侯于郕〔二〕」，杜注：「郕〔二〕，魯地，在泰山鉅平縣東南。」

此魯之鄫邑，後爲孟氏邑者也。何得混之？

57 郯，注云：國名。說文東海縣。六書故曰：少昊後，已姓國。今爲淮南下邳縣。

按：漢志：「東海郯，故國，少昊後。」春秋「襄十年，郯子來朝」是也。今爲沂州郯城縣。漢志「東海

下邳縣」，應劭曰：「邳在薛，其後徙此。」昭元年傳「商有姺邳」，杜注：「二國，商諸侯。」邳即今下邳

縣。」是也。今爲淮安府邳州，安得一之？

58 郱，注云：舊注：音經，鄉名，在高密。左傳戰于升陘。又音形。按傳有井陘，無升陘，別見陘注。

按：禮檀弓曰：「邾婁復之以矢，蓋自戰于升陘始也。」春秋僖二十二年「秋八月丁未，及邾人戰于

升陘」，「我師敗績。邾人獲公冑，懸諸魚門」，杜注：「升陘，魯地。陘音刑。」何謂左傳無升陘也？又

史記淮陰侯傳「欲東下井陘，擊趙」，漢書地理志「常山郡有井陘縣」，應劭曰：「井陘山在南，陘音

〔一〕「繒」下原有「縣」字，據漢書地理志刪。

〔二〕「郕」字，春秋左傳作「成」。

刑。」左傳無也。

鄅,注云: 音了,國名。穀梁傳楚滅舒鄅,長箋: 隨、絞、州、鄅,四國名。鄅國在義陽,亦作蓼。今考南陽無義陽,箋誤。

按: 宣八年傳: 「楚爲衆舒叛故,伐舒蓼。」此舒蓼,蓋群舒之屬也。桓十年「鄖人軍于蒲騷,將與隨、絞、州、蓼伐楚師」,杜注: 「蓼國,今義陽縣東南湖陽城。」漢志「南陽湖陽縣,故廖國」,師古曰「左氏傳作飂字」者也。水經注曰: 「鄖郵言晉太始中割南陽東鄙之安昌、平林、平氏、義陽四縣,置義陽郡。」乃謂南陽無義陽,非矣。

60 茥,注云: 音生,魯地名。

按: 莊九年「殺子斜于生竇」,杜注: 「生竇,魯地。」史記齊太公世家「殺子斜於笙瀆」,賈逵曰: 「魯地句瀆也。」宣十八年「子家還及笙」,杜不注,即笙瀆也。笙,穀梁作稒,無有從艸作茥者。注以茥爲魯地,誤。

61 鄐,注云: 舊注音牙,縣名。無據[一]。郚,音吾。故紀侯邑[二]。地志允吾音鉛牙。鄐即郚吾

按: 漢志左馮翊有郃縣,郃音牙。師古曰: 「即春秋所謂秦晉戰于彭衙。郃即衙也。以爲郚吾二

〔一〕「鄐字注文八字」,正字通康熙本、弘文書院本均無。

〔二〕「故紀侯邑」原在「鄐」字注「無據」下,「據正字通乙正。

〔三〕「地志」至「宜刪」十七字,正字通無。

文之譌非。

62　郢，注云：音真，地名。

按：史記惠景[一]間侯表南鄭侯國，索隱曰：「韋昭音真，一音程。李彤云：河南[二]有鄭亭，音稹[三]。」

63　郖，注云：烏古切。左傳王取郖、劉、蒍、邘之田于鄭，杜注：縅氏縣[四]西南有郖聚。又魏獻子分羊舌氏之田爲三縣，司馬彌牟爲郖大夫。說文：郖，太原縣。

按：左傳「分祁氏之田以爲七縣」，注曰：「七縣，郖、祁、平陵、梗陽、塗水、馬首、孟也。」「分羊舌氏之田以爲三縣」，注曰：「銅鞮、平陽、楊氏也。」今云「分羊舌氏之田爲三縣，彌牟爲郖大夫」，不審郖非羊舌氏邑也。其誤甚矣！

又按九經釋文曰：「郖，地名，在周者，烏户反；在晉者，於庶反。」字同而音異也。

64　郇，注云：音皛。說文鉅鹿縣名。舊注豫章有郇陽縣，因篇海而誤。訂正篇海云縣在鄱陽，今鄱陽屬饒州，無郇陽也。

按：漢志鉅鹿有郇縣，師古「苦幺反」。豫章有郇陽縣，師古「口堯反」。今云舊注誤分爲二，非。蓋前志鉅鹿之郇，後志作郇，非郇即郇也。至謂豫章無郇陽，疏漏甚矣。

〔一〕「惠景」原誤「景惠」，據史記乙正。
〔二〕「河南」原作「河內」，據史記惠景間侯表改。
〔三〕「稹」字，原作「穎」，據史記改。
〔四〕「縣」字，據左傳隱十一年杜注及正字通補。

65　郏注云：音頰。郏陽縣，今屬衡州府。省作耒。隷桂陽州者，嘉禾、臨武、藍山也。説文屬桂陽，誤。

按：漢志桂陽郡統縣十一，耒陽縣第五。師古曰：「在耒水之陽也。」梁始置衡州，明始以耒陽屬衡州府。説文安得豫知之而以爲誤？

66　邢，注云：音形，國名，一作邢。説文：䣊，周公子所封，近河內懷，开聲。䣊，鄭地，䣊亭，井聲。分䣊、䣊爲二地，非。舊注從井與從邢別。郭忠恕分邢䣊爲二，亦非。

按：穆天子傳「天子北入于䣊，與井公博，三日而決。」郭注曰：「䣊，鄭邑也。」隱五年「曲沃莊伯以鄭人、邢人伐翼」，杜注：故穆王與之遊戲也。鄭地有邢亭，從井聲者是也。「邢國在廣平襄國縣。」今順德府邢臺縣。周公子所封，從开聲者是也。乃謂邢與邢不當分而爲二者，謬矣。

又按：宣六年「赤狄伐晉，圍懷及邢丘」，杜注：「邢丘，今河內平臯縣。」此晉地也。説文以爲周公子所封，亦謬。

67　汪，注云：枉平聲。左傳尸諸周氏之汪，又音往。汪陶縣在鴈門。

按：文二年傳「晉伐秦，取汪及彭衙而還」，汪，烏黃切。史記晉世家「秦取晉汪以歸」，索隱曰：「汪，不知所在。」羅泌路史：「汪，秦邑。」同州白水有汪城，在臨晉東。」又國語「汾、河、涑、澮以爲淵，戎翟之民實環之。」注曰：「汪，大貌。」烏黃切，皆平聲也。漢志「鴈門涅陶縣」，孟康音汪。後志作「汪陶」，不當又音往也。

68　萩，注云：音秋。爾雅蕭萩，郭注：即蒿。左傳伐雍門之萩，今澗讀荻。荻與萩，非同類也。

按：襄十八年傳「趙武及秦周伐雍門之萩」，史記貨殖傳「山居千章之材」，索

隱〔一〕曰：「材，漢書作萩。」樂產〔二〕云：「萩，梓木也。」左傳「雍門之萩」，當即是梓木。若爾雅蒿

萩，何以稱伐？

69　甍，注云：音衛。左傳是甍言也，注謂言不足信也。

按：哀二十四年傳「是甍言也」，注「戶快反」，讀爲蹟，與蹶通。爾雅「蹶洩，苦棗」，吳淑棗賦「遵羊

今甍洩」，注引爾雅云：「甍洩，苦棗。」是甍與蹶通也。

70　蓨，注云：音惕。爾雅：蓨蓚，一名蓚。蓨即蓚字。舊注苗蓨草，無據。又蓨蓚，一名須。改須爲蓨，亦非。

按：爾雅釋草有蓨蓚，蓨音惕，何云無據？舊注改音蚔，熊虎之子，誤。

71　狗，注云：狗字之譌。

按：爾雅「熊虎醜，其子狗」，郭注曰：「律曰捕虎一，購錢三千。其狗半。」邢昺曰：「此當時之律，引

之以證虎子名狗之義也。」豹之爲狗，如貓之爲狸，犲之爲犲，乃以爲狗字之譌，謬矣。

72　蔓，注云：音蔬。萊蔓，椒子聚生成房貌。集韻蔽作蔓，非。

按：爾雅「椒、椴、醜莍」，郭注曰：「萊，萸子聚生成房貌。」今江東亦呼萊椴，似茱萸而小，赤色。」今

誤以萸爲蔓，而音蔬，謬矣。春秋繁露曰：「水有變，冬濕多霧，春夏雨雹。此法令緩，刑罰不行拔之

〔一〕「索隱」，原作「徐廣」，據史記貨殖傳注改。

〔二〕「產」字，原作「彥」，據貨殖傳注改。

者憂圄圄。」按奸宄誅，有罪蔓五日。是蔓與宄同也。蓋治兵曰宄。左傳「大蒐于比蒲」，是也。

鉛，注云：焚上聲，鰜別名。爾雅：鉛，鰜。說文：鉛，魚名。出薉邪頭國。又鰜，鉛也。說文

73　鰜用鉛訓，鉛汎云魚名。後先矛盾。況鰜，江海所在皆有之，非必出薉邪頭國。說文誤。長箋：鰜

前行，張二掌有分勢，故从分。亦不辨說文鉛別訓魚名之誤。舊注兩引爾雅、說文，失考正。

按：爾雅釋魚鰕凡有三，一曰「鰝，大鰕」，郭注：「鰕大者，出海中，長二三丈，鬚長數尺。今青州呼

鰕魚爲鰝。」廣州記曰：「盧循爲刺史，循鄉人至東海取鰕，鬚長四尺，送示循。」是也。一曰「鯢大者

謂之鰕」，邢昺曰：「鯢，雌鯨也。大者長八九尺，別名鰕。」是也。一曰「鉛，鰕」，郭注：「出薉邪頭國，

見呂氏字林。」漢志樂浪郡有邪頭薉縣。薉即穢也。漢以爲縣。鉛魚一名鰕，即

縣所出者是也。詩魯頌「有駜有駃」，陸氏按說文「駃」，馬[一]赤白雜色文似鰕魚」，則是鉛鰕爲魚

名，出薉國者，非謂所在皆有之鰕也。焦氏易林「鯉鮒鮪鰕，積福多魚」，張融海賦「伏鱗潰緓」，梁虞荔

升鉛洗文」，亦皆以鉛鰕爲魚名也。山海經「龍魚陵居，狀如鯉，一曰鰕」，注曰：「鰕音退。」

鼎錄「宋文帝得鰕魚，遂作鼎曰，鰕魚四足。」鰕之名魚者正多，何乃以說文鉛、鰕魚名爲誤。長箋

解鉛字，尤屬支離。

74　鍏，注云：舊注：音韋，畾也。宋魏謂畾曰鍏。或曰：說文鍏，畾也。因聲近譌作鍏。畾無鍏名。

按：爾雅「刐謂之鏈」，邢昺疏曰：「方言：『燕東北、朝鮮洌水之間謂之刐，宋魏之間謂之鏈，或謂之

〔一〕「馬」字，據説文補。

、江淮南楚之間謂之畬。」鞾音韋。何謂畬無鞾名，

75 畬，注云：音次，蛄蟖別名。《說文》：畬，毛虫。俗因加蟲作蛾，從畬爲正。

按：《爾雅》「蛂，毛蠹」，注曰：「即畬也。」陶貞白曰：「蛄蟖，蚝蟲也。」疏曰：「《說文》畬毛蟲，楚辭畬緣兮我裳」，是也。」又「螺，蛄蟖」，注曰：「蛄蟖，蚝蟲也。」則畬乃蛂之別名，與蛄蟖同爲毛蟲之屬，而非蛄蟖別名也。又按《晉書符〔一〕堅傳》：「益州刺史王廣，遣將軍王蚝率蜀漢之衆來赴難」，又「袁瑾在壽春爲桓溫所圍，求救於堅。堅遣王鑒、張蚝率步騎二萬救之」。又《周書本紀》：「太祖令夏州刺史拔也惡蚝鎭南秦州。」非必因許氏毛蟲之說而乃加蟲作蚝也。

76 鶉，注云：音途，鵬鶉。又鶉鳩，按《爾雅》本作鷗鳩，無鶉名。

按：《爾雅》有「輿鶉鶉」「鶉音經，鶉音徒」。新舊注皆不引，何也？

77 袥，注云：與襜通，衣動貌。

按：《爾雅》「衣蔽前〔二〕謂之襜」，郭注：「今蔽膝也。」昌詹切。《國策》「蘇子曰：攻城之費，百姓理襜蔽」，注曰：「襜衣蔽前者也。」《漢書恩澤侯表》「武安侯田恬，元朔三年，坐衣襜褕入宮，不敬，免」，師古曰：「襜褕，直裾褉衣也。」《方言》「縷謂之衽，又謂之袥」，郭注：「丁狹切，即衣袥也。」烏在袥與襜通而同爲衣動貌也？

78 幕，注云：蔓、蘱同。

〔一〕「苻」字，原誤「符」，據晉書苻堅傳改。

〔二〕「蔽前」，原作「前蔽」，據爾雅釋器乙正。

79

按：爾雅「蔈，莐藩」注：「一名提〔一〕母，生山上，音潭。」又「蔈，海藻」注：「一名海羅，生海中。」音蔈。又本草圖經：「蔈麻一名毛蔈。」李時珍曰：「蔈字本作薐。杜子美有除薐草詩。」楊莊漫録：「川陝間惡帥，土人呼薐麻。薐音爛，即蔈麻也。」一統志：「蔈麻嶺在萬全都司懷安衛城北八十里。」楊士奇詩：「平生不解談孫武，也到蔈麻嶺上來。」三字音義本不同，烏得一之？

陸、顏諸人雖已轉入茶音，未嘗輒改字文。

茶，注云：鉏麻切，茗也。宋魏了翁曰：茶之始，其字爲茶。如春秋書齊茶，前漢志長沙茶陵縣〔二〕。惟陸羽、盧仝則遂易茶爲茶。

按：爾雅「檟苦茶」，郭注「樹小如梔子，早采者爲茶，晚取者爲茗，一名荈。蜀人名苦茶」。本草：「蘇恭曰：爾雅檟苦茶。茶音遲遐切。」蓋茶即茶之省文，茶原有茶音也。徐鼎臣訓茶，猶曰即今之茶也。漢志茶陵，顏注「茶音弋奢反，又丈加反」。東方朔傳「令壺齫老柏塗」，顏注「塗音丈加反」。是塗茶皆有茶音，如大家之家，乘車之車，全在麻韻，不煩改字也。周禮茶人「掌以時聚茶」，茶人即茶人耳。又古者已有茶字，不始於盧、陸諸人。據王褒僮約「烹茶盡其舖」，傅巽七誨「南中茶子」，左思嬌女詩「心爲茶荈劇」，吳志韋曜傳「或賜茶荈以當酒」，又楊羲書「比更告茶一部」，劉琨與兄子衍書「吾體中潰悶，常仰真茶」，王羲之蘭茶帖「節日縈牽少睡，蘭茶微炙，善佳」，皆已作茶字矣。

〔一〕「提」字，原作「芺」，據爾雅釋草改。

〔二〕「前漢志長沙茶陵縣」，正字通作「漢志書茶陵之類」。

80　尺，注云：俗字。尺蔞本作尺。六書故[1]別作尺，非。
按：爾雅「蔞，尺蔞」，方言「蟪蛄謂之尺蔞」，早已有尺字。又唐志「寫鳳都督府，以尺延國羅爛城置」，亦作尺。

81　鶌，注云：音耀，小於鷹。爾雅鶌雉，注[2]青質五采。莊子：鶌爲鸇，鸇[3]爲布穀。久復爲鶌。舊
按：爾雅姚，雄名。分莊子之鶌與爾雅之鶌爲二，非。
爾雅「鶌雉」，注「音遥」。邢昺曰：「鶌雉，王后之服以爲飾。周禮揄狄。鄭注：揄狄畫搖者，是也。搖與鶌音義同云。」爾雅「鶌，負[4]雀」，注「鸇，鶌也。善捉雀」。鶌音耀。列仙傳「魏公子無忌縱鳩，令出鶌逐而殺之」者也。爾雅之鶌已分爲二，安在與莊子之鶌不當分爲二乎？

82　鰿，注云：鰲別名。又魚鰾曰鰿鮧。南史：宋明帝嗜蜜浸鰿鮧，一啖數升。本草綱目云：鰿鮧，魚鰾也，即魚白膠。此說是也。
按：爾雅「鰲是鰿」，注：「鰲，腊屬[5]也」。爾雅翼「鮧魚偃額，兩目上陳，身滑無鱗」。宋明帝所嗜逐夷，疑取此兩別名鯷，江東通呼鮎爲鮧。」體似鱏，尾似鮠魚，大腹，少肉多膏」又「鮎魚」，注：「鮎魚鰾白爲之。非魚腸通謂之逐夷也。

83　歟，注云：俗字。舊注：音乳，黏也。又音女。並非。
麬，注云：貔字之譌。舊注同貔，非。説

〔一〕「故」字，據正字通補。
〔二〕「注」字，據正字通補。
〔三〕「鶌」字，據正字通補。
〔四〕「負」字，原作「貝」，據爾雅釋鳥改。
〔五〕「腊屬」原作「腊魚」，據爾雅釋魚注改。

文𧰼重文，贅作𧰼。亦非。

按：爾雅「𧰼，膠也」郭注：「膠黏𧰼。𧰼，女乙切。」疏曰：「方言：齊、魯、青、徐、自關而東，或曰𧰼，或曰𣪏。」今以爲非，皆謬說也。

84　蚳，注云：舊注：音府。蛈蚳，螳蜋別名。　按：螳蜋名拒斧，蛈卽拒之譌，蚳乃斧之譌也。篇海類編

按：爾雅「不周王蚳。」蚳字見此，非斧之譌也。又景差小言賦曰：「戴氛埃兮垂漂塵。體輕蚊翼，

形微蛈鱗，經由鍼孔，出入羅巾。」蚳字自古有之，非後人所改。

85　蚼，注云：音吼，牛鳴。

按：爾雅牛屬「其子犢」，郭注：「今青州呼犢爲蚼。」云牛鳴，非。

86　蚼，注云：鼢字之譌。　舊本鼠部鼢，音豹。今蚼訓鼠，改音的，非。

按：爾雅「蚼，馬蚿」，注曰：「馬蠲蚼，俗呼馬蠸。」疏曰：「蚼蟲，一名馬蚿，一名馬蠲蚼。　方言云：

馬蚿，北燕謂之蛆蝶，其大者謂之馬蚰。」蚿音閑，蚰音逐，安得以蚼爲鼢之譌乎？

正字通三

1　聎，注云：舊注：音二，以牲告神，神欲聽之曰聎。　　按：詩神之聽之，與上帝鑒觀借義同，未聞
以神聽別作聎者。此謬説也。宜删。

　　按：山海經「自櫾蟲之山以至于竹山，其神祠毛用一犬，祈聎用魚」，郭注曰：「以血塗祭爲聎也。
公羊傳云：蓋扣其鼻以聎社。音釣餌之餌。」今按公羊傳「蓋扣其鼻以血社」，不云聎也。唯穀梁
傳云「叩其鼻以䘒社也」。䘒音二，則聎、䘒，音義同也。

2　麘，注云：麐字之譌。　　舊注：音諸，鹿類。誤。

　　按：山海經：「敦岸之山有獸焉，其狀如白鹿而四角，名曰夫諸。」玄覽作「夫麘」。

3　櫧，注云：木名。　　山海經：煮其汁，味甘可爲酒。　　六書故梌亦作櫧。

　　按：天中記云：「櫧汁甘爲酒。」齊民要術、沈約集、皮日休集，皆有櫧酒。　　究未
知櫧酒爲何木。惟謝靈運山居賦「苦以木成，甘以櫧熟。」自注云：「木酒味苦，櫧酒味甘，並至美，
兼以療病。櫧治癰核，木治痰冷。」六書故亦作梌。　　爾雅「還味梌棗。」是櫧酒取梌汁爲酒也。

4 蛦，注云：俗字。舊注沿篇海誤。

按：山海經：「蛦隅之山，其上有草木，多金玉，多赭。」郭注：「蛦音敏。」

5 椆，注云：音周，木名。

按：山海經「虎首之山，多苴椆椐」，郭注：「椆音彫。」

6 崌，注云：同崏，音困，山相連貌。南都賦：或崏嶙而纚縣。

按：山海經「有人曰苗民，有青獸如兔，名曰崌狗」，注：「音如朝菌之菌。」駢雅：「崌狗，兔屬也。」自有崌字，非崏也。

7 狄，注云：與矧同。舊注分狄矧爲二，非。

按：山海經：「涿山西七十里曰丙山，其木多梓、檀，多狄杻。」狄與矧當不同也。

8 栢，注云：邦去聲。說文桄也。桄即今木杖。通雅曰：楊升菴謂文子羿死桃部。古字部即栢，大杖也。

按：淮南子説山訓「羿死，挑部不給射」，高誘注曰：「挑部，地名。羿爲逢蒙所殺，不及攝己而射。」又帝王世紀：「寒浞殺羿於桃栢而烹之，以食其子。」皆以桃部爲地名。謂部栢爲古今字，而引之以證部爲大杖。謬矣。

9 蛉，注云：蛉字之譌。舊注：音鈴，蟹距。又音琴，虫名。並非。

按：淮南子説林訓「昌羊去蚤虱而來蛉窮」，誘注曰：「昌羊，昌蒲，蛉窮，蠼螋，入耳之蟲也。」

10　姚，注云：俗字。舊注：音姚，光也。誤。

按：淮南子要略曰：「挾日月而不姚，潤萬物而不耗。」誘注：「挾，至也。姚音姚，光也。」

11　螁，注云：舊注：音聰，蜻蛉也。按淮南子水蠆爲螁蟁，注：音矛務，蜻蛉也。本草綱目謂爲螁。

按：淮南子齊俗訓「水蠆爲蟁蟁」，注：「音矛務。」又說林訓「水蠆爲蟁，孑孑爲蟁，兔齧爲蟹」，注[六]云：「蟁音聰，孑音廉，蟹音那。」爲蟁，爲蟁蟁，皆見淮南子。

按：水蠆爲螁。並未詳淮南本作蟁蟁，非獨舊注誤也。

12　菌，注云：音郡，朝菌，生糞土上，朝生暮死。名[一]欶生芝。莊子注司馬彪[二]曰：朝菌，大芝也，一名曰及。不知菌名曰及，朝菌非木槿，濶爲一物，誤。

按：淮南子道應訓「莊子曰：朝菌不知晦朔，蟪蛄不知春秋」，誘注曰：「朝菌，朝生暮死之蟲，生水上，狀似蠶蛾。一名孳母，海南謂之蟲邪。」據此則從來謂芝菌者，皆謬。蓋朝菌、蟪蛄皆小蟲，而有知。若芝菌，又何知乎？又按晉潘尼朝菌賦序：「朝菌者，蓋朝華而暮落，世謂之木槿，或謂之日及。」詩人以爲舜華。尼以爲朝菌是木槿，謂之日及，又謂之朝菌，非生糞土者也。玄中記：「大月氏有牛名曰及，割取肉一二斤，明日創愈。」豈必朝槿始名曰及哉？

13　創，注云：同刱，郎果切，音蜾。説文柯擊也。

〔一〕「名」字，原作「又曰」，據正字通改。

〔二〕「莊子注司馬彪」，原作「司馬彪注莊子」，據正字通乙正。

按：淮南子原道訓「耳聽滔朗〔一〕奇麗激、抮之音」，誘注「朗音朗〔二〕。激揚、抮轉皆曲名。」又「新

而不朗，久而不渝」，注曰：「朗，明也。」魏都賦「或魃朗而拓落」，潘岳射雉賦「畏映日之儻朗」，皆以

明朗爲義。後魏書司馬叡傳：「王敦使司馬楊朗等入于石頭。」南齊書蕭景先傳：「義陽人謝天蓋與

虜相搆扇。豫章王遣蕭惠朗二千人助景先討之。」朗與朗音義同也。注音蝶，謬。

14 楄，注云：鄰上聲。楄木堅實，一名樨。廣雅：樨，砌也。舊注門限，並非。注音蝶，謬。

按：淮南子氾論訓「枕戶楄而臥者，鬼神躐其首」，誘注：「楄音蘭，又與轔同〔三〕。」說林訓「雖欲蓮

亡馬不發戶轔」，注曰「轔，戶限也。」

15 濼，注云：俗字，舊注音繁，氾云水名。又水暴溢。並非。

按：淮南子俶真訓「今夫樹木者，灌以濼水，疇以肥壤」，誘注：「濼音繁，波暴溢也〔四〕。」又郭璞江

賦「蹱之以濼灢」，注：「楚人謂水暴溢爲濼。」

16 坿，注云：舊注音呼，引玉篇坿坿。按玉篇坿坿訓郭，此云坿坿，未詳。

按：淮南子要略曰：「俶真者，窮極〔五〕終始之化，嬴坿有無之精。」注曰：「嬴，繞匝也。坿音呼，靡

煩也。」坿坿，嬴坿，蓋即彌綸之義也。

17 醢，注云：昂上聲。説文：濁酒也。酟同醢，俗省。

〔一〕「朗」字，淮南子作「朗」。　〔二〕淮南子高誘注無此音注。　〔三〕淮南子無此高誘注。　〔四〕淮南子俶真訓

無此高誘注。　〔五〕「樞」字，淮南子作「逐」。

18 盦，注云：淮南子說林訓「清醠之美，始於未耜」，誘注：「醠音，瓮清酒也。」引說文訓濁，誤。

按：方言「案、陳、楚、宋、魏謂之㮴。杯，秦晉曰盥，吳越間曰盌，齊若平原以東或謂之盦、桮。」非盃字改從麻也。又孟光舉案齊眉，當即方言之所云「案曰㮴，杯曰盥」是也。楊用脩以為几案，誤矣。

19 鉈，注云：音蛇。說文短矛。舊本矛部莏即鉈重文，復從正譌音施。分鉈，鉈為二，誤。

按：方言「矛，江、淮、南楚、五湖之間謂之鉈。」此則音蛇者也。實錄：「自古皆有革帶反插垂頭。唐高祖令向下插垂頭，取順下之義，名鉈瓦。」此乃音施者也。何謂無分？

20 瓷，注云：俗字，罌瓶不當別名瓷。二體，此不通物理，强生分別之誤也。瓶為俗字無疑。

注云：舊注音膽[一]，大罌。又音沉，罌之小者。一罌幻[二]

按：方言「罌，靈桂之郊謂之瓿，其小者謂之瓺，秦之舊都謂之瓵，江湖之間謂之瓷。」郭注：「瓺，都感反。瓷，仕江反。」

21 甌，注云：譌字，瓶不必別名甌。

按：方言「甂，陳、魏、宋、楚之間曰甋，或曰瓶。燕之東北、朝鮮、洌水之間謂之甌。」郭注：「甌音暢。」

〔一〕「膽」字，原作「𢶍」，據正字通改。

〔二〕「幻」字，原作「分」，據正字通改。

22 硩，注云：俗謁字。

按：方言「礔謂之硩」，郭注云：「且對反。」

23 頯，注云：一曰頯，謁爲頯。舊注：音策，正也。又音嗔，義同。並非。

按：彝器歗式周有史頯父鼎，其銘曰：「史頯作朕皇考釐仲王母乳母尊鼎。」頯其萬年多福無疆。」頯從正，當讀爲正。頯、頯，皆頯之謁。

24 妽，注云：妽字之謁。妽無出音〔一〕。舊注同〔二〕。妽誤。

按：齊侯鎛鍾銘：「不顯穆公之孫，其配㜗公之妽。」薛尚功曰：「妽，字書無。從出，恐是妭字。妭音乏，女好貌。」是妽非妽謁也。

25 孖，注云：舊注古文孫。崔伯〔三〕渠曰：二其子也，子之子也。按孫非止二其子也，改作孖，非。

按：周乙公鼎銘曰：「乙公作尊鼎，子孫永寶用。」圓鼎銘曰：「惟十有三月，用吉金自作寶鼎，其孖孫永用享。」王子吳鼎銘曰：「其眉壽無諆，子孫永保用之。」孖即兩子字，猶言子子孫孫也。崔以爲一字，誤矣。

26 異，注云：音杞。說文：長踞也。舊注：又音起，與杞同，古國名。並非。

按：異公匜銘：「異公作爲子斿姜盥匜。」薛尚功曰：「異者，古國名。衞宏云：與杞同。」

27 伿，注云：音異。說文媠也。長箋：伿人，猶言具員是也。

〔一〕「妽無出音」，「正字通作」從出，無妽音」。

〔二〕「同」字，原作「音」，據正字通改。

〔三〕「伯」字，正字通作「後」。

按：齊侯鐘銘「仅小臣雄輔，咸有九州，處禹之都。」仅小臣者，是亦具官之義也。

28 登，注云：音登。篇海金登草，又苦芋，本草綱目作苦登。

按：國語「登笠相望於艾陵」，唐固曰：「登，夫須也。」

29 澉，注云：同渴。舊注引正譌从澉，廢渴。泥。

按：國語「秦后子謂其徒曰：趙孟忨日而澉歲，偷急甚矣。」韋昭曰：「忨，偷也。澉，遲也。」宋庠音口曷切。若以爲渴歲，則當與隱三年公羊傳「渴葬也」義同。何休曰：「渴，喻急也。」又何以澉爲遲乎？

30 趌，注云：俗字。舊注：音祥，趨行也。按曲禮，少儀皆借翔，俗作趌。今不從。

按：國策「楚王遊於雲夢，有狂兕趌車依輪而至」，鮑彪注曰：「集韻：趌，音詳，趨行也。」趌與戕義同。非翔字俗作趌也。

31 嚕，注云：舊注音魯，引玉篇語也。釋梵呪多嚕字。六書不載。

按：焦氏易林：「鳥嚕夜中，以戒災凶。」嚕亦古字，六書不載，遣之也。

32 轀，注云：轀字之譌。舊注訓同轟，非。

按：焦氏易林「轀轀轊轊，歲暮偏敝。

輯，注云：俗字。舊音疊，車聲。泥〔一〕。

寵名復棄，君衰於位。」二字非譌俗也。

33 倦，注云：同睹。說文作僐〔二〕，富也。

〔一〕「泥」字，原作「誤」，據正字通改。

〔二〕「僐」字，原誤「僭」，據正字通及說文改。

按：春秋繁露「春之爲言猶偆偆也。秋之爲言猶湫湫也。」偆偆者，喜樂之貌也。湫湫者，憂悲之

狀也。謂偆疇，非也。

34 擷，注云：謁字。
胴，注云：謁字。

35 庲，注云：音來，舍也。又地名，蜀地有庲降。

按：尤射曰：「擷悛民，于是誦，太史胴采作尤射。」二字亦非謁也。

按：華陽國志「庲降賈子，左擔七里」。酈元若水注引之，朱諶埠曰：「庲降，屯名也。」又蜀志先主命
李恢爲庲降都督。

36 玃，注云：謁字。舊注獸名。

按：常璩巴志涪陵諸縣北有獽蜑。隋書地理志梁州：「傍南山雜有獠户，又有獽、狿、蠻、賨。」非謁
字也。獸屬無玃。

37 楇，注云：楳[一]本字。舊注引正謁不當別作輠[二]、誤。

按：唐書諸羗州百六十八，有楇眉州、楇林州。說文舊有楇字，非本爲輠也。

38 餝，注云：飾字之謁。舊注同飾，舉要餝同飾，並非。

按：唐書地理志餝州屬靜邊州都督府。餝字从芳，非飾之謁也。

39 鰯，注云：謁字，舊注音解，魚名。泥。

〔一〕「楳本」原作「本楳」，據正字通乙正。

〔二〕「輠」字，據正字通補。

四二二

按：唐志嶺南有鯣州，隸邕州都督府。

40 綢，注云：俗字，説文：綢，多也。舊注引玉篇綢，大也，多也，與稠義相近。改音凋，非。

按：唐書南蠻傳邛黎二州之東有淩蠻，西有三王蠻，疊甓而居，號綢舍。綢，音凋，非俗字也。

41 圂，注云：舊注音迷，地名。按即胃字，地名。

按：屈原九歌「圂〔一〕芳椒兮成堂」，朱子注曰：「圂，古播字，本作播」，一作播。」新舊注皆謬。

42 秅，注云：同秅。

按：説文秅宅加切〔二〕。俗作秅、秅。舊注：秅，當故切，漢侯國名。秅，都故切，孝昭
時所封國名。前後異同，蓋未詳本秅作秅。秅與秅皆秅字俗書之譌。史記將相年表：「孝武後元二年〔三〕月己巳，都尉金日磾爲車
騎將軍，秅侯。孝昭始元元年九月，日磾卒。」前漢書功臣侯表：「秅敬侯金日磾，以發覺侍中莽何羅
反侯。始元二年丙子封，一日薨。」據孝昭本紀「始元元年九月丙子，車騎將軍日磾薨」，與史記同。
則是始元二年二字誤。又按佞幸傳「孝昭時駙馬都尉秅侯金賞嗣父爵爲侯」，師古曰：「秅音丁護
反。」秅與秅本一字也。田藝蘅同文舉要曰：「孝經宅作厇」，是也。史漢兩表及志傳皆作秅字，無有
作秅者。聘禮：「十稯曰秅，四百秉爲一秅。」周禮掌客「車秅三秅」，陸氏釋文：「秅，丁故反。或宅
加反。」蓋秅有妒音，非謂秅卽秅也。漢西域傳曰「皮山國西南至烏秅國」，鄭氏「秅音拏」，師古「秅

〔一〕「圂」字，原作「芻」，據九歌湘夫人改。

〔二〕「宅加切」原作「直加反」，據説文及正字通改。

〔三〕「二」字，原作「九」，據史記漢與以來將相名臣年表改。

音直加反），則讀秏爲妒，亦釋文之單說矣。何謂秏與秏皆耗字俗書之譌耶？

43　淯，注云：孤烘切，音宮。縣名，在酒泉。

按：前漢地理志、後漢郡國志酒泉郡有樂涫縣，無淯縣。涫注云：「音官。」已引漢志，是矣。此又云「淯縣音官，在酒泉」，謬。

44　惇，注云：俗字。

按：唐書王難得傳：「從哥舒翰擊吐蕃，至積石，虜吐谷渾王子悉异參及悉頰藏而還。復收五橋，拔樹惇〔一〕城，進白水軍使。」何得以惇爲俗字？

45　忔，注云：同忌。舊注：音改，又音海。兩誤。

按：唐書地理志党項州七十三，有忔州，訓恄也。自不當與忌同。

46　坈，注云：坑字之譌。韻補引水經注漾水又東北爲馬常坈。按水經注本作坑，譌从冗，非。舊注改而勇切，汎云地名，尤非。

按：水經「漾水迤千乘縣二城間，又東北爲馬常坑」，酈道元曰：「坑東西八十里，南北三十里，亂河枝流而入于海。」朱謀㙔曰：「玉篇有坈字，而勇切，云地名也。」是水經本作坑，亦非舊注改而勇切矣。又酈注曰：「商河首受河，亦漯水及澤水所鍾〔三〕也」，世謂之清水。自此迤張公城西，又北重源潛發，世謂之落坑。」河水注曰：「七里澗在陝縣西七里，谷水自南山通河，亦謂之曹陽坑。」浪水

〔一〕「惇」字，新唐書王難傳作「惇」。

〔三〕「鍾」字，水經漯水注作「潭水」。

注云：「南海郡昔治在今州城中，入城東南偏有水坑陵。」是水經皆作坑，未嘗作坑也。史記貨殖傳「猗頓用鹽鹽起」，正義曰：「河東鹽池中又鑿得鹽坈。」豈盡爲坑之譌乎？

47 鮈，注云：譌字。

按：前漢書景十三王傳：「長沙定王發薨，子戴王庸嗣，二十七年薨。子頃王鮒鮈嗣。」服虔曰：「鮈音拘。」師古曰：「鮈音朐〔三〕。」鮈正非譌字。

48 愋，注云：舊注音受，漢武安侯愋。

按：史田蚡子悟國除。外同姓、異姓王子侯、恩澤侯、功臣侯，皆無武安侯名愋者，舊注人名，無稽。

按：前漢書王子侯表：「武安侯愋，楚思王子，孝哀帝建平四年三月丁卯封。元壽二年，坐使奴殺人兔。」師古曰：「愋音受。」又恩澤侯表：「田蚡子恬，元朔三年兔。」云悟，亦非。

49 峉，注云：舊注音格，人名。

按：前漢功臣表幾侯峉。按高祖功臣侯者一百四十三，史記表無峉名。

按：前漢書景武昭宣元成功臣表：「幾侯張峉，以朝鮮王子漢兵圍朝鮮降侯。」師古曰：「峉音格，又音各。」乃謂無峉名，何也？

50 貆，注云：俗貆字。

按：彝器欵式周有叔貆敦，其銘曰：「叔貆生作尹姞尊敦。」薛氏曰：「叔貆生者叔伯仲之序也。」貆則其名耳。」豈爲俗貆字耶？

51 翖，注云：同「一」翁。又人名，漢有侯翖。

按：漢張騫傳「傳父布就翎侯」，李奇曰：「布就，字也。翎侯，烏孫官名也。」西域傳：「冒頓單于攻破月氏，乃遠去，西擊大夏而臣之。其餘不能去者，保南山羌，號小月氏。共稟漢使者。有五翎侯，一曰休蜜，二曰雙靡，三曰貴霜，四曰肸頓，五曰高附。」師古曰：「翎即翕字。」唐書地理志有五翎州，蓋取此為名耳。舊注誤以侯翎為人名，今獨因之而不改，何也？

52　鈃，注云：音堅。莊子：求鈃鍾也以束縛。舊注又音形，非。

按：穆天子傳「至于鈃山之下」，郭璞注曰：「鈃音邢。」何謂無形音也？荀子曰：「其持之有故，言之成理，足以欺惑愚衆，是宋鈃也。」楊倞注曰：「宋鈃，宋人，孟子作宋牼。牼與鈃同〔一〕，口莖反。」又二十年左傳「華牼」，陸氏釋文曰：「牼，苦耕反。」是鈃與牼皆有形音矣。鈃與鉶別，莊子宋鈃，即孟子宋牼。郭象注讀鈃為堅，而鈃鍾讀為鉶，誤。鈃無形音。舊注又音形，非。

53　蘭，注云：草。又姓，史淮南厲王傳中尉蘭忌。蘭姓之蘭〔二〕，姓譜音簡。舊注音姦，非。

按：前漢書：「夏侯勝從始昌受尚書及洪範五行傳，後事蘭卿。」師古曰：「姓蘭，名卿〔三〕。音姦。」

54　嗕，注云：音耩，羌別種。漢書有速絫、嗕種。舊注改音辱，非。

按：前書馮奉世傳：「今發三輔、河東、弘農越騎、迹射、佽飛、彀者、羽林孤兒及呼速絫、嗕種。」劉德

〔一〕「同」字，據正字通補。　〔二〕「蘭」字上，原有「蘭」字，據正字通刪。　〔三〕「姓蘭名卿」，原作「蘭姓名」，據漢書夏侯勝傳顏師古注乙正。

曰:「嘽音瘴,〈巻別種也。〉」匈奴傳「前所得西嘽居左地者」,孟康曰:「嘽音辱,匈奴種也。」小顔「音奴獨反。」是嘽皆音辱也。又「呼韓邪〔一〕單于未至嘽姑地」,小顔注:「嘽,乃穀反。」蓋嘽有去入兩音,嘽者乃地名也。匈奴傳「呼速絫溫敦」,注曰:「呼速絫者,其官號也。」宣帝紀有呼速絫單于可證。今去一呼字,非。

55　傑,注云:俗桀字。正韻桀注:唐有趙桀,憲宗時爲振郵使。按唐人以桀命名,亦誤用俗字。非〔二〕

按:唐書薛〔三〕從傳:「累遷汾州刺史,徙濮州,儲粟二萬斛以備凶災。於是山東大水,詔右司郎中趙桀〔四〕爲振郵使。桀表其才,擢將作監。」乃謂其誤用俗字,真臆說也。

傑爲桀之重文,刪傑可也。

56　蚘,注云:音訓。說文惡健犬也。

按:周禮肆師注:鄭康成曰:「貉〔五〕,師祭也。祭造軍法者,其神蓋蚩蚘云。」又宋祁景祐集韻蚩尤作蚩蚘。此二處皆作蚘字。

57　狘,注云:黃帝臣。又蚩旗。

按:王莽傳:「故呼韓邪〔六〕單于稽侯狘累世忠孝」,師古曰:「狘音删,又音先安反。」今狘無平音,非

〔一〕「邪」字,據漢書匈奴傳補。

〔二〕「非」字,據正字通補。

〔三〕「薛」字,原作「蘇子」,據新唐書一百十一卷薛從傳改。

〔四〕「桀」字,薛從傳作「傑」。

〔五〕「貉」字,原作「禡」,據周禮肆師鄭玄注改。

〔六〕「邪」字,據漢書王莽傳補。

也。

58 瞀，注云：音茂，又音謀。舊注引王逸九思：進慕兮九旬，復顧兮彭瞀。瞀，今文〔一〕作務。

按：九思逢尤篇注：彭咸、務光，古介士。務一作牟。古務雖與瞀、牟〔二〕通，改作瞀，非。

按：後漢書張衡應間曰：「於心有猜，則簠殮饌餔猶不屑餐，旌瞀以之。」太子賢注曰：「爰旌〔三〕瞀〔四〕，餓人也。」一作爰精目。列子：東方有人焉，曰爰精目，將有適也，而餓於道。狐丘父之盜下壺〔四〕餧以餔之。爰精目三餔而後能視，曰：吾義不食子之食也。兩手據地而歐之，遂喀喀而死〔五〕。注者不知，改瞀爲務，以救與務相似而譌也。今反譏舊注改爲瞀，則非矣。

按：六書略論創意曰

59 香，注云：舊注音桂。又正韻箋注：晉有香道元。楊用脩作吞，讀天。三字臆造，不足存。

按：後魏書高香傳：「吞字明珍，有器尚。拜朝請散騎侍郎。」則香字之義訓明，可知。又前漢書王子侯表「徐鄉侯劉炔」，師古曰：「炔音桂。」儒林傳「許商號其門人齊炔、欽幼卿爲文學」，師丹傳「博士申咸、炔欽上書言丹經行無比」，蘇林曰：「炔音桂。」又按孔子閒居引詩云「先君之思，以勗寡人」，鄭氏曰：「此衞夫人定姜之詩也。」陸德明曰：「此是魯詩，毛詩爲莊姜。」疏曰：「與詩注不同者。香、炔三字並音桂〔六〕，乃秦博士桂真之後，避地各撰其姓之文。

〔一〕「文」字，原作「本」，據正字通改。　〔二〕「瞀牟」原作「牟瞀」，據正字通乙正。　〔三〕「旌」字，原作「精」，據張衡傳注改。　〔四〕「壺」字，原作「壼」，據張衡傳注改。　〔五〕「死」字下，據張衡傳注刪「之也」二字。　〔六〕「並音桂」，據正字通補。

按鄭志炅模云：注記時質就盧君，後得毛傳，乃改之。據此，是有炅姓也。吞、炔、炅三姓，古昔應

有是字，顧疑爲臆造，不足存耶？楊用脩讀吞爲天，蓋以諸書記有吞道元與吞公篦，又有劉穆之與

天公篦，乃致斯疑。不知吞與天，皆爲吞之譌耳。

60 寏，注云：譌字。舊注音桓，引玉篇，汎云周地名，誤。考地理志闕寏。

按：彝器欵式周有師寏鼎，銘曰：「師寏父作季姞尊鼎。」又有師寏父簋，有姬寏豆，又有簋蓋銘曰：

「姬寏毋。」據此，寏正非譌字。

又按：寏卽寏，古今字也。

61 羲，注云：音意，正也。又古儀字，本作羲。

按：唐書公主列傳：憲宗第四女宣城公主，下嫁沈羲。羲字僅見此。

62 晉，注云：晉之譌。辯，俗作晉。舊本改從功，非。

按：唐書牛仙客傳：「帝既[一]用仙客，力士曰：仙客本胥吏，非宰相器。帝忿然曰：朕且用康晉，

蓋晉言也。有爲晉言者，晉以爲實，喜甚。」晉從功，非晉譌也。正字通於晉字注，引史作「康晉」，

誤。

63 眚，注云：舊注古慎字，引史趙割地和秦，虞卿曰：王眚勿予。按：說文作眚，正韻古亦作眚。

从目从肉，此皆義之可疑者。雖宋孝宗[二]名眚，載在史籍，必以眚、眚爲古文慎，則固也。

〔一〕「既」字，原作「欲」，據新唐書牛仙客傳改。　　〔二〕「宗」字，原誤「宋」，據正字通改。

按：「表記「君使其臣，得志則慎慮而從之」，陸氏釋文曰：「慎，本亦作古䚉字。」漢書武帝詔「海外肅

䚉」，師古曰：「周書序云成王既伐東夷，肅䚉來賀，即謂此。」魏書李彪傳：「唐典篆欽明之冊，虞書

銘䚉徽之篇。」徐陵文：「蕭䚉茫茫，風牛南偃。」梁元帝謝賜繒啓：「便覺肅䚉非遙，挹婁無遠。」隋書

何妥傳：「時人爲之語曰：世有兩雋，白楊何妥，青楊蕭䚉。」唐書宰相世系表楊崇禮戶部尚書，子

䚉餘、䚉矜、䚉名，本傳作慎。表又有趙郡李叔䚉次子游道，相武后。藝文志有平貞䚉撰孝經義。

北史有夏侯道遷次子夏侯䚉。唐詩人有劉䚉虛，開元時爲夏縣令。䚉，古慎字無疑也。余長子䚉

樞，亦用古慎字也。

64　狖，注云：補買切，音擺。說文短脛狗。

按：昭十三年左傳「蔡公使須務牟、史狖先入」，杜注：「須務牟、史狖，楚大夫蔡公之黨也。」陸氏

釋文：「狖音皮皆反。」今作上聲，無平聲，非也。

65　嬙[一]，注云：音戕。嬪嬙，婦官。漢王昭君名嬙。舉要同文鐸牆同嬙，非。又木部牆，注云：

船[二]也。舊注元帝賜單于王牆爲閼氏，誤。

按：前漢書元帝紀：「竟寧元年春正月，匈奴呼韓邪[三]單于來朝，詔賜單于待詔掖庭王牆爲閼

氏。」後漢書南匈奴傳：「昭君字嬙。」則是前書作牆，非誤也。

〔一〕「嬙」字，原誤「牆」，據正字通改。

〔二〕「船」字上，原有「牆」字，據正字通删。

〔三〕「邪」字，據漢書元帝紀補。

66 祝〔一〕，注云：音税，漢郇越死，莽太子祝〔一〕以衣衾。

按：前書鮑宣傳「郇越，郇相，同族昆弟也。並舉州郡孝廉茂才。越散其貲千餘萬，以分施九族州里，志節尤高。相，王莽徵為太子四友，病死，莽太子祝以衣衾。」此郇越事也，云郇越，誤。非李特傳

67 犇，注云：同觸。晉載〔二〕記李特傳：馳馬追擊，犇倚矛被傷。注：犇，古觸字。

按：晉載記李特傳：「流率蕩、雄攻常深柵，尅之。追至成都，蕩馳馬追擊，犇倚矛被傷。」注：犇，古觸字。

又淮南子齊俗訓「鳥窮則啄，獸窮則犇」，高誘注曰：「犇戒也。」舊注：「犇音觸〔三〕」。

68 姪，注云：才何切。説文訬疾也，長箋女不雜坐，從女坐〔四〕，寓戒也。舊注：安也，又少貌。

按：穆天子傳「天子乃殯盛姬於轂丘之廟，王女叔姪為主」，注曰：「叔姪，穆王之女也。」

姪，訓安及少貌者是。

69 伶，注云：舊注音黔。篇海誤同。伶佯古樂人。

按：古樂人伶倫、榮爰、大容見史傳，無稱伶佯者。伶佯，即伶倫之誤。

按：後漢書班固東都賦「伶侏兜離，罔不具集」，太子賢注曰：「鄭玄注周禮云：四夷之樂，東方曰靺，南方曰任，西方曰株離，北方曰禁。禁，字書作伶，音渠禁反。休音摩葛反。」伶佯，蓋伶侏之誤，非伶倫之誤也。

〔一〕「税」字，原作「祝」，據正字通及漢書鮑宣傳改。下同。　〔二〕「載記」，原誤「記載」，據正字通及晉書改。　〔三〕淮南子齊俗訓無此高注。　〔四〕「從女坐」，原誤「依女」，據正字通改。

70 爐，注云：音覽。六書故火燄所攬及也。舊注汎云火爐，非。
按：爐無義，今不從。
宋史：「天聖二年，命左正言直史館張觀等勘挍隋史。觀尋爲度支判官，續命黃爐代之。」謂「爐無義，今不從」，則宋史黃爐可塗抹耶？

71 姕，注云：舊注音志，有莘氏女，繇娶謂之女姕。本作志。
按：史記外戚世家「王太后，槐里人，母曰臧兒」，索隱曰：「皇甫謐云名[一]姕。」此女旁姕也。〔世本「繇娶有莘氏女，謂之女姕」，非「姕」也。

72 堇，注云：音謹。說文黏土也。又劉守光圍滄州城，城中食堇塊。
按：唐書藩鎮盧龍劉仁恭[二]恭傳：「光化初，使其子守文襲滄州，節度使盧彥威棄城走，遂有滄、景、德三州地。天祐三年，朱全忠自將攻滄州，壁長蘆。仁恭悉發男子十五以上，得衆二十萬，屯瓦橋。全忠環滄築而溝之，內外援絕，人相食。仁恭從克用乞師，以兵三萬合攻潞州，降全忠將丁會，滄州圍乃解。仁恭築館大安山，掠子女充之，以堇土爲錢。歛真錢，穴山藏之。殺匠滅口。子守光烝其嬖妾，事覺，仁恭謫之。李思安來攻，屯石子河。守光引兵出戰，思安回攻大安山，虜仁恭，因別室。」據此則襲滄州者守文，既而圍滄州者朱全忠。況滄州乃劉守光自有之地，何從自圍滄州，皆大謬。

73 諱，注云：舊注：音捉，姓也。晉有諱韓。攷姓譜無諱姓。篇海人名晉韓諱，非姓也。以名爲姓，倒

〔一〕「名」字上，原有「后」字，據史記索隱刪。

〔二〕「仁」字，原作「思」，據新唐書劉仁恭傳改。

作諟韓，誤中又誤。姓苑隋有韓綽，無韓諟。篇海亦誤。

按：晉載記「慕容德鎮鄴，魏師次新城，慕容青等請擊之。別駕韓諟進曰：今魏不可擊者四，燕不宜動者三。」又「慕容超正旦朝群臣於東陽殿，遂議入寇。其領軍韓諟進〔一〕曰：今陛下嗣守成規，宜閉關養士，以待賊釁。不可結怨南鄰，廣樹仇隙」。乃謂無韓諟，何也？

74 匐，注云：音倍，人名。晉有匐督。又晉紀石勒初名匐。

按：晉載記「時胡部大張匐督，馮莫〔二〕突等擁衆數千，壁〔三〕於上黨，勒往從之。因說匐督曰：劉單于舉兵誅晉，部大距而不從，豈能獨立乎」匐督蓋張姓也。又按石勒初名匐。後魏書「石勒小字匐勒，石虎祖曰匐邪」。匐即匐，勒之從子，祖曰匐邪，父曰寇覓。是當時以匐名者有三。

匐，音義同也。音倍者非。

75 諽，注云：俗字。舊注：丁浪切，當去聲，言中理也。

按：隋書經籍志注：梁有李諽之本草一卷，李諽之藥錄六卷，不考證切實，而遽云俗字。非也。

76 刹，注云：俗字。舊注：同郡，又音癡，出釋典。並非。

按：漢書古今人表有曹刹時，師古曰：「即曹欣時也。刹音許其反。」方密之通雅曰：「各字書無刹，惟龍龕作刹，丑脂切。」是刹有癡音也。

據石勒傳改。

〔一〕「進」字，晉書慕容超傳作「諫」。　〔二〕「馮莫突」，原作「馮突莫」，據晉書石勒傳乙正。　〔三〕「壁」字，原誤「璧」，

77　猲,注云：舊注：音喝,恐逼也。史記恐猲諸侯。　按：史蘇秦傳恫疑虛喝,漢王莽傳恐喝良民,
與史記恐喝義同。俗本譌作猲。　他如漢書王子侯表葛魁侯寬坐縛家吏恐猲受賕,平城侯禮坐恐猲
取人雞,皆譌喝為猲。

按：史記「務以秦權恐愒諸侯」,不言恐猲。王莽傳「恐猲良民」,師古曰「猲以威力脅之也。音呼
葛反。」不言恐喝。王子侯表：「葛魁節侯寬元朔二年五月封,八年薨。元狩四年侯戚嗣,元鼎三年
坐縛家吏恐猲受賕,棄市。」據此,則是恐猲受賕者戚也,今以為寬,蓋沿通雅之誤而不之考耳。

78　睃,注云：同睃。舊注音俊,訓視,非。
按：漢書諸侯王表「魯共王劉餘四世孫睃,陽朔二年嗣」,晉灼曰：「睃音鐫。」師古：「音子緣反。」此
云與沒同,非也。

79　吺,注云：同沓,與吻同。
按：魏策「韓吺、周最」,注曰：「吺,元從口。」秦策「韓春謂秦王：珉欲以齊秦而困薛公」,鮑彪
曰：「珉,元作吺,字書無之。」吳師道曰：「吺、珉,策字通。」據此,則吺非同吻也。舊注音訓同吻。分吺、嚼為二,誤〔一〕。

80　篕,注云：倉多切,筥屬。同文舉要專指〔二〕炭籠。
按：唐書郭釗傳「貽書譙躗篕嶺」,則篕又蠻姓也。

81　玗,注云：音五,人名。後蜀有委玗。

〔一〕「誤」字,原作「非」,據正字通改。

〔二〕「指」字,原作「訓」,據正字通改。

按：晉載記「楊難敵之奔葭萌也，恃險不法。李雄遣中領軍琀及將軍樂次等攻下辯，征東李壽督

玲弟玼攻陰平。」玲及玼皆李雄兄李蕩之子。字彙□〔一〕以爲委玼，今復因之而不考，何也？

82 麿，注云：尼昆切，人名。姚秦太史郭麿。

按：晉書呂光傳：「光散騎常侍、太常郭麿。」涼武昭王李暠傳：「常與呂光太史令郭麿及其同母弟

宋繇同宿，麿起謂繇曰：君當位極人臣。李君有國土之分。」溫公通鑑：「涼散騎常侍太常西平郭

麿善天文數術。」麿蓋後涼太史也。云姚秦，誤。

83 挤，注云：俗弄字。說文：弄，玩也。舊注引說文誤。

按：隋書列傳：「權武字武挤，天水人也。以忠臣子起家，襲爵齊郡公。」挤，當以武技爲訓。

〔一〕 □，版壞脫字，疑爲「誤」字。

管城碩記卷之二十四

正字通四

1 桴，注云：編竹木代舟，大曰筏，小曰桴。又天官有天桴四星，橫渡河漢，與天津九星並象形。

按：巫咸星簿讚曰：「天桴應節，度漏省時。」注曰：「天桴，鼓槌也。謂應刻漏時節也。」石氏曰：「天桴星明軍軍鼓鳴。」何得以此爲桴筏之桴？

2 銅，注云：音麴，《史記魯世家》：周公還政成王，北面退〔一〕就臣位，銅銅如畏然。又東韻，音躬，義同。

按：《魯周公世家》「銅銅如畏然」，徐廣曰：「銅銅，謹敬〔二〕貌。見《三蒼》，音窮。一本作夔夔〔三〕」。今云音麴，又音躬，皆非。

3 曉，注云：誷字。舊注烏郭切，引漢紀曉哉是翁。

按：《馬援傳》本作曤。目部曤注引曤鑠。今誷爲曉，自相矛盾。

〔一〕「退」字，《史記魯世家》無。

〔二〕「謹敬」，原作「敬謹」，據《史記魯世家》注引乙正。

〔三〕「夔」字，原作「夔」，據《史記魯世家》注改。

按：晉律曆〔一〕志「黃鐘爲變徵」，注曰：「下徵之調，林鐘爲宮，大呂當爲變徵。而黃鐘笛本無大呂之聲，故假用黃鐘以爲變徵也。假用之法，當爲變徵之聲，則俱發黃鐘及太蔟、應鐘三孔。黃鐘應濁而太蔟清，大呂律在二律之間，俱發三孔而微〔二〕暕暟〔三〕之。則得大呂變徵之聲矣。」暟字見此，非譌也。

4　箟，注云：箟字之譌。

按：隋音樂志「柱國沛公鄭譯云：考尋樂府鐘石律呂，皆有宮、商、角、徵、羽、變宮、變徵之名。七聲之內，三聲乖應，每恒求訪，終莫能通。先是周武帝時有龜茲人曰蘇祗婆，從突厥皇后入國，善胡琵琶。聽其所奏，一均之中間有七聲。因而問之，答云：父在西域，稱爲知音，代相調習，調有七種。以其七調〔四〕勘校七聲，冥若合符。一曰娑陁力，華言平聲，即宮聲也。二曰雞識，華言長聲，即商〔五〕聲也。三曰沙識，華言質直聲，即角聲也。四曰沙侯加濫，華言應和聲，即變徵聲也。五曰沙臘，華言應和聲，即徵聲也。六曰般瞻，華言五聲，即羽聲也。七曰俟利箑，華言斛牛聲，即變宮聲也。譯因習而彈之，始得七聲之正。」據此，則箑非箟之譌也。

5　篍，注云：舊注：音角，竹椽。又音屋，竹名。非。

按：宋會要曰：「白鷺車，隋所置也。柱杪刻木爲鷺銜毛篍。」注「音角」。

〔一〕「律曆」，原誤「律書」，據晉書改。

〔二〕「微」字，原作「徵」，據晉書律曆志注改。

〔三〕「暟」字，律曆志作「磈」。

〔四〕「調」字，原作「種」，據隨書音樂志中改。

〔五〕「商」字，原作「南呂」，據中華書局版隋書校勘記改。

6　笑注云：譌字。舊注：音替，車節。　按：孫愐引説文：笑，喜也。从竹从大。由此推之，笑非
車屬，甚明。舊注笑混軟，誤。

7　簨，注云：同饌，本作籑。
　按：孫愐唐韻：「笢，車籃也。一名笶。」笶音替。又按宋史：嘉祐六年，中丞韓絳請以閤門祇候内侍
各二人挾駕頭左右次扇笢。笢，曲柄繡蓋，即笶也。舊注車節，乃車笢之譌。笶非譌也。
　按：前漢書司馬遷傳贊：「自古書契之作而有史官，其載籍博矣。至孔氏籑之。」師古曰：「籑與撰
同。」今云同饌，本作籑，誤也。

8　芰，注云：同茤。
　按：後漢書牢夷傳「建武二十三年，其王賢栗遣兵乘箄船下江漢，擊附塞夷鹿茤」，注云：「茤音
多。」又借作𦬻，魏鍾繇宣示帖「茤𦬻之言，可擇廊廟」，注云：「茤、𦬻同。」今以爲同芰，非。
　按：説文茤重文，引杜林説从多。从〔一〕芰爲正。

9　芫，注云：同悅。
　按：漢外戚傳：武帝賦曰「寖淫敞芫，寂兮無音」，師古曰：「芫，古恍字。」集韻本此。
　按：芫，注云：愴悅，集韻作敞芫。

10　菥，注云：音爺，即今菖蒲。　長箋以菥爲椰子樹。
　按：隋書林邑傳：「婦人椎髻施椰葉席。」又國清百錄：「僧智顗在靈曜寺，陳少主命主書羅闡宣口
勑，施檳榔二千子，節子一百枚，菥席一領。」長箋以菥爲椰子，是也。

〔一〕「从」字上，原有「當」字，據正字通删。

11　瓝，注云：俗字。舊注：音駢，白瓝，又黃瓝，瓜名。並非。

　　按：後魏書郭祚傳：「祚曾從世宗幸東宮，肅宗幼弱，祚懷一黃瓝，出奉肅宗。時應詔左右趙桃弓與御史中尉〔一〕王顯迭相脣齒，深爲世宗所信。時人謗祚者號爲桃弓僕射、黃瓝少師。」又陸機瓜賦：「其種族類數，則有括蔞、定桃、黃瓝、白瓝、金文、蜜筒、小青、大班。」何云並非？

12　檽，注云：譌字。音痕，平量斗斛。誤。

　　按：南齊書文獻王嶷傳：「嶷以定策功，封永安縣公，仍都督八州諸軍事，鎮西將軍、荆州刺史。嶷至鎮，以市稅重溢，更定檽格，以稅還民。」則檽格乃平量斗斛之格也。今字書乃有檽而無檽，諺云「字經三寫，烏焉成馬」，信夫。

13　櫸，注云：櫛字之譌。舊注音癖，汎云木名，非。

　　按：宋書謝靈運山居賦「擿櫸陰標」，自注云：「櫸音勘，採以爲飲〔二〕」。則櫸非櫛之譌矣。

14　㮼，注云：俗柰字。柰本從木旁，加木非。

　　按：史記相如遊獵賦：「樗㮼厚朴。」謝靈運山居賦「杏壇㮼園」，自注云：「維摩詰經㮼樹園。」後魏列傳：「室韋國有大水名㮼水。」唐開元占經引地鏡曰：「天雨㮼，兵起西方。」南卓羯鼓錄諸宮曲太蔟商有㮼利梵曲。㮼皆從木。

15　捺，注云：乃八切，手重按也。字林搦掐也。

〔一〕「尉」字，原作「丞」，據魏書郭祚傳改。

〔二〕「飲」字，原作「飯」，據宋書謝靈運傳改。

按：後魏書楊侃傳：「梁裴邃移日：魏始於馬頭置戍，如聞欲修白捺舊城。若爾，便相侵逼。侃曰：白捺小城，本非形勝。因移日：彼之纂兵，想別有意，何爲安搆白捺也？」又宋書：「范蔚宗和香方、安息欝金、捺多和羅之屬，並被珍于外國，無取于中土。」又通鑑：「長興三年，幽州奏契丹屯捺利泊。」又佛報恩經：「波羅捺王名摩訶羅闍。」捺字注於手捺外，亦當顁有所引。

16　顁，注云：俗字。莊子本作頹。說文作額。舊本譌作頹，附五畫，非。

按：蔡邕釋誨：「攝須理髯，餘官委貴。」蜀孔明與雲長書：「未若髯之絕倫逸群也。」南史：「鮑泉美鬚髯，善舉止。」北齊書：「許惇美鬚髯，下垂至帶，省中號爲長鬣公。」元史：「楚材身長八尺，美髯宏聲。帝偉之，處之左右，遂呼楚材曰吾圖撒合里，而不名。吾圖撒合里，國語長髯人也。」字皆作髯。據史記大宛列傳：「自大宛以西至安息國，其人皆深眼多鬚頿。」字正作頿，則頿爲古字，非舊本譌作頿也。

17　綃，注云：譌字。舊注音陌，頭巾。當從帞。

按：晉書五行志：「元康中以璪爲綃頭。」從絲作綃，非譌也。

18　帠，注云：舊注與鞏同。篇海類編作鞏。

按：帠鞏皆鞏之譌，從巾從旧，並非。

按：唐書黃巢傳：「王處存選〔一〕銳卒五千，以白帠自誌，夜入殺賊。」又「市少年亦冒作帠，肆爲剽」。蓋帠者，以巾束髮之名，非鞏之譌也。

〔一〕「選」字，原作「遣」，據新唐書黃巢傳改。

19 嗢，注云：舊注：音屋，咽也。潘岳笙賦「先嗢噦以理氣」，注：「嗢噦，吹氣吐翕起伏也。」孫愐烏沒切，〔一〕音屋，非。

按：笙賦「援鳴笙而將吹，先嗢噦以理氣。」噦，烏沒切，非嗢也。馬融長笛賦「踊溢留連，嗢噱終日。」梁劉孝標答劉遵之借彙苑書「嗢飫膏液，咀嚼英華。」後魏官氏志有嗢盆氏、嗢石蘭氏。唐地理志有嗢鹿州。又東受降城，回鶻衙帳，南依嗢昆水。又吐蕃奴部渾末亦曰嗢末。回鶻傳「嗢沒斯率三部及鐵勒大酋詣振武降。」遠史志有奚嗢部。內典有嗢逝尼國猛光王，又沙彌比丘六物，以上衣為嗢唱囉僧伽。本草綱目以茅香為嗢尸羅。容齋四筆以青蓮華為嗢鉢摩花。如此類者，烏得以一音概之？

20 嗢，注云：舊注：音骨，憂貌。無義。說文詘重文，作讘。以此推之，嗢即咄也。

按：括地志「王舍國有靈鷲山，胡語耆闍崛山。」山是青石頭似鷲鳥，名耆闍崛也。嵇籍詩「春江無雲水平滿，江心嗢嗢鳧雛鳴。」言其水湧江心如山石之嗢嗢也。穆天子傳曰「飲於河水之阿」，鄭注：「阿，水峯也。」水嗢猶水峯，嗢即崛也。又隋書滕王綸傳「沙門惠恩、嗢多等頗解占候。」字皆作嗢，非即為咄矣。

21 頜，注云：音窟，禿也。舊注又頟旁骨。非。

按：考工記梓人「爲筍虡，作其鱗之而」，注曰「之而，頟頜也。」疏曰「謂動頟頜，可畏之貌。」頜，

〔一〕「音」字上，原有「舊改」二字，據正字通刪。

22　頤，注云：俗頥字。

苦紀反，又音混。何謂非也？

按：漢書哀帝紀贊「即位痿痺」，如淳曰：「痿音頤晊弩。病兩足不能相過曰痿。」顏師古曰：「頤晊

者，弩名；事見晉令。頤音煩，晊音癸。」

23　趻，注云：俗字。舊注：音分，蹶也。誤。

按：楚襄王大言曰：「并吞四夷，飲枯河海，跂越九州，無所容止。身大四海，愁不可長。據地趻

天，迫不得仰〔一〕。」趻訓蹶，本此。

24　鋪，注云：譌字。舊注：音育，鋪鋪，溫器。非。

按：北魏書蠕蠕傳：肅宗詔賜阿那瓌「新乾飯一百石，麥麪八石，糝麪五石，銅烏鋪四枚，柔鐵烏

鋪二枚，各受二斛。」鋪正非譌字也。又穆天子傳「天子觴重觴之人鮸濫，乃賜之黃金之罌二九，銀

烏一隻」。疑即爲銀鋪也。後人加金作鋪耳。

25　嚜，注云：俗字。舊注：音亦，又音浩。並非。六書無嚜，宜刪。

按：晉載記李特傳：「昔武落鍾離山崩，有石穴二所，一赤一黑。有出於黑穴者凡四姓，曰嚜氏、樊

氏、柏氏、鄭氏。」字嚜何可刪去？

26　晨，注云：音神。舊注古字，上從臼。不知從臼者，從日之譌也。正韻八真注引漢律曆〔二〕志晨星

〔一〕　此引文見宋玉大言賦。

〔二〕　「曆」字，原作「書」，據漢書律曆志改。

始見，亦謁。

按：漢志「明日壬辰，晨星始見」，師古曰：「晨，古晨字。其字從白。白音居玉反。」

27 襧，注云：同褋，謁字〔一〕。

按：唐車服志：「殿庭文舞郎，黄紗袍，黑領襪，白練襧襠。」又元史：「明玉珍攻雲南，總管段功攻追敗之。梁王以女阿蓋妻之。」自有襧字，非褋之謁也。

28 襪，注云：俗字。

按：唐書：「骨利幹之東，室韋之西，有鞠部落，亦曰襪部落。」又驃國傳：「樂工皆崑崙，衣絳朝霞爲蔽膝，謂之襪襠。」

29 鋜，注云：舊注：音立，胡人食器。無確據，沿篇海誤。

按：南齊書扶南傳：「永明二年，闍邪跋摩遣天竺道人釋那伽仙上表稱臣，并獻金鏤龍玉坐像一軀、白檀像一軀、牙搭二軀，古貝二雙、瑠璃蘇鋜二口、瑇瑁檳榔柈一枚。」何云無據？

30 悻，注云：俗〔二〕字。

按：遼史：「正月十六日，宴國舅族曰悻里呩葉隆禮。」遼志：「二月，大族姓蕭者並請耶律姓於本家筵席。呼此節爲睛里呩，漢譯云睛里是請呩是時。」據此，悻當音睛，義同也。

31 碉，注云：俗字，石室，不必作碉。音周，亦非。

〔一〕正字通注文只有「奧樘同」三字。

〔二〕「俗」字，原作「謁」，據正字通改。

按：隋書崔仲方傳：「時諸羌猶未賓附〔一〕，詔令仲方擊之，與賊三十餘戰，紫姐、四鄰、望方、涉題、千碉、小鐵圍山、白男王、弱水等諸部悉平。」西域傳附國：「東北縣亘千里，往往有巻：大、小左封、昔衞、葛延、渠步、桑悟、千〔二〕碉，並在深山窮谷。」又元史：「憲宗四年，滅吐蕃於四川徼外，置碉門、魚通、寧遠等處宣撫司。」碉蓋非俗字也。

又按：一統志：「松潘風俗，日耕野鑿，夜宿碉房。」硯北雜錄曰：「松潘建昌諸夷所宿碉房，十家五家壘石而上，不以左右爲隣，而以上下。牛馬登陟，兩無猜忌。亦呼碉樓，武侯征羌時遺制也。說見九州記。」字彙：「碉音凋，石室也。又音周，義同。」未爲非也。

32　羅，注云：俗字。

按：梁元帝梁安寺刹下銘曰：「阿閣卷羅，洞房谽谺。」羅字僅見此。

33　蹖，注云：俗踢字。篇海作蹖、踏，非。

按：阮籍莊論：「風搖波蕩，相視腷脉，亂次而退，蹖跌失迹，隨而望之耳。」吳都賦：「覓褫氣慴而自腷，注云：謁字。舊注：音憤，腷肉也。又音摘，義同

34　鶍，注云：鴟、鶍同。傳物志鶍一名鶍鳩。舊注音迭，汎云鳥名。誤。

按：晉書「李萲述志賦：穢鶍鳶之籠嚇」，北史崔光傳「鶍鵲集於廟殿」，隋書宇文愷明堂議自古未

踢趺者。」義正相似，非謁俗也。並非。

〔一〕「賓附」，原作「平」，據隋書崔仲方傳改。

〔二〕「千」字，原誤「于」，據隋書西域傳附國改。

「有翡尾」，魏彥深鷹賦「或似鷂頭，或似鷂首」，鷂即鴟也。此當讀爲鴟。江總施僧智顗鷂衲裂裟一

領，謂僧迦鷂之衲也。此當音迸。新舊注皆欠分曉。

35 鴂，注云：同雉。廣雅：野鷄，鴂也。舊注古鵑字，誤。正韻鵑，亦作鴂，引漢五行志隼即今之鴂。鴂

音胡骨反，因師古注而譌。

按：隋禮儀志：「諸公夫人九服，其翟衣雉皆九等，俱以褕雉爲領襮〔一〕。自褕衣已下鷩衣、鵫衣、鴐衣、并朱衣、黃衣、素衣、玄衣而九。」鴂又作翈。「諸男夫人，自翈而下五，其翟衣雉皆五等，俱以翈雉爲領襮。」鴂與褕、鞠、鷩、鴂皆雉名，非即雉也。蓋後人因隼集於陳庭，楉矢貫之，故於鴂旁從矢者，古鵑字。鴂旁從失，即爾雅「秩秩海雉」郭云「如雉而黑，在海中山上」是也。其鴂旁加矢爲鴂字。漢書五行志注，師古曰：「隼，鷙鳥，即今之鴂。鴂音胡骨反。」是也。不折衷經史而臆斷之，其誤宜矣。

36 碎，注云：舊注音額。碎碎，獸名。

按：奇獸莫詳於山海經、本草綱目，未見名碎碎者。舊本犬豸魚鳥諸部，鈔襲篇海，不加考正，如此類者，皆讕語也，宜刪。神異經曰：「西方有人，長短如人，羊頭猴尾，名碎碎，健行。」又騈雅曰：「猲𤝜如人而𤖢蠤，碎碎獸身而羊首。」

37 膪，注云：同肚，俗讀肚若睹〔二〕，故从者作膪。舊注同猪，誤。俗書宜刪。

〔一〕「領襮」原作「襮領」，據隋書禮儀志乙正。下同。

〔二〕「睹」字，原誤「膪」，據正字通改。

按：「魏書列傳：「高拔弟睹兒，膂力過人，尤善弓馬。累遷散騎常侍。」又「薛野睹，代人也。好學善射，進爵河東公」。又邢巒傳：「統軍韓寶率衆擊破蕭衍平西將軍李天賜、前軍趙睹。」又「勿吉國，多豬無羊，婦人則布裙，男子睹犬皮裘」。南史卞彬傳：「彬著禽獸決錄曰：羊性澹而狠，睹性卑而率。」晉載記：「馮睹率衆降於石勒。」字皆作睹。舊注以爲同豬者，是也。何以云誤？

38　麖，注云：舊注：音齊，麖狼，獸名，似鹿而角向前。

按：獸無麖名，篇海麖分齊、齎，豺三音，音豺者，誤以豺狼爲麖狼也。舊注沿篇海而誤。

按：後漢書冉駹夷傳「麖、羊、牛、馬食之皆肥」，注曰：「麖即麖狼也。音子兮反。異物志：狀似鹿而角觸向前，入林樹挂角，故恒在平淺草中。肉肥脆香美，皮可作履襪。角正四蹢，南人因以爲牀。」吳都賦「其上則猨子長嘯，其下則有〔一〕梟羊麖狼」，皆謂此也。安在獸無麖名？

39　肶，注云：譌字。　舊注：音叱，滑貌。　非。

按：南史：「王懋子瑩，遷義興太守，代謝超宗。去後交惡。懋往超宗處，設精白鯷〔二〕、美鮊、麋肶。懋問那得佳味？詭言義興始餉。懋大忿，言於朝廷，稱瑩供養不足，坐失郡。」肶正非譌字也。

40　豩，注云：音彬。　說文二豕也。　又劉禹錫詩：杯前胆不豩。　自注：呼閑切，患平聲。

按：王元之江狚詞：「江狚江狚爾何物？吐浪噴波身突兀。依憑風水恣豵毫，吞啗魚鰕頗肥腯。」豩，音呼關、火類二切，今注呼閑切，閑當是關之譌。

〔一〕「有」字，據文選吳都賦補。

〔二〕「鯷」字，南史王瑩傳作「鮑」。

41 鮠，注云：音豚。河鮠狀如科斗，大者尺餘。風將南北，先涌不爽，故俗呼豚魚知風。

按：易中孚卦曰「豚魚吉」，鄭康成注曰：「三辰在亥，亥爲豕。爻失正，故變而從小名，言豚魚知風。」郭景純江賦「海狶江豚」，陳藏器曰：「鼻在腦上，作聲，噴水直上。數百爲群。江豚生江中，狀如海豚而小，出没水上，舟人候之占風。」南方異物志謂之「水猪」。俗云「豚魚知風」者此耳，豈河鮠耶？

42 驦，注云：舊注：音虞，度也。又驪驦。

按：經史驪虞不作驦。

按：隋書王劭傳「其大玉有日月星辰，八卦五岳，及二麟〔一〕雙鳳，青龍朱雀，驪驦玄武」，虞字作驦。

43 騔，注云：音乞，馬名。一説與既佶且閑〔二〕之佶同。

按：北史李景傳：「帝令景營遼東戰具，賜御馬一匹，名獅子騔。」

44 蠣，注云：與蠇同。舊注：蠇，毒蟲；蠣，蚌屬。分爲二，非。

按：莊子「蠇蠆之尾」，注云：「長尾曰蠇，短尾曰蠆。」蠇音賴，此毒蟲也。異物志：「古賁，牡蠣也，一名石雲慈，附石而生，曰蠣房。」此蚌屬也。今云蠇與蠣同，誤。又以牡礪入蠇注，尤誤。

45 蝛，注云：俗字，蟲窟，不必别作蝛。

按：晉車永除鄖令，與陸雲書「昨全伯始有一將來，具説此縣既有短狐之疾，又有沙蝛害人」。據柳

〔一〕「麟」字，原作「龍」，據隋書王劭傳改。

〔二〕「既佶且閑」，原作「既閑且佶」，據正字通及詩經六月乙正。

柳州云:「射工沙虱,含怒竊發,中人形影,動成瘡痏。」則沙蝨疑沙虱之譌也。

46 嬕,注云:俗字。
醢,注云:俗字。舊本汎云鼠名,無據。
按:尹文子曰:「鄭人謂玉未理者爲璞,周人謂鼠未腊者爲璞。」嬕即璞也。又梁州記曰:「智水北
智鄉山有仙人唐公房祠。山有易腸鼠,一月三吐易其腸,束廣微所謂唐鼠也。」醢即唐也。

47 蝤,注云:音囚。爾雅蝤蠐蝎,注云:在木中。又蝤、蟒,音義各別。舊注蝤同蟒,非。
按:王褒傳「蜉蝤出以陰」,孟康曰:「蜉蝤,渠畧也。」師古曰:「蝤音由,字亦作蟒,其音同也。」舊注
本此。

48 妣,注云:音吡,女不謹也。
按:梁劉孝威謝賚林檎書曰:「勇聞齊國,止錫二桃。遠至仙方,纔蒙數棗。豈如恩豐漢篋,賜廣

49 嫥,注云:音專,又音團。說文壹也。嫥即專,加女,贅。
按:淮南子俶真訓「提挈陰陽,嫥捖剛柔」,誘注:「嫥捖」,音專桓「和調族類也」。豈得以專壹槳
之?

50 盧,注云:山旁穴。張衡南都賦:潛盧洞出。舊本譌作盧,列广部,誤。盧从厂。本草綱目「盧藥,草名,生胡國。」
按:唐書回鶻傳:「開成四年,國人立盧駁特勒爲可汗。」盧从厂。
王弇州觀音大士六部經咒序「觀世音一曰光世音,梵名盧樓亘。」盧从广,二字疑不同也。

51 濦，注云：胡猛切，涸濦，水回旋貌。舊注又〔一〕與影同，非。

按：水經注：「濦口水出豫章艾縣東，入蒲圻縣，至沙陽西北魚嶽山，入江。」濦，水名，注皆未審。

52 澗，注云：音師。琅邪代醉編：澗字古今不錄，惟申〔二〕州雜記：澗，川名。

按：水經「淮水又東，得澗口水」，酈注：「源南出大潰山，東北流，翼帶三川，亂流北注澗水。又北逕賢首山西，又北出東南，屈逕仁順城南，故義陽郡治也。」謂「澗字古今不錄」，何也？

53 勖，注云：俗字。舊注：音龜，大力貌。誤。

按：唐書酷吏傳：「敬羽，肅宗初以言利幸，任遇寖顯，凶態不能忍，乃作巨枷，號勖尾榆，囚人多死。」是勖爲大力貌也。

54 遷，注云：尋、尋通。舊注音尋，長也。改从支，非。六書無遷。

按：後漢書馬融廣成頌：「陵喬松，履脩樠，踔遷枝，杪標端。」注曰：「遷音尋，謂長枝也。」

55 杆，注云：音干，漢尹賞傳被鎧杆，杆卽干。俗加木，泥。

按：前漢書功臣侯表：「軑譯侯杆者，以小月支王將衆千騎降，侯。」宋書竟陵王誕傳：「有流星大如斗杆，尾長十餘丈。」又通鑑陳紀：「初，周人欲與突厥木杆可汗連兵伐齊。」胡三省注：「杆，公旦反。」杆非卽干。

〔一〕「又」字，原作「云」，據正字通改。 〔二〕「申」字，疑爲「中」字之誤。

56 餳，注云：「說文〔一〕和粖者也。」孫愐徐盈切。《六書故》曰：「餳餹同一字，易與唐同一音。從易，非徐盈之聲。」舊注徐盈切，次徒郎切，分二音，非。

按：詩「簫管備舉」，鄭箋曰：「簫，編小竹管如今賣餳者所吹也。」陸氏曰：「餳，夕清反，蜜也。」又音唐。」夕清、徐盈二反，其音非一也。方言：「餳謂之餹。」劉熙逸雅：「糖之清者曰飴，稠者曰餳。」餳亦非與餹同一字也。沈佺期詩：「馬上逢寒食，春來不見餳。洛中新甲子，何日是清明。」則正作徐盈矣。劉禹錫歷陽書事詩「湖魚香勝肉，宮酒重于餳」，亦然。正韻及舊注皆分二音，是也。

57 稰，注云：舊注。音歊，禾稰也，一曰禾病。稰訓禾病，分爲二義，非。

按：《漢張公廟碑》「國無災稰」，蓋謂民和年豐而無旱潦之災。禾稼之稰也。通雅謂災稰即災患，並非。

又按：龍注云：「龍，穧也。一曰禾病。」亦二義也。

58 謻，注云：同謻，凡門堂臺榭別出者曰謻，與〈部滗別。《集韻》：謻，冰室門名。小補云：本作鄗。

按：《水經注》：「洛陽諸宮名曰南宮，有謻臺。」東京賦曰：「於〔二〕南則有〔三〕謻門曲榭，邪〔四〕阻城洫。」注云：「謻門，冰室門，即宣陽門也。」門內有宣陽冰室，故得是名。」〈部作滗，乃後人以冰室而

〔一〕「飴」字，原作「餳」，據正字通及說文改。

〔二〕「於」字，原作「其」，據文選東京賦改。

〔三〕「有」字，文選東京賦無。

〔四〕「邪」字，原作「依」，據文選東京賦改。

臆造．非有二也。集韻安在爲非？

鞘，注云．音笑。說文刀〔一〕室也。舊注泥。廣韻音梢，訓鞭鞘。誤。又隋書〔二〕刑法志曰：「齊河清三

按：秦苻堅時鞭鞘謠曰：「長鞘馬鞭擊左股，太歲南行當復虜。」

年，尚書令、趙郡王叡，奏上齊律十二篇：鞭答者，鞭其背。鞭鞘皆用熟皮，削去廉稜。」通鑑唐太

宗貞觀十九年，「上自繫薪於馬鞘以助役」，史炤釋文曰：「鞘，仙妙切。馬上刀劍室也。」胡身之曰：

「余按〔三〕鞘音所交翻，鞭鞘也。」刀劍室安可以繫薪乎？又按杜陽編「代宗嘗幸興慶宮，於複壁閒

寶匣中得軟玉鞭，遂命碧金絲爲鞘」，宋史儀衛志「鳴鞭，內侍二人執之，鞭鞘用紅絲而漬以蠟」，歐

陽修詩「留待鳴鞘出紫宸」，李太白行行且遊獵篇「金鞭拂雪揮鳴鞘，半醉呼鷹出遠郊」，皆如此讀，

安得以鞭鞘爲誤？

又按：唐書南詔傳：「異牟尋遣清平官獻鐸鞘、浪劍。」鐸鞘者，狀如殘刃，有孔旁達，出麗水，飾以

金，所擊無不洞。」則鞘不止爲刀室明矣。

綍，注云：．音逆。說文綏也。前漢翟方進傳赤韍綍，師古曰：「韍，所以繫印。綍，系也。」

按：後漢書輿服志：綍者，古佩璲也。佩綏相迎受，故曰綍。紫綏以上，綍綏之間〔四〕得施玉環鐓

云」。前書注沿說文，但以綍爲維系，非。

〔一〕「刀」字上，原有「鞘」字，據正字通刪。

〔二〕「書」字，原作「史」，據隋書改。

〔三〕「余按」，資治通鑑胡三省注無。

〔四〕「間」字，原誤「問」，據後漢書與服志改。

61 鸞，注云：同鸞，涊源作鸞。

按：南宮仲鼎銘曰：「中對王休命，作鸞父乙尊。」薛尚功曰：「鸞者，大鼎也。」又豐鼎銘曰：「豐用作玖鸞彝。」微欒鼎銘曰：「欒作朕皇考鸞彝尊鼎。」是尊、彝、鼎皆有鸞名也。薛氏據釋詁文「將，大也」以鸞爲大鼎。則鸞尊彝者，亦爲大尊彝乎？注以爲同鸞，非矣。鸞蓋取將享之義。薛

62 薊，注云：地名，本作薊。　路史：薊縣，今范陽治地，多薊。水經注：薊城西北隅薊丘爲名。班志曰：薊，故燕國。　非。

按：史武王封堯後于薊，封召公奭于燕。其後燕强，遂滅薊，居之。秦薊縣，漢高帝爲燕國，昭帝改廣陽郡，治薊縣。故班志云「薊，故燕國，召公所封」，非誤也。正字通以薊丘爲范陽治地，非燕所都，不審羅泌路史以薊爲薊之譌，遂至自相矛盾也。賈誼服賦「細故慸薊兮」，索隱：「薊，音介。」薊與薊音義殊也。

63 硍，注云：懇去聲。　正韻石有痕曰硍。

按：周禮典同「凡聲高聲硍」，鄭云：「故書硍作硜。杜子春讀硍爲鏗鎗之鏗。」陸氏釋文「硍音艱，又苦耕反，字林音限。」無有作懇去聲者。

64 燭，注云：漢天文志：燭星，狀如太白，其出也不行，見則滅，所燭，城邑亂。如星非星，如雲非雲，名曰歸邪。出必有歸國者。

按：石氏曰：「燭星狀如太白，不行，見則不久而滅。」荆州占曰：「燭星青，有憂事，赤有乖事。黃蓋

白，有歡事。此所謂燭星也。」巫咸曰：「如星非星，如雲非雲，名曰歸邪。」張淵觀象賦「歸邪繽紛」，

注曰：「如星非星，如雲非雲，謂之歸邪，夾以微氣，故曰繽紛。」此所謂歸邪也。歸邪與燭星，了不

相涉。太史天官書連而記之，而班志因之。孟康曰：「燭星上有三彗出。」李奇曰：「有兩

赤彗上向，有蓋狀如氣，下連星。」燭非卽歸邪，明矣。燭星注并歸蛇連引之，殊謬。

65　喧，注云：「居鄧切，乾燥也。

按：盧諶朝華賦曰：「當於重陰始袪，微雨新晴，抑以泥液，喧以陽晴。」徐元固曰：「喧音火光反。玉

篇云：日氣也。」梁書[一]良吏傳：「伏喧字玄耀，曼容之子也。」觀其命名與字，自以日氣爲義，豈可

以乾燥釋之。資治通鑑：「祖喧之爲魏所虜，安豐王延明聞其才，厚遇之。使喧之作欹器刻漏銘。」

胡身之注云：「喧，居鄧翻。」字彙、正字通音同，皆曰乾燥也。失其旨矣。

66　陝，注云：「音頰，姓也。

後唐有陝跌疏。

按：唐書郭知運傳：「突厥降戶阿悉爛、陝跌思泰率衆叛，執單于都護張知運，詔以朔方兵追擊，至

黑山呼延谷敗之，虜棄仗走。」是陝跌乃突厥之種類。後唐陝跌疏其支裔也。

67　墊，注云：「蔡松年補南北史志，吐谷渾阿豺登其國西疆山觀墊江源。」此非忠州之墊江也。又墊江之

源在吐谷渾西疆山，今其地不在中國，莫可考究。

按：禹貢：「西傾因桓是來。」括地志：「西傾，今強臺山。」段國沙州記：「洮水與墊江水俱出強臺山。」

〔一〕「書」字，原作「史」，據梁書改。

以西傾一名強臺，故謂之西疆。沈約宋書「景平中，吐谷渾阿豺升西疆山觀墊江源。長史曾和曰：

此水經仇池，過晉壽，出宕渠，至巴郡入江」。何謂非忠州之墊江也？漢志「西傾山在隴西臨洮縣

南」，何謂不在中國也？直是誤疆爲疆，以爲在吐谷渾之西疆，故云不在中國耳。

68　ム，注云：舊注音思。自營爲ム，背ム爲公。又與某同。穀梁傳桓二年[一]注：鄧ム地。

按：桓二年，蔡侯鄭伯會于鄧，穀梁傳注：「鄧，某地。」王符潛夫論「上蔡北有古鄧城」，此所會者蔡

地也。范甯偶失于考證，不知其處，故云某地。陸游老學菴筆記：

後漢書「公孫述夢有人語之曰：八ム子系，十二爲期」，注云：「說文ム音私。」則是音某者乃借用

耳。非傳注本作ム也。

〔一〕「桓二年」，原在「穀梁」上，據正字通乙正。

詩賦一

1 杜子美王兵馬使二角鷹詩：將軍玉帳軒翠氣。

仇氏詳注云：軒然翠氣，鷹之毛色也。

按：揚雄傳「曳紅采之流離兮，軒〔一〕翠氣之宛延」，顏師古曰：「言宮室曠〔二〕大，自然有紅翠之氣。」此蓋以玉帳軒鬱自有翠氣耳，豈謂鷹之毛色乎？

2 駱賓王帝京篇：且論三萬六千是。

唐仲言引李集注云：三萬六千，百年光景也。

按：易緯河圖：「黃帝曰：凡人生一日，天帝賜算三萬六千。」詩之意亦且論一日之是，焉知四十九年之非。若以爲且論百年之是，詞義乖舛矣。王建短歌行「百年三萬六千朝，夜裏分將强半日」，乃謂百年光景耳。

3 黃伯思曰：小宋太一宮詩：仙圖幾弔開。

注云：真誥謂一卷爲一弔。殊不知真誥所謂弓卽卷字。

按：隋經籍志、唐藝文志何遜集八〔三〕弓，溫岐卿詩「內史書千弓，將軍畫一厨」，揚子法言「一卷

〔一〕 「軒」字，漢書揚雄傳作「飋」。

〔二〕 「曠」字，原作「廣」，據揚雄傳注改。

〔三〕 隋書經籍志何遜集七卷。

之書」,弓、弓與卷,皆即卷也。陳景元以弓爲篇,方密之以弓爲函,楊升菴云弓音周,皆非。

4 庾信宮調曲:嗣德受堯琴。 倪魯玉注云:世本神農作琴。知樂記舜作五絃之琴以歌南風,乃
是作南風之歌,非謂舜始造琴。故亦可言堯琴。
按:通禮纂義曰:「堯使無勾作琴,五絃。」又傳疑錄曰:「揚雄曰:舜彈五絃之琴而天下化,堯加二
絃以合君臣之恩。」則稱「堯琴」者以此。

5 溫庭筠詩:畫圖驚畏獸。 注:魏道武造畏獸、辟邪諸戲。
按:山海經「有神人操蛇銜蛇,名曰彊良」,郭璞注曰:「在畏獸畫中。」中曲山有獸如馬一角,名曰
駁,食虎豹」,注曰:「在畏獸畫中。」譙明山「有獸如貆赤豪,名曰孟槐」,注曰:「亦在畏獸畫中。」
畫史:「隋畫官本有王廙畏獸圖。」

6 溫庭筠詩:家乏兩千萬。 注云:未詳。
按:晉書庾敳傳「劉輿說東海王越令就換錢千萬,冀其有吝,因此可乘。越於衆坐中問敳,答曰:
下官家有二千萬,隨公所取矣」。

7 老杜詩:五雲高太甲。 嚴滄浪云:太甲之義,殆不可曉。得非高太一耶?
按:班固武帝內傳曰:「伏見廣扶山青真小童授六甲靈飛於太甲中元,凡十二事。」又雲氣干犯占
曰:「黃雲氣入六甲,術士用。黃白氣入,太史受爵賜。蓋太甲者,主司六甲之神也。五色雲氣入,
則有賢人利見之祥。」王勃益州夫子廟碑曰:「華蓋西臨,高五雲於太甲,帝車南指,遁七曜於中

8　老杜放船詩:黃知橘柚來。

四明劉鑰曰:嘗與蜀黃文叔食花椑,云:此物正出閬州,杜所云黃知橘柚來,誤。曾親到蒼溪,順流而下,兩岸黃色照耀,直似橘柚,其實乃椑。

按:蜀都賦「家有鹽泉之井,戶有橘柚之園」。老杜詩或當用此,不得云誤。

9　老杜苦熱行:閉關人事休。

注引易至日閉關。

按:文中子曰「五柳先生傳則幾於閉關矣」。又曰「劉伶者,古之閉關人也」。注云:「閉關喻藏身也。」若至日閉關及藏身意,與苦熱殊舛。讀後漢和帝紀「六月己酉,初令伏閉盡日」。杜苦熱用閉關謂此耳。

10　杜咏諸葛武侯詩:伯仲之閒見伊呂,指揮若定失蕭曹。

按:晉張輔名士優劣論「余以爲親孔明之忠,奸臣立節矣。殆將與伊呂爭衡,豈徒樂毅爲伍哉」?又抱朴子臣節篇「儀蕭曹之指揮,羨張陳之奇畫」。合二書觀之,足見使事之妙,無一字無來歷。

11　老杜詩:惟待吹噓送上天。

注引鄭太傳孔公緒噓槁吹生,疑杜爲誤。

按:揚雄方言「吹扇,助也」,郭璞曰:「吹噓扇拂相佐助也。」左思詩「吹噓對鼎鑊」,虞世南詩「吹噓偶縉紳」,周庾信賦「昔旱瀲而吹噓,藉文言而慶餘」,隋王孝藉啟「咳吐足以活涸鱗,吹噓可用蜇窮羽」,皆如此用。

12　杜贈太白詩:痛飲狂歌空度日,飛揚跋扈爲誰雄?

錢牧齋謂太白性倜儻,好縱橫術,魏顥稱其

眸子炯然，哆如餓虎。好任俠，手刃數人。故公以飛揚跋扈目之，猶云平生飛動意也。

按：「西京賦『盱睢跋扈』，梁冀傳『此跋扈將軍』，朱浮傳『往者赤眉跋扈長安』，周書閻慶傳『高歡跋扈，將有篡弒之謀』，北史『賀六渾論侯景專制河南十四年，有飛揚跋扈之意』，則飛揚跋扈豈贈人所得言者？蓋是時，林甫方說帝宜用番將祿山，侵奚契丹以祈寵。以史思明、安守忠、田承嗣為爪牙，驕縱自恣，飛揚跋扈，雄視於河東、河北、平盧之際，以太白之才，沉淪不用，惟有痛飲狂歌空度日耳。主上好邊功，奸相棄文吏，飛揚跋扈遂至於此。其曰為誰雄，意深哉！杜遣興呈蘇渙詩『胡狄跋扈徒逡巡』，亦如此說。

13 老杜詩：大家東征逐子回。

詳注謂贈語含諷，朋友相規之意，非也。

劉須溪云：逐字不佳。陳澤州云：大家賦余隨子今東征，直當作隨字。

按：神仙傳：「客逐左慈，叩頭謝。」北史李業與傳：「鮮于靈馥曰：李生久逐羗，博士何所得也？」開費昶巫山高辭：「顧解千金佩，請逐大王歸。」王建：「雄將雛逐母行旋。」母行逐子字不佳，逐王、逐母可乎？

14 杜詩：奉使虛隨八月槎。

按：風俗通：「周秦常以歲八月遣輶軒之使，採異代方言，還奏之。」故老杜用「八月槎」。荊楚歲時記：「漢武帝令張騫使大夏，尋河源，乘槎經月而至一處。見城郭如州府，室內有一女織，又見一丈夫牽牛飲河，因依漢使槎。」亦主騫說。

蔣一葵云：乘槎至天河，乃海上客也。杜誤用為漢之張騫。

元遺事：「帝與貴妃日逐宴於樹下。」

元稹詩：「迢遞河源遠，因依漢使槎。」則以乘槎至天河為張騫者，不自杜始。杜又有詩云：「伏聞周柱史，因依漢使槎。」則又祖老杜也。據庾肩

吾奉使江州詩「漢使俱爲客，星槎共逐流」，庾信枯樹賦「建章三月火，黃河萬里槎」，沈君攸詩「仙

槎逐源終未竭，漢帝遺跡尚難遷」，皆在老杜之前。

末曰軒，取車象也。

15　杜詩：軒墀曾寵鶴。　借用無疑。

邵氏聞見錄曰：鶴乘軒，指軒車言，非軒墀之軒。朱鶴齡曰：韻會簷字之

按：左傳「鶴有乘軒者」，孔德紹詩「華亭失侶鶴，乘軒寵遂終」，是也。簷字之末曰軒，庾信代人乞

致仕表「臣等經侍軒墀」，杜牧華清宮詩「軒墀接禹湯」，李義府在巂州遙敍封禪詩「趨迹奉軒墀」，

老杜苦竹詩「軒墀曾不重」，隋許善心神雀頌「載行載止，當扆寧而徐前，來集來儀，承軒墀而顧

步」，皆是也。至老杜「軒墀曾寵鶴」句，蓋本陰鏗咏鶴詩：「依池屢獨舞，對影或孤鳴，乍動軒墀步，

時轉入琴聲。」豈鶴乘軒之謂哉？

16　老杜觀公孫大娘弟子舞劍器行自序云：開元三載，余尚童穉，記於郾城觀公孫舞劍器渾脫，瀏灕頓

挫，獨出冠時。　硯北雜記曰：今讀序者以劍器爲句，而以渾脫瀏灕頓挫六字爲句，以爲皆極贊

嘆劍器之妙，謬繆沿襲。文字中往往以渾脫瀏灕四字連綴用之。據陳暘樂書云：樂府諸曲自古不

用犯聲，唐自則天末劍器入渾脫，爲犯聲之始。劍器宮調，渾脫商調，以臣犯君，故爲犯聲。又唐多

解曲，如柘枝用渾脫解之類。則劍器渾脫自各爲舞曲之名。

按：唐書郭[一]山暉傳：「景龍中，帝昵宴近臣及修文學士，詔編爲伎。工部尚書張錫爲談容娘舞，

〔一〕「郭」字，據新唐書郭山暉傳補。

將作大匠宗晉卿爲「渾脫舞。」又呂元泰〔一〕傳:「清源尉呂元泰,亦上書言政事曰:比見坊邑相率

爲渾脫隊,渾脫爲號,非美名也。」則渾脫之爲舞名,豈可與劉灘頓挫並言? 又唐五行志:「長孫無

忌以烏羊毛爲渾脫氈帽,人多效之,謂趙公渾脫。」杜佑通典:「軍行渡水用浮囊,以渾脫羊皮吹氣

令滿,係其孔,束於腋下浮渡。」渾脫之爲名,正不一也。

17　杜詩:　皇輿三極北。　注云:　非易之三極。

按:　周書成開篇曰:「三極,一天有九列,二地有九州,三人有四佐。」又小開篇曰:「動獲三極無

疆。」又月令章句曰:「冬至爲三極,晝漏極短,去極極遠,暑景極長。」若以此解杜句,並難通。據爾

雅東至於泰遠,西至於邠國,南至於濮鉛,北至於祝栗,謂之四極。則皇輿在東西南三極之北,爲

正解也。

18　杜詩:　王母畫下雲旗翻。　楊用脩云:　齊郡函山有鳥名王母。　詳注云:　王母畫下,有似旗翻尾

動搖也。

按:　列仙傳:「穆王與王母會瑤池,雲旗霓裳擁簇,自天而下。」詩言畫下雲旗翻,正用此耳。豈可

以鳥名王母解之?

19　杜詩:　安得并州快剪刀。

按:　杜佑通典:「新平郡貢剪刀十具,今邠州。」則杜詩并州之并,疑當是邠之譌也。

〔一〕「呂元泰」,原作「宋務光」,據新唐書呂元泰傳改。

20 庚子山詩:鳳翼纚簪管。倪注云:簪疑作簀,綴衣也。以竹為之,故曰管也。

按:梁簡文帝詩「簪管白鴉纚」,與子山「鳳翼纚簪管」同,簪即簪。子山鄭國夫人墓誌銘「節行聲玉,副加珈簪」,姚翻詩「風搖翡翠簪」,吳筠詩「翹翻翠鳳簪」,白居易詩「銀篦穩簪烏羅帽」,皆簪字耳。子山傷心賦「犀角虛簪」,胡宿詩「雕盤分簪」,何由得從竹從糸?乃去聲簪耳。

21 子山入道士館詩:山巾簪竹皮。

倪注云:簪疑作篸。鄭康成覆公餗注:篸謂之餗。震為竹,竹萌曰筍。筍者餗之為菜也。

按:王維詩「俱簪竹皮巾」,與此「山巾簪竹皮」義同。何用以篸釋之?

22 太白臨江王節士歌:節士悲秋淚如雨。

注云:臨江節士,史失其名。

按:漢藝文志有臨江王及愁思節士歌詩四篇。臨江王者,一篇之名耳。時景帝廢太子為臨江王,坐侵廟壖為宮,徵入,自殺。時人悲之,故為作歌。愁思節士皆篇名,非臨江王所作也。自南齊陸厥有臨江王節士歌,承襲誤用。庚子山哀江南賦「臨江王有愁思之歌」,杜子美魏將軍歌「臨江節士安足數」,皆沿陸誤。

23 太白詩:風吹柳花野店香。

解者謂柳花亦可言香。

按:唐書南蠻傳:「訶陵國以柳花椰子為酒,飲之輒醉。」太白「風吹柳花野店香」,亦以酒言。如七命「豫北竹葉」,竹葉亦酒名也。又梁書頓遜國「酒樹,似安石榴。采〔一〕花汁停甕〔二〕中,數日成

〔一〕「采」字,原作「取」,據梁書扶南國傳改。

〔二〕「停甕」,原作「貯杯」,據扶南國傳改。

酒」，宋史外國傳「閣婆國，其酒出於椰子、蝦蝶及丹樹」，一統志「淳泥國有加蒙樹，其樹心可爲酒。瓊州有嚴樹，搗皮葉浸水，和以釀，數日成酒」，皆此類也。

24　陶淵明還舊居詩：「疇昔家上京，六載去還歸。」韓子蒼以爲作於乙巳。趙泉山謂自乙未佐鎮軍幕，迄今六載。

按：先生有庚子歲五月中從都還阻風於規林詩「行行循歸路，計日望舊居。」則還舊居詩即作於庚子，趙説是也。

郝注云：陶潛所著文字皆書年月，永初以後惟書古甲子。又紂以甲子日死。

25　薛逢詩：醉後獨知殷甲子。

按：韓非子曰「紂爲長夜之飲，懼以失日，使人問箕子。箕子曰：『[一]國不知而我[二]獨知之，吾[三]其危矣。辭[四]以醉而不知。』獨知殷甲子，當謂此耳。」

仲言注：雷澤城在東昌府濮州東南一百里。李冶詩起句「無事烏程縣，蹉跎歲月餘」，與濮州雷澤無涉。

26　李冶寄校書七兄詩：因過大雷澤，莫忘幾行書。

按：舊唐書地理志：「湖州，武德四年置，領烏程一縣。」周處風土記：「震澤有大雷山、小雷山，相傳爲舜漁澤之所。」水經注：「湖中有大雷、小雷三山，亦謂之三山湖。」楊脩五湖賦：「頭首無錫，足蹄松江。負烏程于背上，懷大吳以當胸。」林上改。

〔一〕「字」，原作「壽」，據《韓非子說林上改。　　〔二〕「我」字，原作「予」，據説林上改。　　〔三〕「吾」字，原作「予」，據說

〔四〕「辭」字上，原有「因」字，據説林上刪。

牟萼崔鬼，穿窸紆曲。」大雷小雷，湍波相逐。」是雷澤近烏程之南也。」洽詩自當謂此。

27 温庭筠寒食日詩：窗中草色妬雞卵。注引歲時記云：玉燭寶典謂此節，城市尤多鬪雞卵之戲。

其鬪卵則莫知所出。管子書周容子夏曰：「夫雕橑然後炊之，雕卵然後瀹之，所以發積藏散萬物也。」王廣洛都賦：「爛毛淪卵。」此又淪卵之證也。宗懍記於雕卵然下缺一字，初學記作「雕卵然瀹之」，亦無後字。

按：鬪當是淪之譌。古樂府煬帝令大樂令白明達造新聲，有鬪雞子、鬪百草、還舊宮樂。則鬪雞子之戲，城市多有之可知。

28 老杜詩：北去紫臺連朔漠。注云：紫臺，猶紫宮。

按：括地志：「北岳有五別名，一曰蘭臺府，二曰列女宮，三曰華陽臺，四曰紫臺，五曰太一宮。」江淹別賦「紫臺稍遠」，梁簡文帝詩「棲神紫臺上，縱意白雲邊」，乃謂此也。注者直以為紫宮，而並疑連字為誤，失之遠矣。

29 吳融金橋感事詩。　郝注云：洛陽橋名。

按：融詩首句「太行和雪疊晴空」，則金橋為近太行可知。李義山為河南盧尹賀上尊號表：「清明皇之舊宮，復金橋之故地。」李衞公集序：「天井雄關，金橋故地。」漢志：「上黨高都縣有天井關。」劉歆遂初賦：「馳太行之崖坂，入天井之喬關。」玉海地志：「金橋在上黨南二里。」何得為洛陽橋名？

30 杜牧洛陽詩：已見玄戈收相土。　郝注云：憲宗元和七年田承嗣納土。

按：唐書：高祖武德二年，置十二軍，取天星爲名。富平道爲玄戈軍。杜牧以太和二年登第，當文宗初立，裴度、韋處厚等奏用高瑀爲忠武軍節度使，如夏之收相土耳。王肅謂相土在夏爲司馬之職。相土之土，詎納土乎？又憲宗元和七年魏博兵馬使田與奉貢，詔以與爲節度使，賜名弘正。非承嗣也。

31

王右丞醉醴詩：不逐城東遊俠兒，隱囊紗帽坐彈棋。王詩坐彈棋，即方褥也。或以爲坐與人弈棋，誤也。

楊用脩曰：顔氏家訓梁朝全盛時，貴遊子弟駕長簷車，坐棋子方褥，馮斑絲隱囊。

按：南史張永傳：朝廷所給賜脯飯，必華坐齊割，手自頒賜。棋坐，棋褥也。又按西京雜記：「馬合作彈棋以獻成帝。帝大悅，賜青羔裘，紫絲履。」晉傅玄彈棋賦序：「漢成帝好蹴踘，劉向以爲勞人體，竭人力，非至尊所宜御。乃因其體作彈棋。」未知孰是？世說：「彈棋始自魏宮內，用妝奩戲。」文帝於此技特妙」，殊失考也。後漢蔡邕已有彈棋賦。

32

北齊文宣帝崩，文士各作挽歌。劉逖用二首，盧思道用八首，時稱八米盧郎。

按：八米，續世說作八采，蓋以其采用八首云爾。漢王符潛夫論曰：「尅削綺縠，寸竊八采。」盧思道用八首，時稱八米盧郎。困學紀聞曰：或謂米當爲采。

内典序曰：龍章八采，瓊華九苞。或當日稱爲八采，未可知也。然文人好奇，多用八米。張佑詩：「少見雙魚信，多聞八米詩。」黃山谷詩：「尊前八米句，膝下十年書。」徐師川詩：「字直千金師智永，句稱八米繼盧郎。」李義山獻侍郎鉅鹿公啓：「聞郢中之白雪，媿列千人；比齊日之黃門，慙非八

米。」

33 義山詩:火棗承天姻。

注引真誥紫微王夫人謂許長史曰:交梨火棗,騰飛之藥。

按:史記李少君以却老方見上曰:「臣賞遊海上,見安期生食巨〔一〕棗〔二〕,大如瓜。」洞冥記:「北方有七尺之棗。赤松子曰:北方大棗味有殊,既可益氣又安軀。」火棗疑即大棗之譌耳。

34 薛逢詩:雲外笙歌岐薛醉,月中臺榭后妃眠。

郝注云:岐王隆範、薛王隆業。

按:唐書:岐王隆範,開元十四年薨。薛王隆業,開元二十二年薨。二十八年十月甲子幸溫泉,以壽王妃楊氏為道士,號太真。天寶四載,立太真為貴妃。詩及注皆失考。義山詩:「半夜宴歸宮漏永,薛王沉醉壽王醒。」元稹連昌宮詞:「百官隊仗避岐薛。」蘇子瞻題申王畫馬圖:「天寶諸王愛名馬,千金爭致華軒下,兩坊岐薛寧與申,濺陵內廄多清新。」其誤相承不改。

35 筆叢云:穆天子傳:駕八駿之乘,馳驅千里。義山詩:八駿日行三萬里。信筆之語,無足證也。

按:穆天子傳:「各行兼數,三萬有五千里。」拾遺記:「穆王取八龍之駿,遞而駕焉。按鬱徐行,以匹天地之域。」李詩所云日行者,非謂一日行三萬里也。方子謙曰:草鞋人人所有,可不惜而得。

36 陸放翁詩:穿林雙不借,取水一軍持。

按:方言:「屝屨,麁履也。」絲作之者謂之履,麻作之者謂之不借。」儀禮喪服傳「繩屨〔三〕」者,繩

〔一〕「巨」字,原誤「臣」,據史記封禪書改。

〔二〕原重「棗」字,據封禪書删。

〔三〕「屨」字,原作「履」,據儀禮喪服傳改。下同。

扉〔一〕也」，鄭氏曰：「繩扉，今時不借也。」賈公彥曰：「周時謂之屨，子夏時謂之扉，漢時謂之不借

者。此凶荼屨，不得從人借，亦不得借人。」據此，不借正未可輕用，非直以爲人之所有也。

又按：「釋家戒相儀，有五種水羅，一軍遲。以絹繫口，繩懸水中，待滿引出，卽軍持也。

37 方密之云：希圓禹廟詩高閣無恢台，恢台，火氣也。山谷跋引爾雅夏爲長嬴，卽恢台也。殊謬。

按：楚辭「收恢台之孟夏」，徐浩寶林寺詩「禪堂清瀞暑，高閣無恢台」，直用季海句也。又梁元帝纂要曰：「夏爲

長嬴，卽恢台也。」山谷之說蓋本於此。希圓「高閣無恢台」，謂高閣生涼無長夏耳。猶

何宴景福殿賦所謂「夏無炎燀」也。傅毅舞賦「舒恢台之廣度」，顏師古聖德頌「恢台學府」，則

又以恢台爲恢宏矣。

38 庾子山和詠舞詩： 低鬟逐上聲。 倪注云： 四聲中有上聲。

按：運典：「上聲歌者，此因上聲促往得名。或用一調，或用無名調，如古歌辭所謂哀思之音，不合

中和也。」

39 曹唐詩： 自添文武養丹砂。 郝注云： 文武，脩煉之火候也。

按：魏伯陽參同契：炎火張於上，晝夜聲正勤。 始文使可脩，終竟武乃陳。 古崧子真訣：「大丹第

六轉，以文武火養一伏時。」 司空圖新歲對寫真詩：「文武輕銷丹竈火。」楊萬里十一月朔早起詩：

「文武自勻香底火，聖賢教帶老時愁。」

〔一〕「扉」字，喪服傳作「菲」，下同。

40 曹唐和周侍御買劍詩：青天露拔雲霓泣，黑地潛擎鬼魅愁。注引李賀春坊正字歌：啾啾鬼母秋郊哭。

按：後漢士孫瑞劍銘：「剖山竭川，虹霓消亡。」拾遺記：「越王八劍，六日滅魂，挾之夜行，不逢魅。」詩中用事悉有所本，故往往不嫌其俗。

41 白樂天上裴晉公詩：爲穆先陳醴。自注云：居易每十齋日在會，蒙以三勒湯代酒。

按：本草：蘇恭曰：毗梨勒出嶺南交、愛等州。謂之三果樹。子形似胡桃，核似訶梨勒〔一〕而圓短無稜。番人以作漿，甚熱。李時珍曰：古千金方補腎鹿角丸，用三果漿吞之云。南方草木狀：「訶梨勒樹似木梡，花白，子形如橄欖，六路皮肉相著，可作飲，變白髭鬢〔二〕令黑，出九真。」菴摩勒樹葉細如合昏，花黃，實似李青黃色，食之，先苦後甘。本草：「餘甘子，梵書名菴摩勒。」黃山谷味諫軒詩：「想共餘甘有瓜葛，苦中真味晚方回。」

意三勒以三果而得名。或曰合菴摩勒、訶梨勒爲之，故曰三勒。

42 皮襲美和讀陰符經詩：玄機一以發，五賊紛然喜。行豈可言賊？賊豈所以爲昌？

按：經所云五賊者，謂土作甘，金作辛，木作酸，水火作鹹，作苦之類。集注引太公曰：「聖人謂之五賊，天下謂之五德。人食五味而生，食五味而死，無有怨而棄之者也。心之所味也亦然。」然則

黃東發云：陰符經天有五賊，見之者昌。五

〔一〕「勒」字，原誤「勸」，據本草綱目卷三十五下改。
〔二〕「鬢」字，南方草木狀作「髮」。

43　經所謂五賊，舉世皆見以爲德，無有見以爲賊者。果能見之，豈不昌乎？

岑參胡笳歌：君不見胡笳聲最悲，紫髯綠眼胡人吹。

注云：獻帝春秋張遼問吳降人，向有紫髯將軍是誰？答曰：孫會稽也。

按：唐書點戞斯傳：「人皆長大，赤髮晳面綠瞳，以黑髮爲不祥。」詩明言紫髯綠眼之胡人矣，豈可以孫會稽解之耶？

44　黃山谷戲題高節亭邊山礬花詩云：高節亭邊竹已空，山礬獨自倚春風。自序云：野人呼爲椗花。

按：本草：「山礬、芸香、椗花、柘花、瑒花，一物而數名。李時珍曰：按周必大云：柘音陣，見南史。荊俗誤柘爲鄭，呼爲鄭礬，而江南又誤鄭爲瑒也。」梁書[一]劉杳傳「杳在任昉坐，有人餉昉酒，作㯶字[二]。昉問此字是不？杳對曰：葛洪字苑作木旁者。」周益公謂「柘音陣，見南史」，然南史無是文，而梁史有之，周誤記也。郭義恭廣志有芸香膠。蒼頡解詁：「芸香似邪蒿，可食。」晉成公綏芸香賦：「萋類秋竹，枝象青松」，當卽是柘花。以柘花釀酒，故謂之柘酒。字書皆曰「柘，木名，汁可作酒」，非也。格物總論「山礬又號七里香」，沈括筆談云「芸香卽今七里香」，是也。唐書扶南國以「柘葉覆屋」，不知卽此柘否也？

45　後漢禰衡傳：衡方爲漁陽參撾，蹀躞而前。

注云：參撾是擊鼓之法，而王僧孺詩：散度廣陵

〔一〕「書」字，原作「史」，據梁書劉杳傳改。

〔二〕「字」字，原在「作」字上，據梁書劉杳傳乙正。

音，參寫漁陽曲。自音云：參，七紺反。據詩意，則參曲奏之名，攇字入下句，全不成文。下云：復參攇而去，知參攇二字相連而讀。參字音去聲，不知何所憑也。參，七甘反。

按：天中記云：「徐鍇任江左秘書時，吳淑爲校理古樂府，有攇字。淑多改爲摻。」鍇曰：「非可一例。若漁陽參攇者，七鑑反，『三攇鼓』是也。古歌云：邊城晏開漁陽攇，黃塵蕭蕭白日暗。」淑嘆服。鍇曰：「據此僧孺詩參寫漁陽曲，參七紺反，未爲非也。」孟郊詩：「笑伊漁陽攇，空恃文章多」，李商隱詩「欲問漁陽攇，時無檷正平」，皆如此讀。蓋攇者擊鼓槌也，參與攇同。詩鄭風云「攇執子之袪兮」，陸氏釋文：「摻，所覽反。徐邈所斬反。」皆讀爲去聲。參攇者，摻執鼓槌蹀躇而前。太子賢以參爲曲名，徐鍇以參爲三攇鼓，皆未審參與攇同，而以「漁陽參攇」爲句也。傳當以「方爲漁陽」句，蓋方爲漁陽之曲，參攇而前。故下云復參攇而去也。衡

46

彙苑詳注云：玉谿編事：南詔命清平官賦詩：「自我居震旦，翊衞賴稜契。」彼國謂詞臣爲清平官，天子爲震旦。

按：山海經「大荒之中日月所出，名曰折丹」，郭璞曰：「神人。」震旦與折丹音近，以中國爲震旦，神之也。法苑珠林：「梵稱此方爲脂那」，或云真丹，或云震旦。唐玄奘見戒賢論師，曰：「頃夢文殊大士謂吾曰：後三年，震旦有大沙門從汝授道。」唐書天竺傳：「貞觀十五年，帝命雲騎尉梁懷璥持節慰撫。尸羅逸多驚問國人：自古亦有摩訶震旦使者至吾國乎？皆曰：無有。戒言中國爲摩訶震旦。乃出迎膜拜。」南詔傳：「王自稱曰元，猶朕也。謂其下曰昶，猶卿、爾也。官曰坦綽，曰布燮、曰

久贊，謂之清平官，猶唐宰相也。」詩言居震旦，自以爲居中國耳。徐陵傅大士碑「用震旦之常儀，

乖闍維之舊法」，王半山和俞秀老禪思詞「怎得離真丹」，皆謂此也。

47 顏氏家訓引梁簡文鴈門太守行：大宛歸善馬，小月送降書。

按：簡文帝燕歌行：「先平小月陣，卻滅大宛城。」褚翔詩：「大宛歸善馬，小月送降書。」顏誤記也。

48 鄭谷石城詩：石城昔爲莫愁鄉。

郝注：即金陵石頭城。

按：通典：「石城樂，宋臧質所作也。石城在竟陵，質嘗爲竟陵郡，見群少歌謠，因作此曲。莫愁樂

者，出於石城女子名莫愁，善歌謠。」郡縣志郢州長壽縣本古之石城。故谷詩有「千古漢陽間夕陽」

之句。注以爲金陵石頭城，非。

49 老杜荔枝詩：雲壑布衣駘背死，勞人害馬翠眉須。

彭雲舉云：雲壑駘背，指唐羌也。

按：唐書：「楊妃生於蜀，性好荔枝。南海荔枝勝於蜀者，故每歲飛馳以進。七日七夜至京，人馬多

斃於路。」杜牧之華清宮詩「一騎紅塵妃子笑，無人知是荔枝來」，是也。又續博物志：「漢孝和時，

南海獻龍眼荔枝，十里一置，五里一堠。」謝承後漢書：「唐羌字伯游，爲臨武長，上書曰：龍眼荔枝

及生鮮獻之，晝夜傳送，至有死者。二物升殿，未必延年益壽。帝從之。」杜蓋以雲壑布衣如伯游

者，既老且死，無有能諫之者，遂至勞人害馬，以供翠眉所須也。

50 黃伯思跋華山廟碑曰：歐陽集古錄云：所謂集靈，他書皆不見，惟見此碑。 按：漢地理志：集

靈宮，武帝起。桓譚仙賦叙華山下有集靈宮。二書所載，其詳如是，文忠博古矣，猶時有舛漏。

按：隋經籍志有黃帝集靈三卷。宮之取名者以此。後漢張昶華岳碑叙「世宗又營集靈之宮於其下」，水經注「敷水又北，逕集靈宮」，謝莊瑞雪「咏晰景兮便娟，冠集靈兮藹望仙」，徐堅初學記「集靈宮、望仙門」，杜牧漢宮詩「君王長在集靈臺」，亦多用此。

51 春秋佐助期曰：武露布，文露沉。

按：虞世南奉和月夜觀星應令詩「清風滌暑氣，文露淨器塵。」李商隱寓懷詩「鬭龍風結陣，惱鶴露成文。」甘子布光賦「露沉文而委净。」徐堅初學記「文露、光風」。惟「武露」則罕用之。楊用脩關索廟詩「月捷西來武露布。」蓋用此也。

楊用脩云：文露之說，他書所罕聞，文人亦罕引用。

52 野客叢談曰：沈約碑：痛棠陰之不雷。

注云：落棠山，日入之地。今人類知棠陰爲甘棠之陰，而落棠罕有知者。

53 太白詩：昔作芙蓉花，今爲斷腸草。

按：唐書地理志：「自嶲州西南三日行，度霧嶺，又二日行，至棠州日落縣，又有崦嵫州，以遇忽部落置，屬條支都督府。」事物紺珠曰：「崦嵫，亦曰落棠山。」盧象詩「停杯歌麥秀，秉燭醉棠陰。」冷齋夜話云：陶弘景仙方註：斷腸草不可食，其花名芙蓉花。乃知詩人無一字閒話。

54 黃伯思跋右軍甘蔗帖後云：此帖云甘蔗十丈，初不可曉。因思曹子建詩：都蔗雖甘，杖之必折。十

按：述異記：「今秦趙間有相思草，狀如石竹而節節相續，一名斷腸草，又名愁婦草。」白所謂當即是耳。若只一物，豈可以今昔言之？

丈云者，恐是竹竿萬箇之類。

按：南中八郡志：「交趾有甘蔗，圍數寸，長丈餘。晉太康六年，扶南國貢諸蔗，一丈三節。」梁吳筠移文：「扶南甘蔗，一丈三節，白日炙便銷，清風吹即折。」十丈云者，十挺也。一挺長一丈，則十挺爲十丈矣。南史張暢傳：「魏太武求甘蔗及酒，孝武遣人送酒二器，甘蔗百挺」，是也。劉向杖銘曰：「都蔗雖甘，殆不可杖。佞人悅己，亦不可相。」子建詩蓋本此。

55 梁武帝遊鍾山大愛敬寺詩：正趣果上果，歸依天中天。

釋氏要覽云：釋迦佛小名天中天。

按：前漢書：匈奴稱天曰祁連，亦曰撐犁。後漢遠夷樂德詩稱天曰冒。王氏彙苑注：「轄轄國及兀良哈國稱天曰騰吉里，朝鮮國曰哈嫩二，日本曰唆嗽，琉球曰旬尼，安南曰雷，占城曰刺儀，暹羅曰普刺，滿刺加曰安刺，西番曰難，女直曰阿瓜。」又按菴園記西域稱天中天曰提婆，元人稱天曰統格落，皆未有如中土呼天者。然則佛名天中天，亦翻譯者爲之也。梁武帝身爲佛奴，而作詩敢斥其小名者，未必然也。佛屠以金人祭天，即尊之爲天中天，未必然也。文中子曰：「齋戒修而梁國亡，非釋迦之罪也。」楊萬里詩曰：「梵王豈是無甘露，不爲君王致蜜來。」是二者，誰爲向天中天而問之？

56 阮籍詩：西遊咸陽市，趙李相經過。　顏延年注：謂趙飛燕、李夫人。

按：班固叙傳：「成帝進侍者李平爲倢伃[一]」而趙飛燕爲皇后，富平、定陵侯等入侍禁中。設宴飲

〔一〕「伃」字，原作「好」，據漢書叙傳改。

之會，及〔二〕趙、李、諸侍中皆引滿舉白，談笑大噱。」阮詩所稱「趙李」者，指此。陳沈炯魂歸賦「指咸陽而長望，何趙李之經過」？駱賓王帝京篇「趙李經過密，蕭朱交結親」，皆用班氏敍傳之趙李。若趙飛燕、李夫人，一成帝，一武帝，相去遠矣，安得同時經過乎？梁簡文帝櫂歌行「參同趙飛燕，借問李延年」，則顏注可用耳。又簡文有西齊行馬篇「不效孫吳術，寧須趙李過」，乃用谷永傳「主爲趙李報德復怨」。何竝傳「趙李桀惡」，安得以詩中有「趙李」字，而混注之？。

〔二〕「及」字，原作「與」，據敍傳改。

管城碩記卷之二十六

詩賦二

1 歐陽永叔云：牡丹初不載文字，唐人如沈、宋、元、白之流皆善咏花，當時有一花之異者彼必形於篇什，而寂寞無傳焉。惟劉夢得有咏魚朝恩宅牡丹詩。

按：《素問》：「清明次五日，牡丹華。」唐王砅注引呂氏月令：「田鼠化鴑，牡丹華。」段成式《酉陽雜俎》「謝康樂集中言永嘉竹間水際多牡丹。」北齊楊子華有畫牡丹，極佳。歐謂初不載文字，何也？唐玄宗內殿賞牡丹，問程修已曰：「京師有傳唱牡丹詩者，誰稱首？」對曰：「李正封詩云：國色朝酣酒，天香夜染衣。」則又在夢得前矣。白樂天寄微之百韻詩「唐昌玉蕊會，崇敬牡丹期」、「西明寺牡丹花時憶元九詩」「詎知紅芳側，春盡思悠哉」。元微之有和白樂天題牡丹叢三韻，乃謂其寂寞無傳，何也？

2 張子韶憶天竺月桂詩：湖上北山天竺寺，滿山桂子月中秋。黃英六出非凡種，肯許天香過別州。

自注云：天竺桂花六出，他州無本。

按：《唐書·五行志》：「垂拱四年三月，雨桂子於台州，旬餘乃止。」《咸淳臨安志》：「靈隱有月桂峯，相傳

月中桂子嘗墜於此，生成大樹，其花白，其實丹。」駱賓王詩：「桂子月中落，天香雲外飄。」李白送崔十二遊天竺寺詩：「每年海樹霜，桂子落秋月。」冷齋夜話云：「天竺桂花中秋特盛，非必種出月中，地氣使然也。」余於康熙丁酉歲買桂二株，種之庭前，花皆六出，因命兒睿樞賦其事云：「月中仙樹豈尋常，歲歲秋風壓衆芳。六出由來誇白雪，何如金粟擅天香。」頗能免俗，命存之。迨雍正丙午大水，桂爲水浸者月餘，遂並枯萎。復買植之，無復六出矣。自是種奇，非地氣使然也。

3　宋之問詩：「鎬飲周文樂，汾歌漢武才。」唐仲言云：按鎬京，武王所作，此欲與漢武爲對耦，誤改用文耳。

按：沈約林光殿曲水宴詩「宴鎬鏘玉鑾，遊汾舉仙軚」，沈佺期詩「思逸橫汾唱，歌流宴鎬杯」，皆以鎬、汾爲對。又周書文傳解曰：「文王在鎬，召太子發曰：吾身老矣，吾語汝云云。」今本周書無吾身老矣句。歐陽韻藝文類聚有之。是在鎬本文王事，武王時乃稱京耳。王維詩「欲笑周文歌宴鎬，還輕漢武樂橫汾」，亦以宴鎬爲文王。

4　黄伯思跋四皓碑後云：逸少有尚想黄綺帖，陶淵明詩亦云：黄綺之南山。畢文簡讀杜詩黄綺終辭漢，乃疑四皓之目，宜曰綺里季夏，曰黄公。

按：稱黄綺者，魏繁欽用里先生訓「黄綺削迹南山」，晉稽茂齊答趙景真書「儔黄綺於商岳」。高士傳「黄綺無悶山林」，是也。稱園綺者，晉元帝與賀循書「園開居賦「黄綺絜其雲棲」，戴逵閒遊贊「降及黄綺，迻於臺尚」。李白山人勸酒篇「落落綺皓」，是也。稱綺皓者，江淹詩「南山有綺皓」，皓者，

綺彈冠而臣漢」，阮籍詩「園綺遯南岳」，劉孝威詩「園綺隨金輅」，陳書「總有潘陸之華，而無園綺之實」，李白詩「園綺復安在」，杜甫詩「園綺未稱臣」，是也。稱綺季者，班固終南山賦「榮期、綺季，此焉恬心」，馮衍顯志賦「披綺季之麗服」，嵇康琴賦「榮期綺季之疇」，周弘讓山蘭賦「竊達知於綺季」，隋李巨山詩「駕言追綺季」，李商隱詩「謀身綺季長」，是也。稱綺甪者，淵明詩「多謝綺與甪，精爽今何如」，是也。

5　義山孔雀詩：秦客被花迷。　朱注云：未詳。

按：列仙傳：「蕭史，秦穆公時善吹簫，能致白鵠孔雀於庭。」

6　王半山姑孰早梅詩：大梁春費寶刀催，不似湖陰有早梅。　朱注云：「丹陽郡有于湖縣。」明帝紀：「太寧元年夏四月，王敦下屯于湖。二年六月，敦將舉兵內向，帝密知之。乘巴滇駿馬微行，至于湖，陰察敦營壘而出。」蓋言帝至于湖縣，陰察敦之營壘也。張耒于湖曲「武昌雲旗蔽天赤，夜築于湖洗鋒鏑」，是也。溫庭筠誤逞晉史作湖陰曲，半山又以溫誤。李綱亦有湖陰曲，和溫庭筠，皆誤。

7　義山詩：天泉水暖龍吟細。　朱注云：齊地記齊有天齊泉。漢書注臨淄城南有天齊水，五泉並出。南史劉苞傳：「受詔咏天泉

按：晉地理志：

宋書符瑞志：「文帝元嘉〔一〕二十一年，天淵池〔二〕二〔三〕蓮同榦。」

〔一〕「元嘉」，原誤「永嘉」，據宋書符瑞志下改。

〔二〕「天淵池」，原誤「天泉池」，據符瑞志下改。

〔三〕「二」字，原誤「池」，據符瑞志下改。

池荷,下筆即成。」柳子厚爲王京兆賀嘉蓮表:「香激大王之風,影耀[一]天泉之水。」義山「天泉」當謂此。

8 楊炯送劉校書從軍詩:天將下三宮,星門列五戎。

唐仲言注云:星門無考。

按:康成注乾鑿度:太一下行八卦之宮,每四乃還於中央,謂之九宮遁甲式。凡行軍皆按八門;合之中宮而爲九。八門九星,坎宮天蓬星,休門,貪狼,屬水,曰白,居一。坤宮天內星,死門,巨門,屬土,曰黑,居二。震宮天衝星,傷門,祿存,屬木,曰碧,居三。巽宮天輔星,杜門,文曲,屬木,曰綠,居四。中宮天禽星,大將居之,廉貞,屬土,曰黃,居五。乾宮天心星,開門,武曲,屬金,曰白,居六。兌宮天柱星,驚門,破軍,屬火,曰赤,居七。艮宮天任星,生門,左輔,屬土,曰白,居八。離宮天英星,景門,右弼,屬火,曰紫,居九。九宮八門,大將居中不動,其餘八星各隨六甲六乙符頭所指,與八門俱變易。八門有九星,故曰星門。易斗中占北斗第一星曰破軍,二曰武曲,三曰廉貞,四曰文曲,五曰祿存,六曰巨門,七曰貪狼。今遁甲及堪輿家故易其名以眩衆耳。八曰左輔,在斗第六星之左,七曰右弼,在斗第七星之右。所謂九宮九星者,即北斗之九星也。九宮凡七色;坎水白,坤土黑,震木碧,巽木綠,中土黃,乾金白,兌金赤,艮土白,離火紫。今時憲書每月列於下方,謂之飛九宮,以八卦方位合之中宮爲九。而九宮七色之中有三白者,蓋以是也。又後漢書高彪傳「天有太一,五將三門」,注曰:「太一式……凡舉事皆欲發三門,順五將。三門者,開門、休門、生

[一]「耀」字,原作「濯」,據柳宗元集爲王京兆賀嘉蓮表改。

門〔一〕五將者，天目、文昌等。」是也。梁簡文帝從軍行：「三門應遁甲，五壘學神兵。」唐樂府祀九宮貴神歌：「樂變六宮，壇開八門。」

9　山堂肆考云：柳子厚酬劉禹錫詩云：柳家新樣元和脚，且盡薑芽〔二〕斂手徒〔三〕。柳家謂柳公權也。公權在元和中甚有書名。元和脚者，言公權字變新樣而脚則元和也。

按：禹錫寄子厚詩：「聞道近來諸子弟，臨池尋已厭家雞〔四〕。」故子厚酬之如此。馮贄雲仙雜記云：「字錦曰：柳公權以隔風紗作龍城記及入朝名品，號錦樣書以進。」所謂新樣者以此。又唐史憲宗十五年，穆宗即位，以公權爲右拾遺。明年改元長慶，則是此年爲元和脚也。東坡因柳氏二外甥求筆跡詩：「君家自有元和脚，莫厭家雞更問人。」蓋合劉柳兩詩而用之。陳後山集逢萊女官下西里王氏書效黃魯直因贈詩云「肯學黃家元祐脚」，直誤解脚字矣。

10　陸龜蒙二遺詩：開追金帶徒勞恨。　郝注云：異聞集曰：呂公經邯鄲邸中，以枕授盧生曰：枕此，則榮遇如意。

按：李善注洛神賦云：「魏東阿王漢末〔五〕求甄逸女，不遂。黃初中入朝，文帝示植甄后玉鏤金帶枕。植見之，不覺泣〔六〕。帝意尋悟，以枕賚植。」東坡琴枕詩「金帶嘗苦窘」，亦用其事。安得以黃

〔一〕「休門、生門」，原作「生門、休門」，據後漢書高彪傳乙正。

〔二〕「薑芽」，原作「姜牙」，據柳宗元集改。

〔三〕這兩句詩是劉禹錫酬柳柳州家雞之贈中的句子，

〔四〕這兩句詩是柳宗元殷賢戲批書後寄劉連州并示孟崙二童中的句子，不是禹錫寄子厚的詩。

〔五〕「漢末」，原作「初」，據文選洛神賦李善注改。

〔六〕「泣」下，原有「下」字，據洛神賦李善注刪。

11　蘇頌咏巡省途次上黨舊宮詩：約川星罕駐，扶道日旗舒。　近光集注云：周禮日月爲常。

按：荆州占曰：「紫微宮一名天營，一名長垣，又曰日旗。」非日月爲常之謂。

12　古詩：天上何所有？歷歷種白榆。　注：白榆，星名。

按：說文曰：「榆，白枌也。」春秋元命包曰：「三月榆莢落。」榆先生葉，有莢皮色白，三月落英如錢。白居易詩：「隔籬榆葉撒青錢。」白又有荷珠賦云：「既羅列其青蓋，又昭彰於白榆。」亦以荷錢如榆錢爲譬。徧撿書傳，無有星名白榆者。古詩「歷歷種白榆」，白榆指天錢星耳。星傳「天錢十星，在虛梁西南，北落西北」，故詩以歷歷言之。杜詩「種杏仙家名白榆」，李義山聖女祠詩「行車蔭白榆」，文靖在都門和御製喜雪詩「白榆星隱天容淡，黃竹風高地籟寒。到處瓊田堆玉粒，同時銀海疊冰紈」，亦用此也。

13　潘迪石鼓音訓云：石鼓文：其魚維何？維鱮及鯉。何以槖之？維楊及柳。槖從缶，包裹承藉之義，非謂貫之也。蘇氏詩作何以貫之，恐誤。

按：子瞻詩「其魚維鱮貫之柳」，無「何以」字。梅堯臣詩：「舫舟又漁縛鱮魴，何以貫之維柳楊。」潘誤記也。

14　遯齋閒覽曰：莆陽通應子魚。其地有通應侯廟，廟前港中魚最美，今人必求其大可容印者謂之通印子魚。

按：述異記「城陽縣城南有堯母慶都墓。魚頭閒有印文，謂之印頰魚。」吳都賦「魸龜鱣鯖」，注云：「魸魚無鱗，身正方如印。」是皆爲印魚也。明一統志「通印子魚，漳浦縣出」，王半山詩「長魚俎上通三印」，郭祥正詩「仙魚通印勝鴉炙」，蘇子瞻詩「通印子魚長帶骨」，暫作通印。遜齋「大可容印」之説，非。

15　庾子山春賦：豔錦安天鹿。　倪魯玉注云：天鹿，獸名。

按：十洲記：「聚窟洲在西海中，有辟支天鹿之獸。」後漢書西域傳注「桃拔一名符拔，似鹿，長尾。一角者或爲天鹿，兩角者或爲辟邪。」黄庶咏假山詩「天鹿辟邪眠莓苔」，是也。

16　揚雄甘泉賦：列辛雄於林薄。　服虔注云：卽辛夷〔一〕。夷、雄聲相近也。

按本草別錄「辛雄木，味苦香，温可作浴藥。」自有辛雄，何用讀雄爲夷也？

17　張衡西京賦：芝蓋九葩。　注：偃伏有如芝也。

18　庾子山閒居賦：梁侯烏椑之柿。　篆注：梁侯烏椑柿，未詳。

按：西京雜記：「上林苑椑三：青椑、赤色椑、烏椑。」地理志：「梁侯園有烏椑八稜柿。」廣志：「梁國侯家有椑，味甚美。」庾仲容咏柿詩「苑朱正菼翠，梁烏未銷鑠。」潘岳金谷集作「前庭樹沙棠，後園植烏椑」。

〔一〕「卽辛夷」是顏師古的注，不是服虔的話，見漢書揚雄傳注。

19　魏都賦：尋靡薜於中〔一〕逴。

王逸〔二〕注曰：寧有薜草蔓延〔三〕九逴之道？纂注以緣木求魚辟之。

按：山海經「合水多膡魚，狀如鱖，居逴穴道也。」天問「靡薜九衢」，九衢猶九逴也。山海經：「宣山有桑，大五十尺，其枝四衢。」蓋凡花之枝出者爲衢，非衢路也。梁簡文帝梅花賦「吐衷四照之林，敷榮五衢之路」，則直以爲衢路矣。

20　宋濂蟠桃核賦：俯貼金盤巢蓮之器，仰承玉露常滿穴。

按：春秋孔演圖「文命將興，龜穴蓮。」十洲記：「周穆王時，西域獻夜光常滿杯。」賦楷注云：金盤巢蓮之器，未詳。賦云：「俯貼金盤，巢蓮之龜藏穴；仰承玉露，常滿之杯弗傾。」義更豁然。

21　枚乘七發：蔓草芳苓。

王逸注云：苓，古蓮字也〔四〕。

按：爾雅「苤耳，苓耳」，郭璞注曰：「廣雅云枲耳也。或云苓耳，形似鼠耳。」陸璣曰：「白華細莖，可煮爲茹。」枚乘所謂芳苓者，蓋指此耳。張華博物志「龜三千歲，遊於蓮葉卷耳之上」，宋書符瑞志「龜三百歲遊於藁〔五〕葉之上，三千歲遊於卷耳之上」，曹植七啓「寒芳苓之巢龜」，丘遲謝示青毛神龜啓「翔卷耳之陰，浮遊蓮葉之上」，苓非卽蓮可知矣。注者但據龜筴傳「有神龜在嘉林中，嘗遊於芳蓮之上」，曹植神龜賦「赴芳蓮以巢居」，遂謂芳苓卽芳蓮，殊不思蔓草芳蓮，既殊水陸，而芳苓

〔補〕

〔一〕「中」字，原作「九」，據文選魏都賦改。

〔二〕此爲李善注引王逸楚辭注。

〔三〕「延」字，文選李善注引作

〔四〕據文選李善注，當爲毛萇詩傳中語，不是王逸注。

〔五〕「藁」字，原作「蓮」，據宋書符瑞志改。

之集龜，實爲苓耳也。今字書皆承襲誤用而不知，蓋千年矣。

22 相如大人賦：越五河。

晉灼曰：五河，五湖，取河之聲合音耳。師古曰：五河，五色之河。仙經

說有紫、碧、絳、青、黃、之河、非五湖〔一〕也。

按：河圖：「風后對黃帝曰：河凡有五，皆始開於昆侖之墟。」則五河非五湖，亦非仙經之五色

河也。

23 張衡賦：左青琱之〔二〕揵芝。

注曰：揵，堅〔三〕也，音巨偃反。相如賦「揵鬐〔四〕擢尾」，正義：

按：國語「秦后子對韓宣子曰：夫絳之富商，韋藩木揵以過於朝。」「揵音乾，舉也。」揵鬐，舉鬐也。木揵，以木擔於肩而舉物也。思玄賦所謂「揵芝」，以芝爲芝蓋，故須舉也。訓堅者非，堅當是竪之譌也。

24 東坡云：子厚詩：桃笙葵扇安可常？

偶閱方言簟謂之笙，乃悟桃笙以桃竹爲笙也。

按：方言：「簟，宋魏之閒謂之笙。」左思吳都賦：「桃笙象簟，韜於筒中。」子厚用桃笙，直用吳都賦耳。

25 段成式云：崔融瓦松賦不知爲木與草，梁簡文帝詩依簷映昔耶，蓋瓦松也。

崔融瓦松賦：「謂之木也，訪山客而未詳。謂之草也，驗農皇而罕記。」若謂其「不知爲木與草」，江淹

〔一〕 「湖」字，原作「河」，據中華書局版漢書校記改。

〔二〕 「之」字原作「以」，據文選張衡思玄賦改。

〔三〕 「堅」字，文選李善注作「竪」。

〔四〕 「鬐」字，史記司馬相如傳作「鰭」。

井閭頌「異木之生，疑竹疑草」，豈亦不識爲檕乎？又融賦「慙魏宮之鳥韭」，山海經「小華之山，其

草有草荔，狀如鳥韭」，郭注：「鳥韭，在屋者曰昔耶，在牆者曰垣衣。」本草：「在石曰鳥韭，在屋曰瓦

松。」一物數名，其實一也。張華詩「昔耶生戶牖」，王僧孺詩「朝光照昔耶」，簡文之昔耶，即融賦之

烏韭耳。

26
楊泉草書賦：杜垂名於古昔，皇著法乎今斯。

按：三輔決錄「先時杜伯度、崔子玉以草書稱於前世」，梁周思纂千字文「杜藁鍾錄」，說文注「按書

傳云張竝作，又云齊相杜操作」，而衛恒四體書勢謂漢興而有草書，不知作者姓名。意以杜特善

之，非作耳。據史記三王世家漢孝武六年四月乙巳，有齊王策、燕王策、廣陵王策。褚先生曰：「謹

論次其真草詔書，編於左方，令覽者自通其意而解說之。」則草書蓋起於武帝以前也。

27
何子元曰：呂氏春秋楚莊王獵於雲夢，射隨兕而獲之。隨兕不見他書，今人亦無有識之者。劉向新

序曰：「楚王載繁弱之弓，忘歸之矢，以射隨兕於夢也。」呂覽注曰：「隨兕，小牛也。」又虞世南獅子

賦：碎隨兕於斷齶，握巴蛇於指掌。

按：韓子曰：「孟孫獵得麑，使秦巴西持之，其母隨而啼[一]，則是隨兕者，謂子母相隨也。

28
馬融廣成頌：隸首策亂，陳子籌昏。

注云：陳子、陳平善於籌策也。

按：周髀算經：榮方問於陳子曰：竊聞夫子之道，知日之高下，光之所照一日所行遠近之數，人所

〔一〕「啼」字，原作「呼」，據韓非子說林上改。

望見四極之窮、列星之宿、天地之廣袤、夫子之道皆能知之。信有之乎？陳子曰：然。此皆算術之所及，夏至南萬六千里，冬至南十三萬五千里，日中立竿測影，此一者天道之數。」馬季長所言陳子，宜謂此也。

29 演繁露曰：尚書大傳散宜生輩之江淮之浦，取大貝如車渠。不知車渠又何物？

按：沈括筆談曰：「車渠大者如箕，背有渠壟，如蚶殼，以作器，緻如白玉。」本草：「李時珍曰：韻會云：車渠，海中大貝也。背上壟文如車輪之渠，故名。」通典：「大秦國出大貝車渠。」張揖廣雅曰：「車渠，石次玉也。」魏文帝車渠椀賦：「班貝贏，大者圍之得六寸。」徐衷南方記曰：「車渠玉屬也，多纖理縟文，生于西國，其俗寶之。」是也。

30 後魏書：張淵觀象賦：恒不見以周衰。

注云：昔魯莊公十〔一〕年夏四月，恒星不見，自是以後，周室衰微。

按：竹書紀年：「殷帝癸十年，五星錯行，夜中星隕如雨。」又「周昭王十四年夏四月，恒星不見」。後五年，王喪六師于漢，遂南征不復。皆非常之變，故張淵賦云「恒不見以周衰，枉她行而秦滅」。而釋氏以恒星不見爲釋家降生之瑞，故魏書釋老志曰：「釋迦生當周莊王九年，春秋魯莊公七年夏四月，恒星不見，夜明，是也。」庾肩吾詠同泰寺浮圖詩曰：「周星疑更落，漢夢似今通。」亦皆以是爲釋迦之瑞。又傳燈錄曰：「周昭王二十四年，釋迦佛生剎利王家，放大智光，明照十方世界。」論衡曰：

〔一〕「十」字，原作「七」，據魏書張淵傳注改。

「周昭王二十四年甲寅歲四月八日，恒星不見，五光貫於太微。王問太史蘇繇，對曰：西方有聖人生，却後千年，其教法來此矣。」佛運統紀曰：「周昭王二十四年甲寅四月八日，中天竺淨梵王妃摩耶夫人生太子悉達多。」蓋欲附會昭王時恒星不見之異，以爲佛生於是時。據竹書紀年「周昭王元年庚子」，明年己未爲穆王元年，烏在其有二十四年也？（喪六師于漢，王陟」，則甲寅是穆王元年）「十四年癸丑夏四月，恒星不見，以爲佛生於是時。據竹書紀年「周昭王元年庚子」，（春秋莊公之七年，恒星不見，當）周莊王之十年歲在甲午，故齊王巾頭陀寺碑文「周魯二莊，（漢晉兩明，並勒丹青之）親照夜景之鑒；漢晉兩明，並勒丹青之飾」，謂此也。計莊王甲午上距昭王甲寅，凡三百四十一歲。其佛生之年，何至懸遠若此？且經書「四月辛卯，恒星不見」，杜預注曰：「辛卯，四月五日。」羅泌路史曰：「是歲四月丁亥朔，辛卯乃月之五日，非八日也。」北齊書樊遜傳曰：「末葉已來，大存佛教，寫經西土，畫像南宮，昆池地黑，以爲劫燒〔一〕之灰。春秋夜明，謂是降神之日。法王自在，變化無窮，置世界於微塵，納須彌於芥米。理本虛無，示諸方便，苟求〔二〕出家。藥王焚〔三〕軀，波斯灑血，假未能然，猶當克命。寧有改形易貌，有異生人；恣意放情，還同俗物。龍宮餘論，鹿野前言，此而得容，道風前墜。」蓋深有慨而言也。

相如大人賦：吾乃今日覩西王母，暠然白首戴勝而穴處兮，亦幸有三足烏爲之使。必長生若此而不

〔一〕「劫燒」原作「燒劫」，據北齊書樊遜傳乙正。　〔二〕「苟求」原作「棄家」，據樊遜傳改。　〔三〕「焚」字，樊遜傳作「燔」。

死兮，雖濟萬世不足以喜。

師古曰：昔之談者皆[一]以西王母為仙靈之最。

按：宋史外國傳曰：「元符八年，悉蘭池國遣使奉表曰：臣伏聞西王母塚距舟所將百里，又行二十晝夜，度羊山、九星山，至廣州之琵琶洲。」則王母之死而有塚，可知已。穆天子傳：「西王母為天子謠曰：將子無死，尚能復來。」未聞予以不死之藥，信其必來也。竹書：「穆王十七年，西王母來朝，賓于昭宮。」則亦西裔諸侯之類也。淮南子覽冥訓云：「羿請不死之藥於西王母，」蓋妄也，以不死之藥予人，乃自死而有塚哉？故史記趙世家注謂穆王會王母于瑤池，譙周不信其事也。北齊樊遜曰：天道性命，聖人所不言。蓋以理絕涉求，難為稱謂[二]。伯陽道德之論，莊周逍遙之旨，遺[三]言取意，猶有可尋。至若玉簡金書，神經秘籙，三還[四]九轉之奇，絳雪玄霜之異，淮南成道，犬吠雲中，子喬得仙，劍飛天上，皆是憑虛之說，海棗之談，學之如捕影，求之如係風，而燕君、齊后、秦皇、漢帝，信彼方士，冀遇其真。徐福去而不歸，欒大往而無獲。猶謂升遐倒影，抵掌可期，祭鬼求神，庶或不死。江璧既返，還入䍐山之墓，龍媒已至，終下茂陵之墳。方知劉向之信鴻寶，沒有餘責；王充之非黃帝，比為不根[五]。以是知相如大人之賦，彼固有不屑為也。

32 梅誕生云：子瞻颶風賦：斷霓飲海而北指，赤雲夾日以南翔。此颶之漸也。過字叔薰，子瞻第三子也。宋祝堯曰：「嶺南有颶風，每作時，雞犬為之

按：颶風賦，蘇過所作也。

[一]「皆」字，漢書司馬相如傳顏師古注作「咸」。

[二]「謂」字，原作「詣」，據北齊書樊遜傳改。

[三]「遺」字，原作「遣」，據樊遜傳改。

[四]「還」字，樊遜傳作「尺」。

[五]「根」字，樊遜傳作「相」。

不寧。過隨父過嶺，故作此賦。」梅氏引以爲子瞻，誤矣。

33 西京賦：自我高祖之始入也，五緯相汁，以旅于東井。

纂注云：五緯，五星也。漢元年十月，五星聚于東井，以曆考之，從歲星也。此高祖受命之符。

按：前漢書高帝紀：「元年冬十月，五星聚于東井。沛公至霸上，秦王子嬰降枳道旁。」魏書高允傳：時崔浩集諸術士，考校漢元以來日月薄蝕，五星行度，并識[一]前史之失，別爲魏曆，以示允。浩曰：所謬允曰：漢元年冬十月五星聚于東井，今讖漢史而不覺此謬，恐後人讖今猶今之讖古。云何？允曰：案星傳，金水二星常附日而行。冬十月，日在尾箕，昏没於申南，而東井方出於寅北。二星何因背日而行？是史官欲神其事，不復推之於理。後歲餘，浩謂允曰：先所論者，本不注心，及更考究，果如君語。以前三月聚于東井，非十月也。衆乃嘆服。

34 蜀都賦：百藥灌叢，寒卉冬馥。異類衆夥，於何不育。其中則有青珠、黄環、碧砮、芒消。纂注曰：青珠、黄環，皆寶也。

按：本草：「狼跋子，出交廣，藤生，花紫色，子形扁扁耳。今京下呼黄環子。」陶弘景曰：「黄環子似防己，亦作車輻理解。蜀都賦所謂黄環，即此。」沈括補筆談曰：「黄環，即今之朱藤也。其花穗懸紫色，如葛花。實如皁筴。蜀都賦所謂黄環，即此藤之根也。」青珠無解者，按顏岭[二]海槎餘[三]錄曰：「桃榔木身直如杉，又如棕櫚、椰子、檳榔、波斯棗，古度諸樹而少異。有節，似大竹。樹杪挺出數

[一]「識」字，原作「讖」，據魏書高允傳改。

[二]「岭」字，原譌「玠」，據海槎餘錄改。

[三]「餘」字，據海槎餘錄補。

枝，開花成穗，綠色。結子如青珠，每條不下百餘，一樹近百餘條，團團懸掛若傘樹，可愛。」賦所謂青珠，宜卽此也。纂注以青珠黃環爲寶，非矣。如以爲寶，則與百藥寒卉何與乎？

35 左太冲三都賦序：「相如賦上林而引盧橘夏熟，則生非其壤[一]。」

按：伊尹書曰：「果之美者，箕山之東，青鳥之所有，盧橘夏熟。」相如賦「盧橘夏熟」，本此。裴淵廣州記：「羅浮山橘實大如李。」李尤七嘆：「梁土青麗，盧橘是生。白花綠葉，扶疎冬榮。」當相如時，武帝新開上林苑，羣臣八方競獻名果珍樹，種之上林，安必所獻者無盧橘也？左太冲以生非其地而譏之，謬矣。唐許渾詩「盧橘花香拂釣磯」，郝氏注云：「上林賦盧橘夏熟，卽枇杷也。」唐庚李氏山園記：「盧橘、枇杷一也。」又云「黃甘橙榛、枇杷橪柿」，有盧橘，又有枇杷，安得謂盧橘、枇杷一耶？常璩蜀志：「江陽郡有荔枝、巴菽、蒟醬、給橙。」史記相如傳注：「郭璞曰：今蜀中有給客橙，似橘而非，若柚而香，冬夏花實相繼，或如彈丸，或如拳，通歲食之，卽盧橘也。」是給橙、盧橘一也。以裴云「實大如李」，郭云「如彈丸」，驗之，蓋卽金橘耳。梅聖俞詩「越橘如金丸」，黃魯直詩「霜中搖落黃金彈」，皆謂此也。

36 甘泉賦：翠玉樹之青葱。

顏注曰：集衆寶爲之。而左思不曉其義，以爲非本土所出。按：三輔黃圖曰：「甘泉宮北有槐樹，今謂玉樹。」楊震關輔古語云：「耆老相傳，咸謂此樹卽揚雄甘泉賦所稱玉樹青葱也。」又按西京雜記：「初脩上苑，群臣遠方各獻名果異樹，亦有製爲美名以標奇

[一]「壤」字，原作「地」，據文選改。

異。白銀樹十株，黃銀樹十株，琉璃樹七株，則槐樹之名玉樹，從可知矣。曹植詩「綠蘿緣玉樹」，江淹詩「玉樹信青蔥」，魏元忠詩「寒風生玉樹」，當即謂槐樹也。王戎曰「如瑤林玉樹，自是風塵外物。」劉楨清慮賦「玉樹翠葉，上棲金烏」，梁何遜詩「金蠶不可織，玉樹何曾蕊」，直可云衆寶耳。

37
何晏景福殿賦：「周制白盛，今也惟〔一〕縹。」

纂注云：言周家以白牆爲盛，今以淺碧爲華。

按：考工記「夏后氏世室，五室九階，四旁夾兩窗，白盛」，注曰「白盛，蜃灰也。以蜃灰堊牆，所以飾成宮室。」

38
王融曲水詩序：「夏后兩龍，載驅璿臺之上。」

纂注云：夏后，帝啓也。有馬號兩龍。

按：江淹赤虹賦曰「乘傳說之一星，騎夏后之兩龍。」括地圖曰：「禹誅防風夏德盛，二龍降之。禹使范承光御之以行，啓既嗣位，亦得乘之。」山海經：「大樂之野，夏后啓於此儛九代，乘兩龍。」九代，馬名，兩龍即此。注以有馬號兩龍，非也。

39
吳都賦：「王鮪鯸鮐。」

吳志伊曰：山海經：「敦薨之水，其中多赤鮭。即鯸鮐也。日華子謂之鯸」

按：今謂之河豚。漢書貨殖傳鮐紫千斤，顏師古曰「鮐，海魚也。鮐音胎，又音菭。而說者妄讀鮐爲夷，非惟失於訓物，亦不知音矣。」又張協七命「萊黃之鮐」，注曰「東萊有黃縣。鮐，海魚也。音台。」吳氏山海

〔一〕「惟」字，原作「維」，據文選卷十一改。

40

經廣注以爲卽鰍鮐，音夷，能不爲小顏之所誚乎？

纂注云：山雞如雞而黑色，樹棲晨鳴，非蟪蛄也。合浦有之。

按：昭十七年傳「郯子曰『丹鳥氏，司閉者也』」注云「丹鳥，鷩雉也」。爾雅「翟鷩一謂之蟪蛄」又謂之鶪鶪。」博物志「山雞有美毛，自愛其毛，終日映水。」南越志「增城縣多鶪鶪，山雞也。」司馬彪曰「鶪鶪，山雞也。毛色鮮明，五色眩耀，利嘴長距。世以家雞鬬之，則可擒也。」陸機與弟書「天淵池養山雞，甚可嬉。」溫庭筠咏山雞詩「繡翎翻草去，紅嘴啄花歸。」李義山咏鷩鳳詩「錦段落山雞。」安得謂山雞黑色非蟪蛄也？蓋山雞卽書所謂華蟲，故又以鷩雉爲蟪蛄耳。金史國語解「山雞謂之阿蒲。」

吳都賦：山雞歸飛而來棲。

41

子虛賦：秋田乎青丘。注云：青丘國在海東三百里。

按：呂覽「禹至鳥谷、青丘之鄉。」服虔曰「青丘國在海東三百里。」是也。山海經「青丘之山，又東三百五十里曰箕尾之山。其尾踆于東海。」一統志「青丘在青州府樂安縣境內。齊景公有馬千駟，敗於青丘」卽此。賦上言「觀乎成山，射乎之罘」，則所云「田乎青丘」，疑卽此也。

42

楊用脩曰：襄，書襄。班固西都賦襄以藻繡。

按：說文「襄，纕也，書襄。」班賦「襄以藻繡」，乃言殿柱殿屋，皆以藻繡纏繞之。說文所謂「襄，纕也」，是矣。前漢孝成帝趙后傳「中黃門田客持詔記，盛綠綈方底」師古曰「方底，盛書囊，形若今算賸。」說文所謂「襄，書襄」是矣。襄有二義，而混之，非也。書襄，又謂之書橢。漢杜篤有書橢賦，

惟書媿而麗容,象君子之淑德」。東觀餘論曰:「劉燾云:「楊書嘗過珊瑚樹一帖,乃在洛中一僧房,

於書楗上寫之。」是矣。

43　藝文類聚引山海經曰:「廬山名有二:一曰天子都,二曰天子障。

按:《輿地記》「休寧縣山曰率山」,山海經「浙江出三都山,在率東」,地志曰「浙江出新安黟縣」,則

是三天子都在今休寧黟縣之間也。廬山於山海經爲柴桑之山,非天子都也。黃省曾廬山吟「少讀

神禹經,昔爲天子都」,蓋又以歐陽率更誤也。

44　柳子厚東嶽張鍊師詩:久事元君住紫微。　郝注云:紫微一本作翠微。京兆南山中有九天太一

元君之湫。

按:老子內傳:「受元君神圖寶章變化之方。」又南岳魏夫人傳「位爲紫虛元君」「空洞靈章經「紫

微煥七臺,鸞樹秀玉霞。」柳詩「久事元君住紫微」,蓋謂此耳。若京兆南山元君之湫,與東嶽無涉。

45　宋考功云:沈佺期嶺表寒食詩:馬上逢寒食,春來不見餳。嘗疑之。因讀毛詩簫管備舉,鄭箋曰:

簫,編小竹管如今賣餳者所吹。六經惟此中有餳字。

按:荊楚歲時記曰:「去冬節一百五日,即有疾風甚雨,謂之寒食。禁火三日,造餳大麥粥。」玉燭

寶典曰:「今人悉爲大麥粥,研杏仁爲酪,引餳沃之。」沈寒食詩押餳字,正用此耳。豈必於六經求

之?又《周禮小師》「掌鼓簫管」,鄭注:「簫如今賣餳餳所吹者。」陸氏釋文「餳,辭盈〔一〕反。李〔二〕音

〔一〕「辭盈」,原作「夕清」,據陸德明經典釋文改。　　〔二〕「李」字,原作「又」,據經典釋文改。

唐。」內則「棗栗飴蜜以甘之」,陸氏釋文:「飴,羊之反,餳也。」山海經:「崒山多丹木,黃華而赤實,其味如飴。」六書故曰:「飴、餳同一字。」揚雄方言「餳謂之餹」。劉熙逸雅:「糖之清者曰飴,稠者曰餳。」說文:「飴,米煎也。」國策:「方將調飴膠絲。」楚辭:「粔籹蜜餌」,王逸注:「餦餭,餳也。」廣志「干蔗,其飲爲石蜜」,宋書周朗答羊希書曰「臂粕而出,望旅而入」,飲卽錫,粕卽飴也。後漢顯宗紀注以糖作狻貌,號爲狻糖。江表傳:「孫亮使黃門以銀椀并蓋,就中藏吏取交州所獻甘蔗餳。」餳字經史中所有甚多,無可疑也。

46 班固幽通賦:「栗取弔於迪吉今,王膺慶于所愍〔一〕。注云:迪,古由字也。按:史趙世家「烈侯迪然」,正義曰:「迪音由,古字與攸同。」又按靈憲經:「正儀立度,而皇極有迪建也,樞運有迪稽也。」迪,蓋古攸字耳。

〔一〕「愍」字,漢書班固傳及文選作「盛」。

天文考異一

1

鄭康成注易乾鑿度曰：太一者，北辰神名也。下行八卦之宮，每四乃還於中央。中央者，北辰之所居，故謂之九宮。太乙下行九宮，從坎宮起，自此而從於坤宮，而震宮，而巽宮，所行半矣。還息於中央之宮，既又自此而從於乾宮，而兌宮，而艮宮，而離宮，行則周矣。上遊息於太一之宮，而反紫宮行起。

按：素問曰："太乙日遊，以冬至之日居叶蟄之宮，數所在日從一處至九日，復返於一。常如是無已，終而復始。"馬蔚注曰："太一者，歲神也，常以冬至之日居於坎方叶蟄之宮，計有四十六日。至次日，乃第四十七日也，則爲立春，而居於艮方之天留宮，亦計四十六日，連前共計九十二日。至次日，乃第九十三日也，則爲春分，而居於震方之倉門宮，亦計四十六日，連前共計一百三十八日。至次日，乃一百三十九日也，則爲立夏，而居於巽方之陰洛宮，亦計四十五日，連前共計一百八十三日。至次日，乃一百八十四日也，則爲夏至，而居於離方之上天宮，亦計四十六日，連前共計二百二十九日。至次日，乃二百三十日也，則爲立秋，而居於坤方之玄委宮，亦計四十六日，連前共計二百

七十四日。至次日,乃二百七十五日也。則爲秋分,而居於兌方之倉果宮,亦計四十六日,連前共

計三百二十一日。至次日,乃三百二十二日也,則爲立冬,而居於乾方之新洛宮,亦計四十五日,

連前共計三百六十五日。至次日,乃來歲之冬至,又居坎方之叶蟄宮矣。其太乙日遊照圖數所在

之日,從一處至於九。冬至爲一,立秋爲二,春分爲三,立夏爲四,中央爲五,立冬爲六,秋分爲七,立

春爲八,夏至爲九,復反於冬至之一。常如是輪之無已,終而復始。」

2 陶弘景宴通記曰:北斗有九星。今星七見,二隱不出。常以二十七日月生二日伺之,其形異餘者

爾。

按:徐整長曆曰:「北斗九星相去九千里,其二陰星不見者,相去八千里。」劉向九嘆曰:「訊九魁與

六神。」王逸注曰:「九魁,謂北斗九星也。」洪興祖曰:「北斗第八星曰招搖,第九星曰玄戈。其實北

斗九星,謂七星與輔弼二星耳。輔一星在北斗第六星左,去極三十度,入角宿三度,常見不隱。弼

一星在北斗第七星右,常隱不見。」弘景謂二隱不出,亦非。

3 漢書翟方進傳:輔湛沒,火守舍,萬歲之期,近在朝暮。

按:天官書曰:「輔星明近,輔〔二〕臣親強。」正義曰:「占,欲其小而明,則臣不〔三〕任職。明大與斗

銷。

張晏曰:輔沈〔一〕沒不見,則天下之兵

〔一〕「沈」字,原作「湛」,據漢書翟方進傳張晏注改。下同。

〔二〕「輔」字上原有「則」字,據史記天官書刪。

〔三〕「不」字原作「下」,據史記天官書正義改。

四九四

合，國兵暴起。」晏注「輔沈沒則天下之兵銷」，疑謂此也。及閱春秋緯曰：「輔星沒，天子佐消」，則

晏注「兵銷」當是「佐銷」之譌。

4 水經注曰：紫微有勾陳之宿，主鬭訟兵陣。故遁甲攻取之法，以所攻神與勾陳并氣，下制所臨之辰，
則秩禽敵。

朱謀㙔箋曰：秩字疑誤。

按：爾雅「秩，常也。」周禮酒正「凡有秩酒者」，鄭司農注曰：「秩，常也。」則是秩禽敵者，謂常禽
敵，非誤也。

5 甘氏星經曰：傳舍九星，賓客之館舍。

又星簿讚曰：傳舍止客。

按：傳舍九星，在紫微宮後，華蓋上。焦延壽曰：「傳舍星入紫微宮，胡兵大起。」是傳舍為傳送文
書者止宿之處，如今馹館，非賓館也。周禮大僕「掌建鼓于大寢之門外，以待達窮者與遽」，鄭司農
曰：「遽，傳也。若今時驛〔一〕馬軍書當急聞者亦擊此鼓。」是傳舍有軍警亦得急聞於禁中，故傳舍
入紫宮則兵起。甘氏以為賓客之館舍，非矣。

6 步天歌曰：後門東邊大贊府。

鄭樵注闕。

按：贊府一星，史記、漢書、晉、隋、唐諸史並闕不載。據周禮「御史掌贊書」，注曰：「王有命，當以
書致之」，則贊府作辭。若今尚書作詔文，故亦得稱府也。

7 唐會要曰：九宮，天蓬星太乙，天內星攝提，天衝星軒轅，天輔星招搖，天禽星天符，天心星青龍，天

〔一〕「驛」字，原作「馹」，據周禮大僕注引鄭司農語改。

柱星咸池，天任星太陰，天英星天一。

按：素問刺法論：「岐伯曰：……木欲升而天柱窒抑之，火欲升而天蓬窒抑之，土欲升而天衝窒抑之，金欲升而天英窒抑之，水欲升而天內窒抑之。」注曰：「天柱，金正之宮。天蓬，水正之宮。天衝，木正之宮。天英，火正之宮。天內，土神之應宮也。」則九星之名由來久已。

8

淮南子曰：

晏子曰：吾見勾星在房星之間，地其動乎？高誘注曰：勾星，客星也。

按：前漢志曰：「辰星出於房星間，地動。」天官書曰：「兔七命，曰小正、辰星、天櫁[一]、安周星[二]、細爽、能星、鈎星。」郗萌曰：「辰星，一名鈎星。」誘注云客星，非也。

9

唐王砅素問注曰：遁甲六戊為天門，六己為地戶。天門在戌亥之間，奎壁之分。地戶在辰巳之間，角軫之分。

按：唐天文志曰：「雲漢自坤抵艮為地紀，北斗自乾摛巽為天綱。其[三]在乾維內者，降婁也，為少昊墟。乾維外者，娵訾也，為顓頊墟。其[三]在巽維內者，壽星也，為太昊墟。巽維外者，鶉尾也，為列山氏墟。蓋巽維內外當戌亥之間，奎壁之分，是為天門。巽維內外當辰巳之間，角軫之分，是為地戶。軒轅居乾巽內外之中，為有熊氏墟，戊己之分。」是唐志天綱、地紀之説，卽遁甲之所謂天門地戶也。

四九六

〔一〕「櫁」字，原作「讖」，據史記天官書改。

〔二〕「安周星」原作「安調」，據史記天官書改。

〔三〕「其」字，新唐書天文志作「而」。

周髀算經曰：「冬至之後，日右行，夏至之後，日左行。　左者往，右者來。」

趙爽注曰：「冬至日出從辰來北，故日右行。夏至日出從寅往南，故曰左行。　左者往，右者來。」

按：劉誠意曰：「日之行也，冬行北陸斗牛等宿，出辰入申，是行地下深也。深則夜必長焉。春行西陸奎婁等宿，秋行東陸角亢等宿，皆出卯入酉，是淺深之中也。中則晝夜適均焉。雖爲日之出入，而其朝東夕西，則皆隨天之行南陸井鬼等宿，出寅入戌，是行地下淺也。淺則晝必長焉。」

趙振芳曰：「元郭守敬用表四丈，四方參驗，乃識天體。天體如圓瓜，分十二次，猶瓜有十二瓣。周天三百六十五度餘四之一，均十二分，一瓣爲三十度四十三分七十五秒。其度輻輳於二極，則度之形斂尖於瓜之兩端，開廣於瓜之腰圍。瓜腰名赤道，其度正得一度之廣。去赤道漸遠漸狹，每度之廣約十之九。二分斜行赤道之交。赤道度廣，又斜行每度廣十有一。惟四立度，在酌中之處是也。」

11
巫咸星經曰：凡五星入月中，星不見爲月食星，星見爲星食月。

按：姜岌渾天答難：「難者云：日爲陽，故外照。月爲陰精，應內景，而復能外照，何也？對云：月光者，日曜之所生。是故外景如日照也。難云：日曜星月，明乃生焉。然則月望之日，夜半之時，日在地下，月在地上，其間隔地，日光何由得照？對云：日在下，礙地不得直照而散，故薄天而照則遠。在地上，散而直照則近。星傳曰：日夜食星則星亡，無月以照之也。難云：橢先望一日，日未入地而月已出。相去三十餘萬里，日在地上，散而直照，不應及月。而使月光明者，何也？」又云：

「日夜食則衆星亡。撤月體不大於地，今日在地下，月在地上。地體大，尚不能掩日使不照月。月體小於地，安能掩日使不照星？」所難最爲明快，而所對未免迂迴，故不具述。梁武帝曰「月體不全光，星亦自有光，非受明於日。」此則不易之論也。蓋月光自爲生死，望後明死，朔後明生。書曰「哉生明」「旁死魄。」天問曰「夜光何德，死則又育」？月之自爲生死可知矣。觀熠燿宵行，亦能自生光曜，豈有照之者乎？

12 步天歌：文昌之下曰三師，更有三公相西邊。

按：晉志「杓南三星及斗魁第一星西，皆謂之三公。」蓋古無三師之名，故有兩三公也。〈後魏志曰「尊師、傅、保爲三師」〉五代史百官志曰「北齊因後魏，亦曰三師」，故星傳改斗魁西星爲三師，〈後魏官氏〉而在斗杓第二星下者仍爲三公。

13 宋中興天文志曰：天市垣一星明大者，謂之帝座。帝座東北一星爲后，舊失其位。妃北一星爲帝右，后北一星爲帝左，是爲左右常侍。妃南四星爲宦寺，宦寺南一星爲閽人，閽人南四星爲內屏，此其別也。而舊乃以右常侍一星及妃三星爲宦者，又以宦寺閽人合五星爲斗，又以內屏四星爲斛，皆誤也。

按：候一星在帝坐東北。〈石氏曰「候星以候陰陽，伺遠國。」周禮遺人職云「五〔一〕十里有市，市有候館」，注曰「候館樓可以觀望者也。」〉安得以帝座東北爲后，舊作候誤也？又宦者四星在帝座西

〔一〕「五」字，原作「三」，據周禮遺人改。

南。

石氏曰：「宦者四星常侍黃門左右，小臣侍從之官常侍市中帝座也。」安得謂以右常侍一星及

妃三星爲宦者四星誤也？斛四星在斗南，斗五星在宦者西南。甘氏曰：「斗斛稱量，尺寸分銖。」鄭

萌曰：「斗星明則吉，不明凶。若其星仰則天下斗斛不平。」安在以宦寺四星及閹人一星爲斗，又以

內屏四星爲斛，皆誤也？又周禮司市職云：「夫人過市罰一幕，命〔一〕婦過市罰一帷。」而宋中興志

乃欲使后妃並居市肆，何也？

14

晉志曰：太陽守西北〔二〕四星曰勢。勢，腐刑人也。

按：石氏星經「勢四星，助宣王命，內常侍官也。」甘氏星簿讚「勢不專事，相命御之」，注曰：「勢者，

宦也，謂刑餘之人。」凡此諸說，皆誤也。河圖曰：「河導昆侖，名地首上爲權執星。」周禮考工注曰：

「執音勢，古勢字。」勢星即權執星也。勢四星在斗魁下。徐整長曆曰：「北斗當昆侖上，氣運注天

下，則其上爲權勢星。」即勢星也。權勢爲王者臨御之柄，勢四星象之。詎可以腐刑解乎？

15

國語：單子曰：辰角見而雨畢，天根見而水涸，本見而草木節解，駟見而隕霜，火見而清風戒寒。

韋昭注云：夏后氏之令，周人所因。

按：唐志「日度議曰：推夏后之初，秋分後五日，日在氐十三度，龍角盡見，時雨可以畢矣。又先

寒露三日，天根朝覿。時訓爰始收潦，而月令亦云水涸。後寒露十日，日在尾八度而本見，又五日

而駟見。故隕霜則蟄蟲墐戶。鄭康成據當時所見，謂天根朝見在季秋之末，以月令爲謬。韋昭以

〔一〕「命」字，原作「世」，據周禮司市改。　〔二〕「北」字，據晉書天文志補。

16 宋祖沖之曰：「殷曆日法九百四十，而乾鑿度云：殷曆以八十一爲日法。若易緯非差，殷曆必妄。仲秋水始涸，天根見乃竭，皆非是。」

按：漢章帝時，虞恭、宗訢等議曰：「夫數出於秒忽，以成毫釐，積累以成分寸。兩儀既定，日月始離，初行主分。積分成度，日行一度，一歲而周，故爲術者各生度法。或以九百四十，或以八十一。法有細觕，其歸一也。」沖之所疑，正未嘗考恭訢之説耳。唐大衍以三千四十分爲日法，元授時以萬分爲日法，豈有異乎？

17 天官書：赤帝行德，天牢爲之空[一]。

正義曰：天牢六星在北斗魁下，主秉禁暴，亦貴人之牢也。

按：史記平準書曰：「募民自給費，因官器作鬻鹽，官與牢盆。」天牢乃天廩屯積之所，故天牢六星在北斗魁文昌間。文昌第一星曰上將，第二星曰次將。春秋合誠圖曰：「天牢主將。」荆州占曰：「客星入天牢，其國得邑土。」則是天牢主守將所以環守其牢廩，同列於上將次將之間，故曰天牢。而石氏星經天牢六星貴人牢，與貫索同占，是以天牢爲狴牢之牢，而史記正義因之，斯其謬矣。

18 晉志曰：北極五星，第二星主日，帝王也。宋兩朝志曰：北極第二星爲帝。而勾陳口中又爲天皇大帝。奈宮一而帝二也？

〔一〕「空」字，原作「閉」，據史記天官書改。

按：北極五星，第二爲帝者，謂天下人君之象。而大帝爲昊天上帝，在勾陳口中，故以天皇別之。

周書「則有若伊尹，格于皇天」，鄭注曰：「皇天，北極大帝。」周禮大宗伯「以禋祀祀昊天上帝」，鄭注曰：「謂冬至于圜丘所祀天皇大帝星。」是也。非一宮有二帝之謂。

19　天官書曰：斗魁中貴人之牢，曰天理。

按：春秋合誠圖曰：「天理四星在斗中，司三公也。如人喉在咽，以理舌語。」宋均注曰：「斗爲天之喉舌，主出政教。」後漢李固曰：「陛下有尚書，猶天有北斗，爲天喉舌。」孝經援神契曰：「天理勒修紀中情。」紀，察也。蓋謂此也。巫咸曰：「北斗天理主貴者水官也。」甘氏曰：「天理執平，首鞫魁頭。」巫咸曰：「大理者平獄之官。」蓋天理、大理，字近而訛，貴者事也。當是大理司貴人之牢，遂誤以爲天理也。蓋言紀察萬物之情理，主三公

20　石氏曰：女牀三星，后宮御也，衆妾所居宮也。

按：月令「后妃齋戒躬桑，禁婦女毋〔一〕觀，以勸蠶事」，注曰：「女，外內子女也。」周禮：「內女曰內宗，外女曰外宗。」女牀三星在紫微垣扶筐下，是內外宗織女之機牀，舊以爲衆妾所居宮，非。

21　月令：仲春〔二〕之月，旦建星中。

鄭注：建星在斗上。

按：巫咸星經「斗建之間，三光道也。」賈逵曰：「古黄、夏、殷、周、魯冬至日在建星。」建星即今斗星也。唐天文志曰：「古曆南斗至牽牛上星二十一度，入太初星距四度，上直西建之初。故六家或

〔一〕「毋」字，原誤「母」，據禮記月令改。

〔二〕「春」字，原作「冬」，據禮記月令改。

以南斗命度，或以建星命度，甄曜度及魯曆，北方有建星無斗。」

22 天官書： 陰德三星。

晉志：「尚書西二星，曰陰德、陽德。」則又以二星分爲二座。

按：漢志亦云「三星」，而石氏星經「陰德二星主天下紀綱。陰德遺周給惠賑財之事」，則少一星。

23 唐天文志曰： 木金得天地之微氣，其神治於季月。水得天地之章氣，其神治於孟月。「立冬之日，盛德在水，其帝顓頊」，則是以水德王而主北。北方七宿，首斗牛而尾室壁，其氣畢章，故娵訾屬水而得天地之章氣。「立夏之日，盛德在火，其帝炎帝」，則是以火德王而主南。南方七宿，首井鬼而尾翼軫，其氣畢張，故鶉尾屬火而得天地之章氣。

按：月令「立春之日，盛德在木，其帝大皞」，則是以木德王而主東。東方七宿初交於角亢，其氣尚微，故壽星屬木而得天地之微氣。「立秋之日，盛德在金，其帝少昊」，則是以金德王而主西。西方七宿初交於奎婁，其氣尚微，故降婁屬金而得天地之微氣。史記律書：「明庶風居東方。南至於亢，南至於角，三月也。其於十二子爲辰。」是壽星之神治於季春。「閶闔風居西方。北至於婁，北至於奎，九月也。其於十二子爲戌」，是降婁之神治於季秋。「東壁居不周風東，至於營室，十月也。其於十二子爲亥。」是娵訾之神治於孟冬。「清明風居東南維」而西之軫，西至於翼，四月也。其於十二子爲巳。」是鶉尾之神治於孟夏。此從無解者，故備注於山河兩戒中，而又筆之於此。

24 治平策畧曰： 西人專精曆律，自前朝始來中土。其言天地也，謂天地皆圓，非猶中法所謂天圓而地

按：《周髀算經》曰：「數之法出於圓方，圓屬天，方屬地，天圓地方。」趙爽注曰：「天動爲圓，其數奇。地靜爲方，其數偶。」此配陰陽之義，非實天地之體也。《大戴記》「單居離問於曾子曰：天圓而地方者，誠有之乎？曾子曰：如誠天圓而地方，則是四角之不相掩也。參嘗聞之矣，子曰：天道曰圓，地道曰方。」道曰方圓耳，非形也。此豈待西儒而始知乎？

25 《天官書》：斗魁戴筐六星曰文昌宮。

按：《大唐開元占經》：「瞿曇悉達曰：《石氏星經》文昌六星，一本作七星。」陸績《渾天圖》曰：「文昌中有一星在司禄內，名爲主禄。」是明有七星也。

26 《夏小正》曰：「鞠則見。鞠者何也？星名也。」

按：《古樂府》「天上何所有？歷歷種白榆」亦以白榆爲星名，皆未知何星也。

27 《天官書》：杓攜龍角，衡殷南斗，魁枕參首。

斗衡也。殷，當也，直當南斗。魁，斗第一星也。枕於參星之首。注云：杓，北斗杓也。龍角，東方宿。攜，連也。衡，斗衡也。

按：《石氏》曰：「北斗第六七指角，第三四五指南斗，第一二指觜。」章本清《圖書編》曰：「杓爲斗端，以冬至日躔星紀。牛初加戌中，則斗綱之端連貫營室，織女之紀指牽牛之初。又自牛初連貫平星角，前後各九十一度。此謂杓攜龍角。玉衡中斗，南斗十二度，建星臨之。冬至，牛初加戌中，則玉衡當斗艮中，相距元辰，左右各九十一度。此之謂衡殷南斗。魁爲斗首，參星在中。冬至，牛初加

戌中，則斗魁在未，天綱在坤，馮藉申中，參宿如首伏枕然，此之謂魁枕參首。其去元辰、杓魁，亦各九十一度。是則天綱、星紀交會之本始。」二說較史記注爲甚明。

28
漢書：天文志：用昏建者杓，夜半建者衡，平旦建者魁。

孟康曰：假令杓昏建寅，衡夜半亦建寅。

按：天元歷理曰：「斗魁在申，斗衡在午，斗杓在辰，天運左旋，晝夜循環，必自子而入丑，入寅，歷十二舍。杓昏建寅，衡在杓之左，夜半杓入卯辰，則衡退而入巳，入午矣。爲得復指寅乎？以是知天元甲子夜半，冬至日躔軫九之初，即太陽在子宮之中也。仲冬建子，而亥、而酉，則孟春建寅而丑、而子、而亥，凡七千五百四十九年而歷四建，則斗衡將入申矣。斗衡在申，則斗魁在酉，夜半斗魁在酉，則平旦斗魁又在子，故曰平旦建者魁。自此又七千五百四十九年而歷四建，則斗魁又入申矣。平旦斗魁入申，則黃昏斗杓又當入子，故曰用昏建者杓。」

29
星傳曰：天有三垣：紫微爲中垣，太微爲上垣，天市爲下垣。

按：月令「昏中、且中」，言恒星也。天官書「昏建、且建」，言北斗也。而三垣昏旦罕有及者。今按清類分野曰：「紫微垣共十五星，東垣八星，左區也。西垣七星，右區也。五月黃昏斗在南，則左區在東，右區在西。若冬至，斗在北極之下，則左區在西，右區在東，如兩弓相抱，環合爲垣，緊貼斗口之上；其中爲北極。」

又按：天文集驗曰：「太微以正月昏候於卯，二月昏在辰，三月在巳，四月在午，五月在未，六月在申，七月在酉。八月旦候於卯，九月旦在辰，十月在巳，十一月在午，十二月在未，正月旦在辰，二月在申，九月在酉。十月旦在卯，十一月旦在辰，十二月在巳，正月旦在午，三月在申，四月在酉。天市在房斗之間，尾箕之上，常以三月昏在卯，四月昏在辰，五月在巳，六月在午，七月在未，八月在申，九月在酉。十月旦在卯，十一月旦在辰，十二月在巳，正月旦在午，三月在申，四月在酉。」

按：天元曆理曰：「亥子丑奏乾博巽，寅卯辰奏艮博坤，巳午未奏巽博乾，申酉戌奏坤博艮。」蓋寅卯辰與申酉戌相沖，艮坤相對也。亥子丑與巳午未相沖，乾巽相對也。

30　時憲書年神方位圖云：各神所臨之地，惟奏書博士宜向之，餘各有所忌。

31　泰西利氏曰：地球周九萬里，厚二萬八千六百三十六里零三十六丈。日輪大於地球百六十五倍又八分之三，大於月輪六千五百三十八倍又五分之一。而地球大於月者三十八倍又三分之一。恒星分爲六等，其第一等大於地球一百零六倍又六分之一，次者漸減。

按：張衡靈憲曰：「懸象著明，莫大乎日月，其徑當天周七百三十六分之一，地廣二百四十三分之一。」祖暅曰：「其率傷於周多徑少，衡之疎也。」石氏曰：「日暉徑千里，周三千里。」今言日大於地百六十五倍，星大者大於地百零六倍，是天下之至小者莫如地也。坤輿圖說曰：「至北海則半年無日，氣候極寒而冰，一日冰海。」圖說亦西儒所撰。如果日大於地六十五倍，何北海半年不見日耶？易曰「廣大配天地」，何以稱耶？

32　淮南子曰：東北爲報德之維，西南爲背陽之維，東南爲常羊之維，西北爲蹄[一]通之維。

按：司馬溫公潛虛圖：「報德居艮背，陽居坤。常陽居巽蹄，通居乾。」今本淮南子「號通之維」，號當是蹄之譌。

33　王氏彙苑參旗。

注：參，三也，旗上畫日月星也。

按：石氏星經：「參旗九星，在參西，一名天弓。」宋均注曰：「弓行者，參旗星行列紆曲似弓也。」禮含文嘉曰：「王者制度有科，物應以宜，則參旗弓行。」注者不知，強爲之說。

34　朱子曰：向來人說北極便是北辰。本朝人方去推得北極只在北辰邊頭，而極星依舊動。

按：隋書天文志曰：「張衡、蔡邕、王蕃、陸續皆以北極紐星爲樞，是不動也。」元郭守敬曰：「祖沖之造大明曆，始悟太陽有歲差之數，極星去不動處，在紐星之末猶一度有餘。祖暅以儀準候不動處，在紐星之末猶一度有餘。」夢溪筆談謂「極星遠不動處三度有餘」。是從前已有是說，要以極本非星，而云北極星者，指其近極之星命之耳。經天該曰：「近極小星，強名極。」是也。

35　張衡思玄賦：「觀壁壘於北落兮，伐河鼓之磅硠。」文選注：壁，營壁也。壘，中壘也。河鼓，星名也。

按：李善曰：「漢書羽林天軍西爲壘，旁一大星曰北落。」巫咸曰：「天壘主北夷、丁零、匈奴。」是壁壘亦星名也。

36　爾雅曰：星紀，斗牽牛也。又曰：河鼓謂之牽牛。

〔一〕「蹄」字，原誤「號」，據淮南子天文訓改。

按：河鼓一名牽牛，故有兩牽牛也。星傳曰：「牽牛六星，在天河東。河鼓三星在牽牛西，本二星也。」魏伯陽參同契曰：「河鼓臨星紀兮，人民皆驚駭。」此蓋以星紀爲斗牽牛，而河鼓即牽牛也。而周處風土記曰：「七夕酒掃[一]於庭、施几筵，設酒果、祀河鼓、織女，言二星神會，乞富壽及子。」是誤以河鼓即牽牛矣。古樂府：「東飛伯勞西飛燕，黃姑織女時相見。」荊楚歲時記曰：「黃姑即河鼓。」或以河鼓音近而訛爲黃姑。元象博議曰「黃姑乃牛宿別名」，李太白詩「黃姑與織女，相去不盈尺」，皆誤以牽牛爲黃姑也。李後主詩「迢迢牽牛星，杳在河之陽。粲粲黃姑女，耿耿遙相望」，即以織女爲黃姑，庶幾近之。

37 天官書：柳、七星、張、三河。

開元占經曰：三河，河內、河東、河南是也。周之將亡，惟河南一郡，故以之爲分野。其河內、河東乃在魏次中，未詳周分野三河之謂矣。

按：詩譜：「東都王城方六百里之地，其封域在豫州太華外方之間。」天官書於周分野不言雍州，而言三河。依禹貢兗州濟河、豫州荊河、雍州西河，而冀州帝都，不說境界，但以三面距河而知。是東都王城所在，以河、洛、伊爲三河，故不得比於列國，止係之以一州也。考之職方豫州之滎洛、荊州之潁湛、兗州之汋沛，襟帶左右，而三河居天下之最中，陰陽之所會，風雨之所和，誠有見於三河者，諸州之總會也。況僖公二十五年襄王始以河內賜晉文，河內本周地乎？

38 劉誠意伯曰：星之所屬，有星在而國亦在者。譬如離南坎北，各有定位，躔次相配，上下同體者也，

〔一〕「掃」字，原誤「埽」，據文義改。

經也。又有星在此而國在彼者，譬如房日兔也，而反見象於月。畢月烏也，而反見象於日。又有或方或隅，參差不等者，緯也。經緯錯綜，天地之所以成造化也。

按：國語：　伶州鳩曰：「歲之所在，則我有周之分野。」是分國有分星者，必因其所受封之歲而祀之。　淮南子曰：「太陰在四仲，則歲行三宿。在四鉤，則歲行二宿。」春秋緯曰：「太陰在亥，歲星居角亢。太陰在子，歲星居氐房心。太陰在丑，歲星居尾箕。太陰在寅，歲星居斗牽牛。太陰在卯，歲星居須女虛危。太陰在辰，歲星居營室東壁。太陰在巳，歲星居奎婁。太陰在午，歲星居胃昴畢。太陰在未，歲星居觜參。太陰在申，歲星居東井輿鬼。太陰在酉，歲星居柳七星張。太陰在戌，歲星居翼軫。」是歲星行四面之中，皆三宿。故女虛危為玄枵，胃昴畢為大梁。行四隅則皆二宿，故斗牛為星紀，室壁為娵訾。當時受封之歲，或在四仲，則星多。或值四鉤，則星少。國語所謂「歲之所在，則我周之分野」者是也。受封之歲，即祀其歲星所行之宿以為分野。〔昭元年左傳一〕

年左傳注：「三望，分野之星、國中山川。」孔氏曰：「魯祭分野之星，其祭奎婁之神也。」杜預曰：「商丘，宋地，主祀辰星。辰，大火也。大夏，主祀參星，則是分國之歲月各祀其歲星所行之宿以為之主。」

「遷閼伯于商丘主辰」，遷實沈於大夏，主參」，今晉陽。」林堯叟曰：「參，水星也。」主祀參星，則是分國之歲月各祀其歲星所行之宿以為之主。」　魯居東而降婁在西，齊居東而玄枵在北，吳越居東南而星紀在東，燕在北而析木在東，蓋值其始封

〔一〕「三十一」，原作「三十」，據左傳改。

之歲,歲星或行於東南,或行於西北,則分野有遠近之不同,或星在而國不在,無可怪也。周禮保章氏「以星土辨九州之地」,所封封域皆有分星,以觀妖祥。以十有二歲之相觀天下之妖祥。其占候亦以歲星為主也。歲星在木,則水為之相;在土,則火為之相。觀十有二歲,因以知十二國之妖祥,蓋皆從歲星也。若秦之鶉首、楚之鶉尾、趙之大梁,星在而國亦在。則又不在分星之類者,何以言之?當孝王邑非子於秦與周,初封熊繹於楚,彌丸之地,豈有分星?又況六卿分晉,方始有趙,何與分星之數?當是秦、楚、趙始微終大,自崇其分野所值之星,以為祭主。故張衡西京賦曰:「庶昔者大[一]帝悅秦穆公而覲之,饗以鈞天廣樂。帝有醉焉,乃為金策,錫用此土,而翦諸鶉首。」庾信哀江南賦曰:「以鶉首而賜秦,天何為而此醉?」其非分野時所分星可知矣。楚蠶食諸夏,環地六千里,借祀東皇太一」,祀東君,祀大司命,其以鶉尾為所主土而祀之。何怪趙與韓、魏分晉,而趙地北踰眾山,盡代郡、鴈門、雲中,西抵塞垣,非晉之舊壤。故韓、魏無分,而大梁獨為趙有。凡此星在國在者,各是其國自所崇奉,非關躔次相配,上下同體,而可據以為經也。誠意伯錯綜經緯之說,然耶,否耶?

39

賈公彥周禮疏曰:「二十八宿隨天左轉為經,五星右行為緯。

按:淮南子曰:「歲星日行十二分度之一,歲行三十度十六分度之七,十二歲而周。」星備曰:「熒惑日行三十三分度之一,二歲而周天。太白日行八分度之一,八歲而周天。」左傳孔氏疏曰:「土三百

〔一〕「大」字,原作「天」,據文選張衡西京賦改。

七十七日行星十三度，二十八歲而周天。開元占經曰：「辰星平行日一度，一歲而周天。」舊云辰星

効四仲，謬矣。〈通考曰：「木、火、土三星行運而經天，金、水二星行速而不經天，爲三天兩地之道。」

朱子詩傳曰：「金水二星附日而行。」三才考曰：「木星八十三年而與日合者七十六，火星七十九年

而與日合者三十七，土星五十九年而與日合者五十七。金水雖隨日，然金八年而合於日者五，水

四十六年而合於日者一百四十五。今西法審視太白有上下弦，凡三百六十五日二十三刻一周天，熒惑一年三百

填星二十九年一百五十五日二十五刻一周天，辰星三百六十五日二十三刻一周天。

二十一日九十三刻一周天，歲星十一年三百一十三日一周天。」又云「歲星旁有四小星」。按周天

者，徧歷二十八宿之謂也。

40 荊楚歲時記：

七月七日爲牽牛、織女聚會之夜。

春秋運斗樞云：牽牛神名略。佐助期云：織

女神名收陰。

按：大唐占經引春秋佐助期曰：「須女神名色舒，虛神名開陽，危神名推長，營室神名元耀，登壁神

名瞻工，奎神名列常，婁神名及方，胃[二]神名稽覽，昴神名敫金，畢神名扶胥，參伐神名虛圖，南斗

神名侠瞻，牽牛神名略緒燧。」餘缺。今本歲時記牽牛神名略，俱不知有緒燧二字矣。古今書傳之

磨滅，大率類此。

41 回回書，西域馬哈麻之所造也，其元起於隋開皇十九年己未歲。其法以三百五十五日爲一歲，歲有

〔一〕「胃」字，原誤「肯」，據星名改。

十二宮，第一曰白羊宮，二曰金牛宮，三曰陰陽，四曰巨蟹，五曰獅子，六曰雙女，七曰天秤，八曰天蝎，九曰人馬，十曰磨羯，十一曰寶瓶，十二曰雙魚。

按：陸廣微吳地記：「當磨蝎，斗牛之宮，列婺女星之分野。」蓋用回回曆也。今泰西測驗可見可狀之星，凡四十八像。其在黃道北者二十一像，曰小熊，曰大熊，曰龍，曰皇帝，曰守熊人，曰北冕旒，曰熊人，曰琵琶，曰鴈鷥，曰岳母，曰大將軍，曰御車，曰醫生，曰逐蛇，曰毒蛇，曰箭，曰鳥，曰魚將軍，曰駒，曰飛馬，曰公主，曰三角形，星三百六十。其在黃道南者十五像，曰獸海，曰獵戶，曰天河，曰天兔，曰天犬，曰小犬，曰船，曰水蛇，曰酒瓶，曰烏鴉，曰半人牛，星三百一十有六。

42 開元占經：天竺每月二博叉。

瞿曇悉達多譯曰：博叉，超也。

43 按：西域九執書云：「天竺每月二博叉，月初至十五日白博叉，十六至月盡曰黑博叉。風曰阿脩，日曰羅暎，辰次曰星施，度曰薄伽，分曰立多月明，量曰博夜加，時曰節。」

薊園記曰：元人謂天曰統格落。

44 按：元史、續通鑑元謂橫天星儀曰咱禿哈剌。言測驗周天星曜之氣曰咱禿朔八台。春秋分晷影堂曰魯哈麻亦渺凹只。冬夏至晷影堂曰魯哈麻亦木思塔。渾天圖曰苦來亦撒麻。地里志曰苦來亦阿兒子。畫夜時刻之器曰兀速都兒剌。不定其呼。天爲統格落。元史不載，僅見於此。

沈括筆談曰：交道每月退一度餘，凡二百四十九交而一帀。西天法交初謂之羅暎，交中謂之計都。

按：詩「十月之交」，毛傳曰：「交，日月之交會。」隋張胄元曰：「日行黃道，月行月道。月道交結黃

道外十三日有奇，而入經黃道，謂之交。朔望去交前後各十五度，以下即當食。若月行內道，在黃

道之北，食多有驗。月行外道，在黃道之南，雖遇正交，無由掩映。」楊慎曰：「七政一曰七曜，今術

家增入月孛、紫炁、羅喉、計都四餘，爲十一曜。蓋日月行道如兩環，兩環相交處，一曰天首，爲羅

喉，一曰天尾，爲計都。月行遲速有常度，遲之處即孛，故曰月孛。炁生於閏，二十八年十閏，而炁

行一周，故曰紫炁。炁孛皆有度數，無光象，故與羅、計同謂之四餘。」又宣和畫譜王齊翰有羅喉

圖、計都圖，武洞清亦有羅喉計都圖。

45

蔡邕天文志〔一〕曰：言天體者有三家：一曰周髀，二曰宣夜，三曰渾天。宣夜之學絕無師法。周髀

術數具存，考驗天狀，多所違失。惟渾天近得其情。

按：賀道養渾天記曰：「宣夜，夏殷之法也。」周髀，周人志周公所傳也。」楊泉物理論曰：「儒家立渾

天以追天形從車輪焉。周髀立蓋天，言天氣循邊而行，從磨石焉。」桓譚新論曰：「北斗極天樞，猶

蓋有保斗矣。蓋雖轉而保斗不移。」虞喜曰：「宣，明也。夜，幽也。幽明之數，其術兼之，故曰宣

夜。」徐爰曰：「史臣案渾天廢絕，故有宣蓋之論，其術並疏，後世莫述。」抱朴子曰：「宣夜之書亡」；而

郗萌記先師相傳宣夜說云：「天體無質，仰而瞻之，高遠無極。譬遠望黃山皆青，俯察千仞之谷而

黝黑。夫青冥色黑，非體也。日月星辰浮生空中，行止皆積氣焉。故七曜或住或遊，順逆伏見無

〔一〕「天文志」後漢書天文志注引作「表志」。

常，由無所根繫故也。故辰極常居其所，北斗不與眾星西沒焉。七曜皆東行，日行一度，月行十三

度，遲疾任性。若附綴天體，不得爾也。」鄭注尚書大傳

曰：「渾儀中筩為旋璣，外規為玉衡。」此所稱三家是也。

未嘗載三星之名，即其立言誕謬，姓名不詳，亦有大可笑也。

按：黃帝占曰：「客星者，周伯、老子、王蓬絮、國皇、溫星，凡五星，皆客星也。」又曰：「客星明，大白

淳然，名曰老子。所出之國，為饑為凶。」又曰：「客星色白而大，狀如風動搖，名曰溫星。常出四

隅，出東南有兵，出東北曝三千里，出西北如之，出西南大水。」河圖曰：「歲星之精流為國皇。」巫咸

曰：「國皇之星大而赤，類南極老人星也。」春秋合誠圖曰：「國皇主內寇。」司馬彪天文志曰：「孝靈

光和中，國皇星見東南角，去地一二丈，如炬火狀。王其姓，蓬芮其名。周伯其姓字也。其精為星，

帝命之為客星。

宋中興天文志曰：「周伯、王蓬芮，皆上世不仕之人。

象緯訂曰：宋中興天文志曰：天有客星，曰老子，曰國皇，曰溫星，錯乎五緯之間。此毋論古今史傳

按：荊州占曰：「周伯星煌煌，所至之國大昌。」又曰：「蓬星一名王星，狀如夜火之光，多即至四五，

少即一二。」何法盛〔一〕中興書曰：「晉孝武太元二十年九月，有蓬星如粉絮，東南行，歷女虛、

危。」通考曰：「宋真宗景德二年四月戊寅，周伯星出氐南騎官西，狀半月，有芒角。占曰：天下無

〔一〕「晉」字，據何法盛晉中興書補。

管城碩記卷之二十七

兵、國大昌。」張衡曰:「老子四星及周伯、王蓬絮、芮各一,錯乎五緯之間。其見無期,其行無度。」

蓋老子一,周伯一,王蓬絮一,芮一,凡四也。宋中興志「瑞星十二,四曰王蓬芮」,以王蓬芮為一

星,謬矣。又以其見無期行無度,故曰客星。賈公彥周禮疏曰:「言用客星者彗,非本位奔霣而入

他辰者也。」今乃以帝命之為客星,殊屬不根。

48 張華博物志曰:神仙傳云:說上據辰尾為宿。歲星降為東方朔。傅說死後有此宿,東方朔生無歲

星。

按:梁劉勰新論曰:「微子感牽牛星,顏淵感中台星,張良感弧星,樊噲感狼星,老子感火星。」未聞

諸賢既生天上,遂無此星也。雖莊子有「傅說乘東維,騎箕尾而比於列星」之語,當是星降為説,而

死後仍為星耳,如王良、造父、軒轅並是星名,豈皆既生之後遂無此星乎?若謂朔生無歲星,太史

公曰:「歲陰左行在寅,歲星右轉居丑。歲陰在卯,星[一]居子。歲陰在辰,星居亥。歲陰在巳,星

居戌。歲陰在午,星居酉。歲陰在未,星居申。歲陰在申,星居未。歲陰在酉,星居午。歲陰在

戌,星居巳。歲陰在亥,星居辰。歲陰在子,星居卯。歲陰在丑,星居寅。」若朔生後無歲星,則司

馬作史之時,正值朔生之候而所謂歲星居子、居亥、居戌、居酉、盡託之空言巳乎?如荀陳相聚,太

史奏五百里內有賢人星聚。晉史「苻堅密有迎羅什之意,會太史奏云:有星見外國分野,當有大

智入中國」。如此類者,皆捕風逐影之談,豈足信乎?

〔一〕「星」字上,原有「歲」字,據史記天官書刪。

楊升菴集

1 楊氏曰：漢有博物記，非張華博物志也。周公謹云：不知誰著。考後漢書注〔一〕，始知博物記爲唐蒙作。

按：後漢書郡國志「犍爲郡有魚涪津」，劉昭引蜀都賦注云：「魚符津數百步，在縣北三十里。昔唐蒙所造。縣臨大江，岸便山嶺相連，經益州郡，有道廣四五尺〔二〕，深或百丈，塹〔三〕鑿之迹，今存。」此蓋言塹鑿之蹟，至今尚存，乃唐蒙所創造也。下引博物記、華陽國志，以見其縣又有諸山耳，豈可以唐蒙造博物記爲一句乎？

華陽國志：縣西有熊耳峽，南有峨眉山。博物記：縣西百里有牙門山。

又按：隋經籍志曰：「博物志十卷，張華撰。張公雜記一卷，張華撰。梁有五卷，與博物志相似。」小不同。又史記龜策傳云「樑爲瓦室」，注曰：「世本昆吾作陶。張華博物記亦云：樑作瓦。」據此，則博物記亦張華作也。史記注現有明徵，何乃云唐蒙所造乎？近本草綱目、山海經廣注皆引唐蒙

〔一〕「注」字，據楊升菴全集補。

〔二〕「尺」字，原作「丈」，據後漢書郡國志注改。

〔三〕「塹」字，郡國志注作「斬」。

博物記，誤皆自升菴始也。

2

楊氏曰：後世謂登仕路爲青雲，謬矣。自宋人用青雲於登科詩中，遂誤至今不改。

按：史記范雎傳「賈不意君能自致於青雲之上」，揚雄解嘲「當塗者升青雲」，抱朴子「有才有力者，蹑青雲以官騑」，北史魏長賢傳「皆奮於泥滓，自致於青雲」，隋書李德林傳贊「君臣體合，自致青雲」，劉禹錫送唐張九齡詩「凤昔青雲志，蹉跎白髮年」，孟浩然送友之京詩「子登青雲去，予望青山歸」，唐摭韋道冲赴制舉詩「一鳴從此始，相望青雲端」，錢起詩「遙想青雲丞相府，何時開閣引書生」？言「青雲得路，可知異日之心」，何謂「宋人爲誤」？

3

楊氏曰：東坡嶺南詩：稻涼初吠蛤，柳老半書蟲。注[一]不知蛤爲何物？近覽嶺表錄異[二]田中有蛤鳴，注：嶺南呼蝦蟆爲蛤。

按：漢五行志：「武帝元鼎五年，秋蛙與蝦蟆群鬥。」東方朔傳「水多蛙魚」，師古注：「蛙卽蛤字也，似蝦蟆而小，長脚。」陶弘景曰：「蛙有一種黑色者，南人名蛤子，食之至美。」周禮蟈氏注：「鄭康成曰：蟈，今御所食蛙也。」寇宗奭曰：「大聲蛙，小聲蛤。蛙自名蛤，與蝦蟆不同。蝦蟆豈蛤乎？」隋書卞彬傳彬嘗作蝦蟆賦云：紆青拖紫，名爲蛤魚。」韓退之食蝦蟇詩「强號爲蛙蛤，於實無所較」，元微之詩「鄉味尤珍蛤，家神悉祀烏。」蛙皆誤以蛤爲蝦蟆。裴迪詩：「草堂荒產蛤，茶竈冷生魚。」李時珍曰：「蛙，南人呼田雞。」此則是矣。自名蛤，非蝦蟆也。

〔一〕「注」字，據楊升菴全集補。

〔二〕「嶺表錄異」，原誤「嶺表異聞錄」，據楊升菴全集改。

4 楊氏曰：李賀塞上詩天遠席箕愁，劉會孟曰：席箕如箕踞。秦韜玉塞下曲席箕風緊馬蹄豪，此豈箕踞義乎？究未知席箕何物？

按：漢五行志「幽王時童謠：檿弧、箕服」，注曰「箕似荻而細。」任昉述異記：「沸箕草，一名塞蘆，生北方胡地。」古詩云「千里席箕愁」，又隋薛道衡詩「天靜見旃頭，沙遠席箕愁」，王建席箕籬詩「單于不敢南牧馬，席箕徧滿天山下」，皆卽此也。其、箕同。古箕鼎銘，維揚石刻作其。

5 楊氏曰：通鑑：礪〔一〕蕭斧而伐朝菌。蕭斧，伐蕭之斧也。詩取蕭祭脂，又采彼〔二〕蕭兮。

按：說苑〔三〕「雍門子謂孟嘗君曰：夫以秦、楚之強而報讐於弱薛，譬之猶摩蕭斧〔四〕而伐朝菌也」。魏路思令疏「何異厲蕭斧而伐朝菌」，蓋本此也。蕭斧，削斧也。莊子「削然反琴而絃歌」，注：「卽蕭然。」鶡冠子「究賢能之變，極蕭楯之元」，注云：「蕭，蕭斧也，蕭以戮人，楯以衛己」。魏都賦「蕭戢斧柯」，梁張纘南征賦「時有便乎建瓴，事無留於蕭斧」，皆以蕭斧爲削斧，豈可以爲取蕭之斧乎？

6 楊氏曰：劉歆答揚雄懸諸日月不刊之書，言不可削除也。今俗誤作刻梓之用。唐蕭亦國初文士，送人從軍詩碑因紀績刊，謬誤可笑。

按：揚雄方言曰：「雄以此篇目煩示其成者張伯松，伯松曰：是懸諸日月不刊之書也〔五〕」楊乃誤以爲劉歆。又班固燕然山銘「乃遂封山刊石」，西京雜記「樹下有石麒麟二枚，刊其脅爲文字」，蔡

〔一〕「礪」字，原誤「厲」，「彼」字，原誤「取」，據揚升菴全集改。

〔二〕「斧」字，原作「楯」，據說苑善說篇改。

〔三〕「說苑」原作「國策」，據劉向說苑善說篇改。

〔四〕「堯」字，原作「楢」，據說苑善說篇改。

〔五〕引文見文選任彥昇齊竟陵文宣王行狀李善注。

邕陳太丘碑文「刊石作銘」，司空楊公碑「相與刊石樹碑」，禰衡顏子碑「乃刊玄石而旌之」，魏志「明帝詔以先帝典論刊石於廟門之外」，巴肅傳「刺史買琮刊石勒名以紀之」，晉中興書「必須綽銘而後刊石」，任彥昇爲范始興求立太宰碑表「君長一城，亦盡刊石刻之美」，王巾頭陀寺碑文「貞石南刊」，水經注「幽州刺史朱龜碑陰「刊故吏姓名」，隋書徐則傳「爲之刊山立頌」，陶弘景茅山長沙館碑「刊字不朽」，徐陵歐陽頠碑「式刊豐琰」，徐悱擬白馬篇「歸報明天子，燕然令復刊」，劉禹錫哭呂衡州詩「欲爲君刊第二碑」，刊豈止可作削除用乎？字彙依楊氏，殊謬。近古今韻略仍謂俗作刻梓用誤，余故辨之。

7
山海經：集獲之水，其陰多銀、黃金。

楊氏曰：銀黃即黃銀，漢代用以爲佩。

按：春秋運斗樞曰：「人君秉金德而王，則黃銀見。」任昉齊明帝諡議：「黃銀紫玉之瑞。」庾信羽調曲：「地不愛於黃銀。」此皆真黃銀也。漢書酷吏傳「楊僕封將梁侯。懷銀黃，垂三組」，注曰：「銀，銀印。黃，金印。」梁元帝安成侯邪行「大息佩金勒，小息綰銀黃」，劉孝標廣絕交論「近世有樂安任昉，早綰銀黃」，皆謂銀印金印耳，豈可謂漢代以黃銀爲佩乎？他如西京雜記「黃銀樹十株」，古嵩子真訣「將白銀化出砂，令伏火鼓之，乃成黃銀」，或製以美名，或成以藥力，皆非即黃銀也。山海經所云銀黃者，當指銀與黃金耳。升菴據以爲銀黃，鑿矣。

8
楊氏曰：頃日與顧箬溪唱和雪詩，次東坡叉字。顧言叉字韻窄，古人和此詩極多，韻事押盡矣。余

言佛經力叉，北齊書趙野叉，皆奇僻，未經人押。

按：儀禮特牲饋食禮「宗人執畢」鄭注：「畢狀如叉，柎練柄執事用桑叉。自此純吉用棘心叉。」晉書：「呂光竊號河右，中書監張資病，光博營救療。有外國道人羅叉云：能差資病。」後魏書江陽王元繼長子元叉字伯儁，小字夜叉。又出帝初，元勤叉封陽平縣伯。北史齊諸宦者傳有宦者盧勤叉。又後魏書劉聰傳：「聰遊獵無度，其弟叉及子粲輿櫬切諫。」隋書高祖紀：「開皇二年，詔太府少卿高龍叉等創造新都。三年，以上柱國叱李長叉為信州總管。」煬帝紀：「上臨戎於遼水橋，大軍為賊所拒，不果濟。虎賁郎將錢士雄孟金叉死之。」唐書宗室志世祖次子湛封蜀王，生子博叉，封隴西王。」唐占經曰：「天竺前半月日白博叉，後半月日黑博叉。」書記洞詮有健陀羅國藥叉與王舍城婆多藥叉。書又有長者瞿答摩持貨往得叉城輿易。又佛遺教經：「當尊重珍敬波羅提木叉。」叉字頗亦不少。

9 楊氏曰：吳越春秋，後漢書趙曄撰，晉書楊方亦〔一〕撰，今世所行〔二〕，曄耶，方耶？

按：唐藝文志：趙曄吳越春秋十二卷，楊方吳越春秋削煩五卷，吳越記六卷。皇甫遵吳越春秋傳十卷。此數書自別，何得混之？

10 楊氏曰：綱目書徵處士盧鴻為諫議大夫。舊唐書作盧鴻一，新唐書作盧鴻。溫公通鑑據新唐書，綱目又據通鑑，誤減去一字。

〔一〕「亦」字，據楊升菴全集補。　〔二〕「行」字，原作「傳者」，據楊升菴全集改。

按：唐書：「盧鴻字顥然。開元五年詔曰：『鴻有泰一之道，中庸之德。』鴻至東都謁見，拜諫議大夫。固辭，制許還山。」正太白同時人也。太白有贈盧徵君昆弟，又有口號贈徵君鴻詩。果以「鴻一」爲雙名，當日命題亦減去一字，何也？

11 楊氏曰：何承天纂文仲師長尺二寸，近於誣矣[一]。

按：梁書劉杳傳：「沈約問杳云：何承天纂文奇博，其書載張仲師及長頸王事，此何出？杳曰：仲師長尺二寸，出論衡。長頸是毗騫王，朱建安扶南以南記云：古來至今不死。」又徐堅初學記引纂文曰：「漢光武時，潁川張仲師長尺二寸。」南史扶南傳曰：「頓遜國之外，大海洲中，又有毗騫國，去扶南八千里。傳其王身長丈二，頭長三尺，自古不死，莫知其年。南方號曰長頸王。」

12 楊氏曰：古樂府：井公能六博，玉女善投壺。蓋因井星形如博局而附會之，亦詩人北斗挹酒漿之意也。

按：穆天子傳曰：「天子北入于邴，與井公博，三日而決。」又曰：「西升于陽口，過于靈口，井公博。」郭璞注曰：「穆王往返，輒從井公博遊，明其有道德人也。」王褒詩「誰能攬六著，還須訪井公」，陳謝瀹方諸曲「井公能六著，玉女善投壺」，並用穆傳耳。豈井星如博局之謂乎？

13 楊氏曰：武陵記：四角三角曰芰，兩角曰菱。按菱乃今之菱角，芰乃今之雞頭。楚辭緝芰荷以爲

〔一〕「近於誣矣」，原作「未知何據」，據楊升菴全集改。

衣，若是菱葉，何可爲衣乎？

按：爾雅「蔆、蕨攠」，郭注：「蔆，今水中芰，即蔆角也。」又呂忱字林「楚人名蔆曰芰」，謂此也。周禮加籩之實有蔆，鄭注：「蔆，芰也。」賈疏曰：「屈到嗜芰。」此蓋秦人之方言，呼菱爲薢茩者也。許氏説文「蔆，芰[一]也」。爾雅「薢茩，茨光」，楚曰芰，秦曰薢茩。郭注：「芙明也，葉黃鋭，赤花，實如山茱萸」，此蓋芙明之菜別名薢茩，非秦人所謂蔆芰者也。王氏彙苑「後漢昆明池有菱名薢茩」，屈到嗜芰爲決明之菜，非水中之芰，蓋誤以爾雅薢茩即秦人呼芰之薢茩也。楊氏以又江淹蓮賦「著縹芰兮出波，翠細蓮兮映渚」。今江南呼荷葉之槩出者曰芰荷，芰荷之下，藕之所在，餘即否，此所以有縹芰之稱也。楚辭「製芰荷以爲衣」，魏都賦「綠芰泛濤而浸潭」，芰即荷葉之高者。王逸注楚辭曰：「芰，蔆也，秦人作薢茩。」此蓋逸注之謬。楊氏疑菱葉不可爲衣，以爲即今之鷄頭，何所據也？

14

楊氏曰：龍鍾，竹名。年老曰龍鍾，言如竹之枝[二]搖曳不能自禁持也。

按：琴操「卞和退怨之歌曰：紫之亂朱粉墨同，空山歔欷涕龍鍾。」究未知龍鍾何義？據星傳「參三星，直者爲衡石，一曰龍鍾」。是龍鍾，大石之謂。郭憲洞冥記：「大秦國貢花蹄牛，跡在石上，皆如花形。時得異石長十丈，高三丈，立於望仙宮，因名龍鍾石。」和蓋以良玉見棄，洒涕於龍鍾巨石爲可悲耳。老杜詩：「何大龍鍾極，於今出處妨。」賈島詩：「身事龍鍾應是分。」劇談録引裴度曰：「見我龍鍾，故相戲耳。」此皆以遲重難行，一如龍鍾之巨石，有妨出處。蓋用洞冥之説也。王褒與周弘讓書

〔一〕「芰」字，原作「菱」，據説文改。

〔二〕「之枝」原作「枝之」，據楊升菴全集乙正。

「援筆攬紙，龍鍾橫集」，岑參詩「雙袖龍鍾淚不乾」，則用琴操之說也。若謂如竹枝搖曳，韓昌黎詩「白首夸龍鍾」，夸字已費解矣。杜弢爲侯景檄梁文「龍鍾稚子」，東坡贈段田詩「龍鍾三十九」，亦可謂年老者不自禁持乎？南越志：「龍鍾大竹徑七八圍，節長一丈二尺。」庾子山卭竹杖賦「每與龍鍾之族，幽翳沉沉」，秘含筆銘「採管龍鍾，拔毫秋兔」，蕭子顯詩「橫吹龍鍾管，奏鼓象牙笙」，皆引用之。若以爲竹枝搖曳，豈獨龍鍾爲然哉？

15　楊氏曰：宋人送使臣使契丹詩以青瑣對紫濛，人多不知其出處。按晉書慕容氏自云[一]有熊氏裔，邑於紫濛之野。蓋以慕容比遠。方虛谷注云：紫濛，虜中館名。蓋隔壁妄猜之言爾[二]。

按：唐書張守珪傳：「契丹別帥[三]李過折以衆降。守珪次紫蒙川，大閱軍實，賞將士。」又唐地理志：「平州北平郡有溫溝、白望、西狹石、東狹石、綠疇、米磚、長楊、黃花、紫蒙、白狼、昌黎、遼東十二戍。」紫蒙正契丹地名，送人使契丹用之，豈必定以慕容比之耶。又按：宋使章頻使契丹，至紫濛館，卒。契丹遣內史就館奠祭。」紫濛爲館名，非妄猜也。

16　楊氏曰：按：王莽立西海郡於西寧之地。亦妄也。今滇西百夷之外有大海，在今阿瓦地。王母石室，因立西海郡。而漢書不載其事。

至其地，有詩云：篙師百櫓齊搖去，阿瓦城邊水似湯。即西海無疑矣。又按：王充論衡云：漢得西至其地。沐璘曾

〔一〕「云」字，原作「謂」，據楊升菴全集改。

〔二〕「言爾」，原作「語」，據楊升菴全集改。

〔三〕「帥」字，原誤「部」，據

新唐書張守珪傳改。

按：漢地理志「金城臨羌縣」，師古注曰：「闕駰云：西有卑禾羌，卽獻王莽地者也。」王莽傳「莽遣中郎將平憲〔一〕等多持金幣〔二〕，誘塞外羌，願內屬。憲言羌豪良願等爲內臣，獻鮮水海、允谷鹽池、平地美草。莽奏請受良願等所獻地爲西海郡」。安得謂西海在滇西之阿瓦，而以西寧之西海郡爲妄耶？

又按：隋書地理志：「西海郡置在古伏俟城，卽吐谷渾國都。有西王母石窟、青海鹽池」，漢立西海郡，卽此地也。所稱西王母石室與論衡正同，安得妄以阿瓦爲證耶？溫庭筠昆明水戰詞注亦引論衡西海郡，云在阿瓦，皆謬。

17 楊氏曰：向〔三〕得石鼓文拓本於先師李文正公所，載〔四〕六百五十七字，完好無譌。

按：古文苑序云：「石鼓文，孫洙得於佛書龕中，凡四百九十七言。」至明正德、嘉靖時，安得有六百五十七字？

18 楊氏曰：南史稱張融海賦勝玄虛，惜今不傳。北堂書鈔載其略，如：湍轉則日月似驚，浪動則〔五〕星河〔六〕如覆。信爲奇也。

按：南史張融傳「融浮海至交州，於海中遇風，作海賦。後以示鎮軍將軍顧覬之，覬之曰：卿此

〔一〕「平」字，原誤「李」，據漢書王莽傳改。

〔二〕「幣」字，原作「帛」，據王莽傳改。

〔三〕「向」字，楊升菴全集作「慎」。

〔四〕「載」字下，原有「有」字，據楊升菴全集刪。

〔五〕「則」字，南齊書張融傳作「而」。

〔六〕「河」字，原作「辰」，據南齊書張融傳及楊升菴全集改。

賦實超玄虛,但恨不道鹽耳。融卽求筆注曰:瀺沙構白,熬波出素。積雪中春,飛霜暑路。此四句後所足也。」餘不載。

而南齊書融本傳,海賦具有全文,凡一千五百九十六字,所缺者五字而已。乃謂惜今不傳,當時亦未見南齊書耶?又警句如:「回混浩潰,巔倒發濤。浮天振遠,灌日飛高。摲撞則八絃摧隤,鼓怒則九紐折[一]裂。攄長風以舉波,潨天地而爲勢。蕩洲礙岸,而千里若崩,衝崖沃島,其萬國如戰。振駿氣以擺雷,飛雄光以倒電。詭激雄偉,殊當突過木華也。

19 楊氏曰:漢武內傳:王母使女侍[二]問云:上問起居還隔絳河。道書[三]有絳霄,絳河卽絳霄也。

按:王嘉拾遺記曰:「絳河去日南十萬里,波如絳色,多赤龍,漁而肥美可食。上仙服得之,則後天而死。」庾信詩「絳河應遠別」,亦是遠隔之意。若杜審言七夕詩「青雲斷絳河」,杜甫詩「雲霄出絳河」,乃銀河耳。

20 楊氏曰:漢靈帝修南宮,鑄天禄蝦蟆,轉水入宮。天禄卽大蝦蟆,伯樂之子案圖索駿,以蝦蟆爲馬,卽天禄也。

按:靈紀「光和四年,復修玉堂殿,鑄天禄蝦蟆」,注云:「天禄,獸也。」漢宮殿疏:「天禄麒麟閣,蕭何造。」水經注:「鄧州南陽縣北,宗資碑旁有兩石獸,鐫其膊,一曰天禄,一曰辟邪。」吳均贈王治書僧孺詩:「故人揚子雲,校書麟閣下。」駱賓王帝京篇:「校文天禄閣,習戰昆明水。」宋張夢卿家有太康

〔一〕「折」字,原作「拆」,據南齊書張融傳改。

〔二〕「女侍」原作「侍女」,據楊升菴全集乙正。

〔三〕「書」字,原作「家」,據楊升菴全集改。

塋中所得紫金鈿銅天禄，高僅寸許，長可尺餘。天禄蓋獸名，一曰天鹿。後漢書西域傳注：「似鹿長尾一角者，爲天鹿。」古禄鹿通用，即所謂天禄也。史記孝武帝本紀「獲一角獸」，索隱曰：「麃音步交反。郭璞曰漢武獲一角獸若麃，謂之麟是也。」漢時以天禄爲麟，豈可謂蝦蟆即天禄乎？爾雅云麃，大鹿也，牛尾一角。韋[一]昭云體若廱而一角。又周書王會解云麃者若鹿。孫綽漏刻銘「陰蟲承鴻」，即蝦蟆矣。唐開元占經引皇甫謐曰：「鶼首一名天禄。」則余蓋未之前聞。

21 楊氏曰：馬總意林引相貝經不著作者，讀初學記，始知爲嚴助作。

按：胡元瑞續筆叢云：「初學記無，藝文類聚乃有之。用修蓋誤記也。」今按初學記引嚴助相貝經曰：「堯懸貝於撝宮。」元瑞遽以爲無，殊謬也。

又按：藝文類聚云：「相貝經朱仲受之於琴高。嚴助爲會稽太守，仲遺助以徑寸之珠，并致此文於助。」則經非助作也。

22 楊氏曰：漢書注：齊服官有吹綸方空之目。梁費昶詩：金輝起遙步[二]，紅彩發吹綸。吹綸，不知何物。據詩意，想是婦人所執之物，如暖扇之類。

按：章帝紀「詔齊相省冰紈、方空縠、吹綸絮」，注乃以爲紗，非。據南越志，威寧縣有穿州，其上多綸木，似縠，皮可以爲綿。本言綸絮，注乃以爲紗，蓋絮之輕者，故以綸名。後魏食貨志「天興中，詔採諸漏户令輸綸綿」，梁張纘謝太子賚果然褥啓「嚴

〔一〕「韋」字上，原有「按」字，據史記索隱刪。　〔二〕「遙步」，原作「步搖」，據楊升菴全集改。

冰在節，朔颷結字，吹綸媿暖，挾纊懷悽」則吹綸爲絮之輕細者明矣。

23　楊氏曰：閤閭一作閜廬，省門從戶也。

按：纂文曰：「屔，古閤字。」玉篇羌據，公答二反。儀禮又作屔。禮雜記「不帷」，注：「既出，則施其屔。」陸氏曰：「屔是牽舉之「屔，閉也，此當公答反。」儀禮士喪禮「君使人弔，徹帷屔之。事畢則下之。」賈氏曰：「屔是牽舉之名。事畢則施下之。」此乃羌據反，槧云同閤，非也。今字書止知有閤音矣。

24　楊氏曰：漢藝文志鬼谷區三篇，注：卽鬼臾區也。郊祀志冕候問於鬼臾區，注：卽鬼容區。　今

按：鬼谷卽鬼容，以字相似而誤也。高似孫子略便謂藝文志無鬼谷子，何其輕於立論乎？史封禪書：「黃帝得寶鼎宛朐，問於鬼臾區。」又曰：「鬼臾區號大鴻，死葬雍。」李奇注「區，黃帝時諸侯。」蘇秦列傳：「東師事於齊，習之於鬼谷先生。」又張儀列傳：「始嘗與蘇秦俱事鬼谷先生，學術。」徐廣曰：「潁川陽城有鬼谷，蓋是其人所居，因爲號。」隋經籍志：「鬼谷子，周世隱於鬼谷。」馮衍顯志賦：「幽張儀於鬼谷。」章懷太子注「鬼谷，谷名。今洛州。」唐志有樂臺注鬼谷子三卷。史記注作「樂壹」，疑誤也。楊云鬼谷子卽鬼容區，而改漢藝文之「鬼容」爲「鬼谷」，謬誤何啻千里。

25　楊氏曰：文賦：「寤防露與桑間」，又雖悲而不雅。注引東方朔七諫楚客放而防露作。謬矣。防露與桑間爲對，則爲淫曲可知。謝莊月賦：「徘徊房露，惆悵陽阿。房與防古字通，以房露對陽阿，又可證其非雅曲也。拾翠集引王彪之竹賦：上承霄而防露，下漏月而來風；庇清彈於幕下，影耀歌於帷中。蓋楚人男女相悅之曲，有防露，有雞鳴，如今之竹枝。

按：楚辭「上葳蕤而防露兮，下泠泠而來風。」戴凱之竹譜「上密防露，下疎來風。」北齊蕭放咏竹詩「懷風枝轉弱，防露影逾濃。」梁劉孝標詩「竹萌始防露，桂挺已含芳。」周庾信詩「含風搖古度，防露動林於。」虞世南詩「波放含風影，流搖防露枝。」承霄、防露，猶言干霄蔽日也。豈可以竹賦防露，同爲男女相悅之曲乎？靈運山居賦「楚客放而防露作」，注曰：「楚人放逐，東方朔感江潭而作七諫。」又文賦注曰「靈運以七諫有防露之言，遂以七諫爲防露」，則是「楚客放而防露作」，亦非朔七諫語也。

26 楊氏曰：李淳風引詩緯十五國星野云：「邶國當蜸蝓之宿。注：蜸蝓，蝸牛也。玉篇蝸與蜾同，而解爲蠪蝓、細腰蜂。又不可曉。名物之難辨如此。

按：爾雅「蚹蠃，蜗蝓」，蜗音移。注云：「即蝸牛也。」開元占經引地軸占曰：「營室一名鯨鮞，或作蜗蝓，即蝸牛也。」營室、東壁爲娵訾，衛之分野，故邶國當蜗蝓之宿也。說文引詩曰：「蜾蠃[一]負之」，玉篇「蜾與螺同」，埤雅曰：「螺蠃即今細腰蜂也。一名蒲盧，一名蠪蝓。」化書曰：「蜂毒在尾，垂穎如鋒，故謂之蜂。」今書家以書法匾者號藏鋒法，曰蠮螉。書史「唐徐季海、江南李楚金皆工小篆，號蠮螉法。」湘山野錄「江南徐騎省鉉善小篆，嘗自謂晚年始得蠮螉法。」元吳觀穎詩「楚金蠮螉猶蹯蹜」，是也。山堂肆考、正字通皆云「蠮螉與螎同」，其譌舛甚矣。

27 楊氏曰：詩注倉庚，商庚也，即黃鸝也。李邵曰：一名楚雀。方言曰：齊人謂之搏黍，今布穀也。此

〔一〕「蠃」字，原誤「蠃」，據說文改。

鳥當名博穀。

按：詩「黃鳥于飛」，毛傳曰：「黃鳥，搏黍也。」爾雅「皇，黃鳥」，郭注曰：「俗呼黃離留，亦名搏[一]黍。」說文：「鶯，鶯黃也。」鶯即離，古字從黍，故或有搏黍之名。陸璣詩疏曰：「幽州人謂之黃鶯，齊人謂之搏黍。」九經釋文「搏，徒端反」，非搏也。王伯厚謂演繁露搏黍爲鶯，不知何出，蓋未讀葛覃注也。唐孫處詠黃鶯詩「聲詩辨搏黍，比與思無窮」，王半山詩「翳木窺搏黍，藂草聽批頰」，又詩「視遇若搏黍，好音而睨睆」，皆用葛覃注耳。用修誤搏爲搏，解黍爲穀，云「此鳥當名博穀，即布穀也。」按廣雅：「擊穀，布穀也。」以布種時鳴，豈搏黍耶？其謬誤往往如此。

28 楊氏曰：注疏中有蜀才姓名[二]，宋儒謂蜀才即范長生。蓋別無所見也。陳子昂集：東海王霸，西山蜀才，皆避人養德，躬耕求志。由此觀之，范長生與蜀才，自是二人。

按：後魏書：昭帝十年，李雄僭稱成都王，年號建興。二年僭稱皇帝，拜長生爲天地太師，領丞相，西山王。陸氏釋文所引易有蜀才本。王應麟玉海曰：「蜀才人多不識，顏之推曰范長生也。」陳子昂集所謂「西山蜀才」也。唐藝文志有蜀才注易十卷。時涪陵人范長生，頗有術數，勸雄即真。十以蜀才爲范長生，非宋儒之說，亦非二人。

29 楊氏曰：王建宮詞：四面勾欄在水中。段國沙州記：吐谷渾於河上作橋，謂之河厲，勾欄甚嚴飾。勾欄之名始見此。

[一]「搏」字，爾雅釋鳥郭注作「搏」。

[二]「姓名」，楊升菴全集作「名姓」。

按：古今注：「漢成帝顧成廟玉鼎金鑪槐樹，悉爲扶老勾欄。」勾欄自漢有之。

30 楊氏曰：王羲之〔一〕蘭亭暮春修禊〔二〕，春禊也。劉楨魯都賦：素秋二七，天漢指隅，人胥被襄，國子水嬉。此用〔三〕七月十四日，秋禊也。

按：唐明皇八月五日生，張説上大衍曆序「謹以開元十六年八月五日爲千秋節表云：「月惟仲秋，日在端午。」則凡月五日皆可稱端午也。唐文宗開成元年，歸融爲京兆尹。時兩公主出降，府司供帳事繁，又俯近上巳，曲江賜宴，奏請改日。上曰：去年重陽取九月十九日，未失重陽之意。今改取十三日可也。則上巳不必初三，重陽不必初九也。東坡在海南，藝菊九畹，以十一月與客泛菊作重九。此又以仲冬之十五日爲重陽也。正與七月十四之修禊，同爲佳話。

31 楊氏曰：晉諺云：和嶠牛，傅咸鞭，王戎踢颷不得休。王半山詩：颷汝以一句，西歸瘦如臘。又細浪颷雪千娉婷。

按：晉史：潘岳爲河陽令，密作謡曰：「閣道東，有大牛。王濟鞅，裴楷緧，和嶠〔四〕刺促不得休。」世説：「和嶠鞅，裴楷緧不得休。」今以「裴楷」爲「傅咸」，「王濟」爲「王戎」，皆誤。稽康與山巨源絶交書：「足下若颷之不置，不過欲爲官得人，以益時用耳。」隋經籍志：「是諸邪道並來颷惱。」

〔一〕楊升菴全集作「王右軍」。

〔二〕「暮春修禊」，原作「修禊事」，據楊升菴全集改。

〔三〕「此用」，據楊升菴全集補。

〔四〕「嶠」字，據潘岳傳補。

32

梁吳孜春閨怨:「柳枝皆嬲燕,桑葉復催蠶。」諸用嬲字,並在半山之前。

楊氏曰:張伯英與使君朱寬書:上比崔杜不足,下方羅趙有餘。

按:三輔決錄:「趙襲,燉煌太守。先是杜伯度、崔子玉以工草書稱於前世。襲與羅輝亦以能草,頗自矜夸。故張伯英與襄同郡太僕朱賜書曰:上比崔杜不足,下方羅趙有餘。」後漢書趙岐傳注亦引張伯英與朱賜書。楊以爲使君朱寬,非也。

音遼。

33

楊氏曰:潦水出塞外衛皋山,玄菟有大潦山、小潦山,所出大潦,即今潦水;小潦即今渾源河。潦

按:前漢地理志:「玄菟,高句驪遼山,遼水所出,西南至遼隊,入大遼水。」又桑欽水經亦言遼水出衛白平山,「山海經曰遼水出白平東,郭璞曰:出塞外御〔一〕白平〔二〕山,西南至遼隊,入大遼水。是二遼分出,合爲一水。安得以小遼水爲渾源河乎?至所言衛皋,衛當是御之訛,而皋乃合白平二字之訛也。改遼爲潦,亦誤。此蓋指大遼水也。遼山、小遼水所出,

34

楊氏曰:宋文帝受命頌:南通舜梧,北平堯柳。其句極工且新。

按:晉載記符健傳:「健遣其子萇率雄菁等衆五萬,距溫於堯柳城愁思堆。溫轉戰而前,次於灞上。」頌所謂「北平堯柳」蓋此城也。

〔一〕 「御」字,後漢書郡國志志作「衘」,中華書局版校記作「衘」。

〔二〕 「白平」二字,山海經海內東經郭璞注作「皋」。

楊氏曰：檮音〔一〕儔〔二〕。檮杌之音濤，蓋因陸德明九經釋音而誤。

按：周禮外史氏注引「楚之檮杌」，陸氏釋文：「音徒刀反。」史記衛霍列傳「從至檮余山」，索隱曰：「檮余音桃徒。」又郭璞爾雅序曰「璞不揣檮昧」，注曰：「檮音桃。」家語「魚之大名曰鱄」，亦徒刀切。

楊氏曰：勾陳，不知何物。宋仁宗〔三〕祀六神，以麒麟爲勾陳〔四〕。又云：勾陳，天馬也。

按：荊州占曰「勾陳，黃龍之位也」。若以爲麟，鵾冠子曰：「麟，玄枵之精也。」若以爲天馬，房爲天駟，安用復祀勾陳乎？

楊氏曰：太行，一名五行山。列子作太形，則行本音也。崔伯陽感山賦云：起爲名丘，妥爲平岡。巍乎甚尊，其名太行。蓋趍韻之誤。

按：淮南子曰：「武王欲築宮於五行之山。」周公曰：「五行險固，德能覆也。」高誘注曰：「今太行山也。」列子曰：「太形、王屋二山，方七百里。」此用修之所據也。然按：詩「百爾君子，不知德行。不忮不求，何用不臧。」又晉成公綏棄故筆賦：「慕羲氏之畫卦，載萬物於五行。乃發慮於書契，採秋毫之穎芒。」德行、五行，皆有戶郎反，不得以崔爲趍韻之誤。

〔一〕「音」字上，原有「當」字，據楊升菴全集改。

〔二〕「音儔」楊升菴全集作「音禂」。

〔三〕「仁宗」，原誤「神宗」，據

〔四〕「以麒麟爲勾陳」，原作「以勾陳爲麒麟」，據楊升菴全集乙正。

管城碩記卷之二十九

通雅

1 通雅曰：按原治編曰：古器銘云十有三月、十有四月、十有九月，或云正月乙子，或云丁子。呂與叔

考古圖謂嗣王踰年未改元，故以月數。乙子卽甲子，丁子卽丙子，古質民淳，取其同類。

按：古乙酉戊命彝銘曰：「十九月，唯王祀世昌。」兄癸卣銘曰：「十九月，唯王九祀世昌。」圓寶鼎銘

曰：「唯十有三月用吉金。」南宮中鼎銘曰：「唯十有三月庚寅。」公緘鼎銘曰：「唯十有四月卽死魄。」

董逌曰：「彼自其君卽位後以月爲數。」理或然也。然國君踰年改元，不應十有九月不改元矣。意以

前王既没，作爲祭器，雖改元之後，猶以月數，不忘先人之孝也。至以乙子卽甲子，丁子卽丙子，其

說尤屬支離。按史記律書曰：「危，十月也，律中應鍾。其於十二子爲亥。須女，十一月也，律中黄

鍾。其於十二子爲子。明庶風居東方，二月也。」其於十二子爲卯，其於十母爲甲乙。」是古者十干

皆謂之子。周戟敦文曰「乙子」，卽乙丑、乙卯之類。兄癸彝文曰「丁子」，卽丁

丑、丁卯之類。伯碩父鼎曰「己子」，卽己丑、己卯之類。陳琳檄吳將校部曲文「年月日子」，蓋做古

律書意之遺，十二時皆可謂之子也。考古圖以爲世質民淳，取其同類，謬矣。

2. 通雅曰：沈佺期夜泊越州詩：

颶颭縈海若，霹靂亘天吳。颶颭音暗俞，蓋指颶風也。颶音具，在遇韻。言東南北之風皆具也。

按：南越志曰：「颶風者，具四方之風也。」顧況詩：「颶風晴泊起，陰火宵潛燒。」韓愈詩：「颶母影邊持戒宿，波神宮裏受齋歸。」文天祥五噫歌：「颶風起兮海水飛，噫，櫂歌中流兮任所之，噫！」字皆從具。楊用修云「當從貝，佛經風虹如貝」，抑又好奇之過矣。

3. 通雅曰：傳曰：翼九宗五正，逆晉侯於隨，納諸鄂，晉人謂之鄂侯。杜曰：晉別邑。紂時鄂侯，或此地乎？興地記曰：今鄂州武昌，楚之東鄂也。漢為江夏鄂縣，孫權改武昌。

按：世本「唐叔虞居鄂」，宋衷曰：「鄂地今在大夏。」史記正義曰：「鄂與絳州夏縣相近，故曰大夏。」括地志「故鄂城在慈州昌寧縣東二里」，即今平陽府吉州寧鄉縣也。隱六年左傳「逆晉侯于隨，納諸鄂」，蓋此鄂也。以為鄂州武昌之東鄂，非矣。

4. 通雅曰：楚伐吳，克鳩茲，至于衡山。今之橫山也。鳩茲在蕪湖，非衡山明矣。烏程縣山即楚克鳩茲之衡山也，今曰橫山。

按：襄三年左傳注「鳩茲，吳邑」，在丹陽蕪湖縣東。衡山在吳興烏程縣南」，杜注誤也。山謙之丹陽記云「丹陽縣東十八里有衡山，綿亘數十里。去鳩茲不遠，當是子重所至也。」丹陽舊縣，今為鎮，在當塗東南六十里，距鳩茲百數十里，與烏程相去絕遠，自應非烏程之衡山也。衡即橫，古今

5

通雅曰：漢志豫章彭蠡縣；注云：「禹貢彭蠡澤在其西。餘則言水入湖漢者八，入大江者一。而湖漢一水則又自零都東至彭澤入江。山海經言入江彭澤西者，本謂逕彭蠡縣西而入江耳。漢志不知湖漢之即為彭蠡，又不知大[一]江者亦瀦於彭蠡，又不知湖漢之為湖，則皆承禹貢之衍疑而弗深考也。

按：太康地記曰：「劉歆以為湖漢九水入彭蠡。」則彭蠡之非即湖漢可知矣。水經注曰：「山海經：贛水出聶都山，東北流，注于江，入彭澤西。班固稱南野縣。彭水所發，東入湖漢水者也。地志：豫章水出贛縣西南，而北入江，蓋控引眾流，總成一川。水出零都縣，導源西北流，逕金雞石，又西北逕贛縣流，逕南野縣北，又逕贛縣右[二]，會湖漢水。水出縣之聶都山，至贛而會於貢東，西入豫章水也。」據酈注湖漢水出零都縣，蓋湖漢一名章水。水出零都，至彭澤入江，行千九百八十里，其行最遠。故湖漢所經水，以章貢合流，故又為贛水也。水出零都，至新淦，則南水東入、淦水西入焉；至南昌，則蜀水東入、盱水西北入之處，至南野，則彭水東入焉；鄱陽則餘水東北入焉，彭澤則修水東北入焉；鄱陽則鄱水西入焉。入者凡八，然後總入於大江。若以山海經之入江彭澤西，為山海經謂之贛水，漢志謂之湖漢水，入江彭澤西，即禹貢彭蠡澤也。彭澤縣，禹益時豈有縣乎？山海經又言廬江出三天子都，入江彭澤西。其不為彭澤縣可知矣。安得謂湖漢即彭蠡湖，而漢志有不知也。

[一]「大」字，原作「入」，據通雅改。

[二]「右」字，水經注作「東」。

通雅曰：「鄆城今屬濟寧府，乃漢廩丘地。 隋爲鄆城，唐爲鄆州。 青州沂水縣乃春秋鄆邑，古今錯亂，大爲難記。

按：闞駰十三州志曰：「魯有東西二鄆。」文十二年季孫行父帥師城諸及鄆，杜注：「鄆、莒、魯所爭者。」城陽姑幕縣南有員亭，員即鄆。此魯之東鄆也。成十二年，晉人執季孫行父于苕丘。公還待于鄆。杜注：「魯西邑。」東郡廩丘縣東有鄆城。此魯之西鄆也。」東鄆在沂水，西鄆在廩丘，二者皆春秋之鄆邑也。

通雅曰：「鴻桷集曰：『始皇鑄金人十二，金翟也。』武帝承露盤，銅仙也。晉春秋誤以銅仙爲金翟，宋錢顗誤以翁仲爲銅仙，師古又誤以翁仲爲金翟。魏明帝列東都者，翁仲也。漢誤以徙銅人爲漢明帝。獨李賀詩小序得實，而又誤景初三年爲青龍九年，不知魏青龍止於五年也。程大昌據華嶠後漢書復石人稱翁仲，猶米顚之稱石丈，古人多以仲稱，從人中聲，亦兼會意。

按：秦始皇本紀曰：「收天下兵器聚之咸陽，鑄金人十二，置宮廷中。」陳涉世家贊引賈生曰：「秦收天下之兵，聚之咸陽，銷鋒鏑，鑄以爲金人十二。」據三輔黃圖：「始皇二十六年，大人來見臨洮。其大五丈，足跡六尺。」關中記：「始皇二十六年，有長人十二見於臨洮，身長百尺，皆夷翟服。」此秦皇收兵鑄爲金人十二以像之，世所謂金翟也。

又按：一統志曰：「秦始皇時，象郡阮翁仲身長二丈三尺，氣質端勇，異於常人。少爲縣吏，爲督郵所笞，嘆曰：人當如是耶！遂入學，究書史，始皇併天下，使翁仲將兵守臨洮，聲震匈奴。秦以爲

瑞。翁仲死，遂鑄銅爲其像，置咸陽宮司馬門外。匈奴至，有見之者，猶以爲生。故謝承後漢書曰：「銅人，翁仲其名也。」此又不在金人十二之數也。顏師古注漢書、史記索隱皆以金翟爲翁仲，是誤合二者而爲一也。至以翁仲之稱猶石丈，古人皆以仲稱，則鴻橋不根之談，爲可咲矣。

又按：關中記：「董卓壞銅人十餘，餘徙清門裏。魏明帝欲將詣洛，載至霸城，重不可致。後石季龍徙之鄴，苻堅又徙入長安而銷之。」此則金人十二之本末悉可考見者也。華嶠後漢書以徙銅人爲漢明帝，漢當爲魏字誤也。漢武故事曰：「建章宮作承露盤，高二十丈，大七圍，以銅爲之。上有仙人，掌擎玉盤，以承雲表之露，世所謂銅仙也。」魏明帝紀曰：「自吾已建承露盤，復降芳林園與仁壽殿。」任昉述異記曰：「魏明帝詔宮官牽車西取漢武捧露盤仙人，欲置前殿。宮官既折盤，臨行淚下。」是魏明列東都者，卽漢武之銅仙，烏在爲翁仲也？觀李賀有金銅仙人辭漢歌良可證矣。隋盧思道在齊，爲百官賀甘露表，有曰：「魏明仙掌，竟無靈液；漢武金盤，空望雲表。」又以知魏明所建卽金仙也。鴻橋乃以爲翁仲，抑又誤矣。且魏明太和六年，青龍四年，景初三年，共年十三。青龍亦無五年也。

8　通雅曰：邪婆色雞，鼓曲也。李琬聽樂工擊此，知之。出韓卓羯鼓錄。鞚用山桑，楗用銅鐵。按：羯鼓錄唐婺州刺史南卓撰。藝文志云：「南卓羯鼓錄一卷。」此云韓卓，字誤也。志又有南卓唐朝綱領圖一卷。卓字昭嗣，大中黔南觀察使，是唐時有兩南卓也。

9　通雅曰：記曰：夫人薦豆執挍，執醴授之，執鐙。鄭注云：鐙，豆下跗也。授醴之人，授夫人以豆，

則執鐙。按鄭注非，夫人薦豆，當措於筵前，執醴則當授尸。故豆則執挍，醴則執鐙，酌醴用觶。鐙

或爲觶之跗名乎？

按：祭統鄭注：「挍，豆[一]中央直者也，授醴之人，授夫人以豆，則執鐙。鐙，豆下跗也。」陸氏釋文曰：「挍，柄也。」邢昺爾雅疏曰：「豆以木爲之，高一尺，口足徑一尺。其足名鐙，中央直者名挍。挍徑二寸。」此蓋言執醴未授夫人時執挍，授之之時則已執鐙，以便夫人執挍也。豈一豆而執挍復執鐙乎？

10 通雅曰：有納文者曰納布。按王會圖於越納，注：謂納貢也。諸國各書貢物，而於越總言納字，非也。必其時已有細納絺之布矣。

按：沈約宋書：「高祖微時，有納布衫襖等，皆是敬皇后手自作。」後魏李平傳「賜平縑物百段，紫納金裝衫甲一領」。納布之名，蓋起於漢後，周初想未有也。據宋本草圖經有納龜，蘇頌曰：「龜之無裙而頭足不縮者，名曰納。」字亦作魶。漢書音義曰：「魶，鯢魚。」相如子虛賦「禺禺鱸魶」，是也。周書云：「東越海蛤，甌人鱓蛇，姑於越納。」以類言之，納、龜、鱓、蛤，皆水族也。何得以納爲納布？

11 通雅曰：史記集解多引臣瓚，裴駰言臣瓚莫知[二]姓氏，索隱以爲傅瓚[三]。劉孝標以爲于瓚。

[一]「豆」字，據禮記祭統鄭注補。

[二]「知」字，原誤「如」，據通雅改。

[三]「索隱以爲傅瓚」原在「注漢書之事」下，據通雅乙正。

穆天子傳目錄云傳瓚爲校書郎：與荀勗同校定穆天子傳。何法盛傳于瓚不言有注漢書之事〔一〕。

按〔二〕：則當是傳瓚。

按：酈道元注水經濰水下引薛瓚漢書集注〔三〕云：「博昌有薄姑城。」河水下引薛瓚注漢書〔四〕云：「秦世家以垣爲蒲反。」巨洋水下引薛瓚漢書集注云：「按汲郡古文，相居斟灌，東郡灌是也。」晉書符堅傳：「太原薛瓚〔五〕，略陽權翼見而驚曰：非常人也。」則薛瓚太原人也。溫公通鑑符堅以薛瓚與王猛同掌機密。晉穆帝永和八年太原薛瓚下，史炤釋曰：瓚，圭瓚也。胡身之曰：薛瓚，人姓名。」則瓚，穆帝時人也。

12 通雅曰：漢郊祀志：天子獨〔六〕與奉車子侯上泰山。奉車者，官名也。子侯者，小侯也。霍去病之子，仙傳誤爲車子侯。

按：霍去病傳：「元狩六年，薨。子嬗嗣。嬗字子侯，上愛之，幸其壯而將之，爲奉車都尉，從封泰山而薨。」顧胤曰：「案武帝集帝與子侯家語云：道士皆言子侯得仙不足悲。」則子侯乃霍嬗字，豈得以小侯解之？

13 通雅曰：熊耳界兩省，非有二也。

按：邵堯夫詩：「昔禹別九州，導洛自熊耳。熊耳自有兩，未審孰爲是。東者近成周，西者隔丹水。

〔一〕「何法盛」句，原在《穆天子傳》句上，據通雅乙正。 〔二〕「按」字，原在「劉孝標」句下，據通雅乙正。 〔三〕「漢書集注」，《水經注作「漢書注」。 〔四〕「注漢書」，原作「漢書集注」，據水經注改。 〔五〕「瓚」字，晉書符堅傳作「讚」。 〔六〕「天子獨」通雅作「漢武帝」。

書傳稱上洛，斯言得之矣。」是熊耳有二也。

14 通雅曰：李絳傳：「憲宗命絳與崔群等搜次君臣成敗五十種爲連屏，張便坐。連屏雖見於唐，然南史王遠如屏風，屈曲從俗。梁蕭子雲上飛白書屏風十二牒。則已非獨扇直體屏風。

按：漢羊勝屏風賦：「屏風鞈帀，蔽我君王。重葩累繡，沓璧連璋。」晉東宮〔一〕舊事：「皇太子納妃，梳頭屏風二，合四牒織成。地屏風十四，牒銅環鈕。」陸翽鄴中記：「石季龍作金鈿屈膝屏風，衣以白縑，畫義士、仙人、禽獸。」梁簡文帝詩：「織成屏風金屈膝，朱脣玉面燈前出。」即用晉東宮事也。連屏蓋自古有之。王遠如屏風屈曲從俗，見南齊書王秀之傳，非南史。

15 通雅曰：封禪書神君先後宛若。孟康曰：猶云姊娌也。

按：郊祀志「見神於先後宛若」，孟康曰：「兄弟妻相謂先後。」師古曰：「吳楚俗呼爲姊娌。」非封禪書，非孟説。

16 通雅曰：琴城，家也。水經注：楚人謂家爲琴。銅陽縣有葛陂〔二〕城，有楚武王冢，民謂之瑟城。朱謀㙔箋曰：瑟當作琴。

按：皇覽曰：「銅陽有葛陂鄉城，東北有楚武王冢，民謂之楚王岑。」後漢郡國志「吳郡安縣」，劉昭注引越絕書曰：「有西岑冢，越王孫開所立，以備春申君。使其子守之。子死，遂葬城中。」然則琴

〔一〕 「宮」字，據晉東宮舊事補。　〔二〕 「民曰公琴」，原作「民傳曰公琴者」，據通雅刪「傳者」二字。　〔三〕 「陂」字，通雅作「陵」。

乃岑之譌，瑟又琴之譌也。近見毛西河集亦用「楚王琴」，皆誤。

17
通雅曰：怪鴟、鵂鶹、鵅，一物，王元美集有鴂鵂行。鵂在支韻，鵅也。鴂當卽撲字。顏魯公書顏君
廟碑祿山反搯其心手，而元美加攴於右，一也。
按：山海經曰：鼓與欽鵄殺葆江于昆崙之陽，帝乃戮之鍾山之東，曰瑤崖。欽鵄化爲大鶚。」郭注
曰：「葆或作祖。」圖贊曰：「欽鵄及鼓，是殺祖江。」張衡思玄賦「弔祖江之見劉」，陶淵明詩「巨猾肆
威暴，欽鵄違帝旨。竊窺强能變，祖江遂獨死」，皆謂此也。據山海經欽鵄是人名，而乃不證之經
文，誤欽鵄爲鴂。謂卽撲字也，王元美加攴于右爲鴂。案元美鴂[一]行云：「不知鳳凰是鴂[一]
鴂。」若解作撲字，可謂鳳凰是撲鴂乎，梅誕生云：「鵅，鶚也。」因欽鵄化爲大鶚，故云鴂鶚。」正字通
據通雅以舊注爲誤。初學承之，誤將胡底乎？

18
通雅曰：漢呼兔爲決鼻。　乾鑿度注：決鼻，兔也。　郝氏曰：決鼻，決與闕通。豈以闕唇而遂曰闕
鼻乎？
按：詩推度災曰：「月三日成魄，八日成光，蟾蜍體就，穴鼻始明。」宋均注云：「穴，決也。決鼻，兔
也。」又按前漢書天文志曰「暈適背穴」，孟康曰：「穴多作鐍。」王朔曰：「鐍者，決也，形如背，狀微小
而鈎。」石氏曰：「狀如帶鈎，名曰鐍。」月至八日形如決穴，其光始明。」決鼻者，揚子曰：「獸之初生
謂之鼻。」穴鼻始明，言月中兔影至是始明。杜子美所云「搗藥兔長生」也。豈以闕唇遂曰闕鼻乎？

〔一〕「鴂」字，原作「欽」，據通雅引文及文義改。

通雅曰：方言以十二生肖配十二辰，爲人命所屬，莫知所起。周宇文護母留齊，貽書護曰：昔在汝川鎮生汝兄弟，大者屬鼠，次者屬兔，汝身屬蛇。當時已有此語。

按：晉書謝安傳：「安悵然謂所親曰：昔夢乘桓溫輿，行十六里，見一白雞而止。乘溫輿者，代其位也。十六里止，今十六年矣。白雞主酉，今太歲在酉，吾病其不起乎？」又南齊書五行志「永元中，童謠曰：野猪雖嗃嗃，馬子空間渠。不知龍與虎，飲食江南壚。七九六十三，廣莫人俱無[一]。」識者解云：陳顯達屬猪，崔慧景[二]屬馬，非也。東昏侯屬猪。馬子未詳。梁王屬龍，蕭穎冑屬虎。崔慧景攻臺，頓廣莫門[三]死，時年六十三。」據此則馬子即指崔也。又後漢鄭康成傳：「玄夢孔子告之曰：起起，今年歲在辰，來年歲在巳，既寤，以識合之，知命當終。」北齊劉晝[四]高才不遇傳，論鄭氏曰：「辰爲龍，巳爲蛇，歲至龍蛇賢人嗟。」玄以識合之，蓋謂此也。據此，則始於後漢時也。

通雅曰：隋書：婆登國有月熟之稻，一月一熟。一統志雷陽界稻十一月下種，揚雪耕耘。四月熟。

智哂此語。雷州安得有雪耶？

按：隋書無婆登國之文，惟唐書南蠻傳云：「憃婆登國，種稻月一熟。」又按一統志：「雷州土產有米豆，思靈島出界稻，十一月種，次年四月熟。」無揚雪耕耘之語。

〔一〕「俱無」，南齊書五行志作「無餘」。

〔二〕「崔慧景」，原作「崔景慧」，據南齊書五行志乙正。下同。

〔三〕「廣莫門」，原作「廣木莫」，據南齊書五行志改。

〔四〕「晝」字，原誤作「畫」，據北齊書劉晝傳改。

21 通雅曰：賓，音貞，後周齊王子。

按：周書齊王字文憲「六子，貴、質、寶、貢、禧〔一〕、乾洽」，無名賓者。又北史莒莊公洛生傳〔二〕齊王憲子廣都郡公貢襲。「貢字乾貞。」無作賓者。賓當是寶之譌。

22 通雅曰：秦始皇作浮橋，見春秋後傳。

按：樂資春秋後傳「赧王三十六年，秦始作浮橋於河。」史記秦本紀「秦昭襄王五十年，初作河橋。」周本紀「赧王在位五十九年，卒。」「後七歲，秦莊襄王滅東西周。」赧王時安得有始皇作浮橋乎？蓋後傳言秦始作，謂初作耳，非始皇也。

23 通雅曰：禹時貢烏鰂之醬。

按：伊尹四方獻令曰：「請令以魚支之鞞，烏鰂之醬。」孔晁注曰：「烏鰂，魚名。」竹書紀年「成湯二十五年，初巡狩，定獻令。」是此爲湯時事也。云禹時，誤。又烏鰂魚已見此，而本草云「烏鰂魚，秦始皇算袋所化」，謬矣。

24 通雅曰：葰人縣屬上黨郡。

按：漢志葰人縣，屬太原郡。史記周勃傳「降下霍人」，正義曰：「霍音璅，霍讀爲葰〔三〕。」顏師古音山寡反。括地志葰人故城在代州繁時縣界。」今云屬上黨，誤也。葰人即葰人也〔四〕。

〔一〕「禧」字，原作「熙」，據周書齊煬王憲傳改。　〔二〕「傳」上原有「字」字，據北史莒莊公洛生傳刪。　〔三〕「霍讀爲葰」，史記正義作「又音蘇寡反」。　〔四〕「霍人即葰人」，史記正義作「霍字當作葰」。

25 通雅曰：段成式食品有籠上牢丸，湯中牢丸。元美曰：即子瞻誤以爲牢九者也。東坡惠州詩：豈

惟牢九薦，古味要使真。然晉已誤用，束皙賦：終歲飽食，惟牢九乎？注：牢九，饅頭類。

按：束皙餅賦「饅頭薄持，起搜牢丸」，字仍作丸。而坡詩引用牢九，或偶見麻沙[一]本耳。韻府群

玉陽九、用九、牢九屬有韻，亦引束皙賦「終歲飽施，惟牢九乎」？蓋又以坡詩誤也。盧諶雜[二]祭

法曰：春祠用饅頭、餳餅、髓餅、牢丸。夏秋冬亦如之。」雜[三]祭法及餅賦皆有饅頭，又皆有牢

丸，則牢丸非饅頭，可知矣。大抵籠上牢丸者，蒸米丸也。湯中牢丸者，煮米丸也。

又按：東坡詩「豈惟牢九薦古味，要使真一流天漿。」今截下四字，而以「豈惟牢九薦」爲句，亦誤。

26 通雅曰：義山宮中曲低扇遮黃子，即簎也。猶稱花子、朵子之類。此從無解者，姜如須以爲花的，而

智以爲花子。

按：南都賦「中黃毅玉」，李善注引博物志曰：「石中黃子，黃石脂也。」又抱朴子曰：「石中黃子，所

在有之，沁水山尤多。」別錄曰：「石中黃子，乃殻中未成餘粮黃濁水也。」酉陽雜俎「近代妝尚臙如

射月，曰黃星」梁簡文帝詩「異作額間黃」，庾子山樂府「額角輕黃細安」，李賀詩「宮人正臙黃」，溫

庭篔詩「黃粉楚宮人」，王半山詩「漢宮嬌額半塗黃」，則塗黃當用黃子，非真簎也。急就注「簎即步

搖」，豈黃子乎？

27 通雅曰：僕斲，斲音顯。斲音丁葛反。漢表有易侯僕斲。

[一]「麻沙」原誤「沙麻」，據文義乙正。

[二]「雜」字，據盧諶雜祭法補。

按：前漢書功臣表「翁侯僕黯」，以匈奴王降，侯」，鄭氏云：「黯音怛。」又漢地理志五原郡有莫黯縣，如淳音忉怛之怛，師古音丁葛反。並無「易侯僕黯」「黯字音黯」之文。又史記孝景〔一〕侯表有「易侯僕黯」，非「僕黯」也。

28 通雅曰：五湖，太湖也。國語：越伐吳，戰於五湖。范蠡返至五湖而辭越。

按：吳越春秋曰：「范蠡既滅吳，乃乘扁舟，出三江，入五湖。」夫出三江而始入五湖，豈可以太湖為五湖乎？應劭曰：「范蠡乘扁舟於五湖，今廬州臨丹陽蕪湖縣是也。」此說為得其實。郭景純江賦：「注五湖以漫漭，灌三江而漰沛。」後人疑郭賦為誤，不知此五湖蓋蕪湖也。漢地志：「丹揚〔二〕蕪湖，中江出西南，東至陽羨入海。」蓋郭賦之所據也。若范蠡乘扁舟於太湖，尚可謂辭越乎？

29 通雅曰：崇寧之世，「魏漢律〔三〕乃以蜀一黔卒，造大晟樂府，遂頒其書。

按：「魏漢律」，律誤，當作津。其命名以爾雅「箕斗之間漢津也。」漢津造樂，謂帝以身為度，求徽宗中指寸為律，徑圍為容，命曰大晟樂。又崇寧三年，姚舜輔造占天曆。未幾，蔡京又令舜輔更造，用帝受命之年，即位之日，元起庚辰，日命己卯，上親製序，頒之天下，賜名紀元。夫樂以指節為度，既受漢津之欺。曆以受命起年，復受舜輔之誑。大抵皆蔡京陰為之主，曲求迎合。徽宗為所愚弄而不知，良可嘆也！

〔一〕「孝景」原作「孝文」，據史記景惠間侯者年表改。

〔二〕「揚」字，原作「陽」，據漢書地理志改。

〔三〕「律」字，通雅作「津」。

30 通雅曰：旁不肯，卽蟹也。東坡志林云：元祐八年〔一〕，雍丘令米芾書，縣有蟲食麥葉，不食實。適

會兵〔二〕部郎中張元方見過，云：有小甲蟲，見未輒斷其腰而去，俗謂之旁不

肯。前此吾未嘗聞也。

智按：爾雅食苗葉蟘，食節賊。東坡獨不看爾雅耶？又齊民要術：穀不

蟲曰好蚄。唐書、宋史皆載好蚄害稼。或方語通稱耶？旁不肯之名果奇，然已見說文，訓黨〔三〕字，

螳〔四〕蠰，不過也。則漢時已有此等名矣。

按：詩小雅大田曰「去其螟螣」，陸璣疏曰「螟似子方，而頭不赤，卽好蚄也。」北魏靈徵志：「高祖

太和六年七月，靑、雍二州好蚄害稼。八年三月，冀、相等州好蚄害稼。」所謂三月害稼者，必是食

麥者也。東坡及南宮不看詩疏、正史耶？

又按：爾雅曰「不過，蟷蠰。」邢昺疏：「不過，一名蟷蠰。」何乃引說文而誤蟷爲黨，且又云蠰不

過耶？

31 通雅曰：有無名字而後人考出者。許由，槐里人，見莊子釋文〔五〕。何子元云字仲茂〔六〕。申公名

培，見史記注。又陳心叔名疑曰：東方朔，本姓張氏。父名夷，字少平。一曰金氏。朔母田氏。

按：史記及漢書儒林傳言詩於魯則申培公。又古今人表申公申培，豈待史記注始考出耶？又魏

隸高士傳曰：許由字武仲，堯舜皆師之。與齧缺論堯而去，隱乎沛澤之中。堯乃致天下而讓

〔一〕「年」字，通雅作「季」。　〔二〕「兵」字，通雅作「金」。　〔三〕「黨」字，通雅作「螳」。　〔四〕「螳」字據通雅及

說文補。　〔五〕「許由」句，原在「申公」句下，據通雅乙正。　〔六〕「仲茂」，原作「武仲」，據通雅改。

焉。」又郭憲洞冥記曰：「東方朔，字曼倩。父張夷，字少平，妻田氏女夷。年二百歲，顏如童子。朔

生三日而田氏死，時景帝三年也。」此亦非後人所考出者。

32　通雅曰：元瑞言五王褒，而漢有三。

按：漢郊祀志「宣帝遣諫議大夫王褒」，此即上得賢臣頌者。

智按：郊祀志之王褒，即五行志之天帝令[一]我居此者。本傳亦載其事。五行志：「鄭通里男

子王褒上前殿，招署[二]長業等曰：天帝令我居此。」其事在成帝綏和二年，何得混而一之？

33　通雅曰：唐韻有莙，古天字。洪武二年，禁革民間名字有先聖賢、大國君臣、竝漢、晉、唐、宋等字。正

統十年，進士登科錄凡天字皆作莙，蓋亦避天字也。

按：周書宣帝本紀：「每對臣下，自稱爲天。」又不聽人有高大之稱，諸姓高者改爲姜，九族稱高祖

者爲長祖，凡稱上及大者改爲長。有天者亦改之。」則非始自宋矣。

自宋宣和時禁君天等八字，非始洪武矣。

34　通雅曰：篤耨，音祿。宣和異香有篤耨。亞悉，方勺泊宅編：市舶張苑進篤祿香，得學士，號篤祿學

士。按是都盧之轉。

按：隋書王充傳：「充本西域人[三]，祖支頹耨徙居新豐。」耨字僅見此。至所謂篤耨香，當是篤耨

之譌。一統志：「真臘國產篤耨香。樹如杉檜，香藏於皮，老而脂自流溢者，名白篤耨。冬月因其

凝而取之者，名黑篤耨。宋政和中遣使來貢。」宣和初，封爲真臘國王。篤耨，當是其所獻。故宣

和異香有篤耨也。耨讀爲祿，亦作耬，因譌爲篤祿也。

〔一〕　「令」字，通雅作「使」。

〔二〕　「署」字，原作「庶」，據漢書五行志改。

〔三〕　「人」字，據隋書王充傳補。

通雅曰：漢初功臣表：耏跖爲門尉。

按：表「芒侯耏跖，以門尉前元年初起碭」，師古曰：「耏音而。左氏傳曰宋耏班」作耏跖，誤。他如

欽鵄作敥鵄，僕黫作僕黯〔一〕，漢津作漢律，字跡之譌，涉筆之誤，類多有之，無足怪也。又如格蝦蛤，

鋋猛獸，上林賦也，而誤爲子虛。鑱石撟引，案扤撲荒，扁鵲傳也，而誤爲倉公。憑胸記憶，不能盡

撿其出處，亦勢所必然也。

〔一〕「黯」字，原作黯，據本卷27條及文義改。

管城碩記卷之二十九

管城碩記卷之三十

雜述

1　山海經：桂林八樹，在番禺東。西事珥曰：番禺即今桂州番禺。東在何處？予讀路史桂國引伊尹四方令蓋桂陽也。然則八桂乃桂陽，以桂林爲八桂者誤。按：漢書注：「桂林，今桂州。番禺，今廣州。」考之地圖，桂陽在番禺西北，何得云在東乎？范雲詩：「南中有八樹，繁華無四時。」陶潛詩：「亭亭凌風桂，八榦共成林。」褚禮詩：「誰謂重三珠，終爲競八桂。」天台賦：「八桂森挺以凌霜。」蓋八桂共成一林，非以桂陽爲桂林也。

2　杜詩：谷神如不死。上不當加養字。仇氏詳注云：谷神即丹田之說。庾信詩虛無養谷神，舊解谷爲養，則谷神按：老子「谷神不死」，注云：「谷，養也。」抱朴子「咀吸日華，谷神太清」，庾肩吾賦得嵇叔夜詩「著書惟隱士，談玄止谷神」，又陶華陽墓誌「大德所以長生，谷神所以不死」，自當以養字解之。後漢高義方清誡「智慮赫赫盡，谷神綿綿存」，梁簡文帝何徵君墓誌銘「氣高瓊岳，心虛谷神」，王褒明慶寺石壁詩「石生銘字長，山久谷神虛」，溫湯銘「谷神不死，川德愈深」，則又不可以養字解矣。蓋心

體虛無如空谷之神,故須養耳。

3 容齋隨筆曰:海一而已,北至於青滄,則曰北海;南至於交廣,則曰南海;東漸吳越,則曰東海。無由所謂西海者。漢西域傳所云蒲昌海,疑亦渟居一澤爾。班超遣甘英往條支,臨大海,蓋卽南海之西云。

按:山海經「西北海之外,有山而不合,名曰不周。」離騷經「路不周以左轉兮,指西海以爲期。」前漢西域傳「烏弋山離國西與犁靬、條支接。行可百餘日,乃至條支,臨西海。」又「于闐之西,水皆西流,注西海。」范史西域論「臨西海以望大秦,距玉門、陽關四萬里。」隋書裴矩傳「發自燉煌,至於西海,凡爲三道,各有襟帶。北道從伊吾,經蒲類海至拂菻國,達於西海。其中道從高昌、焉耆,至於波斯,達於西海。其南道從鄯善、于闐至北婆羅門,達於西海。」唐書西域傳「有碎葉者,出安西西北千里,所得勃達嶺。由嶺北行贏千里,得細葉川。川長千里,西屬恒邏斯城,自此抵西海矣。」

又按:釋法顯記曰「度蔥嶺,已入北天竺境。於此順嶺西南行十五日,有水名新頭河。自新頭河至南天竺,入於南海,四五萬里也。」安得謂甘英窮臨西海,蓋卽南海之西耶?

4 朱文公曰:自古無人窮至北海者,想北海只挨却天殼邊,其勢甚狹而長。

按:魏書列傳「烏洛侯國在地豆于之北,去代都四千五百餘里。其國西北二十日行,有于巳尼大水,所謂北海也。」杜氏通典「流鬼國在北海之北,北至夜叉國。餘三面皆抵大海。骨利幹國居廻

迄北方瀚海之北，其北又距大海，晝長夜短，煮一羊胛纔熟，而東方已明」。《唐書·骨利幹傳》「煮羊胛熟，日已出」，歐陽公詩「邇來不覺三十年，歲月纔如羊胛熟」，黃魯直詩「數面欣羊胛，論詩在雉膏」，正用此耳。

5 張衡《靈憲》曰：微星之數萬一千五百二十，海人之占所未詳也。

按：唐開元中，測影使者太相元太云：「交州望極纔出地三十餘度，以八月自海中望老人星殊高。老人星下，衆星粲然，其明大者甚衆，圖所不載，莫辨其名。大率去南極二十度以上，其星皆見。乃自古渾天以爲常没地中，伏而不見之所也。」今西洋南極星圖有火馬、金魚、海石、十字架之類，卽靈憲所云海人之占。唐志所云莫辨其名者也。《坤輿圖說》曰：「天下有五大州，利未亞州其地南至大浪山。」航海過大浪山，已見南極出地三十五度矣。

6 唐天文志：參伐爲戎索，爲武政。

按：《康成注尚書大傳》曰：「參伐爲武府。」向以爲武府卽武政也。近讀《管子》曰「武政聽屬」，房喬注曰：「以武爲政者聽於屬。」乃知武政二字所出也。

7 新唐書藝文志：蕭方三十國春秋。

容齋隨筆曰：崔鴻十六國春秋，蕭方、武敏之三十國春秋。

按：内典有大方等大集經。徐陵傳大士碑文「大乘方等」，靈藥寶珠」，江總大莊嚴寺碑「弘宣方等，博綜園陀」，皆謂此也。據梁書，徐妃生忠壯世子方等，王夫人生貞惠世子方諸、愍懷太子方矩。兄弟皆雙名也。方等以母失寵，内不自安，嘗啓曰：「申生不

顧其死，方等敢愛其生。」南史：「梁太清三年七月，遣世子方等討河東〔一〕王譽，軍敗，死之。」方等爲雙名，歷歷可證。綱目亦書蕭方，無等字，非是。

8 孟子：外丙二年，仲壬四年。

程子曰：古人謂歲爲年。湯崩時，外丙方二歲，仲壬方四歲，惟太甲差長，故立之也。

按：竹書紀年：「成湯十八年癸亥，王卽位。二十九年陟。外丙名勝，元年乙亥，王卽位。二年陟。仲壬名庸，元年丁丑，王卽位，居亳。四年陟。太甲名至，元年辛巳，王卽位，居亳。命卿士伊尹。」趙岐注孟子謂：「外丙立二年，仲壬立四年，皆太丁弟也。太甲，太丁子也。」時竹書未出，岐注先儒與之符，必有所據也。

9 列女傳云：紂爲長夜飲，而諸侯有叛者。妲己曰：罰輕誅薄，威不立耳。紂乃重刑辟，爲炮烙之法。

按：竹書：「帝辛元年己亥，王卽位，居殷。命九侯、周侯、邘侯。三年，有雀生鸇。四年，大蒐于黎，作炮烙之刑。九年，王師伐有蘇，獲妲己以歸。」列女傳之說，出於漢儒，而牧誓書疏引之，殊失考也。

10 曹植螢火論曰：詩云熠燿宵行，章句以爲鬼火，或謂之燐，未爲得也。天陰沈數雨，在於秋日，螢火夜飛之時也，故曰宵行。

〔一〕「東」字，原作「南」，據南史梁本紀改。

按：毛傳：「熠耀，燐也。燐，螢火也。」張揖廣雅曰：「景天、螢火，蟥蚃也。」蟥音客，爲螢火。毛傳

「燐，螢火」，燐一作蟥。說見解詁。則是作燐者字之譌也。或引淮南子「久血爲燐」，以燐爲鬼火，

因以爲毛傳之誤，非矣。

11　杜牧池州別孟遲先輩詩：好鳥響丁丁，小溪光汎汎。

按：爾雅：「丁丁、嚶嚶，求友聲也。」收葢據之而誤以丁丁爲鳥聲。當依毛傳云：「丁丁，伐木聲

也。」又劉夢得嘉話曰：「毛詩：伐木丁丁，鳥鳴嚶嚶，出自幽谷，遷于喬木。並無鶯字。項歲省試

早鶯求友詩，及鶯出谷詩，別書固無證據。斯大謬〔一〕也。」

12　隋天文志云：三國吳太史令陳卓始列甘氏、石氏、巫咸三家星官，著於圖錄。

按：晉志云：「班固以十二次配十二野。又費直說〔二〕周易、蔡邕月令章句〔三〕，所言頗有後先。魏

太史令陳卓更言郡國所入宿度。」此太史令陳卓是一人，而晉志誤吳爲魏。

又按晉戴洋傳云：「元帝將登祚，使洋擇日。洋以爲宜用三月二十四日丙〔四〕午。太史令陳卓奏用

二十二日。」是又一太史令陳卓也。

13　杜詩：已從招提遊，更宿招提境。

按：杜詩兩用招提，上招提指僧言，下招提指寺言也。指寺言者，如謝靈運有石壁立招提精舍詩

注云：魏太武始光元年創造伽藍，立招提之名。

〔一〕「斯大謬也」，劉賓客嘉話錄作「豈非誤歟」。

〔二〕「說」字，據晉書天文志補。

〔三〕「章句」，據晉書天文志補。

〔四〕「丙」字，原作「景」，據晉書戴洋傳改。

杜他日又有詩云「招提憑高岡」，是也。其指僧言者，如劉孝綽樓隱寺碑文「莫不嚴事招提，歸仰慧覺」，梁元帝金樓子云「余於諸僧重招提琰法師」，梁安寺刹下銘云「有識之所虔仰，無覺之所招提」是也。

14 魏伯陽參同契曰：鄶國鄙夫，幽谷朽生。

鄶。

朱子曰：魏君實上虞人，當作會稽，或是魏隱語作

按：地志「會稽郡，秦置。漢高帝六年爲荊國，十二年更名吳國。」永建中，分置會稽郡。晉爲會稽國。至咸和三年，拜王舒爲撫軍將軍，會稽內史。舒疏父名會，乞換他郡。朝廷乃改會爲鄶。或當時本云「會國」，而注録之家因改爲「鄶國」也。

15 陳仁山四書考云：唐志曰：鶉首實沈，以負西海。其神主於華山，太白位焉。太白即鬼谷子授蘇秦以佐國之術處。

按：唐志：「降婁、玄枵以負東海，其神主於岱宗，歲星位焉。星紀、鶉尾以負南海，其神主於衡山，熒惑位焉。鶉首、實沈以負西海，其神主於華山，太白位焉。大梁、析木以負北海，其神主於恒山，辰星位焉。」此太白、即金星也。仁山碩學，何有是誤？及閲山堂肆考，亦引唐天文志曰：「其神主於華山，太白位焉。太白、即鬼谷子授蘇秦以佐國之術處。」仁山採之而不考其謬，可謂踈矣。

16 李義山爲懷州李中丞謝上表曰：蘇公舊田，懷侯故邑。太

注曰：懷侯未詳。韓詩外傳武王更邢丘曰懷。括地志懷在武陟。歷考傳記，未有以此爲懷國之邑者。

按:寰宇記曰:「管叔廢絀,封康叔爲懷侯。」又按叔改封衞,此爲南宮氏國。周南宮仲鼎銘曰:「王命太史括懷土,王曰:中,兹懷人。內史錫於璲,王作臣今括里汝懷土。」括地志曰:「故懷城,周之懷邑,在懷州武陟縣西四十一里。」路史國名記有懷國,所謂懷侯故邑者,指此。中讀爲仲。或引懷姓九宗以實之,皆謬說也。

17　筆叢曰:阿環,上元名。王介甫雪詩:瑤池渺漫阿環家。方萬里謂阿環,王母名。王、方二子俱誤。

按:漢武內傳:「上元遣侍女答問王母云:阿環再拜上問起居。」時上元未至漢殿,遣其侍女阿環來,故李義山曼倩辭「如何漢殿穿針夜,又向窗中覷阿環」。陳心叔名疑曰:「阿環,上元侍女也。」西陽雜俎:「王母名回,字婉妗。」其說雖屬不經,而要以阿環爲王母名,則非。然以爲上元名,亦非也。

18　彝器欵式:漢武安侯鈁。

按:許氏說文:「鈁,方鐘也。」他書不見有此器,又漢田蚡、劉悛皆封武安侯,不知是誰器也。

19　劉公幹贈五官中郎將詩: 昔我從元后,整駕至南鄉。 文選注:元后,謂曹操也。至〔一〕南鄉,謂征劉表也。

按:史建安十三〔二〕年秋七月,曹操南擊劉表。會表卒,子琮爲嗣。操至新野,琮遂舉州降。又曹

〔一〕「至」字,據文選注補。

〔二〕「三」字,原作「二」,據三國志魏書武帝紀改。

丕爲五官中郎將在建安十六年，楨是時謂曹操爲元后。操甘心於篡漢者，皆若輩有以逢其惡也。

又王仲宣從軍詩：「籌策運帷幄，一由我聖君。恨我無時謀，譬諸其官臣。」聖君，謂操也。其官臣，粲自謂也。據魏志「建安二十年三月，公西征張魯」，魯及五子降。十二月，至自南鄭，侍中王粲作五言以美其事。夫操欲篡漢久已，此稱爲聖君，彼稱爲元后，真名教中罪人也。而昭明並錄之而不削，抑已過矣。

20　謝惠連西陵遇風詩：昨發浦陽汭，今宿浙江湄。　注引晉灼漢書注：江水至會稽山陰爲浙江。

按：山海經「浙江出三天子都」，與岷江江水無涉。此晉注之誤，引之非也。

21　韓文公諫佛骨表：自黃帝以至禹、湯、文、武，皆享壽考，百姓安樂。當是時未有佛也。漢明帝時，始有佛法，其後亂亡相繼，運祚不長。宋、齊、梁、陳、元魏以下，事佛愈謹，年代尤促。梁武帝身爲寺奴，事佛求福，乃更得禍。　　上怒，貶潮州刺史。

按：唐書姚崇傳：「崇治令曰：今之佛經，羅什所譯，姚興與之對翻，而興命不延，國亦隨滅。梁武帝身爲寺奴，齊[一]胡太后以六宮入道，皆亡國殄家。孝和皇帝發使贖生，太平公主、武三思等度人造寺，身嬰夷戮，爲天下笑。五帝之時，父不喪子，兄不哭弟，致仁壽，無凶折[二]也。下逮三王，國祚延久，其臣則彭祖、老聃，皆得長齡。此時無佛，豈得長齡耶？緣死喪造經像力耶？夫死者生之常，古所不免。彼經與像何所施爲？兒曹慎不得爲此。」此又昌黎公諫佛骨表之藍本

〔一〕「齊」字，據新唐書姚崇傳補。

〔二〕「折」字，新唐書姚崇傳作「短」。

管城碩記卷之二十

也。

22　張衡西京賦：集重陽之清澄。薛綜〔一〕曰：言神明臺高，上止於天〔二〕陽之字，清澄之中。上為陽，清又為陽〔三〕，故曰重陽。

按：天為陽，天有九重，故曰重陽。楚辭云：「集重陽而入帝宮，造旬始而觀清都。」是重陽蓋圓則九重之謂也。

23　范至能石榴詩：玉池曉清肥，三彭迹如掃。

按：鄧元錫曰：「石榴子白者名水晶石榴，道家謂之三尸酒。此范詩所由出也。」東坡樞子詩：「驅攘三彭仇，已我心腹疾。」意亦相似，而不必實有所指。

史經臣曰：豈謂沛公豎子乎？東坡曰：非也。傷

24　阮籍登廣武，嘆曰：時無英雄，使豎子成名。

豎子謂晉魏間人耳。

時無劉項也。

按：漢紀：韓信破齊，且欲擊襲楚。羽亦軍廣武，與漢相守。及信死，詔齊捕斬通，通曰：「豎子不用臣之計，故令自夷于此。」籍所謂「使豎子成名」者，正謂淮陰豎子耳。籍自以遭時遇主如漢高者，自屬一世之英雄，何至令豎子成名？李白弔古戰場詩：「沈酣呼豎子，狂言非至公。」蓋譏其自許太過，以為狂也。東坡以白為誤，非。

〔一〕「薛綜」，原作「索隱」，據文選西京賦注改。　〔二〕「天」字，原作「太」，據文選薛綜注改。　〔三〕「上為陽，清又為陽」，薛綜注作「上為清陽，又為陽」。

25 韓昌黎詩:痼蟬終不鳴,有抱不列陳。

陶隱居本草曰:痼蟬不能鳴者,雌蟬也。

按:揚雄方言:「蟬,楚謂之蜩。寒蜩,痼蜩也。」郭璞注云:「月令亦曰寒蜩鳴。知寒蜩非痼也。」然揚子以寒蜩、痼蜩二者,楚人通謂之蜩也,豈以寒蜩為痼哉?周書時訓解「寒蜩不鳴,人皆力爭。」風土記「寒蟄鳴於夕」,王粲詩「寒蟬在樹鳴」,曹子建詩「寒蟬鳴我側」,寒蜩非痼,人所知也。

26 黄山谷聽崇德君鼓琴詩:猶如優曇花,時亦出世間。

按:法華經「如優鉢曇花,時一見耳」,東坡詩「優鉢曇花豈有花」,皆用此也。梁書云:「波斯國中有優鉢曇花。」杜佑通典云:「優鉢曇花,波斯謂之阿駔,又謂之底珍。」蘇黄二公猶未免為法華所愚耳。而生。」本草綱目云:「優鉢曇花似枇杷,不花而實,實不因花

27 杜詩:波漂菰米沉雲黑。

按:周禮膳夫注:「苽,雕胡也。」賈氏曰:「今南方見有苽米,一名雕胡。」干寶曰:「苽米,其米色黑。」庾肩吾奉和山子納涼詩「黑米生菰葑」,又有詩「秋菰成黑米」,菰蔣結實,至秋乃黑。則黑字

錢牧齋曰:菰米沉沉,象池水之玄黑,乃極言其繁殖。

28 沈約宋書云:漢武帝令樂人侯暉依琴作坎侯,即空侯也。

按:漢郊祀志:「禱祠泰一、后土,始用樂舞。益召歌兒,作二十五絃及空侯、瑟,自此起。」晉

屬苽,不屬波也。

〔一〕「漢書」原誤作「史」,據漢書郊祀志改。

鈕滔母孫氏箜篌賦:「考茲器之所起，實侯氏之所營。」又楊方賦序「作茲器於漢代，猶擬易之玄經。」應劭曰:「箜篌，漢武帝令樂人侯調依琴作。」宋書云「侯暉」，恐字誤也。惟劉熙釋名以空侯爲師延作，不知何據？隋書禮樂志又云:「箜篌出自西域，非華夏舊器。」杜氏通典韻「豎箜篌，胡樂也。漢靈帝好之。體曲而長，二十二絃。」又後魏書云:「烏洛侯國樂有箜篌，木槽革面而施九絃。」隋志以爲非華夏舊器，疑此類也。

29　古今通韻云:客有出韻要一書，謂石部有碢字，引羊士諤和蕭侍御覽鏡詩「歲晏豈磷碢」，爲證。予謂此必緇譌。客以咏鏡於緇何有？後見陳子昂荊玉篇「此玉有緇磷」，南巨川賦「得沾美玉緇磷志不移」，則咏玉亦著緇字，始知碖碢。

按:陸賈新語:「琥珀、珊瑚、翠羽、珠玉，山生水藏，擇地而居，磨而不磷，湼而不緇。」簡文帝君子行「君子懷瑰琰，不使湼塵緇。」劉孝威堂上行辛苦篇:「黃金坐銷鑠，白玉遂緇磷。」咏玉用緇字，不始唐人。沈約高士贊:……

30　張景陽七命:「攢[一]封豨，償馮豕。」選注曰:淮南子曰「吳爲封豨脩蛇」。小雅曰「封，大也」。爾雅曰「償，僵也」。償或爲攢，非也。

按:字彙引晉書「攢馬豕」，則攢是批擊之義，未始爲非。通雅引作「攢馬豕」，誤矣。又左傳「后夔娶有仍氏女，生子伯封，實有豕心，故謂之封豕」。注家並以爲大豕，恐非。

〔一〕「攢」字，原作「促」，據文選改。

華陽國志：「公孫述廢銅錢，置鐵錢，百姓貨賣不行。」鐵錢鑄始見此。任昉贈到漑詩云：「鐵錢兩當一，百易代名實。」蓋謂此也。史梁普通中，乃議盡罷銅錢，置鐵錢。人以鐵錢易得，盡皆私鑄。宋太祖令收民間鐵錢鑄農器，給江北流民復業者。黄山谷詩「紫漫可劚宜包貢，青鐵無多莫鑄錢。」蓋謂此也。

王弇州宛委餘編云：「蔡倫造紙，見東觀雜記〔一〕。」按：盛弘之荆州記：「蔡倫，漢順帝時人，始以魚網造紙。」張華博物志：「漢桓帝時，桂陽人蔡倫始擣故魚網造紙。」後漢書：「蔡倫，和帝中常侍。」按漢紀自和帝歷殤帝、安帝至順帝，又歷沖帝、質帝至桓帝，相距六七十年，而三書所言各異，意當從范史是也。

趙德麟曰：潘安仁餉人酒云：「一經二經至五經。」乃五瓶也。按：侯鯖録曰：「陶人爲器有酒經，環口脩腹，可以盛酒受一斗。」徐淵子以三雅對五經，研北雜録記昔人飲酒詩云「登樓客在傳三雅，問字人來挹五經」，是也。又按：東觀漢記曰「今日歲首請上雅壽」，注云：「雅，酒閜也。」酒杯名雅，不始於劉表之子伯雅、仲雅、季雅也。

元史：大都八百里以内，以天鵞、鶬鵠、仙鶴、鴉、鶻賣者，即以其家婦子給捕獲之人。按：歐陽原功漁家傲詞：「水暖天鵞紛欲下，鷹房奏獵催車駕。」柯九思宮詞：「得雋歸來如奏凱，天

〔一〕「東觀雜記」疑爲「東觀奏記」。

鷲馳道入宮庭。」諷刺之意，蓋在言外。

35 淮南子墜形訓曰：「海外有無繼民，雜棠〔一〕、武人在西北陬。碨魚在其南。」誘注：碨魚如鯉，有
神聖者乘行九野，在無繼民之南。碨，音碎〔二〕。

按：括地圖曰：「龍魚一名鰕魚，而有神聖乘此以行九野。」是淮南所說碨魚即龍魚也。龙蓋爲龍之省文，碨當音龍。注云音碎，非。

36 周禮龜人注：東龜青，西龜白。左倪靈，右倪若。賈疏引爾雅曰：右倪不若。不若即若也。爾

按：墨子：「夏后開使飛廉鑄鼎於昆吾，使翁難雉乙灼白若之龜。」蓋即所謂西龜白、右倪若也。
雅不若即若，又即所詩所謂於乎不顯，不顯即顯也。

37 月令：鴻鴈來賓，雀入大水爲蛤。

鄭注曰：來賓，言其客止未去也。

按：魏摯笰賦「賓鳥鼓翼，蟋蟀悲鳴」，謝朓郊廟歌「榆關命賓鳥」，呂氏春秋高誘注曰「賓雀入水化爲蛤」，張叔皮論曰「賓雀下革，田鼠上騰」，則又因賓雀之譌，以瓦雀爲賓雀矣。又古今注曰：「麻雀一曰家賓」，李嶠詩「大廈初成日，家賓集杏梁」，則誤以賓字屬下。

38 尚書考靈曜曰：冬至日，月在牽牛一度。求昏中者取六項加三，旁蠡順布之。鄭注曰：蠡，猶羅也。

按：史記「黃帝順天之紀，旁羅日月星辰」，陸倕刻漏銘「俯察旁羅」，即旁蠡也。用修以爲即今之

〔一〕「棠」字，原作「常」，據淮南子墜形訓改。

〔二〕「碨音碎」，高誘注作「讀如蛞」。

羅盤，非矣。

39 周七律記曰：揆觀琴制，舊惟五絃。少宮、少商，加二爲七。琴書所載，起於文武，實自周始。

按：《通禮纂義》曰：「堯使無勾作琴。」揚雄《琴清英》曰：「舜彈五絃之琴而天下治。堯加二絃，以合君臣之恩。」則七絃不始周也。

又按：《魏氏春秋》曰：「孫登好讀易，鼓一絃琴。」真誥曰：「周大賓善鼓一絃琴。是教孫登者。」杜氏《通典》曰：「一絃琴有十二柱，柱如琵琶。」此一絃琴也。《雲山雜記》曰：「謝涓子魯人，作琴名龍腰，三絃。」《琴談》曰：「漢琴客張道作琴，名響泉，三絃。」此三絃琴也。《琴書》曰：「琴本七絃，後漢蔡邕又加二絃，以象九星，在人法九竅。」《筆談》曰：「太宗令待詔蔡裔增琴爲九絃。」此九絃琴也。《西京雜記》曰：「高祖初入咸陽，周行府庫，見有琴長六尺，按十三絃，二十六徽。」此又十三絃琴也。

40 李義山詩：錦瑟無端五十絃。或曰：此詩當爲十五絃。《呂氏春秋》：朱襄氏作五絃瑟。

按：《漢郊祀志》「泰帝使素女鼓五十絃瑟」，高誘注《淮南子覽冥訓》「白雪，太乙五十絃琴瑟樂名」，李長吉《上雲樂篇》「五十絃瑟海上聞」，義山與王鄭二秀才聽雨夢後作「雨打湘靈五十絃」，豈不爲五十絃明證哉？爾雅注：「大瑟二十七絃。」《周禮樂器圖》：雅瑟二十三絃，頌瑟二十五絃。溫庭筠詩「二十三絃何太哀」！雅瑟也。又一詩「二十五絃彈夜月」，頌瑟也。《世本》「伏羲作瑟，四十五絃」，帝世紀云「三十六絃」，則又所傳聞之不同也。

41 黄伯思曰：按刀劍錄：夏少康三年，商太甲四年，各鑄銅劍一，其文曰定光。

按：刀劍錄：「啓子太康，歲在辛卯，三月春，鑄一銅劍，長三尺，文曰定光。」今云「各鑄銅劍一，其文曰定光」，非是。又曰：「殷太甲四年，歲次甲子，鑄一銅劍，長三尺，文曰定光。」又竹書紀年「帝太康元年癸未，四年陟」，無辛卯。「太甲元年辛巳」，四年是甲申，非甲子也。其說都無足據。

42 朱子小學云：孫思邈曰：膽欲大而心欲小，智欲圓而行欲方。

按：計然子曰：「凡人之道，心欲小，志欲大，智欲圓而行欲方。」孫思邈曰：「心為之君，君尚恭，故欲小。詩曰如臨深淵，如履薄冰，小之謂也。膽為之將，以果決為務，故欲大。詩曰赳赳武夫，公侯干城，大之謂也。仁者静，地之象，故欲方。智者動，天之象，故欲圓。傅曰不為利回，不為義疚，方之謂也。易曰見幾而作，不俟終日，圓之謂也。」以此言之，蓋是心欲小而膽欲大，仁欲方而智欲圓。小學引之，則又誤仁欲方為行欲方也。孫盉因計〔一〕然之語而為之釋其義。

43 唐書五行志：大中十年，舒州吳塘堰有衆禽成集，濶七尺，高一尺。水禽山鳥，無不馴狎。中有如人面緑毛紺爪嘴者，其聲曰甘，人謂之甘蟲。

按：隋五行志：「陳后主時，蔣山有衆鳥，鼓翼而鳴曰：奈何帝。」唐書董昌傳：「中和時，鳥見吳越，四目三足，其鳴曰羅平天冊。」此周禮庭氏所謂妖鳥若神者也。鄭氏曰：「神謂非鳥獸之聲，或叫於宋太廟譆譆訛訛者。」是也。

〔一〕「計」字，原誤為「季」，據上文及文義改。

楚辭九思云：「思丁文兮聖明哲，哀平差兮迷謬愚。呂傅舉兮殷周興，忌訮專兮鄧吳虛。」王逸注

云：「丁，當也。文，文王也。

按：離騷經：「說操築於傅巖兮，武丁用而不疑。」呂望之鼓刀兮，遭周文而得舉。」豈非丁文之證乎？今云呂傅舉兮殷周興，豈非武丁舉傅，文王舉呂乎？平，楚平，差，夫差；忌，訮，皆吳楚佞臣，

詞意甚明，以丁爲當，葢謬也。

胡元瑞曰：象戲之製，載太平御覽，用脩似未覩也。又周武所造象戲，與今俗象戲迥不同。亦無楊
所謂孤虛衝破也。

按：御覽所載，卽王襃象經序也。一曰天文，二曰地理，三陰陽，四時令，五算數，六律呂，七八卦，八忠孝，九君臣，十文武，十一曰禮儀以制其則，十二觀德以考其行。元瑞於十二下無所述，但曰御覽缺此二字，則元瑞仍未覩也。又庚信象戲賦曰：「應對坎而衝離，或當申而取未。」亦未始無
孤虛衝破也。

又按：隋書郎[一]茂傳：「周武帝爲象經。」隋文[二]從容謂茂曰：「人主之所爲也，感天地，動鬼神。
而象經多剏[三]法，何以致治[四]？」茂竊嘆曰：此言豈常人所及。」因念漢帝之彈棋，唐宗之擊踘，
周武之象戲，無益於治，徒以階亂。人主之所爲，可不慎乎！

〔一〕「郎」字，原誤「郭」，據隋書郎茂傳改。

〔二〕「隋文」，隋書郎茂傳作「高祖」。

〔三〕「糾」字，原作「亂」，據郎茂傳
改。

〔四〕「治」字，原作「人」，據郎茂傳改。

46　顧炎武日知錄曰：「三代以上，人皆知天文。七月流火，農夫之辭也。三星在天，婦人之語也。月離于畢，戍卒之作也。」

按：秦苻生時，有奏：龍尾伏晨，兒童之謠也。後世文人學士，有問之而茫然不知者。

按：太白犯東井者。言東井秦分，太白謫見，必有暴兵起於京師。生曰：「星入井者自爲〔一〕渴耳，何足〔二〕怪乎。」又北齊源師攝祠部，謂高阿那肱曰：「龍見當零。」阿那肱驚曰：「何處龍見？其色何如。」皆此類也。

47　茅鹿門漢書王襄傳以襄作中和樂爲句，職先布詩爲句。

按：何武傳「使辯士王襄頌漢德，作中和、樂職、先〔三〕布詩三篇」，師古曰：「樂職，謂百官萬姓之樂得其常道也。」茅以「中和樂」爲樂篇之名，與武傳云「詩三篇」舛矣。

48　山堂肆考云：無爲州西北有墨池，宋米芾爲守時所穿，初厭池中蛙鳴，取瓦書字投之。自是無蛙鳴。

按：吳僧贊寧感應類從志「甆瓦之契，投梟自止」，注云：「以故瓦書契字置牆上，忽聞梟鳴，取以投之，即不敢更鳴。」亦此類也。周禮荻蔟氏：「覆妖鳥之巢，以方書日月星辰歲之號，懸其巢上；則去之。」是古者已有是術。

49　尚書大傳：別風淮雨。

按：隋書虞綽大鳥銘叙：「聖德迴宣，息別風與淮雨，休符潛感，表重潤於夷波。」是別風爲烈風之

〔一〕「自爲」，晉書苻生傳作「必將」。

〔二〕「足」字，晉書苻生傳作「所」。

〔三〕「先」字，漢書何武傳作「宣」。

謁，淮雨爲淫雨之謁也。

50 張揖博雅曰：昌光、握譽爲祥氣。

按：天官書曰「地維藏光，見有德者昌」，疑卽爲昌光也。孝經援神契曰：「喜則含譽射。」荊州占曰：「含譽似彗。」通考曰：「大中祥符七年正月己酉，含譽星見，似彗，有尾而不長。」與周伯星同占。疑卽爲握譽也。

51 張揖博雅曰：天地關，設人皇以來至魯哀公十有四年，積二百七十六萬歲。

按：自周敬王四十一年壬戌孔子卒，至於宋慶元三年丁巳一千六百七十六年，文公是年正旦書於藏書閣下東楹。蓋文公以道統自任之意也。

附録一　敍跋

讀古人之書，而自謂了了無可致疑，此其人正不可與論古。蓋好古而能信聖人也，蓄疑求信以期進於聖人之道者，學者事也。此徐生管城碩記所繇譔與？

碩者何？實也，大也。易之大畜曰：「篤實輝光。」又曰：「多識前言往行以畜其德。」則碩之義也。今是記於易、詩、書、春秋、三禮傳注，上而儀象，下而山川名物，以及於諸子百家，遇有可疑，一一而取證皆有所考究。先之前人之言以爲端，加之案以發其義，著之事以徵其實。博引羣書，捃摭秘册，或一說數十說，必求其正且大，使之有可信無可疑而後已。則誠可以爲記之碩者。

余嘗謂士人讀書，但當息心靜氣以折衷理之至是，初不必毛舉他人之短，以矜一己之長。然或經傳、子史、事理、名物，譌以傳譌，轉相承襲，初學不知而信爲誠然，貽誤將來，伊於胡底！

夫古人校書，不厭詳慎，而或至未免激烈，如所謂左氏膏肓、穀梁廢疾、公羊墨守，而又有鍼者起者發者。至新唐書之糾繆、通鑑之辨誤、小顏之匡謬正俗，則似尊己過高，而責人以謬誤者太顯。今但云碩記，其所爲是正可否，裒集古人之成說，袪疑從信，而不敢妄參己意以自翊翊然誇論古之識者。余以爲有當於聖賢之旨，殆可與進於道也。

而或者疑之，謂揚子雲作方言，郭景純注之，復爲之叙，以爲洽見之奇書，不刊之碩記。今自云「碩

記」，可乎？余曰不然。揚子太玄曰「我心孔碩」，崧高之詩曰「吉甫作頌，其詩孔碩」，是皆自以爲碩者。

於徐生何疑焉？徐生向留心著述，其所著禹貢證發、山河兩戒考諸書，久已見稱於世。余於是記，益

信其讀書好古，蓄疑求信，洵可與進於道也。爰欣然搦管而爲之叙。

嘗乾隆二年，歲次丁巳，春仲中澣之吉，年家眷侍生合河孫嘉淦題於燕山宅舍。

當塗位山徐先生，予同年友也，篤志好古，博極群書，著作等身，立言不朽。雍正癸卯恩科歌庵

鳴而遊京師，名公鉅卿，咸以閉戶先生目之。以故巾車所至，賞晰奇疑，戶外之屨常滿。

予愧竊祿風塵，簿書鞅掌，高山仰止，時切景行，彈指二十年矣。今上龍飛御極之元年，詔舉博學

鴻詞，私心竊喜曰：「大江以東有徐君者，必與其選。」既而果登薦牘矣。雖天祿、石渠猶虛前席，而同聲稱

慶，海內翕然，亦足信今而傳後矣。

乃先生玩碩果之占，借然藜之照，日吟手披，扃戶著書，老而不倦。家徒四壁，

環堵蕭然，先生處之晏如也。邇者聘主翠螺書院，講席雍容，生徒日益，恂恂雅飭，裁就良多。蘇湖宗風，

於今未墜，居是邦者，抑何厚幸歟！

予適奉命而來，承乏太郡。下車之後，有事觀風，甫得禮謁先生於講舍。謙

和靜穆，如坐春風中。傾吐夙懷，大慰飢渴。爰出所著管城碩記三十卷，上自六經，旁及子史雜集，因

文審義，校字辨音。凡漢唐以來注疏諸家聚訟傳訛者，靡不訂正。旁徵博引，考據精詳。千古疑團，

渙然冰釋。述而不作，竊比老彭，厥功豈淺鮮哉！嗚呼！秦灰方焰，大雅云亡。煨燼之餘，竹帛散

佚。傳述之際，譌誤相仍。非好學深思之士，貫通三極，別白源流，詎易撥雲霧而覩青天也！恭遇

聖天子右文稽古，經學昌明，復諭直省大吏並督學使，採訪遺書，凡足羽翼聖經者，搜羅登進。而

先生是編，觀厥成於此日，藏山懸國，意在斯乎？予得先天下而窺其全豹，樂何如也！運值天地之

和，居得山川之秀，質之往代而不悖，傳之奕世而無疑，於歷聖爲功臣，于諸儒爲益友，嘉惠後學，

宗主斯文，微先生其誰與歸？行將徵車下逮，需次銓曹，拜獻先資，於是乎在。予知處爲名士，出爲名

臣，經術湛深，樹立宏遠，又豈徒戔戔然沉湎殘編蠹簡，譬挍魯亥豕而已哉？

時乾隆七年，歲在壬戌，長至後三日，永陽年眷弟明晟恕齋氏頓首拜題古丹陽郡之觀我軒。

聞之讀書難，校書尤難。蓋聚天下之書而讀之，撼其華不茹其實，非真能校書者也。抑聚千古之

疑而析之，語焉不精，畧焉不詳，非真能校書者也。岳父位山翁有慨於此，臚列先代之貽書，坐誦

彌年，探賾索隱，鈎深提要，凡經史子集，傳注箋釋，舛駁牴馳，聚訟盈庭，不可究詰者，一一冥搜遐

討，必求確有所證據，日而積之，月而累之，裒爲管城碩記三十卷。俾讀者按文求義，即字審音，靡

不爽然於口，瞭然於心，凡昔之迷津頓渡，世俗之疑案全消，讀書樂事，無過於此。其用功於讎校

者，爲何如也？

夫古人謂校書如掃葉，旋掃旋落。抑謂校書如拂塵，旋拂旋生。至若緒雨新晴，秋風迅捲，碧天如

洗，白日高懸，此情此景，不可多得，而校書者之能事畢矣！向非讀書破萬卷，下筆無點塵，安能

考據精詳若是哉？

　敏捧讀之下，如泛大海得奉指南，謹搦管綴數語於後。門下子壻唐時敏百拜謹識。

書苟無當於前賢，無裨於後學，雖刊而布之，覆瓿物耳。嘗慨世之讀書者，略觀大意，不求甚解。

即一二汲古之士，率皆穿鑿附會，強作解人。此經傳子史騷賦雜集，箋注承訛，互相祖述，其謬來久

矣。岳父位山翁自少姿秉穎異，十行俱下，而又沉酣典籍，旁搜冥討，凡天地山川、艸木蟲魚，爲類

雖夥，無不辨之至精，而察之至細。間有諸儒聚訟，疑信相參，先後互異處，一字一句，不敢以輕心

掉之。今日之所疑，閱異時而更糾其謬；此部之所惑，觸他書而盡發其蒙。原原本本，確有證據，

命之曰管城碩記。俾讀者了然於口，輒了然於心。其有功於前賢，裨於後學者，何如？刊而布之，

以廣厥傳，洵一時不刊之碩記與！

　寧不才，獲遊門下，竊見於丹陽石白之間，闢一欹之宮，蒔花植木，爲藏脩遊息之所。寒燈殘焰，雞

鳴月落，口唫手披，晷無虛日。至義微言，悉深有得於聖賢之旨，以視世之略觀大意，穿鑿附會，而

漫無所決擇者，不且雲泥之別耶！爰不揣謭陋，遂於剞劂氏告竣之後，聊尾數言，以誌青雲之附云。

　子壻胡寧蒼百拜謹跋。

天地理數之變幻，古今載籍之煩蹟，莫可紀極。洞然於胸，有所見而發爲文章，著爲論說而記之，名

以傳學者，拈數寸管，搜奇索隱，窮歷浩渺，思兼收博攬，盡管城之能事，將擷獵前人，驚愚飾智。求

其出一言而千百世之心胸頓開，疑案頓釋，蓋往往難之。先秦、晉、周、魏之文多尚瑰瑋。漢人以經術

名世，臆說固多。唐取士重科目，一時競爲聲調。至宋儒注疏之學，程、張、朱外，著述多而惑滋

甚。有明諸子門戶分列，所謂經世不刊者蓋寡。他如驅騁字畫，雕鏤蟲魚，則折衷益靡所定矣。夫

士君子欲出其胸臆，參互考訂，以成一代大著作，苟非網羅補益，爲功於先儒，不易於論定，則不足

以傳世而解惑。雖矜淵博，毋抑强顏蔓辭而好爲饒舌乎？且夫支遁之愛馬，米癲之愛石，非盡馬與

石也，精明者用，爐錘者心，廣而蓄之，擇而識之，雖馬與石，而吾學之取數亦藉是以傳。

位山先生之有管城碩記也，予不富其學而信其傳，於是乎書。癸亥仲冬書於別墅之南窗，翠螺學晚

何庭樹心耡氏拜跋。

叔岳位翁於天下書無不讀，讀不過三復，大義微言，瞭然心目。所著禹貢證發、山河兩戒攷諸書，

久已風行海內。學者想望其風采，其問奇而造訪者，殆無虛日。今上元年丙辰歲，大司馬奉新甘

公、都掌院合河孫公同薦舉博學鴻詞，中外翕然稱慶。宮詹張南華先生嘗贈聯云「承家舊學諸儒問，

脫手新詩萬口傳」，蓋篤評也。

丁巳南旋，扃戶著書，復理其平時所筆記者，薈粹成書，次三十卷，命之曰管城碩記。凡經傳、子

史、雜集，疑訟未決者，悉皆剖雪無訛，洵所謂不刊之碩記也。

先岳父冠山老翁宦後著書，簏有經言茹實二十卷，隨將授之剞劂氏，共編爲花萼一集，鼓吹六經，

嘰華百氏，咸萃於一門，厥功偉哉！

時乾隆九年，歲在甲子孟春上浣，門下佡壻毛大鵬雲軒謹跋。

附錄二 傳記

徐文靖傳　　清史稿卷四百八十五

徐文靖,字位山,當塗人。父章達,以孝義稱鄉里。文靖務古學,無所不窺。著述甚富,皆援據經史。雍正改元,年五十七,始舉江南鄉試。乾隆改元,試鴻博,不遇。詹事張鵬翀以所著山河兩戒考、管城碩記進呈,賜國子監學正。十七年,徵經學,入都。會開萬壽恩科,遂與試。年八十六,以老壽賜檢討,給假歸。卒,年九十餘。其所著又有周易拾遺、禹貢會箋、竹書統箋諸書。

徐文靖傳(節錄)　　文獻徵存錄卷五

徐文靖,字容尊,號位山,當塗人。雍正元年,文靖及荊溪任啓運、常熟陳祖范同舉江南鄉試。主司黃叔琳詫曰:「吾得三經師矣。」乾隆元年,舉博學鴻詞;又舉經學,授檢討。文靖好尋究輿圖方志。因胡渭禹貢錐指作會箋及山河兩戒考十八卷。旁探山海經、竹書紀年以補渭之疏略。又採摭漢魏諸家易說,證易本義,爲周易拾遺。又抄詩禮經論并尋子史說部,成管城碩記三十卷。鄞縣全祖望稱其精博。……文靖又有皇極經世考。其竹書統箋十二卷,學士盧文弨叙而行之。……年九十餘乃卒。

附録三　目録提要

四庫全書總目提要　卷一百十九子部雜家類

管城碩記三十卷提要　兩江總督採進本

國朝徐文靖撰。文靖有禹貢會箋，已著録。此其筆記也。自經史以至詩文，辨析考證。每條以所引原書爲綱而各繫以論辨，略似學林就正之體，而考訂加詳，大致與箋疏相近。若其讀易據梁武以釋文言，而王應麟所輯鄭注尚未之見。讀史引證，乃及於潘檉之總論、劉定之之十科策略、蔡方炳之廣治平略、廖文英之正字通、陰時夫之韻府羣玉。斯皆未免汩於俗學。要其推原詩禮諸經之論，旁及子史說部，語必求當，亦可謂博而勤矣。

周中孚鄭堂讀書記卷五十五

管城碩記三十卷題記

國朝徐文靖撰，四庫全書著録。是編乃其考訂古書譌誤而作。凡易二卷，書、詩、春秋各三卷，禮二卷，楚辭集注四卷，史類三卷，正字通四卷，詩賦二卷，天文考異一卷，楊升庵集一卷，通雅一卷，雜述一卷，共一千二百八十四則。（與實際有出入，詳校記）每一則以前人之言爲客，復加按字以相駁難。或所

援引者甚多，則又加按字、據字，不厭其複，總以考證明確爲主。自序稱「窮年繙閱，掩卷輒忘」，故不得已而託之管城子，假以記室」，而取《小雅》「蛇蛇碩言，出自口矣」，名之碩記。其書博引羣書，捃摭秘冊，或一說而取證數十說，必求其正且大，使之有可信無可疑而後已，則誠可以爲記之碩者矣。然如正字通之類，本無人遵奉之者，何勞詞費，而輒與古書並加指摘，何其不憚煩耶？前有自序、《凡例》及合河孫靜軒嘉淦、永陽明恕齋晟二序，又有何心鋤庭樹、其婿胡寧倉、唐時敍、姪婿毛大瀜四跋。